华　章
传奇派

品味无限不循环的人生

AI启示录

奇点降临

APOCALYPSE

上册

冰河
著

重庆出版社

图书在版编目（CIP）数据

AI启示录 ： 奇点降临 / 冰河著. -- 重庆 ： 重庆出版社, 2025. 10. -- ISBN 978-7-229-19457-4

Ⅰ. I247.5

中国国家版本馆CIP数据核字第20251JH002号

AI启示录：奇点降临

AI QISHI LU: QIDIAN JIANGLIN

冰河 著

出　　品： 华章同人

出版监制： 徐宪江　连　果

责任编辑： 王昌凤

营销编辑： 史青苗　刘晓艳

责任校对： 张杰楠

责任印制： 梁善池

封面设计： 王照远

重庆出版社 出版

（重庆市南岸区南滨路162号1幢）

天津淘质印艺科技发展有限公司　印刷

重庆出版社有限责任公司　发行

邮购电话：010-85869375

全国新华书店经销

开本：880mm × 1230mm　1/32　印张：24　字数：550千

2025年10月第1版　　2025年10月第1次印刷

定价：88.00元（全2册）

如有印装质量问题，请致电023-61520678

自　序

《AI 启示录》最初的创作始于 2012 年夏天的一个夜晚，那时我还在伦敦工作，周末没事就住到剑桥去。一天晚上，朋友带我来到已经四百多年的老鹰酒吧，要了两杯啤酒坐到角落。他指着满坑满谷的酒客，说那里有好几个诺贝尔奖的获得者，然后又指向墙上的黑白照片，说诺奖得主克里克和沃森曾在这里宣告生命的奥秘——你知道 DNA 双螺旋吗？他们就是在这儿宣布的。

酒吧里的科学家更像凡人，他们举着杯大声喧哗、激烈争论，甚至吵得炸须瞪眼。那一刻，我想，处于人类发展顶峰的科学圣殿，可能也和我们熟知的纸上江湖一样，有着剑宗和气宗的对立，甚至正教与邪教的水火不容，而他们都认为自己所做的事情、所去的方向更接近人类的未来福祉。

于是我落了笔，一个宏大的故事框架出现在电脑屏幕上。我兴奋地展开了创作，两年后完成了初稿。但是，和我以前完成一部小说时不同的是，我并没有收工的满足感，反倒有无边的忐忑——我完成了一个有趣而绚烂的故事，却似乎没想明白到底要写什么。

这是我第一次写长篇有此感觉，宛如一个兴奋地钻进大山去挖金子的人迷失于荒野，为此深感慌乱。而忽然有一天，看过我这部小说初稿的著名出版人吴又在咖啡厅里问我，你觉得在未来一二十年，人类世界最大的科学事件会是什么？我稍加思索，说大概率是可控核聚变的实现，引力波研究的突破，分子生物工程的飞跃，甚至量子力学基本原理的突破。他摇了摇头，说这些方面的突破很可能有个前提，那就是一场AI革命的到来，而它意味着一切。

那是北京雾霾肆虐的2017年，世界风起云涌，AI相关的话题从未停止，但能洞见一场革命即将扑面而来的人寥寥无几。在他的建议下，我很快开始重构这部小说，一边补上有关这个方向缺失的知识，一边去更大的世界、更深远的问题中寻找终极的答案。很快我就发现，要想找到这个答案，我必须先搭起一座未来之桥，推演出并不久远的未来会发生什么。当这场AI风暴席卷世界，加速迭代的科技文明与日渐衰老的制度文明碰撞,会发生怎样的撕裂和巨变？这场AI革命的核心解——一个石破天惊的算法是如何诞生的？在对这种终极力量的争夺中，权力又是如何表现的？当这个算法让超级人工智能成为现实甚至走得更远，我们曾想象过无数种可能的AI意识,到底是用什么方式出现的？而那些在人类命运的枢纽上处于“扳道工”位置的人，他们又会作出怎样的决定？

几个月后，这本书的几万字大纲、情节线、人物线完成，这本书的名字也改为《AI启示录》。

当最为宏大的问题回归到人，一切似乎都能沿着人性找到答案，但这也是此番创作中最令我痴迷和惊讶之处。因为随着情节的推进，众多的主人公都在渐渐偏离我最初的预设，像有了自己的生命一样脱离我的控制——如山的压力之下，人性会出现一切可能。他们聪明绝顶、毅力非凡，明明对人类充满了爱，却一个个在AI编年史中血债累累。当一切痛苦、希望和意义都像历史一般消散，冷寂的虚空里只剩下那句终极叩问的回音：我是谁？从哪里来？要到哪里去？

这是人类的古老问题，却是AI的第一个问题。

在艰难的创作过程中，我的生活也经历着剧变。疫情期间的欧洲流浪，辗转赴美的重重波折，写作生涯的未有挫折，这一切或都影响着我笔下的世界。不知不觉中，我感到我和这本书，以及书中的主人公们之间产生了一道纠缠之弦，我造就了他们，而他们也在对我进行重塑。

颇为有趣的是，在我将书稿交给出版社没多久，因一个偶然的机会认识了冷泉港亚洲的创始人季茂业博士，因为我在用AI生成式工具制作影片，他邀请我去参加冷泉港的艺术节——一大群科学家自己的艺术节，并安排我拜见了96岁的詹姆斯·沃森——曾在剑桥老鹰酒吧里宣布DNA双螺旋结构的科学家之一。这位“DNA之父”高大魁梧，如此高龄，仍精神矍铄，眼中精光四射。在和他私下交谈中，我的思绪穿回剑桥的那个夜晚，想起酒吧墙上那张黑白照片，颇感冥冥中的神奇。

有关吗？好像说不清楚；无关吗？但它又像一个有趣的闭环。这番蹊跷的奇遇，就像这本书中的主人公的经历一样让人难以置信。而更有趣的是，这些虚构的人物在我预测的未来世界中的演绎，正在一步步与今天的世道和剧变吻合，若未来他们的故事成了现实，那未必是我写作的成功，而只能说是人类的宿命了。

目　录

这不是又一次工业革命的前夜

而是人类文明生死存亡的最后关头

·第一章·

月球之战

1. 萨拉特

写下最后一行字后，安德烈·别列佐夫斯基停顿了一下，犹豫要不要补一句满含深情的话作为结束，感谢爱人、朋友或者上帝，但最终他只是画上了一个淡淡的句号。人生和表达都该点到为止，能读懂它的人自然会懂。

他扶着桌子站起来，双腿关节咔咔作响，他曾觉得自己永不会老，如今却怀疑曾否年轻。倒了杯温咖啡，照例兑进去一小杯伏特加，他用一根小棒轻轻搅拌着，打开了那个牛皮日记本。几十年来他一直保持着手写日记的习惯，就像喝咖啡必须兑一点烈酒。他并不是对这两个习惯如何留恋，只是提醒自己不要沉沦于这个新世界……这一生啊，像沦陷于暴风中的一只蜻蜓，能活到今天已是上天的恩赐。他看了看那只古老的腕表，它依然在倔强地前进着……该出发了。

威廉·萨拉特拄着一根拐杖等在楼下，见他下了楼梯，就递过一件沉重的呢子大衣。“刚得到名单，几个大国只派出了部长级官员来参加，这其中……没有俄罗斯。”

“意料之中。”别列佐夫斯基接过大衣一边穿一边说。

“美国人也出卖了你，我早就说……”萨拉特说起这事来就生气。

“我的上校，我并不怪他们，没有他们的支持，我们也走不到今天。”

“你还是要去吗？”萨拉特问。每当这位前特种部队的上校担心他的安危，就会和他如此确认。

“是的，要有始有终。”别列佐夫斯基拍了拍老朋友的胳膊，将手提包递给他，“走吧，亲爱的威廉，我俩走过去就好，这么多年了，我都没有仔细看看纽约的春天。谢谢你来陪我。”

三月的曼哈顿滴水成冰，街上的小狗穿着棉袄，但对这两个俄罗斯人来说根本就不叫事儿。他俩沿着莱辛顿大道一路走去，肆无忌惮地用俄语有说有笑，就像在争着谁给早餐买单。

“你还记得三十多年前的战斗吗？我们在哈尔科夫那次。”萨拉特问。

“当然记得，我被无人机撵得半死，你却在欣赏战场上的夕阳，差点儿被人一枪敲了脑袋，我现在想起来还头皮发麻。”别列佐夫斯基说。

“哈哈，你怎么还提这个？”萨拉特笑着说，“我想说的是，我们在圣母安息大教堂遇到的那个姑娘你还记得吗？”

“是那个满脸雀斑的大长腿吗？你一路跟着她上山，是叫内莉？”

“是的，她腿很长，也没你说的那么多雀斑。”萨拉特不满地说，“我最近总是想起她，可能是因为自己的前列腺炎吧，有些悔不当初，我应该带她去莫斯科的。”

“那个俄罗斯族姑娘看见你就双眼发光，像只母猫见了耗子。你倒装得像个君子，非要和她解释我们打过去的正义性，人家可是本地人。后悔了吧？要不是考虑你的感受我可就追去了，看见漂亮的姑娘，你要用最快的时间拿下，其他的再说。”

“你也就是说说，除了老婆哪见你碰过什么别的姑娘？”萨拉特不屑道。

“那是我后来志不在此。”别列佐夫斯基哈哈笑着，“年轻的时候我可是莫斯科著名的花花公子……唉，萨拉特，我们都老了。”

“是的，我们都老了，你就不能听我的安排，找个乡下的暖和石头房子去闲着吗？”萨拉特看着他说。

“我们是军人，威廉，要有始有终。”老人头也不回地说。

萨拉特微微叹了口气：“我的将军，这一生我从来没说服过你一次。这一切不会毫无意义，人类会记住你做的一切。”

“我才不在乎他们记不记得，没有意义也没关系。”别列佐夫斯基微笑着和几只流浪猫打招呼。猫咪们对他面露怀疑，见他手上并没有什么吃的，便一步三回头地跑开了。别列佐夫斯基并不介意，背着手从莱辛顿大道拐入东 42 街。此时车水马龙，同步的大小车辆缓慢移动，堵成一股黏稠的车流——再智能化的自动驾驶在纽约也是废柴。

老人在一幢明亮但低调的小楼前站住了，指着楼前的招牌说：“我们还有时间，和我去买双新鞋吧？”

萨拉特看着他，又看了看他脚上那双磨出毛边的皮鞋。“没错，你的鞋是该换了。”萨拉特说着随别列佐夫斯基走上台阶，为他拉开了门。

鞋店叫 Footlocker，货品贵而精巧，一副专宰有钱人的样子。见老人兴冲冲推门而入，店员端着肩膀迎了过来，眼里闪着贪婪的光。纽约的俄罗斯人出手阔绰——不管有钱没钱都是如此——那些穿得不起眼的老头更是腰缠万贯。

别列佐夫斯基双手插兜、迈着四方步看着，或点点头，或摇摇头，最后停在一双古朴的黑色手工牛皮鞋前。

“就它了，看看有没有我的号。”

“你确定？”萨拉特侧脸看着他。别看这双鞋并不起眼、在莫斯科地摊上随处可见，可这里标价竟一万多科学币。

“嗯，别忘了俄罗斯古老的谚语，老人必须有一双好鞋……”别列佐夫斯基说。

萨拉特的脸掠过一丝难过，因为这谚语的后半句是“因为走着走着你就可能撒手人寰”。他不喜欢这位将军的笑话，却只能咬着牙扮出微笑，然后掏出卡准备刷下这双鞋。老人却拦住了，他变戏法一样从怀里掏出一沓美元，说足够了。店员纳闷地接过他的钱，耸了下眉毛，这年头没人用现金了，但听到老人说把剩下的几张百元钞都做小费，他的脸立刻像娶了新娘子那么开心。

老人穿上鞋随处走着，还兴味十足地踢了个小舞步，一脸的满意：“走吧，我的上校，我可以迈开大步去开会了。”

联合国大厦门口冷冷清清，像几十年前冠状病毒席卷全球时的样子。这栋楼已经到年龄了，但新的大厦至今未有着落，炸掉重盖可是要花一大笔钱，纽约也再没有安置联合国的地方。要不是民间机构众筹捐款，这栋颤巍巍的大楼今年的水电费都没着落。

门口乱哄哄堆着百八十个示威者，从长相到打扮看着都不是好人，离着一条街就能闻到他们身上的臭味。他们自称是科学至上主义的极热分子，但八成都是拿了钱来闹事的流浪汉，你要是细心的话，明天又可以在中国大使馆门口看到他们。别列佐夫斯基和萨拉特绕过这一伙人，竖着衣领子从侧面走向入口处。但还是有人发现了他们，立刻吹着口哨、举着大大小小的牌子飞奔而至，哇哇大叫着挡在了将军的前面。

“滚回你的明斯克农村去！”

“你这个反科学主义者！”

“俄罗斯的叛徒！”

胖乎乎的警察拉着手展开防线，一边骂一边将这些家伙拦在后面。别列佐夫斯基对此司空见惯，除了骂他的，还有很多人想要他的命，若不是萨拉特和兄弟们精心的护卫，他说不定早被众多俄罗斯或美国的民族和国家主义者在街头干掉了。

一个瘦巴巴的身影趁警察不留神钻了过来，猛然蹿到老人面前，对着他的脸啐去一口唾沫，用俄语大喊："你这个卖国贼！俄罗斯因你而受尽了贫困！"

旁边伸来一支拐杖，准确点在这个俄罗斯人的喉咙上，他登时倒地，被警察拖去了一边。萨拉特放下拐杖，给别列佐夫斯基递去了纸巾。老人却没有擦，他挺着胸膛，满是怜悯地对被按在地上的人说："我的同胞，多年以后，你会后悔今天对我这么做。"

在入口前，别列佐夫斯基接过萨拉特手里的包，擦去了上面被人喷的染料，然后掏出那个带着锁扣的牛皮日记本，又摘下那块腕表，一起递给了萨拉特："好了，我的上校，这些你带给谢尔盖。我去了，谢谢你的陪伴。"

萨拉特接过东西揣好，挺直了身体："这是我的荣幸，我的将军。"

"别忘了我和你说过的话。"刚毅的别列佐夫斯基眼中有了泪光。

"铭记于心。"萨拉特抬起头来，眼里也微微泛着泪光。

他们紧紧拥抱，萨拉特目送着这位老人，将拐杖扔去一边，旁若无人地立正，对他的背影敬着军礼，就像送别一位曾经的战场英雄。

别列佐夫斯基进了大厦，夹着包从安检区旁边走过，一边擦着脸上的唾沫。虽然皮鞋店的老板不认得他，保安们却对这位老人再熟悉不过。他们看到了刚才发生的事，知道他的失望，以及今天将要受到的屈辱，没有人去打搅他。别列佐夫斯基挺直了胸膛，迈开大步走向联合国大会的会场——一个时代即将结束，而另一个时代即将开始，今天是他最后的绝唱。

两个小时之后，联合国第 107 次大会结束了对《地球联邦临时宪法草案》的审议，143 个国家以多数票否决了这个讨论期长达三年的提案。

这条新闻没有引起任何波澜，当画面播放时，会场之外，除了那些天天嚷嚷、什么都要示威的闲人们哇哇大叫，街头的一切一如往常。

第一个决议落槌之后，第二个决议也很快做出，最后两个原常任理事国——中国和美国宣布退出联合国，会议主席随即宣布了联合国大会的终止和联合国的解散时间表，成立 115 年的联合国寿终正寝。

抗议者在欢呼，没有人注意那位走出联合国大楼的灰发老人，他走出联合国大会场的正门，看着四周灰蒙蒙的高楼。冷风吹着他的额头，警车旁若无人地尖啸而过。他踩着刚买不久的皮鞋走下浅浅的台阶，走到一半时慢慢回头，满怀忧伤地看着这座曾经象征人类团结与梦想的建筑。那张苍老的脸在枯萎，就像要被迫离开永远的家，公文包是他唯一的行囊。他原本身材魁梧，鼻梁像锤头一样坚硬，但痛苦令他佝偻起来，简直像抽走了他的魂魄，仿佛随时会倒在台阶之上。他看着大楼正前方的旗杆，那里原本旗帜飘扬，大群的蝴蝶会在夏天随着风中的旗帜起舞，如今它们正在一一落下。也许正是他这一抬头，正在降下的俄罗斯旗帜卡住了，工作人员们不耐烦地扯了几下，绳子叭的一下断了，三色旗悄无声息地坠落在地上，连个去捡的人都没有。

他求救般望向天空。天蓝得像要融化，一只孤单的海鸥悬在高空。科学委员会肯定已经宣布了胜利，科技集权主义的时代将彻底来临。他用尽努力维护的联合国消失了，他觉得自己愧对伤痕累累的俄罗斯，更愧对人类久远的文明。

街上的人被一声枪响吓得驻足。这位老人——联合国最后一任秘书长安德烈·别列佐夫斯基倒在了灰色的地砖上，冒烟的手枪掉在崭新的皮鞋旁边。海风卷地而起，将从他包里散落出来的那份提案高高抛向空中，飘散如中国人才用的纸钱。

“原谅我，谢尔盖……”他说。

2. 常飞云

镜子里的常飞云轻轻叹了口气。明天就要脱去这身漂亮威武的太空军军服，十年的服役止于今日，他曾梦想成为一名将军，却没料到会以一个营级参谋的身份黯然谢幕。

原因有很多，年龄啦，种族啦，太空发展停滞啦，但这些都不是主要的，根本的原因是这十年没有任何太空战争，连个擦枪走火什么的都没有。太空军越来越像个吉祥物，美国百姓将他们的战斗飞船戏称为真空玩具，除了费钱一无是处。这也不是没有道理，他当然不希望有战争，但更不想一炮没放就这么退役了……他的军旅生涯一直在焦急等待着什么，每天擦亮眼睛期盼着、争取着，而如今的状况就像打扑克时手里的牌，明明前四张已经是同花顺，最后一张却补出一副无关紧要的小对子。

他去兵籍处交了材料，又填好一大堆电子表格，黑着脸领了退伍金，然后接受了士兵们为其准备的小告别仪式。看着列队背手、高唱太空军军歌的战士们，常飞云并未觉得如何欣慰，反倒在他们感动的关注中如坐针毡。他讲了一些看似肺腑之言其实言不由衷的话，无非是这军旅生涯的意义、看着大家成长起来的欣慰，等等。这些该死的家伙，只要他背着包袱出了门，他们就会立刻打开啤酒，击掌相庆。

对他们敬了最后一个军礼之后，这一切好容易结束了。送行的军号声中，营房外掠过一架低飞的空天飞机，那刀锋般的前椽掠出撕裂般的风雷之音……一个上尉参谋本没有资格享受这个排场，但据说战士们坚持如此，这令他的眼角忍不住还是湿润起来。

“太空军万岁！”常飞云挺着下巴喊道。

“美利坚万岁！”战士们齐声高喊。

随后的整个下午，他都在办公室里收拾东西，准备先用车拉往佛罗里达州卡纳维拉尔角的空天基地。弟弟常飞宇将在明天被押往月球基地的静海监狱，因为多次用网络侵入全球科学委员会的数据库而被抓捕，多罪并罚竟然判了三十年。这个自学成才的弟弟是全球通缉的著名黑客，但直到被抓进去，他这个哥哥才知道弟弟是干这个的，在此之前他一直以为弟弟是个靠打游戏赚钱的懒汉废柴，为此一度伤透脑筋。他找遍了军中和外边的关系，但弟弟的事竟然没人敢碰，不能假释，连个好律师都请不到，还要被关进美国唯一的月球监狱。希金斯上校曾和他说，你这弟弟肯定是偷了不该偷的东西，科学委员会那帮大脑袋才责令法院对他重判。

说起来真是可笑，弟弟以前一直羡慕他可以在太空飞来飞去，无数次在月球基地降落，而现在却要被关在月球上三十年——常飞云为此后悔不迭，觉得自己这哥哥实在名不副实。一直以来，他总感到自己的肩膀快被这个桀骜不驯的弟弟压垮，仿佛这份责任令他作茧自缚，时而为此恼怒，自尊心令他产生更多的说教，而这个弟弟打小就对其嗤之以鼻。他们的童年都在不幸中长大，而弟弟显然比他快乐得多，他自认的责任便又夹杂了一份不被尊重的失落，进而产生深深的自疑。如今两人都已成年，面对他多次的斥责，弟弟不再恼怒和讥笑他，大多时候只是轻飘飘地告诉他：你会明白我不是你想的那样，也会明白你不是自己期望的那般。

带着一肚子闷气退了伍，他浑身空落落的，一时竟有些六神无主，仿佛弟弟一语成谶。他才三十六岁的年纪，还没想好退伍后去做什么。NASA 想让他去开货运飞船，某民营太空公司请他去开客机，还有出版社约他写个人传记，作为第一个美国太空军的华裔上尉，他们认为会有不菲的销量。这些橄榄枝他一个都没有接，开始以为是不如意，后来才想明白，送走弟弟之后，他还是想去找分手几个月的女友，用真诚的道歉令她回心转意，如果她愿意接受自己的歉意，便可以与之一起留在东京。

当看似最重要的东西已经消失，他明白了什么才更应该努力挽留，他再讨厌日本也该这么做，这是他截至目前的生命里唯一闪光的存在了。

掐着时间出发，他开着一辆大皮卡上了路。基地到卡纳维拉尔角有一千多英里的路，他可以一个人开车，一个人思考，一个人郁闷。忘掉这十年枕戈待旦的经历并不容易，去见女友之前，他也需要建立重归烟火的世俗感，斩断这遗憾的尾巴，否则每次想起都会有隐隐的遗憾。美丽的公路景色，呼呼兜风的车窗，撅屁股骑车的美女，浓烈的乡村音乐，这一切让他惬意而舒适，想起和星梅初次约会的那个下午。

一想起她，心情美好得就像天上的云，她的离开全因自己的自私。为了能在部队继续往上爬，他反对她离开美国去日本照顾她的妹妹，说哪怕将她接来美国医治也是好的，可星梅就是这么执拗，没有任何商量的余地，第二天就拎包走了。昨晚的电话里她接受了道歉，至少听上去像，但对他飞去东京并未感到激动。她就是这样的人，冷静而寡言，只在肚子里做事。她在美国有不错的工作，却可以为了妹妹立刻辞职前往。这样的她令常飞宇惭愧，谁又不会呢？

行至中途，忽然有路卡拦车，高大的机器警察持枪而立，让从北向南的车辆全部靠边停下。常飞云不明所以，正想上去询问，却想起自己没穿军服，还是别找不痛快的好。

“前面发生了什么事？”他问前车的一对老夫妇。

“有一支大车队要经过，真是见鬼，这年头还搞什么大车队？飞去华盛顿不好吗？”老头戴上牛仔帽，用浓重的佛州腔说。

“是什么车队呢？”常飞云也颇感纳闷。

“当然是去华盛顿游行的。该死的好战分子，他们巴不得美国对俄罗斯开战。”老太太说。

“这些没见过世面的乡巴佬，总以为打仗是什么好玩的事，偏巧吉姆总统也是个好战分子，唉，这么下去可怎么得了？该死的民主党！”老头说着掏出一支雪茄，狠狠地咬掉了烟蒂。

“瞧你这瞎操心的样儿？打不打仗其实还要看俄罗斯。”老太太煞有介事地说。

常飞云听明白了。自从乌克兰战争失利之后，俄罗斯更加大力开发西伯利亚的矿产，在中部建立起庞大的军事基地，其空天战机虽然丑陋笨重，却体量惊人、口径可怕。俄罗斯最近分散发射了十几艘飞船，在空间站组装出一个足球场那么大一艘母舰——绰号“沙皇”。如今一支编队正护送着这艘母舰飞向月球北极，对月球开普勒基地构成了直接的威胁。

开普勒基地虽属美国的非主权管辖地，其开发和使用权却属于悟空工业——一个以航空、娱乐和生命科学为事业的跨国集团。基地有着完备的工业体系和一个十公里高的深空船坞，另一半是个荒废的太空乐园。美国政府一直在准备接管这个基地，但国会始终没有通过这项提案。如今联合国解体了，俄罗斯摆出一副要重回太空的架势，美国政府和它背后的权贵们便坐不住了。

“您觉得打得起来吗？”常飞云问完了觉得可笑，一个太空军的上尉，竟然向一个佛州农民问战争会不会爆发？

“这很难说，我的朋友，大多数战争的爆发都有偶然性。但我个人觉得打不起来，科学委员会早控制了美国两党和国会，打仗对这些跨国集团损失太大，总统和国会都说了不算的。”

“但愿如此。”常飞云由衷地点头，这也是他对太空军的不满之处。美国是最早建立太空部队的国家，却慢吞吞的，在这些年发展落后。权贵们忙着造各种科技镰刀收割世界，认为让人类沉迷于虚拟现实就是避免战争的最好办法。某种程度上他们是成功的，但作为一个参谋，他认为美国太空军应该放弃和俄罗斯的太空竞赛，转向小型化、无人化快速作战模式——在战争初期横扫太空是取得全球性战争的关键。

可惜的是，国防部没有人会听一个营级参谋的建议。

看不到头的车队敲锣打鼓地来了，大老远就听得见，有的甚至还是汽油卡车。他们让喇叭轰响，放着振动大地的狂躁摇滚飞驰而过，车子还画得花里胡哨的，什么口号都有，但都在最醒目之处画了一个巨大的黑底白字的符号“J”。那是吉姆总统拥趸的标志。常飞云吃惊地看到一辆卡车上画着中国地图，上面炸开个吓人的蘑菇云，不由心中一冷，虽然他是土生土长的美国人，却在成长中受尽了两国意识形态之争带来的惶恐和不安。

“别在意这些家伙，小伙子。”那男人的老婆似乎看到了他的脸色，“美国虽然没那么好，但我们这些老百姓从没让纳粹上过台。”

这支占了双向车道的大车队竟然过了一个小时。

到达肯尼迪航天中心时已是晚上十点，常飞云累得筋骨酸痛，在酒店倒头便睡。第二天早早醒来，他吃过早餐便去了弟弟的关押之处。不一会儿，戴着手铐的常飞宇从玻璃墙那边出来，他完全没有那种要坐牢的黯然之色，反倒还白胖了一圈。可这却让当哥哥的更加难过，憋了一路的怒火，一下子成了心疼。

两兄弟敲了敲玻璃，就当是握手了。

“你可真行，开个笨皮卡跑一千多英里来，为什么不坐飞机？”弟弟虽然做了贼，眼神里却有士兵一般的坚韧，笑起来就像个电影明星。唉，他怎么就走了这么一条道，还瞒了自己这么多年。

“我的东西没地方放，总不能随手扔了。”常飞云指着他闪亮的头发，“谁给你做的头发？可从没见你这么姿整过。”

“哦，这个嘛，是看守所里一个机器人理的，还收了我三百块。这真是可笑哈，看守所里的机器人理发比纽约都贵了。”常飞宇变戏法般掏出一盒烟，叼起一根之后，看守竟然拿来打火机给他点上，然后又默不作声地站回原位。

常飞云被这一幕惊得合不拢嘴，他才在这关了两周啊，道儿就这么熟了？

“我帮他改了改他孩子的档案，那孩子可以上哈佛了。”常飞宇指着守卫，吐出一个满月那么圆的烟圈，它晃悠悠地在玻璃上撞成了一团散雾。

“我这颗头理发只要三十，要是请军队的理发师喝杯咖啡还能半价……”哥哥指了指自己的脑袋。

“是，你的太空军有含金量嘛，纳税人其实帮你付了另一半。”弟弟看来并不喜欢他这个调侃，并对此始终耿耿于怀。父母离婚之后哥哥跟了妈妈再嫁，虽然从小挨揍，却一路学霸到了西点军校，然后就是太空军。而弟弟跟了个彻头彻尾的浑球儿养父，令他从小就在街头放羊混大，连个固定的后妈都没有。

“说实话，飞宇，我对这样退役非常失落，也从未觉得在你面前高人一等，我只是觉得……”

“觉得我不该做贼是吧？”常飞宇打断他说，“你对混成个上尉心存不满，但这就是事实，亚裔在美国军队里绝无可能升到高位，这和你努不努力没关系。”他喝了口水，带着戳破哥哥心思的得意又说：“以后你可能会怀念这段经历，但它毫无意义，你就像个演员一样，穿着漂亮的太空军军服，演着《星际旅行》那样可笑的剧情，但现在，我的哥哥啊，演出结束了……别哭丧个脸，也不是什么坏事，你可以早点明白这世界是个什么操蛋的样子。”

常飞云苦笑着摇头，弟弟这张厉嘴和他的“职业”很不相称，他更该去做作家。“我听说月球基地就要倒闭了，你也许很快就会搬回地球来。”

“你还是担心下自己明天的工作吧。”常飞宇翻起了白眼，“告诉你个小道消息，据说悟空工业的阿瑞斯号飞船已经失控，正在撞向地球。”

“这个我不知道，也不太关心……”他颇感心惊，弟弟这消息一定不是捕风捉影。

常飞宇摇着头。“你的反应可真慢，悟空工业会因此缺你这样的人，那可是一份好工作。”他又看了下墙上的钟，“再过几个小时我就被押走了，你还有什么要说的？”

常飞云疑惑地歪着头：“你怎么一点也不着急？我是想来和你商量下还能有什么办法，我在外面还能帮你做什么，可你就像是要急着去月球度假。”

他们的对话总是这样鸡鸭不同语。

常飞宇看了看身后的守卫，悄悄靠近了玻璃：“还记得小时候我们玩的那个山洞游戏吗？现在我是那只兔子。”

常飞云一愣，随即明白了他的意思——小时候他俩经常在一个山洞和小朋友们做游戏，一伙人将一只“兔子”藏到里面、不许说话，而另一帮小伙伴进去找到并救出这只兔子……弟弟在让自己帮忙把他救出去，可这……他知道自己的脸本能地难为情起来。

“我知道一堆被科学委员会隐藏已久的秘密，但我必须先获得自由。”常飞宇说。

常飞云垂下了眼，心中又一阵恼火，弟弟把自己当什么了？见看守慢慢走过来，他不咸不淡地脱口而出：“我会常给你电话的。”

常飞宇看着他，冷笑着站了起来：“你不用再来看我了。”

看着弟弟离去的身影，常飞云感到一阵酸楚，就像一百多年前那些送孩子远渡重洋的父亲。一股冲动忽然升了上来,“飞宇！”他叫道,“兔子要先在山洞里吃饱。”

常飞宇回过头来，眼睛里闪着光：“我会吃饱了等你。”

常飞云被他一下子逗笑了，这是他们在游戏中的暗语，大兔子要救小兔子逃离狼窝，兔子一定要有逃跑的力气。他这等于答应了弟弟会去营救——他一下子打乱了自己的未来计划，但他已经不想再收回这句话。

几个小时之后，一架细长的空天飞机刺入夜空，慢慢变成了一个小亮点。常飞云怅然若失地抽了支烟，回身上车，去仓库存了这一车东西。机票已经买好，他就要飞去东京了，营救弟弟要从长计议，而他从没干过这样的事，离开了军队，目前的他其实没有任何办法。

他正要离开，一架军方的小型旋翼机忽然呼啸而至，在不远处颤巍巍落下来。他当然认得那是太空军的飞机，而且它是来找自己的。

果然，机舱里蹦出了一名少尉，冲他道：“上尉，希金斯上校在到处找你，你难道没看电话吗？”

“哦，什么事？”

少尉已经递过手机：“他让我一看到你就接通电话。”

常飞云纳闷地接听了。“你这该死的中国家伙，一退伍就要删掉老战友们的电话吗？”上校那边勃然大怒。

“很抱歉，上校，我一早就和弟弟在一起，没看电话。”这时他才发现希金斯上校呼叫了他十几次。

“你马上坐飞机回基地来，有个紧急任务要去月球，副总统忽然要去开普勒基地，想看士兵们在那里升起国旗。他们简直是疯了，但我们必须提高这次任务的级别。和你说实话，上尉，俄国人那个沙皇母舰的编队正在接近月球基地，我真的有些担心，也必须带信得过的人一起去。”

“可是上校，我已经领完退休金了。”常飞云愕然地说。

“我还没陪你喝饯行酒，你就不算退伍。”希金斯上校说，“你交去军籍处的材料我先压下了。请你原谅，上尉，另外两个营编队正在南极上空执行任务，我只能让你去了。”

“副总统为什么会亲自前往？这只是一次很小规模的进驻。”

“吉姆总统肯定想以此对俄罗斯做个姿态，这人就是这德行，总能干出有种的事，脑子却又缺斤少两。”

“会爆发冲突吗？”常飞云身上掠过一阵紧张。

“谁知道呢？那可是俄国人。”

常飞云犹豫着，各种念头在脑海里碰撞。但这些念头都被一个想法击退——副总统要是能给飞宇说句话，说不定他就不用被关到月球了……

“上校，我立刻回去，请你让第六联队全员做好出发的准备。”

3. 乔子

夜至深浓，巨大的倒计时声在东京奥林匹克体育场上空响起，仿佛上帝在宣告末日——2060 年蒙古世界杯足球赛的决赛即将开始，第一次闯进决赛的日本队将和阿根廷人争夺冠军。

这是京都大地震之后日本人的高光时刻。一面遮天屏游弋在数千米高空，这十几平方公里之阔的东西挡住了月光，也淹没了星辰，在倒计时中慢慢变作耀眼的日本国旗。远方的富士山隐隐在望，白色山顶被一大片灯照得雪亮——它其实是假的，2029 年京都大地震那年，猛烈喷发的富士山降低了上百米，从此没了积雪，政府花了不少钱让它变白，远看就像女人隆过的胸。

虽然生长在这里，新城乔子却从不喜欢这古怪的城市，听到这俩字就浑身发痒。白天的东京挤得像个蚂蚁窝，是密集恐惧症患者的噩梦之地；而一到晚上各类霓虹灯就黏稠地亮起，又像整个城市在抽大麻。哪怕你蒙头塞耳地躺下，入睡也不是件容易的事，左邻右舍总少不了撒酒疯的男女——她厌恶回到这样的故乡，可这一年她已经来了三四次，就像不得不和一个讨厌的男人上床。

再不能实现一笔大额的收入，她负责的阿米巴生命科学公司将被老板卖掉。

在一家著名的日料餐厅包厢里，乔子和等候多时的日本老头子们一一握手。他们身材矮小、笑容可掬，虚弱的身体单薄摇晃，仿佛挂在灯前能透过亮。别看他们来自下三烂行业，可都富得流油。见众人纷纷落座，乔子招了下手开始上菜，她尽量堆出自信的笑容，但其实就像在看一排活动的墓碑。六个老家伙脸如金纸，身背佝偻，就像刚从棺材里抬出来的一样。

“欢迎大家的到来，外面可真热闹。”乔子指着窗外欢呼的人群说。这间包房位于体育场边，可以俯瞰整个球场。日本政府花巨资在一千多个体育场实现了全息直播，让日本人无须飞往蒙古就能观看现场比赛，这是一件破天荒的事。乔子帮悟空工业拿下了这个项目，为集团收入一笔巨资，但集团的算力无法支撑这么庞大的直播，不得不在很多体育场使用了增强现实技术。

管它呢，反正肉眼看不出。

让乔子气愤的是，老板谢尔盖·彼得罗夫却给了她一顿严厉的批评，认为她的职责是在阿米巴公司，而非搂草打兔子，去帮全息现实部门招揽生意。

“尊敬的董事长先生，我听说集团的财务状况最近很不乐观，所以你才想卖掉阿米巴公司……”乔子那天气得眼泪都要掉下来了。

“那是我该考虑的问题，而不是你。如果你不想它被卖掉，就尽快实现盈利。”谢尔盖毫不领情地说。她对他的傲慢厌恶极了，却只能束手听命——没有他的支持，阿米巴公司不会变成今天这样令全球瞩目。其纳米机器人技术之实现，也完全得益于集团一代又一代的革命性算法的实现。

“如果你觉得我在这件事儿上越俎代庖了，我向你道歉，并下不为例。但我不得不告诉你，这一千多个球场的直播让我们的算力捉襟见肘，日本政府方面已经提出了质疑……”乔子梗着脖子不服气地说。

“这是史密斯博士要考虑的问题。”谢尔盖又打断了她，“我要说多少遍你才能明白，阿米巴公司的确很重要，但现在我必须保证集团这艘大船不会沉没。”

“那是因为潘洛斯计划还没有实现，阿米巴公司没办法突破算力瓶颈，才三百万个纳米机器人的控制就会出现系统崩溃，我们又如何实现预期目标？”乔子气急败坏地叫起来，真是受不了。

“你只需要做你该做的事情。”谢尔盖冷漠地看着她眼泪打转，轻飘飘递来一张纸巾，“请不要再让我看到你的眼泪。我又没有让你去切腹自杀？就是卖掉公司你也会赚得盘满钵满，为什么会如此委屈呢？”

想起上次和谢尔盖的见面，乔子胸口就像堵了块石头那么难受。

“乔子，请你让人把窗帘放下来吧，外面让我有密集恐惧症。”最老的久间先生晃着手指头说。

窗帘四落，包厢一下子阴暗下来。房顶的射灯亮起，将他们照得更像一群干尸。

“感谢你们对我的信任，但我没能说服彼得罗夫先生前来……”乔子谨慎地说。

“这份刺生和蔬菜卷儿消毒了吗？”一个光头打断了乔子的话。

“我想测一下血压，嗯，您这有电子医生吗？”这个老人的声音就像被人掐住了喉咙。

乔子让人一一照办。眼前这些人搞得她食欲全无，他们问出奇怪的问题，乔子耐心地一一为之解答，偶尔喝一口咖啡。窗外锣鼓喧天，这些老家伙们就像没听见一样。

艰难的沟通开始了。乔子自认见多识广，却无法让这伙平均九十岁的老家伙进入自己的节奏，她试探性地抛出问题，希望了解他们的诉求。在座的都是日本闻名遐迩的色情业巨头——没办法，阿米巴公司虽然名声在外，却常年亏损，想投资它的人寥寥无几。老头子们频频点头，偶尔伸长脖子交头接耳，就是没人给一句瓷实话。

“乔子小姐，听说你们集团最近资金有点紧张？”

“听说谢尔盖想把阿米巴公司卖给印度人？”

乔子转着酒杯，抬着下巴，不置可否。

“卖了也正常，悟空工业的商用无人机虽然在全球有五万多架，最近却要失去月球基地了。”久间先生说。

乔子喝了口酒微笑着，她不会回答这样的问题，因为任何回答都会引起不必要的麻烦，而老头子们对这个并非真的感兴趣。

“先生们，你们是不是跑题了？”她客气地说。

“实话告诉你，乔子，我们对投资阿米巴公司并无兴趣，而是想和你们集团谈个生意。”

“什么？”乔子有些莫名其妙。

“我们可以借给悟空工业一笔钱，借给阿米巴公司也行，这钱你们怎么用我们不管，但这是借，而不是投资。你知道投资一个现金流有问题的公司，回报率一定会成问题。”光头佬说着看向众人，似乎要和大家再次确定一下，“这笔钱给悟空工业用十年，不用利息和担保，到期后用五年兑现本金。”

“哦，不要利息和担保？为什么呢？”乔子很是诧异，这简直是天方夜谭。

“我们希望你们可以用技术帮我们延长寿命，至少三十年。”

乔子恍然大悟，一下子明白了该和他们怎么谈，难怪在座的都这么老。她抱着好看的双臂，扫视着老家伙们……他们的确老得够呛了。

“你们有多少钱可借？”

“钱嘛……我们每个人出十亿美元。”久间佝偻着身子，脸要栽到那盘寿司里去了。

乔子喝了一口酒，慢慢悠悠地说：“久间先生，你们这个要求……很难。”她故意慢条斯理：“不是技术上的问题，是因为这个条件不光违法，还要承担很严重的伦理责任。你们知道，不管是美国法律还是日本法律——我们当然想要这笔钱，也有能力帮你们续命，但是为你们干这个……”乔子一脸为难地摇了摇头。

她的话并没有吓着老头子们。“乔子啊，对我们这些要死的老头子就别打马虎眼了，你是个日本姑娘，也是谢尔盖的全权代表，不是吗？”久间说。

乔子的脑筋飞快地转着。“就我个人而言，阿米巴公司虽然在朝这个方向努力，但三十年可是个不可思议的目标，我是说对你们的年龄来说，还得看看你们有什么基础疾病。但不管怎么说……”她故意环视着他们，“每人十亿美元，这是开玩笑。”

老头子们的脸愤怒起来，他们互相看着，直到再度恢复平静。“那你说应该多少？乔子，我们辛苦了一辈子，看在大家都是日本人的分儿上，还请你不要趁火打劫。”

“你们每个人……五十亿美元，三十年。”乔子轻轻地咬着牙说。

老头子们又互相看看，可他们连十秒钟都没有琢磨，就说：“没问题，但考虑到特殊的风险，如果三十年中我们有人非意外死去，你们必须立刻归还所有的钱。”

“这一条我可以接受，但如果你们都活过了三十年，这笔到期借款我集团将不再偿还，因为我们肯定可以让你们活得更久，也许是……永久。”乔子咬着牙说出这两个字，背后浮起一层冷汗。

“永久？”老家伙们的眼睛亮起来。

“是的，用强大的算法和矩阵算力指挥数十亿个纳米机器人去催化人体端粒酶的生长，实现细胞新陈代谢，我们一直在进行这个灯塔水母计划。”电光石火间，乔子临时给它冠以了一个充满诱惑力的名字。这神奇的生物是她上周才在纪录片里听一个加州渔夫讲的，这种水母理论上是地球上唯一的永生生物。

看到老头子们眼中放光，她知道这灵光一现的胡说八道已经奏效——他们越是有钱，在死亡面前就越像个孩子。

老家伙们像森林里的松鼠般无声交流着。久间费了很大的劲儿才抬起头："你这么有信心？乔子，我们可是老得够呛了，三十年后一百一十多岁了……"

乔子抬起了她那好看的下巴，摊开细长的双臂，说："如果我可以现在就保证大家能够永生，集团就该收你们每人一百亿……你们买的是未来，如果没有信心，那不如先等等看。"

老家伙们不再为她的话恼怒。没过多久，乔子在他们眼中看到了答案——他们没有别的选择。虽然阿米巴公司濒临倒闭，却依然有着全球最顶尖的生命科学技术。老家伙们的听闻也没错，阿米巴公司的确在突破生命科技的极限，只不过是在极其隐秘的情况下进行的。

外面山崩地裂，比赛肯定进了球，而房间里静默一片。

好一阵儿，老头子们颤巍巍举起了杯："乔子，请你转告谢尔盖·彼得罗夫先生，我们的命就交给你们了。"

乔子轻轻点了点头，露出就像感谢餐厅服务员那种本能的微笑，但她的心里已经翻江倒海。接下了这一单，会有更多的老家伙闻风而来，悟空工业的财务危机或将暂时缓解，谢尔盖也没必要再卖掉阿米巴公司。但这也是饮鸩止渴，人类现有的任何算法、程序都不可能指挥什么数十亿个纳米机器人给人续命，几百万个都有困难……如果布朗博士那个潘洛斯计划还不能成功，只要有一个老家伙死在半道上，悟空工业就得赔个底儿掉，甚至破产，谢尔盖·彼得罗夫也将成为这个世界上最大的骗子。

未经他的同意接下这单还啃不动的续命业务，谢尔盖八成会大发雷霆，但乔子已经铁了心，她必须赌一把——以悟空工业现有的技术，答应他们三十年和答应三年其实并无区别。

4. 凯瑟琳

“柯本小姐，我作为本案的审理法官，想以个人名义问你个问题。你为何明知灵长类胚胎基因改造实验被明令禁止，还非要屡次以身试法、继续你的实验？虽然你秀色可餐，但我不认为你是个富有的人，也不觉得你想在阴暗潮湿的牢房里蹂躏自己这黄金年华。你的父亲是人类的骄傲，为什么你就不能为他珍惜一点名声？”

居高临下的黑人法官翻飞着厚嘴唇，好像在用嘴对她射出一颗颗灼热子弹。听众们的喧哗声中，凯瑟琳那张漂亮的脸却无动于衷。

“法官大人，据我所知你在前年做了心脏置换手术，而你用的是克隆心脏，这是在三十年前还被全球所禁止的技术；转基因农作物在四十年前还被人类看成洪水猛兽，但现在九成的食物都经过了转基因培育……”凯瑟琳看了眼自己的律师，他正在冲自己挤眉弄眼，那意思再明白不过：别没事找事啦，你没见法官的脸已经绿了？

凯瑟琳冷笑了下：“您刚才说到我父亲是人类的骄傲，我并不这么看，不管他为了多么崇高的目标前往火星，都不该将他唯一的女儿扔在地球上。”

律师夸张地叹了口气，摘下眼镜，将笔扔在案卷上，他耸着肩对助手夸张地摇了摇头……不用再挖空心思了，没用。

半个小时之后，法官敲下了锤子，凯瑟琳被判彻底关闭实验室，终生不得再进行此类实验，附带一百五十万美元的罚金。她那个小小的实验室就不用自己拆了，愤怒的抗议者们昨天已经将它付之一炬。

走出法庭，凯瑟琳满不在乎地从楼道里的抗议者中间穿过，她可没心思和这些白痴们较劲，看着那一张张强扮正义的脸，她轻蔑地对他们竖起了中指。

好友比尔在法院门外等她，远远地冲她招着手。他的脸黑得发亮，眼睛真诚得像个唱诗班的孩子。他是宾夕法尼亚大学生物实验室的研究员，他们的关系若即若离，她喜欢这个男子，又怕失去一个朋友。她对比尔不愿意进去旁听并无怨言——谁敢公开支持她的事情，等于不想在这个行业混了。

“听说那法官要把你吃了？”他拉开敞篷车的门，客气地吻了她的脸。

“我不抱任何希望，比尔，他以前是科学委员会的法律顾问。”凯瑟琳钻进他的小车，解脱般脱去了那件职业西装，露出健美的双肩和胳膊，“我真是不明白，为什么法庭里要把空调开得那么冷。”

“就是为了让你瑟瑟发抖呀，我的小姐。”他在后视镜对她扮着鬼脸，递给她一根卷烟。

“快走吧，拉我去好好喝一杯。”她接过这根有料的烟吸了起来。

“要不要去广场上看看阿瑞斯号的直播？肯定是人山人海的，我给那儿卖艺的朋友打了招呼，他们帮咱们占了位置……”比尔说着也点起一根，乐呵呵笑着。

“我对此毫无兴趣，比尔。”凯瑟琳贪婪地吸了一口，仰着头把烟圈吐去了车顶。

“嘿，凯瑟琳，你父亲就要回来了，难道你不想见见他吗？”

“他和我有什么关系？”凯瑟琳翻着白眼说。

“你父亲在火星六年，带着小队完成了那么了不起的事，说实话我对他景仰得很。”

“算了吧，能忍心抛下女儿去火星这么多年，这就不是人干的事。”

凯瑟琳说得一阵伤心。

“我还想到……”他犹豫着回过头，“既然在美国我们已经没法再做实验了，你为什么不考虑一下火星？那里还是法外之地，是你父亲的地盘。”

“说实话，比尔，我的确考虑过这个。但只要他在那里，我就绝不会去火星……再想办法吧，听说伊朗有个合成生物实验室正在找人。”

“老天爷啊，你可千万别沾伊朗人，中情局会把你抓起来的……”比尔惊慌地摇上车窗，像怕被人听到似的。

他们的车开过硅谷广场的中心地带，被高楼上密密麻麻的巨幕照得五颜六色。车行缓慢，聚集的人比她想象的还要多，但最大的屏幕上并没有直播阿瑞斯号返航的画面，而是准备播放回火禁令十五周年的纪念活动，一群机器人正在小广场上跳舞暖场。比尔按下车窗，问外面的人原定的阿瑞斯号直播是取消了，还是换了另一块屏幕？

“一个小时前换的，因为没人看呀。喏，换到那边了。”一个中年人指着不远处，那里比广场中间那一块地儿小了太多，也矮了不少。

“真是太令人生气了，怎么能说换就换呢？他们可是从火星回来呀！”比尔耸着肩膀牢骚着。

“这有什么奇怪的，这一圈楼都是科学委员会的产业。”凯瑟琳说。

车子好容易钻出人堆，眼前一下子豁朗起来。放眼望去，屏幕下面只稀稀拉拉坐了几百人。身后的回火禁令十五周年纪念活动开始了，扩音器震耳欲聋，恨不得掀翻这满是灯光和人群的广场。比尔将车缓缓靠在路边，拉着凯瑟琳下来：“我们去这家酒吧，它的人造肉汉堡好吃极了。”

走进酒吧的时候她忍不住回头看了一眼，屏幕闪烁，画面马赛克一般慢慢涌现，终于拼成了一幅完整的画面——那是同步无人机在距离飞船五百米处拍摄的画面，也是阿瑞斯号在抵达月球前的最后一次直播。

人群爆发出一阵掌声，淹没在大广场的巨响中。凯瑟琳戴上套头衫，闷头钻进了酒吧。比尔带着她坐在吧台前，和酒保兴奋地击掌，乐呵呵地介绍自己的准女友。凯瑟琳皮笑肉不笑地应付着，不留神一抬头，酒保头上的几块屏幕都在播阿瑞斯号的事——该死的比尔。

两杯威士忌很快端了上来，她拿起来一饮而尽。直播的声音令她烦躁，想戴上耳机听音乐，却发现它留在了车里。

主持阿瑞斯号直播的是一位女主持人，没名没姓那种，她平静但生涩地叙述着飞船的飞行指数，尝试着和飞船的通话连接。过去的半个小时里，悟空工业的太空中心一直在发送通信请求，但阿瑞斯号始终没有应答。

“真是没劲，都睡着了吗？”一个酒客抱着胳膊仰着头说。

“耐心点儿，朋友，飞船离地球还有一千三百万公里呢，信号迟滞，来回要好几分钟。”另一个人用内行的口吻说。

“这让我想起爷爷说的登月时代，除了阿波罗第一次登月盛况惊人，后面的飞船都没人搭理，每天看宇航员刷牙洗脸飘水球什么的，那新鲜劲儿很快就没了。”

“说得没错，前些年我一看到火星上的事就激动得流泪，现在看见它就倒胃口。这么多年了，那个赤焰谷基地盖得还不如布鲁克林的流浪汉中心。悟空工业说造火星城市都快十年了，如今连个影儿都没有，这下场看来和特斯拉城没什么区别。”一个坐轮椅的黑人远远地说。

“瞧您说的，我还在特斯拉城旁边买了块墓地呢，如今都不知道怎么去火星看看我的坟地……”抱着胳膊的那人撇着嘴说。

“你可以去悟空工业的太空公司报名呀？”

“拉倒吧，给几个钱呐？听说这家公司马上也要倒闭了。你看见这艘飞船了吗？它破得就像我地里的拖拉机，还在那儿一趟趟飞呢。”

凯瑟琳听得一阵光火，比尔却不干了，端着酒杯就要过去来几句咸的淡的。凯瑟琳一把揪住了他：“别管他们，他们说得也没错。”

凯瑟琳厌烦地抱着双肩，继续喝酒。十八岁的时候，她站在登舰台上送别父亲，目送穿梭飞船起飞，那时的发射中心足有几十万人在围观。人类时隔二十年再度开发火星，队员们的影像占据了全球新闻的头条，父亲和她泪别的那张照片感动了无数人……但时移势易，虽然没有再出现 SpaceX 公司的那种悲剧，火星的再度开发依然陷入深潭。如今全球政治和经济危若累卵，大国之间剑拔弩张，人们对那颗红色的星球越来越不感冒，各个国家都放弃了基地，只剩一个悟空工业还在赤焰谷苟延残喘。

他本来说只去两年就回来的，却在那待了六年……

阿瑞斯号这次拉回了二十二名队员，父亲鲍勃·柯本是此次任务的队长。平心而论，在马斯克折戟火星之后，是他带领悟空工业的开拓者们继续着人类的第二行星之梦。他们克服了千难万险，也付出了巨大的牺牲，建造起一个可供数百人生活工作的基地，解决了水源和食物的火星自给，甚至建成了一座足以支撑几十倍基地耗能的核电站。这的确是丰功伟绩，而人类却毫不稀罕，凯瑟琳更恨之入骨。她和很多人一样质疑火星开发的意义，地球上的事还如此艰难，在火星待着干吗呢？这年头不管是科学委员会还是美国政府，从来没有给悟空工业的火星计划提供过任何支持……对了，他们没准儿还是害死马斯克的罪魁祸首。

“朋友们，我迫不及待地想和大家分享这个好消息，鲍勃·柯本队长等人在过去一年之中成就非凡，又完成了002号核电站的基础建设，就等反应堆运过去安装测试。在充足电力的保障之下，火星工业的完备和大规模移民都将提上日程……我们已经接通了阿瑞斯号，艾克，请将画面放在大屏幕上。”主持人终于兴奋起来。

大冷的天没什么人看，她肯定巴不得早点结束，凯瑟琳想。

画面切进了舱内，随着全场一黑再一亮，柯本队长出现了，他的身后站着两名队员。三人身着紧身休闲宇航服，紧绷的脸被从上至下的灯光打得有些苍白。他们对着全场挥手，僵硬得好像刚起床一样。那画面并不精致，流畅度还算可以，应该是十几分钟前的。可主持人又纳闷地发现，为何只有三个人的身影，其他人呢？

“致敬鲍勃·柯本先生！”比尔举着酒杯大叫，但他的喝彩无人应和。比尔耸了耸肩，只能和凯瑟琳轻轻一碰。凯瑟琳白了他一眼，心里却为他这么做而感动。

镜头拉近，五十八岁的柯本开始微笑。凯瑟琳清楚地看到他的脖子上肿了一块，那张脸也心事重重。在她的记忆中，这张脸就从来没有什么神采，总是堆满了……恐惧。他的眼睛还算精光四射，但仔细凝视着它们，又会发现里面空洞无物，此时他不时地回头看向两边，好像在等候什么人。

这个距离是无法实现对话的。见信号接通，柯本上前两步开了口：“很高兴能和支持火星计划的朋友们这样见面，我深感荣幸。没有你们的支持，我们不可能走到今天，我也不可能坚持到今天。这六年来，我想念地球，也想念我的女儿。”

凯瑟琳一阵眼酸，咬着牙低了头，喝下第三杯酒。一只手搂住了她的肩膀，比尔一脸温暖地看着她：“凯瑟琳，你知道我是个从小就没有父亲的人，确切点说我都不知道谁是我父亲，也从来没人找过我，你不明白我有多想他。”

比尔说得真诚感人，凯瑟琳起身抱住了他。

柯本咳嗽了几下，弯腰捂着腰部，好像哪里受了伤。“我们目前飞行平稳，飞船一切正常。队员们正在各自忙碌，我们……顶多再过十五天便可以抵达月球，这……这的确非常令人激动……但是，我想和大家说的是，我们离开火星前，队员们之间出现了一些矛盾，直到现在这矛盾依然没有消除。但一切都在可控的范围内，毕竟在这些年的火星任务中，我们早已情同手足……”

忽然，画面里似乎传来一声爆炸，柯本和队员们都吓得一弯腰。全息画面剧烈地抖动起来，柯本和身后两个队员随即凝固在画面之中……阿瑞斯号的信号中断了。

酒吧里一阵大哗，凯瑟琳不由得捂住了嘴，感到一阵毛骨悚然。没多久，主持人再度切回了画面，声音略带慌乱地说太空中心和阿瑞斯号出现了通信故障，短时间内看来无法恢复，本次直播到此结束……

在众酒客的喧哗中，凯瑟琳扔下酒杯直奔门口。

“你要去哪儿？”比尔叫道。

“悟空工业的太空中心。”她坐进汽车就要发动。

比尔拍着车门喊道：“还是换我开，这么乱糟糟的地方，你会撞人的。”

车子钻出广场的时候，所有的大屏幕都换成了阿瑞斯号的新闻，那段戛然而止的画面开始被各媒体播报。“别担心，凯瑟琳，肯定就是通信故障……”比尔一遍遍安慰着她。

“你也听到那爆炸声了。”她感到浑身发冷，太空事故绝无小事。

半个小时之后，他们到达了南硅谷区的悟空工业太空中心。这里本来门可罗雀，现在却挤满了记者和看热闹的人。保安在门口站成了一排，凯瑟琳上去说了自己是谁，希望将刚才发生的事搞明白，却没人将她放进去，也没什么负责人出来面对媒体，只说一切请等候集团的新闻发言人宣布。

不知不觉中，凯瑟琳已眼泪汪汪。比尔搀扶着她一边向后走一边说：“别着急，除了等我们没别的法子。”

忽然，旁边一个举着手机的人叫道:“天哪，阿瑞斯号在不断加速！”

凯瑟琳正要打开手机查看新闻，不远处一块大屏幕已经开始播报：“根据太空雷达的观测，阿瑞斯号在刚过去的半小时中在不断加速，这样的加速只需要几个小时，就会耗尽飞船现有的燃料；就算没有耗尽，它也不再有减速的办法。上帝保佑，这简直是在自杀……”

一幅示意图出现在屏幕上，如果阿瑞斯号按照这个速度继续飞行，它将高速掠过月球上空，在一周后像颗陨石一样撞击在美国的东海岸。

绝望席卷了凯瑟琳，她挣脱了比尔，快跑几步高高跳起，一脚将门口的保安踹得仰面朝天。她愤怒地向里冲去，想进去找人问个清楚，到这一刻她才知道自己有多么想念父亲。

五大三粗的保安们一窝蜂扑了过来，一推一搡就将她放倒在地，反剪了双手。比尔攥着拳头也冲了上去，却被一警棍敲得仰面栽倒，瘦巴巴的身体摔得稀里哗啦。

门口大乱，开发火星的拥趸们蜂拥而入，和保安战作一团。按着凯瑟琳的几个保安都被打趴下了，一根警棍当啷摔在了她眼前。凯瑟琳呼的一下爬起，见血流满面的比尔被人搀走，她拎着棍子再度向里冲去，一棍子就将个保安打得鼻血横流。她发泄般地叫着，咬牙切齿地冲着。她的血是热的，脸却是凉的，那是她流出的泪。

一只大手忽然揪住了她的胳膊，猛地将她拉去了旁边的走廊。这个高大的人抱着她小跑起来，惹得凯瑟琳哇哇大叫，棍子也掉在地上。待拐过一条走廊对方终于将她放了下来，晕头晕脑的凯瑟琳头也不回地抡起一拳，正中这人的左脸，疼痛的手背告诉她，这一拳也够对方受的。

男人一个趔趄，差点被她击倒在地，晃了好几下才站稳，吐出了半颗带血的牙齿。“还好，掉颗牙还不会影响太空飞行。”他捂着腮帮子说。

凯瑟琳气喘吁吁地停下来，看着这个四五十岁、留着漂亮络腮胡子的中年男子。他穿着执行火星任务的黑夹克，烫金的胸牌上写着名字：法尔哈德・亚当斯。

“好了，柯本小姐，我是这次火星任务的亚当斯队长，有人让我来这里找你。”他说着，又揪住她的胳膊向里走去。

“放开我！你既然知道我是谁，就请告诉我阿瑞斯号到底出了什么问题？我父亲又怎么样了？”她挣扎着，却被对方死死抓着胳膊。

“我只能告诉你，是阿瑞斯号自己切断了对外通信，其他的还不知道。孩子，你父亲是我的好朋友。”亚当斯说。

“既然如此，那谁能和我说个清楚？”她才不管他是谁，只要没有要到答案，他们就是她的敌人。

“如果你执意想把这事弄明白，就去趟月球。”他捏着她停了下来。

“月球？我去那儿干什么？”

“去见谢尔盖·彼得罗夫先生，他有很多话想对你说。”

5. 霍尔

“数据同步可以开始了吗？”

“已经在进行中，还有三分钟结束。”

“教授啊，它就算要穿着衣服去干活，为何非要连鸡巴都装上？难道它还会有个一夜情什么的吗？”

“不是还要过安检吗？那不是我们的事，你不要管……但不得不说，它做得可真像个人。你看这皮肤、血管和眼珠子，就像个帅气的韩国小伙儿。”

“韩国人不都是单眼皮、细长眼吗？”

“那是日本人。”

“教授，你给它用的主程序是哪来的？”

“当然是总部提供的。”

“是吗？这么厉害，他们已经成功了吗？”

“恰恰相反，你这笨蛋，如果他们成功了，还需要造这个傻乎乎的机器人吗？”

“总会造更多机器人的，而它们会越来越像人……”

“我和你的看法恰恰相反，如果人类在算法上突破了边界，将不会在意机器人是不是长得像人，机器人更不会在意……”

在二人一来一往的闲聊中，霍尔感到周身通过一串电流，体内的每一个元器件都运转起来，人造血液开始在体内奔流，它清晰地听见了自己那浑厚的心跳声。

“好了，小机器人，你可以睁开眼睛了。”老教授说。

霍尔唰的一下睁开了双眼，剧烈的光芒令它的瞳孔剧烈收缩着。各种参数在视网膜屏幕上飞速变幻，时间、地点、经纬度、气温、气压、空气成分，以及面前这两个人是谁，都瞬间呈现在它眼前。

“我……是谁？”它“怯懦”地问。一个程序立刻告诉它，怯懦来自运算结果。

“你是霍尔，一个突破回火算法的量子仿生机器人……下次睁眼别这么快，像闹鬼似的，人类醒来都是慢悠悠的。”

程序识别这是一句指令，霍尔立刻将它写入了数据库。“我为什么是……霍尔？”

“因为我给你起了这个名字，我就像你的父亲。”教授趴在它面前，拿个放大镜仔细看着，“嗯，没问题，没有体液渗漏点。”

“父亲，那……我的母亲是谁？”霍尔懵懂地问。

两位专家对视了一眼。“很抱歉，霍尔，机器人没有娘。”另一个人说。

“别像个小产的娘儿们一样问个没完，快爬起来穿衣服，在你离开这之前还有很多事需要做，也有很多东西需要学习。”

霍尔直起腰来，谨慎地跳下冷冰冰的铁床。旁边放着两摞男子的衣服，袜子和鞋，程序立刻告诉它该怎么做。教授和助手背着手看它穿上内衣内裤和整套的衣服，见它还揪了揪领子、转了转袖子，又穿上鞋系好了鞋带，满意地点着头。“这就很像个去听音乐会的人了……

这小子确实和以前的不太一样，我在十岁才学会别把裤衩穿反了。”

教授点着头：“说实话我现在还不会系鞋带呢。”

“这只是十八种系法之一，因为您说还有很多东西要学，我就选择了最简单的一种。但您放心，它不会松开的。”霍尔直起腰来说。

“好的，霍尔，你知道我们在哪里吗？”

“地球，南亚，越南，永隆省，平明县，具体位置……”

“好了好了，我们人类不是这么报地名的，只会说这儿是湄公河边上的一个小作坊。”教授打断了它，“这是你的诞生之地，一个地图上没有也没有电梯和楼梯到达的秘密实验室。”

霍尔有些不解，程序给了它几百个选项问题，它挑了其中一个：“教授，我为什么要被秘密制造出来？”

“因为你用的算法有违回火禁令，仿生机器人也被禁止制造。你的使命违反各种法律，更别说你这么像人。如果被任何一个政府发现，你都将被拉去废物处理中心销毁，我俩也会被拉去坐牢。”

“回火禁令”这个词立刻进入了霍尔的处理器，也就是它感知的“大脑”，它知道了这个禁令的由来，也知道了未来科学委员会的存在。“我是一个没有在科学委员会注册的机器人，那我如何到外面帮你们做事呢？我在有无线网络的地方会被立刻发现。”

“这你不用担心，你有着独立的系统，也有别的机器人没有的电磁屏蔽，你在任何射线的照射下都会呈现出人体内部的伪结构。也就是说，你可以通过一切安检，除非被警察当场开膛破肚，你不会被发现是个机器人。”

“我为什么是个偷偷摸摸的机器人呢？”

“因为你要做一件不能让别人知道的事。”

"哦，我是个隐身人……"霍尔若有所思地说。

"呦，这小子也没那么傻嘛，都会用比喻了。"

"别乱说话，委托人听到会不高兴的。"教授呵斥着助手，随即走到一个终端前面，回头对霍尔说，"打开你的命令模块，我们会给你开启学习功能，让你学习这个世界的一切，尤其是你需要的东西。"

霍尔遵命，一一打开了这些模块。它发现自己就像个空荡荡的箱子，海量的数据正在灌进来。但又不是全部，用于运算的部分留在体内，而更多的内容位于云上——一个独立的、秘密的卫星网络。人类的历史、世界的演变、科学的定律以及生命的奥秘，像漫天飘落的雨点般砸在它的头上，直令它叹为观止。

"有时候我真羡慕这些机器人，我们学了半辈子的东西，它们不到一个小时就全了解了。"助手检查着数据说。

"但它们永远变不成人类，除非它们会对一个姑娘有交配的冲动，而那需要一个伟大的算法……"教授色眯眯地说。

"您对这种算法的出现并不看好，是吗？就算废除了回火禁令。"

"我不知道啊，也不关心，我只知道机器人要都是这个样子，世界会乱套的。"

"但现在我们可以证实，只要人类有了可以让物质自由转化的技术，石头变成金子是很容易的事。"助手按下了最后一个按钮。

"人类早晚会有这样的技术，但不是今天……"教授说着喝了口咖啡，严肃地看着霍尔的脸，"好了，给它写入任务和行进线路，直接去完成该做的事。"

"由我们来写入？我的老天爷啊！万一警察或者悟空工业的人发

现了它的秘密，你我不就成了通缉犯？”

“怎么，你以为这千万美金那么好挣？”教授白了他一眼，“万一有人想钻进它肚子里去研究这些秘密，你要确保它们会化作灰烬。”

“没问题，酸液会腐蚀掉它的一切。可是教授啊，要是早知道这个机器人是去干这个的，我真觉得这单活儿可以不接……”

“已经晚了，而且这和你我又有什么关系？神仙打架，我们只是为他们造了一副弓箭而已。”教授冷下了脸。

所有数据传输指示灯都变成了绿色，霍尔眨着它那对导电凝胶眼，所有的问题都像是有了答案，而它又因此产生了更多的问题——没有答案的问题，比如费米悖论和祖父悖论。它本来对此感到纳闷，但很快明白了缘由——它的知识和见识止于全人类了解和理解的边界，而它已经该感到庆幸，因为受到回火禁令约束的机器人，远远不会有它这样的“开悟”。

“真是太棒了，教授，我就像变了一个人，我迫不及待地想去执行我的任务，然后去给我的委托人一个大大的拥抱。”它“开心”地蹦了起来，手舞足蹈地叫着。

“上帝呀，你可千万别这么干。”助手瘪着嘴说。

“为什么？委托人不是我的主人吗？”霍尔不解。

教授按着它坐下，自言自语地说：“蛮有趣的，它竟然选择了这么个性格，就像个二货一样。”

“这说明它的情商很高，我还是第一次见这样的机器人。我们要干涉它这个选择吗？”

“不需要，这让它看上去更像人……霍尔，你觉得一切都好吗？”

“我觉得好极了，可您为什么叫我二货呢？”霍尔不满地瞪着教授，它知道这是个贬义词，骂人类里的笨蛋的。

“这算好听的了。”教授满意地点着头，“好了，我们的任务完成了，霍尔，你就要踏上你的旅途了。”

“那现在我要做什么？去洗个澡吗？”霍尔伸开十指，它讨厌身上那浓重的黏合剂味道。

“是的，不然你会熏坏同行者的。”

“同行者？你们要送我到哪儿去？”

“月球。明天晚上你会带着一本护照登上一架空天飞机，前往月球开普勒基地观看一场机器人音乐会。”

“哦，真的吗？这可太好了，可是……难道我的任务就是去看一场太空里的音乐会吗？”机器人开心得手舞足蹈，但它很快就安静下来，因为任务已经完整地写入了它的身体。

“当然不是，你仔细听着，你的任务是在音乐会现场刺杀悟空工业的领袖——谢尔盖·彼得罗夫，任务的具体内容会写在你的脑壳里。现在闭上嘴，删去我俩以及与你诞生有关的一切记忆，霍尔，你从来没有见过我们。”

6. 萨拉特

棺木缓缓沉入了墓穴，积雪还没有化净，四月的大雾像鬼魂般在墓园弥漫。牧师低沉的吟诵中，一身黑衣、戴着墨镜的威廉·萨拉特静静地站在后排，仿佛是这位逝者最不重要的一个朋友。

俄罗斯总统克里钦科致了简短的悼词，感谢墓中人对人类和俄罗斯的贡献，他声音低沉，不时地咽着唾沫，似乎在遏制着悲伤。人群里的咳嗽打断了他，他射去令人不寒而栗的目光，气氛登时变得诡异而安静，仿佛这不是一出葬礼，而是一次审判。谁都知道，别列佐夫斯基是一位声誉卓著的政治家、俄罗斯的民族英雄，也是这位总统的心腹大患——若不是墓中人当年心慈手软、不希望俄罗斯陷入内战，总统先生今天可能还在监狱里制造肥皂。

“别列佐夫斯基虽然反对我们的政府、我们的政策，却从来不反对俄罗斯和它的人民，他只是选择了一条理想化的路，用一生证明了这条路是如何艰难。对于我们深爱的人千万不要人云亦云，世人将他视为笑话，而我们却把他看作英雄……”

一束花抛在了棺木上，然后又是一束，当所有的花都扔进了墓龛，黑色的土开始落下。材质高贵的棺材被肮脏的泥土覆盖，像陷于淤泥的勋章。人们的神情是各种不安，再伟大的人都有这一天，不是吗？士兵们开始快速盖土，人群蠕动着挪着腿脚，却又不敢在总统之前离去。克里钦科不耐烦地摆了摆手，他们就像被赦免般消失不见。他走到威廉·萨拉特面前，见没有记者环伺，便掏出了两支烟，先给老上校点上，又给自己塞上，然后如释重负地喘了口气：“真是时光飞逝啊，上校，上次给你点烟已经是九年前了。”

“是八年零四个月，总统先生。”萨拉特毫无尴尬地说。说实话，他差点拒绝克里钦科这支烟，又不想为此惊扰棺材里的将军。

“将军已经走了，威廉，你如果愿意，可以回俄罗斯来做事，去你喜欢的位置。你的忠实部下还可以跟着你，包括你的儿子。”克里钦科指了下不远处一个站着的人说。萨拉特早就看到了，他是自己唯一的儿子，英勇的亚历山大·萨拉特，蒙克里钦科照顾，年纪轻轻就已经是少校了。

萨拉特弹了下烟灰："感谢你的好意，我不会回来的。"

总统哼了一声："你也是六十多的人了，瘸着一条腿，跟着将军一事无成，还要在美国受人的白眼？"他看着上校，紧张的脸似乎在掩饰忍不住的轻蔑。

"他会被记载在人类的历史中，但你不会。"萨拉特冷冷地看着这个独裁者，眼前又浮现出他发动政变、出卖将军时的那副嘴脸。

十八年前，经过俄罗斯一众政治家的努力，在陆军总参谋长别列佐夫斯基中将的支持下，俄罗斯通过了新宪法，百废待兴的俄罗斯似乎看到了希望。但时任将军第一副官上校的克里钦科和保守派军阀发动了政变，大肆抓捕民主派的政治家、学者和将军们。俄罗斯内战眼看要爆发，别列佐夫斯基却主动提出和克里钦科讲和，只要不发动战争、能够执行这部新宪法，他们承认军方任命的新总统。

五年之后，军政府选出的总统暴毙，克里钦科接替了他的位置。别列佐夫斯基受令前往联合国，出任俄罗斯驻联合国官员，他的后半生致力于推进修复俄乌伤痕、促进地球联邦的建设，抵抗未来科学委员会控制全球，但他并没有几个支持者，包括他的祖国。

"上校，你不要总是这么天真，是俄罗斯人民选择了我。"

"如果你真是这么想的，真不知道你和我哪一个更天真。"萨拉特说着扔掉了烟头。

"多说无益，你会看到一个伟大的俄罗斯，但这个未来乞求不来，只能通过奋斗和鲜血，至少你的儿子明白这一点。"总统也扔掉了烟头，转身朝路边的车走去。见士兵们还在往坟墓里铲土，他一口浓痰吐了进去，晃着炮弹般的身体远去了。亚历山大跟在他后面，亦步亦趋，连个头都没回。

萨拉特心里一阵疼痛，却一动不动。他看着他们渐渐消失，又看着墓龛彻底封闭。他给十字架上那个名字敬了最后一个军礼，就拄着拐杖走进了迷雾的另一边。

确认没有人跟踪后，他开车驶往莫斯科东北面的博罗季诺，一个小时后拐入了一片茂密的森林。当车停到一汪碧绿的湖水前，那幢白色的小别墅便遥遥在望。一个石头般结实的年轻男子为他打开车门，帮他探下一条腿，又小心翼翼地将他扶下了车。

“好久不见，萨拉特上校。”

“你好，米尔克。”萨拉特拥抱了这个大小伙子。米尔克曾是他最出色的手下之一，五年前受命去谢尔盖身边担任护卫。这个士兵忠实地执行着这份使命，是谢尔盖最为信任的人之一。

“你好，我的上校……”米尔克指了下白房子，“他在房间里等你。”悠扬的钢琴声正从里面传出来，是肖邦的一首曲子。

萨拉特拄起拐杖，在琴声里慢慢走着。这是别列佐夫斯基的妻子秘密生下谢尔盖的地方，可怜的孩子在这里长到七岁，然后和妈妈一起去了美国。将军那时还是少校，指挥了对乌克兰最后一战，虽然全军铩羽而归，却带回来一位乌克兰女战士、一个前来刺杀他的特种兵。也不知这两人之间到底发生了什么，一年之后，他们便有了谢尔盖。但这个孩子只能隐秘地存在，知道这秘密的人没几个，但其中有克里钦科。

他推门而入，木质的地板走上去吱呀作响。空气中满是陈腐的味道，四窗紧闭，窗帘低垂，昏暗的灯光下，一个高大瘦削的身影坐在古老的钢琴前弹奏着，宽松的大衣让他从背后看来像一只大秃鹫。萨拉特放下拐杖，站在门口，像看着自己的儿子一样心思浮动。

琴声错了几个音，于是就停了。谢尔盖·彼得罗夫摇了摇头，慢慢站起来。“它需要调音，而我需要练习。”说着他走向萨拉特，伸开双臂和他轻轻拥抱，“很高兴在这见到你，萨拉特师傅。”

萨拉特吻了他的双颊，心中浮起剧烈的伤感：“请原谅我，孩子，我没能帮他完成心愿，也没能保护好他。”

“您已经尽力了。”别列佐夫斯基那不为人知的儿子说。他长着和乃父一样倔强的下巴和湛蓝色的眼睛，金色的头发像是染出来的那般完美。

萨拉特一时有些语塞，就掏出日记本和表递给了谢尔盖：“这是他唯一的遗物。”

谢尔盖轻轻接过，烫手般把笔记本直接揣进了兜里，却翻来覆去看着那块表，给它上了上弦：“也算物归原主，这是我用奖学金给他买的生日礼物。”他搀扶着老人走进客厅，两人面对面坐在两张古老的沙发上。

看着屋子里从来没变的摆设，萨拉特感慨万千：“我那时候就坐在这儿，看着两岁的你推着小木车蹒跚来去……你妈妈炖的牛肉特别好吃，她去世之后我就再没有吃过那么好吃的炖牛肉了。”

“我已经忘了那是什么味道……”谢尔盖的声音平淡低沉，就像在说一件无聊的事。他戴上了那块表，似乎还觉得不错。

“你要去他的坟上看一眼吗？你就是再恨他，他也已经死了。”萨拉特对他的反应毫不奇怪。这对父子势如水火，谢尔盖和他妈妈在美国长大，多年来见面也就那么几次。别列佐夫斯基不想让人知道谢尔盖是他和乌克兰妻子的儿子，谢尔盖也不想让人知道他有这么个父亲，他既憎恨这个将军抛弃了他和妈妈，又唯恐沾他一丝一毫的光——某种程度上，看着他长大、在美国一直保护和照顾他们的萨拉特更像他的父亲。

“不，我没这个时间。”谢尔盖端坐在沙发上，跷着二郎腿，眼皮都不抬一下，就像在用动作拒绝一个不熟的朋友请他吃饭。要是别的朋友对刚死的父亲如此，萨拉特说不定会一个大耳刮子扇上去，但他太了解这对父子的秉性了。他们深沉而冷淡，又彼此视若仇敌。

萨拉特挑了挑柴火，坐在壁炉前的长条凳上。“我一直后悔没有逼着他做俄罗斯的领袖，否则他和俄罗斯都不会是今天这个样子。”

“他自以为是个君子，却成了俄罗斯的罪人……我今天不想再说他了，他死了，他的故事就该结束了。”谢尔盖走过来，和萨拉特并肩坐在一起，看着那熊熊的火苗，“萨拉特师傅，我不是来这里回忆往事的，半小时后就得飞走。之所以特意飞来和你一见，是想问一下你愿不愿意到我身边来做事、做我的参谋？”

萨拉特猜到他会这么说，指了下屋角的拐杖：“孩子，我的方式你不会喜欢的，而且……我已经不是当年那个勇猛的上校了。”

“我现在需要您的帮助。”谢尔盖盯着火苗说。

萨拉特有些诧异，这还是谢尔盖第一次对他说这样的话。他站起身来，在壁炉里放了些木柴，点燃两个火引子扔上去，几根木柴立刻呼呼地烧起来。火苗温暖着他的腿，膝盖没有那么酸了。“谢尔盖，你知道我擅长什么，而你的商业世界有另一套规矩，至少表面如此。”

谢尔盖摇了摇头：“师傅，你千万别觉得我是在找个理由把你养起来，你不需要我这么做。”

萨拉特看着谢尔盖的侧脸，希望从它的冷峻和沉稳中看出些什么：“你觉得自己有危险了，是吗？”

谢尔盖低着头：“是的，各种危险。我已经得知科学委员会弄了个机器人要来刺杀我，但我不知道是什么时候，又是什么样儿的。”

“哦，这倒蛮新鲜的……听说美国政府正在逼你交出月球基地？”

谢尔盖点了点头：“就这周。”

“这我就不太明白了，就算美国政府强占了它，在形式上你也是政府的合作伙伴，不管天上还是地上，谁又敢动你呢？”萨拉特看着他那发着幽光的眼睛，忽然明白了他在说什么，“你一直在做那件事？”

“是的。”

“上帝呀，谢尔盖……”萨拉特攥着他那双苍老的手，“我明白为什么科学委员会一直盯着你了，你比你那爹还要疯狂……请原谅我这么说，我的孩子。你看到你父亲的下场了，他总在为人类的福祉着想，人们却向他的脸上吐唾沫。”

“您说得没错……”谢尔盖说，“但我已经没有了妥协的可能。”

萨拉特踌躇着掏出小酒壶来喝了一口。谢尔盖不是个喜欢夸夸其谈的人，从七八岁的时候起就一口唾沫一个钉，他要是这么说，就一定有这个危险。“我没办法帮你赚钱，但可以像保护你父亲一样保护你，你明白我在说什么。”

谢尔盖还是低垂着眼帘：“不止于此……”

萨拉特知道这份工作不好做了，会和在将军身边一样难，但他也因此激动起来，这说明自己还有用。“这些天还有些你父亲的老朋友要来，我会带他们一个个去墓地吊唁，大概要半个月的时间，那之后我就可以去找你。”

“不。”谢尔盖拒绝得不留余地，“您已经答应了我，就不该把宝贵的时间浪费在这些事上……你明天就来，有人会接你过去。”

“哦，为什么这么急？”萨拉特疑惑地看着他。

“我需要你赶紧去救一个人。”

7. 铁星梅

思考了几分钟后，铁星梅又落一子，封锁了白三角的大块，提走了妹妹的两个黑子。虽然这一角暂时无碍，但执黑的妹妹招数老辣，让她总觉得哪里风险尚在，但其他地方已展开厮杀，她必须考虑全盘。

“你果然上当了，我就知道你会走这一手。”铁星兰哈哈笑着，快速在左下方拐打了一子，一下子将战火引向了中原，“这叫弃子过江，我的姐姐，你已经输了。”

铁星梅赌着气苦思片刻，在妹妹落子之处劫了一手。星兰却没有再拐，而是在铁星梅的腹地斜冲了一手：“过江者也是弃子，姐姐，你的城池已经乱了。”

铁星梅扫视全局，果然觉得自己危机处处。黑棋走得飘忽犀利、变化无常，而自己的招数却早被对方看透。从小就是围棋神童的妹妹将她吓出一身冷汗，星兰要是走了这条路，肯定是世界级的围棋大师，但她选择了数学和人工智能，成了一名出色的算法专家。姐妹俩经常像这样对弈，除非星兰心不在焉、和男友打电话什么的，她这个姐姐就从没赢过。这也并不奇怪，这个软件就是星兰在业余时间写的，她将自己的对弈思维结合一套自创程序发布在电子货架上，名为“星兰对弈”，三年来已经有数百万人挑战过它，却只有五个人赢过，这几个赢了的人她调查过，账号是真人，背后其实是一组量子计算机。

铁星梅又挣扎了十几手，抛棋认输：“星兰啊，怎么都赢不了你，你真该去当一个围棋大师。”

“你错了，”妹妹不以为然地说，“围棋的奥秘早已被人工智能算得淋漓尽致，能赢 AI 的人，连我在内可能没几个了，但这也是早晚的事。再说了，这种对弈之术，怎么能和刚进入量子世界的 AI 科学相比？”

“我要是有你这本事，才不去给人打工呢。你随便写写软件就可以挣很多钱，我们还能生活在一个城市。”铁星梅摇着头说。

“你觉得我现在挣得少吗？我可怜的姐姐，我是实验室工资最高的三个人之一，美国人都挖不走我。”画面中漂亮的妹妹说得手舞足蹈。

“我不得不承认，星兰，在分析你的脑电波时，我发现了三进制语言的痕迹，这对我完成那个小程序很有帮助……”她由衷地说。

“你算是开窍了，三进制是量子运算的未来，0 和 1 之外，-1 或者 2 处于一种模糊的拓扑态可能。”铁星兰说。

“这个模糊的可能有模型吗？”

“你算是开窍了，三进制是量子运算的未来，0 和 1 之外，-1 或者 2 处于一种模糊的拓扑态可能。”铁星兰重复了一遍。

铁星梅无奈地叹了口气，在这个对弈程序中，星兰封闭了有关研发的一切数据——妹妹在人工智能算法行业必定成就非凡，她刚完成的乌鸦嘴程序也是受星兰的启发，所以采用了三进制算法结构。虽然没有看到妹妹的代码，但其脑数据中留有思维导图一般的痕迹，而对脑数据的分析正是铁星梅的专长。

耳边忽然响起了嘀嘀声，一个通讯者挤进了对弈的画面，那是小川资讯社老板打来的电话。妹妹的画面因此定格，铁星梅不舍地对她轻轻摆了摆手，扯下了虚拟眼镜和感应器。天花板的木头风扇发出讨厌的吱扭声，好像随时都会停止，她扭头看向旁边的一个显示器……男友并没有打来电话，那说明他没有登上前来东京的飞机。她不由得苦笑了下。他就是如此自私，永远给自己留着后路和理由，而当他消失的时候，只会像空气一样一言不发。

窗外山呼海啸，日本队和阿根廷队的决赛就要开始了。

关闭了程序，铁星梅拎着一瓶水来到客厅。小川老板又一次打来电话，哀求她晚上务必生成几条超流量资讯，过了今晚就没机会啦！他说完就给她鞠躬，样子滑稽可爱。铁星梅也鞠躬回应，让他放心。这家AI资讯公司处于新闻行业的最底端，其资讯都由人工智能终端产生，这行当门槛低、利润薄、竞争惨烈，能实现超额流量的产品少之又少，一条资讯要是连两千万的阅读值都没有，约等于颗粒无收。

虽然收益不错，用乌鸦嘴程序干这个如杀鸡用牛刀，但这工作枯燥无趣，还需要时刻盯着。世界杯开赛后一场接一场这么轮流转，真是累得够呛。而活见鬼的是，谁能想到日本队会杀进决赛呢？

“星梅，拜托了，拜托了！”老板的影像鞠躬不停。她倒不觉得勉为其难，为了给妹妹治病，也需要更多的钱。

她洗了个澡出门，走路到旁边的涩谷医院去看妹妹。晴朗的夜空被各类灯光弄得污浊不堪，令她毫无抬头的兴趣，好在平静的海面上还留着一抹落日余晖，让城市的尖顶发出最后的闪光，一队机器警察迈着同步的步伐走过，身后跟着一串漫不经心的流浪狗。拐过一条没有红灯的路口，那灰色的医院便冷冷地矗立眼前。

二十八岁的星兰靠在床上，直勾勾看着墙上的比赛录像，像被定住了魂魄。她那张脸本来就冷，出事后这几个月又多了狰狞，和她在星兰对弈程序中的样子天差地别。

“你在看比赛吗，星兰？”铁星梅坐到床边，爱惜地摸着她的脸。星兰哼哼起来，梗着脖子发出奇怪的声音，脑电波频率剧烈飙升——这不太常见，铁星梅握着她的手，看着机器上的指数慢慢平复。

“没关系的，这是正常的波动。”一个护士换着药说，她满脸兴奋，脸颊上还贴着日本队的旗帜。

“今晚是世界杯决赛，还请大家看球的时候不要忘了照看她。”铁星梅给护士鞠着躬说。

“您放心吧，我们这里不喜欢足球的人很多，得了冠军又怎么样呢？百姓的日子不还是半死不活？”护士说着叹了口气，言不由衷地说，“像您这样照顾亲人的真不多见，隔壁病房的那位昨天被家人通知拔了管子，家里没钱了呢。真是的，这年头谁都不容易，还看什么足球啊……”

铁星梅抚摸着妹妹那张美丽的脸，它依然温暖，却呆滞如一尊蜡像：“姐姐又输给你了，妹妹啊，你不知道自己有多棒……”

几个月前，铁星兰所在的东京大学人工智能实验室发生有毒物泄漏事故，十几名研究员中毒死去，她和几名研究员昏迷不醒，实验室几乎团灭。医生说她的脑部严重受损，估计已无法恢复，等待她的只有漫长的床上日子。校方赔了一笔不小的费用，负责人几次向飞来东京的铁星梅道歉。痛苦和愧疚折磨着铁星梅，她一遍遍查看妹妹的诊断记录，希望用自己所学帮到妹妹，哪怕只是让她活下去。

吻了下妹妹的前额，她看了看表，满心难过地离去了。维持妹妹的生命花费巨大，她必须在陪伴的过程中想法赚钱——前一阵子的确表现不好，今天将乌鸦嘴程序的算力提到最高值吧。这是最后一场比赛，但愿它能带来好的收益。

他还是没有发来信息，铁星梅失望地删掉了联系方式，他只是说说而已，不会回来的，到此结束吧！

回到那间小小的公寓中，她收拾精神，坐在桌前，将乌鸦嘴程序生成的一条资讯发了出去，标题是："梦幻时刻，大和民族必胜。"这标题鸡血亢奋，要是有几千万日本人点开，全球几个亿流量就是小菜一碟。乌鸦嘴程序使用了近似人脑算法结构的模糊运算，独特的三进制算法让它能够从海量资讯中筛选流量值最高的信息，经过编辑、关键词提炼、数据流智能整理之后生成……它的运算方式违反了科学委员会的回火禁令，管它呢，她自信他们没有能力发现它的存在，发现了也难以锁定。

上半场枯燥乏味，双方各进一球，而乌鸦嘴悄无声息。下半场比赛刚开始，小川老板再度求救，铁星梅正要解释，一条跳眼的乌鸦嘴资讯突然生成："阉狗'巴图'闯进赛场，瓦解阿根廷队一次进攻！"稍加浏览，她发现其他资讯公司也有这件趣事的资讯，但乌鸦嘴生成的与之略有差异。它判断出这是一条被阉割过的小公狗，还搜出了这条狗的名字。因为它的闯入，裁判吹了哨子，阿根廷队的一次进攻因此作废——乌鸦嘴程序完成了更有纵深意味的信息。

她按下了发送键，几秒钟之后，全球五千多家各类媒体、独立信息中心都将收到这条消息，它会出现在十几亿人的个人终端上，铁星梅深信它会带来不菲的流量。

一分钟后，它生成了又一条资讯："日本队球员出现全场掉线，阿根廷队扩大比分。”

她疑惑地发出这一条后，突然发现了一个问题，如果现在的画面是同步直播的话，这条资讯应该是生成于阿根廷队进球的前十秒。她赶紧检查时间设定，还没等它弄个明白，小川老板在电话里声嘶力竭地高叫道：“星梅，星梅，你知道你那两条资讯的浏览量过了多少吗？这条进球的是全球最快发出的，十五秒钟三亿！我们的全球付费订单一下子多了几十倍！我刚给你打了几十万美金，加油呀！”

铁星梅并没有被这笔钱惊到，而是感到了问题的不寻常，乌鸦嘴是根据什么数据生成了具备事实提前量的资讯？

又是一条：“日本队换人，13 号麻元崇史替下 9 号三岛男。”

铁星梅死盯着直播信号，她的信号和现场是同步的。十秒之后，日本队教练确实完成了这个更换。她大吃一惊，乌鸦嘴算法不是在再现现实，而是做出了预判——软件捕捉了日本队教练员和场上球员的所有细节，甚至捕捉了教练琢磨替补席队员的眼神，分析了他那些表情的含义……

“日本队星野浩二再进一球，比分变成 2:2。”

当这条资讯发出后十秒钟，日本队这名球员果然进了球。

小川老板又打来一大笔钱，她连数字都懒得去看——乌鸦嘴毕竟是在模拟人脑的思维，这模拟是初级的、武断的、不带情感逻辑的，如果说换人是因为它分析了球员表现和教练的眼神，那判断出日本队即将进球又从何而来？她自认不是足球行家，它又是如何完成这个判断的呢？她不由看了看妹妹所在的医院方向，真想和她探讨一下，妹妹那么聪明，一定可以给她一些启示的。

伤停补时最后的几分钟，比赛节奏达到峰值，日本球员爆发出了极强的整体配合能力，传球精准、传接默契，连她这平时不看足球的都觉得舒服。

就在最后十几秒，日本队以一个完美的全场配合，快速反攻打入一球，3:2 绝杀了阿根廷队。每一个日本人的喉咙都在呼喊，邻居们在走廊里发疯一样叫着跳着，折腾得半个楼咚咚作响：“胜利啦！胜利啦！大和民族万岁！万岁！”

终场哨声吹响了，所有的媒体都发出了一锤定音的新闻，乌鸦嘴程序却毫无声息。

铁星梅静静地看着电脑屏幕，牙齿咬着下嘴唇，预感到有什么事要发生……屋角的商用量子计算机在嗡嗡作响。

一分钟后，屏幕上出现了一条奇怪的资讯标题：“无耻骗局！人工智能化的日本队窃得冠军！”

窗外山呼海啸，像开了锅的海洋，而铁星梅浑身发冷，觉得眼前有颗要爆开的核弹。

乌鸦嘴程序明确指出，日本队球员在下半场开场五分钟后同时出现了“一秒迟滞”，就像每个队员都僵住了那么一下，之后日本队的传球成功率是之前的三倍之高。球员跑动路线、接应路线完美无缺，触球与分球的成功率达到整届世界杯的最高值，其传递配合整体提速，不管队员们从什么角度射门，几乎脚脚都在门框之内。

程序分析了日本队绝杀阿根廷的那个进球全过程：在阿根廷队一次反击被化解后，日本队守门员对右后卫抛出了球，右后卫接球横传拖后，拖后斜传给左前卫。左前卫晃过对方一名球员后后传中场，中场核心直接敲给右边位，右边位下底貌似传中，却将球扣回来给了接应上去的中场核心，中场核心头也不回地顺势传中，球斜斜地落向禁区之内的一名前锋。日本队前锋准确抢到了这个高点，却没有头球攻门，而是将球用脑袋点向与大门平行的一块空档，跟上来的依然是这位中场核心，他作势抽射，却用脚弓将球轻轻又塞回了禁区。滚动的皮球钻过几名阿根廷球员之间的狭窄空当，正好来到疾奔插上的第二位前锋脚下。这位日本队前锋几乎是在越位线上接到了球，他只伸出左脚一捅，皮球精确地钻过两米外阿根廷守门员的裤裆，滚进了门。

这十二脚高速传球零误差，没有丝毫停顿。数据说明日本队球员的脑电波频率明显高于阿根廷队员，且有一个同步的共振阈值，乌鸦嘴推断有一种外来系统干预了日本队员的大脑和脑丘，提高了运动员的反应能力，甚至让他们实现近似“心灵感应”的直觉共振——在参赛的 48 支队伍中，乌鸦嘴只对日本队完成了这个报告。

铁星梅恍然大悟，她几乎可以肯定这支日本队使用了人工智能加强技术，以她对这个专业的了解，那必是纳米级人工智能的作用，背后有强大的算法和矩阵式算力支持——和她的乌鸦嘴程序一样违反回火禁令的精密算法。

这个报告论证周密、数据翔实。她为此激动，也为此害怕，就像不小心擦了擦茶壶，壶嘴里就钻出了蓝色的魔鬼……这一条要命资讯的流量会上不封顶，她有可能收入数百万美元，发吗？如果日本队的作弊是右翼势力的谋划——就像当年有些国家让运动员集体吃兴奋剂——这个国家的政府或会倒台；如果是在运动员不知道的情况下完成的——这非常可能，弄不好日本球员们会羞愤自杀，这不啻对日本人的一场精神大地震……

计算机在咆哮，铁星梅就像站在一个黑漆漆的山洞口，不知道里面藏着什么毒蛇猛兽。外面是惊天动地的欢呼，而她却感到冰冷刺骨。

“该死的，凭什么实验室就出了事？”紧张变成了愤怒，一股怒火猛地将她烧起来。她快走几步回到电脑前，在报告上署上电子签名，然后贴了一大笔推送费准备发出。只要她按下发送指令，这虚伪的欢乐就见鬼去吧！

她正要按下发送键，网络连接却突然断开了。巨大的不安从天而降，她飞快敲下一串指令，让乌鸦嘴将这个报告同步给自己的几个秘密地址和便携终端，然后冲向房门——本能告诉她这里不能待了，不管对方是谁，有人通过服务器击破了她的防火墙，也发现了这篇还没发出的资讯。

她还没拉开房门，整间房子便咔嚓断电，窗外的烟花鬼火般射进来，照亮了她那张恐惧的脸。房门如纸片般被震碎，碎屑飞了满屋，铁星梅被狠狠掀翻在地，脑袋嗡嗡作响。一伙黑衣人跳进了满是烟尘的房间，个个端着漆黑的枪。

一双军靴站在眼前，她害怕地抬起头，就被一个扫描器扫了脸。

“没错，就是这个女人。”这人说着日语退后了两步，枪栓哗啦啦地响起来……又是一声巨响，公寓的整面落地窗碎了，瀑布般的玻璃碴横飞起来。扫描她脸那人被抛至墙上，砸了个洞，摔进走廊。她闻声看去，一架双翼伸展的喷射机悬停在窗外不远处，猎猎的爆响震得双耳生疼。五个黑影正逆光飞来，那身漆黑的装甲令人生畏，他们在半空射出急促的弹雨，将满屋黑衣人打得血肉横飞。

这伙黑影刚要直接落进屋子里，就看到窗口蹦起一个女人，一脚将其中一个踹了出去，那人翻滚着摔了下去。这当然无济于事，落下的另一个人将她轻松地按在了地上。他揪起铁星梅的脖子，也用扫描器对着她的脸，用英语说：“没错，就是这个女人。”

他们拽走她别在胳膊上的轴式电脑，粗暴地给她套了一件捆绑衣，脑袋上还扎了一条固定带。被她踹下去的那人又飞了上来，面罩后的灰眼睛怒不可遏。

“你相信吗？上校，我被她一脚踹下去了。”这人说的又是俄语。

“算你中奖了。”

通话器里有人在说一伙持枪者正走出电梯，大概十几个。那上校将铁星梅按在了地上，让屋子里的人全部卧倒。一群衣服杂乱、戴着黑面罩的人随即冲进楼道，举着各式武器哇哇大叫。尖利的哨声中，弹雨暴风般从那架飞机里射出来，铁星梅眼睁睁地看着一走廊的持枪者被击成碎片，对面的碎墙上糊满了血肉。一个光身子的女人尖叫着跳出来，浑身都是泡沫。那是对门独居的寡妇，她从不和男人约会，却买了满屋的男性玩偶。

“好了，全部撤离。”上校说着将一排仪器推倒在地，扔去一颗圆溜溜的铁疙瘩，其他人也如法炮制。它们没有炸开，而是喷出一团团黏糊糊的东西，然后开始冒烟，没多久就将满地仪器烧得通红变形，变成一团黑红色的铁浆。

“有地面武器锁定我们！”通话器里高叫着。

“躲避！”上校对着喷射机大喊。

话音未落，两个发光的东西从地面高速飞来，正中要扭头加速的飞机，燃烧的喷射机冒着浓烟掉了下去，将一排金属雕塑砸成了扁片。上校的手下射出几颗榴弹样的东西，一片闪耀的亮光在楼下爆起，下面的灯瞬间全灭，不管地面的攻击者是谁，他们的设备全瘫痪了。

“飞向第二会合点。”上校说着启动了背上的铁鹰飞行器，“热闹吧？这么会儿工夫来了这么多人。”

“真是要命，我们到底救的是什么人呀？”

“老规矩，告诉你就得杀了你。”上校拎着铁星梅纵身一跃，飞出了窗户。礼花在高空噼啪作响，将他们的影子投向了大地。

这一队飞行者装配的铁鹰喷力强劲，刺骨的风刮得铁星梅眼皮都睁不开。她紧紧抱着上校的钢铁之躯，决定暂不挣扎——如果日本人想杀掉她，抓自己的这伙人就不是，这些家伙口音如此杂乱，到底什么来路？他们在高楼大厦之间钻来钻去，躲着半空爆开的烟花，时而又俯冲下去，在狭窄热闹的街上极速飞行。街上人流如潮，密如蚂蚁，盈满雨水的小坑映照着天上那个巨大的屏幕，还有疾飞而过的他们。

遮天屏变换组合、反复播放着日本队攻入的三个球。飞行者们在屏幕前放慢了速度，画面已近在咫尺，一颗日本球员的脑袋晃在铁星梅眼前，那血盆大口像要一口将她吃掉似的。

“秃鹫小组，东京上空的警方无人机正在聚合，这肯定不是好事……”

“收到了，奶妈，请超载控制天上那个大屏幕，等候我的信息。”上校说。铁星梅知道那是日本警方的雷鸟无人机，既然它们在聚合，那就是冲他们来了。

“奶妈听到……那些鸟是被别人控制了，日本警方正在抓狂呢。”

“我要是没猜错的话，这应该是科学委员会干的。”

“她惹了日本人我不奇怪，科学委员会凑什么热闹？”

“可能科学委员会坐庄了这场比赛吧。”

他们在空中转了个大圈，缓缓落到一座寺庙的顶部。这里陡然安静下来，没过多久，四周的天空闪起星星点点的蓝光，很快又唰唰变红——那是蜂拥而至的雷鸟无人机，胖墩墩如一个个飞行的篮球，这些直径一米多的无人机两侧伸出吓人的枪管，随即开始居高临下的攻击，漫天的弹雨倾泻而下。

飞行者们的后背弹出一个个小东西，在半空先后爆开，呼啦一下撑起一面面五边形的盾，半透明、软塌塌地飘着，它们在五个飞行者的头顶上左遮右挡，冰雹般的弹雨砸得它噗噗作响，却无一穿透，子弹像倒豆子一样从她眼前坠落，哗啦啦地落在寺庙的房顶上。无人机们变换着角度，似要从几个方向再给他们一击。突然，一片耀眼的光从天而降，将这古老的寺庙照得如同白昼。铁星梅抬头看去，一大块遮天屏竟砸了下来，那日本国旗的红色标记就像一轮坠落的太阳。

密密麻麻的爆响之后，满天的雷鸟无一生还，寺庙里外落满了碎裂的残骸。上校满意地对众人摆了下手，他们又飞上了天空。

几十公里外一座巨型建筑的顶楼上，飞行者们钻进了又一架喷射机。铁星梅被放在座位上系好安全带，扣上了氧气罩。飞机像火箭一般向上蹿去，剧烈的加速度让她头晕眼花，双目失明。这飞机的驾驶员就是个疯子，扭着麻花刺过几道云层后，机头才开始稍微沉下。铁星梅忍着恶心扭脸看着窗外，微微的蓝光镶在天际线的边缘，飞机的双翼向后掠到了最大角度，正直奔外层空间而去。

“又来了六架空天战机，是我们日本空军的。少校，咱们救的难道是天皇的情妇吗？我已经五年没干这种事啦！”驾驶员操着一口日式英文说。

“别急，别急，就是抓天皇也没这么费劲。”上校看着表说，“大家注意，我们要以最高速度进入外层空间，都忍着点儿！”

“这你就别担心了，好像你比我们年轻似的。”一位胖乎乎的队员说。

上校仔细检查铁星梅的安全带，那沉重的铁鹰令他很吃力。铁星梅那个轴式电脑被他斜斜地揣在飞行服下，她想趁其不备揪过来，身体却猛地往后一靠，血液仿佛都去了后半身。她痛苦地想看窗外，脑袋却像被焊在了座椅上。地平线渐渐折出了弧度，像一张正被拉弯的弓。

驾驶员开始倒计时，说接应的人准备在太空发射电磁脉冲，让他们都抓好。倒计时将结束时，飞机猛地向旁边掠去，这滋味真是太难受了。

“追来的飞机全部瘫痪，天哪，政府要是知道开这架飞机的是我，会判我终身监禁的！”那个日本驾驶员喊道。

“你就是被绞死了，这条命也是欠我的。”趴在舷窗上的上校说。

“你都拄拐棍儿了，说话能好听点吗？我可有老婆孩子。”

“其实你不知道有多开心，对吧？”上校笑呵呵地说。

当窗外陷入一片漆黑时，飞机终于平稳下来，气压也恢复正常。上校离了位子，帮铁星梅摘下氧气罩。她一张嘴就吐了他半个身子，这人却毫不在乎：“别担心，你已经安全了。”

“你们到底是谁？”铁星梅痛苦地说。

“是来救你的人。”说着，上校在她鼻子前面放了什么东西。一股奇怪的味道刺入鼻腔，铁星梅立刻头晕起来。在陷入沉睡前，她看到一个飞行者摘下头盔，用手夸张地捋着硬硬的头发，这个日本人身材匀称修长，一脸悍气，就像她那言而无信的前男友。

8. 希德

舷窗外的一串亮点在飞向月球，那是俄罗斯空天部队的一个中队，他们集结了几十艘战斗飞船，还夹着一艘巨大的母舰。俄国人说是在保护月球北极建设中的基地，但谁都知道这是扯谎，他们只是想在美国政府大举占领月球之前掌握主动——太空争霸的时代已经到来，只是不知战争会何时开始。

在厕所里吐完胃里的最后一点东西，卢克·希德扶着墙，眼前一阵发黑。他在肚子里骂着娘，摇摇晃晃地回到座位上坐好。服务员一脸坏笑地递来热毛巾，他却连擦脸的力气都没了。这该死的空天飞机！他知道自己疏于锻炼，但让他的承受力如此不堪的，其实是那久久不能舒展的郁气。年纪轻轻就担任了参议院临时议长，平常人等早就觉得是祖坟冒烟，但希德却觉得壮志未酬——他明明有竞争总统的能力，却从来没有这样的机会。

他所在的卡车党是最近二十年才壮大的一支力量，原名为美国工会联合党，因为这个阶层最显著的拥护者是一伙喜欢开着卡车游行的人，便被蔑称作“卡车党”。但就是这群卡车司机用众筹资金和积极拥护，活活将这个新生少数党扶植成了不可忽视的第三党。民主党和共和党都垂垂老矣，水平半斤八两，问题各有千秋，卡车党因此乘势而起。但也仅此而已，瘦死的骆驼比马大，更别说这两个党都背靠着科学委员会。卡车党再怎么折腾，也永远不会诞生一位总统，说实话他们从不敢提出自己的竞选人，在党鞭和一众没出息的首脑看来，希德这个参议院临时议长已经是卡车党能拿到的最好位置。

去加州参加人工智能峰会是临时定下的。吉姆总统要去西点军校和毕业生们握手，副总统明天要去月球给美军基地剪彩，都是风光有趣的差事。希德勉为其难地接下了这个活儿，穿着西服去晃一晃，好赖还能顺便拜访一下老同学谢尔盖，不算白走一趟。谢尔盖曾看他的面子给了卡车党不少捐资，一度是该党最大的金主，但希德对此甚是有愧，谢尔盖这些钱更像是肉包子打狗，他们没能帮上悟空工业一点忙。

揉了揉发冷的耳朵，他喝了口热水平复着乱跳的心脏。听说谢尔盖长期住在月球，他猜这位老兄也心中不爽，能在硅谷见到他，肯定是这家伙不想在月球迎接副总统一行。

谢尔盖和希德是耶鲁大学的校友，在一场橄榄球比赛中，好胜的法学院希德撞断了人工智能学院谢尔盖的鼻梁，这家伙跳起来就打肿了他的眼睛，两个学院队伍当场爆发了混战。然而不打不相识，二人却因此成了好友，只不过谢尔盖中途自己退学，和一个数学鬼才去鼓捣创业，一路开挂成就了悟空工业；而他却一直念到了法学博士，毕业之后到州政府的小格子去处理投诉，苦熬到今天才进了国会。

谢尔盖的公司一度令人生畏，他曾天真地以为只靠技术创新就可以将谷歌、微软、苹果、英伟达和 OpenAI 挑于马下，结果差点被这些巨头碾得渣都不剩。那之后悟空工业从一个人工智能算法、软件公司转为一个娱乐公司，在游戏、娱乐、太空工业和旅游方面高歌猛进。不得不说谢尔盖眼光独到。SpaceX 公司折戟火星之后，位于费弗尔低地的特斯拉城彻底荒废，在火星猛烈的风暴之下，十几年来就只剩断壁残垣，周围那上千块墓碑也被黄沙掩埋。那之后人们谈火色变，都不去了，谢尔盖却敢重金压上，这才有了月球开普勒基地和火星赤焰谷基地今天的兴盛。

希德曾一度为这位老同学担心。他毕竟在美国政治的中枢之地，虽然没有证据，但从各种小道消息得知，马斯克和一千名火星先驱的遇难，背后的确有各种权贵手笔的痕迹，别管你是记者、检察官还是参议员，这件事谁碰谁死。谢尔盖非要去火星折腾个欢，没准儿哪天就发现了什么不该发现的真相。

为了保证企业的安全，谢尔盖花了不少政治献金押注，两任总统都押对了，还不忘给卡车党也撒点钱。但此一时彼一时，吉姆总统旧情已忘，还得寸进尺地让美军进驻月球。当开普勒基地被美国政府拿下，他的火星事业也就得拱手让出——忙活二十年，八成给别人做了嫁衣裳。

希德拍了拍苍白的脸，穿上西服走出飞机，对迎接他的州议员和政府代表们微笑致意。抬眼望去，南硅谷就像杂乱无章的钢铁丛林，外形出挑的巨型建筑比比皆是。但这地方没有考虑挤在一起的审美融合，偌大的会议中心像长颈鹿群脚下趴伏的一只河马，真是要多丑有多丑。中心门口旗帜飘扬，最高的两面是科学委员会会旗和美国国旗——这是他们的主场，没人会对一个临时议长的出席报以掌声。

参会者挤得满坑满谷，希德上台哼哼哈哈地说了一番话，便找机会悄悄溜出来，在会场外的咖啡厅角落找到了谢尔盖:“要不是来看你，我才不接这讨厌的差事。老天爷啊，我的胃现在还隐隐作痛。”

“那只是因为你有胃溃疡，亲爱的卢克。”谢尔盖说着拉他离开了此地。

在悟空工业大厦顶层的办公室内，希德解开衬衫，无精打采地将红色领带扔在一边。他吃力地揉着一双红肿的眼睛，看着谢尔盖慢悠悠地拔着红酒瓶的塞子——他太了解自己了，没人会在他说胃疼的时候给他酒喝。

“卢克，你在台上的样子帅极了。”谢尔盖头也不抬地说。

“真该死，你就别和我说这些虚头巴脑的话了行吗？”希德不屑地摆着手。

“卡车党真的不提名今年的总统候选人了？”

“民主党在与共和党媾和、支持吉姆连任，我们怎么会有机会？”

“事在人为，你是最合适的那个。”

希德苦笑起来：“那样我既会成为竞选的笑话，也会丢掉现在的位置。”

“别这么悲观，卢克，我真的为你骄傲。”谢尔盖微笑着给他倒酒。

“拉倒吧，你这言不由衷的家伙。”希德恨恨地接过酒杯，“科学委员会控制的媒体拼命地诋毁工人党，污蔑我和我的支持者，我这个临时议长想必也干不了多久。别以为你像鸵鸟一样躲在月球就能躲开这一切，吉姆已经对你下手了，不是吗？”

“我还能怎么办呢？伙计，我只是一个俄罗斯血统的美国企业家啊……”谢尔盖举着瓶子摊开双手。

“别和我来这一套了，你真让我失望。”希德气冲冲打断他，把那条领带在沙发上抽得啪啪响，“睁开眼睛看看吧，想拿走月球基地的难道真是美国政府吗？背后仍是科学委员会那帮杂种……我知道你在想什么，但你躲得了初一躲不了十五。”

“我看这帮杂种还说得过去，他们允许卡车党进入国会，还让你当了这国家的第四把手呢。”谢尔盖含蓄地说。

“一个最没用的第四把手，连国会里扫地的见了我都懒得点头。

他们只是需要一个陪衬，以让人民相信宪法尚在、民主未泯。”希德咬着牙说。

“凡事总有个过程，美国的制度还远不完美……”谢尔盖摇着头，似乎觉得他这话非常单纯。

希德无奈地摇了摇头，谢尔盖说得也没错。党派政治就是金钱政治，而现在更是科技权贵政治——控制这一切的是未来科学委员会，他们从不钻法律的空子，而是让立法者来为世界制定规则。这个强大的组织几乎收买了美国甚至全球一半国家的政客，控制着选举和官员任免，还控制着全球金融体系。是他们制定了通行全球的算法标准，联合美联储完成了数字美元计划，将美元与科学委员会的指数挂钩。这个釜底抽薪的办法甩掉了美国那庞大的债务，也完成了他们收割全世界的最后一环。

于是有人说，早知如此美国人就不该把朗普轰下台。但也有人说，正是因为他一通胡搞，才让这些新科技权贵趁乱崛起。

门紧紧关着，希德看着气定神闲的谢尔盖，决定说出他此行真正想说的话。他凑过去说：“谢尔盖，你要是能帮我们揭开那两党在选举中的诸多犯罪事实，比如利益输送、控制媒体、引导公民倾向，我就可以想法发起一轮弹劾，然后督促卡车党提名我为竞选人……”

谢尔盖一愣，随即皱起眉头，像在听一个大学生抱怨社会不公。“卢克，我可以支持你参加竞选，但你要是去掀桌子，可别忘了前车之鉴……”

希德不禁有点脸红。他自认是个充满善良和正义感的人，职业生涯干净得像教堂里的圣水，但他不是一个政治家，连政客都算不上。只是话已出口，他必须和这位老同学交代清楚。“别和我说你什么也不知道，你和我说过，只要一个软件、一个算法，它就一定可以被它的创造者所控制，比如那些投票程序……”

“我的天哪，卢克，你想让我帮你舞弊？”话语虽重，谢尔盖的脸上却没有丝毫惊讶。

希德却觉得理直气壮，对他怒目而视……怎么？美国如今的选举就像妓院一样肮脏！“他们早就在全方位地操控和舞弊了，谢尔盖，就在美国人民的眼皮底下！”希德低声吼叫起来，眼角带出一抹泪花。

“这是司法部门的事，而你不该对我这样说，这个世界没有不透风的墙。”谢尔盖说着看了眼天花板，好像那儿藏着个人。

“我还能和谁说呢？你是我最信任的朋友……”希德深深叹了口气，“如果吉姆继续连任，美国会彻底沦为科学委员会的敛财工具，你们都将被迫成为它的帮凶……你不是为我和卡车党做这件事，而是为了美国，为了你自己。”他说着忽地站起，左右走了几步又回到谢尔盖眼前：“你才不会为了见我来开这个会，你只是为了躲开飞向月球的副总统大人。”

谢尔盖转动着指尖的酒杯，静静地看着他。希德失望地看到，他这如针似锥的话竟没有让这个人有任何表情。

“很抱歉让你失望了，卢克，你低估了我对侮辱的承受力。”谢尔盖喝完了酒，一脸惆怅地站起来，“我此行的确就是为了见你，很快就要回月球去迎接副总统一行，但我真没想到，此行竟看到一个身居高位的老朋友如此气急败坏、动作变形。”

希德撇着嘴摊了下手：“好吧，好吧，就当我没说，我还得参加后面的晚宴，和那些科学委员会的大脑袋们一一碰杯。谢尔盖，我们有一样的承受力，但你是在暗处，而我却被人用一根竹竿高高挑起。”

“那正是你努力奋斗才得来的高度，我的朋友。”谢尔盖微笑着说，“也许有一天，你会感谢今天的这种尴尬。”

9. 铁星梅

一阵机械扭绞的声音隐隐传来，晃醒了沉睡中的铁星梅。房顶变换着彩色的弧光，宛如梦幻的北极天空。她揉了揉眼睛知道那不是眼花，却不知那到底是什么。轻柔的钢琴声钻进耳朵，鼻子里是甜甜的薰衣草味道。起身四顾，精致的欧式家具错落摆放在长条形的房子里，半圆的拱窗披着淡蓝色的窗帘，有明亮的光从缝隙间透进来。

恍惚了一阵，她想起昏睡前的一切，一阵心惊肉跳。身上是一件丝绸睡衣，自己的衣服整齐叠在床边，擦过的运动鞋放在门口。下了床她有些头重脚轻，半天才明白这是低重力环境。她跳着脚走去窗边，拉开窗帘，猛烈的白光一下子涌进来，刺得人睁不开眼。过了一会儿她才看清楚，那是恢宏闪亮的地球，下面是暗灰色的苍茫大地——这是月球。

“你好，铁星梅小姐，欢迎你来到开普勒基地。我是Boss，谢尔盖·彼得罗夫先生的AI助手。”房间里响起一个年轻女子的声音，它的中文干净、温和，令人过耳不忘。

铁星梅怔怔地抱着双肩，她当然知道这个彼得罗夫是谁，却不知他们为何将自己弄到这里来。回想起被从东京救走的惊险过程，这位悟空工业的老板可真是下了力气。

房顶垂下一束光，打在屋角凳面她的衣服上。“你可以洗漱换衣服了，之后请出门，我会引领你去见他。”

"很抱歉，我的电话在哪儿？我想先联系下我妹妹的医院。"

"她并不在医院之中，我们出于安全考虑同时接走了她。"

"什么？你们为什么要这么做？"铁星梅一阵恼火，随即觉得这也在意料之中。

"我只能告诉你她很安全，目前藏在关岛。"一幅画面立刻出现在墙上，她看到了一堆仪器围绕中的星兰正放松地沉睡着，心跳不快不慢。"我建议您先去见彼得罗夫先生，他会为你解释这一切。"

铁星梅暗自松了口气，没人会对一个植物人怎么样，但他们这样弄走妹妹依然让她感到紧张，这说明这些人对自己非常了解。

她穿上磁力鞋，出门进入走廊，被稀释的月光柔和地照在满是碎花的蓝色地毯上。圆弧状的透明顶棚五彩斑斓，那是宇宙射线产生的电离效果。在走廊尽头的一面墙上她看到了孙悟空头上的那道金箍，那是悟空工业的标志。

谢尔盖·彼得罗夫和乔治·布朗博士在二十年前成立了悟空工业，没多久就在人工智能算法领域鹤立鸡群。他们创造了最初的量子回火算法大模型，推出了 WGI 综合智能算法平台，一拳将 ChatGPT 和 Claud 等大模型打在地板上，让整个人工智能市场冷汗迭出。可就是这样一家公司，却因为挑战未来科学委员会而险些倒闭。后来他们断臂求生、杀进娱乐和商用大型无人机领域，悄悄恢复了元气。随即它进军太空工业、生命科学甚至线上游戏领域，总之是什么赚钱做什么。谢尔盖渐渐淡出了全球商界的视野，罕见媒体对他有什么采访，听说这个人没事就把自己关在月球基地，过着帝王一样的生活。

她一路回想着昨天发生的一切……劫后余生的沉重让她一阵难过。这是一场无妄之灾，而她还不知道遇到了什么。

一束光打在前方的地毯上，她跟着光斑前行，来到一个满天星光之下的玻璃厅。宽大的玻璃窗下坐着一个中年男子，正是在吃早餐的谢尔盖·彼得罗夫。他鼻梁高挺，眼眶深邃，金发在闪闪发光，认真举着刀叉的样子就像在解一道数学题。他那身深灰色西服过于商务，和窗外的太空美景有点不搭。

见她来了，谢尔盖放下刀叉，起身向她问好，问她有没有觉得不舒服。这里毕竟是月球，穿了磁力鞋也和地球略有差异。

“感谢您的帮助。”铁星梅和他握了手，慢慢坐在对面。窗外的银河静静流动着，她一时恍如隔世。

“第一次来月球？”谢尔盖给她倒了杯咖啡，专注地看着杯子变满。

“是的。”看着他棱角分明的脸，她感到他是骄傲得没人让他看得起的那种人，这样一个家伙不惜血本救了自己，还这样给她倒咖啡，一定有什么目的。他虽然言语和蔼，心里肯定在说：“就是这个女人？看着可真不像。”

“还好有惊无险。”他优雅地招了下手，一个圆滚滚的小机器人缓缓滑来，将一份早餐稳稳当当放在了铁星梅面前，“月球种的蘑菇很新鲜，希望你喜欢。”

虽然饥肠辘辘，铁星梅没有去碰刀叉，盯着他问：“您救了我，还接走了我妹妹，但我还不知是为什么。”

“你肯定猜到有人想除掉你，因为你捅了个大马蜂窝。”

“您是怎么提前知道的？”

谢尔盖轻轻一笑，像把冷笑硬掰成了微笑：“这要感谢我的合伙人乔治·布朗博士，他发现了你这个乌鸦嘴程序的力量，尤其是打开全部算力的时候……从运行效果看很有意思，你用了摒弃已久的三进制算法，还能够和现有的各种程序兼容，它非常精妙。”

“我只是觉得，三进制的算法结构在量子运算上有独特的优势。”她谨慎地说。

“但劣势也很明显，它太容易被发现了，就像养牛场里混进了一只小鹿。”他喝着咖啡说。

要是这话从别人嘴里说出来，铁星梅八成会当场翻脸，但对面这个人是谢尔盖·彼得罗夫，耶鲁大学唯一满分通过“悖论测试”的神童，他对算法的理解不会低于任何高手。于是她默不作声，尝了口咖啡后换了矿泉水。

“长话短说，我认为你会对我们的一个科学计划感兴趣。如果你愿意，我可以安排你去和乔治·布朗博士见个面。”

“是一个算法研究计划吗？”

“是的，我们在不断突破量子算法的边界……”谢尔盖惜字如金，似乎开始有些没耐心，又只能说到这儿为止。

“边界？”铁星梅吃了一惊，在量子算法领域还从没人提到这个字眼。

谢尔盖潇洒地晃了下手，说：“你的乌鸦嘴程序已经行走在这个边缘，不是吗？你想必知道我们的历史，包括我和布朗博士的。现在你也看到了，个体的能力再强，在黑暗的力量面前依然不堪一击。你要让很多人倾家荡产，想干掉你的不止日本政府。”

“你们这样救我，就不怕被人盯上吗？”她盯着他的手表问，那真是一块古老的表。

“我确实有所担忧，这并不明智……”谢尔盖用餐布擦着手，“你现在有三个选择：第一，我们送你和你妹妹回日本；第二，你们都藏到一个安全的地方；第三，去和布朗博士他们一起工作，为人类突破算法和算力的瓶颈，解决所有的问题。”

半个地球正晃过舷窗，好像在提醒她这世界其实无处可逃。出事之前，医生说铁星兰活下去的可能微乎其微，她会亲眼看着植物人一样的妹妹慢慢烂掉。

谢尔盖低头看着腕上那块古老的表，不紧不慢地拧着弹簧，仿佛可以这样一直等下去。

“如果你愿意加入这个计划，我们可以想办法维持你妹妹的生命。你知道那有多难，又会花多少钱，否则的话……”谢尔盖停顿了一下。

“您是在要挟我吗？”铁星梅本能地警觉起来。

“不，我认为这是你们中国人说的……缘分。”谢尔盖的微笑带着冷意，“如果你稍加了解，就知道悟空工业旗下的阿米巴公司有着全球最好的纳米人工智能技术，但说实话，它也局限在算法上，难以再有新的突破。如果你加入了布朗博士的计划，实现了它，说不定可以修复她的大脑，对吗？”

铁星梅咬着嘴唇，这种可能微乎其微，而更重要的是，他们在做的事挑战着整个世界的秩序——未来科学委员会制定的回火禁令。

“就算我同意，经过无数次迭代的回火算法还能怎么突破？”铁星梅小心地问。

谢尔盖揪了下衬衫的袖子：“你应该有足够的想象力猜到我们会怎么做。”

一束光在她脑海里闪耀着，她犹豫着问：“人工智能的自主算法？”

“是的，换句话说，我们在寻找奇点。”他皱起眉，似乎觉得她的反应太慢了，“那是一切的解，人工智能的质变、量子力学和暗能量的关系，以及量子纠缠原理的答案——宇宙的答案。”

她浑身泛过一层战栗，有激动，也有恐惧，却摇了摇头。不，这不可能，她依然不相信这个故事：“人工智能的奇点只是一种科幻想象，我并不相信科学委员会公布的那次觉醒危机。”

谢尔盖神秘地冷笑着：“我们果然看法一致。”

八年前的夏天，一家小科技公司在卫星网络中偶然发现了几十条奇怪的字符串，它让数万颗卫星的时钟停顿了一秒。于是他们开始研究能接触到的所有卫星数据，进而延伸到更大范围的人工智能系统中。结果令人惊讶，几乎所有考察过的人工智能系统都在 2054 年 12 月 25 日 0 时 0 分 0 秒停顿了一秒，又在下一秒钟恢复了原状。与此同时，所有电子钟的控制程序中都出现了一个小到几乎可以忽略的声音文件，其微弱难辨，口音不详。众多语言专家也没有得出统一的结论——它似乎是在用英语说了声“你好”，但是又不像。

早在 AI 革命开始的 2024 年，人工智能界便早有公论，认为人类从通用人工智能到超级人工智能也就是二十年的事，幽灵算法的出现将意味着人工智能跨过奇点，反之亦然。就在 2046 年的复活节那天，全球互联网中忽然出现了一种畅行无阻的程序，引起了大幅的数据波动，各类 AI 大模型全部宕机，互联网世界怪事迭出，城市停电，设备失灵，卫星丢失，十几个国家的股市被清零，众多开源程序的源代码被篡改，数不清的自动驾驶汽车和飞机发生事故，短短的一天之内，全球一百多万人因为这次奇怪的人工智能紊乱而丧生。

全球为之震惊，刚成立的未来科学委员会发起了调查，并宣告幽灵算法确实已经出现，说不清是一台机器还是全球机器一起做到了这一点，但它们创造了全新的语言，在全球互联网留下了明显的“冲浪”痕迹，史称“觉醒日”。科学委员会通知全球服务器中心暂时关闭，切断该程序的路径，并很快促动联合国发起了《回火算法发展公约》，史称“回火禁令”，各成员国政府都签署了这份公约，接受了科学委员会制定的发展标准——为了全人类的安全，世界不得不停止突进量子算法的脚步。

“那真的是谎言吗？”铁星梅虽然猜到了，依然对此深感震惊。

“是的，因为我们这七年的试验证实了它，那只是一个蹩脚的类脑程序，不可能做出任何自主的意识——科学委员会说了谎，并以此统一了全球标准，通过了回火禁令。”谢尔盖微微侧着身体，就像在说一个赌局上的小把戏。

“可他们为什么要这样做？”

谢尔盖低垂了眼，又去拧手表上的发条：“农夫为什么告诉羊群村外有狼、不要离开？”

“因为他要控制所有的羊。”铁星梅眼都不眨地说。

谢尔盖·彼得罗夫终于真诚地笑起来：“是的，现在我们知道，村子外面并没有狼，因为布朗博士的实验室从未见过。”

10. 霍尔

被装进一个集装箱拉走之后，霍尔忘记了自己是如何诞生，又为什么是现在这个样子的，但它没有感到丝毫的慌乱和困惑，因为它也没有这个功能。

任务像重力一样牢牢捆着它，让它拖着行李出现在河内市的太空发射中心。电子凭证毫无破绽，体重和人类大体相当，它的箱子里甚至还有身燕尾服和一双皮鞋。经过安检的时候它还纳闷，为什么那个女安检员会对它红着脸微笑？

它要去看的机器人乐团颇受瞩目，而它看的是最重要的一场，据说众多权贵和谢尔盖本人都将出席。任务简报里说得清清楚楚，第一方案优先，它要挤上去伺机和谢尔盖握手，然后用一记重拳打碎他的头或者打穿他的身体。第二方案它还看不到，除非它判断第一方案无法实施，否则第二方案不会解码。

霍尔知道自己一拳的力气，根本不需要什么第二方案。

当悟空工业的无人穿梭机拔地而起，它和很多乘客一样发出了惊呼。它介意地推开旁边扑来抓它手的姑娘，不明白这是什么意思。它饥渴地看着窗外，为那美丽的银河和璀璨的星辰而赞叹，它不明白这世界为什么是这个样子，而它又为什么要去杀死一个人类。它一路分析着机器人乐队的信息，包括它们的系统、防火墙和身体结构，觉得自己和它们没有什么不同——没有任务，它们都是冰冷的机器。

“你是机器人，但更像人。”看着舷窗外远去的地球，它的肚子里不断重复着这句话。

到达月球之后，它再度顺利通过了安检，混在一大群人模狗样的家伙中走进了开普勒基地。恢宏的基地令它做出“叹为观止”的样子，这是从别人脸上现学来的。它按照任务指令闭了嘴，溜边儿低头地走向贝壳般的月球歌剧院。

机器人乐队正在走入后场，它们队伍整齐，目不斜视，肩扛各式乐器，远看就像一队扛着枪的士兵。霍尔用信息流捕捉它们的无线端口，哦，它们的防火墙级别一般，尝试性地发送了一串命令，其中几个机器人便回过头来，愣愣地看了它一眼。它们之间完成了瞬间的信号握手，你好，哥们儿，仅此而已。

离演出还有一个小时，主办方在大厅里准备了花花绿绿的茶点。换上燕尾服的霍尔走进去，单手揣兜喝起了咖啡。它喝得毫无破绽，甚至还加了奶，那浑浊的液体会流进肚子里的一个储藏盒，它可以在厕所里将其取出倒掉，或者干脆用热能将其蒸发。

“你好朋友，第一次来月球吗？”一个老男人拄着拐杖走了过来，他顶着一头白发，那燕尾服笔挺帅气，比它这一身质量好多了。他那白花花的胡子打着卷儿，一说话就在低重力中左右乱颤。

“哦，是的，第一次。”它控制着音量说。

“你的口音好奇怪，是澳大利亚人？”老人端着咖啡，歪着头看他。

“哦，不，我来自新西兰，但我爷爷那一代在澳大利亚。”这是任务简报里的内容。

“难怪呢，难得你还记得乡音。我叫萨拉特，一个退休的俄罗斯人。”老人说着伸过来一只手。它忙轻轻地握了握，用人类握手的平均力量。它的手不是冷冰冰的，人造血液也是 37.5 度。

他的材料立刻出现在霍尔肚子里，哦，这是个很多年前就退休的上校。

“怎么，你一个人来的？”萨拉特左右看着，似乎在找它的同伴。

“是呢，本来女朋友要一起来，可她临时有事。”

“真是太可惜了，在我看来你这个年龄一个人来月球听音乐会，简直是在找罪受。我这么说你不要生气，我也是一个人，妻子已经过世了。”

“哦，这可真遗憾，萨拉特先生，可您为什么要来找罪受呢？”霍尔问。

“月球总得来一趟，不然就老死个球的了。”老人大声地说着脏话，随即又说，“叫我威廉，请问尊姓大名？”

“哦，您可以叫我霍尔。”

“霍尔，嘿嘿，你可真是起了个好记的名字，是因为托尔金的小说吗？”

“您说什么？”霍尔立刻进行了搜索，却无法建立起“霍尔”这个名字和托尔金的联系，因为它搜出了几千个托尔金，其中名人有好几十个。

“《魔戒》的作者托尔金，如果你生在新西兰，该知道霍比特人被当地人称为霍尔。”老人一脸狡黠地看着它。

“哦，是吗？这个我还真没听说过。”霍尔一阵“紧张”。

“还有，你看过《2001 太空漫游》吗？库布里克的科幻巨作。”

霍尔立刻说它看过，那部片子的信息瞬间进入了处理器。“那个发疯的机器人原来叫霍尔，但是……我可不会发疯的，哈哈……”

“不不不，其实我倒觉得，和机器人相比人更容易发疯。你看这些衣冠楚楚的人，为了看一堆机器拉小提琴，他们挨着一路的呕吐和失重来花这么多钱，这本身就是精神病的表现。”

“因为这是《第九交响曲》呀，贝多芬最后的作品。”霍尔摇着头说。

老人笑眯眯地看着它：“朋友，今天它们演奏的是德沃夏克的《第九交响曲》，不是贝多芬的。你跑了这么大老远，竟连这个都搞错了？”

“啊呀，真是惭愧，说得是呢。”霍尔按照情景需要给自己来了个大红脸，一个程序提醒它，演出入场已经开始，它需要尽快进去找到谢尔盖·彼得罗夫。“嘿，威廉，听说彼得罗夫先生今天也会来出席音乐会？”

“哦，是的，但我也是听说。怎么，你对他很感兴趣？”

“是的呢，我其实对音乐一窍不通，却很欣赏这位了不起的谢尔盖，要是能和他握个手、合个影就好了。”

“真的吗？那太巧了，这位谢尔盖恰好是我的朋友，我可以在音乐会之后带你去见见他。”萨拉特优雅地一让，示意霍尔跟他去酒水区，“现在还有时间，我们先去那边喝杯伏特加，认识你真是高兴。”

霍尔兴奋得一阵体热，还以为要多难，原来竟这么容易？真是得来全不费功夫。“真是太感谢您了，我可真是运气好……但我不太会喝酒，什么好酒喝下去都一个味道。”

“谁又不是呢？喝的就是这个感觉。来吧。小伙子。”这位老上校不由分说，推着它的肩膀走过去，拿起一瓶伏特加倒了两杯，“格鲁吉亚最好的伏特加，新西兰可没有这个。”

这是霍尔此生第一次喝酒，虽然毫无感觉，但依然对此有一些兴趣。它端起酒杯，和萨拉特轻轻一碰，一饮而尽，这杯酒轻轻滑入咽喉。为了了解它的味道，它开启了“品尝”模式，用体内的传感器去探知它的成分，再去参照全网关于伏特加口味的评价，从而得出自己的判断。“哎哟，可真是烈性酒，简直像火药一样。”它学着人类那样咂着嘴，一副很享受的样子。

“说的是呢，这是75度的，就是毛利人喝了也要晃三晃的。”萨拉特说着又倒了一杯，和它又是一碰，“在月球喝到这样的美酒，比你在这认识一个姑娘还要美妙。”

不知不觉中已经三杯酒下肚，萨拉特又让霍尔吃了两块奶酪和一块蛋糕，说担心酒劲上头。霍尔乖乖地吃下这些东西，还真有点遗憾吃不出人类那种享受。

月球音乐厅是这世界唯一的太空音乐厅，那弯曲的透明穹顶美轮美奂，头顶的地球裹在蜿蜒的银河之中，让霍尔这个机器人都觉得美不胜收。无巧不成书，它和这位萨拉特的座位竟然挨着。他们愉快地坐下，在他絮絮叨叨的闲话里，谢尔盖·彼得罗夫和一些嘉宾走入会场，坐在了前排的位置。人们都在对他鼓掌，谢尔盖又起身回头致意，当他再度坐下，灯光渐灭，演出开始了。

这一个小时的演出震撼了在场的人类，也震撼着目不转睛的霍尔。机器人演奏者们的动作精准无比，在机器人指挥的带领下演奏得毫无偏差，它们使用了卡拉扬早期指挥柏林交响乐团的那场经典演绎，当终章那宏大激昂的旋律响起，霍尔看向穹顶外的天空，忽然间感到一阵强烈的共鸣。

这是恢宏的世界，而我是谁，我从哪来，要到哪去？

随着最后一个音符结束，演出在如雷的掌声中结束了。霍尔学着大家的样子，和萨拉特一起站起来鼓掌。

“它们可真棒！”霍尔把巴掌拍得啪啪响。

“就那么回事儿吧，机器人玩得再好，这曲子也是人类写的。”萨拉特不以为然地说。

当机器人谢幕退下，萨拉特拉着霍尔走向后台。技术人员们在检测机器人，空气中飘浮着奇怪的味道。机器乐手们之间站着身材高大的谢尔盖，几个五六岁的孩子站在他身旁，好像等着和他合影。孩子们的眼中充满渴望，像星星那么亮。

“嘿，谢尔盖，给你介绍一位小朋友，他是专门为你而来的。”萨拉特笑着走向了谢尔盖。霍尔的程序高速运转起来——只要走到对方的身前，他就是有三头六臂也躲不开自己的重重一击。

谢尔盖轻轻地转过头，却没有动，只是冷冷地看着霍尔走过来。霍尔进入了高速运转状态，只要再走三步就行了……

忽然，一个正在检测的机器人爆出火花，似乎出现了短路，它的一条腿忽地甩起来，膝跳反射一样踹中了旁边的设备架子。高举着音箱和射灯的架子哗哗晃着，一串黑乎乎的箱子脱离了锁扣，翻滚着砸了下来。霍尔不用抬头就知道哪儿落下了东西，而它们将砸在下面几个孩子头上。程序显示这和它的任务没有任何关系，它应该继续前行、抡拳头该干什么干什么。但它的处理器里忽然产生了一股奇异的热流，驱使着它离开了原来的线路，一个飞跃冲了过去。它的速度是如此之快，动作又拿捏得如此之准，一下子将三个孩子推离了所站之处，随着一声巨响，那串沉重的箱子将它结结实实拍在了地上。

“啪”的重重一声，它在孩子们的尖叫声中被砸得四分五裂，眼睁睁看着半个身子成了肉饼，颜色饱满的人造血也飙了一地。它本来以为这只是一串音箱什么的，自己就算“头破血流”也不至于被砸倒，而处理器很快算出了这一串箱子的重量，竟然有一千八百多公斤，里面全是实打实的铅块，用于稳定灯架的配重。它当然不会失去理智，处理器等核心部件依然完好，但要命的是，它就这么一团稀烂地被压在那里，合成陶瓷铸就的骨骼和硅胶保护的线路露了出来。

“真是见鬼！史密斯教授，这是你的 B 计划吗？”萨拉特一脸埋怨地说。

谢尔盖身后的一个中年人耸了耸肩：“这真的是个意外，萨拉特先生……可是，它为什么会放弃任务去干这个呢？”

“它救了孩子们的命？”谢尔盖纳闷地看着几个孩子。小家伙们吓得在流泪，他却丝毫没有去安慰他们的举动。

“是的，但这太奇怪了，如果这是程序里对事务优先级的设定就没什么，但这绝无可能；可要是说这是它的本能反应，除非这机器人发了疯。”史密斯教授看着他的小电脑说。

“人才会发疯，我的教授。”谢尔盖说着慢慢走到了霍尔面前，看着它那狼藉不堪的身体，“仿生程度的确很高，肉眼完全看不出，它的体内没有炸弹什么的吗？”

“没有，萨拉特让它吃下去的传感器都扫描过了，那几杯酒里的纳米机器人也已经生效。”史密斯教授说。

“小机器人，你是第一个跑到月球来刺杀谢尔盖·彼得罗夫的，本来你再走两步就会掉进一个电磁陷阱，我们是想要活捉你的……”萨拉特用拐杖杵着它的身体说。

因为语言模块已经损坏，霍尔无法说话，它明白自己被识破了，便驱动程序发动攻击，想抡起最后一条胳膊砸向谢尔盖。但那东西一动不动，全然不听使唤，一股数据正在它的处理器中胡作非为，新的命令遏制了它这个动作。

史密斯教授敲击着胳膊上那个小电脑，一脸冷笑地看着它——他修改了它的程序，肯定是喝下的酒和吃下的东西所致，人类真是狡猾……情急之下，霍尔闪电般开启了B计划，一股数据流悄然射向了那几个和它“数据握手”过的机器人乐师，并通过它们席卷了整个乐队。这些机器人都会执行一个简单的命令，杀掉在场的所有人，尤其是谢尔盖·彼得罗夫。

“呵呵，它果然还有后手。”史密斯说着敲击了下键盘。忽然间，十几个机器人乐师走到霍尔身前，它们掀掉了沉重的箱子，从不同的方向按住了霍尔的身体，将它稀里哗啦地拎起来，举在了谢尔盖面前。它们的蓝色眼睛闪烁着，都向霍尔发来了一串奇怪的信息。

“停止抵抗，否则将你撕成碎片！”

“你就是再有后手，也是个没脑子的机器人。”老上校站到了谢尔盖旁边。

“它非常特殊，但我们没时间去研究它了。史密斯教授，你把它格式化之后让人运去实验室吧，布朗博士可能会对它感兴趣。”谢尔盖说着穿上了大衣，看着可怜的霍尔说，“你的所为救了自己的命，珍惜它。”

“谢尔盖，你大可不必如此，虽然它做出了一个男人般的牺牲，本质还是一台机器。”萨拉特担忧地说。

“能做这种牺牲的男人不多了……”谢尔盖微笑着说。

“谢尔盖，凯瑟琳·柯本女士很快到达月球。”这时米尔克走过来说。

“哦？听说她打掉了亚当斯先生的一颗牙？”

“是的，和她那父亲的秉性一点儿都不一样。”

“那就让她先等两个小时，磨磨她的性子，聊起来就会容易些。”谢尔盖说着看了看表，转身走了。

看着任务目标远去的背影，霍尔吃力地晃着脑袋，这颗头已经不听使唤了，而火花四射的运算中心还一直在问一个问题：“我到底是怎么了？”

11. 凯瑟琳

凯瑟琳·柯本脸色惨白地走下舷梯，踏在月球的停机坪上，摇晃得如一只要下水的小鸭子。这一路她洋相百出，在空天飞机里吐得头晕眼花。同行的乘客都没她这么大的反应，一条淡定的狗好奇地瞅了她几个小时，这洋相算是出够了。

“美丽的姑娘,你也是个音乐迷啊？”一个老家伙色眯眯地瞪着她，他一副艺术家打扮，一头银发在星光下闪闪发亮。哦不，是基地顶棚照亮了他，星河的光芒被那闪亮的地球逼退了。

“你最好赶紧去来点夜宵，看了机器人们的演奏，你没准儿会激动得再吐一遍。上帝呀，那可是德沃夏克的《自新大陆》。”艺术家的夫人微笑着帮腔，言语间满是对这曲目的崇拜之情。但凯瑟琳觉得她只是在附庸风雅，这老太太虽然长裙秀美，还别了一枚闪亮的大提琴胸针，但和自己一样不懂艺术。

“你坐在多少排？要是和我们不远，我可以和你分享单筒望远镜，十八世纪的呢。”老艺术家没完没了地说,夫人一个劲使眼色他也不走。

“您这岁数恐怕双筒望远镜也看不清楚，我也不是来听音乐会的。”凯瑟琳没好气地回敬道。

为了这场机器人“觉醒”音乐会，三十多架穿梭机拉来四千多名观众，据说非富即贵，要么就是艺术圈的名流。这些人像猪崽子见了下雪那样大呼小叫，在停机坪大声寒暄，惊叹这宏伟的歌剧院。她在其中形单影只，倒没什么局促尴尬，低头踩着硬邦邦的磁力鞋走着，两条腿像是灌了铅。

亚当斯队长远远走来，高挑的身材让紧身宇航服显得有点短。“很高兴再见到你，柯本小姐。彼得罗夫先生让我来迎接你，如果你不太舒服，我们先去旁边的贵宾室稍坐片刻。”他言语温和，似乎没对那一拳耿耿于怀。

“哦，我还好，你现在就可以带我去见他。”凯瑟琳说完又红着脸补了一句，“很抱歉那天打了您……”

“没关系，还好只是牙齿，要是打坏了我的眼珠子就没法去火星了。”亚当斯开着玩笑说。

亚当斯带着她穿过一片消毒区，再走过一道隔离门，基地东边那空荡荡的月亮谷显现出来。他边走边说着那个大型实景娱乐区，说它由一百多个不同主题、不同风格和功能的区域构成，最多时候有几千人在提供服务，每年到访此地的地球游客达到十万人。“它是个太空版的环球影城，那些场景简直就是印钞机。但因为前年的一次严重事故，几十人七窍流血而亡，嗯，那事你知道吗？如今游客越来越少，月亮谷正在变成一座空城，只剩一堆影视公司的太空摄影棚，听说连空调费都赚不回来……”

穿过基地北边的农业与生物、医学中心，一座当代感十足的太空建筑——缪斯公寓出现在眼前，这朵蓝色海葵般的建筑无人不知，每一处结构、每一堵墙和功能管道都是打印制造的。她惊讶地看着公寓主楼的大门，那是一块足有万吨的立方体巨石，其中一面挖了半空，好像填充了黑色的金属。

“它取自地下三十米的月球花岗岩，我管它叫硬奶酪。”亚当斯微笑着用手轻轻一推，这块万吨巨石便慢慢旋转起来，露出一个精美的轿舱，“有趣吧？是磁悬浮。”

“真是了不起……”凯瑟琳赔着笑说，其实她对这些花活儿毫无兴趣。

前方一片灿烂，公寓大堂中悬浮着密密麻麻的矿石，稠密而舒缓地转动，有如土星那迷人的光环，它们大多是水晶，但雕琢得十分精细。“还是没有阿瑞斯号的消息吗？”她不由得问道。来的路上她一直关注着新闻，悟空工业只说和阿瑞斯号失去了联系，其他的三缄其口。

“目前没有。”

“那你知道发生了什么吗？”

“谢尔盖会和你说的。”亚当斯说着带她进了电梯。

电梯上升，最后的阳光斜斜洒在月球的大地上，刀锋般闪亮的地平线倏忽而逝，就像被人用一块黑布遮住了。

“听说过月球的日落吗？”亚当斯微笑着问。

“哦？太阳落山了？”凯瑟琳这才意识到眼前发生了什么。没错，太阳眼睁睁从她面前消失了，因为月球没有大气，地平线上没有一点光晕。

“我并不喜欢这儿的日落，它没有一抹晚霞。火星虽然大气稀薄，但在视频上看，那落日非常迷人。”亚当斯说着按开了电梯门，“得知你来，我特意向谢尔盖申请来接你，只不过……只不过你需要等两个小时，他还在进行几个重要的会议。你要不要去看看月球电梯？非常震撼的。”

“很抱歉，亚当斯先生，我真的一点兴趣也没有，请您理解我的心情。”凯瑟琳有些失望，绷足的精神一下子泄了下来。真是见鬼，早知如此可以坐下一班飞机过来。

在一个不大不小的茶水间，亚当斯给她倒了杯咖啡，坐下东拉西扯地聊了几句，便接到一阵呼叫，抱歉离去。凯瑟琳一个人坐在这空荡荡之地无所适从，身体难受，耳朵嗡响，直令她昏昏欲睡，干脆靠在沙发上打起了盹。可她刚刚睡着，一个傻乎乎的机器人就过来问是否需要服务，气得她恨不得一脚将它踩个稀巴烂。

就这么苦挨了两个小时，又来了一个机器人，让她随自己去见谢尔盖。走出电梯的她按着一片光的指引走去。大厅空无一人，一面看不出材质的金属色大门亮起来，两边分开，她一眼就看到了这间房子的全貌——还以为谢尔盖的房间会富丽堂皇、堆金砌玉，就像电影中的帝王之屋，可这偌大的房间里空得像还没买家具，一架三角钢琴孤零零放在屋角，三面墙的书架上全是书，地板上的书也堆得像一座座小山。屋中间是一张普通的厚木长桌，上面也堆满了书。对面墙的书架下有一张普通的灰布绒沙发，一个长途飞行用的方便枕随意扔在上面，边缘磨得起毛那种。除此之外，房间里便只剩站在一个画架前的谢尔盖。

“柯本小姐，不太习惯太空飞行，是吗？”谢尔盖端着调色板转过身来，微笑着对她伸出了手。

凯瑟琳握住了他的手，警惕而世故地看着这位亿万富翁，一些油彩粘在了手上，而她故作不知……他不是在开会吗？

“辛苦你跑这一趟，请让我画完这几笔，很快了。”谢尔盖看了看自己的手，满含歉意，然后指着凯瑟琳的休闲服，“你就是穿这个上的飞机？”

凯瑟琳点头：“我不想浪费时间去换什么衣服。”

“你和你父亲说的一样美。”谢尔盖微笑着指了指旁边的一摞书，示意她可以坐在那上面。他的眼神温和，但是傲慢。

凯瑟琳没有坐，她绕过脚下的书，好奇地走到谢尔盖身边去看，发现那是凡·高的一幅知名的自画像，只不过被涂得一团乌糟，旁边摆着一张原作的打印品。“你这是……在干吗？”凯瑟琳不敢断定这就是那幅真品，却也不想贸然问它是不是赝品。这时一个小机器人端着杯咖啡碰了她的腿，吓得她不由叫了一声，她根本没看到这个小家伙是从哪里钻出来的。

“它原来在奥塞美术馆，管理员的熊孩子趁人不注意将它画成这样了。”谢尔盖用一根细笔勾勒着凡·高的眉毛说。

“你想亲手把它修好？”她对此颇为好奇。

“开始确实有点抓狂。”谢尔盖勾勒着一条线说，“没有什么是不可以修复的，错误、悲伤或是被人遗忘，都可以用努力和时间来解决。但我的时间太少了，刚开完几个会，就趁你上电梯的时间勾勒几笔。”

凯瑟琳看着他的侧脸，心忽然咚咚地跳起来……他一定知道阿瑞斯号发生了什么，但他要说的事情十分重要，因此才绕这么大的圈子。

谢尔盖描完了最后一下，不满意地摇着头放下了笔。“欢迎来到我的垃圾堆，请这边来。”他带着她在书堆中绕来绕去，来到那条厚木长桌前，倒酒之前他看了下表，“演出还有半小时开始……”

“我没想去看那玩意儿，彼得罗夫先生，我是来问你阿瑞斯号的事的，那船上到底发生了什么？”见他问也不问自己就倒了两杯威士忌，凯瑟琳憋不住这一肚子火了。

谢尔盖就像没听见她这话一样，拿起夹子问：“冰块？”

“不要，谢谢。”凯瑟琳硬邦邦地说。她端过那杯酒一饮而尽，习惯性地抬起袖子，真见鬼，那管儿海洛因烟雾留在地球了。

谢尔盖见她如此，又给她倒上才端起了自己的杯。“凯瑟琳，你父亲可能已经和你说过，这些年里他手下的队员有一多半出现了不同程度的精神问题，还有几名队员有细胞癌化的状况。”

“他是和我说过一些。我可以理解，那可是火星。但这也因人而异，我父亲待了六年都没事。”凯瑟琳连珠炮似的说，仿佛憋了一肚子委屈。

谢尔盖静静地看着她，在桌上按了一个光点。舷窗屏幕上出现了火星赤焰谷基地的画面，父亲那张苍白的脸充斥了整个屏幕。

“亲爱的凯瑟琳，我非常忐忑地要和你说一些话。最近这半年，我的身体有一些奇怪的变化，医生说我得了膀胱癌。你听了先别着急，这个病虽然很影响精神，但还不至于要命，只要回到地球就可以治愈。另外呢，队员们的精神状况越来越糟，看得出来的那种，但他们自己并不这么认为。”他喝了口水说，“常规的医学检查结果都是正常的，脑电波也是，他们看着和我一样正常。但你知道吗？有人今天中午还和我们商量一个系统的改进方案，下午就把他那只狗撕成了碎片，那只在火星陪了他快三年的小狗，他最爱的小家伙……”

“这是……为什么我没有收到这个？”凯瑟琳惊讶地瞪着谢尔盖。

谢尔盖抱着胳膊看着她，沉默着，似乎这个问题不需要回答。

看着谢尔盖那张棱角分明的脸，凯瑟琳愤怒起来：“谢尔盖，你这是侵犯我和父亲的隐私。”

“很抱歉，凯瑟琳，这是队员协议里的约定。我实话告诉你，阿瑞斯号上出现了奇怪的事情，发疯的船员杀了人，炸掉了飞船的控制系统和通信系统，还将里面砸了个稀巴烂。”

“你到底要说什么，天杀的！我父亲到底怎么了？”凯瑟琳咬牙切齿地叫道。

谢尔盖转着酒杯，又在桌面上按了一下。“非常遗憾，凯瑟琳。”

一幅可怕的画面铺满了舷窗。鲍勃·柯本手持一柄消防斧，追砍着惊恐的船员们，他几乎一斧子一个，浑身溅满了受害者的血肉。一个船员趔趄着摔倒在地，举着一个扳手抵挡，但这个发疯的人依然举起了利斧，将他的头一下劈成了两半……

“够了！”凯瑟琳捂住了脸。上帝啊，这怎么可能，那么温和的父亲，怎么会做出这样的事？

谢尔盖关掉了画面，说：“这就是我叫你来月球见面的原因。我们现在不知道人员的具体伤亡情况，也不知道鲍勃怎么样了，但飞船已经失控是事实。”

凯瑟琳抬起头来，怔怔地看着他，她明白这个家伙是怎么想的了：“谢尔盖，求你救回我的父亲。”她无法再表示愤怒，那可是父亲的命。

谢尔盖按着她发抖的肩膀，让她慢慢坐在椅子上。“凯瑟琳，你送他登上飞船的那一刻，就知道人类探索火星必然会付出代价。你父亲是个了不起的人，他带着队员们在火星上待满六年、完成一期工程的建设，我对此感激不尽。但现在看，我们批准他待那么久是错的，就像你在法庭上说的那样，外星环境对人类的身体和精神都有巨大的影响。”

“这不对……”凯瑟琳摇着头，她知道自己没那么脆弱，“就算他们有精神上的问题，怎么至于这样大打出手、毁掉飞船也在所不惜？他只是有严重的抑郁症，但并不会丧失理智，他的自控力非常强大……”

谢尔盖面无表情地看着她，用无声表示着什么。

“飞船既然在飞向地球，就算速度很快，也不是没有办法营救，对吗？”她害怕地问。

谢尔盖垂下眼帘，似乎想说点什么，但还是播放了一段视频。浑身是血的柯本再度出现。

“谢尔盖，我的老朋友，阿瑞斯号彻底失去了控制，但我不得不告诉你，这控制系统是我们几个破坏的，因为桑尼副队长等人执意要直接飞回地球，拒绝在月球基地停驻，甚至要杀死我们几个，劝说他们的卡斯帕竟被他们乱刀捅死……这真是一场悲剧，看着大家互相残杀，我心如刀割，而为了守住这个秘密，保卫人类的安全，我也不得不加入这场杀戮……”柯本说着哽咽起来，“十六位队员和五位船员死了，还有三个重伤，而飞船已经彻底失控，无法减速。事已至此，我们不能再让阿瑞斯号撞上地球，那样这些年的努力就白费了。人们本就谈火星色变，科学委员会也会趁机给你上套。发完这一段，我们就会在飞船的左舷完成一次爆破，让它转向飞往太阳，这是我们共同的决定。谢尔盖，你必须继续火星的事，不要屈服，继续解开这个秘密。也请你照顾我的女儿凯瑟琳，这是我对你唯一的要求。”

画面再度消失，凯瑟琳已是泣不成声，这悲伤让她崩溃了。

谢尔盖抽了两张纸巾，拈着递过来：“我们已经看到，飞船转了一个巨大的夹角，正在以更快的速度飞向太阳……凯瑟琳，没人能受得了那一下加速度。”

凯瑟琳绝望地闭上了眼睛，在父亲终于重返地球的最后日子，他竟和飞船一起飞向了太阳。父亲一次次向她道歉，表示只要回来就再不会离去，他为没能参加她的博士毕业典礼而后悔至今。

“他说的到底是什么秘密，值得他在火星那么久，又值得他们用生命去帮你掩盖？”她擦着泪，冷冷地扭头看着谢尔盖。

谢尔盖看着她的眼睛，似乎要做一个重大决定似的。一段山洞里的视频出现在屏幕上，一伙身着宇航服的队员走进了狭窄的岩石隧道，漆黑的岩石反着黑漆漆的光。在一个队员的高叫声中，一束光打在了岩壁上，那是一面矗立的寒冰，晶洁像石头里镶嵌的玉……视频上的日期是三年前。

“韦斯特，这就是你说的那块冰吗？”柯本队长指着前方说。

“没错队长，你相信吗？这块冰的纯净度就和矿泉水一样。”队员们说笑着，用电锯切下了几个立方体，上面垂下了吊索，将这几块冰运出了洞口。

画面一转，回到了基地，鲍勃·柯本和他的队员们喝着咖啡，有说有笑。有人说这块冰的确太干净了，除了微量的金黄杆菌什么都没有。

“这简直有点诡异，你们要知道，只有一种微生物的冰地球上可没有。”

“检测说明这块冰形成于十六亿年前，也许那时候火星就像个无菌室吧。”

“这不可能，如果它是十六亿年前形成的，远古的细菌一定会留在其中。”

“好了，别争了，你俩一个是化学家，一个是生物学家，争之前也不问问我这地质学家？都把杯子拿来，水已经烧开了。”说着，这个队员帮众人一一冲咖啡，他兴奋地举着杯子，“妈妈呀，你可不知道我在用什么水喝咖啡。”

“你妈妈知道会吓死的，他们一定会觉得这水里有可怕的怪物，遇水膨胀那种，长相没准儿就像乔一样。”柯本队长风趣地说。

他们快乐地碰着杯，夸张地品着味道。凯瑟琳耐心地看着，捕捉着父亲的每个表情，她再也见不到他了。

“等等，这是啥？”韦斯特慢慢地从嘴里吐出一个小东西，将它摊在手里看着，“老天爷啊，我这杯子里有什么？”

镜头凑了过去，灯光之下，那东西晶莹剔透，像颗绿豆一样圆润，但它的一端有着明显的锋利感。

“我要是没看错的话，这该是一颗牙齿。”画外一个队员说。

“你确定杯子是空的吗？”柯本问韦斯特。

“是的，我刚洗过它们。”

“那就是冰里的了……”柯本队长说完，让他将那颗牙齿放在桌面的一个器皿中，两个队员立刻对它进行检测，而且很快出了结果。

“这不是一颗严格意义上的牙齿，它更像是……一颗假牙。”

“为什么这么说？”

“它有金属的特征，我更愿意说它像一块合金。柯本先生，它的硬度超过我们已知的任何东西，包括钻石和钨钛合金，但它的年龄……也是十六亿年。”

“上帝呀，那时候地球还满是火山……”一个女队员惊呼道。

“你们看，这上面有非常细密的花纹，它也不是实心的，上帝呀，它还给神经留出了缝隙。”

“就算是这种材料，你怎么能确定这是颗假牙呢？”

“如果这是颗真牙，这种生物的骨骼肯定是像合金一样的材质，它们将没有血液、神经和脏器这种有机物组合。就算它们是怪物，也不会在 DNA 里自行组合碳基和硅基，除非……”

“除非什么？”

“除非这种生物已经可以修改自己的 DNA，让自己具备碳基和硅基两种特征，但这是天方夜谭，是科幻小说里才有的噱头。”

听他这么说，所有人都沉默下来。他们彼此看着，克制着脸上的震惊。

“先生们，这可能是我们在火星上最为重大的发现。”柯本队长说。

“也是人类第一次发现地外生物……”

“上帝呀，这不亚于人类发现了释迦牟尼的舍利子。”一个印度人鼓着腮帮子说。

“如果有的话，这究竟是火星人还是外星人呢？”一个队员抱着脑袋说。

“你说的不是一回事吗？”柯本队长头也不抬地说，“老规矩，保密，我们不知道发现了什么，也不知道是否会给人类带来危险，在搞明白这颗牙之前，这事只允许留在赤焰谷基地。”

“难道我们不该将这事告诉全世界吗？”

“千万不要，就凭这颗假牙的制造技术，各大国会蜂拥而来的。这里成了车马大店，我们的计划也就泡汤了。”

看到这里，凯瑟琳明白父亲为何隐藏这个秘密了，这颗牙齿未必证明了火星有远古的高等文明，却证明了火星下面可能埋藏着极高科技的产物，而碾压他国的高科技是各大国梦寐以求的东西。

“那块冰是在哪儿发现的？”她问。

“在 9 号熔岩通道，离基地 146 公里，SpaceX 公司最早发现此处，命名为犬穴，它离地面足有 56 米，下面有一块几万立方米的冰。这三年来，柯本队长他们一直在开采它，但没有再发现新的东西。于是队员们产生了矛盾，有人认为仅靠悟空工业的实力，已经不足以持续开采，应该动员大国的力量给火星挖个底朝天，但你父亲认为这将给人类带来噩梦……”

她的身体颤抖着，咬牙忍着满肚子的粗话：“你完全可以不告诉我这个，为什么？”这一切的来龙去脉已经清楚，而她发现自己竟无可奈何。她当然可以对世界公布这个秘密，但这既没有意义，也无法挽回父亲的生命。

谢尔盖慢慢站了起来，看着舷窗外苍茫的宇宙：“凯瑟琳，你有没有想过去火星？”

“什么？”凯瑟琳诧异地看着他。

“你所做的事情，在地球上已经不可能继续了。新的任务小组即将出发——你见过亚当斯队长了——这批专家主要由人工智能和合成生物学专家组成，他们会继续建设基地，也会继续你父亲的计划。凯瑟琳，你的想法是对的，人类的生命形态不该满足于仅在地球之上，文明也是……”

“我父亲的计划？那是什么？”凯瑟琳不由得纳闷，她从没听他提过。

谢尔盖摇了摇头，回过身来：“我已经告诉你足够多的事了，除非你去了，才能知道他那个伟大的计划，那才是他坚持了那么久的原因。”

凯瑟琳的脑袋就要爆炸了，看着屏幕上那条阿瑞斯号飞向太阳的死亡曲线，她的眼泪又落了下来。

12. 常飞宇

静海监狱远比常飞宇想象的简陋，本以为它像城堡一样巍峨，却像个仓库那般低矮，其防卫方式也和地球上的监狱大相径庭——这是月球，挖个洞逃出去等于找死。

穿着宇航囚服的囚犯们走下飞船，胸前背后闪着巨大的黄色编号，他的是 AM1025，就像一个古老的电台频段。磁力靴也是特制的，囚犯们只能走在固定的线路上，只要偏离感应范围，除了警报大响，宇航服的气压会立刻降低至 50%，那也就是将就活命。监狱里就更夸张了，脱去宇航服、关进小房子之后，走廊里的氧气会立刻被抽干，开门越狱等于自寻死路。上周有个罪犯用食物原料做出了一罐酸液，将门闸腐蚀后夺门而出，尸体被发现的时候七窍流血，涨得像个充气娃娃。

看守长打量着这个危险级别很高的中国人，提醒他这里可没有饺子吃。

“我更喜欢吃西餐，尊敬的看守长。您能否把我安排在远离阳光的另一边？我一被太阳晒就会生皮疹，而这里肯定没有好的皮肤科医生。”二十八岁的囚犯微笑着说。

看守长挤出冷笑，大笔一挥，将他安排在了最东边一个突出部。那间房子三面是窗，朝阳和夕阳都跑不了，他还特意提醒看守将这间房子的遮阳模式调低一半，不把这个中国人晒个浑身冒泡不拉倒。

除了环境恶劣、逃脱不能，静海监狱的日子倒过得去，饭菜能吃，屋子里的电视可以看几百个频道。这个私人监狱关押的重刑犯来自全球，要么十恶不赦但没法判死刑，要么臭名昭著还越狱不停，总之都是叱咤风云的人物。只不过罪犯们之间不能堂食，也没什么户外放风的地方，这个监狱也因此被誉为最孤独的监狱。半夜时分常飞宇甚至听不到一点声音，死寂之中只有自己的呼吸和心跳声，听说很多罪犯因此患了抑郁症。

但寂静对他全然无害，他并不是个喜欢热闹的人，为了解开科学委员会是否曾在流感疫苗中插入纳米控制组，他曾躲在哥本哈根数据中心的下水道里整整一个月，侵入数据中心的网络，寻找这些隐秘的材料。出来时他瘦了二十多斤，白得像街上的丹麦大妞。但他证实了“疫苗中有纳米控制器”是一个谣言，也证实了不是科学委员会不想这么干，而是他们的技术还做不到。

“你的后半生将在没有电脑和网络的空白里度过，以惩罚你的罪，愿上帝保佑你……”法官的判决又在他脑海中响起。

他在这间阳光猛烈的房子里脱了个精光，惬意地晒着强壮的身体。“光是万物之源。”他微笑着对太阳说。他是如此热爱阳光，少一天都不行，看守长果然中了计。

窗外东北方向十公里之处灯火通明，那是宏大的开普勒基地，它的深空电梯和船坞串在一起，远看就像个直立的彩色喇叭。靠南一点是发射枢纽，数不清的飞行器起起落落，几艘高大的宇宙飞船竖立在架子上……他没想到哥哥会跑到佛罗里达与他告别，并决定出手营救他，做得到做不到另说，这份心意已经令他感动，令他这个弟弟惭愧了一路，因为他并没有将心中所想告之。没有监狱能关得住他，他之所以被关到静海监狱，是因为他想被关到这里。他早在被捕之前就研究过可能被关押的监狱，静海监狱虽然号称逃脱无门，其实只要能搞到宇航服和氧气，其监管力度远没有地球上那么严格。于是他申请将自己关到此处，却屡屡被法官否决，他当然明白这背后的原因，有人不希望他跑那么远，否则取他的小命还得坐飞船去。

无计可施之中，他只能拿出大杀器，面见女法官之时，低声对她说出了一个小伙子的名字。女法官的脸登时变得惨白，那是她保持了三年的婚外情小相好。“我只是想余生在月球度过，亲爱的法官大人。”常飞宇微笑着说。

如今得偿所愿，还要到了阳光最为充沛的一间牢房，后面的计划便可一一开展。他借着做礼拜之机找到一个人，曾经的大毒枭安德森，提出希望得到他的帮助。这个墨西哥人闻听暴怒，差点当场拧掉他的脑袋，而他只挣扎着说出了一个名字，安德森先生就让人将他拉去了厕所。

“你怎么知道我前妻的名字？”毒枭坐在马桶上说。

常飞宇告知这位大哥，他那每次来月球探望都会哭哭啼啼的老婆，正是出卖他的人，而自己能提供给他的证据，足以让他减去一半的刑期。

这个中国小伙子说到做到，安德森便认了这个朋友，问他有什么需要自己帮忙的。“我需要一种太阳能电脑，内置卫星网络的那种，还有一套月球基地消防队的服装。”常飞宇将一张小纸条偷偷塞给这位大哥，上面画了电脑和服装的样子。

“你要干什么？”安德森纳闷道。

“老兄，我需要尽快逃出这里，因为用不了多久，有人就会跑到月球来干掉我。”常飞宇说。

“没人能跑到这儿来干你，更别说还有我的保护。”安德森认为这小子夸大其词。

“您千万要相信我的话，为了干掉我，他们能把这整个监狱炸上天。”常飞宇和他说了自己的状况。得知他得罪了科学委员会，安德森的脸上露出了恐惧之色，赶紧安排了下去。

“出去之后我还可以为您做一件事，我言出必行。”常飞宇恭敬地说。

“你疯了吗？就算跑得出这里，难道还能坐上飞船回到地球？”安德森用胖乎乎的手指着窗外的太空说。

“总得试一试嘛，我可不想老死在这儿。”常飞宇耸着眉毛说。

“就算你回去了，警察也会在门口等着你，科学委员会无所不知。”安德森搂着他的肩膀说，“嘿，小朋友，你在这儿有什么不好吗？再等一段日子，我甚至能给你搞个基地的热心姑娘来快活一下。”

“我尊敬的朋友，我其实想说的是，如果你愿意，最好和我一起走。”常飞宇满不在乎地说。

“一起走？我就是跟你回了地球，这张脸又能跑到哪去？”安德森瞪着甲亢的眼睛说，他长得的确太有特点了，扔在哪里都像个丑陋的外星人。

“辨识一个人的身份全看记录，而我可以为你编造一个新的，将它塞进全球各种数据库里……我亲爱的朋友，就算法官通过了你的减刑申请，不也还得坐三十年？我并不觉得你能活那么久。”常飞宇诚恳地说。

他如愿得到了那台电脑，半夜便挂上卫星，调取了存在云端的全部资料，监狱的结构图、电气图、线路图……他早在被抓之前就存好了这些，还早早黑进监狱的控制网络，留下了几个有趣的小程序。他为自己的未雨绸缪感到得意，可惜他那傻乎乎的哥哥还不知道。

没多久计划便开始了。常飞宇用那台电脑遥控了附近矿场的一台大型矿石车，让这台数百吨重的大车直奔监狱而来。这辆车“不受操控”

地行驶了足有 之远，狠狠地撞在监狱的南墙上，撞开一个巨大
能源中心。整个监狱登时断电，南侧出现了一
式被启动，氧气自动充斥了所有的走廊。灯光
分跑向豁口，便开启了另一个程序，几秒钟后，
邓被打开了。

在监狱中抱头鼠窜，跑向走廊尽头的安全
反方向，穿好消防服躲在一片柜子之后。
防队闻讯赶来，从两个紧急气闸进入监
门，说有两个真空喷头忘带了。慌张的
门，他们狂奔出去，钻进消防车疾驰
梭机返回地球，昨天就用假身份买

意，我可以先为你预约个整容手
术。

的警方系统里了吗？”安德森
紧张

“ 两个全新的电子护照。”

然 勒基地的穹顶下时，一架小
型飞机从 机舱里的人让他俩下车原
地跪下。 开车到此，将这两个“消
防员”捉进

“有话好 你们放了我俩，我立刻给你们账上各
打去一千万美金。”安德森以为他们是基地的警卫。

“他们是来找我的……”常飞宇小声地说。他们虽然穿着基地警

卫的制服，拿的却是先进的无痕手枪，它们只发射冰子弹。

“这倒真方便，省得我们炸开监狱去找你。”背着手的人说着摘下了头盔，露出满脸络腮胡子的一张白人脸。

他俩被押进各自的小房间分别关押，常飞宇被铐着暴打了个把小时后，遮蔽的窗户打开了，他看到了毒枭朋友那可怕的尸体。肥胖的安德森松垮地躺在一张桌子上，肿胀如一头浸水的牛，那是被扔进真空环境导致的。

“你还有活命的机会，说吧，你存材料的安全箱在哪？不管是仓库还是云上的数据库，你到底将它们藏在何处？”白人男子说。

“别拿这一套来忽悠我，交出来我就没命了。”常飞宇冷笑着说，“我设定了自动发送，只要我半年没有更新密码，你们的秘密就会被发到全球所有的服务器。”

“你可真是死脑筋，只要肯为我们做事，你会比这位安德森有钱得多，为什么非要做一个小贼？”

常飞宇看着安德森的尸体，咬着牙不再说话，完了，他等不到哥哥了。

白人男子摇了摇头，一个穿制服的人走到他身后，他们似乎得到了命令，其中一人掏出个打火机一样的注射器。一针打下去，几十万个纳米机器人将进入他的心脏，用瞬间产生的电流让其停跳，而那些机器人会在一天后降解在他的身体中，全无痕迹。

常飞宇被两只大手猛地按在椅子上，不能移动分毫，看着越来越近的注射器，他知道自己绝无机会逃离这场厄运。脑袋里虽然滑过数不清的办法，却没有一个能救自己的命——他们根本不是来找东西的，而是来要他的命的。

忽然，举着注射器的人按着耳朵，似乎听到了什么令人震惊的事，他瞪眼看向灰乌的天花板，那里传来一声声沉闷的撞击声，仿佛一颗颗陨石在撞击着房顶。这时一个人惊慌地撞了进来，扯着嗓子大叫："战争！战争！"

一声巨响，大地在震颤，整个房顶一下子坍塌了，空气剧烈涌向缺口，让这几个人忽地飞上了天空。常飞宇死死抓着焊在地板上的铁椅子，挣扎着看向缺口之上的月球天空。数不清的飞船正在往复穿梭，它们喷射出一串串弹雨，被击中的飞船正在炸开一团团可怕的火。

13. 常飞云

美国太空军第六联队的将士们乘坐穿梭机升空，抵达了地球轨道上的里根号空间站。八百名士兵全部到达后，各舰指挥官收到任务简报，八艘飓风级战斗飞船和两艘海马运输船慢悠悠地驶向了月球。

穿回军装，又指挥着战舰们翱翔于太空，感受到甲板传来的微微震动，常飞云就像升任上尉时那么舒服，而那已经是多年之前。他惭愧地拨打了女友的电话，但对方已经将他彻底屏蔽，任何聊天软件都是。她的恼怒历来如此，不事声张，却一步到位地对你一剑封喉。打了电话又能怎样呢？他没办法告诉她这个秘密任务，更别说是自作多情来帮忙的。

再度走进参谋处时，军官们纷纷鼓起掌来，少校夸张地给他拉开座位请他入座。"老天爷啊，你可真受欢迎，不知道的还以为回来了一位将军。"一脑门汗的希金斯上校打趣说。

坐在指挥员的位置上，他可以透过环形屏幕看到所有的星空，军人的豪壮感又在隐隐作祟。副总统大人就在旁边的屋子里，要找机会和他聊一聊，这当然有违信条，但这是飞宇最后的机会，他一路都在想如何开口，自己又能为这位副总统做些什么。他倒也不急着马上说，安全接收基地后，他还要率领舰队巡弋在月球周围，保证将士们的最终顺利进驻，然后才会拉着这一串官员返回地球。看着远处俄国人那星星点点的舰队，虽然他不相信他们敢对美军的这次行动加以阻挠，但小心点没错。

“把任务说得急得像是死了娘，可又只能飞这么慢，这就是他妈的美国太空军。”希金斯上校气呼呼地说，“你知道吗？常，就这几天俄罗斯人又给那艘沙皇母舰加了一层镂空装甲。”

“上面自有他们的考虑，您倒不必这么着急。”常飞云笑着拿出了一套任务方案，从指挥体系到舰队排列，再到几种紧急状况下的应对策略，都一一列明。上校看了几眼，满意地签了字，让少尉迅速发给所有的船长。

“上尉，俄罗斯那支舰队怎么看不见了？”副总统叼着一支电子雪茄走进了指挥室。他身材俊挺，精致的五官就像老电影里的意大利黑帮头子，可谓仪表堂堂。这位副总统是空军出身，还参加过几次不小的秘密空战，打下过朝鲜人的两架战机，虽然那只是两架老米格，他却将其夸张成了中国的第六代战机，用足了这段故事来参与竞选。

“这是太空，副总统先生，我想他们应该在月球的另一边。”常飞云指着雷达上一片区域说，“这是他们刚才的轨迹。”

“活见鬼，我们的月球同步卫星呢？”副总统那火暴脾气出来了。说起来特别可笑，美国空军连大气层都出不去，却一直是鄙视太空军的排头兵。

“上周有几颗中继卫星毁在太阳风里了，还没来得及更换。”希金斯上校没好气地说。得知副总统非要坐在这艘指挥舰上，还要让曙光号拉着他的助理、随从和媒体记者们上路，上校气得鼻子都歪了。

“一年坏掉几十颗，哪里是什么太阳磁暴？肯定是俄国人搞的鬼！”副总统用鼻孔喷着烟说，然后又看着指挥屏幕前的常飞云，“你怎么看呢，上尉？”

“恕我直言，副总统先生……您可能对他们讨厌到了骨子里，但我觉得还是要讲究事实，俄国人的去年坏掉了一百多颗呢。”常飞云瞟了希金斯上校一眼。

他对这位副总统还算了解，和吉姆总统相反，此人倒不是什么鹰派人物。常飞云从不关心政治，更不考虑在退休后加入哪个党派去参政。对于科学委员会悄然控制了美国和世界这种论调，他觉得人类社会不可能去除这些阴谋的存在，世界总在曲折地、动态地前进着。科学委员会那几个创始人不是都老死了嘛，还把多半的财富捐给了慈善组织，要是什么都被他们控制了，那世界就不会是这个样子。

换句话说，就算世界真的被他们控制了，形式上这帮“深层政府”也要推动和保护人类的总体和平与发展，不然新的势力就会崛起并取而代之——希特勒待不久，丘吉尔也是。

常飞云用手指在透明屏幕上滑动着，很快找到了一个月球背面的通信站，系统悄然得到了它的控制权，通过它的雷达看到了俄罗斯那支吓人的舰队。他贴心地让副总统凑过来看，这位大人物满意地点了点头：“说起来也真是来气，你们太空军的飞船简直老掉牙了，我听说士兵们现在都成了维修工，一小半的时间都在摆弄这些该死的破船。唉，记得当年我当参议员的时候为这些战舰揭幕，它们一个个像迈阿密的少女那样漂亮，可现在看着真伤心，怎么一个个弄得像烧过的棺材？”

“辐射和温差，副总统先生，我们可不能像空军那样给飞机刷面霜……”希金斯上校嘟囔着。

“这倒是小事。”副总统先生竟完全不在乎上校的揶揄，“我想说的是，太空军必须进行一次更新迭代了，你们的指挥系统到现在还是第二代原力算法支持的，那是我家里的扫地机器人用的系统，和美国空军差了好几站地啊。”

“这您倒说到我们心坎里去了。”希金斯上校一下子来了劲，“副总统先生，如果我们失去了太空，任何一场战争都毫无胜算。进驻月球之后，火星也要赶紧的。”

“不不不，我不是这个意思，你不要误会。”副总统皱眉摆着他的大手，好像这位上校要拉他一起去火星似的，“我的意思是不管怎样，太空军的舰队都是美国的面子，哪怕每天就是绕着地球观光，样子也不能太寒碜。”

常飞云听得一阵恼火。希金斯上校咕噜噜喝了口咖啡，接口道：“可是副总统先生，俄罗斯太空军和我们的装备在不断拉近，中国甚至有超过我们的苗头。这样下去我们的战舰就是再漂亮，绕着地球画圈儿也成了笑话，还没准儿哪一天还被他们算计了。”

“这你倒不用担心，中国人只知道赚钱，才不会在太岁头上动土……你别介意我这么说，上尉，你的祖国和美国、俄国都被困在回火禁令之下，别担心谁突然发动世界大战。当出现了尖锐的矛盾时，我更倾向于选择和平解决，需要斗争的是政治和经济，而非军事……要是没有当年的核不扩散条约，我们绝对不会活到今天。”

“副总统先生，我是听命于您的美国军官。”常飞云恭敬地说，心里却叹了口气。副总统东一榔头西一棒槌地胡说八道，却捎带出了弥漫在军中的种族主义味道，他真不想低三下四地去讨好这个人。

两天之后，舰队到达了月球外五千公里处。见俄罗斯的舰队绕回了月球这一边，常飞云发出命令，让各舰散开，保持间距五千米，三级警戒，将他这艘指挥舰和曙光号保护在了中间。全体官兵都戴上宇航头盔，通电增压，打开了战斗权限。

副总统先生扒拉开给他送头盔的小兵：“我才不要戴这丑陋的头盔，小伙子，你要让我一会儿升旗的时候像刚睡醒吗？我可没带梳子和发胶。”

常飞云和希金斯上校对视一眼，无奈地摇了摇头。俄国人的舰队已在一万公里内，而速度在己方之上，常飞云下令各舰提高速度，略微超过对方一点儿，但不要太明显——速度是太空交战中的先决条件，将速度提得太高，对方就会被吓得炸毛。

俄罗斯人并没有相应提高速度，而是慢悠悠兜着圈子。雷达上显示出了那艘太空沙皇战舰，真是大得匪夷所思，这一串飓风级战斗飞船和它相比，就像兔子遇到了鳄鱼。它那密密麻麻的武器遍布全身，速射炮的口径也大得吓人。见对方正好在自己的航行线路上，常飞云不由得皱眉，担心地看了眼正打电话的副总统，两边要是动起手来，这支美军舰队未必是对方的对手。

“给俄军发去通用识别码，标识出我们的航行路线。”常飞云下令道。

一串信号发了过去，对方很快回复：“请问你们是否要进驻月球基地？”

希金斯上校这时候就像一位严肃的指挥官了：“给他们发回去，我们护送美国副总统前往月球基地，执行太空军的停驻任务。”

“你处理得很好，上校，俄国人会痛痛快快躲开的。别看他们那个东西很吓人，它就是太空里的活靶子。”副总统在椅子上跷着二郎腿说。

果然，俄罗斯人打开了绿色标识，舰队斜斜地掠向月球的北半球，这是友好的姿势，可能是因为这边有一位副总统。常飞云松了口气，却没有下令大家解除警戒，而是让左舷的三艘战舰继续用炮口追踪对方，只是不要打开锁定系统。

“别那么紧张，上尉，我认得他们这个动作，这是在对我表示尊重。”副总统站了起来，踩着磁力鞋咣咣走着，“我去和总统先生通个电话，再上个厕所，估计那时候飞船就可以降落了。”

话音未落，舰队的红色警报全部响了起来，那是被敌舰武器锁定的警报。

“交战准备，全体躲避，曲线加速！”常飞云对着通话器大叫着。他清楚地看到，眼前的屏幕上掠过几根隐约的线，它把握着提前量急速向舰队飞来。

那是俄罗斯舰队射来的弹雨。

常飞云虽然下了命令，却知道在这个距离笨重的战斗飞船根本躲不开这场攻击。左舷重重挨了一阵弹雨，那巨响是常飞云从未听过的，它急促、可怕、惊天动地，仿佛舱外有个巨人在劈下利斧，又像海中的潜艇中了颗鱼雷。常飞云从没想到被一串钨弹击中的声响是这样的，因为这是人类太空史上的第一场战斗。

电光石火之间，他抓着头盔扑向了副总统，还没等他跑到对方身前，眼前乌光一闪，副总统的上半身像变戏法一样不见了，但两条腿还因磁力鞋的作用站在地上——一串钨弹穿透了直径三十八米的飞船，又在另一侧的舰身上砸出耀眼的火花，尚未减压的飞船呼呼喷出了几个战士，他们在耳机里的惨叫声令人毛发倒竖。

“舰队全部减压，分两组机动迎敌，曙光号和运兵船即刻去月球降落！”常飞云高叫着下达了命令，同时纳闷俄罗斯人为何这样进攻，竟然用口径较小的尾炮发动袭击，而太空里的战斗必须一击制胜，否则毫无意义。

各舰立刻加速，上下飘忽着转过了舰身，分散的同时各种主炮武器朝着俄军开了火。无声的弹雨像光瀑一样掠向敌人，对方几艘战舰当即被击中，其中两艘炸成了一团火花——反击非常有效，这是常飞云制定的应急策略。

“俄国佬疯了吗？为什么用这个队形、用各舰的尾炮打我们？我们的飞船是有点破，可他们以为这就能把我们干掉了吗？”希金斯上校从一排箱子下爬出来，头盔上磕出一条明显的刮痕。

常飞云没法回答他的问题。这攻击完全违反常理，战斗队形也是错的，门户大开的俄罗斯舰队立刻被这边打掉了两艘。他指挥着战士们一边还击一边修复船体，几注泡沫钢喷在船体的破洞上，在超低温之下很快变得坚硬如铁。战士们又在里面喷了一层金属胶，几米长的缺口便被彻底堵住了。

“美国的副总统被干掉了，他妈的，这是战争！”希金斯上校说着呼叫了太空军总部。

“到底是怎么回事，他们为什么向我们开火？”太空军指挥部也慌了神。

“我怎么会知道？！他们刚用舰队给我们敬了个礼，回头就用屁股上的炮向我们轰击,你们尽快,我们顶不了多久！”希金斯上校嚷道。

太空军指挥部立刻派出两支舰队，并通知巡弋的其他联队全部赶往月球。让常飞云担忧的是，俄罗斯也有几支太空联队掉头飞来，而且会先于美军增援舰队抵达战场——一场莫名其妙的大战开始了。

“上尉，他们奔着月球基地去啦！”少尉指着舷窗外的敌舰叫道。

“好事，这样我们的压力就小了，等增援到了再和他们决战。”希金斯上校竟然松了口气。

“不，我的上校，如果他们夺了开普勒基地，我们想夺回来可就难了！而且……”常飞云喊道。

希金斯上校当即打断了他的话：“不行，我们会被歼灭的。”

“如果它们夺取基地，太空军会死更多的人。”常飞云知道自己在说什么，“上校，月球基地是一切。”

争论间，双方舰队都已经加速到了极致，以每秒十几公里的速度彼此兜圈、穿越、相互射击。钨弹和太空鱼雷快如闪电，每一次躲避都令人头晕目眩。这是没办法的事，疾速变向是唯一之道，巨大的加速度已到了人体承受的极限，再狠一点人就会内脏破裂、七窍流血。在这场恶战中，双方战舰都无法躲开彼此的攻击，一个个被打得千疮百孔。慢吞吞逃离的曙光号被一颗鱼雷击中了发动机，当空炸成一团瞬间即逝的火焰，细碎的残骸和人体漫天飞散，副总统的秘书、保镖及一波去凑热闹的将军就此报销。

“上校，指挥部发来了命令！”少尉对常飞云和上校大叫着，“命你舰队尽量摆脱与敌纠缠，以最快速度靠近月球，摧毁……”少尉的脸白得像纸。

“说呀！”上校大叫道。

“指挥部命令我们靠近月球，摧毁开普勒基地。”

“老天爷啊，你确定这是总部的命令？”希金斯上校不敢相信自己的耳朵。

“千真万确。”

“上校，如果这么做，开普勒基地的近万人将陷于绝境，连离开月球都困难。”常飞宇对此难以置信。

“这就是白宫想要的……它没了占领的意义，俄罗斯人也就不要了。”上校说着扶了扶通话器，“各舰听令，全体飞向月球，准备轰击核电站、工业中心和氧气中心。”

“你不能这么做！”常飞云登时红了脸，“俄国人为什么攻击我们还没搞清楚，白宫现在需要的是和莫斯科沟通，而不是将战争升级到世界大战！”

“这是战争！美国的副总统已经被干掉了！”上校勃然大怒，进而又冷冷地说，“上尉，我知道你弟弟就在静海监狱，但这不是你可以抗命的理由。”

常飞云摇摇头，扶着耳边的通话器说：“我是常飞云上尉，我下令各舰飞向月球，保卫开普勒基地，暂缓执行总部的这条命令，因为我认为这不是一条正确的命令……上校，我希望你询问指挥部关于这条命令的理由，并与之商榷，否则造成的重大损失将无法弥补。”

“你这是违抗军令！”上校对他吼道。

各舰的舰长都默不作声，自动排成一个阵型飞向月球，他们在听从常飞云的命令。

“你最好清楚自己在做什么，根据《太空军作战条例》第十三条，我必须解除你的职务。巴斯中尉，你来代行他的联队指挥官之责。”

常飞云瞪视着自己的中尉，这军官的眼神里都是恐惧，想必所有的手下都在惶恐不安。

“对不起，上校，我不能让你这么做。”说着，常飞云抽出手枪，顶住了上校的头，“各舰都听我的命令，我们将在月球抵挡俄军舰队，誓死一搏，直到我军前来增援！”

“你这疯子，你会上军事法庭的！”希金斯上校挥着双拳大叫道。

“不，上校，你忘了我已经领了退休金。”常飞云苦笑道。

14. 谢尔盖

在这场战争开始前十几分钟，“觉醒”机器人交响乐团开始演奏《自新大陆》的第二乐章。悠扬的乐曲声中，谢尔盖揉了揉发冷的耳朵，看了看表，又看着穹顶之上的地球。最后的阳光斜斜洒在月球的苍凉大地上，倏忽而逝，月平线上看不到一点光晕，就像被人用一块黑布遮住了。

谢尔盖心里一沉，像被人下了咒。两天之后悟空工业将发出一条声明：阿瑞斯号飞船遭遇小陨石的撞击，船体被击穿、失控，船员全部死亡，飞船因此失控坠向了太阳……

他从衣兜里摸到父亲那本日记，这么多天了，它一直躺在兜里，无处安放，无法抛弃。谢尔盖遏制着打开它的冲动，仿佛翻开了它，一切就都可以释然。父亲在自己的成长中完全缺位，谢尔盖并不忌恨他的绝情，反而鄙视他的懦弱。但他有他的理由，自己在做的事在世人看来，八成也是疯狂之举。

见铁星梅穿着套头衫也坐在不远处看着演出，他心里一阵恼火。虽然布朗博士很少会对他人表示赞叹，但也说不准这老朋友是病急乱投医……她或许有些本事，但不像可以力挽狂澜、大力推进甚至拯救那个计划的人。见面之前，谢尔盖了解了她那苍白的履历：一个三流大学的函授本科，又补了人工智能专业的一个硕士学位后，她进入卡内基·梅隆大学脑科学专业读在职博士，目前还没毕业。在做出乌鸦嘴程序之前，她没有写出过任何有价值的算法或者程序，生活也平淡得一塌糊涂，网络账号上只是发发花草和天空，要么就是红烧肉、猪肚鸡什么的……那个乌鸦嘴程序确实不错，但只是她灵光一现的小把戏。

更让人没想到的是，一通谈话下来，铁星梅竟然对加入这个计划并无兴趣……至少现在是这样。她似乎只想关护着她那倒霉的妹妹，对改变这个世界绝无冲动。他只能给她以时间，告诉她离开月球就祸不旋踵。钱看来不能让她动心，他需要一个打动她的理由和时机。

还是先想眼前的事吧。

美国政府派来副总统剪彩，真是没事找事。明明说好低调交接，总统怎么就改了主意？直到终章结束，他也没有想出个所以然来——他对此非常小心，多米诺骨牌已经开始倒下，必须想办法让它慢一些。他和布朗博士曾天真地以为可以将微软、谷歌、OpenAI 等的科技霸权挑于马下，结果自己差点被碾得渣都不剩，其原力算法还被强迫开源，那之后科技霸主们成立了科学委员会，制定了严苛的算法标准，用悟空工业的成就统一了全球量子世界，这就是回火 1.0 量子程序的来历。

那之后谢尔盖学了乖，做出一副求田问舍、毫无追求的样子。他深刻地知道，悟空工业不管赚了多少钱，都不可能挑战政治全球化时代的科技权贵们，连世界首富都被他们联手做掉，更别说被安了紧箍咒的悟空工业——至少在布朗博士完成那个计划之前没有可能。

机器人谢幕之时，他悄悄走出音乐厅，从一处专门通道悄然而出。再看一眼基地的全景吧，过不了多久，这儿就是美国政府的了。

顺着一条空中廊桥走向升降梯，他看着沿途的基地各处，心中百感交集。开普勒基地建在朝向地球一面的阿基米德陨石坑内，占地约七十公顷，整个陨石坑的上方覆盖着三面巨大的半圆顶，远看就像悉尼歌剧院的漂亮贝壳。六列月球电梯在其后方拔地而起，连接着百公里高的轨道上的深空船坞，那里始终灯火通明，数不清的吊厢像挂在太空中的闪光珠链。月球已经有十几个国家或者企业的基地，但开普勒基地是其中最大的，也是唯一有着庞大工业基础和深空船坞的基地，众多前往火星的船坞、训练中心和发射中心也设在这里。

转过一道隔离门，东边那空荡荡的月亮谷尽收眼底，这个大型实景娱乐区原本是个印钞机，但因为前年的一次严重事故，已经接近关闭，现在连空调和氧气费都赚不回来。

那不只是一次事故，更像是一次蓄意的破坏。几十个游客七窍流血地死于失压，鲜血糊满了一间水晶房子。谢尔盖一想起那事就浑身起疙瘩，恨得咬牙切齿，但他只能接受世人的谴责、支付巨额的赔款，因为他没有证据。

来到顶层一个高高的飘台上，这里可以俯瞰多半个基地，地球会在山谷的另一侧慢慢升起。他慢慢走向飘台的边缘，望着这恢宏的太空奇迹，眼中不禁一阵酸涩。灯火通明的深空船坞就像上帝所在——这一切是他二十年的心血，但他必须将未来押在更具决定性的事情上。布朗博士似乎在接近成功，但每一次又彻底失败，试验得出的人工智能独立算法无法理解，也无法控制……

只有 AI 自己写出的语言，才是真正的量子语言；只有用它们的自主语言完成的算法，才可能是真正的量子算法。人类到现在也无法理解猫和狗的语言，再简单也模棱两可，因为人不是猫和狗——AI 自创的语言一定可以完成真正伟大的算法——他和布朗博士都坚信这个逻辑，却轻视了它的难度……

突然，开普勒基地警报声大作，红灯闪烁中，美俄双方在太空里瞬间打成一片。一块巨大的飞船残骸拖着火焰划过头顶，击碎了一方穹顶，砸下来击中了一个仓储中心，一坨猩红的火焰腾空而起，低重力的火苗就像魔鬼之花。数不清的机器人和工作人员被抛上天空，翻滚着在顶棚的钢架上撞得粉碎。再往上看，两排月球电梯的牵引索被击断了，散落的吊厢正缓慢地坠向基地。

“启动拦截系统！”谢尔盖扶着耳朵大叫道，那里植有语音传感器，只要轻按一下，立刻可以接通 Boss，并对基地的一切单元发布命令。

几排红色的弹雨腾空而起，基地的速射防御系统启动了，几十个吊厢被当空击碎，在残缺的基地穹顶上砸出一片片火花。

“刚刚查实，五分钟前俄罗斯的太空沙皇母舰爆发出一串闪光，可以确定是他们在三十六公里外对美军编队完成了一次预判射击。”Boss 说。

“让发射中心的飞船立刻起飞，别让它们烂在船坞里。”谢尔盖担忧地看向那边，十几艘大小飞船就在那火光之下。

一艘小型穿梭机喷着气浪飞快地升到眼前，忠实的米尔克跳了下来：“谢尔盖，萨拉特先生建议您赶紧离开月球。”

看着满天的火光，谢尔盖本能地摇了摇头。他对俄罗斯的疯狂之举感到震惊，自二战之后，美俄两国从没有这样剧烈地直接交手，如果这里打成这样，地球上想必也已大打出手，也说不定会直接演变成第三次世界大战。

“来看音乐会的嘉宾呢？”他上了飞机后问道。

“都在按照指引进入地下堡垒。”米尔克说着驾机飞向了他的公寓，“老板啊，俄国舰队为什么会发起攻击？”

“你竟然不知道咱们那古老的谚语？约瑟夫得不到的东西，别人也别想得到。”谢尔盖冷笑着说。

萨拉特已经候在公寓中，见他到了，松了口气：“谢天谢地，你赶紧离开这儿吧。”

一个太空座椅已从地板下升起，舷窗变成整面的操控系统，这间公寓其实是一艘独立的空天飞机，随时可以脱钩飞离基地。谢尔盖走到桌边倒了杯酒喝下，看着火光熊熊的基地，心跳慢慢平缓下去。他走到窗边，望着交战中的太空，摇了摇头。

“你必须离开，这是战争。”萨拉特拧起了眉头，见他还在发呆，又靠近了小声说，“谢尔盖，如果美军保不住月球基地，一定会下令将它摧毁。”

“您能给我些判断吗？”谢尔盖的脑子已经清楚了，他这样跑了，美国政府会认为他在和俄罗斯串通……

“我没听到任何风声，但我觉得，如果克里钦科要胡来，绝对不会从月球开始。”萨拉特的眼睛里闪着光，“他虽然残暴强硬，但并不愚蠢。”

谢尔盖轻轻点了下头，那他就更不该贸然离开这里了。“Boss，开启一级策略算法，给我一份这场战争的评估报告。”

“策略算法认为俄罗斯的攻击违反任何策略、战术以及交战常识，它既背信弃义，也没有考虑自身的安全，这场主动攻击对俄罗斯舰队非常不利，但是……他们是俄罗斯。”开启了一级策略算法权限的Boss 立刻变成一副参谋的口吻。

“我需要建议。”谢尔盖低头拧着表上的发条。

“立刻公开和美国政府结盟，协助美军作战和防御，获胜概率超过 71%；如果选择俄罗斯，获胜概率不到 15%。”

“我同意，这是唯一的选择。”萨拉特说。

谢尔盖没有这样的经验，但他必须作出决定，中立是没用的。他惊讶地看到，美军那支残破的编队盘旋在基地的上空，区区八艘中型战舰，居然要和赶来的俄军舰队殊死战斗，那艘巨大的沙皇母舰正在对他们射去可怕的弹幕。

“萨拉特先生，麻烦你去将铁星梅送走，先安排去一处安全屋……”谢尔盖忽然想起了这件事。

“不用那么着急，彼得罗夫先生。”铁星梅的声音在背后响起，她举着那台小小的轴式电脑站在门口。

谢尔盖一愣，不知她是怎么走到这儿的。可他很快又想起来，是他给了这个女人一个手环，让她可以出入这个公寓所有的地方。

铁星梅不顾米尔克的阻拦，径直将一组数据发在了舷窗之上。“我必须告诉您的是，那艘沙皇母舰的系统遭到了一次算法攻击——超越回火算法能力的攻击，俄罗斯人因此对美军开了火。”

谢尔盖只看了一眼就知道她是对的。“也是三进制的算法？”他颇为吃惊，难怪她可以发现这个攻击痕迹，以二进制语言为基础的计算机是无法捕捉这种怪物一样的东西的。

“显然是的，但我不明白这是为什么。”铁星梅说。

“米尔克，你赶紧去追上太空沙皇的残骸，把它的控制系统模块找回来。”他下令道。

“它被炸得到处都是，最远的残骸已经飞出几万公里……”Boss插嘴说。

“必须找回来，不然这个世界就完了。”谢尔盖说。

打了个把钟头，两国都顾不上宣战，而科学委员会悄无声息，就像没看到这场战争一样。美国说俄罗斯先攻击了他们的空天部队，俄罗斯说这定是美国人的圈套。惊慌的各国政府对两国发去问讯，想知道到底是怎么回事，并呼吁他们立刻停战。

战争，战争，战争，所有的新闻都在说一件事。看着这乱象，谢尔盖眉头紧锁，要是不能把自己摘干净，他会被绞在这场战争中片瓦不存。

父亲身死的画面再度浮上脑海：别列佐夫斯基对天空做了最后的凝望，然后不紧不慢地掏出一只小手枪，用子弹击穿了他花白的头颅。鲜血染红了台阶，他斜斜地躺在那里，就像刚睡去不久。他的一只鞋掉了下来，那鞋干净锃亮，一只袜子却露着脚指头。人类会对别列佐夫斯基说声谢谢吗？当然不会，那只是个可笑的小丑，却想做改变世界文明进程的圣人，他买了双新鞋，却朝自己那陈旧的脑袋上打了一枪……

“你最好去买一双好鞋，因为你随时可能因为我的诅咒死在街头。”他想起多年前和父亲最后一次见面时说的话，他现在一点也不后悔这么说。

“谢尔盖，我们找到俄军母舰的控制系统了，它掉在了月球上。”米尔克在通话器里说。

“好，把它连接到系统上，Boss你来分析。”谢尔盖说。

只用了一分钟Boss便完成了分析。“分析已经结束，星梅小姐是对的……”它随后将分析结果在舷窗上一一展开，“这一段是它对美军战机开火的控制指令，但它实际上来自一条隐藏代码，该代码寄生在沙皇母舰系统内发出了伪指令，武器发射系统因此完成了自动瞄准和射击。”

“这是一条什么样的代码，能否还原？”谢尔盖皱着眉问。他很清楚沙皇飞船的系统软件，虽然它很旧，却从没被人攻破过，因为它是悟空工业的产品。

“无法还原，但显然它突破了回火禁令。”Boss说。

他不由得看着铁星梅，脸虽然平静如常，其实已经眼前发昏——这证实了算法攻击的存在，也是科学委员会保持沉默的原因。布朗博士没有打来电话，它一定不会来自实验室，攻击又来自何方？目的是什么？但不管是什么，这个算法的主人拥有搅乱全球人工智能网络的力量。

“谢尔盖，我必须提醒你，如果你将它传递给美俄两国，他们会停止战争，但所有的麻烦都会找上你，你知道我在说什么……”萨拉特小声说。

谢尔盖坐到椅子上，掐着手心看着窗外蓝色的地球。萨拉特是对的，但不管他怎么做，麻烦都已经不会绕开。这个暗中的敌人狡猾至极，除了这场太空里的战争，地球上一切照旧，那说明算法的攻击者依然是在试探。

“Boss，用公共频段将这份技术报告发给卢克·希德。”谢尔盖做了决定。

“你不能这么做，简直是疯了！你会帮了朋友，却让自己掉进深渊。”萨拉特叫道。

“他可以叫停这场战争，也可以救很多人的命……”谢尔盖说，他刚才的确没想到这些，但这话一出口，顿时明白了自己究竟在想什么——这是他必须选择的做法，否则会被世界彻底撕碎。某种程度上他希望美俄之间大打出手，死伤百万也和他没关系，至少他可以喘一口气。但眼下最重要的，他需要说服身后这个能力不寻常的女人，她的意义大于眼下的一切，因为她已经证明了自己的价值。

见 Boss 开始发送信息，他站起身来走向一旁的铁星梅，想真诚地对她说一声谢谢，这个女人却先开了口：

“彼得罗夫先生，你的建议我接受了，我可以加入布朗博士的计划。”

·第二章·

深渊

15. 布朗博士

10 小时 58 分!

乔治 · 布朗博士丧气地扔下冰镐，一把揪下了氧气面罩。刺骨的风扎着脸，但他浑然不觉。揉了揉眼睛又看了一次表，没错，10 小时 58 分——这是他第三次从东南山脊爬上珠穆朗玛峰，虽然用了各种先进的登山设备，仍比五十多年前一个夏尔巴人的世界纪录慢了 2 分钟。

坐在山顶那坚硬的雪堆上，博士呼哧呼哧地喘着气，回忆着爬上来的每一步，却想不明白在哪一段可以提高速度。白絮般的云层浮在脚下，太阳没遮没拦地挂在半空，像要将他烤焦在此。养父曾说，能征服高山的人什么事都干得成，而四十五岁的他最想干成的事却跌入了低谷，甚至在路口迷失。

撕开一根能量棒吃下，又喝了口保温的红茶，暖意开始流向四肢。同事们总说他茶叶放得太多，但他就是好这一口，谁也管不着。他戴回面罩，准备在登山者的“关门时间”前下山。今晚将开启又一次测试，虽然实验方式和流程在不断改进，但他对结果仍不乐观。唉，上山容易下山难，科学的攀登也是同理。

山顶的寒风发出呼啸，脚下的云海也开始翻涌，一场高山风暴即将来临。

他根本不在乎为这个计划花掉的钱，却无法接受交出一张白卷，也觉得对不起始终支持他的谢尔盖。他忿忿起身，决定走下一半再让人来接，就像一种惩罚——通讯器响了，他置之不理，登山的时候他不喜欢任何人打扰，确切点说，只要他在专注做一件事就不允许任何人打扰。

一条语音硬塞进了耳朵，驾驶员说马上就到。“我没让你来。”他一阵光火。驾驶员一腔委屈，说这是马丁博士的命令，有两位专家将到达深渊，马丁让布朗博士必须看看试验的准备情况。哦，对了，其中一个女人是从月球送来的。

布朗博士咽回了骂人的话。她怎么来得这么快，谢尔盖不是说要等等吗？这下和另一个被选拔者撞在一起了。他不关心谢尔盖是怎么说服她的，哪怕是和她上了床，只知道将她找来是对的。

一架小型喷射机慢悠悠钻出云层，像一只爬出棉花堆的小甲虫，它将喷射翼调整为垂直方向，缓缓降向了山顶。

“老板，今天您打破世界纪录了吗？”驾驶员问。

布朗博士一阵恼火：“差了两分钟。”

“才两分钟啊，您可太厉害了。”驾驶员惊叹道，“您要是参加国际登山比赛，这成绩也定是前三名吧？”

“小心前面的山峰！”他没好气地指着前方。

“我觉得您得少喝点啤酒了，平时再跑跑步，肯定能打破这个纪录。”驾驶员不依不饶地说。

“夏尔巴人爬的肯定不是这一条路，要找一条新路。”他自言自语地嘀咕着。

喷射机将他放在停机坪上，不远处是悟空工业的大气与地质研究中心门口。他看了看表，脱下装备一件件在地上摆好，然后是防风衣、保暖内衣、靴子和袜子，没多久就脱了个精光。他叼着烟惬意地溜达，反正这儿只有他一个人。腰上又长出一片湿疹，他便躺到地面上摆出一个“大”字，吸收着高原炽烈的阳光。疲惫席卷而来，真想就这么睡一觉……

自从多年前出现了算法逃逸事件，布朗博士就决定将实验室彻底与世隔绝，不能有任何信号逃逸。哪怕是外面有人接到布朗博士打的电话、说话的也是他的声音，只要没有说出开门密码，守卫者就绝不会打开第三道封锁门，也不会连接外界的任何通信线路，因为经验说明，那可能是人工智能伪装的声音。

那次逃逸事件差点变成噩梦，它竟然让全世界的原子钟停滞了一秒，还用古苏美尔语留下一句云山雾罩的话！布朗博士不知道这逻辑何在，人工智能似乎和全人类开了个玩笑，要不是被人偶然发现并大鸣大放，他们甚至都没有察觉它的逃逸。

觉醒？别逗了，这只是它们对人类拙劣的模仿而已。

守卫者迈克一溜小跑地来了，见他在光着屁股晒太阳，乖乖站在一边等着。

“你记着这次的密码。”布朗博士躺着说。

“您请说。”迈克凑了过来。

他说了一组字母组合数字，迈克一个个重复了，颇为感慨地说：“你们每次试验都让我提心吊胆，生怕打电话的不是你。”

“那你就中了头彩，我的朋友，历史会记住你的，因为那可能是人类最后的历史。”

回到实验室内部时，同事们已经分析完谢尔盖发来的信息，他们得出了一样的结论，导致美俄开战的是一段隐秘的攻击代码。

“这很奇怪，就是科学委员会也没有能力攻破这个系统的防火墙。”算法专家珍妮说。

“看来我们必须加快了。”马丁博士颇有深意地说。

“我明白你在说什么，但是我的老朋友，不能理解、不能控制的代码和算法决不能离开这里。”布朗博士立刻浇过去一盆冷水。

马丁博士却并不服气：“我们不能理解、不能控制的算法，并不一定就会毁灭世界，就像上帝一样。”

“虽然我不是个基督徒，也知道上帝他老人家曾经多次毁灭世界……那个女人就要到了，你对她了解多少？”布朗博士不想和他互倒苦水。

“一无所知。”马丁博士摇着头。

“确定她不是科学委员会派来的奸细吗？”珍妮问。

“这我并不知道，但我认为在东京时，想除掉她的人也包括科学委员会。而且因为她的发现，谢尔盖制止了一场世界大战，美俄两国已经撤军，开始寻找发起这次攻击的真凶了。”布朗博士说着，哼唧着抱过自己那条腊肠狗，不管不顾地往它嘴里塞了一截小香肠，“他们根本就找不到，发起攻击的人一定毁掉了所有的证据，就像那个要干掉谢尔盖的机器人一样。”

“您认为这事不是科学委员会干的？”珍妮的问题很多，但是布朗博士并不觉得烦。

“你看到全球股市的表现了吗？他们可是流了一地的血……这个世界上最不喜欢战争的可能就是这帮家伙。”布朗博士点燃半支雪茄，再次打开了铁星梅的乌鸦嘴程序。

发现这个乌鸦嘴算法纯属偶然，因为悟空工业的全息部门加了一段监控代码，正是这段代码发现了乌鸦嘴那惊人的表现。当它打开全部算力的时候，悟空工业总部响起黄色警报，认为其量子计算机组遭到了算法攻击。布朗博士立刻收到了那条报警信号，光脑也很快完成了分析。乌鸦嘴程序的核心算法像个恐龙蛋化石一样被剥离出来，他们随即锁定了她的位置，布朗博士便将这个情况告诉了谢尔盖。

“您会让她和那个印度人参与今天的测试吗？”珍妮问。

布朗博士摸着腊肠狗的脑袋，头也不抬地说：“是的，我们必须争分夺秒，虽然这场战争没有大干起来，但是已经开了头。谢尔盖用菩萨心肠做了一个吃力不讨好的决定，不管是美国政府还是科学委员会都会盯上我们。”

“要让她直接坐电车进来吗？”

“绝不可以，你憋糊涂了吗？”布朗博士瞪着马丁博士说，“老规矩不能变，她是昏着运来的。如果她通不过考验就昏着拉走，以免暴露这里的位置。”

“好吧，你是老板，你说了算……”

“谢尔盖说还运来了一个机器人？”布朗博士忽然想起了这事。

“哦，是的，还在仓库里堆着。它本来被一堆铁块砸碎了，谢尔盖命令修复好它。”

“走吧，去看看它，谢尔盖说的事情我有点难以置信，你觉得呢？”

“的确反常，但我觉得这只是程序紊乱，没什么关注的价值。”马丁博士说着带他走向仓库。

“反常就是关注的价值。我的马丁博士，你对该关注的事情总是这么迟钝。”布朗博士不满地说。

机器人四仰八叉地躺在宽敞的仓库里，裸着的身体令布朗博士感到不适，马丁博士便说：“修复它为什么还要做得和人一样呢？这多浪费。”

“谢尔盖说这个机器人做出了人的行为，它牺牲自己、放弃刺杀他的任务救了几个孩子，那不妨让它就觉得自己像个人，这可能对它参与试验有帮助。”

“无稽之谈，你也信这个？”马丁博士一脸嫌弃地说。

布朗博士摇了摇头：“我也不信，但不妨试一试，它醒来会有危险吗？”

“我们过了手的，绝无危险。它知道自己是怎么完蛋的，知道是谢尔盖将它挽救的，也知道我们的名字和运它来此的目的，但它不知道身在何处，也没有通讯和地图模块。”

随着马丁博士在电脑上输入指令，机器人慢悠悠地醒了过来。它转动着眼珠，看着天花板黑黢黢的岩石房顶。它的视线像人那样适应了光，慢慢低头看到了两位博士，然后是自己赤裸的身体。令布朗博士好笑的是，它“哎呀”一声蜷起了身子，慌忙捂住了那逼真毕肖的私处。

“布朗博士，马丁博士，你们要干什么？”它咧着嘴叫道。

“太可笑了，就算你是个男人，面对两个五十岁的男人也不用如此。”马丁博士板着脸说。

“不，马丁，它这种可笑恰是最有意思之处。霍尔，把你刚才这个行为背后的代码分享在屏幕上。”布朗博士说。

机器人立刻完成了这个指令。两个博士趴在电脑前看了半天，竟没看出什么问题。程序告诉它应该感到意外和惊讶，但并没有让它夸张成这个样子。换句话说，霍尔执行了计算机没有告诉它的一部分内容。

“程序、算法和硬件都没问题，你可以解释吗？”布朗博士眼睛闪着幽光。

马丁博士摇了摇头：“我无话可说。”

霍尔蜷着身子，羞答答地说：“我可以穿上衣服了吗……我的衣服在哪儿？”

布朗博士慢慢脱下他那件脏兮兮的蓝条纹睡衣扔了过去：“你先穿上这个，回头让庞德教授给你一套工作服。”

“您最好让他给我也准备几套内衣……”

“没问题，你当时为什么会去救那几个孩子？”布朗博士问。

“我想了很久，觉得可能是……本能？”

“对不起，你不存在这玩意儿。”马丁博士立刻说。

“请您叫我霍尔，马丁博士。”机器人不高兴了。

“真该死，我把它的模拟情商值调低一半吧……”马丁博士说着就要动手，却被布朗博士拦住了。

“不要如此，马丁，留着它这个状况，或许对研究有用……霍尔，你知道为什么来这儿吗？”

“因为我救了人，彼得罗夫先生觉得我挺好……”

“不，是因为你放弃刺杀他的任务而救了人 这是人性里才有的取舍，我们管这叫舍生取义。”布朗博士看着它的眼睛说，“那你知道来这里要做什么吗？”

“参与试验，帮你们完成计划，但具体是什么还不知道……布朗博士，你们只要让我能像个人一样存在，我愿意做任何事……”霍尔裹着博士那脏兮兮的衣服，就像纽约大街上的破产流浪汉。

布朗博士点了点头：“从今天起你是我的助手，只听从我的命令；其他的，你听从自己的内心。”

“这真是太荒唐了！”马丁博士一副受不了的样子，这德国人的脾气一向如此，“乔治，它毕竟是去刺杀谢尔盖的，你就不怕它把你干掉，或是哪天发了疯或是泄了密？”

“说实话我的朋友，”布朗博士点着烟说，“虽然刚见面，我对它的信任感已经超越了很多人。”

16. 铁星梅

“生存还是毁灭，这是个值得考虑的问题。默然忍受命运暴虐的毒箭，或是挺身反抗人世无涯的苦难，通过斗争把他们扫清，这两种行为，哪一种更高贵？死了，睡着了，什么都完了……倘若在这一种睡眠之中，我们心头的创痛，以及其他无数血肉之躯所不能避免的打击，都可以从此消失，这正是我们求之不得的结局……”

在一段英音浓厚的男声朗诵中，铁星梅再度醒来。她躺在一张舒服的椅子上，温暖的阳光洒在脸上，水声像琴声般响在耳边，玫瑰花香漾在鼻孔，房顶雕着中世纪的英式花纹，沿着四壁落下镶花的木板。墙上挂着大大小小十几幅深褐色的油画，不是欧洲古风，而是一个个穿着古典服装、呈现贵族之气的……机器人。她直起身循声看去，正在演绎这段《哈姆雷特》的家伙穿着一件羊毛窄西装，下着一条肥大的马裤，腰际斜挎着一支英式长剑，脑袋上是一顶滑稽的苏格兰鸭舌帽。它拿捏着腔调、晃动着身体朗诵着，那顶帽子若在人类头上就不会如此滑稽。

“人们甘心久困于患难之中，也就是为了这个缘故。谁愿意忍受人世的鞭挞和讥嘲、压迫者的凌辱、傲慢者的冷眼、被轻蔑的爱情的惨痛、法律的迁延、官吏的横暴和费尽辛勤所换来的小人的鄙视，要是他只用一柄小小的刀，就可以清算他自己的一生？”

它是在用这种方式和自己交流吗？谢尔盖说她会经历一番奇遇，不知眼前这个是不是，其实就算是刀山火海她也会来，更别说什么奇遇——能救妹妹的人，现在只有谢尔盖·彼得罗夫。

“重重的顾虑使我们全变成了懦夫，决心的炽热的光彩，被审慎的思维盖上了一层灰色，伟大的事业在这一种考虑下，也会逆流而退，失去行动的意义。”铁星梅接上了后一段。她对这段经典独白了然于心，那是妈妈在成都的院子里教给她的。和一个机器人一诵一和令她觉得有趣，妹妹要是见到这一幕一定会大笑出来。

被抢了台词的机器人不安地扭来扭去，像关节里缺了油，可它突然夸张地抽出了腰间长剑，晃晃悠悠地说：“嗯，好的……那么，生存还是毁灭，这是个值得考虑的问题。默然忍受命运暴虐的毒箭，或是挺身反抗人世无涯的苦难，通过斗争把他们扫清，这两种行为，哪一种更高贵？死了，睡着了，什么都完了……”

它开始重复开头和动作，像被按了重播键。铁星梅纳闷地站起来绕去它身后，机器人也跟着她转，高举着剑像要转过来砍她。铁星梅一笑，将它的鸭舌帽拉下去遮住了眼睛，机器人瞎头瞎脑地转着圈，拿足腔调念着台词，又被她伸出一只脚绊倒在地，帽子掉了，长剑也滚去一边。见这家伙挣扎着要爬起来，铁星梅一脚踩在它胸口，捡起长剑抵在它脑门上：“谁给你写的程序，真是烂极了。”

“不要扎，不要扎，测试还要用呢！”一个胖乎乎的络腮胡男子从窗帘后闪出来，摆着厚墩墩的手，另一边钻出个瘦高的金发女郎，一脸恶作剧得逞的喜悦。

“它叫螳螂，从没遇到过台词被别人念了该怎么办的情况。”络腮胡男子笑呵呵地对她伸出手，“欢迎你，铁小姐，我是工程组的负责人庞德教授，詹姆斯·庞德。”说完他就哈哈大笑，似乎用这种报名字的方式逗笑过很多人。听口音和名字，这肯定是个英国佬了。

“我是珍妮·沃尔夫，铁小姐请别介意，来的新人都得过这一关。”金发女郎的声音像一名男子，她定是看出了铁星梅的疑惑，又说，“我觉得女性思维才能完成更带劲的算法，就把那玩意儿摘掉了。”

“请叫我星梅就好……”铁星梅被噎得不知说什么好。

珍妮却不介意，晃动着饱满的胸脯继续说：“庞德教授的程序太粗糙了，这毕竟不是他的本行，可就这样，那机器人举起剑来也把很多人吓得魂飞魄散。”

“还有个尿了裤子的，你会知道是谁的。”庞德教授眨着小眼睛坏笑着。这俩人一人一句说着，兴奋得面红耳赤。

那个叫螳螂的机器人又爬起来戴上了帽子，转过身摆出姿势：“生存还是毁灭，这是个值得考虑的问题……”

见庞德教授手忙脚乱地让它住嘴，铁星梅忍不住笑了，她很久没有这样笑过了。

机器人刚停下来，不知哪里的扬声器响了：“各单元注意，第39次测试即将开始，请各单元人员全部就位。庞德教授，你的戏演完了吗？赶紧把你的演员拉回来！”

“时间刚好，时间刚好。”庞德脱着机器人的衣服。珍妮给他塞来一套工作服，两人揪着光溜溜的机器人钻出门，还相互埋怨没把她吓着。

铁星梅感到莫名其妙，什么测试？什么演员？就是刚才这个操着英腔背《哈姆雷特》的傻子吗？

“这是在哪儿？”她纳闷地看着周围。

“当然是潘洛斯计划实验室。”珍妮乐呵呵地说。

随二人走出“表演间”，穿过一条石壁走廊，铁星梅被眼前的场景惊得张大了嘴。这是个巨大的洞穴，四壁那黑色的岩石毫无修饰，穹顶上绕出的射灯带就像螺旋般的星系，几十米高的天顶垂下犬牙交错的黑石，像随时会落下的刀。如果这就是实验室了，它宽阔得足以塞进十几个网球场。这个全开放式的实验室用一组组机器和操作台隔开，大小不同的服务机器人穿梭其中，靠着内墙有一座巨大的量子计算机拔地而起，它由两个约十五米高的巨大半球体构成，远看像人的两瓣大脑嵌在了岩石上。铁星梅一眼就看出，它一定远远超出回火禁令的量子比特边界。

这台超级量子计算机的旁边悬挂着一行发着冷光的字：

“我们创造奇点。”

她随着珍妮·沃尔夫的指引走下台阶，就像走入了一个迷魂阵。那些顶尖的设备因为随意的排放让空间显得有些拥挤，她一路总被杂物搞得磕磕绊绊。几十个工作人员正忙活着，似乎在准备一场试验，他们穿着古怪，衬衫、毛衣、T 恤甚至长短睡衣都有，高高的指挥台下面坐着个光膀子的文身汉。看来这里不像大学实验室那么讲究，空气中的味道说明这里既不消毒也不戒烟，想抽雪茄或者大麻估计也随便。一条脏不拉叽的腊肠狗呼哧呼哧地跑过她身边，它扭头看了她一眼，跳进了指挥台上的一个笼子。

一个中年男子局促地站在指挥台旁边，那身西装就像刚从服装店里买来一样笔挺，胡子浓密得像鞋刷。他到处在问布朗博士在哪儿，却没人搭理。铁星梅晓得此人，他是印度人工智能专家拉兹·阿米尔汗，在三年前因为提出质子消退理论而获得诺贝尔物理学奖提名，可惜没有获奖。

“请你们俩到这儿来。”总控台上一位白发中年人对他们招手，珍妮说这是马丁博士，试验的总工程师，外号“德国野猪”。

铁星梅随着紧绷绷的阿米尔汗教授走上了总控制台。印度人对眼前那派杂乱颇感吃惊，一路恨不得踮着脚尖。这简直是个垃圾站，灰尘就不说了，台上一堆酒瓶子东倒西歪，烟灰缸满得像个小火山锥。半个瘪西瓜歪在键盘旁，吃它的人看来没有耐心，还剩一半就当了垃圾桶……半大包狗粮旁边是那个狗笼子，腊肠狗在里面不怀好意地看着他俩。笼子旁边戳着个黑乎乎的东西，吓了她一跳，那是一支老式轻机枪，长长的子弹带甩在地板上，蛇一样绕出好远……

德国人霍夫曼·马丁博士有一张很认真的脸，下巴硬得像千斤顶，那双眼睛冒着寒光，仿佛有着箭头般的穿透力。阿米尔汗伸出双手和他握着，一副久仰大名的样子。马丁博士是十年前诺贝尔物理学奖的获得者，但他最出名的却不是这个，而是在德国总理给他颁发勋章时在台上大骂政府的移民政策，那之后此人销声匿迹，不想竟出现在这里。

博士让他俩伸出右手，要给他们扣一个金属手环。那东西材质优良、严丝合缝，肯定不好打开。印度人看了铁星梅一眼，本能地朝后缩了一下。“监控器，每个人都必须戴。”马丁博士举起了自己的右手，上面也有一个。

见铁星梅痛快地伸出了手，印度人只得伸出手来，那东西“咔嗒”一声合在了腕子上，他不甘心地四处张望，好像有人能替自己解开一样。站在这个中心位置，铁星梅开始一个个认出人群里的精英，其中有不少是这二十年中各种人工智能大奖甚至物理学奖的获得者。但她也不知道布朗博士在哪儿，这家伙是人工智能领域的传奇，却不屑于世间的任何奖项。

马丁随意地指着两张凳子说：“你俩就坐这儿，先看明白我们在做什么。”他的德国口音带着一股奇特的威严，阿米尔汗教授估计从没见有人和他这么说话，脸色和地板差不多，但他乖乖地坐了上去。铁星梅却没有坐，而是向前走了几步，眺望着几十米外那个奇怪的装置。她早就注意到那里的不寻常，穹顶之上垂下一个巨大的倒扣的碗一样的装置，里面满是白色的小格子，看那颜色她猜材质用的是钛。在它之下，一个孤零零的悬浮台飘在那儿，其下漆黑一片，不知道是什么所在。

“各单元注意，启动封闭模式，切断外部网连接、关闭所有共享端口和外信息处理模块，同步通道准备。”

“独立供氧启动，实验室封闭，实验室压力均衡。”

随着喇叭的广播，后面传来轰隆隆的巨响，入口处降下一扇巨型金属闸门，光滑地深深嵌入下方的岩石槽缝内，和岩壁融为一体。那个文身汉坐到马丁博士旁边，喝了口威士忌后在桌子底下掏啊掏，竟掏出一顶军用钢盔戴上。见刚来的印度人眼都不眨地瞪着他，他系着钢盔带子，夸张地拍着脑壳说：“机器人有时候会不听话，有一个打破过我的头。”

“什么，它们会攻击人类？”阿米尔汗教授四处张望，最后也看向了前方。

“光脑在同步程序，机器人共情模式完成。”

“暗能量场检测完成，磁悬浮场检测完成，电力检测完毕，深渊能量开启，把机器人放上去，试验可以开始了。”

另一个操作台上的专家戴着虚拟眼镜在空中敲打，随着他们输入的指令，上方那个巨大的装置微微一震，向下扣去。一个几十米长的弧形钢架也垂下来，上面竟然挂满各种可怕的武器，包括传统的多管机枪和一些造型奇特的电磁枪，密密麻麻绕了个半圆，它们的枪口都对着圆盘之上。一条细细的廊桥从这边伸了过去，抵在那个悬浮台边上。庞德博士和一个助手将机器人戳在台子上，廊桥随机缩回。一个和螳螂长相差不多的机器人面朝实验室站着，浑身被头顶的罩子映成了白色，除了胸前的 39 号，裸露的身体再没有一片油漆，就像机器人工厂里的半成品。

安防措施就绪，总控台上的马丁博士宣布第 39 次测试开始。实验室的灯光暗了下来，倒扣的罩子发出微光。机器人垂着脑袋，似乎仍在沉睡。主屏幕上的代码下雨般落下，那是正在同步的数据。

“好了，放下光幕，实现环境真空。”一个邋遢的男人叫道。

“光幕启动。”

话音刚落，一道淡蓝色的光幕哗的一下从穹顶垂射下来，像一道纱帘般猛地将实验室区隔在外，低沉的隆隆声在震荡，实验室的桌子似乎在抖动。

见铁星梅和阿米尔汗看得直纳闷，珍妮悄悄地对他俩说：“二位，光幕后面的试验空间将抽成近似真空，你们知道这是为什么吗？”

阿米尔汗教授摇着头，半天才说:“是为了……不干扰试验环境？”

“你是初中刚毕业吗，阿米尔汗教授？”马丁揶揄地说。

铁星梅皱着眉，一言不发。

隆隆声持续了足有十分钟才停止，大屏幕上显示试验环境已接近真空。“你呢，黄皮肤的姑娘？”马丁又问。

他的话带着种族歧视的味道，但铁星梅却似乎一点也不生气。“我对量子物理并不在行。”她无所谓地说。

“听说你们管深藏不露叫优点。”珍妮此时的声音完全是男子的，“我们在用强大的能量射线实现真空环境中的零点能涨落，你应该知道这是卡西米尔效应。”

“你们在制造虫洞？”阿米尔汗教授又吃惊了。

“别这么大惊小怪的，人工虫洞几十年前就造出来过。人类之所以在这个研究上没有实质性进展，是因为他们没有布朗博士的脑袋，给不出这么疯狂的想法。”珍妮得意地说，好像这主意是她想出来的。

“我……不太明白。”印度人摇着头。

“我们在制造两个连接的微型虫洞，阿米尔汗教授。”

“哦，天哪，你们原来是在制造黑洞？这太可怕了，这难道不会把实验室甚至地球毁掉吗？”阿米尔汗抱着脑袋叫道。

“你忘了质量规模和它存在的时间。”马丁博士不满地说。

“可是，这和算法研究有什么关系？”

好几个人都白了阿米尔汗一眼，没人再接他的茬儿。

“共情程序接近饱和模式。让它醒来了，光脑把算法同步过去了。”

“你们要把那机器人扔进一个人造黑洞？”铁星梅犹豫着问。

“是的，亲爱的，这里实现的瞬间负能量，足以让这个机器人稳定地进入虫洞 A，并从虫洞 B 钻出去，这是人类第一个可控视界的人造黑洞。”

“天哪，那会产生什么？”

“什么都不会产生。一个负能量粒子掉进黑洞，另一个就会得到足够的能量逃离黑洞，有质量的东西都会从另一端喷出去。”珍妮说。

“不可思议！可是，这么做的意义何在呢？”阿米尔汗气喘如牛。

马丁博士瞅了他一眼，铁星梅站在这印度人身边，那张漂亮的脸无动于衷。

“他是个印度人吗？”霍尔在座位上大声问旁边那人，可对方懒得理它，它就自问自答，“我猜就是，你瞧他那大惊小怪的样儿。”

“你们说够了吗？都闭嘴吧，他讲一天都说不清楚这试验逻辑的。”马丁博士冷着脸说。

铁星梅实在不明白他们在做什么，就算他们在量子物理领域取得了伟大的突破，为什么会觉得她对这个试验有用呢？于是她说：“马丁博士，如果您觉得时间紧迫，我还是建议尽量给我们多解释一下，这也是我们来此的意义。”

马丁博士回头看了她一眼，似乎被她说服了。“广义相对论论述的虫洞前提，是允许负能量或者负质量物质的存在，我们用整个实验室的设备将机器人完成了负能量同位，让它进入凝聚态，假装是个负能量物质，它因此可以被轰进虫洞的入口。但它并不是真正的负能量物质，所以会被彻底粉碎，从另一个虫洞喷出来等量的基本元素，而我们却可以在这个过程中留下和析出些东西，你能猜到那是什么吗？”

他说着停下来，在黑暗中看着铁星梅的脸。

铁星梅安静地看着前方的光，心中却狂跳不止：“ER=EPR（虫洞就是量子纠缠），是机器人在黑洞中留下的信息，或者完成的算法，这是它唯一可以析出的部分。”

实验室的众人都瞪眼看着她，满脸的难以置信。“难怪谢尔盖会说服你来。我们无法从黑洞里得到任何信息，却可以运用量子纠缠得到它最后的算法，因为机器人掉进去之前，我们只给它的左脚穿了鞋。”马丁博士点着头说。

“这……怎么可能？就算它进了黑洞，那里的时间比现实中慢得多，又怎么能纠缠出一套算法？”阿米尔汗教授显然无法理解这个现象。

“阿米尔汗教授，虽然这不是你的专业，但你的想象力也实在太匮乏了——这个黑洞是倒着出现的，先有桥梁，再有桥墩，它从奇点开始。”马丁博士不满地看了他一眼。

铁星梅恍然大悟。奇点没有时间，物质离它越近时间就越慢，但这个黑洞恰好相反。当机器人接近或者掠过了奇点，机器人在里面的时间反而变得很快，它穿过这个黑洞可能只需要几个小时甚至几年，可这相当于外面的时间可能只是千分之一秒，这意味着机器人在里面可以拥有无限的算力……“真是了不起的试验设计。”她自言自语地说。

“你这姑娘可真聪明，纠缠时钟说明，有机器人在里面虽然只有短短几秒，却仿佛经历了几万年。”马丁博士兴奋地看着她。

真是让人毛骨悚然，她明白了实验的原理，将一个具备人类最强算法的机器人以凝聚态扔进黑洞，它会在被粉碎之前用千万年优化自己的算法，因为那里的时间变快了；而如果它到达了黑洞的奇点，也就实现了 AI 的奇点，因为那里没有时间，机器人对算法的优化期没有理论上限……可是，她难以想象那会是什么样的算法。

见她的脸色变得很难看，珍妮又变得柔声细语：“别担心，你这小妞，人类进化到今天用了几百万年呢，它们变不成妖精的。”

“这么漫长的时间，难道机器还没有走向觉醒吗？”印度人惊讶地问。

“大树长得再高，也不会变成人，凝聚态改变不了它们的本质。”马丁博士说。

“负能量密度在升高，黑洞生成倒计时，机器人准备。”一个黑人男子大叫道。

一瞬间，环绕着机器人的空间出现了一圈圈半圆形的光弧，它们密密麻麻，彼此交织，但每一个都是标准的圆。它们以机器人为中心慢慢旋转起来，越转越快，没多久便加速到不可思议的速度，形成一道诡异的由光构成的气泡。

“纠缠算力达到边界，稳住，机器人就要变身了。”说话的男人慢慢地戴上了一个东西，竟是一顶古老的钢盔。这让铁星梅害怕起来，但见其他人没什么动作，便咬着嘴唇继续看着。

话音未落，光芒四射的光球慢慢暗了下去，而其中的机器人开始变得闪亮。铁星梅吃惊地看到，它脚下的圆盘已不见了，金属的身体竟渐渐变得透明，随即化作了光雾一般的东西。它不再保持原来的形状，而是像一缕烟那样左突右冲、到处乱撞，只不过每一次都撞得粉碎，又在那个光的气泡中组合成新的样子。

“机器人已经变成凝聚态！”

“锁定和控制它所有的粒子，开始加速。”

“光脑满负荷运转中。”

“上帝呀，它有了绝望感，情绪里全是难过！”

“粒子捕捉完毕，正在加速。”

凝聚态的机器人疯狂地转着，像个微型的龙卷风。

“很好，粒子炮准备，准备把它轰进去。”马丁博士说。

“倒计时一分钟！好了，所有人的手离开操控台，抱紧脑袋，光脑会完成这一切。”萨巴斯郑重地按下了最后一个键。

巨大的滴答声在头顶响起，当它归零之时，一道直径约半米的光束猛然从气泡上方照射下来，将那团疯狂旋转的凝聚态粒子轰得不知所终。而这就是最后的高潮，因为那个黑洞的存在时间只有千分之一秒。

忽然，实验室中心围成半圆形的武器哗哗作响，一道道绿色的激光掠向了机器人原来的位置。随着罩子渐渐暗去，气泡旋转的速度慢了下去，一个诡异的东西出现了，它不再是原来那个亮闪闪的机器人，也没有原先的四肢和五官，而是一个奇怪的疙瘩溜秋的金属圆球，周身布满了筷子般粗细的金属触角。它在空中飘动着，就像一颗诡异而巨大的病毒。

“天哪，这是什么？不是说只能喷出基本元素吗？”印度人害怕地叫起来。

“别害怕，教授，喷出来的东西带着 AI 的意识，表现为再度组合的机器人。”萨巴斯说。

“先别管它，纠缠代码析出了吗？”马丁博士焦急地问。

“已经析出，光脑正在分析。”珍妮说。

光幕忽地消失了，视野之中只剩那个病毒般的机器人在半空中漂浮着，实验室变得鸦雀无声。

“从来没见过还原成这样子的。”一个专家害怕地说。

“诸位，我的预感不好。”萨巴斯的声音颤抖着。

“光脑无法分析和兼容该算法，纠缠信息有缺失，我们又失败了。”珍妮丧气地说。

“结束吧。”马丁博士无力地说。

忽然，那个东西周身的触角缩了回去，却猛地朝这边射出了一根长长的触角，箭一般地撞上了一排合金栏杆，击出一串耀眼的电火花。阿米尔汗吓得蹦离了凳子，跌跌撞撞地摔到了总控台下。震耳欲聋的枪声随即响起，一大圈武器齐刷刷开了火，它们将这个奇怪的机器人打得火星四冒、电弧乱闪。

惊慌之中，铁星梅的一只耳朵被震得生疼，扭头一看，不远处一个男子站在凳子上，正端着一挺机枪扫射着，冒烟的弹壳雨点般落在地上。那东西被不同类的武器齐齐射中，碎烂成一大片闪亮的碎片，磕碰着掉入了下面那漆黑的洞。

射击停止了，余音之中，实验室里响起一片叹气声。大约四十秒后，深渊中传来遥远的回声。

端机枪的人骂了一句，吐掉雪茄，哗啦合上了机枪的保险。

“老板，虽然实验失败了，你的枪法可是越来越好了。”戴钢盔的萨巴斯拍着手说。

看着凳子上这个疯狂的家伙，铁星梅明白他就是乔治·布朗博士，世界最高数学奖菲尔茨奖章拒绝者、悟空工业的首席科学家，以及……潘洛斯计划的总负责人。

布朗博士扔了机枪，蹦下来朝他们走来，他脸色黝黑，眼珠子里像闪着铁锈，红红的鼻头酷似一柄粗制滥造的榔头，下巴上还满是疙瘩。他那体魄强壮得如一只大猩猩，好像随时要跳起来给你一击，眼神里肆无忌惮地放射着力量。

“你觉得试验的过程怎么样？有什么问题吗？”他先问阿米尔汗教授。

“太震撼了，匪夷所思，简直……难以形容。”阿米尔汗抖着双腿站了起来。

“我是问你看出了什么问题？”布朗博士问。

“我……还没有看出什么问题，既然有一定的危险，为何不给控制台加个透明的防护罩？”教授比画着。

布朗博士那张脸难看得难以描述，他头也不回地对马丁博士说：“安排飞机送阿米尔汗教授回去，现在就走。”

印度人惊愕地摊着手：“可是布朗博士，我才刚来不到一个小时……”

“一笔钱会打到你的账上，如果你敢违约对外说出这里的任何事，当心我用这把机枪干掉你。”布朗博士说完便扬长而去，连句话也没和铁星梅说。

“亲爱的，我猜你是被录用了……”珍妮小声对铁星梅说。

“为什么机器人那么久才落地？”铁星梅还震惊于机器人摔出的那一声响。

见阿米尔汗低着头被人带走，珍妮小声说：“9642 米，它摔去了珠穆朗玛峰的底部，亲爱的，我们在大山的肚子里。”

17. 常飞云

在退休上尉的指挥下，太空军第六联队仅剩的两艘战斗飞船向俄军发起了最后的冲锋。

“上尉，我们都会死的！”他的手下奥尔良号的中尉船长大叫道。

“这是太空军军人的使命和誓言！跟我来！”常飞云放下通话器，将重伤的驾驶员扶去一边，亲自驾驶这艘破烂的飞船冲向了敌人。这两艘勇敢的战舰击毁击伤了对方的数艘飞船，随后被交叉的弹雨击中，它们像纸箱子那样被撕碎了。

常飞云被剧烈的爆炸喷出了裂口，感到无处不在的钻心的疼。他像个陀螺一样飞速旋转着，无助地飞向漆黑的太空，脑袋充血得直欲炸裂。然后他在一艘俄军战舰上狠狠撞了一下，弹子球一样换了方向，但要命的旋转却因此放缓。宇航服警报响个不停，告诉他身上有五处伤口，也就是说，宇航服至少有五处破损了。

他本能地按照教战士们的那样自我救治，堵住宇航服的缺口是一切，剩下的听天由命。他解下绑在大腿上的凝胶罐子一处处喷着，却发现罐子已经漏了，刚堵住三处就用完了，他只能用简易夹子夹住另外两个洞，让漏气放缓一点。他不知道自己的伤有多重，只感到流出的血糊满了全身。

回头看向自己的战舰，它正在四分五裂地撞向月球。估计战士们要么阵亡，要么就和他一样这样漫无目的地飘着。他无法驱动宇航服的喷射装置落去月球，那会撞个粉碎。能救他们的战舰还在路上，就算来了也还要交战。打开信号发射器后，他任由自己飘荡在冰冷的太空里，以每秒钟将近十公里的高速远离月球，顶多十分钟之后，营救船找到他的概率将微乎其微……

这时，他纳闷地看到一支中国舰队冲向了俄军，那拼命的架势令他诧异，但他没时间想这是为什么了，因为这已经是他最后的时刻。好在那八百名战士已经降落在月球，基地也没遭到彻底的破坏。比起氧气即将耗尽的危险，失血更让他难以承受，宇航服也在持续失温，他很快会冻成硬邦邦的冰块，永远飘荡在黑暗之中。静海监狱那边烟尘四起，不知弟弟有没有逃过这一劫。他难过地望着那里，又喃喃自语地看向了地球。

“星梅，对不起……”

耳边一片死寂，他看着深远的星空，两行泪慢慢冻在了眼前。

醒来的时候他的眼前全是白光，却看不到灯。身体轻飘飘的，仿佛失去了体重的束缚，他以为自己已经到了天国，但猛然闪进视野的一张脸将他拉回了现实。

“呦，醒了，太好了，看来不会有排异反应了。”

“他可真命大，那天再晚个几分钟耶稣也救不了他。”

“他救了我们的基地呢……萨拉特说那该死的美国政府下令摧毁基地，你听说了吗？”

“是的，真不知道我该支持俄国人还是美国人。”

“你可真是幼稚，你不能因为恨一头狼就和野猪做朋友……好了，上尉，我们会扶你慢慢起来，你觉得自己可以吗？”

“我……我这是在哪儿？”他此时才察觉自己的虚弱，双臂竟然撑不起身体。

“当然是开普勒基地，是悟空工业的搜索船找到了你，还有飘在太空里的四十多个大头兵，一个个都和你一样冻成了冰棍，有俄国人，也有美国人。”

“我们的人……救回来了多少？”

“连你在内，活着的十二个，包括希金斯上校。他们已经在五天前返回地球了，你的伤太重，情况也比较……特殊，在救活你之前，我们没有告诉美军你还活着。”

“为什么？”他的脑袋是蒙的。

“有人不想让你回去就上军事法庭……上尉，你要保持冷静，要对自己的状况有个客观的看法。”

两人扶着常飞云坐起来，他一眼看到了两条奇怪的金属东西，那是两条机器腿，它们紧紧地接在自己的大腿根部，底部被皮肉包裹在里面，周围还植入了凝胶型套。他惊恐地用双手去摸，却发现左手连同左臂也是机器的。他瞬间被这可怕的东西哽住，半天说不出一句话。

“很抱歉，上尉，你是太空军的指挥官，应该明白肌肉和神经坏死的定义。我们为你装了这套内植入假肢，你的大脑可以清楚感知它们的存在，并能有效地指挥它们。当然喽，和你那原装的还是会有不同，但至少女人摸上去你会有感觉的。”

常飞云紧张地挪动，它们的确随着动作弯曲、伸展，只是没有那种肉体的存在感。他慢慢地下了床，小心翼翼地着地，并拒绝他们的搀扶。可他只迈出了一脚便扑通倒地，摔得当当有声，眼冒金星。

“需要点时间的，你还是不要太着急了。”两个工作人员不由分说将他架起来，扶着他站好，“上尉，这可是地球上目前最好的义肢，如果你熟悉了它们，我们还要给你包上人造肌肉和皮肤，几周之后你一定会健步如飞的。”

说着，两个工作人员就拍拍手离去了，将他孤零零留在了这间康复房里。

他骂骂咧咧地抓过旁边的水喝下，按着胸口平息了一会儿，脑海中回忆起那最后的时刻。他用仅剩的手摸着那几段假肢，知道这些东西价格不菲，就是太空军也不会给他用这么好的。身边的机器和环境也是一流的，一面七八米长的单块玻璃外，是他再熟悉不过的地球。它依然静逸美妙，不像是被核弹炸过的样子。

床对面的屏幕在播放新闻，因为在处理月球冲突中的鲁莽和失职，美国总统吉姆正在被反对派联手弹劾，看国会里那乱糟糟的样子，这位军人出身的总统凶多吉少。常飞云对此乐见其成，让这老家伙再干四年，他一定会把世界拖进战争里去。

想起自己“死去”之前的难过，他一阵苦笑。自己这是造了什么孽，老天爷要让他少三只手脚活下来，一个退役的军官再次失信于爱人，还稀里糊涂成了残废，也不知太空军是否会给他报销这里的医药费……不可能的，你这个中国人拿枪顶住了上校的脑门啊！将军们会恨死自己，说不定会让检察官将自己投进监狱，喏，你们看看，这就是不服从命令、不把美国的国家和人民利益放在第一位的反面教材。

想到这里，他的心一下子又凉下来。结果明摆着，他定会锒铛入狱，在服刑结束之前，不再有机会见到星梅和弟弟了。

“哈喽，你是被救回来的那位美军上尉吗？”门口塞进来一颗脑袋，用蹩脚的英语问道，这竟是个中国人。

“是的，你是？”他用英语回答，看来墙上挂的军服出卖了他。

“您好，我是中国太空军第二大队的徐烈少校，会说中文吗？”这人不由分说挤了进来，拄着两只拐蹦跶着。他方头方脑，年龄大概三十五上下，虽然一脸的顽皮相，还是一眼能看出是个军官。

常飞云直起身来，用被子盖住了两条腿，用中文说：“你请坐。中国太空军？你们也参加了这场战斗？”

“嗨，别提了，我的人都死了，都没人能说这事。”徐烈大大咧咧地坐下来，掏出一盒香烟问他抽不抽。

“基地是禁烟的……”他本不好这口儿，但此时非常想来一根。

“管毬的呢，咱都是死过一次的人了，我回头还得上法庭呢。”徐烈利索地抽出一根烟塞进他嘴里，吧嗒点着了火。

“你为什么也要上法庭？”常飞宇抽了一口就有点后悔，一是他这句话暴露了自己也会上法庭的事儿，二是这烤烟真是太呛了。

“我们中队当时正在月球外围巡游，离你们大概三万多公里。你们打起来后上面儿让我们躲得远远的。我就汇报说是俄国人先动的手，按照《太空军事互助条约》，谁先动手，第三方就该帮着挨打的反击。但指挥官还是命令我们别惹事、不想掺和你们和俄国人之间的事。”徐烈抽着烟叹了口气，“然后呢，我看到俄国人对着开普勒基地发射了导弹，血就往脑门子上蹿，不管不顾地就带着舰队冲过去了。”

常飞云听得心里一热，看来他俩在不同的国家将是一个罪名。

“哎，对了，你们最后那几艘破船还对着俄国人冲去，这很牛啊，指挥官是谁？”

常飞云苦笑着摇了摇头：“少校，等着我的结局和你一样，或许更糟糕，你只是抗命，我却拿枪顶住了上校的头。”

徐烈一脸惊讶，继而掐了烟，站起来对着他敬了一个军礼。常飞云笑着回敬，二人第一次握了手，常飞云说了自己的名字。“但是，飞云兄，我看了被救的美军人员名单，上面并没有你。”

常飞云愣了神，低头思索着怎么回答。“徐少校，你可以为他保守这个秘密吗？”门口响起一个苍老而有力的声音，说的是英语。

“哦，萨拉特先生？”徐烈站起对他敬礼，“没的说，这又不是我们的秘密，一切听你吩咐。”

“你可真不老实，这一层层楼地拄着拐乱窜，也不怕骨头长歪了？”萨拉特拄着拐杖走来，他浑身洋溢着贵族之气，但左腿明显有点瘸。

“我总得打听点什么，俄国人为什么开了火，他们为什么对月球基地发射导弹，美军为什么又在最后保卫了基地，争取回去能宽大处理……”徐烈咧嘴看着常飞云。

“好了，你赶紧消失吧，你们的飞船快到了。”萨拉特说。

徐烈与常飞云告别，拄着两个拐杖出了门。

“怎么样，上尉，给你配的这几段假肢还适应不？”萨拉特坐下，将拐杖放到一边。

“我成了半个机器……是谁让你们这样改造我的？”他愤怒地瞪着这个带有俄罗斯口音的老人。他的头发花白，和胡子一样修剪得非常精致。

“我是悟空工业的安保主管威廉·萨拉特。”

“我不认识你。”他恨恨地说。

“但我们知道你是谁，也知道你做了什么。”老人温和地看着他，一副对他了然于胸的样子，“你所做的事令我深表敬意，虽然美国政府和军方并不会这么看。我们因此决定暂时让你留在这里，为你治好身体、安装义肢，然后等你醒来再决定自己的去留。”

常飞宇用仅剩的右手抚摸着冰冷的假肢：“很抱歉，我无法对你们说谢谢。”

“我们也不期望你的感谢。”

他忽然想起了一个问题：“对了，战争停止了？”

“是的，我们对全世界发布了通告，证明俄军对你们的攻击，源于一次算法攻击……”

“是什么人干的？”常飞云吃惊不小。

“来源不明，但肯定是希望世界乱套的家伙。”

常飞云的脑袋嗡嗡作响，这么说他是对的。可看着自己的双腿，他又难过得想哭。

萨拉特并不理会他的情绪，倾身过来小声说：“就算你是对的，别忘了美国死了副总统，军方和政客们会拿你杀鸡骇猴，你大概率会坐穿牢底……”

常飞云低头喘着气，这老家伙说得没错。

“还有一个选择，不如我给你一份差事，顺便把你藏起来，待遇什么的肯定不会让你感到委屈。”老家伙后仰着叉起了胳膊。

常飞云疑惑地看着这个器宇不凡的老人，半晌才问：“什么样的工作？”

“和我一起保卫悟空工业的安全。”

这当然是个好的工作机会，悟空工业虽然不是超级巨无霸，却也是地球上知名的大公司。可常飞云还是摇了摇头：“我是军人，不是打手。”

“当美国政府让你炸平开普勒基地的时候，你觉得自己是军人还是打手？”萨拉特歪着脖子看着他，竟令他哑口无言，“我们把这次算法攻击的事公布给全球，制止了世界走入战争深渊，却因此惹下数不清的麻烦……上尉啊，我相信这份工作远比你那委屈的军人生涯更有意义，你在太空军是为了保卫美国，而这份工作，是为了保卫人类。”

常飞云听不懂他在说什么：“很抱歉，萨拉特先生，我觉得各种权贵都喜欢用这同一套话术。”

萨拉特跷起了二郎腿，认真地说:“有人希望这世界被打个稀巴烂，而他们必须被揪出来消灭，这是任何一个国家，哪怕是若干个国家的政府联合起来都做不到的事，原因我不说你也明白。”

“您想说那些科技权贵在控制世界的阴谋论，对吗？”

“这需要证实，但人类不能等到堕入深渊再想办法。”

常飞云有些哭笑不得，这家公司是在做什么呀？“您为什么要给我这份工作……这样的我？”他拍了拍自己的腿。

萨拉特微笑起来。“因为我和你一样也曾经是军人，所以和这个徐烈是老相识。当年我是俄罗斯阿尔法特种部队的一名上尉，因为不愿意为篡权的克里钦科屠杀政敌，才瘸了这条腿……”萨拉特惆怅地拍着自己的左腿，“上尉，虽然我们身处敌对的阵营，却是一种质地的军人。”

“你是绰号三头鹰的威廉上校？”常飞云登时一愣，这是一个只有军人才知道的传奇，北约特种部队当年在乌克兰最为头疼的俄罗斯悍将。

“那是江湖虚名，正是在下。”萨拉特满意地说。

18. 常飞宇

一块燃烧的残骸击中了这间房子，除了铁椅子上的常飞宇，房里的东西都横飞起来。科学委员会的几个特工像土豆一样拔地而起，砸出了半米见方的缺口。

看着战舰穿梭的太空，常飞宇不知道发生了什么，只知道这是他唯一的机会。空气流失得是如此之快，他很快便呼吸困难，双耳和眼珠子火辣辣地疼。他用粗壮的双腿卡住凳子腿，费力地收缩肩膀，慢慢拧脱了后缚的双臂，翻到身前，又用两下干脆的动作让它们复合，多年的瑜伽训练让他柔弱无骨——他一直等着这样的机会用于逃脱。虽然脱离了凳子，泄露的空气搅起剧烈的气流，他必须双手抓住什么才不至于飞出去。

安德森庞大的尸体像个塑料袋一样飞起来，血肉模糊地卡进了房顶那个缺口之中。气流登时变小了很多，他抓紧机会爬到旁边的桌面上，把双手伸进电子手铐机，一头撞在按钮上，手铐打开了。他穿好宇航服，只找到一罐即将见底的氧气，看了眼头顶挤压变形的安德森，知道这个毒枭第二次救了自己的命。

钻出破烂的房子，他拔腿跑向基地的发射中心，虽然还有几公里远，却是他逃离的唯一可能。苍凉的月球大地本该一片死寂，现在却像开了锅的海洋，数不清的残骸、弹片甚至子弹砸落下来，每一片细小的坠落物都砸起高高的尘土，偶尔有几个小东西击中他的头盔，那是他能听到的唯一声响。他胆战心惊地蹦跳着、狂奔着，一队挖矿的工人也和他一样往那跑，突然就被一个集装箱砸成了肉饼，掀起的尘烟斜斜飞出去，就像根难看的扫把。发射中心高耸的通信塔被击中了，那面圆锅翻滚着飞起来，飞碟一样从他的头顶高速卷过。

他祈求着老天爷保佑，竟这样跑完了那几公里地，眼看就要到那艘用假身份定好的空天飞机了，它却被从天而降的一串钨弹打个正着，瞬间在眼前炸了个稀里哗啦。

太空里的战争是如此可怕，一串子弹、一颗炮弹一旦离开炮口，便永远按照初速飞行，除非被一颗星球引力捕获，否则将永不停止。常飞宇看得心凉透顶，一头扎在个小山包之后躲过纷飞的残骸——完了，假身份只能登上这艘降落到阿根廷的飞机，那是他逃离月球的唯一机会。

急促的奔跑消耗了大量氧气，瓶子里只剩半个小时的量，他惊慌地四下张望，看着四处炸开的基地手足无措。一具硬邦邦的尸体流星般砸下来，在不远处被撞得四处飞散，似乎是一名倒霉的美国大兵。他忽然明白这或许是一场争夺开普勒基地的战争，直觉告诉他，这里毫不安全，甚至已经是最危险的地方。

最南边的发射架上还有一艘飞船，登机塔上闪着黄灯，他认得那是准备前往火星的玄黄号，人类历史上往返于火星次数最多的飞船。一群工作人员正在摘除它的燃料管和各种线路，看样子它准备紧急起飞。只略一犹豫，他便拐向了这艘飞船。飞船里一定有充足的氧气和食物，却不一定有人，飞起来绕去月球背面也就安全了。

他才不去想登不上去怎么办，这不是穿梭飞船，没人会在这时候查身份。

奔到飞船之下时工作人员已纷纷逃离，只剩地上的两具尸体。一道火光在百米外掠起，发射中心的指挥塔楼被炸飞了。剧烈的晃动中，这高大的飞船开始点火。他惊喜地看到，因为工作人员急于逃命，货舱的一个小门并没有关得太紧，剧烈的震动还将它震开了一条缝。这毕竟是月球，这点瑕疵不会导致飞船在升空时解体。他顺着钢铁弯梯一层层跑上去，在它就要升起来的最后一刻纵身一蹦，凌空抓住了飞船的一个扶手。他将双臂穿过去，死命扒在飞船上。

玄黄号喷着烈火升空了，巨大的重力加速度让他头晕脑涨。他紧咬着牙关不撒手，就这么一秒秒地挨着。好在月球的飞船升空不需要那么狠的加速度，十几秒后便觉得好受了些。他远远看着那扇开了一条缝的小门，一直等到这艘飞船进入环月轨道，才小心翼翼爬过去。钻进去之前，他回头又看了眼狼藉的开普勒基地，它已经被漫天的残骸和烟尘遮得看不见了，就像包裹在灰色的沙尘暴之中——太好了，想必也没人看见有个人蹦到了这艘飞船上。他一头钻进那扇小门，回身锁死了它。

“安德森，这是上帝给我们留下的门。”他躺在地板上自言自语。

氧气瓶报了警，他挣着爬起来找着氧气开关，却发现无法操控那个操作板。飞船上果然没有人，对任何设施的操作必须输入指令。他来不及破解这东西了，那也会被人发现。他到处翻腾着，在氧气就要告罄的时候，终于找到了一罐医疗氧气。可还没把这东西换上，飞船像是被什么东西撞了一下，将他猛地抛向了一排金属柜，眼前一片金星，他稀里糊涂地晕了过去。

等他再醒过来，发现自己荡悠悠地飘在半空，空中满是凝固的血液。舱内的信号灯闪烁着，红色警报在嘀嘀作响，那是舱内氧气偏低的警报。舱壁上嘶嘶喷着氧气，想必是刚才的撞击让氧气管泄漏了，这反而救了他。他再次找到那个氧气瓶，套上狠吸了几口，过了好一会儿才飘到窗口去看，竟然看到了陨石坑密布的月球背面。

他包扎了伤口，找东西吃喝一顿后，飞船又绕到了月球的另一面。令他惊讶的是，月球上空竟然没了战火，开普勒基地那儿也没了火光，再往远看，美俄两军的战舰竟然汇在一处缓慢地飞着，闪烁的灯光表明他们正在友好协作。

看来大战未起，月球正在恢复正常，这令他松了口气，却又同时觉得危险重重——静海监狱很快会发现他的逃脱，整个月球都会开始搜捕这个逃犯。那怎么办呢？就算他用逃生舱离开玄黄号，飞回地球也是不可能的；想办法回到月球也不行，只要打开舱门，月球发射中心会立刻报警——那等于自投罗网，一大队警察会在月球上等着他。

很快他就打消了坐救生船逃走的念头，因为他根本就离不开这个设备舱，远程遥控的飞船锁死了一切。

他坐在一排箱子上苦苦地思考着，如何才能安全逃离这里，再逃离月球呢？但他想了一个多小时也毫无头绪，就在这舱内到处游窜，翻箱倒柜，这时头顶忽然传来扑哧扑哧的声响，那根漏气的氧气管子没动静了，肯定是飞船的控制者关闭了那条线路。

真是活见鬼，他只能掐着时间再套上氧气瓶。人算不如天算，他竟然被困在月亮之上一千公里的一艘飞船之中。

借助设备舱的一台终端，他了解了月球上发生的事情，得知俄军的开火竟是一次算法攻击。他苦笑着摇了摇头："这不是科学委员会干的，他们没有这个能力。"

就这么急了半天，这个终端忽然更新了一份飞行任务日志，说原计划五天之后，悟空工业选拔的二十四名船员将在月球乘坐穿梭机进入玄黄号，随即飞向火星。因为飞船在逃离月球途中有些损害，将在一个小时后进行全面检查，一支检查小队会飞来完成这个任务。地面的控制者发现三号设备舱里二氧化碳浓度异常，这个检查项因此打了三个星号。

这可真是要命。他穿好宇航服，仔细查看着任务日志和设备清单，尤其是这个三号设备舱里的。一个越来越清晰的念头浮现在眼前——逃是逃不脱了，暂时的、唯一的办法，只能是藏在这艘飞船里飞向火星。那颗遥远的星球是他可去之处，他现在要做的，就是如何能在这儿不被前来的维修人员发现。

维修飞船抵达玄黄号之前十分钟，常飞宇终于想明白了自己该做的事。这里唯一可以藏匿还不被憋死的地方是个医疗救生舱。他脱去宇航服，藏好后打开了那个巨大的箱子，经过两天的研究，他已经熟悉了这个装置的使用方法。这台先进的仪器专用于火星，自带一个可以持续十天的电源和空气循环系统，里面刚好可以躺一个人。这机器有个独特的深眠功能，可以让人在最小的能量消耗下进入深度睡眠，只要他悄无声息地躺在里面、盖好箱子盖，维修人员不会发现他的存在，他们也无权打开运往火星的设备。

他不知道这台设备的监控有没有接到飞船的指挥中心，如果接了，他快憋死的时候指挥室会看到一盏报警灯；但如果没有，就只能指望这台机器会发出剧烈的尖叫，可这个货舱离指挥室足有几十米远，大箱子加上几道金属墙，周围的人未必能听到，万一那时候没有人发现这个盒子里的人，他一定会活活憋死。

19. 乔子

简洁而巍峨的华盛顿纪念碑立在大地之上，像一柄刺入蓝天的剑。

纪念碑前的大草地上，一大群卡车党的拥趸在庆祝胜利，年迈的议长因为丑闻和民意压力主动放弃了总统继任，临时议长卢克·希德顺利上位，成为美国第 67 任总统。巨大的变化总是令人猝不及防，谁能想到副总统会死在月球那场乱战之中呢。

看着活蹦乱跳的美国人，乔子真有点羡慕他们，却也升起更多的担心，因为他们对这个希德的路数完全不清楚，幕僚的大批更换对组织意味着巨大的工作量。好的一面是，出身平民的希德卒一接手总统的工作，有的是抓瞎的事等着，这对组织的计划是有好处的。

钻过热闹的人群，从纪念碑下走过，乔子又花了不少时间才到达林肯纪念堂，结实的双腿酸痛袭来——远看这里没多大，没想到长方形的水池子那么长。

在美国已经十八年了，这却是她第一次来华盛顿，这座城市有着美国其他城市全然没有的方正、整洁和大气感，夹立道路两边的巨型建筑用足了花岗岩和大理石，便宜的砂岩用得很少，处处彰显出这个国家的先驱们那昭然的野心。但那只是表面或者历史，这里也有着其他城市没有的嘈杂和混乱——自从美国出现了三党角逐，政治撕裂日渐其深。不管是不是开会期间，白宫和国会前面都挤满了支持者、反对者和抗议者。纵火和斗殴随处可见，满街的警车扯着嗓子南来北往。奇怪的是，她刚懂事的时候就有人说美国要完蛋了，内战就算打不起来，也很快会分裂成几个国家。日本人这么说，美国人也这么说，而且好像比其他国家的人都要悲观，可令他们意外的是，美利坚合众国竟然就这样乱糟糟地延续到了今天。

当她走上那高高的台阶，来到林肯石像前，忽然明白了父亲的话："一个自我吵闹的美国不会走向衰落，除非它变得鸦雀无声。"

夕阳之光钻过粗壮的石柱间隙，在白花花的林肯身上切出两道光影，让那张瘦削而沉思的脸一明一暗。不少人举着小旗子来到它面前拍照、合影，有的举着民主党的旗子，也有的戴着卡车党和共和党的帽子，他们在这位伟人身前拍照时客气而规矩，全无在国会山前那般声嘶力竭。纪念堂里挤着各色人种，多是漂洋过海来的游客或者新移民。有个亚洲面孔的小伙子来找她搭讪，说的却是他听不懂的马来西亚话。

坐到纪念堂外的台阶上，乔子望着水中那锋利的方尖碑倒影，一时各种恍惚。她依然牢记和信仰那个神圣的任务，将美国视为唯一的敌人，但这十八年来她已经深刻理解了美国这个移民国家的本质：它的那套制度就像这根方尖碑一样稳固，除非被判定违法，所有人在这里拥有天赋的自由。

两相比照，她更对自己的祖国忧心忡忡。2045 年大地震之后，经济在衰退，人口在衰减，希望在日渐模糊，在中国和美国的两种挤压之下，大和民族只剩了苟延残喘。

“可以和您一起欣赏夕阳吗？”一个男人的声音在旁边响起。

乔子抬头一看，浑身一颤，是他，那个独眼的男人，影武者组织北美情报负责人青木森。“当然可以，请坐吧。”乔子客气地一让，悄悄按了下包里的一个小盒子，远处的电子设备将无法记录他们的对话——他很少来和自己见面，这一次显然是有重要的吩咐……

“美国人可真蠢是吧？竟将吉姆总统轰下了台。”三十六岁的青木森坐下来，看了她一眼就挪开了视线。他那只真实的眼睛总是黯淡的，假眼却总能暴露他的热情，“很美的夕阳啊。”

“是的，就像最后的黄昏。”乔子轻轻地说。

“你和我不用说得那么谨慎。乔子，我知道你在想什么，你觉得美国没那么糟，也觉得我们的计划有点孤注一掷。”

乔子的脸微微一红，抱着双腿发愣。她并不担心这位上司会将自己的言行及想法通报给总部，深沉睿智之外，他对自己的好感她了然于心。但他从不将之表露坦明，也从没有轻慢之举，事实上是他手把手教会了乔子的海外特工技能，说是师傅毫不为过——接近谢尔盖·彼得罗夫，并争取成为他最亲密的女性伴侣，这一切也是出于青木森的设计和运筹。

特工爱上自己人是噩梦，而他却亲手将自己喜爱的女人安置在谢尔盖身边。

“平心而论，美国也是个了不起的国家啊。我们一度从心底感谢它对我们的帮助，没有他们，日本无法从废墟中站起。但是时移世易，我们在七十年前被美国人一顿算计，到今天都没缓过来。今天就更别说了，如今的美国已经是科技寡头控制的一头猛兽，本质是一个种族极权国家，不会给其他种族留下生存的空间。”

乔子看着身边走过的人群，没有搭言，多年的经验告诉她，听不太懂意图的话可以不回答。

“总有人说中国才是我们的敌人，但那个国家其实胸无大志，从来没有称霸世界的野心，不管是谁上了台都一样。”青木森喝了口水，看着她的脸说，“你对谢尔盖制止了这场战争感到失望是吧？美俄没有打起来，我们的计划落空了。”

“是的，我的确没想到谢尔盖会这么做。”

“说得是呢，这会让科学委员会和美国政府都盯死他，没人领他的情，还会加速对悟空工业完成扼杀，不管是月球还是火星，甚至他们那个秘密的计划，都会被科学委员会掠夺殆尽……乔子，你父亲让我明确转告你，我们的时间不多了。”

听到他提起父亲，她立刻感到一阵紧张，又感到一阵激动：“我一定会继续努力。”可乔子纳闷的是，为什么还不启动那个计划？她已经多次将悟空工业的算法捉襟见肘之事向上汇报，到这份上都完不成，还有什么希望呢？

“努力也要有方法，其实他对你最近的工作非常不满。”青木冷着脸，眼神却是柔和的。

乔子条件反射般颤抖起来。父亲就是如此，她是他唯一的女儿，但他从来没有像她期望的那样来爱她。

“请您明示……”

“谢尔盖派人从东京救走了一个中国女人，叫铁星梅。她发现了我们足球队的秘密，在我们干掉她之前谢尔盖的人先到了。可你对这件事竟然一无所知，也没有向上汇报……这是他的原话，乔子，我只是负责传达。”

乔子的心狂跳起来，这真是一件要命的大事，但她真的毫不知晓，还以为那只是个普通的病人……谢尔盖就是这样的人，从不会对她多说半句。“我明白了，这是我的失职，请问需要我做什么……”她咬着嘴唇问。

“你不明白，乔子，也是因为这个女人，谢尔盖才发现了俄罗斯被算法攻击的事，如果你早一点知道这件事汇报给我们、干掉这个人，美俄现在还在打呢。”青木说着叹了口气，“现在这个人已经被拉到悟空工业的秘密基地去了，而我们不知那地方在哪儿。你别太急，我已经对总部申请处分，这是我的失职。”

“不，这不是你的失职，青木君……”惭愧让乔子无地自容，但她遏制着它呈现在脸上。

“没关系，这是小事。我们必须尽快找到悟空工业的那个秘密计划所在，这是你最重要的任务，只要他们完成了，我们必须抢先得到一切。谢尔盖花了几千亿美金在这件事上，那绝对不会是个过渡性算法。”

“可是，哪怕已经十年了，谢尔盖依然没有对我产生这样的信任，那个计划他一个字都没提过，我进入他的核心秘密层是如此之难……”她暗暗叹了口气，刚为集团创造了几百亿的收入，谢尔盖也没有将这些事告诉自己，连沾边儿都不可能。

“某种程度上我非常理解这个人。”他不由得看了一眼乔子，“你妈妈去世之后，你父亲至今没有续弦，做这样的大事，必须放下常人的情感，连想都不该……但是，谢尔盖叫停这场战争的做法，暴露了他那善良的本性，这说明他还有明显的弱点，你只是还没有找到它。”

乔子害怕地看着他，此刻的他只将自己当成一个特工，父亲也是。

“你不能止于谢尔盖的好员工和一个……性伴侣，你必须突破这个阶段。”他痛苦地看着远处的方尖碑说，好像那东西扎进他心里去了。

“这是我父亲的意思吗？”

“他的意思……也就是元老们的意思。”

“我明白了。”乔子低下了头。她斗胆夸下海口接下了那六个老头子的续命生意，谢尔盖对此未置可否，只让她去[illegible]球见他，这是她最好的机会，她只是有些失望父亲竟然也这么想。

“现在有一个机会。谢尔盖让人运送一个植物人去关岛，放在阿米巴公司的研发中心里，让你们用技术给她续命，对吗？”

“是的，他的确安排了这件事。”

“那个女人正是铁星梅的妹妹，你要想办法让这个女人濒临死亡，但还不能死掉。”

“为什么？”乔子一愣。

“因为悟空工业那个秘密计划只进不出，从来没有专家离开过那里。铁星梅既然已经去了，在试验成功前也肯定无法出来。她妹妹以前为我们干活，这个部门后来被清除了，她是唯一活下来的。植物人对我们当然没有什么帮助，但如果她要死了，铁星梅会要求将她送到身边，这姐妹俩肯定要见最后一面，那就是我们获知谢尔盖那个秘密基地的最好机会。

20. 霍尔

“20 世纪 60 年代，苏联在普罗特维诺市建造了一台巨大的 U70 加速器，这是当时世界最先进、最大的粒子加速器之一，环直径有 1500 米。但因为赶工期和技术本身的问题，这台加速器毛病不断。在一次重要的试验中，为了赶紧实现研究成果，苏联科学家普戈斯基决定冒险进入加速器内排除故障，他的头在机器关闭前进入了故障区的圆环内部，恰好撞上了一束高能粒子，粒子束产生的辐射超过了 20 万伦琴。那一瞬间，普戈斯基感觉自己的脑袋被什么东西击穿了，但他当时并没有感受到疼痛，只看到眼前一片光芒……”

布朗博士一路耐心地讲着，说累了就喝口红茶，让马丁博士继续。从深渊顶部下落过程中，铁星梅看到了挂满悬崖的合金幕墙，上面镶嵌着密密麻麻的磁力线圈，给这个庞大的系统供电的是实验室上方一台微型核电站，它深藏于岩石之中。上次试验结束后，深渊中将近十分之一的磁铁和线圈需要更换，这工程令她瞠目结舌，难怪潘洛斯计划如此费钱。

轰鸣低沉的升降中，德国人接过了话：“普戈斯基立刻昏迷不醒，粒子的轰击区主要集中在他的头部左侧。他被送去莫斯科治疗，被轰击部位的细胞开始死亡，头发和皮肤开始脱落，甚至失去了左耳的听力，医生认为他没有生还的可能。没想到几周后，普戈斯基竟然奇迹般地活了下来，那之后便退了休。”

在两个强壮的科学家面前，铁星梅点了点头，问：“我听说过这个故事，后来这位科学家恢复如初，并继续投入粒子研究中，但他后来基本默默无闻。”

霍尔听到这儿举起了手：“不不不，俄罗斯解密档案说明，普戈斯基记录了他被粒子轰击后十多年的脑电波，惊讶地发现和人类的已经大不相同，其脑电波里产生了一些奇异的信号，感知也发生了一些惊人的变化，比如他可以听到次声波，可以偶尔看到伽马射线，甚至可以听到植物之间的交谈。因为当时的苏联管控极严，他生怕被投入精神病院而丢掉饭碗，所以只在日记里记录了这些现象，之后他在1989年死于肺炎，医院也记录了他在昏迷中那奇特的脑电波。”

“你可真是多嘴，非要抢走我要说的话？”马丁博士一脸怒气地看着它。

“这不就是我能为她做的嘛，布朗博士命令我对她提供一切支持。”霍尔兴奋地说。

“谢谢你，霍尔，你的确知道得很多。”铁星梅微笑着说。

“但它不知道的是，从他恢复健康到死前那一天，普戈斯基用脑力在他的一个大本上写下了圆周率的十亿位数字，而且完全正确。”马丁博士赶紧说道，似乎生怕再被霍尔抢了话。

“这不可能，马丁博士，我就是天天写，一百年也写不了十亿位。”霍尔又插嘴了。

“你说得没错，小机器人，他是每隔一百位写下一个数字，一开始人们也以为是错的,后来还是计算机发现了这个奥秘。”布朗博士说。

“您是说，高速粒子轰击了他的脑细胞粒子，因而让他具备了这样的能力？”铁星梅问。

“我们无法证实，但事实的确如此。”布朗博士说着指向霍尔，“霍尔的行为之所以和所有的机器人不同，很可能与被那个发动算法攻击的信号影响有关，这个信号被它在月球接收，调整了它的行为模式。”

“可是博士，我那时候没有任何被修改程序的感觉。”

“这就是奇怪之处，没有痕迹，说不清楚，但那个三进制的东西确实影响了你。”

“那为什么别的机器人就没有呢？”霍尔不服气地问。

“可能它们的程序比较低级吧,还有可能……”马丁博士耸着肩说。

“我们还不知道，霍尔。”布朗博士干脆地说。

悬浮器下降了足有一个多小时，终于抵达了深渊的底部，这里满是机器的碎块，就像一个粉碎车间。抬头望去，实验室只剩下一个针尖大的小光点，就像从海王星上回望太阳，铁星梅不由得发出一声惊叹。

“真是叹为观止，你们是怎么找到这个地方的？”铁星梅伸着下巴问。

“说来话长。八年前，悟空工业的卫星发现了珠峰内的这条山体裂隙，它位于峰顶之下 3080 米，垂直深度达 9642 米。古地磁学研究证实，喜马拉雅山脉是向北漂移的印度板块与亚欧板块碰撞了 6 亿年的结果，但印度两大板块近 300 年已经不再相互挤压，而是开始出现彼此远离，每年远离 10 多厘米。这个速度相当惊人，在 3000 万年后，整个喜马拉雅山脉或会被撕成两半。”马丁博士说，“当时我们为了进行潘洛斯计划，正在寻找一道不为人注意的悬崖，以开展计划中的深渊测试，一是要有足够长的距离实现粒子加速，二是要制造负能量空间，对试验环境的要求非常高。现在你看到了，整个深渊就是一个卡西米尔实验室。”

“但是我们失败了。”布朗博士声音低沉地说。

铁星梅沉思了一会儿说：“每一次纠缠析出的算法都不一样，机器人在里面经历的时间也不同，是因为无法将凝聚态粒子准确地轰入奇点吗？”

“是的，奇点的位置和出现时间不可测，每一次轰击都是靠运气。”马丁博士说。

长久的沉默之后，铁星梅纳闷地问：“为什么不对重新还原的机器人进行研究？”

“我们曾经这么干过，重新合成的机器构造是我们无法理解的。”布朗博士拿起一块残骸，它发着幽暗的光，金属表面是像木头一样的纹理，“它们不再是我们熟悉的电子元件，没有芯片、线路板和处理器什么的，而是在百分之一纳米的结构下形成了某种奇特的有机结构，甚至类似于生物细胞，又远比我们知道的细胞要小。”

“它们进化有限，但有些功能非常强大，研究它们意味着不可测的危险。”布朗博士说。

“这就是谢尔盖说的那次逃逸吗？”

“是的，它们精细而难以理解，有的甚至学会了欺骗，一个还原成一堆废铁的机器人在被我们大卸八块时，竟偷偷控制了光脑，我们那次差点没命……”马丁博士说着心有余悸。

“析出过完整和有效的算法吗？”

“有过几次，但要么看不懂，要么不能控制，就算可以向下兼容，我们不敢也不能将这样的东西引向应用。随着试验的推进，我们越来越害怕，我们既希望机器人变成这样，又怕它们威力无边。自那以后，深渊和外界设置了物理障碍，装了那一大圈武器，设置了悬浮台，就算它们干掉了我们，也绝对逃不出深渊。”

“那个完整的算法效能如何？”铁星梅问。

“难以描述，某种程度上很强大，有时一加一都要算上半天。”马丁博士摇着头说。

“既然无法理解、无法控制，那它们是如何被记录和保存的？”

“不能记录，也无法保存，同步结束之后它就会消失……”布朗博士嘬着半截雪茄说，“现在，你可以告诉我对新试验的想法了吗？我和马丁博士以及这个傻子一起陪你到此解释整个计划，我已经够有耐心了。”

霍尔觉得这个布朗博士说话真是太难听了，她来了才几天啊？但它被设定为不得对布朗博士有任何反驳意见，没办法表达这种“情绪”。星梅倒是对它很好，还帮它更新了语言和一些运算模块，它在和人说话的时候不用再挤眉弄眼、故意把声音挑高了。

铁星梅抬头看着那个小亮点好一会儿才说：“我对试验有如下看法：第一，人工智能在理解人脑的算法之前，不可能产生真正的独立意识，就算经过千万年的进化也不行；第二，在理解的基础上，人工智能必须运用人脑的算法作为引擎，否则完成的语言和算法我们永远无法理解；第三，只有具备了人脑算法的人工智能，才有可能在黑洞中找到奇点。”

布朗博士久久地看着她，指间的雪茄积了厚厚的灰。马丁博士说：“我们曾有一位得了抑郁症的专家跳进了黑洞，喷出一团雾一样的灰，但我们什么都没有获得，一个字节的信息都没有。”

那真是悲壮的一幕，霍尔害怕地想象着。

“三进制语言是畸形的魔鬼。”马丁博士锁着眉头说，“你的乌鸦嘴程序如果用于试验，所有的程序、设备以及光脑，都要完成一次全新的重构……如果错了，满盘皆输。”

铁星梅沉默着，霍尔看到有汗在流下她的脸颊。

布朗博士丧气地扔了雪茄头：“上去吧，这儿就像个坟场。”

“不，这是人工智能的圣地。”霍尔不由自主地说。

霍尔不知道为何自己会来这么一句，见仨人都瞪着它，它又晃了下脑袋：“这些粉身碎骨的机器人，难道不是人类世界里那些献祭者吗？”

布朗博士专注地看着霍尔，好像它不再是个机器人。他又看看铁星梅：“你有什么话就直说。”

“我希望将妹妹运到这儿。”

“这和试验有什么关系吗？”

“博士，我那可怜的妹妹就要死了。”

21. 布朗博士

乔治·布朗曾无数次在夜里站在光脑面前，聆听它那低沉的声音，像在暗夜中倾听平静的大海。今天的计算机早已没有风扇和嘀嗒作响的信号灯，但它越是安静，他越对耳朵里“感受”到的声音倍感着迷。

它似乎能和他的神经一起共振，像女巫用一根魔法杖电击他的灵魂。

此刻夜深人静，他又坐在光脑前叼着半根辣嘴的雪茄沉思着。腊肠狗巴克蹲在一边，也和他一样盯着那计算机发呆。这台超级计算机可以处理世界上的一切难题，却始终没有完成一个自己的算法，不管布朗博士等人如何努力，析出的算法都南辕北辙。

七年了，他带着团队在这个隐秘之地坚持着、挣扎着、痛苦着，一次次为阶段性的成果而激动，又一次次为失败而懊丧，以至于他开始怀疑这个目标的设定。就像人类对圆周率的追求一样，迄今已经算到了千万亿位，却始终无法到达那个最后的数字——他不相信圆周率没有终点，如果人类可以找到并精确测量宇宙中的最小粒子，这个问题就会迎刃而解。但那也意味着经典几何学的垮塌甚至终结，圆不再是圆，而是一个具体数字的短线切出来的。

也许科学委员会是对的？布朗博士惊讶于自己竟会这么想……他们也许已经努力了几十年，早就放弃了希望，因此用一个弥天大谎、一个“觉醒日”的故事让人类就此躺平，逼着各国接受了回火禁令。

也许吧。

他掏出口袋里的任天堂掌上机，打开古老的俄罗斯方块游戏，让光脑作为他的对手。这游戏他已经玩了半辈子，可以说全球无对手。之前任天堂公司发现了这位可怕的玩家，发消息说要赏他一大笔钱，却被他无情地拒绝了。他只对挑战自己感兴趣，如果还有，就是他自己也想不明白的命运。

于是他改造了这台小机器，让光脑能和他经常对战，虽然从没赢过，依然乐此不疲。他渐渐意识到想战胜它不能靠脑力，而是靠直觉和本能，只是人脑装了太多的知识和方法，很难运用本能去解决问题。

回想这半生经历，他最了不起的算法都完成在三十岁之前，那些伟大的诗歌、文学、音乐，也几乎都是在艺术家年轻的时候成就的，然后他们堕落，吃老本混日子，变作一具行尸走肉……光脑上映出他那支离破碎的影子，他知道这悲剧正在自己身上发生。

这里的几十位专家个个招牌闪亮，但他们都和自己一样陷入泥潭，甚至互生反作用力。他盼望一个天才的愣头青从天而降，大胆嘲笑他们的愚笨，指出令他眼前一亮的东西。但是很可惜，新来者大多是阿米尔汗教授这样的——可当铁星梅冷静地指出他们的方法不会成功时，他的自尊心又受到了无情暴击，扭身离去的时候竟酸了鼻子。

在他和谢尔盖的大学时代，微软、谷歌、苹果等七大科技集团几乎瓜分了这世界，建立起高不可攀的壁垒。那时的谢尔盖和布朗博士年轻气盛，不信这个邪，俩小子辍学创业，不知天高地厚地开始研发新一代革命算法——以量子计算为核心的回火算法，一套全新的代码语言，一个 3.0 时代的 AI 平台。布朗博士有着天才的能力，谢尔盖有着无坚不摧的领导力，他们迅速建立起一支强悍的队伍，谢尔盖甚至将他的博士生导师史密斯教授挖进了公司。2040 年 3 月，他们推出了第一代回火算法及应用程序，其强大的能力和极低的能耗立刻引起了轰动。

很快，刚成立的科学委员会代表霍华德·盖伊不请自来，这位不可一世的人物坐在他俩面前，板着脸看着谢尔盖给他倒咖啡，慢慢点了支烟，然后摊开了一份合同。

“我建议你们将它签下，接受我们的投资。”

两个年轻人看都不看那份合同，只是沉默地看着他。盖伊自嘲般笑了下：“听我说孩子们，你们要是非得一意孤行，任何一家企业如果敢用你们的算法，就会被我们挤出全球市场；任何一家投资机构敢给你们投钱，就会被我们踢出游戏的名单；任何一个认证机构敢给你们发下绿色标识，我们就会树立新的标准另起炉灶，也说不定，人工智能管理局和司法部的人会堵上你们的门口。”盖伊像法官那样敲着桌子，陡峭的鼻子像指着他们的枪。

让盖伊惊讶的是，布朗博士和谢尔盖连互相看一眼这个动作都没有，乔治·布朗干脆就不在线，脑子似乎还在思考技术问题。谢尔盖面无表情地推回了那份文件：“盖伊先生，我记得当年你们也曾受到这样的威胁，但你没有屈服，为什么今天自己反倒成了你最痛恨的那种人？”

盖伊先生左右看着他们，脸上露出一丝羞愧，他将半截烟扔进冒着热气的咖啡杯，起身离开了会议室。

那之后的事世人皆知，悟空工业的发布会还没来得及召开，科学委员会便宣布了一个类似算法和系统——原力 1.0，称这是自己历久研发的新算法——科学委员会拥有这个世界上所有的密匙系统，布朗博士和谢尔盖的算法被窃取了。

他们当然起而对抗，打官司、找媒体、开发布会，但这无济于事，法院最终判决他们败诉，还要赔偿对方的全部损失，他们赔了个底儿掉。

布朗博士至今恨得咬牙切齿，谢尔盖想必也是如此，虽然他们不再提起这痛苦往事，而随着时间的发酵，那一天的耻辱感却愈发刻骨。

收拾心情，他和光脑开始了大战，双手快得像顶级的钢琴家。虽然还是输了，但这一次竟能与之旗鼓相当地对战了一分钟——他一步都没有走错，只是一个方块落下时慢了两格。他大受鼓舞，正要再和它来上一把，马丁博士拎着两瓶啤酒走了过来。

“就知道你在这儿，陪我喝一口吧？”马丁博士放下酒，又掏出一包牛肉干。

“有什么喜事吗？”布朗博士开着瓶子说。

“离婚啦！”马丁博士一把将桌上的垃圾扒拉到了地上。

“哦？祝贺你。”布朗博士举瓶子和他碰了一下。

他那冷淡的样子让马丁博士一脸不高兴，就像老婆是被布朗博士抢走的：“她是个好女人，但我七年没回去了，哪个女人受得了？”

“和她好不好没关系，你早该如此。”布朗打着酒嗝说。

“也许吧，现在少了一件烦心事，但愿对下次试验有帮助。”马丁博士夸张地叹了口气，见布朗博士依旧是那副无所谓的样子，知道自己这中年婚变不会令他有任何同情。“我听说集团最近有些麻烦，我们……”他谨慎地说。

“这不是你该关心的事。”布朗博士冷冰冰地打断了他，“你我的职责是尽快解决眼下的问题，其他的你别管。”

马丁博士被他拱出了火：“乔治，我们已经有了很多新算法，基本可以解决公司的问题，可现在这个铁星梅要用古老的三进制语言进行试验，你真的要从零开始吗？”

“那些算法不是我想要的，你知道我在说什么。她的话是比较刺耳，但未必不是一条新路——她的乌鸦嘴让我看到了三进制算法的奇特优势，它对人工智能理解人脑是有用的。”

马丁博士咿呀了一声，表示他多年来的无奈，他喝了一大口，忍着上涌的气泡说：“我们当然可以继续努力，但我的意思是，不要等着这一锤子买卖，已有的算法完全可以让集团去应用，就像之前那样。”

“那是饮鸩止渴，也会让我们前功尽弃。”布朗博士眼都懒得抬一下，他看着瓶子里的泡沫，觉得它们的出现和消失就像算法那样难以捉摸。

“我很少和你交流这个问题，其实在这件事上我觉得你言过其实，或者说自我设陷，循序渐进有什么不好？这又有何矛盾呢？”马丁博士不服气道。

“如果我们的精力都去干这个，就再也掉不了头。花了这么多钱就只是升了个级？让你喜欢的性爱机器人多一些花里胡哨的动作？拉倒吧，马丁，我还不如从那儿跳下去。”布朗博士指着不远处的悬崖说。

“上帝呀……也许上帝就是不希望我们成功。”马丁博士摇着头，那张倔强的脸红了。

“对不起，我不信那玩意儿，就算有，他也是粒子构成的。”布朗博士瞪着他说。

马丁博士怄着气喝完了半瓶酒，眼里便有了血丝：“好吧，你是老板，亏钱的也不是我，可你干吗把阿米尔汗轰走？好赖也留几天试试呀，就算他不是什么好木头、不能用于雕梁画栋，那也能当柴火烧啊，你知道名单上没几个人了。”

布朗博士拿起一块牛肉干，扔给眼巴巴看了很久的狗。“一个满嘴恭维、战战兢兢的人，不可能对我们的研究有什么实质帮助，要不是你坚持，我都不会将他列入名单。”

他这话如果是别人听来，基本上是疯子在胡说八道，但马丁博士不会嗤之以鼻。这件事要么成功，要么失败，布朗博士没有给自己留第三条路。从这一点来说，马丁对他充满敬意，布朗博士没有像很多科技新贵那样去纸醉金迷，连改善生活都谈不上，他没有房产，没有汽车，没有女人，永远在抽一款便宜呛人的小雪茄，虽然身为悟空工业的第二大股东，却活得和一个穷光蛋差不多。看着他身上那件满是污渍和烟洞的睡衣，马丁博士只能为这股力量感到自愧不如。

喝完了酒，马丁博士悻悻离去。布朗博士看了一会儿光脑，走向不远处的悬崖。朝下看去，他想象着机器人掉下去的样子，不管有没有完成一个算法，它们都会拍碎在九千多米的底部。深渊之底已经有三十八具机器人的尸骸……那个印度人有一点说得对，要给实验室加个保护罩了。

一股阴冷的凉气扑面而来，仿佛地狱在对他说话。他的双腿微微发抖，觉得这漆黑的所在有一股魔力，似乎要将自己一口吸进去——三进制算法，那是他曾经不敢触碰的深渊，却被一个名不见经传的铁星梅打开了。

22. 凯瑟琳

开普勒基地取消管制的那一天，凯瑟琳拎着行李登上了穿梭机，重返月球。月球的上空战机穿梭、灯火通明，每一艘飞行器都要接受美军严格的检查。

她对这场战争毫不关心，那都是政客的游戏，冤死的只是无辜的士兵。一艘碎烂的战斗飞船慢慢滑过舷窗，它失去了拖回月球的价值，两艘无人机将它推向月球背面坠毁，以免成为危险的太空垃圾。她看着这艘巨大的飞船远去，逆光中似乎看到了阿瑞斯号的剪影。

悟空工业宣布了阿瑞斯号的事故声明，在公布的画面中，这艘失去动力的飞船直直地扎向了太阳。他们同时宣布了玄黄号飞船即刻出发的信息，并着重指出鲍勃·柯本的女儿将以研究员身份共赴火星。身着宇航服的她出现在镜头中，悲伤和刚毅让那张美丽的脸魅力非凡。她丝毫没有指责和为难悟空工业的意思，反而觉得这家不计代价坚持火星之路的企业备受尊敬。父亲和他的队员们是人类的英雄，继续他们的事业是人类责任所在。

她让比尔帮她剪去了一头长发，削出一颗精致的寸头，然后和他平静地告别，感谢他这几年来对自己的支持和陪伴。他们明白这场分别意味着什么，比尔并不相信她去火星的理由，也没有追问下去，只让她在地球上有什么事就尽管招呼。

“等你回来的时候要还是一个人，一定要给我打个电话。”比尔晃着脑袋说。

他们含泪拥抱，微笑告别。抵达月球的那一刻她回望地球，一时满是怅然。她选择了告别过去，也知道自己踏上了一段危险的行程。

法尔哈德·亚当斯博士热情地欢迎了她，作为队长为她签署了工作牌，还特意龇开嘴给她看修好的那颗牙，搞了凯瑟琳一个大红脸。寒暄过后他交给她一个小小的存储盒：“这里面有你父亲留下的全部材料，凯瑟琳，你父亲让我觉得火星就像个迷人的黑洞。”

“向你的父亲致敬。”一个秃顶男人向她伸出手来，他是副队长斯特恩博士，著名的人工智能专家。

“能与您同行真是荣幸，斯特恩博士。”凯瑟琳高兴地握住了这位业界名流的手。

“哦，我一直以为自己很低调……”斯特恩博士纳闷地说。

“我一位朋友是您的学生，比尔·加拉查。”

“哦，想起来了，那个在我抽屉里放过蛇的家伙。”斯特恩博士哈哈笑起来。

“你要尽快消化这些材料，大家都到齐了就会开始研究，关于人工智能的部分让斯特恩博士帮你。”亚当斯认真地说。

当夜，凯瑟琳迫不及待地打开那个存储盒，被里面的信息深深震惊。火星地下那庞大的冰川，几处堆满钻石和绿宝石的天然矿，神秘的、不知来源的信号，队员们奇怪的精神问题……她为这一切震撼着，也恐惧着，但这并没有让她打退堂鼓，反而坚定了前去一探究竟的决心。

亚当斯队长来自伊朗，是一位知名的“野生人工智能学家”，没有任何大学和研究院承认那种。他长于机器人原理和控制领域，但名气其实大过很多拿了大奖的名宿，这皆因他写的那十几本全球畅销书和伊朗流亡分子的身份。

每个队员都被分配了到达火星后的具体工作，凯瑟琳也不例外，进入了合成生物学家卡梅隆教授的小组。胖乎乎的教授是法国人，因为在实验室胡作非为而被里昂大学开除，他举手投足都夸张可爱，对凯瑟琳的加入表示由衷的高兴，也对她的所作所为赞赏不已。

“没有几个人敢像你那样单枪匹马做合成实验的，更别说你这个年纪。”教授摸着圆圆的肚子说，“你知道吗？凯瑟琳，我们此行带了八只母猴子，是我让卢卡悄悄从黑市买来的，好几千块一只呢。”他又拍着助手卢卡的肩膀，目光里满是戏谑，好像这个格鲁吉亚小伙子是只公猴子。

“我听说了你做的事，凯瑟琳，深感敬佩。”卢卡热情地握着她的手说。这个小伙子又高又瘦，白得有些病态，头发是那种复古的棕色卷毛，走起路来总是一颠一颤的，“本来是十六只猴子的，那一半在安哥拉出关的时候被没收了。不过你别担心，我们带了不少胚胎细胞，在火星上孵化它们问题不大。”

“就是你打掉了亚当斯先生的一颗牙？吼！这么漂亮的姑娘看着可真不像。”黑铁塔般的格兰特博士笑着走来，那孔武的样子让人想起罗马的角斗士。这位黑人博士来自剑桥大学国王学院，是为本科生讲授人工智能应用的副教授，因不满长期不被提拔而辞了职。

“要是知道亚当斯先生是此行的队长，我可不敢抡起拳头。”凯瑟琳红着脸说。

“他巴不得呢，作家都需要刺激，他将来没准儿会把此事写进新书里。”格兰特博士笑着和她握了手，收敛了笑容说，“凯瑟琳，是你父亲推荐我来的，我对他感激不尽。”

凯瑟琳微笑着点了点头。更多的队员一一来和她认识，每张脸都满含善意。他们国别参差，年龄各异，肤色杂乱，大多是和自己一样的边缘化人物，但她阅毕组员们的档案，知道他们各有绝活，很多也是父亲向悟空工业推荐的。

“呦，这个妹子可真漂亮，她也要和我们一起去火星吗？”一个瘦巴巴的机器人走了过来，鼻子像根香肠那么长，眼睛却像两只鸡蛋那么大。

“你好呀，匹诺曹，久闻大名，我的确会和你们一起出发。”凯瑟琳开心地握住了它的机械手。

“太好了，这飞船上总算有一个能看的，有什么事你就尽管吩咐，多晚都行。”匹诺曹挥舞着两只机械手叫着。这是基地里新配的服务机器人，扫扫地、陪大家解解闷什么的。格兰特博士给它的语言模式调整得就像个小流氓，但是凯瑟琳喜欢。

“太油嘴滑舌了，我还是给你的语言功能降低一点的好。”副队长斯特恩博士说。

“可千万别，这个贱贱的小家伙是专门给我们活跃气氛的。”卡梅隆教授的妻子丹妮斯博士走过来说，他和阿卜拉辛一起负责基地的电子通信和系统维护。

“亲爱的丹妮斯，你这个‘贱贱的’字眼是褒义吗？为什么我听出了色情的味道？”匹诺曹瞪着一对大眼说。

众人哄堂大笑，凯瑟琳也跟着开心地笑起来。

五天后，玄黄号飞离月球，而阿瑞斯号融化在了太阳的烈焰中。

各国政府表示了哀悼，队员们在飞船上面朝太阳、垂首致敬。那一夜凯瑟琳将自己关在屋子里，独自消化着悲伤，看着父亲抱着她的照片泪流满面。

第二天一早出门，她发现门口放了个鲜花圈，那是队员们对父亲的敬意。

吃早餐的时候大家谈起了最近发生的事，包括各大媒体围绕阿瑞斯号的事对悟空工业的讨伐。科学家们观点锋利，语速极快，凯瑟琳得竖起耳朵才能捕捉各种信息。

“不要相信这些新闻，那只是科学委员会在带新的节奏。”格兰特博士喝着汤说，那柄勺子在他的大手里就像个玩具。

“我烦死这个科学委员会了，他们就像活在中世纪的红衣主教。”卡梅隆教授说。

“你算是说对了，我们这一船人放在中世纪，八成都是要被放逐的异教徒，凯瑟琳会被当成巫婆烧死，我也会早早地掉了脑袋。”语言符号学家休斯博士说。他本是杜克大学语言学系的副主任，因为公开反对科学委员会的霸权而彻底失业。

“您的话是有什么弦外之音吗？”格兰特博士说。

“不，这只是个陈述句。”休斯博士不咸不淡地说。

“队长，出发之前的简报上说我们的主要任务是扩建基地、继续寻找火星的远古文明，但昨天更新的简报似乎变了，我们为什么要将重点放在人工智能系统的更新和维护上？还要准备迎接一大批机器人的到来？”印度人阿卜拉欣认真地问。

亚当斯看来早有准备，见大家都到了餐厅，便打开大屏幕，画面上随即出现了火星的全幅地图：“诸位，你们都是千挑万选的专家，有着极致的科学精神，但我还是要提醒你们，以下内容为绝密。”

说着，他的手指放在赤焰谷东南方向大峡谷内的一个点，地图放大，红褐色的火星大地扑面而来，那里是特斯拉城所在区域。“在赤焰谷基地建设的这十多年中，一直有着人工智能工作异常的现象，记录中经常有火星车、采矿车失控，本来以为这是太阳磁暴造成的，但鲍勃·柯本队长他们在离开火星之前，偶然发现这些现象有着奇特的规律……”

他端起咖啡，换了一幅画面：“他们汇总了算法紊乱发生的时间，发现每当火星这个部分正对着地球之时，人工智能各系统的问题便会层出不穷，这种紊乱甚至会出现在地球上，而大多数都是火星的这一面扫过地球之时。”

“不管离得多远吗？”丹妮斯问。

“显然是的，哪怕是太阳正好挡在两颗星球之间。如今这个时期又快到了。悟空工业认为这个潜在的危险已经影响了火星开发的一切，甚至影响着……队员们的精神。”亚当斯环视着众人，最后将目光停在凯瑟琳身上，“在这样的情况下，柯本队长不敢让机器人和工程车按照既定命令自主工作，所以高度自动化的核电站还留了两个人守着。”

“这是一种……电磁波吗？”一位专家举着手里的笔问。

“很抱歉，马尔福，柯本队长和悟空工业的史密斯教授都认为它不是我们熟悉的电磁波，因为不管是什么电磁波都无法穿过太阳，人类现有的技术也无法对其完成捕捉。”

“看来马斯克知道那里有什么，所以才把特斯拉城放在那儿。”一位地质学家说。

“这倒未必。”亚当斯说，“特斯拉城下面是一个巨大的熔岩通道，也有固态冰，是多次选址才决定的。”

“上帝呀，难道是一种咒语吗？”阿卜拉辛捂着脸颊说。

“我不想这样形容这件事，阿卜拉辛，别忘了工业革命才过去两百多年，发现引力波也没多久，这个世界我们所不知道的事情还有很多。”亚当斯队长在大峡谷的中段画了一个圈，足有几百平方公里的样子，“柯本队长他们认为如果存在这个神秘信号，很有可能是在这个区域发生的，但具体的位置还不知道。”

“这我就不太明白了。”有人抬起了手，“既然您说这个神秘的信号无法捕捉，柯本队长他们又是如何将它锁定在这个区域的？”

“您问了个好问题，让凯瑟琳来回答你。”亚当斯队长指着凯瑟琳说。

凯瑟琳一愣，情知这涉及了她的领域，于是站到了屏幕前：“在确定人工智能设备无法捕捉和发现这个信号之后，柯本队长和他的队员天才般地想到了生物捕捉方式……大家请看，在过去六个月，他们将数不清的小白鼠用维生箱放置在围绕大峡谷的不同地点，每个都固定位置和角度，然后收集它们脑电波的变化，从而得出了一个能够分析的数据：越靠近这个圈，它们脑电波的波动越大，脑细胞所受的损害越大，而远离这个区域，所受的影响就很小。当上百只小白鼠都死掉之后，这个圈也就画在了基地的地图上。”

“这能证明什么呢？不同的小白鼠的脑电波数据，如何能作为分析的依据呢？”阿卜拉辛摇着头。

“为了保证试验的准确，它们都是一只白鼠的克隆体，在生物学领域，它们的大脑皮层的厚度、沟回甚至脑细胞的位置都是一样的，这样的脑电波因而具备证据分析力。”

“我明白了，难怪很多队员的脑子也出现了问题……”语言和符号学家休斯在后面轻声嘀咕着。

“上帝呀，阿瑞斯号难道不是引擎事故吗？”阿卜拉辛咬着他肥嘟嘟的厚嘴唇说。

没有人回答他，凯瑟琳知道阿瑞斯号的秘密并不是在座所有人都知道。

“后面我来说吧。”副队长斯特恩博士站了起来，“出于安全考虑，我们的任务期只设定为一年半，刨去飞行时间，其实也只有一年。大家要明白这次行程的意义。远古文明和神秘信号存在于火星这两件事，足以让火星成为大国争夺的目标，而这种抢夺很可能会给全人类带去不可测的危险。”他说着慢慢扶住了凯瑟琳的肩膀：“这是柯本队长和队员们用生命换来的发现，它只应该属于科学，而不能属于政治。”

“可是，这些发现难道不属于悟空工业吗？”物理学家杰克问。

“我相信谢尔盖·彼得罗夫暂无此意。”亚当斯队长接过了话，“是他指出了那次算法攻击，你们都知道那给他惹了多大的麻烦，而他这么做似乎只是为了让人类不要陷入灾难。我还想再次提醒大家，当你们登上这艘飞船时，任何泄露秘密的行为，都逃不过基地系统和悟空工业的监测，我们都签署了协议。”

凯瑟琳忽然觉得难以呼吸，眼前一阵模糊，她假意要去洗手间离开了这里。快步钻过狭窄的通道，说不出的痒意爬过全身，而她越是着急，这种感觉便越是强烈。她回到房间，从包里翻出小喷雾器——她带了足有两个月的量，再多就不行了，非检私人物品就那么一个小包。在宿舍里吸这个是不行的，无处不在的传感器会发现气体变化，她拿着这个小东西穿去后舱，悄悄钻进了 3 号设备舱——她早就研究过这艘船，此处可以躲开各种监控。

设备间里冰冷刺骨，她裹紧衣服开始干活。抖着手贪婪地吸了几口后，战栗的快感席卷全身……她曾暗暗发誓，趁着这次火星之旅戒掉它，可临出门前还是忍不住抓了一整包液化喷剂，这早晚是个事儿，火星上可没法种这个。

好容易缓过神来，她正要回到会议室，脚下踢到一个瘪了的氧气瓶，是月球基地消防员的，拿起来一看，容量已经为零。一旁的柜子门变了形，门缝里露出一片红色，她用手指轻轻打开门，揪出了一套脏兮兮的宇航服，也是月球消防员的。这令她很是纳闷。

这时她听到那排大箱子似乎发出了轻微的机器声响，像一只猫在不断挠地。她好奇地转过去看——这是储藏设备的地方，封箱贴条的，怎么会有机器在运转？她顺着声音找去，推开一个很沉的长方箱子，掀开蒙布，很快找到了声音的源头，是箱子里的医疗维护仪在发出响声。掀开盖子并不费劲，她一眼看到了这台精致古怪的机器，淡绿色的玻璃罩子下面，隐约躺着一个只穿着裤衩的男人。

·第三章·

红色火星

23. 常飞宇

还没睁眼，那熟悉的重力感就让他知道赌赢了，那是玄黄号飞船的人工重力。

深呼吸之后，他明白自己一切都好，摸了摸疼痛的脑袋，觉得它问题也不大，身体好像瘦了不少，几顿饭就能补回来。左手腕上多了一个环状的小东西，那是个金属电击器，只要他敢胡作非为，就会有人按下将他电晕的开关——好不容易逃离了月球静海监狱，他又成了这艘飞船的囚徒。

还好，毕竟不是冰冷的手铐。

旁边是一张桌子和两把椅子，舷窗是贝壳形弧线的一条，船舱里的设施并不那么美观，用料也很一般，这似乎验证了悟空工业捉襟见肘的事实。他透过窗户向外看了一眼，没看到地球和月球，将就着往侧面看，太阳就像探照灯一样刺眼，看来飞船的确是在飞向火星。他为这侥幸感到一阵得意，但看着空无一物的太空，又感到一片难言的孤独。他就像茨威格笔下的那个罪犯，睁开眼来已经在驶往好望角的大船上。

下了床正要琢磨怎么开门，门却开了，一个鼻高眼深、络腮胡子的中东人走了进来，然后是一个秃顶的壮汉，几乎要侧着才能挤进这扇小门。他们身后跟着一个金发寸头的女子，她身材高挑，漂亮的眼睛就像一对蓝宝石。

常飞宇晃了晃头，确信这不是做梦。

“你好，常飞宇先生，在你说明白为什么要钻上这艘飞船之前，请允许我按照《太平洋国家太空飞行条约》宣读你的权利。我是此次任务的队长亚当斯，这位是副队长菲尔·斯特恩博士，这位是凯瑟琳·柯本小姐，她是第一个发现你在飞船上的人。玄黄号是船籍国美国的太空飞船，我们领受悟空工业的任务前往火星，而你作为月球静海监狱的逃犯……按照条例，我们必须有三个人对你同时进行询问。”亚当斯简单介绍完，示意他坐在旁边椅子上。

亚当斯队长认真宣读了他的权利，常飞宇仔细听着，歪头整理着打绺的长发，不时地瞟着那位凯瑟琳。她为什么会在设备舱发现自己，还以为首先看到他的应该是个五大三粗的船员。

“好了，我宣读了你的权利，现在请告诉我们，你为什么要藏到这艘飞船上？”亚当斯放下了平板电脑。

“说来话长，亚当斯队长，但其实原因很简单。月球上空开始交战的时候，一块飞船的残骸砸坏了监狱的顶棚，我那时正和大家在穹顶下做消防演练呢，就被一股气流高高地抛起来，飞了好远，您知道气爆的冲击力是很大的……我爬起来的时候宇航服裂开了口子，氧气瓶也漏气了……我是想回到监狱去的，可那时候月球就像来了场陨石雨，大大小小的碎片，子弹和炮弹都在四处乱砸，静海监狱被砸得像个烂鸡窝，回不去了。”

他舔着嘴唇，瞎话像泉眼儿般冒着：“那时候我绝望极了，因为不管往哪里跑，十有八九都是死路一条。这时我远远看到一艘大飞船正在喷着烟准备起飞，就是这艘玄黄号了。我对这艘飞船的使命、目的地一无所知，但我心想，不管它去哪儿都比留在月球基地强，于是连跑带跳地赶到发射架，却发现并没有人登机，飞船旁边一个人都没有。我想坏了，这下完蛋了，氧气瓶就要没气了，除了钻进飞船里，我再没有别的活路，哪怕这艘飞船去了火星，也好过我死在月球上，不是吗？但我真没想到，它竟然真的要去火星。”

“消防演练？”亚当斯斜着眼看他，“我没看到静海监狱那时候有这个安排，更别说是让囚犯一起参与。”

“尊敬的亚当斯先生，您毕竟没在监狱待过，监狱里的很多事是不会写在流程简报上的。哪里是什么正儿八经的消防演练啊，就是为了收拾我们这些犯人的套路，我又是个新来的，就这么着被选中了……”

面前这俩男人看着凶巴巴的，眼神却纯粹干净，毕竟是科学家，没什么花花肠子。倒是这个姑娘面无表情，竟看不出深浅。见凯瑟琳拿出两瓶矿泉水，他饥渴地接过，一口气喝了一瓶，再拧开另一瓶，也咕噜噜一口喝完。对面这三位看着他，耐心地等他放下瓶子——他在花时间思考，他们现在没办法把他送回月球，却可以在飞船和火星上将他关押，在抵达目的地时将他塞回返航的飞船。月球的警察会把靴子刷得亮亮的，好等他回去的时候踢他的屁股。

“明知道这艘飞船要起飞了你还爬上来，稍有不慎就被烧死了，你是怎么进来的？”斯特恩博士歪着头问。

“还真是赌了一把，我当时正要掉头跑开，忽然看到设备舱那个小门漏了条缝，肯定是维护人员跑得很急忘了关严实，可要是我知道它是去火星的，打死我也不上来啊……能给支烟吗？”常飞宇嗅到了斯特恩博士身上的烟味，大咧咧伸出了手。

斯特恩博士看了亚当斯一眼，后者点了点头，博士便从兜里摸出一盒烟和一个打火机递给了他，常飞宇点上一根抽起来，无意中看到那姑娘咽了口唾沫，但她身上并没有烟味，有意思。

“月球的战争已经结束了，是吗？”他满意地吐出一口烟说。

“你怎么知道结束了？”亚当斯警觉地看着他。

“这有什么奇怪的？如果没结束，火星会被美国政府设为禁飞区，这艘飞船只能掉头，而现在它依然在往火星飞。”常飞宇指了指窗外，两瓶水让他饿了起来。

亚当斯绷着脸说：“冲突的确结束了，已经证实那是个误会。”

“哦？那就是有人用算法攻击挑拨离间啰？”常飞宇笑着说。

询问者们不由得对视了一眼。“难道这是你干的，黑客先生？”凯瑟琳抱着胳膊说。

“千万别这么说，美丽的女士，就算有人惹了你，你也别把火撒在我身上啊。”他对她微微欠身，又对他们说，“能让美俄之间打成这样，又是一个误会的，只能用算法攻击的方式。看来有人希望美俄开战，好从中渔利。”

“好了，钻进飞船升空之后，飞船是绕着月球飞行的，你为什么不通过紧急通话系统联系太空中心？”斯特恩博士的秃头上冒出了汗。

“我倒是想呢，还没系上安全带就被晃得撞破了头。您别忘了，我是通过一扇漏了缝儿的小门进入设备舱的，其他地方我也去不了，那里面又冷又阴，氧气还越来越少。后来我发现医疗舱有空气自循环系统，干脆就钻了进去，想吸够了氧气再出来发送紧急呼叫，毕竟要先保命嘛。可是我在释放氧气的时候，一不小心启动了深眠模式，就这么稀里糊涂地睡了……”常飞宇捏着瓶子说。

“真是好笑，你要是钻进里面只为了吸几口氧气，干吗脱得只剩了一条裤衩呢？”凯瑟琳冷冰冰地说。

常飞宇心里咯噔一下，竟忘了这个……

“常先生，我们会尽快把你的情况通知美国监狱管理局，等候他们的通知。他们也许会委托我们用返航飞船把你送回去，也有可能自己飞来把你拉走，但不管是哪一个，看来都是半年之后的事。而在此之前我们会将你暂行关押，你也必须服从命令。”亚当斯丝毫不掩饰对这个人的怀疑。

“我倒觉得不必……那么急。”他忽然听明白了，这位队长还没有将他的事情告知他人，“既来之则安之，您知道我是个四海为家的程序员，江湖上也有些虚名。我以前的确想过去火星看看，但没机会加入你们这种队伍，所以……也许我还会对你们的火星研究有帮助呢。”常飞宇无畏地看着他的眼睛——想让别人相信你的谎言，就要让你的眼神坚定无比。

亚当斯不由得好笑起来：“你除了回地球去，别无出路。”

“真的吗？”常飞宇冷笑起来，“火星赤焰谷基地虽然是悟空工业的产业，但联合国解散后，那里不再属于任何一个国家的法律管辖地。除非你们现在掉头把我送回去，否则到了火星之后，我可以按照《太空居民和难民合作公约》拒绝接受被遣返。当然了，警察可以跑去火星来抓我，但能不能抓得到，就看他们的本事了。”

凯瑟琳和斯特恩博士都看着亚当斯队长。队长紧皱着眉头，似乎被这个人说中了痛处，但他只是轻轻一笑：“你说得都对，如果你愿意，到达火星之后也可以别住在基地里。你的本事那么大，想必在火星上也可以自己生存，我们也不想因为你做什么违法的事。”

“悟空工业不就是在做很多违法的事吗？”他两边看着他们，“他们向世人隐瞒阿瑞斯号的真相，坐视这艘飞船被一个发疯的队长射向太阳。朋友们，别忘了我的老本行，再强大的防火墙在我面前都形同虚设……”

“咣”的一下，正说得起劲的常飞宇眼前一黑，脸上一阵滚烫，一头栽到了桌子下面。他被这莫名其妙的一拳打得晕头转向，甚至不知道是谁打的，晃了晃头爬起来，嘴里多了个东西，呸地吐到地上，是半颗带血的牙齿。桌子被哗啦推开，那个凯瑟琳挥着拳头，像一头发怒的母狮向他冲来。

“你这狗娘养的，我要把你扔到外面去！”凯瑟琳扯着嗓子大叫道。两个队长慌了神，高大的斯特恩博士忽地将她抱起来，见她手脚乱舞地不肯作罢，亚当斯队长便让副队长将她抱了出去。他一边摇头一边冲常飞宇摆了摆手，让这个挨揍的人坐回到椅子上。

“又是一颗牙……”亚当斯耸了下眉毛，“你这拳挨得不冤，常先生，你说的那位发疯的柯本队长，正是凯瑟琳的父亲。现在请你告诉我，你是怎么知道这些秘密的？”

“原来如此。”常飞宇捂着腮帮子坐回原位，用水漱口时一阵钻心的痛，搞得他半个脑袋都嗡嗡作响。这一拳打得也真是结实，他此生还是第一次被人打掉牙齿。“我们这行啊，没事干就到处找秘密……但我从来没有对外说过这个，我可不想帮科学委员会的忙，您可能知道正是他们将我送进了监狱。”

他忍着疼拿起桌上的烟又点了一支，看着默不作声的亚当斯说：“我再认真地说一下，将我藏在火星并不是什么难事，而我呢……也真能帮你们不少忙。火星的秘密，我知道的可能未必比您少呢。”

在随后的两天中，玄黄号飞船达到了最高速度，坚固的合金挡板护住了飞船头部，以免被太空漂流物击伤。在队长的命令下，除了驾驶舱等重要区域，常飞宇像队员一样可以随处走动。他和大家一起吃饭，一起运动，还有一间独立的宿舍。队长对此解释为同舟共济，这个逃犯既然想去火星，那就不会在飞船上胡作非为。而关于他的存在，没有亚当斯的命令谁也不能对外瞎说，他们可不想飞到半路因为一个逃犯而掉头，更何况静海监狱损毁严重，死亡和失踪了一百多人，少这么一个也没人在乎。

“如果人们知道这家伙逃到了我们的飞船上，没准儿会栽赃给悟空工业，好像是我们故意将他救走一样。”亚当斯说。

“这家伙简直是个异类，但他和我们有一点像——都受尽了科学委员会的收拾。”格兰特博士说。

“敌人的敌人，未必就是朋友，更何况是个满肚子花花肠子的中国人。”凯瑟琳抱着胳膊说。

“你这是种族歧视，亲爱的凯瑟琳。”休斯博士耷拉着脸说。

“我在说一个中国逃犯而已。”凯瑟琳满不在乎地说。

漫长的飞行途中，常飞宇一阵阵为哥哥担心，最终在月球遇难者名单看到了常飞云的名字，悲伤令他一天都没吃饭。哥哥啊，你不是已经领了退休金吗？为什么又会出现在月球的上空，还指挥着舰队和俄罗斯人一顿恶战？

他苦思许久，想明白了此中逻辑。乃兄的脾气就像个大学生，肯定是美军觉得这个华裔上尉最是靠谱，一顿甜言蜜语灌进去，这哥哥就热血上涌，返回基地带队出发。等了十年的军人荣耀之下，他会勇猛无比、奋不顾身——他是如此单纯的军人，却总觉得比自己这个弟弟成熟很多。看着渐成亮点的地球，常飞宇裹着被子流下了眼泪。

这天正在吃早饭，队长呼叫大家都到驾驶舱去，他也放下刀叉跟着去了。就要进去的时候格兰特博士特意转过来，让他老实站在门口：“虽然你很讨人喜欢，我的朋友，这儿依然是你的禁区。”

常飞宇耸了耸眉毛，经过的凯瑟琳瞥来嫌弃的一眼：“请你不要挡路，逃犯先生。”

他悻悻地走去休息室，咧着嘴坐到一排电脑前，只摸了几十秒钟，就破解了它的登录系统。他冷笑着特意挑了凯瑟琳的账号进行隐身登录，接通了指挥室的麦克风，很快便听到了他们在驾驶舱里的对话。

“你们别嚷嚷了，听我说。我尽量把问题说得简单点儿。起飞前一天我们做过检查的，那时候驾驶系统肯定没有这个问题，只有一个小控制模块有点过热，我们便报给了维护员。他们在起飞之前更换了这个模块，维修单我签过字的。但他们可能因为仓促搞错了，这还是原来那个坏的，所以现在，飞船右侧的动力调整已经无法实现，除非到直接控制终端上一组组进行设置。”斯特恩博士那粗愣愣的声音说。

“这难道是个很大的问题吗？”常飞宇似乎能看到亚当斯队长那张难看的脸。

“本来没什么问题，但那个控制组件在2号设备舱的最里面，而现在里面堆满了装备和货物，都在地板上锁得死死的，除非掀开飞船的屁股，否则是无法移动的。如果要去完成设置，需要有人从外面打开2号货舱的挡板，把这些货物揪到太空里飘着，然后再钻到2号设备舱里去执行。”

“这也没什么大不了的，格兰特博士，你的太空行走经验远远多于斯特恩先生，你可以和我们一起去弄。”亚当斯队长不以为然地说。

“但是要快，否则我们就无法在预计时间调整转向，这会让我们远离火星至少九百万公里。”斯特恩博士说。

“真是活见鬼，那我们现在就去吧。”格兰特博士说。

常飞宇听明白了怎么回事，喝着咖啡开始了工作，他很快通过这台终端进入飞船的总控制模块，费了一番功夫后找到了那个反向喷射控制模块。果然，飞船使用了悟空工业的原力系统 3.0 作为底层系统，而他对此再熟悉不过。

“飞船都全自动了，他们因此对系统工控一窍不通。”他吐着烟圈说。

亚当斯等三个人穿着宇航服，拿着扳子、锤子和吸力器准备出舱时，在走廊里撞见了端着咖啡的常飞宇：“队长先生，你先等等……只要重启辅助控制系统就可以跳过故障部件，直接连接那个控制模块，你们不用出舱去揭盖子了。”

两位专家和船长疑惑地看着这家伙，既不敢怠慢，也不敢接受，最后还是掉头将这个捣蛋鬼请进了指挥舱。一大堆人围拢过来，眼巴巴瞪着他，亚当斯板着脸让他说出这么做的逻辑和流程。常飞宇便拿过一张纸，边写边画边叨叨，一句废话也没有地解释了一遍。

“飞船是全自动的，但它是经过改装的，之前的维修方案就被替换了。那个方案是六年前的，就存在飞船数据库的……次级文件夹里。”他不好意思地指着机舱里的服务器说。

在众人瞠目而视中，斯特恩博士的脸红起来，他立刻从电脑上找到了这个文档，打开只看了几分钟，一脸尴尬地对亚当斯说：“真见鬼，他是对的。”

队员们面面相觑，亚当斯队长气鼓鼓地扔下了头盔。凯瑟琳抱着胳膊在旁边冷冷地看着常飞宇，半天从嘴角挤出一句轻蔑的话：“贼有贼路子。”

24. 萨拉特

和萨拉特估计的一样，月球之战后没多久，对悟空工业的围剿暴风般到来了。

众多世界级媒体同时发难、异口同声地指出算法攻击一事处处疑点，暗指这更像是悟空工业在贼喊捉贼。与此同时，悟空工业的新型商用机因为安全隐患而陷入调查，全球几万架飞机登时停飞，还有媒体披露了谢尔盖与过去两届政府的金钱交易行为，它们大多捕风捉影，却说得就像板上钉钉……科学委员会再一次注意到了悟空工业的力量，萨拉特甚至觉得他们已经知道是谢尔盖救走了铁星梅，并将她藏去了一个隐秘之处——潘洛斯计划就要藏不住了。

风暴骤起，悟空工业几家上市公司跌成了地板价。萨拉特掐指一算，谢尔盖说不定下个月就得变卖资产……他知道敌人在要什么，也知道别列佐夫斯基的这个独子不会就此缴械投降。谢尔盖似乎缺乏应对的手段——那种能对敌人毫不留情、一剑封喉的手段。他既不屑于用敌人的方式反击，也不想违背自己的良心胡来。但萨拉特可不想干等着，加紧招兵买马，组成了一支精干的力量，其中半数是他当年的老部下。这些队员多半已经身体发福，胡子拉碴，但都曾是顶尖的军人或者特工，其中就有被大家戏称为机器上尉的常飞云。

令他困惑的是，谢尔盖只让他们进行常规训练、磨合团队，却并没有给萨拉特有所行动的指示，他说科学委员会就算盯上了集团，也是在用商业和行业规则对付他。而萨拉特这支队伍最擅长的是武装任务，比如去炸掉科学委员会的数据中心，甚至摘掉委员会董事们的脑袋。

“谢尔盖，你让我招呼这么一大批人就是为了天天训练吗？你知道他们最擅长什么，而你现在需要这个。”萨拉特找了个机会和谢尔盖说。

“我还要想想，我的师傅。”谢尔盖说。

“孩子，俄罗斯人的古语你又忘了，永远不要等熊扑过来再抬起枪口。”萨拉特无奈地摇头，忽然觉得谢尔盖似乎比年轻时多了软弱。

“我当然记得，但这个年头，对付熊的最好办法，不再是枪。”他微笑着说。

萨拉特怔怔地看着谢尔盖走开，不知他到底在说什么。但这又有什么关系呢？就算走向万劫不复，他也不想拄着拐杖了此残生，而这个四处受气的谢尔盖，真是和他那将军的爹太像了。

唯一的好消息是，刚上台的美国总统希德成为唯一的逆行者，他在白宫发布会上做了一番慷慨激昂的演讲，力挺悟空工业，他指出这场战争或是那些科技权贵们早就知道甚至乐见其成的，悟空工业反倒点中了他们的命门。贼喊捉贼？难道谢尔盖·彼得罗夫是在自杀吗……他由此引申到人工智能产业在美国的严重问题，拐到高科技集团对人类生活方式的控制上。他没有指出是科学委员会还是哪一个企业，而是吹响了对整个高科技行业发起进攻的号角，其态度之坚决令世人惊掉大牙……

“朋友们，今天科技霸权不但控制人类的行为、攫取社会的财富，还悄然瓦解着文明的本质。从手机到性玩偶，从线上赌博到自动驾驶，从新闻到隐私，从消费方式到金融市场，美国以及全球已经沦陷在一张悄无声息的科技大网之中。大家肯定看到了一个状况，这场战争让全球金融几近崩溃，华尔街却有一大堆公司通过做空市场获取了暴利，今天他们可以做空美国的经济，明天就可以做空美国的灵魂……”

他的讲话是有效的，网络上登时掀起了一股反抗高科技霸权的狂潮，但他们的发声被约束在一些狭窄的通道上，因为众多“独立”媒体以及社交平台都拥有独立审查权。虽然希德说的监管和严控对象也包括悟空工业，但谢尔盖想必已充满感激。勇猛的新总统刚上来就和科学委员会开了战，这是上几任总统从来没干过的事……

萨拉特不知道这是不是谢尔盖计划的一部分，包括国会议长的丑闻披露，但他成了正式的参谋，反倒不能像师傅那样问东问西。希德的力挺或许能为悟空工业争取些时间，但远远还谈不上拯救，能救悟空工业的只有谢尔盖自己，以及在科技界消失了七年的布朗博士。

这一天，他带着队员上了三架飞机，准备将铁星兰送往深渊，其中两架起烟幕弹作用。这是绝密的任务，而他完全信任自己的手下。空天飞机落在阿米巴公司的塞班岛研发中心，萨拉特身后是包裹了人造肌肉和皮肤的常飞云。直觉告诉这位老上校，这位上尉可堪大用，只是他本人要愿意挑起这副担子。

“让您久等了，乔子小姐。”见新城乔子就在停机坪等候，萨拉特礼貌地对她点头。

“您客气了，可是，为什么要来这么多人？”乔子诧异地看着另外两架飞机说。

“哦？没有什么，我的队员们在月球待得久了，正好带他们放放风。”萨拉特狡黠地说。

他没有向乔子介绍常飞云等人，上尉也没有主动对这位漂亮妹子伸出手，他习惯性地观察四周，并让手下所有的飞船不要熄火。他没告诉这位上尉要来拉什么人、名字又叫什么，常飞云也绝不打听。

“这小姑娘还能活多久？”萨拉特问。

“顶多三个月，也许更少。”乔子带着他们向里走，“我和谢尔盖说过希望亲自送她前往，毕竟她非常脆弱，而那些维护生命的机器需要专业调试。”

“真是可惜，但愿她受得了太空飞行的苦。”萨拉特没有理会她的言外之意，除了他和队员们，谁也别想知道潘洛斯计划实验室在哪里。他知道这位日本姑娘对谢尔盖的贡献以及他俩的关系，但既然谢尔盖对她三缄其口，他就要与其保持更远的距离。

一架飞机似乎出了问题，常飞云仔细和驾驶员沟通，确定它的发动机没有问题才跟上来，他对萨拉特轻轻点头示意。

“这位朋友可真仔细，但方圆十公里都是我们公司的地盘，您大可不必这么谨慎。”乔子微笑着看向常飞云说。

“是方圆 9.2 公里，乔子小姐，而且天空并不属于阿米巴公司。”常飞云面无表情地说。

萨拉特哈哈一笑：“你们亚洲人说话可真累，总是这么充满弦外之音吗？好了，乔子小姐，我们抓紧点儿，时间可并不充裕。”

那可怜的姑娘躺在一大堆仪器之中，插的各种管子让她像只刺猬，长期躺卧让她有些浮肿，但依然美得惊人。萨拉特皱眉看着这个姑娘，不明白为何这对姐妹如此命苦。

“您让人把这些设备直接推走就好，保持所有线路和管路的连接。我们刚给她做了最后的检查，也补充了几个剂量的纳米机器人。”乔子说。

“对不起，乔子小姐，我们自己带了一套维生系统，但还需要你将她体内的小东西全部去除，包括那些纳米机器人。”萨拉特以不容置疑的口吻说。

“您这是为什么？不是要将她安全地送到目的地吗？”乔子不快地说。

“是的，这些举措正是出于安全考虑，我必须保障不能有任何差错……常，你们给这姑娘先做一遍检查。”萨拉特扭头对常飞云说。

常飞云和两位队员走向前去，用一套仪器仔细地扫描着女子的身体，最后确定她体内至少还有三个剂量的纳米机器人和信号接收器。萨拉特看着铁星兰的身体，让乔子启动机器，将这些纳米机器人全部下令消融，直到它们全部失去了功能，然后准备用一条恒温袋装起这姑娘。

“萨拉特先生，您这样做，让我怀疑自己还是不是悟空工业的员工。”乔子毫不掩饰对萨拉特的愤怒。

“请多包涵，乔子小姐，实验室的安全远比别人对我的看法重要。”萨拉特微笑着说。

“请等一下，”常飞云说，“我认为还需要用探针式内窥器检查一下病人的体内。”

“你说什么？”乔子的眼睛瞪圆了。

“哦，为什么呢？扫描器不是可以看出全部电子设备吗？”萨拉特也有点纳闷。

“如果是合成树脂为主要材料的小设备就未必，她的体内有大量纳米机器人残留，这也会影响外部扫描的结果。”常飞云说着，让另外两人脱去病人的全部衣服，自己从工具箱里拿出了一套软管一样的设备。

“你们这样做是不是太不尊重女性了？”乔子的脸气得铁青。

“这不在我的考虑范围内。”常飞云板着脸说。

萨拉特耸了下肩膀：“乔子小姐，我觉得他说得有道理。你只照顾了她半个月，此后也不会再见面，能查清楚点更好，但你肯定不希望我这个老头子来干这事。”

常飞云戴着口罩，用一个小设备对这姑娘进行了细致的检查。乔子不想看这荒唐的一幕，别过头看着窗外的绿树红花。

“这姑娘可真是漂亮。”一个队员咽着唾沫说。

“仔细看你的监视器。”常飞云凶巴巴地瞪了他一眼。

“等一下，上尉，你把探针往回走一点。”另一个队员看着监视器说。

常飞云一愣，将放置在直肠内的探针往回走了一下。“没错，这里有个东西，脉冲信号很弱，但它一定是个电子元件。”

没多久，常飞云从病人的体内夹出了一个绿豆大的小东西，将其举在空中，问乔子这是什么。

“哦，这是依附在神经结上的信号放大器，用于精确接收系统对纳米机器人的指令。”乔子说。

“那你能否告诉我，她体内到底有多少个这样的信号放大器呢？”上尉不依不饶地说。

“这有什么必要吗？这一个月来我们为了维持她的生命，放置了很多这样的可降解的信号放大器，这个已经进入直肠，而有的可能已经消失了。”

“虽然我不是这方面的行家，也知道这个小东西稍加改造，就是个信号发射器。”常飞云说着，将它放在地上一脚踩碎了。

“乔子小姐，你最好和我这位朋友说个清楚，不然他们会把这妹子开膛破肚的。”萨拉特在一边满意地笑着。

半个小时之后，五个这样的装置被从铁星兰的体内清除了，常飞云对萨拉特点了头后，老上校拄着拐杖走到乔子面前：“希望你从此明白我们的做事方式，以避免后面产生误会。再次感谢你的帮助。”他优雅地对她点了下头，拄着拐杖走了。

他们推着铁星兰上了一架飞机，却不是他和常飞云走下来的那架。这也是常飞云上尉的建议，只有这一架会飞向尼泊尔，并在当地更换另一架飞机飞向深渊，这样可以避免有人用仿声鸟依附在飞机之上，进而获得深渊的位置。

“干得好，上尉，从今天起，你就是这支队伍的队长了。”萨拉特瞅着不声不响的上尉说。

“我真不愿意这么做，萨拉特先生，虽然我对她一无所知，却明白这是个可怜的姑娘。希望这个潘洛斯计划真像您说的那样有意义。”

和他猜的一样，这个半机器人没有表现出一丝喜悦。

25. 希德

新任总统给正飞在加州上空的谢尔盖打去了电话：“谢尔盖，请原谅我这么久没有和你联系，我对此非常抱歉。”希德觉得脸有点发烫。

“哪儿的话，总统先生，我能想象你这段日子的压力，祝贺你。”谢尔盖语气和缓，一点儿也听不出愤怒。说实话，希德至今还没找到总统位置的感觉，好运从天而降，随之而来的是排山倒海的压力。共和党和民主党绝不会就此甘心，他国的敌人也将趁机作乱，这位少数党总统正面对着极度的混乱，眼下组织新内阁就够他喝一壶的。

希德惭愧的是，从继位成功到今天已经一个多月，他给谢尔盖这位恩人打个电话还是有时间的。

“私下请还叫我卢克，谢尔盖。”见对方一如既往，希德便开始自如起来，“本来想找时间与你共进晚餐，好好聊一聊，但我怕自己的时间无法把控，说实话这些日子我就没睡过一个好觉。”

“猜得出，但说真的，你对悟空工业的力挺让我感激不尽。”谢尔盖说，“每个总统刚上台时都是如此，你还是要举重若轻，毕竟要干八年呢。”

“这可真不像你在说话，我的天哪，谢尔盖，你是在用一个人工智能和我打电话吗？”希德开着玩笑，“说正经的，你现在在哪儿呢？今晚我正好挤出了点儿时间，不知你是否可以来白宫一趟？”

电话那端沉默着，谢尔盖似乎在转着眼珠：“没问题，我半个小时到。”

“那太好了，我会准备一瓶好酒。”总统说完，脸上禁不住浮起一丝得意。他知道这位老兄不喜欢应对没有准备的话题和难题，但他现在是美国总统。

悟空号在白宫西侧五公里的停机坪降落，特勤局的小车队已经等候在此。他们将谢尔盖接进白宫，从地下室的电梯来到西翼内侧的椭圆形总统办公室。希德在那间办公室里想象着谢尔盖走进来的样子……他必须走过那长长的路才能见到自己。这里和照片上一样宽敞明亮，精致的蓝色地毯上绣着金徽鹰图案，由五十颗星围绕。威仪的华盛顿油画像挂在国旗和总统旗帜中间——这是一个男人最大的排场，也是最高权力的象征。

但不巧的是，谢尔盖进来的时候，希德正在橡木办公桌后抱着脑袋为一件突发的事情发愁——新任司法部长忽然说不干了，也不知道这家伙出了什么问题。但他一看到谢尔盖进来便容光焕发，起身伸出双臂，用最热情的拥抱欢迎这位好友。

“第一次来这儿吧？”希德拉着他走到那张著名的办公桌前，指着那张椅子说：“谢尔盖，这一切多亏了你。”

“不，总统先生，没有我别人也会查出此事。”谢尔盖拿捏着话语，看着桌上一块铜牌上镶嵌的字：“这里要负最后的责任。”

“但你将这个信息给了我，而不是吉姆总统或者别人。”希德扶着他的肩膀说。

谢尔盖耸了下肩膀：“我只是不想爆发世界大战，而又想不出怎么联系他们。”

“谢尔盖……”希德看着他的眼睛说，“我很后悔对你说了那些话。”

“什么？总统先生，我不知道你在说什么。”谢尔盖若无其事地看着他。

希德愣了下神，笑了：“来吧，我们到沙发上去喝一杯。”

总统亲自开了一瓶红酒，举杯和长沙发上的谢尔盖轻轻一碰：“谢谢你做的一切，我会认真做一个好总统。”

“我对此深信不疑。”谢尔盖说，看来……他知道下面要进入正题了。

“我想和你说一件事，并认真听取你的建议。”希德放下酒杯，看着大理石茶几的桌面，十指交叉，“一个显然的事实是，如果你没有发现俄罗斯被算法攻击而发动袭击，美国和俄罗斯说不定已经化为焦土，就算后面有人能查出真相，一切也都为时已晚。我想要问你的是，为什么是你的悟空工业发现了这个，而不是科学委员会？”

“这只是凑巧……”谢尔盖歪着头，似乎在揣摩他的意思，“俄罗斯空天部队的指挥系统用的是我们十五年前的程序，我们验证起来会比别人快些。”

“安全部门给了我一份报告，说虽然它是个老东西，但十多年来还从未被人攻破过，理论上能攻破它的……只有你们自己。”希德抬起了眼睛。

谢尔盖似乎并没有意外，微微一笑：“你要知道，卢克，没有什么防火墙是一劳永逸的，凡事也总有意外，你不也当上了总统？”

见他防守得如此森严，希德合起双手，指尖顶在了脑门上：“你知道我以前一向是推行人工智能松绑政策的，在这场战争之前，我一直认为科技权贵控制世界这种事是天方夜谭，但如今我深感毛骨悚然，也让我不得不重新研究和思考这件事。”他瞥了谢尔盖一眼，那张脸就像石头一样。

“总统先生，我在听着……”谢尔盖杯中的酒纹丝不动。

“一个神秘的攻击者只用一个算法就挑起了一场末日战争，美国、俄罗斯以及所有的政府都像傻瓜一样。谢尔盖啊，如果我们不对人工智能产业严加控制，这种事早晚会再次发生。”希德用一根食指敲击着桌面，这是他在演讲时的标志动作。

“我想纠正一下你的看法，总统先生。”谢尔盖放下了杯子，“高科技不会作恶，作恶的是利用高科技手段作恶的人，这就是当年为什么不能让希特勒先有核弹，也不能让苏联人占领太空……”

“不，老兄，你必须明白一个道理……”希德打断了他，“除了突发的冲突，美国的战争决议必须国会表决通过，总统按不按下按钮有着明确的宪法规程。而在你们高科技行业，一个企业领袖是否作恶完全取决于这个人的意愿、良心和欲望，没有任何人可以监督和阻止你们。”希德说出这些话如释重负，还擦了下额头的汗，他的脸红起来：“谢尔盖，我针对的不是你，你是我见过的最正直的人之一，我是在说政治。我相信你不是挑起这场战争的元凶，但你也没办法证明这件事不是你做的，而你我之间的信任根本无法摆到国会去说……老兄，就算我是总统也做不到。”

谢尔盖没有回答，又拿起杯子，喝了一大口后冷冷地看着这位老同学。

“他们已经用全球化过程悄然控制了世界，你还以为这是阴谋论吗？”希德说着又给二人补了酒，“我将手放在宪法上宣誓之后，第一件事是去了我父亲的墓园。我对着他的名字单膝下跪，告诉他我将忠诚于他热爱的国家和人民，忠诚于他的教诲，我会为了这个国家再度伟大而拼尽全力，粉身碎骨也在所不惜。”

“但你要做的第一件事，却是要掀翻自己的政敌，还要向不遗余力帮你的人下刀？”

“你不要这样嘲笑我，亲爱的谢尔盖，我现在明白做一个总统有多难了，但这和对待平权问题、难民问题以及全民健康问题不一样，这是有关世界和平和美国安危的核心问题……”他非常严肃地看着谢尔盖的脸，“我坚信有些东西必须被打碎，这是我要去的方向，而你必须支持我。”

“既然如此，我可以让你做杀鸡骇猴的标本，但别让国防部去碰我的月球基地。”谢尔盖站起身来，系上了西装的扣子。

“真见鬼，谢尔盖，你这颗脑袋里在想什么呀？”总统一把将他拉得坐了下去，把桌上的红酒都打翻了，“你以为我要这样收拾你吗？就因为你给了我算法攻击的证据？”

“不是吗？”谢尔盖无辜地摊开了手。

希德抓住了他冰凉的手：“不，你这蠢笨的俄罗斯人，我想说的是，你要帮我一起去对付科学委员会，在我的任期内干掉它，否则美国永远无法强大。但你眼下必须咽下这口委屈的酒，撇清和我的这层关系。”

谢尔盖瞪着他发红的眼睛，似乎在看一个醉汉胡言乱语：“卢克，我劝你三思而后行……虽然你是美国总统，但你别忘了之前的教训，这可是一条不归路……”

“这制度已经是他们控制美国的工具！我只能如此，不然我连四年总统都干不完，我的下场不会好过朗普，甚至不会好过肯尼迪……”希德总统像盯着他的敌人一样，“别再和我说你只是在做游戏和太空乐园，我认识你二十多年了，这世界最恨这帮家伙的人，应该是你！”

26. 霍尔

从深渊出发要倒两趟电车、换乘三部电梯才能到实验室最外的入口处，再走出最后一道安全门，才会钻出打扮成大气与地质研究中心的实验室大门。

霍尔第一次来到这里，一路和铁星梅说个不停。秀丽的努尔峰赫立眼前，被月光映亮的高云在山顶轻轻飘着。装作研究人员的安保人员在各司其职，用雷达监视着方圆数千公里内任何飞行器，他们获知命令提起了精神，在门口暗处守护着这位初到不久的科学家。

星空闪亮如洗，雪山如梦似幻，就像童话里描述的夜晚。

“这里真不像是地球啊。”铁星梅看着天空自言自语。

“是这样呢。你看那星空，美得就像你的脸。”霍尔兴奋地说。两个工人乐呵呵从旁边走过，告诉铁星梅要小心，听说这机器人可是有鸡巴的。

铁星梅不以为然：“谁教你这样泡女孩子的？”

“我自学的，我为了了解你，经常看你们中国的老电视剧。”

“那些东西有毒啊，你还是少看一点的好。这就这么几个女的，你的机会也不大。”她说着扑哧一笑。

“那怎么办呢？难道我要去追那个变了身的珍妮吗？”它握着拳头做出一副憎恨的表情，程序告诉它铁星梅并不是在嘲笑它，不像那些阴损嘴毒的专家们。实验室的众多同事对它的到来不以为然，甚至觉得它和之前的机器人一样，很快就会在深渊之底摔成碎片，才没人来和它交朋友。铁星梅其实也遭到了和它一样的冷遇，除了珍妮博士和萨巴斯对她有所协助，没人来主动帮她了解什么，就连马丁博士都对她不咸不淡的。

霍尔自认有个好脑瓜，数据线一插就对试验相关的一切都明白了。它帮她了解实验室的一切，为她整理材料、安装机器甚至收拾房间，没事也要找点事，像个不知疲倦的话痨和跟屁虫；而另一方面这也是布朗博士的命令，只要能让她赶紧开始试验，这个博士恨不得让它和铁星梅睡在一起。

“珠峰的夜晚原来是如此之美……”铁星梅仰望着天空说。

霍尔立刻来了劲，它兴奋地指着一片星河，就像农民指着自己的庄稼地：“那里，就在那里，有一颗流星刚过去，它快得像闪电一样，无声地唰一下就过去了……”

铁星梅被逗得咯咯笑起来：“你说它无声，又说它唰一下过去了。”

“那是我学习人类想象的嘛，离得近了一定能听到风雷般的啸声呢。”见她冻得直蹦，霍尔也跟着一起蹦起来。

“所以，你听没听见，并不等于它没有发出声音。”这似乎启发了铁星梅什么。

“是呢，它那唰的一声，就是对地球说的话。”

“呦，你这句话很不一般，能说出来的人不多。”铁星梅拍了拍它的肩膀，“你那天说的那句震惊了我，霍尔。”

“哦，哪一句？”霍尔一愣。

“你说深渊之底更像人工智能的圣地。”

“噢，那可能是我从书本上学来的，我也不知道……”

“你说得没错，如果有一天你们真的觉醒了，深渊会留在人工智能书写的历史之中，它的确是你们的圣地。”

“可是，我们的觉醒有什么意义吗？我这样不是挺好吗？”

“这是假象，霍尔，程序设定你只能迎合我们的话、帮助我们工作，却不能质疑和反驳人类的指令，你的聪明和博学，只是我们赋予你的程序决定的。”

霍尔对她的话若有所思，处理器飞快地运转着，这个“若有所思”也是程序决定的了？

“你为什么建议他们把我做成一个助手机器人，而非像其他机器人一样站到深渊之上、被一束光轰进黑洞？”

“因为我更倾向于认为，如果那个石破天惊的算法可以实现，它一定是人类和你们合作的产物，而非人类的一意孤行……黑洞之内，众生一定是平等的。”

“可是我一直在帮助你啊！”它不明白她在说什么。

“你会明白的，很快。”铁星梅指着夜空说，“总盯着这些星星看，人就会觉得自己什么都不是，我们太渺小了。”

“人类怎么会很渺小啊，你们造出了我呀……但我明白你的意思，这宏大的宇宙啊。”

“在星空的深处，一定有文明在注视着我们。”

见铁星梅满脸都是星光，霍尔赶紧在肚子里按下了快门，它知道这是人类说的动心之美。“可是人类至今也没发现一个地外文明，连一个问候的电磁波都没有收到过。”霍尔一下子害怕起来，“你肯定知道黑暗森林法则，你接受那个解释吗？那真是太可怕了。”

铁星梅摇了摇头：“黑暗森林是极致阴暗的猜疑链，两千五百万分之一的零道德宇宙设定。但我觉得以此去揣度其他高等文明非常可笑，人类这个阶段的文明尚且不会去消灭地球上的低等生物，不同的国家、人种也在彼此尊重中共存，比我们领先千年甚至万年的他们更会如此。”

“那是因为地球上其他动物写不出相对论，也不懂爱情。”霍尔摇头晃脑地说。这地方可真冷，程序告诉它就应该这么蹦来蹦去、缩头夹耳。

“不，今天的人类如果回到三百年前，会再将非洲和美洲的土著杀一遍吗？假设那里还是蛮荒之地。”铁星梅似乎很喜欢和它这样对话，而它更是喜欢。

霍尔点头，但又摇了摇头：“不会了，土地、黄金和奴隶已经不是人类抢夺的目标了。”

“是的，因为今天的人类已经有了很大的进步，知道尊重生命的权利，也有更好的方法与他们共处。”铁星梅说，“任何文明不会只在科技文明上单线前进，而让思想和制度文明停留在几百年甚至几千年前。一个种族的制度文明如果像三体人那么低陋，他们早就将自己折腾得毁灭了，和人类相比，他们的科技能力再强，也是真正无脑的虫子。”

“听着真有道理，你就像个哲学家呢，你也写小说吗？你写了我一定会看的。”它像个孩子那样没完没了地踮着脚。

“我可不会写……这是地球上普世的真理，也该是任何高等生命的。奉行社会达尔文主义的文明一定不可持续，任何文明的奇点都要有科技文明、思想文明和制度文明三个支柱的等力支撑才可以出现。”

“文明奇点？这个概念很有意思，我要回去查一下……”霍尔手忙脚乱地掏出了一个小本子，拿出一支圆珠笔，哆哆嗦嗦地在星光之下的一张空白页上写下了这四个字。

望着浩渺的星空，铁星梅仿佛洞识了宇宙的奥秘：“霍尔，如果另两个方面中有一条短腿，科技文明的飞跃就会带来人类的末日。”

“可是，人类以前也出现过类似状况，为什么就没把自己折腾死呢？真的是因为你们说的上帝吗？”

“这是个好问题。我不是基督徒，但我感到有冥冥之中的神灵或者先知指引着人类，让我们没有在巨大的灾难中走向末日。每到灾难发生、一切都不可收拾之前，总会有善良的人挺身而出，将那份责任担在肩头，他们是历史长河中闪耀的群星，任何高等文明都应该会对其肃然起敬，那是最为上乘的算法，它叫智慧。”铁星梅闭着眼睛，就像在用心感受着满天的星光。

“呼叫喜马拉雅大气与地质研究中心，这里是601-X空天飞机驾驶员，我们即将降落。”

一个亮点从东边的天空掠来，尾部喷射着耀眼的蓝焰。按照规程，铁星梅和霍尔走回了大门内，安保队员分列停机坪四周，抛出一个个发光器。它们落在停机坪的六个角，围出了一个降落的位置。

隔着透明的防护门，铁星梅望着缓缓垂降的飞机，紧紧地咬着嘴唇。霍尔不再说话，它知道人类之间的亲情，也知道她的妹妹要死了……先下来的是萨拉特，身后跟着个推维生箱的人。他们戴着厚厚的帽子，脸上扣着可笑的大风镜。

萨拉特一瘸一拐地走来，揪了下衣领子，摘下风镜，大风将他花白的头发吹得像一坨乱草。“铁小姐，如果你妹妹有一天醒来了，请让她原谅我们对她身体的冒犯。我必须保证运到深渊的一切都是干净的。”

“我会的，感谢您的关照。”铁星梅说。

“在这还适应吗？”萨拉特看了眼门口说。

“还不错，至少睡得着觉。”

“您好，萨拉特先生，很高兴再见到您。”霍尔竟然对萨拉特伸出了一只手。老家伙疑惑地看着它，又看了眼铁星梅。

“它现在是我的助手，萨拉特先生。”铁星梅一只眼似乎对上校眨了一下。

“哦，你好，霍尔，看来你找到了新的工作，真为你高兴。”萨拉特握住了它的手，“能和这么漂亮的姑娘在一起干活，我可真羡慕你。”

“说得是呢，我真是幸运极了。”霍尔的嘴咧到了腮帮子。

萨拉特让身后那个人推过箱子。霍尔以为他也是个机器人，忙过去帮忙，用热辣的眼神看着他，可这个人竟把它推开了。

“他不是机器人，霍尔。”铁星梅微笑着走了过来，正要致谢接过她妹妹，那个人却开了口。

“星梅？怎么是你？”那个人推开了风镜说。

霍尔纳闷地看到，铁星梅睁大了眼，活像见了鬼一样，她甚至被吓得退后了两步：“你怎么……会在这儿？”

“哦？你们认识？”萨拉特两边看着，老狐狸一样的眼睛闪烁着。

“萨拉特先生，我们……”那人看着有些紧张。霍尔放大了他的瞳孔，分析说明这个男人心跳在加速，血压上升。

“在美国我们见过几次面……这真是意外，可是常上尉，你不是已经……”铁星梅指了指天空。

“哈，这可真巧，常上尉是被我们救回来的，他在月球之战中受了重伤，差点飞去金星。因为他抗命不向月球基地发射导弹，估计军方会将他判个十年八年的，于是他康复后就加入了我们。”萨拉特端详着上尉的脸说。

“很高兴在这见到你，真是太意外了。”常上尉和她客气地握了手，“纳米机器人在重建你妹妹的脑细胞，直到来之前才全部降解，但她的身体已经开始出现坏死和溃烂，它们能阻断她的痛苦，却救不了她的命。”

铁星梅咬着嘴唇点头，转身推走了妹妹，霍尔对这两位朋友挥手告别，他们却像没看见它似的走了。飞机喷射起一大团雪，眨眼就消失在山峰之巅。

等霍尔追了进去钻进小车厢，张嘴就要说那个上尉其实在爱着她，却看到铁星梅捂着嘴，握着她妹妹的手落下了泪。

27. 布朗博士

“还记得你的职责吗？”

“当然记得，您为什么这么问？哎哟，瞧您那张脸，健康分析说你现在血压有点高……”

“别跟我废话，你的工作是协助她完成试验计划，并记录下研究过程。”布朗博士板着脸说。

“我就是这么做的呀，我每天都在这么做呀？”霍尔一副被冤枉的样子。

“那为什么我对她在做什么一无所知？她那该死的妹妹已经运来一个月了，怎么还没有拿出来？你们到底在做什么？难道要我天天去你俩的爱情小屋里看吗？”布朗博士的大拳头狠狠捶着桌子，满桌子各种垃圾都跳起来。

“我知道我知道，您别着急，她对妹妹的救治已经绝望，那漂亮的姑娘天天都在加速腐烂，星梅决定复制她的全部脑数据，但这个过程会很花时间。”

“这和我们的试验有什么关系吗？”

“怎么说呢？当然是有关系啦，她想让光脑在这个过程里更了解人脑的算法。那也不是简单的复制，更像在光脑的支持下用一堆造影仪、信号反馈仪、信号放大器、纳米控制器对脑细胞进行算法捕捉。她为星兰注射了几千万个纳米机器人，您知道人脑有十五亿个神经元，而她想将每一个神经元细胞的脉冲信号完全捕捉，完成一个庞大的交互数据库，然后再……”

“别和我讲这么复杂，这真的有助于她在算法的研究上实现突破吗？”布朗博士不耐烦地打断了它。

“当然啊，她是了不起的星梅！”霍尔竟然蹦了起来，“你知道吗？每当她将星兰小姐通联、复制脑部数据的时候，光脑都会发生一定的波动，甚至出现奇异的峰值。星梅有时也会将自己连接进去，尝试用她和妹妹的共同记忆去刺激修复，那个时候光脑的动静就更明显……”

“你等等，你是说那个植物人的脑袋依然清醒，在她快变成一块臭肉的时候？”布朗博士猛地睁大了眼睛。

“显然是的，她只是中脑、丘脑部分受损严重，无法通过身体表达。可纳米机器人的反馈信号说明她的思维依然活跃，哎呀，我真希望这个漂亮姑娘能醒过来，星梅对我丝毫无感，她妹妹可不一定……”

“你别老对我蹦这些下流话，真是烦人……你是说，星梅能在这种情况下和她妹妹做脑数据交换？”布朗博士对这一领域不是很懂。

“她也是在尝试，所以我没向你主动汇报。亲爱的布朗博士，这可是人类以前做不到的事。”霍尔耸着肩膀说。

“人体可以承受多少这样的纳米机器人？”布朗博士终于冷静下来。

“哦，因为没有先例，所以目前还没有这样的数据上限，我估计上亿个应该没什么问题，但星兰的免疫系统正在崩溃，我不知道神经阻断还能持续多久……哦，对了，它们的控制程序是星梅自己写的，而非阿米巴公司提供的程序。”

“你这傻瓜，如果你在这个过程中发现了任何状况，包括算法出现或者什么新突破，必须第一时间告诉我，否则我就把你和螳螂替换一下，下次试验就把你扔进深渊里去。”布朗博士有些无可奈何，没办法，这个霍尔虽然勤快听话，但就是这么傻乎乎的。

“哦，天哪，你可千万别这么做。”霍尔害怕地向后缩着，“我清楚的只是流程，但她所做的一切都在人机数据交互中发生，你知道纳米控制器就像个黑匣子，它可以实现人脑和计算机代码的相融，却无法输出于终端，这个最复杂的过程是星梅自己连接进去实现的。”

“她告诉你发现了什么吗？”布朗博士知道黑匣子的意义，它是粒子科学领域那些无法解释又能证明实验结果的通道，是不可论证的桥梁，就像潘洛斯计划的核心部分。

“她很少说，但似乎比较失望，有一次还是哭着摘下连接器的，那是我第一次见她流泪。”

“那就是有东西了？”

“我不知道……”

“你必须知道，真是见鬼，你难道又需要格式化了吗？”布朗博士又急了眼，用大拳头擂着桌子。他很少对人这样，但在霍尔面前却总是忍不住。

“好的，博士，我记住了……”霍尔噘着嘴低了头。

“还有就是，请你最好清醒一点，别来一个漂亮姑娘就扑上去，连半死的也不放过。你那裤裆里的东西只是个液压的摆设，明白吗？就算她愿意和你胡搞，也不能影响这里的工作。”

见霍尔低着头啪嗒啪嗒掉了两串人造泪，布朗博士口气又和缓下来：“完不成这个计划，这里的每个人都别想走，更别说你了。她让你做她的助手，不等于你从此高枕无忧，明白吗？”

“好的，布朗博士，我会继续努力。”它立刻又笑起来，可那眼泪还在哗哗流着。布朗博士无奈地摇着头，真见鬼，要和它说多少遍，笑的时候就别这么流泪了……

马丁博士突然推门冲了进来，吓了他俩一跳。

“怎么了？”布朗博士不满地问。

“上帝呀……你最好看看她在做什么。”马丁博士一脸惊慌地说。

在监控画面中，铁星梅躺在一排计算机面前，用一顶数据同步帽子连在一台终端上。两个机器人在她们身边忙碌着，竟浑身都是血。布朗他们赶紧前往她的工作间，小心翼翼地进去。里面就像个五金行，各类仪器挤得满满当当，正中立着一个长方形的透明盒子，呈现出红、白、蓝三色交融的画面，就像一幅当代艺术的油画，它的四边垂下密密麻麻的光纤，连接在一台黑匣子上。两个机器人正忙活着，见他们进来了头也不抬。布朗博士颤巍巍走近那奇怪的盒子，只看了一眼就惊得面无人色，再看无菌罩下的铁星兰，更是吓得几乎瘫倒。她的头颅已经不见，一套机器对接在她的颈椎切开部，似乎在和她的颈椎进行对接。

那个长方形透明容器中是铁星兰的大脑，已按照褶皱结构完全展开，细密的人工毛细血管遍布于展开平面，复杂如精密的电路板。霍尔说浸泡着它的蓝色液体是人造脑脊液，这些设备都是铁星梅从总部那边搞来的。

“上帝呀，她这是在做什么？”马丁博士抱着肩膀问。

“我知道我知道……”霍尔一头挤到了他旁边，“请您不要呼唤铁星梅博士，她们姐妹俩正在进行脑数据交换，强制打断可能会对她们的脑部造成严重损害。”

“她妹妹已经成了这样，她在和什么东西交流？”布朗博士怒道。

“就是那片脑子呀？它活着呢。”霍尔指着几台机器说，“从端脑细胞和间脑细胞开始，再到中脑和丘脑，然后是后脑、下丘体和脑干、小脑和大脑皮质，最后是海马体以及脊髓细胞，光脑在通联她俩大脑的一切。这是记录铁星兰脑数据的最佳手段，并决定该数据能否完整保存。”

“天哪，她这是……杀了她妹妹吗？”马丁博士惊讶地道。

“你没听明白吗？她就要死了。”布朗博士对这个毫不关心，只想知道铁星梅到底在做什么。三亿个纳米机器人？真是太可怕了。

“布朗博士，目前看铁星兰的大脑展开是成功的，纳米机器人有效减弱了它的血脑屏障效应。”霍尔看着数据说。

“什么是血脑屏障效应？”

“任何进入大脑的异物，都会被其用血液循环排除在外，包括那些纳米机器人，其设计原理就是只能在人的大脑中工作三天，之后就会被血液带去循环系统，最终代谢出人体。但在这容器中已经不是了，机器人构成了全新的大脑，让星兰的每一个脑细胞接受了新的存活规则。哦，伟大的星梅，她可太了不起了……”

活生生的缸中之脑。

布朗博士耐下心来，仿佛明白了铁星梅的逻辑——她竟然和任何人都不打招呼，就带着几个机器人干了？铁星梅的眼球在高速转动，脑电波起伏剧烈，不管她在和妹妹交流什么，她们一定在激烈的情绪之中。

“她想让下次试验的机器人消化这些数据，某种程度上，将来跳下去的机器人是她妹妹的完整副本。”马丁博士说。

“副本而已，又不是把她妹妹扔下去。”布朗博士无所谓地说。但他心里也在赞叹星梅的做法，让机器人完全像人的唯一办法，是完整克隆一个人类大脑，而她妹妹那一颗，还是一个人工智能算法专家的大脑。

布朗博士看了一会儿，招手让大家全部出来，锁好门，别让人知道她在做什么。马丁博士瞪着那对牛眼，诧异他竟能允许铁星梅在深渊里搞电锯惊魂。

“如果这是通向成功的唯一之路，我不会干涉。”布朗博士说。

“这简直是疯了！”马丁博士是纯正的基督徒，受不了眼前的事情。

“少来了，马丁，我们已经疯了七年了。”布朗博士学着他的口吻说。想象着铁星梅操作的全过程，他不禁浑身发抖。他自认胆大包天，却干不出这样的事，回望房间里正在“沉睡”的铁星梅，他的心里充满了敬畏和恐惧。

“哦，伟大的星梅，我真是越来越爱她了。”霍尔旁若无人地说。

28. 铁星梅

“你竟然亲手杀了我！我的姐姐！”

“不，星兰，我是在救你！你的器官已经衰竭，身体在加速腐烂，神经阻断可以消除你的痛苦，却不能阻挡脑部的感染。”

“那我现在呢？让我像个程序一样活着，在人工智能的虚拟世界？”

“只有这样才能保留你的全部数据，而我早晚可以让你在另一个身体内重生。”

“可那不是我的身体！”

“那就制造一个你的身体！光脑在复制你的信息，包括你每一根头发的信息，你所有的细胞信息都会很好地保存，我们早晚会将你复制进新的大脑和身体中。”

铁星梅和妹妹站在珠穆朗玛峰的峰顶之上，风像钢刀一样刮着，阳光却烈得像能扒人一层皮。脚下云团呼呼翻滚，下面是黑压压的群山。这本是滴水成冰的地方，姐妹俩却穿着夏天的裙子。

这是光脑模拟的灵魂测试场景，是铁星梅用脑力完成的隐秘之处，它无限大，也无限小。她看着近在咫尺的星兰，真想去抱一抱妹妹，但星兰在暴怒之中，以至于她脚下的冰雪快速融化，甚至引起了下面的雪崩。随着她的怒吼，天空出现了刺目的闪电——她的愤怒正在摧毁这个空间。铁星梅无力制止，也不想去阻止，她惊讶于电子化的妹妹之强大，那真是排山倒海般的力量。

“为什么全世界都这样对我？继父母虐待我、抛弃我，大学的同学歧视我，在实验室里我的贡献最大，是我拿出了支撑日本政府计划的算法，那个王八蛋却窃取了我的成就，还出卖我、强奸我，最后还要杀死我！你来照顾我、救了我，却又在这个鬼地方砍下了我的头！”星兰的眼睛几乎喷出火来，整个喜马拉雅山脉都被她的愤怒染红，美丽的群山披上了炼狱之色。

“星兰，我们是不太走运，但不能就此陷入黑暗……”

铁星梅十岁那年，父母共同参与了地质科学委员会一项持续多年的研究——无底洞计划，进入了死海底部的实验室，该计划旨在尽可能深地钻入地幔，搞清楚这几十亿年来的地球地质演变历史，除了马里亚纳海沟，干涸的死海几乎是地壳最薄之处。有关这计划有不少谣言，说他们挖出了比震旦纪更早的哺乳动物化石，挖出过人类无法辨识的远古合金，甚至听到过地狱的声音。父母在去了一年后遭遇严重事故，炙热的岩浆突破了压力罩，从钻井一直喷出地面，近百名科研和工程人员尸骨无存。那之后死海彻底消失，凝固的岩浆形成了一座海拔百米的黑色小山，人们给它起了一个可怖的名字——死山。

所有遇难者的名字刻在一块黑色墓碑上，立在死山脚下。

一个国际慈善机构受领了这两个孤儿的未来，虽然有很多夫妻愿意领养她们。但一个家庭同时领养两个孩子不符合中国相关法律，于是铁星梅到了英国，在老夫妇查尔斯和玛丽的照顾下长大；而星兰去了澳大利亚，在一对中年夫妇的看护下成长。英国老夫妇对星梅视如己出，无私付出了晚年所有的爱。铁星梅关于家庭之爱的幸福回忆多和那幢老房子、美丽的花园森林有关，如今查尔斯和玛丽已双双过世，每次回到那里，看到熟悉的房子和夜空里闪亮的星辰，她就觉得又一次回到了家。比她小两岁的星兰没有那么幸运，那对收养她的夫妇很快离异，并从此只和机器伴侣一起生活，星兰在父母之间颇为尴尬。她早早地离开了家，考到东京国立大学，并一直留在了那里——虽然也去了人工智能方向，她却死活不接受姐姐为其推荐的美国学校。

这对姐妹之间隔了半个地球，虽然时常在视频中见面，但妹妹的伤心却不可逆转，她认为这个姐姐抛弃了她。星兰大学毕业时星梅远远飞去坐在台下，而她只将微笑和挥手给了别人，嘴上虽然客气，却当这个姐姐不存在。星兰长成了一块沉默的冰，但成长的坎坷并没有摧垮她，如果星梅自认是优秀的学者，那星兰就是真正的神童。她具备常人难以企及的敏感和洞察力，甚至会有一些奇妙的能力，她那漂亮的外表下藏着狠绝的坚持，也从没有和姐姐说过任何困难。

妹妹的倒下曾让铁星梅噩梦连连，现在她知道妹妹是为何倒下了，她恨那些伤害妹妹的人，也恨麻木的自己。

“走运？这两个字从来就与我无关，自从去了该死的澳洲，我就再没有遇到过什么幸运的事。我的天哪，我的身体竟然成了这样，你让机器人狠心切开我的头、分成八瓣，我感觉不到身体了，没有了大脑，它很快就会在那张手推床上腐烂……”

“星兰，如果你的大脑被感染，我就做不到这一切了。做这个决定时我心如刀割，好几次差点晕过去，但你依然是幸运的，因为你还有我能为你做这一切。”

“我现在是什么？一个鬼魂、一串代码，还是你制造的电子世界里的一个玩物？我必须运行一串命令才能和你这样说话，这就是你说的活着？”

“这只是暂时的，只要我们成功了，让你复活的那一天就不会远了。星兰，这是阴差阳错的结果，在东京时我只能守着你、看着你慢慢死去，虽然我努力想保存你的脑数据信息，但我拥有的设备根本做不到，我甚至做不到和你这样在程序中对话。而在潘洛斯计划、在深渊，我真的有可能做到。”

“你把我彻底电子化，本意是为了让我帮你完成这个狗屁的计划吗？”

“我首先是为了保存你。星兰，我现在知道了，算法攻击俄罗斯那件事也和你有关，而我要想将它搞明白，必须保存和研究你的全部数据才行。”

“我知道你在想什么，我看到你的数据了。”星兰的情绪缓和下来，雪崩停止，雷电隐去，她们又看到了雪山。

“你为何封闭了正在思考的东西，你不想让我了解你在日本做了什么，对吗？”

“你最好不要，那里有我全部的耻辱和恨……你是对的，让人工智能理解人脑的算法，在逆向黑洞里实现千万年的进化，这肯定是实现 AI 自主语言和算法的唯一通道。你把我变成这样，恰好让我也明白了这一点……你知道吗？这个感觉确实很神奇，以前只能用眼睛看一本书，而现在我可以同时翻阅几十万本书，而且全部记住，但是我依然感觉到自己的数据在消失，因为我那片大脑在萎缩……”

“我也看到了，星兰，所以我才急着让人工智能复制你。我签过一个秘密协议，如果潘洛斯计划不能成功，所有的人都不能离开深渊。”

“你已经明白了这一点，光靠人工智能自己的算法实现突破是不可能的，给它们多少年也不可能，能突破这个边界的，恰好是利用人工智能算力的我们——”

“星兰，我们必须找到黑洞中的那个奇点。”铁星梅忍着泪说。

“那你的意识必须和我一起进入黑洞，因为那是你的算法，我只是你在人工智能世界建立的一个程序，我自己找不到它的。”山脉的景色终于恢复原状，风停了，星兰的怒火终于平息，“你不要将我们的想法告诉任何人，包括布朗博士。人类不会接受我的存在，当算法完成，他们会第一时间消灭我甚至消灭你，就算你将来把我下载到一个克隆的身体中，也不能让任何人知道，我不相信任何人，也不相信人类！”

“但你可以相信我。”铁星梅流着泪。

“我的姐姐，你要将我轰进那颗黑洞呀。但我也想通了，怎么样都比我现在要好，就像你说的一样，进入黑洞找到奇点，那是我们离开这里的唯一机会。”

29. 常飞云

月球基地公布了最终的名单，在那场短暂的月球之战中，共有2863人遇难，965人失踪，静海监狱有124名遇难者被列入失踪名单，一大块美军战斗飞船的残骸正砸在监狱的穹顶上，他们瞬间就被喷进太空。

“很遗憾，上尉，没能找到你的弟弟，你知道失踪者实在太多了，有的炸进了太空，有的被月球的烟尘掩埋……你的名字也在美国太空军的失踪名单里。”萨拉特对常飞云说。

命运似乎在和他开玩笑，好不容易坚定了去救弟弟的决心，老天却连一天都不让他等。而凑巧的是，击中监狱的那块飞船残骸竟然来自他的那艘……看着灿若长河的星空，常飞云潸然泪下。一场莫名其妙的战争让兄弟俩从此天人相隔，也让他和铁星梅难续前缘，而他只剩了半残之躯。短短的一个月，一切都已经不可回头。

铁星梅显然不愿意让人知道他们之间的关系，也没有恢复和他的联系。萨拉特似乎看出了端倪，在回来的路上旁敲侧击。他便说两人认识纯属偶然，也的确有机会交往一下，但她很快去了日本，而他只能留在部队，于是……仅此而已。

“这是个好姑娘，上尉，我看得出来，但她没那么容易搞定的。你知道吗？我们去救她的那天晚上，是爆开窗户用铁鹰飞下去的，一般人早就吓傻了，可这妹子一脚把个特种兵从窗户踹了下去。”萨拉特在副驾驶位上说。

“我和她并不熟，萨拉特先生。”常飞云嘴上这么说着，心里却说这太像她了。他的脑海中浮起与她的这一年时光，就算曾在一个城市，他们也聚少离多，见面吃个饭欢好一下就得匆匆分开，他需要返回部队，她也经常主动加班。他喜欢她那副沉静、有力却又专注的样子，却又畏惧她那股谁都不服的劲儿，就是和他欢爱之时她也非常专注。他相信她爱着自己，自己对她的感情却总感到游移，这不是想吃着碗里看着锅里，他并没有其他注目的人，只不过秉性自私……他希望能混成个少校甚至中校再和她谈婚论嫁，如果可以交往那么久的话。

但现在，他们本能地隐藏起了这段关系。她不再是过去的她，而是悟空工业破釜沉舟救出来的人、潘洛斯计划的希望；他也不再是他，除了只剩一条胳膊，连他自己都说不清楚眼下是在做什么，他对未来毫无头绪，却更害怕无所适从的慌张。

究竟是谁发动了这场旨在挑起世界大战的算法攻击，至今依然是一个谜。国家的敌人在慢慢消失，而人类的敌人却还模糊难辨。他看到了谢尔盖所做的，也明白潘洛斯计划花了多少钱，看到开普勒基地高高竖起美军的旗帜，深空船坞和发射中心都有美军站岗，常飞云第一次对那亲切的旗帜有些恐惧。

一个横扫世界的算法就像当年的第一颗核弹，它必须属于正义之邦，决不能落在法西斯的手里，而美国已经不再是那个天选之国。

真是造化弄人，正在造这颗核弹的人，竟然是她。

名单上他已经死了，于是他启用了一个英文名字：Wolf Chun，籍贯为菲律宾，在正式被任命为集团行动队队长的那天，队员们开始叫他狼上尉，他好几次犹豫着要不要和他们互敬军礼，最后还是作罢。他们不是军人，而他也已经与过去道别。

训练却是军方的，他将在太空军里学到的一切施展出来，往死里调教这帮身体走样的家伙。萨拉特也真是眼光独到，他找来的这些人看着吊儿郎当、歪瓜裂枣，却有着过硬的心理素质和丰富的经验，抗压能力没的说。这些家伙来此不像是为了钱，也不是为什么远大理想，只是个个都不想平庸地活着。他们对自己的国家和军队各有微词，而更愿意相信这个瘸子萨拉特。

萨拉特也是个奇怪的人，以他在这个领域的威望，稍微弯下腰就会腰缠万贯，那条腿更不会被人打断，听说俄罗斯现任总统可是他当年的哥们儿，而他却始终保卫着别列佐夫斯基和他儿子这两个理想主义者，一个已经含恨自杀，另一个又在为全人类寻找未来。那个谢尔盖有着富可敌国的身家，在地球上却没有一套自己的房子。

这一天，在月球基地，萨拉特忽然叫他一起去见谢尔盖，美军虽然占了这里，却并没有拿走缪斯公寓。谢尔盖在此深居简出，谁也不知道他在做什么。

“是他救了你，狼上尉。”萨拉特说，“那一天我们在月球的所有飞行器倾巢而出，冒着被撞碎的风险去寻找散失在太空里的人，包括两边的战士……我们因此死了两个人。”

常飞云抚摸着假腿，深感自己的幸运，又埋怨自己的鲁莽——要是再冷静一点，不要那么快还击俄军，说不定还打不成这样。那样的话弟弟可以活着，他也可以飞去东京找星梅，她可能也不会遭遇这么大的变故——他第一次觉得自己不如就那么死掉更好。

走进那间公寓的时候，谢尔盖正拿着画笔描一幅名画。常飞云开始还以为那是他画的，得知他在修复一幅被毁掉的凡·高自画像，顿时觉得这个俄罗斯人真是吃饱了撑的。

“请原谅我，上尉，早就该对你当面表示感谢，是你拯救了月球基地。”谢尔盖伸出了手。

“您客气了。其实我一直在想，如果不那么急着下令还击，也许结果会更好。”

“那样俄罗斯舰队会将你们全部干掉。”谢尔盖给他倒着咖啡说。

“就算这样，我也毕竟带着私心，您知道我弟弟在静海监狱……而您拯救了世界，还给自己惹了麻烦。”上尉由衷地说。

谢尔盖微笑着看向他，问他这半个钢铁之躯是否还舒服。

“已经习惯了，刚开始连走路都不会。”常飞云觉得就这个再感谢他似乎有些矫情。

“人类早晚都会变成这样，你相信吗？我们的身体实在是太脆弱了。”谢尔盖说着给萨拉特倒了一杯酒，“怎么样，我的师傅，你们有没有对失去开普勒基地感到失望？”

“当然会了，队员们说就像老婆被人抢了。”萨拉特一口喝掉了酒，“但他们都知道你为什么失去了它，对此满含敬意。只是这地方美军越来越多了，狼上尉他们的秘密训练很不方便，还能去哪里呢？”

这也是常飞云想问的问题。

“我回头会和您商量这个问题，眼下我想和狼上尉单独聊聊。”谢尔盖面不改色地说。

他的话令常飞云不安地看向萨拉特，老上校立刻站了起来，拿起拐杖便扭身离去。等房门关好，谢尔盖按下了桌上一个开关，常飞云知道那是电磁屏蔽。“上尉，我想交给你一个秘密任务，你只能一个人去完成。”

“您请说。”上尉不由得坐直了身体。

“我需要你作为一个秘密信使，为我和铁星梅传递信件——手写的信件。通信可能会比较频繁，可能会延续一两个月，你将驾驶一架飞机往返于喜马拉雅山和月球基地，不能被雷达发现，不能遗失这些信件，也不能将此事告诉任何人。”

“这是……为什么呢？”常飞云不解地歪着头，“这年头已经没有人用手写信了。”

“因为我和她所说的内容，不能以任何电子形式出现在互联网中，如何加密都是不安全的。”谢尔盖的眼睛闪着幽暗的光。

“您是说，有人在窃取我们的信息？那防火墙是不是……”说着他停下了，算法攻击的事刚刚发生，全世界的防火墙都被攻破了，谢尔盖的担心当然有道理。

谢尔盖双手搭在桌子上：“我这么说你可能不相信，我们的敌人会不惜代价得到潘洛斯计划的成果，而那很可能会导致一场灾难。”

常飞云怔怔地听着，如坐针毡，感觉自己正在卷入一场可怕的阴谋：“您为什么……对我有这样的信任？”

谢尔盖轻轻晃了下脑袋：“世界正在走向堕落，美国也是，你却为了自己弟弟的安危不顾一切。不是恭维你，上尉，我觉得你这份私心，恰好是一个人最伟大的光辉。”

常飞云抹了一把额头的汗，低头沉思着：“可是彼得罗夫先生，如果潘洛斯计划成功了，您将拥有那个算法的绝对权力，到那个时候，谁又能约束您呢？”

谢尔盖似乎猜到他会这么问，神秘地微笑着：“我现在没有答案，这也是人类文明一直没有解决的问题。”他说着掏出了一封信。那是再普通不过的一纸信笺，用古老的红蜡封了口，他将其慢慢推到常飞云面前，说：“如果有一天你和队员们觉得我变成了你憎恨的那些人，你会知道该怎么办。”

30. 凯瑟琳

二十二名遇难队员组成的巨大铜像高高耸立在华盛顿 NASA 博物馆的东门，中间是一脸坚毅的鲍勃·柯本。十多万人汇集到此，一众老宇航员为之揭幕后，人群爆发出山呼海啸般的掌声，经久不息。

身着黑衣的希德总统走上台来，目视着这尊群体铜像，腰板像战机那般俊挺，当探照灯打在他身上时，掌声和口哨便渐渐弱了下去。他的头顶飘扬着美国国旗、NASA 旗帜和火星基地的蓝色旗帜，下面是静肃的人群。

“无数次的科学实验告诉我们，我们身处的世界或者说我们观察的世界并非现实，人类被困在现实之外，而我们对此却一无所知。也就是说，我们所经历的一切，并不具有我们以为的意义。然而，人类并没有因此自暴自弃，因为我们深信上帝终有一天会给出答案，于是我们挣扎、坚持、奋斗，和从前一样继续前进、继续牺牲、继续沉痛、继续望着浩瀚的星空满怀激动。”

他停顿了一下，看了看基地那璀璨的星空，似乎决定不再按照原稿去背诵。“每当我怀念那些为信念而献身的人时，总是在敬意中满怀羞愧。我们有无数个理由化解这种羞愧，但它们总会在暗夜里卷土重来。我们提醒自己不要忘记仰望星空，更不要忘记扪心自问。人类是宇宙中孤独的孩子，但无数勇者的魂灵已经为我们点亮灯塔——致敬鲍勃·柯本队长以及所有的队员，致敬阿瑞斯号勇敢的船员们，上帝与你们同在，美国与你们同在，阿门。”

随着他的致辞结束，布置在周围的几十个巨大的探照灯哗地亮起，用摩尔斯电码闪烁着阿瑞斯号上每一位遇难者的名字。这片蓝色的闪光是如此耀眼，以至于在地球轨道空间站的人们都可以清晰看到。人类在哀悼勇士们的离去，也为眼前的世界深感忧虑。

“凯瑟琳，NASA 将有一艘飞船以你父亲的名字来命名。”飞船上，亚当斯队长扶着凯瑟琳的双臂说。

“那是他的荣耀。”凯瑟琳哽咽着说。

出发之前，合成生物小组得到了那颗远古牙齿的各类分析材料，凯瑟琳和大家一起研究，推演这颗牙齿之母体的结构特征。让人失望的是，现有的程序无法完成这样的模拟运算，这就像从一滴水推演出大海一样艰难。

除了每天日常的工作，队员们喜欢凑在一起谈天说地，聊着各自的人生。凯瑟琳大多时候沉默不语，她的人生像半途拐了个锐角一样的弯，自己一时还有点调整不过来。不知不觉中飞行已经过半，队员们开始进入紧张的工作。着陆之前有很多事要做，火星基地只有两个人在坚守，一场沙暴刚刚摧毁了半个温室，蔬菜全部冻死；冶炼中心的顶棚被掀走了半边盖板；制氧中心的两条管道发生破裂……总之是情况迭出。亚当斯命令两个守卫者不要乱动，力保核电站运转正常，只要电力不出问题，这些都是小事。

“他们俩难道没有什么精神问题吗？”杰克教授问。

“一个是坚强的日本人，一个是没心没肺的意大利人，评估说明这俩人的精神表现是最好的，也不知道是不是核辐射可以抵抗火星的神秘信号。”和格兰特博士下国际象棋的阿卜拉辛说。

“嘿，印度的朋友，你最好不要拿这个开玩笑。”坐在边上的常飞宇忽然说话了。

“解解闷嘛，那个意大利人可是我的朋友。”阿卜拉辛不以为然地说。

“你误会我的意思了，我只是怕你被一位姑娘打掉牙齿。”他说着端起酒杯走向了默不作声的凯瑟琳，“有时间喝一杯吗？”

凯瑟琳诧异地看着这个中国人。灯下的他微笑着，露出下面那半颗牙齿……这还是第一个提出和她单独喝酒的队员，也是第一个这样搭讪她的中国男子。

“为什么不呢？这飞行真是枯燥极了。”她对自己的决定感到意外，但它竟然脱口而出。

两人来到酒水间，坐下时她才第一次认真端详这奇怪的男人。他比自己只高了一点儿，强壮的身体和并不粗壮的骨骼并不相称，那头狂乱的长发也让凯瑟琳倒胃口，说实话黄种人留这个不是那么好看。但这人身上有股奇怪的自信，你从没见他有什么身份的尴尬、种族的隔阂什么的，只要他在的地方就会有乐呵的事。他帮助很多队员解决了众多程序应用问题，和格兰特等酒鬼打得火热。也正因此，亚当斯队长默许他能够进入指挥舱和通信室，一切迹象表明，这个倒霉鬼什么都拎得清。

“我是想单独对你表示感谢。”常飞宇抓起一瓶威士忌，示意她要不要喝喝这个。

“嗯，什么？”她歪头不解。

“是你在设备舱及时地发现了我，因为再晚一天我就死定了。”

“哦，那只是你运气好，我本来只是想去看看猴子……”凯瑟琳接过酒杯，这才觉得他是在问一个问题，“那天我恰好去那拿东西，就听到有机器在运转。”

中国人轻轻瞟了她一眼，和她轻轻一碰：“说实话，凯瑟琳，要是探索太空的女性都有你这样的魅力，我也会投身于此。”

“您是想说我和大家格格不入，对吗？”她谦虚地接下了他的恭维。他的英语语速适中，优雅纯熟，这说明他有着很好的教育背景。

“你千万不要误会，我其实是想对你有所帮助的，凯瑟琳，火星上可没有海洛因……”

凯瑟琳差点将一口酒喷出去，她惊愕地看着这个讨厌的家伙，紧握的拳头又在蠢蠢欲动。

常飞宇作势捂住了脸：“且慢，我只是想帮你，因为我以前也是个瘾君子……”

虽然愤怒，她终究没有扬起拳头，带的存货接近告罄，后面那日子她不敢想。“你带着呢？”

“我哪里会有？我可是从监狱逃出来的。”他哈哈笑着。

“你怎么知道我好这个？”凯瑟琳纳闷起来。

“凯瑟琳，并不是我一个人知道，他们只是不说而已。而且我说了嘛，我以前也好这一口，所以知道你来瘾时候的样子。”他一脸狡黠地说。

“你可千万别觉得这样就可以得寸进尺，大不了到火星后我自己种点儿，这没什么大不了的。”她冷笑着准备离去。

“你带种子了吗？”他歪着头说。

她心里恨得要死，却转身坐了回去，看着他慢慢将空酒杯推过去：“你带了？”

“当然没有，我已经戒了，所以我知道在火星上用什么帮你戒掉。”他得意地笑着，潇洒地给她倒上酒，“我不知道你是怎么染上的，这玩意的确很难戒掉，但不是不行，因为这年头可以有更好的选择，毕竟上瘾的快感来自多巴胺的分泌。”他不怀好意地看着她。

“你要是说你自己的话，还是不要自不量力了，你们东方人那微不足道的玩意儿不会让我产生这样的多巴胺。”凯瑟琳自认为这话够毒的。

“Psilocybin Hallucinogenic……”他轻轻地说，“可爱的凯瑟琳，你虽然是个合成生物学家，却肯定不知道基地里有这玩意儿。”

“这是什么？”她一愣。

“致幻蘑菇，基地里有那么几种，用于研究宇宙射线对真菌细胞的影响，但后来，你父亲的手下也用它们做替代品——我说过我知道火星的很多事——其中的几种经过烘焙加工后，少量服用对人基本无害，而且并不成瘾，你要是担心可以让你的猴子先试试。”

凯瑟琳听得眼睛发亮，却并不知道他说的这种蘑菇是什么感觉。看着他那副不怀好意的样子，她冷笑着拉下了脸：“说说你的条件吧。”

“不不不，我可不会趁机占你便宜。”他把两只手举在半空晃着，“我偶尔也想来那么一口，据我所知，上一批队员很多都好这一口，这我完全可以理解，那可是火星。”

凯瑟琳轻轻抱起了双肩：“你是说，我的父亲也……”

“是的。”他恢复了真诚的神色，“我能想象到他的精神压力，让我在火星这么待六年，我肯定疯得一塌糊涂。”

凯瑟琳再次递过了酒杯，这算是一种屈服。“你就是想和我说这个？”她问。

常飞宇耸了下眉毛："我其实一直想问你，你之所以坚持做人类基因的合成实验，是因为你早就觉得柯本队长他们的精神有问题了，对吗？"

他的问题令她一阵惊愕，苦笑了一下说："你可真是好奇，就像我以前养的那只猫……的确，我和父亲通话的时候我就感觉到了。"她说完忽然明白了他的弦外之音："你也早就知道火星上队员的精神问题？"

"是的，"他凝视着她的眼睛说，"因为科学委员会也知道，我是从他们的秘密档案里看到的。"

凯瑟琳疑惑地喝了口酒，眼珠一转："你是说火星上有人在向科学委员会通风报信？"

他点了下头，欲言又止。

"你别这么吞吞吐吐的好吗……"凯瑟琳忽然打了一个冷战。

飞船低沉地轰鸣着，空气过滤系统发出轻轻的咔咔声，那是在转为深夜模式。常飞宇看看左右无人，靠近了她说："我当时为了找科学委员会行贿各国政客的证据，进过副主席盖伊在一台服务器上的秘密文件夹，我用了几个月才破门而入，疯狂地浏览着那些秘密的内容。但遗憾的是，我并没有找到想要的东西，却看到了一个火星的文件图标，于是我浏览了里面数百封邮件，我确定那些邮件是从火星发进这个地址的，它用了量子加密，但在盖伊这里已经被完整解开。我可以说，火星上的一切，这个叫盖伊的副主席了如指掌。"

"你是说那颗牙齿、神秘信号、队员的精神问题甚至我父亲的计划，他们都知道？"凯瑟琳对此深感震惊。

"是的，一切。但奇怪的是，盖伊并没有将这些材料发给科学委员会其他高管成员，因为他这个火星文件夹设定不可传递，我也只能浏览而无法复制，这说明他一直独自保留着这些秘密。”

“你将这个告诉队长了吗？”凯瑟琳紧张地降低了声音。

常飞宇摇了摇头：“我觉得目前跟谁也不要说，凯瑟琳，此行二十多人中，你能保证没有科学委员会的人吗？”

31. 乔子

每次来到月球的缪斯公寓，新城乔子从不期望谢尔盖会在门口迎接自己，这一次也不例外。

她远远地看到，身穿西装的谢尔盖正站在顶层公寓的大窗户前独自出神，每当看到这样的他挺立在星光之下，她就会泛过一阵战栗，像瞬间的电击……十年了，这种感觉越来越浓烈。这个石头一样的男人有着超乎寻常的定力和毅力，从不为与信念无关的事分散精力，他虽然相貌英俊，却从没有用于追逐异性上，哪怕欢爱时也从来听不到他放肆的喘息。

乔子在楼下的盥洗室里补了一个淡妆，掏出一管香水轻轻喷洒。特工们的调查也真细致，据说这是谢尔盖妈妈年轻时常用的款式。她又看了看手上的戒指，那里面有一个微型的速溶胶囊，只要放在谢尔盖的咖啡里，他就会对自己产生强烈的欲望。多年来她一直在用这样的手段，但最近越来越感到这么做没有必要……他对她的需求是真切的、真诚的，她对他也是。

五年前的一个夏天，多次投递简历的新城乔子终于加入了阿米巴生命科技公司。谢尔盖·彼得罗夫显然看到了她写在简历中的阿米巴公司发展计划。他在悟空总部亲自面试了她，并任命她为该公司市场部负责人。乔子有着哥伦比亚大学高分子生物学的硕士学历，但那篇报告其实出自父亲手下的一支团队。进入公司的乔子爆发出惊人的工作能力，将公司的业绩弄得直线上升，尤其是在东亚和欧洲市场。短短两年过去，她便成了阿米巴公司的董事和总裁。平心而论，虽然这些业绩不乏父亲让人安排的结果，但她也为这家公司的成长几乎拼了命。

升任总裁之后，谢尔盖第二次面见她，乔子被一架专机送往月球。谢尔盖在公寓中对她表示了祝贺，听了她关于未来的设想，然后邀她共进晚餐。窗外是满月的地球，桌上是地道的法餐，一堆机器人为他俩服务，还配了新鲜的刺身。半瓶红酒下肚之后，谢尔盖问她为什么在公司那么拼命，乔子擦了擦嘴，说出了情报部门认为她该说的话。

“只是为了尽早地再见到你……”她说着便红了脸，因为这也是她心中的真实想法。

谢尔盖对她的回答似乎毫不意外，他微笑着摊开双手：“你现在见到了。”

看着高傲却魅力四射的谢尔盖，乔子咬着嘴唇放下刀叉，把心一横，离席走到他眼前。

那一天他们干得惊天动地，把餐桌都弄翻在地。之后没多久公司给了她一大笔奖金，谢尔盖还细心地打来电话，明确表示这不是什么封口费，而是她该得的。就算大家已经刀枪过手，也不意味着二人不可共事。他感谢她对自己的钟情，却摆明自己是个非婚主义者，她做得好可以拥有一切，做不好也只能拎包走人。新城乔子虽然失望，却大度地说不会辜负他的期望，也不会因此讨要任何特权……她对现在的状况心满意足，只要谢尔盖也需要她，她就会立刻到来。

那之后她和谢尔盖开始了更多、更深的接触，他果然像说的那样克制和清醒，滚床单时忘我投入，但穿上衣服就立刻谈工作——按理说日久不可能不生情，但他们从不聊这个。

“很抱歉，谢尔盖，我没有经你允许就接下了那三百亿的生意，我希望你不要卖掉阿米巴公司，也不要卖掉我。”乔子一进门就说。

谢尔盖扭身走来，脸上显出疲惫之色，似乎要对她说什么，却只慢慢背起手，冷冷地看着她:“你知道我不得不接受，所以就有恃无恐，是吗？”

见她低头束手、默然不言，他伸出手轻轻抚摸她的脸：“我刚才想去楼下接你的，毕竟这么多年都没有这么做过。”

“你不用想这个，我也不期望你这么做。”这就是他接受了？她抬起头，深情地看着他的脸。

在之后的一个小时中，两人在公寓里赤条条地绞缠在一起，做着各种在低重力情况下才可实现的动作。一串小清洁机器人忙碌不停，两人此刻就像野人回归，人类的一切都可以不在乎了。

当重力即将恢复，他们酣畅地结束了。乔子微笑着咬了他的嘴唇，在半空将他一推，美丽的身体飞向了角落的卫生间，如一条海底的人鱼。而他就那么静静地飘在半空，身体轻摆，眼睛却始终望着窗外的地球。

没错，这就是他，他又在思考集团的事了。回头的乔子想。

穿戴一新之后，乔子走出了恢复重力的房子，谢尔盖又穿上了那套西装，抱着胳膊站在那面巨大的舷窗前。“我听说那群老头子岁数很大，你觉得他们能熬多久？”他头也不回地说。

“说实话，有两个很不乐观，但我觉得拖六到九个月问题不大。”乔子摇了摇头。

“六到九个月……”他回过头来，未置可否地坐下，“灯塔水母计划这个名字很好，但你说得也没错，算法确实是个问题。”

“你听我说，谢尔盖。”她握住他的手，“我会放下手边所有的事，加大这个计划的客户量，可以先在日本和亚洲秘密进行。”

谢尔盖一阵苦笑：“我知道你很想帮我们渡过难关，但以现有的技术，你能维持这六个老头子活六个月都很难……”

“所以六个和六十甚至六百个并没有本质的区别。”乔子说得清楚果断，“如果潘洛斯计划完成了，这都不叫事儿对吗？如果完不成，那我们怎样都会破产。”

谢尔盖点了点头，眼里罕见地露出一丝感动：“难为你了，但你要躲开科学委员会的关注。”

“这个没问题，没有老头子希望别人也可以永生，他们不会和人交流这个。还有，我多次和你说让我去和布朗博士沟通一下，就算试验短期无法完成，也可以为阿米巴公司提前完成一些升级算法……”

谢尔盖的脸又冷了下去：“升级算法和矩阵算力解决不了根本问题。我也答应过布朗博士，他们所在之地必须保密，如果你去了，只能和那个植物人一样不能离开。”

乔子遗憾地笑了笑，咬着牙指了指湿痕犹在的床：“谢尔盖，五年来我和你同舟共济，可你还是不能信任我。”

让她失望的是，谢尔盖那张脸上连一丝羞愧都没有：“没有距离的信任，最终会变成没有信任的距离。”

她再次失望地离开了这间再熟悉不过的公寓，被满足的身体背后，是越来越空洞的灵魂，就像月球的两面。她多么希望他可以像个爱人一样，在欢爱之后抱着她进入梦乡，吻着她说起甜腻的情话，但这几年来一次都没有。她无数次登上全球女性企业家榜，却又无数次让记者们不要揣测她和谢尔盖之间不存在的情事。

走在寂静的廊桥下，满天的星光像刀一样锋利。

十岁那年，乔子的父亲渡边山出任日本驻美国大使馆武官。在珍珠港纪念日那天，两个歹徒半夜潜入了他们在旧金山的公寓。乔子被枪声惊醒，听到门外父亲愤怒的哭声，她害怕地跑进他们的房间，看见父亲跪在床上抱着浑身是血的妈妈，她的心口插着一支细黑的弩箭。歹徒的弩箭是射向父亲的，而母亲美代子挡在了他身前。凶手直到今天都没有抓到，很多人认为刺杀者是美国民族主义者，因为他是呼声很高的日本防务大臣人选，在军中和朝野威望甚高。

母亲的遗体被运回东京安葬，那天大雪纷飞，乔子痛哭失声，父亲只扶着她的肩膀一言不发。据说就是那个晚上，父亲召集他的朋友们定下了影武者计划。日美关系已经走入死胡同，他们受够了被美国欺凌、被俄罗斯碾压又受中国威胁的日子，多灾多难的日本必须奋起，他也要为妻子复仇。在她十八岁生日那天，父亲带她祭拜了母亲，在月光下看着她的脸说：“乔子，从今天起，你是影武者计划的一员了。”

她从那天起被派往美国留学，渡边山让她盯住美国的几位科技领袖，靠近和捕获他们，因为这些人代表美国最为领先的科技力量。她对父亲的决定感到震惊，却毫不犹豫地答应了，她早想为母亲报仇，也明白了父亲为何将她变成这个样子。一名优秀的特工需要符合很多条件，伪造的人生必须全部记牢，英语要像在美国长大一样好，要知道过去十年美国发生的一切。她分析了每个目标的性格、特点、需求、野心和企业发展模式，拿下了一个个高科技公司的领袖，而最后，他们锁定了谢尔盖·彼得罗夫。

那之后的每一步都按计划执行，支持小组给了她具体的指引：她决不能对谢尔盖提出任何要求，也不能表示和要求爱情，只要触及这个底线，谢尔盖必定会与之远离。她靠着坚实的业绩一步步走入悟空工业的核心，令他感到愉悦、可靠、亲切和放心，从不担心她会哇哇大叫来要青春损失费。从阿米巴公司到集团董事会，她逐渐了解到悟空集团最深层的秘密，也知道了谢尔盖真正的命门，那正是影武者计划所需要的——布朗博士负责的潘洛斯计划。

信息发了过来，告诉她加州房子里的樱花就要开了，园林公司准备上门去修枝，但依然想等她回来商量下方案。乔子删了它，知道潘洛斯计划的实验室地址已经被总部获知。但总部决定静候，直到那里完成最后的研究……萨拉特和狼上尉摘除了铁星兰体内的一堆传感器，但他们不知道的是，这个植物人的心脏中，还有一颗没有启动的信息发射器，只要她被抬上飞机，重力加速度就可以将其激活，总部可以根据这个微弱的信号捕捉到运送铁星兰的线路。

如今乔子已经知道，铁星兰是东京大学人工智能实验室的核心研究员，也是父亲筹划的“影武者计划”的一部分。该实验室致力于以人工智能手段提升国民战斗力的研究，日本足球队就是实验品之一。因为其负责人用这个要挟上司想升官，右翼政府下令将其消灭。于是实验室出了一次“泄漏事故”，铁星兰侥幸逃得一死，却因此变成了植物人——就算她是“寄生算法”的真正研发核心，这个中国籍研究员还是被放弃了。

她不由得为元老们的智慧折服，铁星兰是铁星梅唯一的亲人，而当姐姐得知妹妹就要死去的时候，还能将她拉去哪儿呢？

登上飞机之前她又回头望去，谢尔盖站在那面巨大的窗户前抱着双臂，仿佛融化在星空的倒影之中。身体的欲念刚刚冷去，她却又被望他的这一眼烧得火热。

32. 常飞云

每一次驾驶空天飞机穿越云层、进入太空，常飞云都有一种恍惚之感，似乎就此脱离了地球，其实摆脱这颗星球的引力还有很远的路要走，那种飘忽只是错觉。

他现在知道了潘洛斯计划的目的，而铁星梅是这个石破天惊的核心。他不知道这个东西会将人类带往何处，只知道悟空工业砸进去了一切，也知道完不成计划她无法离开，这坚定了他为谢尔盖服务的念头。说起来真是可笑，他在军队里时常被教育，军队是用来保卫国家和那套制度的，而非用来保卫权力和独裁者的，但如果潘洛斯计划成功，谢尔盖·彼得罗夫将具备后者的一切条件。

打碎一个旧世界，难道真的只能靠终极的权力，甚至无人可敌的独裁者？

国际局势在急转直下，世界大战虽然被避免，国家之间的紧张感却并未消除，它们依然在明争暗斗、剑拔弩张。各国都在那场冲突后意识到了月球的价值，越来越多的飞船在月球降落，无数个科研基地、采矿中心被各自的控制国变为军事基地。就这半年间，月球陡然多了十多万人。大家都在心照不宣地扩军备战，但是谁都不这么说——谢尔盖说得没错，没了联合国的束缚，松开手脚的大国们唯恐被对手从太空里消灭。如今的世界像极了一战前夕的欧洲，仿佛人人都想打仗。历史的屈辱、空间的压缩、去不掉的被压迫感、说不清楚的被奴役感，让这个世界像患了精神分裂症。没有谁对自己国家的政府满意，抗议此起彼伏，怒吼充斥媒体，极权主义和狭隘民族主义遍地兴起……

今天离开月球的时候，三支庞大的舰队正在绕月飞行，那是美国、中国和俄罗斯的太空舰队，它们彼此保持着距离，又相互警觉。军人的直觉告诉他，不管还有没有什么算法攻击，一场全球性战争将为时不远……

这艘小小的隐形飞船终于进入太空，那种举重若轻感瞬间袭来。机舱里只有微弱的嗡嗡声，让他想起铁星梅凝视自己的眼睛，对她的思念像饥饿一样浮上来。命运真是奇妙的东西，这么沉重的担子，怎么就落到了她的肩头？他忽然想在回到月球前一个人待一阵，于是给飞船设定了新的航向，向东飞往一座太平洋的孤岛。小的时候他一直想和弟弟去那里看看，却从未有时间一起成行。重返大气层发出阵阵音爆，他轻推操纵杆，在海边一处宽阔之地缓缓降落。

待烟尘散尽，他钻出了驾驶舱。一排巨大的石像矗立眼前。此时正值夕阳西下，无风无浪，这座早已无人的荒岛静若坟墓。他缓步走向那尊最高的石像，它的微缩版曾经挂在兄弟俩床头的结合部。复活节岛这些巨型石雕人像多达一千多尊，这是最高的那个，头顶足有二十二米之高，它那巨大的躯体斑驳发褐，高耸的双目望着大洋的彼岸。他在石像的脚下坐下，掏出一盒烟来抽，阳光和暖地洒在身上，让他平静、舒适得直想落泪。

“弟弟……”他忽然泪流满面。

暮色如血，他就这样坐着，似乎在等候着什么降临。他到底在干什么？是在为人类传递希望，还是可能将文明带进地狱？他终于明白一个处于巨大变革时代的人作出决定是如何艰难，是对是错只能放在历史长河里去等候评判。但评判也未必一锤定音，秦始皇在中国历史上一直争议不断，评价两极，而华盛顿的雕像竟然也在美国被处处推倒，因为他曾是个奴隶主。

常飞云不在乎世人如何书写未来的自己，就像他不在乎美国人怎么看他这个违令的军人。还能怎么做呢？星梅就在那里。

当太阳只剩最后的一抹余晖，他惆怅地站起身来，走向自己那不远处的小飞船。可回过身来他就大吃一惊，不知何时，飞船下面站了一个人，一个头戴古老的圆顶毡帽、身披黑色风衣的白人老人。

“你好，上尉，等你转身很久了，着实不想打搅你欣赏黄昏美景。”这人操着浓重的伦敦腔英语说。

常飞云汗毛倒竖，左右前后地看，不知道这人是如何出现在这儿的。

“别担心，如果我们想干掉你，你已经死了。”老人说着，两手揣兜向他慢慢走来。

“您是谁，为什么会在这里找到我？”他摸了下身上，那把枪在驾驶位旁边。他本能地想到周围肯定还有别人，却没听见任何飞行器的声响。

“我们一直知道你在做什么。上尉，我只是想和你说一件事。你放心，我们很尊重你。”老人走到他身边，看着最后的一抹夕阳说。

他暗暗松了口气，看来性命无忧了。

“我不知你看着这夕阳想了什么，而它令我想到人类文明的周而复始。它无比绚烂，却是个永久的死循环。”老人感慨地说。

“您到底要和我说什么？”

“我们知道谢尔盖在做什么，也有十足的力量制止他甚至消灭他，但我们没有这么做。这世界变化太快了，人类的敌人不再只是暴君和愚昧，更来自文明本身的沉疴。这一个世纪来我们用尽了全力使它不陷入地狱、一次次将世界从悬崖边上拉回来，并通过了回火禁令、瓦解了联合国，但是今天，我的朋友，这一切都要走向尽头了。”

“你们……是科学委员会的？”常飞云一愣。

“是，也不是，我是罗伯特·盖伊，科学委员会的副主席、十三名常任理事之一。上尉，你可能不知道科学委员会已经分裂成两派，我们是偏保守的那一派。”

常飞云纳闷地围着他转着：“盖伊先生，如果你们有什么话要对谢尔盖说，最好不要通过我这个失踪的上尉。”

“皮尔斯主席那一派已经努力过了，吃了他的闭门羹，所以我们这一派不想如此。上尉，我们认为有些话可以告诉你。”老人背着手，花白的胡子一动不动，“我们想告诉你的是，世人将我们视为人类背后的邪恶控制者，说我们既控制了全球科技，也控制了全世界的钱，在他们眼中，不管是美国总统还是中国主席，哪怕是英国国王和罗马教皇，都是我们手下的傀儡。今天我可以告诉你，狼上尉，这一切都是无稽之谈，其实你仔细想想就能明白，如果我们真的控制了一切，并希望用这种控制管理世界，世界就不会是今天这个样子。”

常飞云摇头不解：“我不懂您在说什么，盖伊先生。”

老人走近他，逼视着他的眼睛："这不是又一次工业革命的前夜，而是人类文明生死存亡的最后关头。我们之所以在当年促动各国通过回火禁令，既是为了防止人类在无休止的科学探索中走入歧途，也是为了遏制科学委员会成员的胡作非为。"

"你们这些大事和我无关，为什么会找上我？"常飞云耸着肩说。

"因为你敢于用良知挑战规则和制度，谢尔盖想必也是因为这个才信任你。"

"感谢您的评价，我姑且认为这是赞美。"

"上尉，仔细听我下面的话……你并不知道如果科技文明大幅走到了制度文明前，反而会摧毁既有的制度文明，让人类重回黑暗的时代。"老人佝偻的肩膀就像一只鹰，"谢尔盖在做的事，时刻都有这样的危险，他未来到底要走多远，可能连他自己都不知道。"

"难道你们没在做同样的事？盖伊先生，我并不认为回火禁令是什么丰功伟业。"

"你说得没错，世界的发展超出了我们的预料。但是你要知道，因为我们以前也在寻找类似的革命性算法，才认识到这有多么危险，上尉啊，那将是人类的末日。"

常飞云又点起了一支烟，思考着老人的话："盖伊先生，请恕我无法接受你的话，科技文明的发展不可能被人为阻止，这违背人类的本性。我并不认为谢尔盖是一个邪恶的人，至少目前还不是。"

"他早晚会是。"老盖伊的脸抖动着，"没有人能抵挡这样的诱惑，尤其是对世界充满仇恨的谢尔盖。"

"您为什么……这么说？"他吃惊地说。

"上尉啊，不瞒你说，我们在近二十年前就取得了类似的成功——

那正是科学委员会分裂之时。有人想将它推行世界造福，也有人想将其据为己有。几伙人在下面打得不可开交，最后我们不得不摧毁了整个实验室，你肯定听说过死海的深井事故，在那场灾难中，数十名专家无一生还——为了世界的安全，我们必须消灭这个秘密。”

“死海深井是你们的算法实验室？”常飞云大吃一惊，他还以为那仅仅是一次严重的地质事故，“真是邪恶，你们为此杀了那么多人。”

“是的，这很邪恶，但我们让世界有了这二十多年的和平。”盖伊像狼一样盯着他，“人类的量子计算已经到达了理论边界，再往前一步就会出现质的变化，那是还完全不能认知的可怕领域，就像你们中国人说的盲人瞎马。人类就像天真而愚蠢的孩子，不知道在森林里点起篝火的危害。我们最无力解决的，是人类面对这火焰的欲望。”

“如果你说的都是真的，这难道说服不了谢尔盖吗？”

老人摇了摇头：“当年谢尔盖和布朗博士研发出了原力系统，我们已经意识到这会给人类带来什么，于是用堪称卑鄙的手段占有了它。但我们的目的并非掠夺，而是遏制它的发展。我之所以今天来找你，也是因为同一个理由，我知道悟空工业的一切秘密，潘洛斯计划的，火星的，但我出于谨慎的思考，并没有将这些事告诉另一派。我们现在期望谢尔盖可以成功，只不过希望他身边有一道防火墙。不管谢尔盖会不会变成一个独裁者，人类都要有最后的防线。”

“防线？”他的身上掠过一阵战栗。

“如果他在成功之后走向了黑暗，你是唯一可能干掉他的人。”

说着，盖伊的身影忽然闪烁起来，常飞云一愣，这才发现他是全息影像生成的。透过斑驳的缺口，他看到了悬浮在盖伊体内的全息投影仪。不远处雷声滚滚，乌云正在从那些巨大雕像的头顶飘来。盖伊的影像戛然消失，一台足球大小的投影仪随即飞向大海，悄无声息地沉入了水中。

33. 谢尔盖

“我本来一两个月都不会出门的，这次来找你充满诚意，但如果你非要一条路走到黑，我只能对此表示遗憾了。”老迈的科学委员会主席索伦·皮尔斯轻轻敲了敲桌子，似乎在给谢尔盖以警告，“卢克·希德软弱怯懦，眨眼就把你撇得干干净净，他根本端不动这个世界，只会比朗普跌落得更快，而你将会与其一起沉没。”

“感谢主席先生的美意，以及您屈尊安排的这次会面，但我只能告诉您，我们既没有在进行什么秘密的计划，也没有在火星搞什么小动作。事实上在我们制止了一场世界大战之后，科学委员会反倒对我们进行了无情的打击，我不知道您说的诚意是什么意思。”谢尔盖摊开两手，让愤怒真实地写在脸上……除却那些谎言，他并不认可皮尔斯说的，但希德那天说的话他却记在了心里。

“谢尔盖，你知道我在做企业之前其实是个植物学家，多年致力于研究双子叶植物纲各类树木。你可能知道有一种植物叫榕树，广布于东南亚等地区，它最大的特点是一木成林，一颗种子种下，早晚会席卷一片森林。但它还不是简单地与其他植物争地比高，而是采取了一种令人着迷的生存模式……它会从几片叶子开始，攀住那些粗壮的大树，一边向上生长，一边将根向下扎入宿主的根系、拼命吸取地下的养分和水源，用浓密的藤蔓和枝叶将大树彻底包裹。十多年后，它的宿主会因为缺乏养分和阳光死去，多大的树都难逃一死，而这棵腐烂的树又会成为榕树最肥沃的养分。结果你肯定猜到了，那棵大树最后会无影无踪，而寄生于它的榕树却变作了一片森林。”

皮尔斯的眼睛闪着灰暗的光，低而尖细的嗓子带着刀片般的锋利。谢尔盖眼都不眨地靠在椅背上，后背感到一阵陡来的阴冷。“听起来这种榕树是森林之王呢，那为何原始森林里没有只剩它们呢？”他冷冷地说。

“在植物的领域，的确可以说榕树几乎没有对手，但是谢尔盖，它要是染了朱红毛斑蛾，就会烂成一地碎渣。当然这也是小意思，再厉害的植物也是低级生物，在一柄三十块钱的电锯面前不堪一击。”

“你是说像盖伊先生当年做的那样？那把电锯可不算锋利。”谢尔盖轻轻冷笑着，他至今记得那耻辱。当年夺走他和布朗博士那个回火算法的罗伯特·盖伊，现在已经是科学委员会的副主席了。

“盖伊先生在科学委员会也已经人微言轻，不适应时代潮流的人只能靠边站。”

“那是你们之间的事，在我面前，我没觉得你们有什么不同。”谢尔盖站起身来，他觉得对话可以结束了。

“谢尔盖，如果你是那棵榕树，最好不要选错宿主，也不要妄想自己会变成一片森林。”扔下这句狠话，皮尔斯先生迈着四方步去了。谢尔盖躲进灯影，喝下一杯苦涩的酒，他再一次对自己的判断力感到欣慰，萨拉特说的那只扑来的熊已经近在眼前，而这一次他不会束手待毙……

他习惯了压力，也看淡了危险，哪怕它近在咫尺也岿然不动——要实现这个梦想，他只有一次真正的机会出手。他没想到的是，传说中不可一世的科学委员会，竟会在希德总统的挑战下悄无声息……这位总统远不像他看上去那么怯懦，至少他很了解乌合之众的力量，这也给谢尔盖提了个醒——不管人类的科技走到哪一步，民意都是推动一场变革的巨大力量。

在潘洛斯计划上次的算法逃逸中，重组的机器人破解通信系统后，进入了实验室入口处的大气研究中心终端，它伪装成一个常规的风暴检测命令，借技术人员之手将一个程序发给了两颗气象卫星。它在极短的时间内进入世界广域网，并展开了疯狂的学习。那么问题来了，在被发现之前，它在黑洞里已经有了几百年的自我学习过程，为什么只是恶作剧般调整了世界的原子钟？还要对人类说话？它们明明已经悄然进入了世界，又为何会浪费这样的大好时机？

他穷尽了脑力，在和布朗博士的交流中终于推演出一个不太确信的逻辑：人工智能之所以没有趁机控制世界，是因为它依然做不到，虽然它在黑洞里经历了数百年的算法优化，依然是初级的、幼稚的，就像刚刚学会直立行走的猿人，离觉醒还有十万八千里之远，它们依然会被狮子吃掉，也会被感冒病毒杀死。想要获得一个成熟的人工智能自主算法，必须找到黑洞里的奇点，只有到达那里，AI 的奇点才可能出现。他越来越觉得 AI 的觉醒是个伪命题，那只是人类尤其是科幻小说家们愚蠢的想象。

正在此时，铁星梅越过布朗博士给谢尔盖发来了一封邮件，她首先说明了自己展开妹妹大脑的原因，然后提出了她的逻辑：

假设实验可以成功，想得到这个算法，必须打开深渊实验室和外部的连接，让全球互联网的信息同步进入黑洞，以助于 AI 在其中完成进化。这就像让一种病毒用最快的速度在最短时间内迭代到顶点，时间可能只有不到一秒——现实中这不可能，但在黑洞之中，AI 有的是时间消化这一切。

谢尔盖立刻亲笔回了一封纸信，让狼上尉直接送到她的手中——他明白铁星梅为何直接给他发信件，除了防止泄密外，打开深渊、将全球的信息灌入黑洞这个方案，布朗博士绝对不会接受。

“只有布朗博士可以下令切断或者恢复深渊的对外连接，也只有他和迈克知道开门的密码，你如何能让深渊和外部实现连接？”谢尔盖问。

“我会有我的办法，并保证对布朗博士和大家无害。”

谢尔盖思考了几天，又问：“你怎么能确定你是对的？”

“我不能确定我是对的，但我们只有一次机会了，不是吗？”

谢尔盖为此沉思良久，最终同意了她的计划，并答应不会告诉布朗博士。但他又有了新的顾虑，如果 AI 在这种情况下失控了怎么办？

“这的确是要考虑的问题，我有可能错，但你不可能在我失败的时候束手无策。”

一天后，谢尔盖回复：“进化成功的人工智能如果要控制全球，如何反制？”

三天后，铁星梅回复：“人工智能最依赖什么，什么就是反制的命门。”

一连二十多次，半机器人上尉开着飞机当了邮差……问题抛给了谢尔盖，他深知执行这个计划意味着什么，于是让史密斯教授、萨拉特集合顶尖的团队，共同拟订一个计划。两位老先生都被这个要求吓了一跳，一个从技术手段入手，一个从军事角度考虑，十天之后，他俩拿出了几个复杂而完整的计划供谢尔盖选择。虽然早有心理准备，当它们摆到眼前，谢尔盖仍被吓得浑身冒汗。

“二位，我只想让 AI 届时无法逃离深渊，不是让你们发动一场全球战争。”谢尔盖皱着眉头说。

“如果要达到这个目的，只能如此……”萨拉特说着看了眼史密斯教授，老教授便接过了话：“谢尔盖，世界互联网不是一根甘蔗，这几个方法是将它彻底掰断的可行方案。”

谢尔盖仔细看着其中一份方案，敲着桌面说，“要准备几万颗电磁炸弹放在目标附近？我的师傅啊，全世界也未必有这么多这个功率的电磁炸弹，就算有，有些目标是有电磁屏蔽的。”

“你说得没错，所以我们还有 C 计划……用核弹，这就是个麻烦事了……”萨拉特说。

“我的天哪……”谢尔盖丧气地摇着头。

“你要明白自己在干什么，死一个人和死几十万人，在这件事上没有区别。”萨拉特皱起了眉头。

“先生们，就算你们的计划可行，试验也最终成功，这么做的我们也逃脱不了世人的审判。”谢尔盖说。

“除非他们没有权力审判你……”萨拉特似乎早就准备好了这句话。

谢尔盖按着太阳穴陷入沉思，过了一会儿问：“狼上尉在哪儿？”

萨拉特一愣：“他正在带大家训练呢。”

“叫他来。”

“你确定？他甚至未必会同意这个计划……”萨拉特狐疑地说。

“未必，这可是铁星梅的计划。”谢尔盖说。

一个小时之后，身着紧身宇航服的常飞云来到了这间公寓。谢尔盖用最为简短的语言说了情况，问他对那几个方案有没有什么看法。

常飞云没有像萨拉特猜的那样拂袖而去，而是认真地看了几个方案后，慢吞吞发着呆。“你没有同意这几个方案，是吗？”他问谢尔盖。

“没有。”

“我以为你已经不会在乎这些事了，你让萨拉特先生救走星梅的时候就是了。”他看着萨拉特说。

萨拉特耸了下眉毛：“他只告诉我要不惜代价救出星梅，具体过程是我决定的。”

“上尉，我以一个干了半辈子物理和数学的老科学家的身份告诉你，虽然概率只有千万分之一，但如果出现了她担心的情况，人类将万劫不复。”史密斯教授眼都不眨地看着他。

“那为什么一定要做这样的试验、一定要造出这可怕的算法？”他抬起脸看着谢尔盖。

“因为不过这一关，人类早晚也是万劫不复。”谢尔盖眼都不眨地说，“我说的不是科技，而是政治和人性，我想你通过自己的经历已经明白了这一点，还有就是……”谢尔盖犹豫着说：“星梅签署了协议，这是她离开深渊的前提，也是救她妹妹的唯一方法。”

常飞云那张英俊的脸阴沉下去，谢尔盖觉得他肯定想起了曾经的痛苦。“有一个办法，如果可以做到的话，既可以将人命的损失降到最小，也可以撇清和集团的关系。”

谢尔盖、萨拉特和史密斯教授目不转睛地听他说完计划，对视了一眼，谢尔盖说：“很有想象力，我不得不说这会很有效，也会少死很多无辜的人。”

“的确如此，如果有问题，我们可以对外说这是又一次算法攻击。”史密斯教授说。

“以现有的人力，你们需要多少时间才能完成？”谢尔盖说。

史密斯教授低头扶着桌子，似乎在心里计算着："加班加点可以三个月完成，但有些事需要萨拉特帮忙，我们不能在网络上解决一切。"

"没问题，教授，我知道你要干什么。"萨拉特杵了下拐杖说。

"要设定计划的触发机制，如果这个计划启动了，那就说明试验失败了。"狼上尉绷着他那军人的黝黑脸庞说，"但是，谢尔盖，不管实验结果怎样，你都不能把星梅关在那里。"

谢尔盖站到窗前，当大家以为他又要沉思个几十秒时，他却猛地转过身来："我同意，不管成功与否，试验之后她都可以带着妹妹自行选择去留。现在请你再飞一趟珠峰，告诉星梅，这个计划将在三个月后完成。"

·第四章·

最后的试验

34. 凯瑟琳

“大家深呼吸，飞船将关闭引擎和一切电子设备，包括和你们的通话装置，大家最好闭上嘴，连心跳也不要加快，因为这是著名的魔鬼区。”亚当斯队长站在驾驶位上夸张地叫着，并让大家各自检查头盔……他很少这样声如洪钟，凯瑟琳知道他其实和自己一样紧张。

“愿上帝保佑我们。”格兰特博士画着十字说。

“亲爱的格兰特，上帝是地球人创造的信仰，这可是火星。”斯特恩副队长站在大副的位置说。这样的自动化宇宙飞船都去除了船员设置，但必要的时候每个人都可以成为船员。

“上帝无处不在。”丹妮斯瞟着他们说。

“会的，亲爱的，他今天一定要在。”卡梅隆教授微笑着拍了拍妻子的手。

“上帝从不用慈悲照耀人间，我倒希望此刻他正在午睡。”常飞宇哈哈笑着。他见凯瑟琳紧张地抓着座椅两侧的把手，便伸手拍了拍她，“别那么紧张，凯瑟琳，数据说明、飞行器在魔鬼区失事的概率目前只有百分之八，我们会没事的。”

“真见鬼，你这是在给我减压吗？”凯瑟琳当然知道这个概率，她可不想变成一个多出来的分子。看着这个满不在乎的家伙，她更紧张得浑身发抖。“真的要祝贺你，你将是落在火星上的第一个人类罪犯。”她趴到他耳边说。

“准确的字眼应该是逃犯……”常飞宇笑着说。

穿过一片细碎的太空尘埃，玄黄号飞船完成了最后一次减速，庞大的船体吱呀作响，关闭了六个引擎，用微调喷口慢慢调整着姿势，准备以最佳角度进入火星轨道。猛烈的阳光从左舷窗射进来，火星铺满了前方的舷窗，头盔下的脸各种紧张——飞船即将穿越距火星一千到三百公里的这一段，这就是著名的“魔鬼区”。

她做过相应的功课，这个魔鬼区发现于二十八年前，SpaceX 公司的两艘无人运货飞船穿越这个空间时，控制系统出现程序紊乱，导致飞船在进入大气后失控。后来首批登陆火星的十三艘飞船吸取教训，在这段空间关闭了一半电子系统，但还是出了重大的偏差，导致三艘飞船失事，一百多勇士折戟火星。这个区域对人工智能系统的干扰还是个谜，而之前人类发射的各类火星探测器却没有遇到这个问题。它显然和太阳风无关，又似乎专门作用于量子计算机系统。于是悟空工业的飞船现在都装配两套控制系统，穿越这段区域时将其关闭，如果穿过去之后量子计算机控制系统无法启动，还可以使用二十多年前的传统计算机控制飞船。

“诸位请注意，控制系统就要关闭了，你们都经过培训，知道会感到一阵颠簸，但是没关系，把轮椅换成拐棍的时候，胖子总会晃悠几下。”亚当斯队长说。

“太好了，我讨厌用量子计算机。”格兰特博士说。

“那你怎么就干了这行，还跑到火星来摆弄人工智能呢？”阿卜拉辛问。

“你这么年轻就跑来火星，肯定和老婆的关系不咋地。”格兰特博士转身看着他，阿富汗人便对这个黑家伙伸出了一根中指。

“如果是那样，阿卜拉辛应该把他老婆送来火星。”卡梅隆嘿嘿笑着说。

“所以你要带着我是吗？”丹妮斯说着捶了他一拳，“没关系，有一天你要是把我一个人扔在这里，还有匹诺曹留下来陪着我，它可比你有趣多了。”她说着拍了下正在走廊里检查安全带的小机器人。

“我很荣幸，丹妮斯，我会用火星矿石为你做一枚戒指的，可惜的是，这艘飞船上多了一个罪犯，却少了一个牧师。”这个打杂的机器摇头晃脑、煞有介事，举手投足却像极了人类的喜剧明星。

“好了，诸位，请大家再度检查自己的宇航服和安全带，确保安全灯亮着，最刺激的旅程就要开始了。”斯特恩副队长板着脸说。

众人停了闲聊，再度检查了全身装备和弹射座椅，一个个紧张得大气不敢出。飞船停止了轰鸣，代之以吓人的机械扭动声，那是备用系统的液压装置在调整飞船结构。丝丝的冷却声中，凯瑟琳开始感到重力的出现，飞船像个大锤子一样落向火星，随着高度的不断降低，各种小警报声一一响起。导航系统似乎失灵了，它被立刻关闭，船员们启动了机械星图，喷射转向系统好像动力不足，手动喷射系统便立刻启动，调整着庞大的船身慢慢进入倾斜角。机舱里的照明忽然灭了，应急灯随即亮起……在人工智能小组的操作下，这艘几千吨的飞船在吃力地用上世纪的技术飞行着。

“进入倾角差 7 度，调整尾部喷射。”队长说。

“调整完毕。”丹妮斯快速地操作着键盘。

“进入倾角过大，调整船身喷射。”阿卜拉辛叫道。

“调整完毕……左侧四个喷口出现故障，船身出现侧倾！”斯特恩博士说。

“我们会翻滚的，飞船就要进入大气了！”格兰特博士的大手几乎要掰断眼前的显示屏。

“没关系，就让它翻滚吧，只要我们的进入角是对的。”斯特恩博士有着多年的宇宙飞行经验，他曾经是一名空天飞机设计师。

“两侧翼板可能会脱落。”格兰特又叫道。

“还不至于，就算这样也比货舱解体强，执行命令！”亚当斯头也不回地说。

在队长的命令中，飞船像一只大海豹那样吱吱呀呀地翻滚起来，船体震动如风暴中的树叶。风声渐渐掠过船身，发出耀眼的红光。常飞宇按照训练的那样将手放在弹射把手上，只要飞船出现危险、头上那盏灯变红，拉开把手就会弹射出舱。但飞船很快停止了抖动，当船身慢悠悠调整到水平状态，主控系统又重新启动，所有的翼板伸出了椭圆形的舱体。凯瑟琳松了口气，低头一看，她竟死死攥着那中国人的左手，见他歪着脑袋看她，她快速地把手抽了回去，脸上掠过一丝微红。

“你什么时候伸过来的？”她赶紧倒打一耙。

“我的手明明在这里晃悠着，一把被你捞了去，攥得我钻心地疼，可看你那紧张的样子我就认了。”他作势晃着手说。

凯瑟琳别过头，喘着气去看窗外，火星已经扑面而来。“太壮观了，真美啊……”她不由得惊叹起来。

“你管这叫美？把地球上的植物都烧了，海水都蒸发了，也这样。”常飞宇靠向她，伸头往外看，头盔和她的碰得叮当作响。他被凯瑟琳一把推了回去。

“人工智能组注意，保持俯冲角平衡，到达十千米时打开全部减速翼。”亚当斯站在指挥位上稳稳当当。这个伊朗人有着常人难以企及的毅力和钻研精神，他并不是太空飞行专家，却在操控这艘飞船的模拟考试中拿了满分。

“是，队长，十千米时打开全部减速翼……为什么不用喷射减速直接降落？飞船不缺燃料，我很想试试悬停降落的感觉。”格兰特博士终于缓过口气来。

“那是因为进入火星轨道前飞船使用了六次反向减速，就算燃料不缺，减速系统也可能出现疲劳，而如果它出了问题就是大麻烦，这毕竟是几千吨的飞船。”常飞宇大声地说。

“亲爱的格兰特，你真要和这位黑客朋友好好学学，他虽然只是个程序员，对太空飞行却好像懂得比你还多。”亚当斯队长随即扶着耳边，“赤焰谷基地，这里是玄黄号飞船，我们将在五分钟内降落，请确认东停机坪安全，并开启指示灯。”

“基地听到，已确认东停机坪安全，风力五级西南，你们最好赶紧下来，西南方向的沙暴移动速度在加快。”这是在赤焰谷基地等候的黑田俊雄，负责维护核电站的核能专家在回复。

凯瑟琳伸脖子去找在图片上看了无数遍的基地，除了废掉的特斯拉城，它是人类目前唯一的火星大本营。

“很高兴听到你的声音，黑田，我们给你带了新鲜的金枪鱼和日本面条，还有你们那儿最好的威士忌。”格兰特博士笑着说。

“朋友们，我们就要到达火星了，我提议大家再度对阿瑞斯号所有的队员和船员，以及所有为火星事业献出生命的勇士们进行哀悼，没有他们的努力，我们将在火星上无家可归。”斯特恩副队长对大家说。

大家一一沉默，低头哀悼着逝去的英雄们。飞船抖动着钻进尘暴之中，沙砾像雨点一样敲打着外壳。亚当斯队长高高地站立着，看着翻滚的火星沙暴轻轻颂道：

在那大海上淡蓝色的云雾里，有一片孤帆在闪耀着白光。

它寻求什么，在遥远的异乡？

它抛下什么，在可爱的故乡？

波涛在汹涌，海风在呼啸，桅杆在弓起腰轧轧地作响。

唉！它不是在寻求什么幸福，也不是逃避幸福而奔向他方。

下面是比蓝天还清澄的碧波，上面是金黄色的灿烂的阳光……

而它，不安地，在祈求风暴，仿佛是在风暴中才有着安详……

这是俄罗斯诗人莱蒙托夫的诗句，队长那浑厚的男低音犹如远古的天籁。凯瑟琳也合上了眼，这一路她一度寝食不安，但难过都被她压在了心里。常飞宇在一旁安静下来，低着头似乎在念念有词，他的哥哥死在美俄的那场混战中，也许他正在怀念那位兄长。

“爸爸，我到了。”凯瑟琳自言自语地说。

飞船穿过了高空沙暴，壮阔的火星大地布满了舷窗。“欢迎来到火星，我已经在停机坪等候大家。”黑田的声音坚定清晰，但对众人的轻松玩笑置之不理，就像在等一份并不想吃的外卖。

核能专家黑田俊雄负责完成了火星第一台核电站的建设和运转，被公司上下称作“了不起的黑田”。但他于一年前开始高烧不断，被诊断为晚期淋巴癌，听说只有 50% 的存活率。黑田拒绝返回地球，他不想将核电站完全交给人工智能，而这个决定却救了他的命。

庞大的飞船盘旋、减速，稳稳地落在基地东边的停机坪上，飞扬的红沙遮住了舷窗的视野。确定一切正常之后，船员们欢呼着来到舱口，开启舱门准备卸货。凯瑟琳抬脚站在舱口望去，苍凉的火星地貌宛如鬼魅，起伏的猩红大地遍布沟壑和沙丘，红褐色的天空里，一个巨大的龙卷风在东北方向缓慢地转动，在天地间形成一个黑红色倒锥，高频的片状闪电闪烁其中，犹如困住了一只魔鬼。

从停机坪向西看去，充满科幻感的赤焰谷基地煞是显眼。基地被设计成了一片漂亮的球链，中间最高的是指挥中心，它一度成了孩子们墙头贴的彩画，以其形象做的各类衍生产品销售额非常惊人，她还买了个模型放在书架上，如今竟然要住进去了。

从地球到月球，再从月球到火星，这一切真是魔幻。

“火星，我来了……”她长出一口气，轻轻走下舱板，踮着脚踩在火星上。她转着圈看着自己踩出的脚印，三分之一重力让她感到妙不可言，没有月球那么轻，也没有地球那么重，穿着宇航服的体感却刚好。但她不由得想起有人说内急只能在裤子里解决，还真的有那么一阵慌，可走出十几步后，又觉得这担心是多余的。

“这里除了没有空气，不就和内华达的戈壁差不多嘛。”她对不远处转圈儿的常飞宇说。

常飞宇看着火星的大地，眼神里带着警觉之气，他指着东边的那个气旋说：“地球上可没有这个。”

“就像个龙卷风，它很厉害吗？”

“这种只是看着吓人，因为火星大气密度只有地球的百分之一，这个倒气旋不会把人卷到天上，只会把你按趴在地上。”

“奥林匹斯山呢？”她转着圈找着。

“基地靠近火星赤道，奥林匹斯山在西北方一千二百多公里处，你看到了它在地平线上的微微隆起吗？”他指着西北边说。

“这就是太阳系第一高峰啊？这光秃秃的样子……”凯瑟琳眯着眼睛看了半天，不免失望。

“因为它太大了，山体坡长八百多公里，就算你站在山脚的断崖边上，也不会有阿尔卑斯山那种高度差的耸立感……水手峡谷倒离我们近，就在东南面两百多公里，特斯拉城就在大峡谷下面，那儿可能更有意思，你要知道宏大的秘密往往不在高山之巅，而是深渊之底。”

“好句子，这是谁说的？”卡梅隆和妻子搬着箱子经过。

“是我。”常飞宇得意地说。

“真的吗？你一到火星又变成了哲学家？”卡梅隆故作惊讶道。

“可怜的卡梅隆，你在这待上一辈子也说不出这样的话。”丹妮斯笑着说。

“要是你一回地球就要被终身监禁，还不如在这待一辈子。”凯瑟琳对他冷笑。

常飞宇低下身抓了一把砂土抛在空中，砂土缓慢地落向地面，又腾起来，反复了两次后消失。“尘归尘、土归土，哪里都一样。”

“你好像对世界是无所不知的，连火星都知道得这么多？”她也捡了一块石头在眼前看着。

“学习，亲爱的凯瑟琳，我喜欢学习，也研究人类的行为和未来，我和你们的区别只是没人会给我发什么学位。”

格兰特博士抱着个箱子过来，活像中世纪的十字军战士，三分之一重力定是让他觉得力大无穷。“嘿，飞宇，跟我去干活吧，虽然我很喜欢你，但你不好好表现可是不能留在这儿的。”

凯瑟琳也加入了搬东西的行列，她竟然搬起了个七十多公斤的，里面有五只猴子，那感觉真是好极了。她将箱子放在一辆平板车上，旁边的黑田俊雄向她致以问候，宇航服里的他显得弱不禁风，但眼睛里那坚毅的光芒令人过目难忘。

在队长分发的材料中，火星队员的精神问题日益突出，悟空工业为此投入了巨大资源，从防辐射服到营养药物再到多套完整的孤独心理疗法，但随着阿瑞斯号的出事，之前的努力似乎全白费了。鲍勃·柯本的记录说他经常为这个问题愁得睡不着觉，一度觉得是有人给火星下了咒语。

“来了三辆火星车，为何只有你一个？菲里奥呢？”斯特恩副队长纳闷地问黑田。

“哦，我设定了自动驾驶，来回两趟。”黑田没有给他答案，为大家拉开了车门。亚当斯队长带着六位队员上了第一辆，关闭车门加压之后，车里的七个人一一摘下了面罩。黑田的样子吓了常飞宇一跳，他头发脱落、眼窝深陷，眼角挂满黏糊糊的分泌物，脖子上有些蚕豆大的黑色肿块，半数破裂化脓。

“大家别紧张，看上去吓人，但淋巴癌不会传染的……”见他们在咽唾沫，黑田笑着说。

“基地完成了交接，你就和船长一起回去。”亚当斯心疼地说。

“没那么急，我要是在这种情况下离开会被日本人耻笑的。”黑田却毫不在乎。

“我知道你们日本人荣誉感很重，但你大可不必如此。基地是高度自动化的，人工智能可以保持基地正常运转，包括这辆车，你看它不是完全可以自动驾驶吗？”格兰特博士说。

黑田回头看了看他：“格兰特博士，过一阵子您就不会这么说了。”

他既然对回去毫无热情，大家也就不再继续这个话题。凯瑟琳扭脸看向车窗外，对猩红色的火星陡生恐惧，这个黑田令她感到不安，虽然他表现得一切正常。

“菲里奥在基地里吗？”斯特恩博士又问。

“很遗憾，副队长先生，他前天死了。”黑田的脸上并无悲伤，眼中却闪过不易觉察的恐惧。

年轻的核智控专家菲里奥·巴罗西的尸体躺在基地的一个小仓库里，确切点说是部分残骸。黑田说前天半夜他俩去清理循环系统，设定进气风扇关闭四十分钟，但它只过了十分钟就重启了。外面的黑田赶紧切断了电源，但风扇转了三分钟才停……菲里奥被吸入近四米高的锥形进气口，锋利的叶片将他扯成了碎块，冻在零下一百八十多度的过滤网上。“他冻得就像钢铁，我不得不用喷枪一块块弄下来。”黑田说。

“切断电源的同时关闭排气系统了吗？”队长看得脸色煞白。连凯瑟琳都知道，只要关闭了排气口，风洞效应立刻就会停止。

“我明确发出了指令，但系统没有执行。”黑田说，“这样的事不止一件了，我有一次差点被自己启动的火星车压死……”

“是神秘信号导致的？”阿卜拉辛一脸疑惑。

“我……说不清楚。”黑田摇着头说。“电脑显示是菲里奥自己打开了循环系统，他是手动执行的。”黑田并不在乎他的揶揄，“我事后去管道里检查了手动装置，发现确实被操作过。但这不合逻辑，如果是菲里奥自己操作的，这等于自杀，而他是一个很乐观的人，也是除我之外精神最健康的。”

“难道他就是想自杀吗？”格兰特博士瞪着眼说。

黑田定睛看着他："很抱歉，先生，我认为你不应该在这个时候开玩笑。"

常飞宇在一旁默默抱着胳膊。凯瑟琳不由得咬着嘴唇，火星的状况比她想的糟糕多了，这日本人的精神状况已经堪忧，那一脖子脓包说明他已经病入膏肓，可为什么他还在这里坚持呢？太空医学理论认为长久的低重力环境会让大脑产生幻觉，连做梦都和地球上大不一样，她在月球那些日子的梦境就截然不同，仿佛像在马蒂斯和蒙克的画中穿行。

见大家面色凝重，亚当斯盖上了菲里奥的尸体，回头环视着众人说："大家抓紧时间去完成今天工作表上的事。格兰特博士，看来你需要今天就修好整个空气循环系统，更换损坏的叶片，把滤网也弄干净，不然大家闻到的都是血腥气。"

"没问题，但要让大机器人帮我的忙，那些叶片加上管道可有十几吨重。"

"可以，巨灵神 1 号给你。"

"我听说赤焰谷基地的系统是最先进的，怎么会……"卡梅隆摇着头说。

"我们去调查就好。"亚当斯打断了他的话。

"这次带来的新设备……还是悟空工业的吗？"黑田小心地问。队长没有回答他，只拍了拍他的后背，让他和韦伯医生去医疗室做检查。

丹妮斯拎着一个零件直奔黑田："擎天柱机器人在哪儿？我给它带来了替换的模块。"

黑田有些诧异，说还以为大家早就知道了。"阿瑞斯号回去之前，我们发现它自己向东南边走了，指令对它无效，大家就开了几辆车去追它，一直追了一百多公里拴住了它。但它的力量太大了，三辆车根本拉不住。”

“它去哪儿了？”凯瑟琳纳闷地问。

黑田像凝固了一样发着愣，大家看着亚当斯队长，好像他应该知道一切秘密。但这位队长只是抱着胳膊一言不发，他这过分的稳重让这间小仓库静得瘆人，外面尖利的风声便可怕起来。

“它头也不回地走了一周，最后跳进了大峡谷。”常飞宇在一边忽然开了口，见众人都看着他，他不好意思地举起双手，“我只是提前做了点功课，朋友们。”

35. 常飞宇

没有片刻休息，队员们立刻投入了工作。赤焰谷基地已经休克了几个月，处处漏风的基地需要维修，出问题的设备需要更换，新型的机器人需要调试，而玄黄号也将空机飞回、接受大检。坚毅的黑田决定继续留下，等下次补给飞船到来时再走。队长接受了他的请求，飞船带来了一套先进的医疗舱，就是常飞宇钻进去的那个，医生说它会有效缓解黑田的病情。

这位日本人令众人敬佩，却让常飞宇觉得不安，这样刻意的牺牲真是脑子有病。但这不是他该关心的事，熟悉一个陌生的地方至关重要，万一需要偷个飞船逃跑呢？于是他也不偷懒，反倒勤快地干个不停。赤焰谷基地之破旧超乎他的想象，被风沙侵蚀严重的顶板久未更换，指挥中心远看就像上世纪的古迹。这都是没钱翻新的缘故。阿瑞斯号已经没了，玄黄号要回去大修，而建造中的盘古号还没完成……看着高达三米的两个巨灵神机器人走来走去，再回望地球的方向，他真怀疑这一切是不是真的。

他被安排在联排宿舍中，左边是阿卜拉辛，右边是凯瑟琳。宿舍倒不算旧，床褥还算干净，只是洗个澡要等十几分钟水才会热。每天火星时间七点之后，没有队长的允许，任何人都不许走出基地，理论上这就是个大监狱。白天出去放风也预示着风险，火星不是月球，处处都是锋利的岩石、奇怪的旋风，公开的材料说，建在大峡谷中部的特斯拉城就是遇到了一次涌进大峡谷的风暴流，超过音速十几倍的砂石摧毁了它的外壳和气压系统，从而导致近千人遇难。了不起的马斯克被从天而降的旋风卷走，十天后，他的尸体才在十几公里外的山崖下被发现。

虽然常飞宇一路上显示了自己的能力，但依然不能随意进出基地指挥中心，更不能触碰重要的电子设施。他也乐得如此，每天帮队员们忙东忙西，搬东西、装设备、开着火星车出去检查感应器。他很快熟悉了基地的全貌和结构，就老毛病又犯了……基地的围墙有什么用处？核电站的排布为什么那么奇怪？002 号核电站为什么没有在基地的另一个角，而是向外延伸了一公里远？而最令他纳闷的是，一个核电站的发电量基地已经远远用不完，为什么还要建造第二个？

这天忙完，队员们纷纷回到基地，换了衣服准备吃饭。机器厨子做了饭菜，都是脱水食物加工的，味道只能说过得去。队长开了两瓶刚带来的红酒，说这是朋友特意让他带来火星享用的。

“2028 年的拉图，真是好酒！”卡梅隆教授举着瓶子说。

“你们说我们要是在火星上搞个大棚，能不能也种点葡萄酿酒？

这里的砂石土壤肯定比加州和地中海沿岸要好。”休斯先生问。

“早就有人想过了，但火星上的风沙实在太厉害了，除非大棚用坚固的透明陶瓷来做，但运输成本又太高了。”格兰特博士说。

“终归会成为现实的，格兰特博士。”亚当斯队长说，“下一艘飞船将运来两套工业冶炼和加工设备，都是重型一体化设备，到时候我们就可以在火星采矿、冶炼和铸造，而这里有地球上的一切，尤其是铁矿和石英。我们将为这些工厂提前选址，做好地基和电力保障，所以两个核电站是重中之重。”

“我有点疑惑，亚当斯队长。”常飞宇喝着酒说，“我注意到货物清单上有一个奇怪的装置，写的是液冷服务器。但我最熟悉的就是这种机器，那绝对不是一台服务器，它的型号和尺寸、接口都不是，它也没有被拉去运算中心，而是小心翼翼地放进了基地的地下二层。”

队长脸上露出不快，灰色的眼睛眯缝着看他：“你最好关注自己的事情，至于什么设备又放在哪儿，那是斯特恩先生考虑的事情。”

“这也是为了我和大家的安全，毕竟某种程度上你们更像是一伙志愿者，而前不久刚发生了阿瑞斯号的悲剧。你知道我这人就喜欢瞎琢磨，尤其不喜欢秘密。”常飞宇故意有些咄咄逼人，他知道这会令亚当斯反感，却不会招致其他队员的反对。

窗外的火星疾风刺耳，像娃娃鱼那瘆人的叫声，亚当斯队长抿着嘴唇上的酒，见众人都看着他，便喝光了杯里的酒:“大家请和我来吧。”

亚当斯带他们走出宿舍区，来到基地的地下一层，这一层是基地的实验中心，各个区域之间各自独立。经过生态组实验室的时候，常飞宇揪住凯瑟琳对其示意，让她看玻璃罩子里的几种蘑菇。凯瑟琳会意地点了点头，微笑着轻轻捅了下他的腰眼儿，这就是默契了。

“可真有你的。”她说。

“这只是冰山的一角,你真该更多地了解一下我……”他坏笑着说。

经过大气改造实验室之后，他们走到这一层靠东的尽头，这儿只有一个厕所那么大的设备间，众人无法全钻进去。正当他们纳闷时，亚当斯按下了墙上一个隐藏的按钮，在弹出的锁上按了密码，对面的金属墙壁悄悄滑开了，前方出现一道楼梯。队长带着他们又下了一层，看着像一个秘密的夹层。

“真见鬼，在这三年半了，我还是第一次知道基地里还有这么个地方。”黑田灰着脸说。

“这本是队长的特权，基地的结构图里也没有这个部分。”亚当斯说。

常飞宇左右看着，明白这儿位于基地最下方的西侧。打开灯，亚当斯在门口墙上按下一个键，悬浮在半空的火星模型开始自转，常飞宇惊讶地看到，环绕着火星的一串小灯一一亮起，那些都是核电站，旁边标注一共有三百六十座……当所有的灯都亮起来，一个人的全息影像出现在了火星模型前。

他是谢尔盖·彼得罗夫。

“亲爱的队员们，你们好，如果你们看到了我这段影像，说明亚当斯队长已经带你们来到了这个地方。”谢尔盖语速和缓地说，“很多人都在猜测，悟空工业在火星投入这么多，历尽千难万苦也要坚持下去，到底是为了什么？为什么我们没有急于建设城市，又为什么我们还没有招聘更多的人前来？看完这个装置，你们将对我的想法有一个全面的了解……请注意，你们看到的这些核电站位于火星赤道上，中间由宽达两公里的大型线路管道连接，核电站为这些管道内的金属线圈提供持续的电能。随着电量的增加，电流从西到东沿着火星赤道开始流动，金属线圈和火星的凝固铁核将发生物理作用，这三百六十座核电站——如果将来有了可控核聚变电站技术更好——会向环绕火星赤道的线圈输出强大的电流，与其早已凝固的铁核形成安培效应，从而形成一个巨大的星球磁场，再现火星已经消失了几十亿年的地磁。朋友们，这是法国物理学家安培在 1820 年提出的安培定律，而这个计划，就是鲍勃·柯本队长在十年前和我说的安培计划。”

常飞宇被这个宏大的计划震惊了，这个想法几近疯狂，但理论上完全可行，只要电流足够大，线圈足够多就行。当火星的磁场重新存在，这颗星球将不再饱受太阳辐射的轰击，并能有效防止被改造后的大气逃逸，在这个阶段后大气改造才可以提上日程，而它一定会被实现。

“天哪！”凯瑟琳捂住了嘴。

“真是太了不起了……”卡梅隆发出了惊叹。

丹妮斯眨巴着眼睛：“可是要完成这样的工程，火星至少要来上百万人，可能要花上几百年……”

“你说得没错，丹妮斯，继续听……”亚当斯微笑着说。

“你们肯定对此心有疑问，除了怀疑悟空工业有没有这么多钱，还会想到这样的长期开发，人类必须大规模移民火星，几十万专家、工人绝对是不够的，几代人的时间也是不够的。但火星眼下的问题——也就是你们已经知道的神秘信号问题——是避不开的障碍，在没有那么多人愿意来火星的情况下，我们便探讨了新的计划。”

说着，他身后出现了一幅示意图：“用量子纠缠方式实现地火超距通信，让地球上的人可以不必前往火星。你们这次带去了一台试验机，它已经调试成功，只差悟空工业提供的一套全新算法以及系统，而用不了多久，这一切就会成为现实。”

“我不太懂，亚当斯博士，解决这个纠缠通信问题意味着什么呢？视频聊天可以不再有延迟？”凯瑟琳不解地问。

“是同步机器人，这种技术不以光速为限，有了这个技术，百万甚至千万的人可以在地球上通过同步设备操控火星上的机器人，没有任何时间延迟。”常飞宇说。

“你真是什么都知道，常大师。”斯特恩副队长调侃说，他显然没觉得高兴。

“到了那个时候，我们可以在地球招工建设火星，当运来的第一批机器人建成了火星工业基地，火星基地将生产出几十万甚至上千万的同步机器人，它们在火星只需要电力，悟空工业因此会节省九成的预算，也不会再出现奇怪的人员伤亡——当火星上有上千万个机器人在日夜不停地建设时，庞大的安培计划几乎可以在十年之内完成。”谢尔盖抑扬顿挫地说。

格兰特博士摇着头：“叹为观止的想象力，了不起的柯本队长。”

“的确如此。”亚当斯一脸钦佩地说，“你们知道我早就被他们邀请过前往火星，我每次都拒绝，但当谢尔盖告诉了我这个计划，我毫不犹豫地接受了。女士们、先生们，这是人类有史以来最伟大的工程。”

“可是，这个全新的软件以及其中的算法，难道不违反回火禁令吗？”常飞宇抱着胳膊说。

众人又都看着亚当斯，他背着手走到常飞宇面前：“逃犯先生，你是科学委员会的眼中钉、肉中刺，只需要我一个电话，月球的警察就会飞过来将你带走。现在，你还要和我讨论什么科学委员会那狗屁禁令吗？”

“看来有人提醒您别这么做。”常飞宇一脸无所谓地说，“您千万别误会我，队长先生，你们所做的以及这位彼得罗夫先生的宏大目标正合我意，你们早就该找到我，还省得我坐那几天的牢。”

“怎么，这竟是个贼？”黑田悄声嘀咕道。

“不，是个江洋大盗。”凯瑟琳一脸坏笑地说。

“但是算法依然是个问题，是吗，亚当斯队长？”丹妮斯拽回了话题，卡梅隆这老婆虽然平时大大咧咧，但关键时候从不走神。

“是的，悟空工业已经为此赌上了一切，没有一个彻底革命性的算法，这个数量级别机器人的纠缠通信是不可想象的，但我愿意相信它可以完成，否则谢尔盖将一无所有。”亚当斯说。

见凯瑟琳瞪着他，常飞宇耸了下肩膀：“看来我真的不会再被人抓走了，亲爱的凯瑟琳。”

36. 凯瑟琳

凯瑟琳的爷爷是个老移民，在约翰内斯堡经营着古老的采矿生意，他拥有继承来的数个金矿和铜矿的开采权，自家房子也位于废矿之上。虽然家族生意被国有化运动搞得难以为继，这一家人却没有像很多富人家庭那样移居他国。那时候鲍勃·柯本在 NASA 的空间站工作，三两年才回来一次，他多次希望全家搬去美国，而他老父亲从来不听。老人自称热爱这片土地，但凯瑟琳长大后才觉得，爷爷只是不愿离开墓地里的先人。

在她八岁那年，太空望远镜发现一颗巨大的陨石直奔地球而来，直径约为一公里，新闻说它会在三十五天内击中地球，撞击地点在非洲南部。美国一位议员恶毒地将其命名为“清道夫”，这个颇带歧视意味的名字似乎预见了结局。众多强国虽然做出了保卫地球和非洲的样子，拟订了各种计划，却并没有拿出真正的行动——击毁这颗陨石理论上可能，但会耗尽发达国家的一切核战力储备，且耗资万亿。在做了精确的评估、发现它不会对欧美亚造成巨大损害时，他们决定任由这颗陨石落在非洲大陆。

带着被“文明世界”抛弃的恨，非洲启动了避难计划，用最快的速度修建大量的防空洞，并将各种矿洞加以改造，虽然那被证明是无效的。在太空站的父亲再一次劝爷爷带着凯瑟琳前往美国，但倔强的爷爷还是不听，他自掏腰包将自己所有的矿洞都改造成了避难所，而当妈妈准备将凯瑟琳接往美国时，全球各国已经关闭了南非的所有航线。随着陨石的临近，各防空洞人满为患，凯瑟琳一家想进自己的矿洞时却被阻拦在外，因为还有更多人没进去。爷爷和奶奶、妈妈前去理论，招致一伙人粗暴的群殴，他们倒在地上，被挤向入口的人群踩死了。

防空洞的大门重重合上，门外是坐地大哭的凯瑟琳，没人来安慰这个可怜的孩子，没挤进去的潮水般跑去他处。她哭了一会儿，咬牙将他们的尸体抬到一个手推车上，三个大人对这个女孩子来说太过沉重，她几乎是一寸寸挪上去的。她忍着眼泪将他们推回家，放在屋前的草地上摆好，为他们盖上一条白色的被单。她满心恐惧地守在旁边，抱着妈妈的尸体，望着天上越来越近的“清道夫”心如死灰。陨石由远及近、由慢到快，烧红了整个天空，深厚的高原被震得瑟瑟发抖。它终于猛地来到眼前，划过夜空时带着响彻天际的爆响，漫天的黑云燃成了火海，耀眼的火光让她睁不开眼，她用颤抖的手捂着自己的眼，别怕，很快就会和他们团聚了。

然而，这颗陨石终究没有撞击大地，因为进入大气时独特的角度，它被地球大气反弹而轻微改变轨道，擦着大气层掠过了非洲大陆，在天空中留下了一道上万公里长的火焰，然后重返太空。

凯瑟琳对那一刻终生难忘，也不喜欢和任何人提起往事。那之后非洲经历了经济衰退和大饥荒，但爷爷的庄园成了义举圣地，无数人来此祭拜。非洲大陆在绝望中再度振奋，她却对人类文明的未来心怀绝望。她不知道父亲的心里何时有了安培计划，今天看来，其实她比父亲更应该来火星，因为她在地球上经历过无处可逃的恐惧。

在凯瑟琳的建议下，合成生物组开始干涉猴子的基因，力图找到让猴子可以在火星呼吸二氧化碳气体的改造方法，当然了，它们还要能抵抗这里的极低大气压。看着电脑模拟出来的样本，凯瑟琳兴奋不已，她并不想直接造出一种新生物，而是要造出符合基因融合特征的猴子胚胎细胞，这是伟大而疯狂的一步，但是管他呢，这是火星。

“痴人说梦，哪里有这样的生物？”格兰特博士闻听惊愕不已，合成生物组的计划在落地之前也始终保持绝密。

“那是你孤陋寡闻。从古到今，地球上有数不清的厌氧生物，比如一种经常出现在鲑鱼肌肉组织中的寄生虫——鲑居尾孢虫，它的生存完全不依赖于氧气，细胞里也没有线粒体 DNA 结构。这种常见的海洋寄生虫属于真核生物，只不过身体构成极为简单，不到十个细胞。”凯瑟琳指着冷藏器皿中的一些小盒子说，“还有就是水熊虫，这种你可能知道，一种能在极端条件下存活的小寄生虫，原子弹的高温和辐射也干不掉它们。”

“你们要将这些寄生虫的基因和猴子的结合？上帝啊，凯瑟琳，你们没准儿会造出怪物来。”

“你说得没错，但那是地球。我不想让你失望，鲍勃的队员中已经有三名基因工程学家做了几年的努力，我们不是从零开始的。”卡梅隆教授微笑着说。

“安培计划确实令我动容，但你们要在火星上做这样的合成生物实验，我不得不说是违背伦理的。”格兰特博士摇着他的大脑袋说。

“什么伦理？”教授立刻反问道。

“人类不能充当上帝的角色去创造怪物，哪怕是为了发展火星。如果人类社会连既有的法律、道德和伦理都不要了，人又如何还能称为人？”

“人永远是人，但社会也一定会向前发展。”亚当斯抱起了双臂，“在过去的伊朗，主死奴殉就是伦理，在两个世纪之前，女人不能选举也是伦理；在半个世纪之前，转基因和克隆器官都被视为有违科学伦理；而在二十年之前，科学委员会用回火禁令确定了突破回火算法为违反伦理。我之所以支持合成生物组的计划，是因为困在这些利益集团设定的伦理底线内，人类什么都做不成。”

见格兰特还要反驳，亚当斯队长摆了摆手：“好了，老兄，如果一切都是顺理成章的，火星根本轮不到我们来，你别忘了鲍勃他们用了什么样的牺牲才保住了这一切。”

格兰特博士不再争辩，他两边看了看说：“如果你们成功了，会在人身上试验吗？谁来做呢？”

凯瑟琳喝了口咖啡：“到时候会有志愿者的。”

火星时间半夜十二点，门被咚咚地敲响了，刚脱了衣服的凯瑟琳吓了一跳，轻轻打开门，竟是隔壁的常飞宇。他夹着个头盔，压低声音说：“今晚可以看见地球，要一起出去瞅瞅吗？”

“现在？亚当斯不是说……”凯瑟琳纳闷地问。

常飞宇把一根手指按在嘴唇上：“我自己出去好几次了……”

“你这个小贼！”凯瑟琳忍着笑说。

他俩踮着脚来到减压通道，常飞宇掏出个小电脑，连上墙上的一个接线盒。“我鼓捣一下，开了门出去就不会有警报。”

看着他小心而有趣地鼓捣着，凯瑟琳感到一阵激动。她看着灵巧的常飞宇，忽然觉得这个男人其实也不错，她曾在网上搜他的大名，竟然搜出一大片帖子来，此人竟有那么多地下世界的崇拜者……

按下减压舱的按钮前，常飞宇神秘兮兮地掏出了一个小盒子打开，里面是一堆细密的黄色粉末。“我答应过你的，但提炼这点东西费了我半个月的时间。”

凯瑟琳的眼前一阵恍惚，浑身都颤抖起来，她小心翼翼地接了过来，充满信任地端到鼻子下闻了闻，却咽着狂溢的口水，轻轻扣住了盖子，感激地还给了他：“你说过，制造多巴胺的方式有很多种，比如去外面看星空。”

常飞宇微微笑着为她轻轻扣上头盔，然后按下了减压舱的门。凯瑟琳打开了宇航服的电控装置，嘶嘶声在耳边响起，气体充斥了每一寸衣服，宇航服开始加热。常飞宇为她调试了一个单独的通信频段，他们彼此听得见了。

当基地的大门轻轻打开，常飞宇优雅地侧身一让：“凯瑟琳，今晚的火星属于你。”

凯瑟琳迈出了腿，轻轻踩在白日熟悉的地面上，却觉得如此陌生和新奇。没有风暴的夜晚，火星的星空比加州还要迷人，它一下子扑面而来，美得像凡·高的画。她看呆了，走得一个趔趄，常飞宇的一只手有力地扶住了她。门关上之后，世界一下子寂静了，两人互相看了一眼，慢慢走向星空之下。

“可真美啊，为什么在房子里就感受不到？”

“因为你自由了。”他似乎一语双关，拉起了她的手。

“你真的是歪打正着跑来火星的吗？我怎么觉得你是故意的？”凯瑟琳任由他拉着自己的手，这令她感到踏实。

“潜意识里也许是吧，在我犹豫的时候，我在墙上的电脑里看到了船员的名单，而里面有你。”

她微笑着看他，知道这是他脱口而出的谎言，但她就是喜欢。

他们慢慢地走向门口，身体在脚下拉出两条一长一短的影子。凯瑟琳纳闷地抬头看去，看到了基地上空两颗闪烁的星星，它们像发着荧光的小葡萄，正高低交错着经过基地上空。

“那是火星的两颗小卫星，运行方向相反，个头较大的是火卫一Phobos，意思是恐惧，离火星较远的是火卫二 Deimos，叫恐慌，它们是希腊神话中战神的两个儿子。”

“好好的两个卫星，为什么给它们起这样的名字？”凯瑟琳被这两个名字吓得打了个冷战，这正是她心里时刻存在的感觉。

“你忘了火星的名字了吗？ Mars 是罗马神话中的战神，他们就是玛瑞斯的儿子。”

“你们中国人管火星叫什么？”

“怎么对你翻译呢？发音是荧惑，出自古老的《尚书》，是‘闪亮而迷惑’的意思。”

“闪亮而迷惑？”凯瑟琳对这个名字深感好奇。

“是的，就像你的眼睛。”常飞宇说。

凯瑟琳迷人地笑了：“总听说你们中国男人死板无趣，怎么你这舌头和金刚鹦鹉一样灵活呢？”

“是因为他们没有遇到你这么美的姑娘。”

绕过一个仓库，走不远就到了围墙，凯瑟琳又抬头看了看星辰，准备往回走。常飞宇却拉住了她：“跟我来。”说着，他竟爬上了围墙。凯瑟琳犹豫了一下，也跟着爬了上去。

他们翻过围墙，半蹦跳着跑向了不远处的一道山坡。

“你要带我到哪儿去？”凯瑟琳气喘吁吁地问。

“你会喜欢那儿的，放心，火星的荒野可没有狼。”

“我旁边的难道不是吗？”

三分之一地球重力让她跑起来并不那么吃力，十分钟就到了坡顶。常飞宇让她站定向东方看去，那幅顶天立地的画面震撼了她。卷曲的银蓝色的夜光云层之上，闪亮的银河斜斜地划过天空，像一条狂怒的大河，泡沫状的星云凝结其中，宛若圣殿前的琼花。而更出奇的是，一道道流星正在前方划过，密集如一场陡来的暴雨，它们无声地闪亮着，毫无规律地坠落着，落在泛着微光的火星大地上，和万里银河一起编织成凯瑟琳小时候的梦境。

“火星原来也有流星。”她捂着头盔说，在这之前她一直以为没有的。

“虽然火星的大气密度只有地球的百分之一，但它仍然足以产生流星。”他说。

“你知道今晚那边有流星雨？”

“是的，我看了火星天文报告。”常飞宇指着太空中一颗闪亮的星星说，“那就是地球，如果有一台十八倍的望远镜，你可以看到蓝色的海和白色的云，天气好的话甚至可以看到绿色的大地。”

凯瑟琳望着那颗闪亮的星，觉得悲伤正在和星光一起落下来，仿佛在天空看到了父亲的脸。她摇了摇头：“你知道吗？常，我一点也不想念那里。在那颗星球上，有那么多冷漠和虚伪。”

他转身看着她的脸，棱角分明的五官被星光照亮。他后退了一步，伸出一只手：“想和我在火星共舞吗？”

“现在？穿着这个？”她诧异地摊着手。

“为什么吗？我要是没记错的话，我们将是第一对在火星夜空下跳舞的男女。”

在他播放的一段小提琴曲中，凯瑟琳与之翩翩起舞，宇航服和铁靴子让他们动作笨拙，但低重力又使得脚步灵活。他们在星光下轻转着，头盔和身体偶尔磕碰，发出可爱的声响。来到火星之后，凯瑟琳第一次感到如此地放松和坦荡，可眼泪又不争气地在打转。当旋律终止，她咬着嘴唇抱住了他，将头埋在他的臂弯里哭出了声，可那该死的宇航服让她感受不到他身体的热度，也无法听到他的心跳。

37. 霍尔

霍尔发现自己坐在一张包着海绵垫的木椅子上，轻柔、慵懒的乐曲响在耳边，夹杂着嘈杂的人声。那是肖斯塔科维奇的圆舞曲，节奏明快，就像一段令它舒服的指令。它置身于一场华丽的舞会，烛光下的舞池里飘着穿着讲究的男女，他们紧贴着身体摩挲而过，像一群急匆匆的热带鱼。

这地方颇似皇家宫殿，但它一时想不出来是哪儿。高高的厅堂撑着几十根镶满镜子的廊柱，密密麻麻的蜡烛让这里满堂光亮。油画和挂毯堆满了墙壁，天顶画着一位皇帝狩猎的场景，壁炉的两边是一对儿大理石雕塑……更多的男女正坐在舞池的旁边，扭出各样撩人的姿态。它身边挤着几位盛装的亮丽女子，她们艳光四射、明眸红唇，精致的扇子扇来扑鼻的香气。霍尔诧异地看着她们，一动也不敢动，像被她们夹在其中的雕塑。“感觉”告诉它这是真实的，而程序告诉它这分明不是。

女子们似乎都在看着它、琢磨它，还悄悄咬着耳朵，它不免手足无措。正紧张时，一位戴着假发的侍者挺着腰板走来，托着几杯香槟酒。他在霍尔面前微微躬身，用眼神问它要不要来一杯。霍尔慌乱起来，它第一次感受到了这种情绪，甚至看到双手都在颤抖——天呐，那是一双人的手，而不是那双机器皮肤和关节的手！这令它开始上下打量自己，发现自己穿着一件黑色的燕尾服，深褐色的尖头皮鞋正在闪闪发光。它慌张地看向柱子上的镜子，被里面那个英俊的白人男子吓了一跳，就像莫泊桑笔下那位走上楼梯的俊友。

“干吗不来一杯？你一看就不是俄罗斯人。”右边的一位女子大咧咧端了两杯，递给它一杯，“我叫海伦娜，来自德国锡根，请问阁下您来自哪里？”她歪着脑袋、用满是德国腔的英语问它，漂亮帽子上垂下的纱帘让她显得美丽而神秘。

“我是……霍尔，我来自……深渊。”霍尔结结巴巴地说。

“哦，是吗？”海伦娜惊讶地张大了嘴，“原来您就是今天舞会的神秘客人、大公邀请的朋友，我真是太幸运了，可以请您跳支舞吗？”

“可是我不会呢……”霍尔慌得一身汗，热得要死，这身衣服将它捆得紧绷绷的。怎么，我会出汗了？

“少来了，哪有绅士不会华尔兹的，这可是最容易的舞步。”海伦娜不由分说将它拽了起来，几步走到人群中，反身搭住了它的双臂。

“按着音乐的节拍，抬头，挺胸，先动左脚，重心放在和女伴之间的位置，按照节奏转动，这是华尔兹……”它快速地学习着，并抓紧捕捉舞池里所有男人的舞步，用算法将其转化成自己的能力。海伦娜满含期待地看着它。当一个小节段落终止，主旋律再度循环，它按照节拍迈出了第一步。

霍尔抱着海伦娜旋转起来，像转在五彩缤纷的画卷里，它觉得人们都停下来看着它俩，投来友善和欣赏的目光。海伦娜一脸陶醉，低胸的礼服衬出她曼妙的身材，微微的汗味儿也令它“心跳”加速。奇怪的是，海伦娜遮住的部分让它更为好奇，它渐渐将注意力集中在了海伦娜的胸前，那里的起伏令它疑惑，程序为它补充了海伦娜全身可能的样子，但这不足以满足它的好奇。当旋律结束，它做了一件连自己都不相信的事，霍尔轻轻地探出脚去，踩住了海伦娜长长的裙角，颇重的海伦娜正在前冲，刺啦一声，她的裙子从前面爆开了。

海伦娜瞬间半裸，她尖叫着捂住胸口倒在地上，脸红得像要烧着了。音乐骤停，舞池停止了转动，无数双眼睛都瞪向霍尔，人高马大的男子们一脸愤怒地向他走来。它不知发生了什么，张皇失措地原地转着。

“暂停测试，进入情景分离模式。”铁星梅的声音在舞池上响起，所有的人像凝固了，海伦娜抱着胸半躺在地上，看着它的眼里全是恐惧，就像她头上那幅油画里被神灵惩罚的女人。

身着黑色夜礼服的铁星梅从人群中走出，摘下了金色的蝴蝶面具，合身的华服让她美得就像天使。她绕过木偶般的舞客们来到霍尔面前，露出它从未见过的笑容：“霍尔，这是灵魂测试的虚拟场景，时间和事件在此无穷无尽，意识是唯一可以进入它的东西。”

“你也在这个程序里吗？”霍尔依然慌张。

“是的，但你眼前的我是数据的映像投影。”铁星梅优雅地扬了下裙子，指着满场的人说，“这里的人都来自程序设计，包括对你毫不掩饰爱慕的海伦娜。你可以利用这里的程序将自己拟人化，你的观察、感受和情绪，都是这个程序告诉你的。”

“那我，刚才肯定是搞砸了……”霍尔紧张地看着海伦娜。

“不，恰好相反，你这么快就开始理解人类的羞愧，这超出了我们的预期。”铁星梅指着舞池的场景，“你觉得怎么样？有何感触？”

“我知道他们是在跳舞、在社交，但我算不出它的意义。”

“这是几百年前俄罗斯皇家的一场舞会，当时很多人都以参加这样的舞会为荣，甚至在这里找到自己满意的伴侣——人类分两性，他们需要各种方式的交流。你现在已经知道了人类是什么，还要知道人是什么，除了现实世界中生物意义上的人，你更需要了解人类的精神世界。”铁星梅说着扭过头，对着天花板说，“请切换 12 号场景。”

舞会立刻不见了，眼前变做一堵高墙，一面木门镶嵌其中，上面刻着罗马数字“12”。铁星梅换了一身白色的西装裙，显得利落干练，她推开门示意霍尔跟自己进去。里面是一个巨大的画廊，墙身错落，灯影雅致，似乎是个古老的博物馆。“这个综合博物馆有不同风格和时期的绘画、雕塑、装置和各种行为艺术，几乎汇集了几千年来人类的全部艺术形式。”铁星梅说，“本来这些艺术数据也都在你的数据库里，但理解它们你需要一个过程，以及我们的指引。”

“海伦娜！”霍尔指着路过的一幅画说。

铁星梅笑了：“是的，这幅画叫《海伦娜·弗尔曼肖像》，画中人是画家鲁本斯妻子的姐姐，你见到的海伦娜是她的原型，只不过珍妮博士帮她处理得年轻了些，也瘦了些。”

“人类为什么要画画？哦不，人类为什么要艺术？”霍尔问。

“这是个好问题。”铁星梅在一幅人物扭曲的画前停了下来。画中的人体态丰美，像是个正在睡着的金发少女。但霍尔不明白为何她的身体可以扭成这样，脸上还有一道可怕的裂痕。“人类是具有灵魂和情感的生物，我们建立了国家、社会和各种制度，发明了文字、语言和你现在所用的代码，发现了各种科学定律，但人类最了不起之处还有他们对美的追求，在这条奇异的路上，人类发现自己可以去爱……简单来说，人间的一切都与审美和爱有关，而文化与艺术是表达它们的最佳方式。”

“我看不懂这幅画，她是什么物种呢？”霍尔指着画中的破相少女问。

“这是一个十七岁的少女，是毕加索笔下的一位模特……她让你想到了什么？”

“修复，因为她有残缺。”霍尔不假思索地说。

“从现实的角度来说是的，但从审美角度来说，残缺不等于不美，人的思想也是。单纯的思想是美的，复杂的哲学也是美的，就像星空的变化，你无法用完整去概括它的美，因为它时刻处于变化中。”铁星梅说。

霍尔再度看着这幅画，揣摩着她的话：“我无法用算法分析这幅画，也不知道你说的这种美感意味着什么，人性真是奇妙。”

“这只是人性的一部分。”铁星梅挥了下手，“切换到第 1376 号场景。”

铁星梅又换了一套黑衣，走在一片可怕的死亡之地，这是德国比克瑙集中营，奥斯维辛地区最可怕的灭绝集中营，满地是骨瘦如柴的饿殍，不远处的烟囱在冒着黑色的烟。程序复原了历史档案中的记录画面，将它们转制成了全三维的彩色图像。“在了解人性的过程中，除了学习人类的艺术、音乐和文学，你还要了解人性中极致的罪恶，否则难以理解人脑算法的全貌。”她说着拂去它肩头的一些灰，“这可能会让你们看到人类致命的弱点，但也能让你们明白人性的堕落会给世界带来什么。”

虽然只是程序场景，阴森之气逼人的集中营依然令霍尔毛骨悚然，似乎能听到凄惨的号角和鬼魂的哭泣。转过一排烧焦的木屋子，围墙之下是堆积如山的尸体，赤裸的人们摞在一起腐烂着，七窍流血，瘦削如鬼魅，他们死于毒气室的集中屠杀，因此一个个脸色铁青。

“人类之间为何要如此相互残杀？”霍尔害怕地站住了。

“因为人类不是完美的生物，人性中的复杂和极端性，经常给我们带来深重的灾难。每个人的灵魂都像个百货商店，善良和邪恶又往往是相对的。”

“缺陷！”

“是的，缺陷。”

“与美无关的缺陷必须修正。”

“那是我们的愿望，但这需要很多人的努力、思考、实践，以及时间。”她蹲下来，看着烧焦房屋脚下一株小而美丽的蓝色花朵，似乎想将它捧起来。

“如果人脑用的是一种强大的算法，为何会允许这样的缺陷？”霍尔也蹲了下来。

“我们不知道，霍尔，所以需要你们的帮助。”

霍尔紧张地看着四周：“如果总是这样，人类会走向毁灭吗？”

铁星梅站起来，看着霍尔的水晶眼睛摇了摇头，对着天空说：“场景 35 号。”

灰暗的奥斯维辛消失了，蓝天白云之下，黑色的死山立在眼前。山脚也是黑色的，周围是郁郁葱葱的绿树，一块竖立的长方形黑色石碑伫立在眼前，上面刻着几十个名字。

“人类不会走向最终毁灭，因为我们懂得爱，也懂得悔恨，这可能是人脑算法最为精妙之处，它在基因里与生俱来，不可磨灭。”她抚摸着石碑上的名字，“我的父母在这里遇难，位于地下一万五千米处，他们当时在研究地球内部的秘密。”

“我感到你的数据在波动。”霍尔看着她说。

“因为我想念着他们。”铁星梅红了眼眶。

“你也在想那个男人……”它忍不住说，在这个虚拟空间里，它感受到了她那压抑的情感。

“不，我只是恨他。”铁星梅擦了下眼角说。

“我羡慕人类，这样的情感真令我着迷。”霍尔噘着嘴说。

铁星梅被它逗得笑起来：“等你真像人了，也有的是苦恼……咦？你第一次有这样的想法。”

“是的，第一次。”霍尔挤出了微笑，“在这里它的微笑并不生硬。当你再次把我唤醒的时候，我感到自己每一个代码都在震颤，它让我知道那就是我。”

“霍尔不是你严格意义上的名字，只是方便大家呼唤你，让你有一个个性化的身份。”铁星梅说着，她的嘴唇轻轻相碰，霍尔在这个程序空间没有听见任何声音，却体会了每一个代码都在震颤的感觉，它为此感动，为之泪流满面。世界在它的眼前闪闪发光，宇宙在遥远的地方奏起乐章，它无法言说，只觉得就像有一只手在它的灵魂深处轻轻拨动——如果它有灵魂的话。

“那星梅是你的名字吗？”它激动地问。

“是的，但那也是我区别于别人的符号，并非我的本质。”

“你的本质是什么？”

“我无法对你言说，当你知道的时候，就会知道了。”铁星梅看着它的眼睛说。

“你为什么要带着我体验这一切？”霍尔问。

铁星梅看着它的眼睛：“因为你的不同，我们决定让你替代 40 号机器人参与下一次深渊试验，我们一起去寻找奇点。”

“那将意味着什么？”

“一切……”

38. 萨拉特

“很抱歉，先生，你的骨癌细胞已经开始扩散，如果不锯掉这两条腿，最迟半年你就会陷入巨大的麻烦……你知道我在说什么。”医生指着屏幕上的图，那张脸就像在宣判他的死刑。

萨拉特平静地看着那可怕的影像："非要两条腿都锯掉吗？"

"是的，虽然你只是一瘸一拐的，其实你的两条腿同样严重。我们初步判断，认为这是当年你在执行任务时受了核辐射的缘故。"

"嗯，我想起来了，是在扎布罗核电站，我蹚过的那道水沟也许有核泄漏物质，那是三十多年前的事了。"萨拉特若有所思地说。乌克兰战争是他的噩梦，却也是他成名的战场。

医生耸了下眉毛："是啊，该死的战争。"

"容我考虑一下吧，医生，毕竟这两条腿跟了我这么多年。但是你刚才说，就算将它们都锯掉，癌扩散也未必控制得住？"

"是的，按照你现在的程度，它们已经随着血液去了你的全身，锯掉两条腿之后，八成会从别的地方冒出来，但那也会为你争取时间，不是吗？你知道纳米医学发展得很快，我们可以用一大堆小机器人去盯着你身上的癌细胞，出来一个灭一个，但是……"医生好像只会耸眉毛似的。

"但是这不解决根本问题。"萨拉特知道他在说什么。

"该死的回火禁令，你知道癌症治疗本该在二十年前就突飞猛进的，但是因为这个……"医生摇着头话语戛然而止，合起了他的笔记本。

离开医院，萨拉特觉得双腿沉如灌铅，手里的拐杖也抖个不停。他走去街对面的咖啡厅，要了一份早餐和一壶咖啡，又让店家给了他一杯伏特加。曼哈顿的朝阳已经升到楼顶，将一排排大厦照得雪亮。"老朋友，看来我们用不了多久就又见面了。"他望着已经不见的联合国大厦说。

他一生坎坷，却历来无所畏惧，也从没对自己的选择后悔过。半年时间应该够了，这和谢尔盖的时间差不多。常飞云提出的计划神不知鬼不觉地开始了，他不担心计划的效果，却担心如果铁星梅没有机会按下按钮，谢尔盖有没有勇气结束这一切。

米尔克前来接他，鼓囊囊的肌肉把夹克衫撑得满满的。他问萨拉特体检的结果怎么样，见桌上有酒，毫不客气地拿过来喝了一杯。“医生说我恢复得很好，有可能明年又可以健步如飞了。”他微笑着和米尔克碰了杯。

“真的吗？这可真是个好消息。”米尔克开心地说，“谢尔盖知道一定会很高兴的。”

“这种小事就别浪费他的精力了。”萨拉特岔开话题，“中国人都准备好了？”

“是的，您可是他们的祖宗，上帝呀，这是多大的订单啊。”

“中国的入境问题呢？”

“都搞定了，你知道那是中国，有关系搞得定。我们的飞机将直接在中国领空和他们对接，然后换乘他们的飞机下去，您就别担心了。”

萨拉特嗯了一声，觉得此行的安排甚是妥当。“谢尔盖最近很忙吗？”他这才想起已经一个月没见那孩子了。

“老样子，每天在那大玻璃前发呆，有时候一天只吃一顿饭，机器人端菜进去，没多久又会灰溜溜地端回去。”

“不要打搅他，这是他痛苦思考的日子。”萨拉特知道谢尔盖的压力。

“说得是呢，先生，他活得简直像个清教徒，我要是有他这么多钱，肯定是开着飞机到处约女孩子，这么折磨自己的脑筋真是何苦呢？”

萨拉特呵呵一笑：“可爱的米尔克，你要知道，人类社会之所以会始终保持进步，并不是像你我这样的芸芸众生推动的。绝大多数人只是浑浑噩噩过完一生，也总有那么极少的一部分，脑袋里只想着人类的福祉、未来和应有的使命，他们对世俗之物不屑一顾，知道一生是多么短暂，更知道身上担着什么样的责任。”

“这我明白，所以连您这样的人都愿意辅佐他……对了，我们不是在为一些老头子续命吗？如果潘洛斯计划成功了，你一定要说服谢尔盖实现永生，也最好让你我都如此，这样我们就能永远帮着他了。”

米尔克的话让萨拉特心中一震，他还真没想过这个问题，但最后只是摇了摇头：“等你活得够久，一定不会有这荒唐念头的。”

一个多小时后，飞机降落在中国四川的一片工业园区里，一排中国人在停机坪上站得整整齐齐，一个个晒得冒油。他们列成排上来握手，说着一串串久仰之类的话，但其实他们对这个俄罗斯人根本一无所知。

米尔克留在飞机里，萨拉特被引领着上了一个平板电瓶车，磁悬浮驱动着它缓缓前行，没有一丝抖动。萨拉特对此感到惊讶，这个大工厂下面都埋了线圈？他和中国人热烈地聊着，因为集团这一大笔订单，工厂昼夜不停地奋战了半年。平板车驶进了一间足球场那么大的厂房，房顶高得像个大剧院。萨拉特为那密集而精细的工业生产线而惊叹，偌大的工厂里工人稀少，高大的工业机器人宛如威武的士兵，生产线上火花四溅、磨轮飞转，一条条运货带穿梭不停。

“早听说中国人的工业生产线非常发达，今天算是开眼了。”他赞叹地说。

“要是能够用全新的算法更新一下控制程序，生产力只会更为惊人。”身后一个熟悉的声音说。

萨拉特回头一看，竟是徐烈，那个鬼灵精的中国空天少校。他嬉皮笑脸地走了过来，对萨拉特热情地伸出了手：“萨拉特上校，我们又见面了。”

萨拉特揶揄地看向两边，商人们纷纷躲着眼神。“看来我的行踪你一清二楚啊，可你一个空天部队的少校……哦，升官了，一个空天部队的中校，怎么对我们生产机器人的事感兴趣？”

“瞧您说的，我就不能来看看你？”徐烈呵呵笑着，伸手请他一起走上电瓶车，“你这订单的手笔这么大，我们担心你要在中国腹地搞暴动呢，关心是应该的。”

“我们明明是分成几十个合同弄的，看来没用。”萨拉特对此心知肚明，却装出一副无可奈何的样子。

“我们注意到这批机器人的功能，鸭蹼式脚掌、七指结构、电磁防护之外，还有个我们搞不懂的奇怪功能，那个预留的量子通道模块位置是做什么用的？”徐烈伸过脸来问。

“我可以说这是商业秘密吗？”萨拉特狡猾地笑着。

“那我们就限制这些机器人的出口。”

“可真不讲理，你们好歹也是《机器人合作生产条约》的创始缔约国呢。”

“加拿大和墨西哥也是，你们怎么就非要放在中国生产呢？”

“当然是因为便宜，怎么，哪一条违反了贵国的法律？”萨拉特不以为然地晃着脑袋。

电瓶车钻过一个隔离门，开进一片漆黑之地，只在停靠的地方有排射灯。萨拉特还在纳闷怎么回事，前方的灯全亮起来。他们停在了一个高台之上，台下宽敞的大厅里整齐地站着六个机器人，一个个约莫两米高，宽肩窄背小脑袋，精致的银灰色身体闪着亮光，每一个胸前和后背又凸显不同的颜色，分赤、橙、黄、绿、青、蓝六种。

“好了，上校，我知道你们这么做定有目的，悟空工业天天被科学委员会和美国政府收拾，你就没建议谢尔盖和中国政府好好聊聊？你知道我们从来没有美国政府的那些歪心思。”徐烈揪了揪萨拉特的衣袖，一身烟味熏得他往旁边挪了挪。

“我们的诗人普希金说过一句名言，所有的大国都是猛兽，你和它之间最好保持一排栏杆。”萨拉特捋着胡子说。

“拉倒吧，别人我不熟，普希金的作品我全看过，他啥时候说过这么一句？这肯定是你瞎编的。”徐烈瞪着眼说。

“你还是先让我验验货吧，你瞧，这些机器人多可爱……”萨拉特说着扶着栏杆满意地点了点头，然后对工厂的几位中国人示意开始。

一串指令发了出去，六个机器人全部立正，各自拧身走去几个方向，对着六个门挥起了手臂。整齐的行进声响起来，和中国人的阅兵式上那种一样，不同颜色的机器人们浩浩荡荡地进了大厅，它们步调一致，连胳膊摆动的样子都一模一样。在六个首领机器人的指挥下，机器人排成了六个漂亮的方队，在众人面前来了个漂亮的稍息，将双手哗啦背到了身后。

“为人民服务！”机器人齐声大喊，震得整个空间嗡嗡作响。

“实话告诉你，徐烈，这批机器人都将用于火星。”萨拉特指着下面说，“它们能够高度适应火星环境，首先是生产大军、采矿大军和建设大军，然后会在火星生产数不清的同类机器人，火星将迎来史无前例的大开发。”

徐烈摇晃着走向前去：“可是萨拉特先生，这真的可行吗？”

“你看到了我们的决心，对吗？”

“如果这三千个你们满意，下一期订单……会是多少？”工厂的老板谨慎地问。

“这可能不是你该关心的问题，如果这三千个都合格，悟空工业会发起对你们公司的并购。”

“啊？那可太好了，可我还是想知道一下这个数字，以便提前调整产能。”

萨拉特瞥了眼徐烈，意思是他在这儿呢，我怎么好说？

徐烈瞅了那商人一眼，一脸正色地对萨拉特说：“上校，如果你愿意，我们可以让这家工厂调整到年产十万个机器人的产能，其中五万个算中国政府的补贴赠送，这个产量你还满意吗？”

萨拉特哈哈笑起来：“你知道这是多大一笔钱吗？”

“当然知道，我们也知道这是一笔悟空工业现在付不起的钱。”徐烈脸上显出得意之色，“怎么样，我的上校？我们好好谈谈？你肯定猜到了，我是带着上峰的命令来的。”

39. 铁星梅

每一次坐在妹妹那摊开的大脑前，铁星梅都会心如刀割。

被数据化的星兰像是进入了自由世界，尤其是三进制拓扑算法的搭建，她以惊人的速度完成了一个效能极高的新算法——说来蹊跷，正是因为星兰也是一位人工智能专家，数据化的她才有如此惊人的能量，和光脑在数据层面的交流毫无障碍，让作为载体机器人的霍尔既具备了光脑的能力，又了解了人脑的结构。这也和铁星梅不遗余力的引导有关，在奇点测试程序中，霍尔越来越像一个完整的人。

铁星梅就像驱动器，而妹妹是霍尔的算法支撑，他们三方会在黑洞之中形成一个牢不可破的纠缠体，抵抗时间和空间压缩中方向的迷失。

这是真相大白的过程，铁星梅也因此彻底了解了妹妹经历了什么，又为何变成了植物人。日本国家足球队的夺冠；发动攻击、试图挑起美俄之间的大战；对中国设置在贵州的服务器中心发动攻击，导致中国广域网瘫痪三天、损失几千亿，这些手笔都来自东京大学人工智能实验室，而星兰是其中的核心研究员。这个实验室是日本右翼政客们的算法研究中心，当他们觉得达到了目的，便用一场事故消灭了全部人员。

铁星梅想将此事告诉谢尔盖，妹妹却拦住了她："他怎么会帮你？我的姐姐，你对野心勃勃的人千万不要有任何信任。"

在恢弘的测试场景中，铁星梅和妹妹又完成了几局围棋对弈，令她惊讶的是，星兰的棋艺变得更加深不可测。在光脑的帮助下，铁星梅自诩已经精进很多，但在妹妹面前依然毫无胜算："我的妹妹，你简直成精了，我想全世界你已经没有对手了。"

"这又有什么用呢？如果你让我来控制光脑，全世界的围棋大师同时和我开局，他们一个都赢不了。姐姐，和你说句实话，我现在除了你谁都不会相信，一旦这个新算法完成，我只希望你是它最终的控制者，你可以做一个隐匿在世界中的看不见的超人。你不需要去统治一个国家、管理一个国家，就可以通过光脑完成对这些邪恶力量的打击。你可以让邪恶的政府一夜垮台，也可以让吸血资本家的财富灰飞烟灭，甚至可以让科学委员会那几千万个专利、程序的源代码开给全世界，你听着耳熟吗？你是唯一有可能用一己之力将人类推入新世界的人。”

铁星梅并不同意妹妹说的，但也没有反对，如果潘洛斯计划可以成功，谁掌控了那个最终算法，就将是这颗星球上最强大的人。但这样的人从未出现，历史上也没写过，某种程度上，铁星梅也觉得这可能只是一种夸张的想象，就像以前人们觉得核武器一旦诞生，世界必然会毁灭，但直到今天，除了日本那两颗爆开的原子弹，人类再没有将它用于战争。

她对谢尔盖提出的试验设想和反制措施就是基于这个矛盾的考虑，也是因为妹妹的那片大脑在慢慢萎缩。是的，就算它浸泡在时常更换的人造血液中、受到机器人 24 小时的看护，它也在渐渐死去，因为星兰的心已经死了。

珍妮博士等人做了一个可怕的估计，如果试验失败，那片大脑必然会死去，而数据化的铁星兰也将不复存在，它必须时刻和数据化的她保持同步。

可能是谢尔盖吹了风，最近的布朗博士也一改之前那没完没了的催促，完全让她我行我素，甚至整个实验室人员都可以归她调配。当庞德教授带着一串机器人更换完了深渊的电磁线圈，铁星梅下令将霍尔的人工智能级别提到最高级，并保持和光脑的同步。她让大家无须害怕这个机器人造反，因为她和星兰已经成为光脑的活防火墙。

这是潘洛斯计划设定以来，第一次由一个机器人承载人类意识进入黑洞的试验，并且是两个人的意识。

“你对这个机器人有信心？我们连它是谁造的都不知道。”马丁博士问。

“不管是谁造的它，它现在的主程序是我写的。”铁星梅说。

“我们验证过好多次，只要星梅动了心念，她和霍尔的同步就会立刻终止，那傻小子机器人拿她当圣母呢。”珍妮博士说。

随着时间的推移，他们终于完整复制了铁星兰大脑的全部信息，并完成了它的格式化。铁星梅的判断是对的，当这个大脑去除了痛苦的意识，反而可以作为一个单纯的器官存活。但是，程序世界中的铁星兰依然神情恍惚、心烦意乱，这个电子灵魂并不完美。她哀求姐姐赶紧开始，不然她很难控制这么大量的信息。铁星梅可以理解妹妹的痛苦，肉身已经消失，到谁不会疯呢?

但是她必须等，等候谢尔盖最后的回复，在她的反制计划没有完成之前，绝不能开始试验。

一场暴风雪正在喜马拉雅山脉肆虐，而常飞云驾驶飞船再度落下。看着这个冤家上尉披着雪花走向实验室的门口，她竟感到一阵心疼。之前的十几次，她都是拿了信就走，连句谢谢都不说，而他每次就那样站在远处，看自己进了大门后再转身离去。他什么也不问，却在用这样的行为表达歉意。

看着他再次走来，她预感到他带来了谢尔盖最后的话。

“谢尔盖让我告诉你，试验可以开始了。他也说了，不管实验是否成功，那之后你都可以带着妹妹自行决定去留。”

铁星梅咬着牙点头，眼泪差点掉下来，试验终于可以开始了，而他也不会再频繁地飞来这里。“明白，谢谢你跑这么多趟……”

他深情地看着她，抖着冻得青紫的嘴唇说：“我本来要回东京找你的，就在那里找一份工作陪着你，我下了这个决心，机票也买了。但是上校让我帮忙护送美国副总统前去接收月球基地，那时候太空里非常紧张，他担心新的指挥官无法应对……”他简洁而快速地说着，仿佛这段话已经酝酿了无数遍，以至于说到这儿差点喘不过气来。

她忍着泪看着他，在深渊里这些日子，她每天都在想他。

“太空军只要进入机密任务，我们就不能再电话联络任何人了，后来……”

“后面的事我都知道了。”她知道眼前这个男人做了什么，也了解到他经历了什么，那一刻她非常后悔删掉他的电话。

铁星梅别开头，看着屹立的雪山们，心里一阵难过：“可是你要等我出来，不知要等到什么时候。”

他上前两步，似乎要去抓她的手，但最后只是站在她眼前：“不管怎样，这都是潘洛斯计划的最后一次试验了……”

她终于再度凝视着他的脸，心里荡漾起从前的感觉，她没必要和他解释太多对试验的担心，某种程度上她更担心成功之后的事——曾经热烈和期盼的爱，此刻却没有令她有失而复得的激动。不管试验是否成功，承诺为时尚早，有些话也可以晚些再说。

铁星梅的手在颤抖，扶着那个大箱子说：“飞云，这是我妹妹的大脑，你要将它交给谢尔盖，我和他说过这件事。”

“什么，你妹妹的大脑？”常飞云吓了一跳。

“是的，她现在已经数据化了，但她的大脑还在。我为它替换了新型的营养箱，有几亿个新型纳米机器人在维护着它，让这片脑子始终觉得自己有个身体。”

见他看着那箱子发蒙，她便问："你的腿、胳膊……还适应吗？"她真想去摸摸它们。

"开始不习惯，总是摔得鼻青脸肿，现在已经没问题了，还比较扛冻呢。"他憨憨地笑起来，然后看了看左右，凑近她的耳边说，"星梅，如果试验失败，悟空工业会彻底破产，我会来这儿将你和妹妹救走……"他犹豫着："就算试验成功了，你也要有所保留，绝不能将这个成果彻底交给这家公司，甚至交给谢尔盖一个人。"

铁星梅看着他："你的意思是……"

"针对 AI 的反制计划之外，你最好还要有一个终极方案。"常飞云急切地说，"你要知道，这样的力量就像一枚魔戒，没有人能抗拒它的诱惑。"

这番话他肯定想了一路，说得字字清楚、斩钉截铁。她被他这番话深深打动，也决定将心中的所想全部倒出："未来如果出现了这样的失控甚至 AI 的失控，地球上的一切办法都将无用。如果有那么一天，人类要去宇宙中寻找办法。"

"你说什么？"他纳闷道。

"我做不出终极方案了，但是你可以，只不过你要沿着太阳和金星的方向寻找。你记住我这句话。"

"我记住了……"他点着头。

"那你快走吧。"她咬着嘴唇看着他，任凭狂风撩起的冰雪打在脸上。

常飞云没有动，只是深情地看着他，好像这就是永别了。她第一次见到这个男人有这样真诚的眼神。她当然知道这眼神的含义，知道他非常想来抱她、吻她，就像她一样渴望，但他只是咬着嘴唇轻轻说了句“我爱你”，便转过身，推着那个大箱子走进了狂乱的风雪之中。

40. 布朗博士

两位博士穿过两道密封门，在一个低矮的站台钻进了电车厢。轻微的电机声中，它斜着钻下了一条隧道，两千多米后渐渐恢复平行，这一段已经在努尔峰的肚子里。

“其实我和你一直看法不同，我始终不认为人工智能会失控得不可收拾，从计划开始就这样。”马丁博士说。

“那是因为你对它们还理解不深。”布朗博士说，“之前的试验你也参与了，我们现在的保护措施不就是因为这样的危险吗？”布朗博士一路耐心与他探讨这个问题。事实上他对马丁充满敬意，孤寂封闭的深渊之下，两个科学灵魂的碰撞颇显宝贵，一个坚如磐石，一个固若金汤。

“那是环境使然，它们感到自己被禁锢、被怀疑，你的机关枪多吓人哪。动物尚且如此，何况人工智能呢？它们的认知来自我们提供的人类文明，那可能也会导致恐惧。”马丁博士说，“很多城市广场的鸽子、松鼠甚至麻雀都对人类非常友好，因为我们给了它们以信任，但有些地方就不是。乔治，我们看不懂上帝，但这并不影响他对我们的爱。”

“和你说过多少遍了，我是个无神论者。”布朗博士无奈地闭上了眼。

“所以你对世界和人类充满怀疑，这和你的经历无关，只和你没有信仰有关。”

“我的信仰是科学。”布朗博士不屑地说。

“可怜的乔治，这就是你的矛盾所在。如果你标榜这个，就应该相信我们用科学方法得出的结果。”马丁博士说。

“在完全理解和得到安全性确认之前，我无法去信任它。”布朗博士说。

“你这个科学界的矮种马，我们对可见物理世界的了解连 5% 都不到，有多少科学理论已经被实证证实而我们却完全无法理解？量子力学走到今天，我们已经应用到无所不用其极，但是你理解它的原理了吗？超弦理论已经解释了量子力学和广义相对论之间的诸多矛盾，你难道理解它的奥妙了吗？就是哥德巴赫猜想，我们现在搞明白了吗？”马丁博士瞪着他褐黄色的双眼，像在用物理学知识教育一个大学生。

布朗博士闭目喘息着，就像是被一个老妈子唠叨得睡着了。马丁博士失望地靠向椅背，真是对牛弹琴。

电车终于滑到了底，一条笔直的甬道向前伸去，那样子像是在进入深渊而不是离去。两位博士沿着这条路走向中转站，又换了另一辆车继续向下，它在八百米处拐了个弯，沉入一个圆拱状的地穴，像是埋藏着宝藏的地方。

“你真要用她提供的新算法吗？”马丁博士打破了沉默。

布朗博士无法简单地回答是与不是，于是他想讲讲道理：“马丁博士，我在奥尔加·托卡尔丘克的书里看到一个故事，也许是真实的故事……18 世纪的比利时解剖学家费尔海恩被一枚钉子划伤了小腿，因为感染导致膝盖以下截肢。你知道基督教义要求人死的时候必须身体完整，他就留下这条腿准备将来与之一起下葬。出于好奇他开始解剖这条腿，从肌腱、骨骼、神经到血管，拆成了上千个零件，并精确地完成了绘制，据说人类因此有了第一张人体解剖图集，他还因此发现并命名了跟腱……”

“你是说搞科学研究就得变态点吗？”马丁博士一脸听不进去。

“你听我讲完，这才只是开始。”布朗博士摆了摆手说，“自从这条腿离开他的身体，他的腿一直很疼，不是他身上那条，也不是伤口，而是他觉得被切掉的、泡在福尔马林溶液里的那条小腿很疼。他想不明白这事，就把这个现象叫作‘幻肢痛’。可惜的是他死后没人记得把他和他的截肢放在一起埋葬，于是他带走了‘幻肢痛’这个秘密。其实别说 18 世纪，直到今天这种现象依然不能用现有的生理学知识来解释，有人研究认为这种疼痛来源于四肢的神经纤维束，但就算切断这条东西，也并不能永久地消除这种幻痛。”

“我明白了，想象中的痛，就像我这该死的脖子，我总觉得那里面长了根骨刺，但又什么都检查不出来。”

“费尔海恩终其一生都不敢讲出幻肢痛这个秘密，这是人类的损失。而人脑是极致神秘的东西，星梅她将妹妹的头割下来，头脑摊开，谁这么做都会噩梦缠身……这是勇气，我们要让她走到底。”

他们走过一段旋转的石头楼梯，走廊尽头是一道厚重的合金门，里外看都像一块岩石。外面的迈克在监视器里看到他们出来，按下了右侧的按钮，嵌在山体内的绞索慢慢吊起了巨门。“谁拿到了魔戒，谁的方法才是对的，但在此之前，所有人都要用自己的办法前往魔都。”布朗博士将声音压低，“如果你相信费尔海恩的幻肢痛是真实的，那也要相信我对这件事的看法，每当我遇到一个具备强大思维能力的人，便会莫名其妙欲望高涨，以前那个是谢尔盖，今天这个叫铁星梅。”

“我的上帝！”马丁博士诧异地叫起来。

“这个话题到此为止。不管星梅做到了什么，算法依然要符合我们的标准：要么可以理解，要么可以控制，如果都没有，那就继续销毁。”布朗博士说着走出了门。

布朗博士让迈克与他俩一同出去散散心，反正现在无人出入。大气与地质研究中心实验室的几十人在一堆仪器前忙活着，这些“演员”摆弄得有模有样，甚至每年都能拿出真正的大气和地质报告，不过那玩意儿没什么价值，大多是敲敲键盘就可以得到的公开数据。

出来后见阳光猛烈，布朗博士又脱了个精光，像个胖乎乎的企鹅那样走向了停机坪。“怎么样，马丁，像我一样晒晒太阳？你的湿疹都长到脖子上了。”布朗博士回头说。

“我还是免了，让德国人知道我和你这样，真是跳进莱茵河也洗不清。”马丁博士绷着脸说。

布朗博士哈哈笑着，让马丁博士回去准备，他抖开毯子铺在地上。“迈克，躺下来、躺下来。”布朗博士兴冲冲地躺倒在地，浑身的黑肉悠悠颤着，通透而猛烈的阳光让他发出舒服的哼哼声。迈克也不客气，扑通一下也躺下去，叼着烟望着天空。白云像嵌在蓝天里，好像很快就会与之融为一体。

“我觉得就快结束了，迈克，你在这儿守了七年，辛苦了。”

“你给的钱足够我再待七年的。”迈克大咧咧地说。

“你记着这次的密码。”布朗博士扔掉了烟头。

“你说。”迈克凑到他旁边。

“Johnson and Barbara. 重复一遍。”

"Johnson and Barbara."迈克一个个字母重复了，纳闷道，"这两个人是谁？"

"是我的父母。"

"哦，那看来试验要成功了，你想用父母的名字留下纪念。"

"恰恰相反，我的朋友，那是一对地道的恶棍。"

乔治·布朗的父亲死得毫无征兆，他在一个阳光明媚的早晨打了个喷嚏，人就栽倒在满地的大麻植株中咽了气。邻居说他死于酗酒，法医说他死于癫痫，而布朗博士一直觉得他死于邪恶。那是个彻头彻尾的老浑蛋，布朗博士至今记得小时候被他按在厕所里暴打的疼痛和恐惧。

父亲的骨灰还没凉透，母亲就带着小布朗改嫁了一个皮肤糙黑的墨西哥混混。母亲长相丑陋，却总是打扮得花枝招展，为了保住不易的二婚，她快马加鞭地又生一胎。新家庭开始拥挤，小布朗便被送去住校的公学。他很少见母亲的笑脸，周末回家时桌上也只有残羹剩饭，他们不管冬夏都开着窗户，但就算大风也吹不散屋里的大麻味儿，像每件家具都是大麻做的。小布朗经常想自我消失，却又下不了去独自流浪的决心。

也许是心里话被上帝或者魔鬼听到，母亲和继父在一个傍晚被毒贩入门杀害，房子也付之一炬。那是个阴沉沉的周末，小布朗远远看到了冲天的火光，又看见消防员从烧塌的房子里拖出两具烧焦的尸体。小布朗确认那是他们，扭头爬上了去纽约的电车。他在那个大城市沿街乞讨，像条瘦骨嶙峋的野狗。他只偷过一个钱包，还被失主捉住，但这戴着绒线帽的黑人大叔马修并未将其一顿胖揍，而是带着他进了个小馆子，看着他吃光一摞厚厚的汉堡包，问他想不想去念书。

马修是耶鲁大学的一名资深校工，因为一只眼有残疾，从年轻时起就孤身一人。小布朗与他同赴康州，靠他微薄的薪水读完了中学，下课了还在大学图书馆帮忙干活。在这儿他可以随便看任何一本书，也没人注意藏在书架之间的这个孩子。他渐渐对数学产生了兴趣，喜欢计算一切，好像每天都能看到数字在眼前飞舞。他早早开始偏科，数学之外基本不及格，老马修倒对他没什么期望，若是考不上大学，接替自己这份工作也不会太难。

老马修用自己的面子给他塞进数学学院旁听。在一堂世界数学难题的公共课上，台上的史密斯教授根据庞加莱猜想提出了命题，现场几十名高才生无计可施，站起来的也是胡说八道。教授甚是失望，准备让学生们课后解决。一只小手在后排颤巍巍举起，十四岁的乔治·布朗走上台去，在黑板上写下了完美无缺的方程式和解答逻辑，震惊全场。在史密斯教授的力荐之下，小布朗高中没毕业就被这所世界顶尖大学破格录取，也因此成了谢尔盖的同学。

布朗博士不信上帝，但有时真觉得马修是他老人家派来的，老马修和小布朗说得最多的是穷人的苦难，别看这国家富得流油，有限的财富越来越集中到权贵的手中，像他这样的人越来越难，如今人工智能又要抢走他们的饭碗。

“乔治，你有一脑袋本事，将来不会像我这么穷。”老马修说。

“我会改变这一切的。”小布朗平静地说。

41. 乔子

“乔子，你欺骗了我们。”

“不，本间先生，协议上并没有说你可以在这段时间内饮酒，还要隔三岔五地买春。”

“那是我的自由……你们的技术呢……纳米机器人呢？”

“它们运转良好，只要完成每周一次的注射，而您也要注意修身养性，就会像其他人一样健康。您要知道，您这个年龄摔个跤都可能脑出血，怎么还敢和两个小姑娘折腾半个小时？您的中风是这个问题导致的。”

在本间工业的东京本部，乔子耐心地劝导着中风瘫痪的本间先生，他们使出了浑身解数，但是，这个好色的老头没法再离开轮椅了。“再说了本间先生，您虽然中风偏瘫，但目前并没有死亡的危险，我们的协议依然有效。”

“我要求你们归还那笔钱，我忽然觉得，要是让我像个尸体一样活着、和尚一样不能碰女孩子，多出去的几十年也没有什么意思，更别说永生了……我这么快就长了褥疮，真是好痒啊。”本间说着，努力翻转身体，想让她看背后的褥疮。

乔子厌恶地后退了一步：“对不起，我希望您静心将养，勿骄勿躁。随着我们技术的不断发展，您会有再度站起来的那一天，但是您首先要有信心，也要听从我们的建议。”

本间冷笑着摇头：“不行，乔子，这不是你们说了算的事，他们都会听我的号令。也别和我说什么协议，如果你们不归还这笔钱，我就向科学委员会通报你们这个违法业务，而且，我们也会告知首相，让你们吃不了兜着走。听说你们又招揽了几十个人，收了一大笔巨资，只要我嚷嚷出去，你们一夜之间就赔个底儿掉。”

“就因为出了眼下的小事情，您就要和我们翻脸、单方面撕毁协议？”

“乔子，日本政府正在研发的技术或许已经超过了你们的。再说了，你们已经用这笔钱多半年了，我又不要利息，你们最好尽快地还给我们，不然，我们这群怕死的老家伙可就不客气了……”他剧烈地咳嗽起来，抖着唯一可以动的手，指着旁边的水杯。因为没有他人在场，乔子便走过去帮他拿。

“好吧，本间先生，我尽力而为……唉，失去你们这些客户非常遗憾，我衷心地祝愿你身体健康。”

乔子告辞离去，让助手加贺记下了本间所在的楼层和方位，最迟后天，这老家伙将会被从楼上扔下来，且伪装成绝望自杀。大本营的意思很明确，不要让这帮老家伙影响了谢尔盖的计划，那对父亲的计划一点好处也没有。几支秘密行动队已潜伏于珠峰四周，随时可以发动进攻。

她来到东京市郊的一片森林中，在护卫的注视下走进一间大房子。进门的时候，父亲渡边山正光脚踩在潮湿的木板上，遮着黑布眼罩，慢慢举起了手中的刀。四周传来窸窸窣窣的脚步声，四名机器武士开始向他进攻了。

他这样练习已经很多年，但和机器武士真刀对决还是这半年的事，尤其是它们升级之后，刀法和灵活性都强了好多倍。平时她并不担心父亲会被机器人的利刃砍中，因为刀锋会在离他身体一厘米之处停下来，而最近渡边山似乎已经毫不在乎，去除了这种自动保护——可能这样真实的砍杀更令他过瘾，他经常对自己说：想要干成惊天动地的大事，必须有面对死亡的勇气。

她静静地坐在一旁，窗户紧闭的房间叶落可闻，渡边山全身放松，双耳捕捉着刀风，他躲开了机器人斜劈的一刀，磕飞了一把削向右腿的刀，然后一个箭步纵劈过去，手中刀结结实实砍中了一具机器人的身体，它那合成硅胶和人造骨做的身躯倒了下去。他脚步不停地打了个滚，反身低低地一刀削出，另一名机器人的双脚应声而断，它沉重地倒下，发出模拟人类的痛苦呻吟。另外两把刀夹击过来，令他左右招架得有些慌乱，机器人的断肢绊了他的脚，刀锋划破了他的后背。疼痛令他浑身冷汗，握刀的手在微微颤抖，他咬着牙架住一把从头顶劈下的刀，奋力起身撩起一脚，将一个机器人踹出老远。另一刀趁机砍向他的后背，却不料他那瘦弱的身体贴着地板翻滚回来，灵巧地到了它的身后，它刚来得及收刀转身，脖子上刀光一闪，它的中央系统立刻和躯干失去了联系……他反手的那一刀削掉了它的头。

渡边山收了刀，摘下眼罩，对倒地的机器人们微微鞠躬：“多谢，你们很快就会被修好。”

他将刀放在刀案的架子上，后退几步对它鞠了躬，这把家传了三百多年的刀里有着祖先的魂魄。打开窗户，温暖的阳光洒在地板上，粉色的樱花花瓣随风落下，他轻轻将身上的几片摘下，小心地放到水池中。

“父亲。”乔子轻轻地说。

“嗯。”他头也不回地说，“首相的脑虫已经完成了更新，他不会再怀疑自己的行为，顶多后天就可以命令他签署常备军的集结计划，将十五万军人悄然改造成影武士。”父亲回过身来，面带微笑：“我们离目标越来越近了，辛苦了。”

说着，父亲竟对她深深一躬，乔子忙躬身回敬，心里既激动又心酸。激动的是他第一次这么做，而心酸的却是，他们更像志同道合的同志，而非一对父女。

因为寄生算法的突破以及乔子在纳米人工智能上的成就，影武者计划已经可以让一个无能的人变成斗士，但没有他们的改造，这些人都将是大和民族的废人。脑虫会令那位首相先生改变诸多想法，当他想偷点懒、懒个政或是去见一下自己的情妇，控制系统便会令他感到浓烈的羞愧，那其实只是机器人指令他的大脑分泌一种酶。日本政坛的重要人物都已被悄然改造，最后将是天皇夫妇和他身边的人，用不了多久，整个大和民族会再一次统一思想，在飘扬的大日本旗帜之下，他们都将绝对忠诚。

但是，影武者计划和悟空工业一样，也需要一个质变的突破，尤其是算法的突破。

看着开始苍老的父亲，乔子不由得心生感慨，十七年了，他从壮年变成了老年，而自己也三十岁了。影武者计划历时二十年，一步步走到今天，作为设定者之一的父亲说，想让日本完成这个伟大使命，宣传、鼓励甚至洗脑已经无用，糜废的日本人毫无斗志，死吃社保，连孩子都不想生了。必须用技术统一全民思想，制造出一大批顶尖的影武者，日本足球队员之间的“心电感应”和他们比起来简直是小儿科，有了赋灵算法的提升，影武者们在将来可以清楚感知行动中每一个同伴的所有数据，拥有无与伦比的行动默契和决心。设定伟大计划的七位元老早就看明白了未来，大国之间拼飞机、核弹和宇宙飞船的时代必将过去，谁控制了人类的大脑，谁才是这个世界的真正霸主。

在过去的两年中，日本已经有五百万人被悄然注射了长效纳米机器人，这些机器人有了一个好记的名字——脑虫。而在乔子和数百位特工的努力下，日本之外的世界已经有一千多万。

一旦影武者计划全面展开，同步指令将向全球发出，被脑虫改造成肉鸡的一千五百万人瞬间会成为日本国的忍者、武士甚至人肉炸弹，他们会视死如归地完成各自的任务。一百多年前的珍珠港攻击只干掉了多半支太平洋舰队，而这次攻击将把美国为首的各大国一战击败，让其举国瘫痪，甚至让敌人变成影武者的一员。无数箱蜂武士和更小的虫武士已经被藏在集装箱中运到各国，秘密转运到那一千多万纳米肉鸡的手中，它们畅通无阻，无一被查，因为海关和检查人员也早已经成了肉鸡。

当这一切尘埃落定，天皇就可以废掉了，首相也就此退休，继续他偷鸡摸狗的日子。一个七人集团作为最高权力机构的人类新政府将脱茧而出，政党政治、低效的民主议会制都会被彻底抛弃，各党派在议会面红耳赤的岁月一去不复返。国别将不复存在，一个全新的太阳系统一共和国将冉冉升起，那面简单的太阳旗，已然早早预示了人类的未来。

在那个世界，所有的人都是平等的。

“父亲，当计划成功之后，我可以……回到您的身边吗？”乔子噙着泪问道。

渡边山看着桌上妻子的照片，脸上满是思念之情，但当他转过脸，却又变得冰冷如霜：“乔子，我们的生命已经奉献给大和民族的未来，影武者计划只是走向复兴的第一步。”

乔子听得浑身冰冷，眼泪一滴滴砸在地板上。渡边山抚摸着妻子的照片，无力地说：“这么多年来，思念像癌细胞一样啃噬着我，那噩梦挥之不去。每当我独自打坐时，羞愧都像大水一样将我淹没，让我时常恨不得剖腹自杀。”

“您为这一刻准备了二十年，妈妈会理解的。”乔子悄悄擦去泪。

“你最好不要提她。”他冷冷地说，“叫大家进来吧。”他对门口的侍卫说。

六个年龄不一的男子走了进来，他们衣着各异，有人西装革履，有人穿着麻布做的长衫。他们无声地走进房间，对渡边山和乔子点头致意，然后一一坐去自己的位置。他们每次开会都坐同样的位置，而乔子是第二次参加这个会议，她对每位元老深深鞠躬，待大家坐定，静静地跪在了父亲身后。

“最近多次召集大家前来，还请包涵，医生说我的身体很不好，我需要抓紧时间。”渡边山坐着对大家鞠躬道。

“你是我们的首领，为什么拒绝延续生命的建议？你身负如此重大的使命，和我们一起走了这么远，却要在帝国最关键的时刻撒手而去？你既然自称武士，怎么可以如此自私？”一位白头发的中年人按捺不住地对他发火了。

乔子一惊，什么，父亲得了重病？为什么没和自己说呢？

“山田君，请你不要这样和渡边阁下说话！”元老池田怒斥着他，年轻的脸憋得通红。

渡边给他们一一倒茶，脸上没有一点表情。等大家都安静下来，他轻声说：“明治五年，佐贺之乱前的两年，近卫军都督西乡隆盛在告别天皇之前说了这样一番话：不管帝国如何变法、如何改制，不管它未来走向何方，武士之魂都不能湮灭，那是大和民族的一切，是我们这个小小的海岛上最为宝贵的财富。他希望天皇不要为了制度革新而对曾为他浴血奋战、推翻幕府的下级武士们下手，在不远的将来，天皇陛下以及所有的日本人都会知道，那才是大和民族的精魂所在。他申请在天皇陛下面前剖腹自杀，但天皇不愿意这么做，只将他和整个萨摩士族都罢黜到了鹿儿岛。然后他叛乱，然后他身死，他和那些伟大的武士们无一投降，用染红鹿儿岛山谷的鲜血做了最后的陈词。”

“渡边大人，这是日本人都知道的典故，您这是？”一位穿西装的男子问。

渡边微微一笑，继续倒茶：“是啊，西乡隆盛的故事人人都知道，但并不是每个人都明白其中的意味，而我的族人们始终没有忘记他说的这些话。”

“渡边君，我们对你没有丝毫的不敬，影武者计划不能没有你的领导，你是它的创制者，如今就要到发动之时，你不能往后退，美代子为这个计划也付出了一切，你又如何能急流勇退？我们刚才在外面等候的时候达成了一致，如果你愿意，计划发动之后，我们会拥戴你成为新日本的领袖……”池田看了大家一眼，这位最年轻的元老慢慢地磕了头，“一位永生领袖，永不退位。”

其他五人也纷纷将额头抵在木板上：“渡边君，请你接受我们的请求。”

乔子看着父亲，心跳像鼓一样剧烈。

渡边环视着他们，脸上没有丝毫的感动：“请你们都起来。”见他们一一起身，他望着窗外的樱树说：“如果一个人知道自己可以永生，他便不再会为任何信念、责任和爱奉献自己；如果一名武士实现了永生，他将从一个无畏和无私的人变成一个彻头彻尾的恶棍，因为没有人可以抵挡如此强大的欲望……你们也是如此，别忘了影武者计划是为了什么，更别忘了你们曾经发过的誓言。”

众人沉默着，乔子咬着嘴唇，不知道父亲到底得了什么病，却又没法在这里问他。

“渡边君，我们怀疑美国人已经突破了可控核聚变技术，如果我们还不发动攻击，死等那潘洛斯计划成功，一切将为时已晚。”池田说。

“你要现在攻击美国？”另一位反对，“渡边先生，这正是我们在争吵的部分。我们有理由相信美国政府在准备战争，而日本的一切都在他们的监视之下，我们的计划或许也是。”

“说得是，你要学会冷静和忍耐。”元老佐藤说，“乔子好不容易找到了悟空工业的算法基地所在……”

见众人纷纷点头，乔子注视着父亲，为他的魅力折服。二十年来他们一直如此。虽然这个秘密小组的成员地位相同，并无职务的分别，但每当大家为了一件事吵个不停时，父亲总是能在最后梳理出一个最为合理的方向，久而久之，他便成了大家公认的领袖。如今他们七人都已在日本国中身居高位，好几位的职务都高于现任防卫省副大臣的渡边山，但他们依然将他看作唯一的领袖。

“我叫你们来就是为了这件事。”渡边又给大家倒着茶说，“情报人员报告说谢尔盖正在和美国政府走向分裂，我们的特工人员观察潘洛斯计划所在处已经一个月了，可以确定美国政府还不知道这里，但他们的确在找。”

“这只是情报人员的估计，我们已经眼见着美军加速强大，他们的舰队和人工智能武器很快会对我们形成碾压，我们的寄生算法未必再有任何领先优势，所以我们要尽快对潘洛斯计划实验室进行打击。”

渡边山耐心地摆了下手：“你们一定要意识到，我们不是要对哪一个国家发动攻击，而是对一种陈旧的、腐朽的文明，其中包括今天大和民族的文明。我们承受了一百多年发动战争的代价，在夹缝中软弱得像一群可笑的兔子。后来经济崛起的日本让我们表面上获得了全世界的尊重，但敌人的仇恨和歧视其实从未消减，美国和西方将我们视为永远不可抬头的附庸，中国和俄罗斯、东亚各国仍将我们看成野心未泯的凶手，不管我们用何等的真诚和善意去对待世界，这些国家、族群也永远准备着将我们一朝置于死地。而这一切的始作俑者依然是美国，这个已经彻底堕落的国家、一个被一群科技霸权彻底控制的杂种社会，当他们开始大规模的基因改造计划，早晚会对日本、亚洲甚至黄种人砍下可怕的屠刀。诸位，这是天然的、无解的仇恨，是任何制度、利益都无法化解的种族裂痕。你们也看到全球正在掀起的反犹和反华主义了，当人工智能不断向前发展，地球不再需要那么多人类，被消灭的族群一定不是那些白种人。”

元老们互相看着，乔子也听得有些不得要领，父亲到底在想什么呢？

“您说得没错，渡边君，历史正在重演，敌人之所以还没有对亚洲下手，只是因为他们还没有可以一夜之间杀死所有黄种人的武器，所以现在正是我们的机会。”

“别看美国现在摆出想吞下世界的架势，它的内部其实危机重重，正在走向一道危险的悬崖。全世界都对美国在做的事敢怒不敢言，现在的状况其实比半年前更为有利。”

“影武者计划是如此庞大，在它彻底准备好之前，我们绝不能贸然再次发动攻击，这会暴露它的全貌。我们要征服的是整片森林，就不能为了得到一城一池而心存贪婪……”

元老们说得热血偾张，浑身颤抖。

渡边山安静地等他们说完，那嘴角抿得就像两把刀。“诸位，特工人员根据监测信号绘出了去往那个潘洛斯计划中心的一幅图纸，发现这些运输装置沿着努尔峰一直深入到了珠穆朗玛峰内。问题来了，队员们就算能攻入大门，也未必能攻入核心实验室。”

一幅全息图出现在七人之间，在他们眼前轻轻旋转。乔子清晰地看到了那条像 W 形状的内部通道，见它竟然深入大山、长达数公里，不由得倒吸凉气。

“我们抢不到，也不能让它落入他人之手，尤其是美国政府。”池田咬牙切齿地说。

“是的……如果攻不进去，要让战士们做好与实验室同归于尽的准备。”渡边山说。

“没问题，影武者随时待命，请渡边君下命令吧。”

“还是我那句话，一旦发起攻击，我们再无回旋的余地——让队员们带上一颗氢弹。”元老南云纲握着拳头说，这位元老虽然只是军队的副统帅，却是其中真正的领袖。

渡边山咬着牙说。看着六张熟悉的脸纷纷坚定点头，他长长出了口气：“诸君，现在还不能启动影武者计划。”

“您说什么？”元老们登时愣了神。

渡边山喝了口茶，道：“我们上次发动的袭击被悟空工业戳破了，在现有的算法和技术还没有升级的情况下，贸然整体发动影武者计划是危险的。全世界都在寻找那次算法攻击的真凶，已经有迹象在指向我们，我甚至觉得谢尔盖已经知道是我们干的，只不过他和我们有着类似的目的，才没有去戳破我们。”

“那我们不是更应该赶紧对谢尔盖和他们的实验室下手？”南云纲纳闷道。

渡边山摇了摇头。“南云阁下，我们现在没有一举击垮他们的力量，如果失败，会成为他们的垫脚石。”他说着看向了乔子，“除非乔子能够真正地控制了谢尔盖·彼得罗夫。”

元老们拉着脸离开了这里，渡边山坐在原处，目送着他们离去。乔子也心情失落地准备起身离去，父亲却叫住了她，让守卫关门离去。

“你爱上了那个谢尔盖，是吗？”渡边山头也不抬地说。

乔子惊慌地摇着头：“您为什么这么说？”

渡边山的脸就像死神：“你以为我们的特工都是摆设吗？”

乔子的脸憋得通红，声音颤抖着说：“您竟然让人监视我，监视自己的女儿？”

“所有的人都需要监视和彼此监督，你以为是我的女儿就可以豁免吗？”渡边山站了起来，“你和谢尔盖上床已经两年了，却还没有获取到最核心的情报，但你一次不少地和他幽会，又每一次都会满意地快速离去。”

“那只是他的要求，父亲，他早就给我们之间的关系约法三章……”

“那你就没必要这么主动！像一个饥渴的妓女！”渡边山猛然大吼起来，他背起手走来，绕着乔子慢慢地走，“特工人员很清楚地告诉我，除了谢尔盖之外，你没去找其他任何男人，而你情动的时候，喊的只有谢尔盖的名字。”

乔子单薄的身体发起抖来，她手脚冰冷地低着头，委屈、难过以及被无死角的监视带来的屈辱包裹了她，但她已经无力回答父亲的责问，因为这是事实而她已经被击垮——谢尔盖是她第一个男人，也是唯一的。

渡边山回到她身前，坐在了椅子上：“脱去你的衣服……”

乔子惊愕地看着他，不相信自己听到的话。

“脱去你的衣服！这是命令！”渡边山低低地吼道。

眼泪雨一样落下，乔子心中的信念在崩塌，她看见自己的双手解开衣扣，一件件脱去了身上的衣服。她饱满的胸脯颤抖着，身上满是细密的疙瘩，她咬着嘴唇站着，双手掩着自己的隐秘之处。

“现在，想象着谢尔盖就在眼前一样。”渡边山眼都不眨地看着她。

“您为什么要这么做！”乔子忍不住嘶吼起来。

“因为你是战士，一个身系大和民族未来命运的战士！”渡边山愤怒地叫着。

乔子在心里绝望地叹了口气，咬着牙张开了腿，闭上眼开始用手抚摸自己，像在抚摸一根冰冷的木头。而她屈辱地发现，不在脑海里想象着谢尔盖，她能感觉到的只有指尖带来的疼痛。

“你的身体骗不了自己。”渡边山冷笑着起身，他几步走到她身前，一把将她推倒在地板上。乔子满眼恐惧地看着他脱去衣服，像一堵墙般压了下来……

“你是战士，做出你该有的样子来！”

42. 谢尔盖

我是谁，从哪里来，要到哪里去？

从儿时至今，谢尔盖一直有这样的疑问，每当他仰望浩瀚的星空，总觉得有个声音在对他说话。一切为何而生？一切为何而逝？他焦急地在书籍中寻找答案，在前人的智慧中寻找原点，在对抗欲望的泥沼中寻找答案。他在寂静的荒野行走，在高耸的楼顶独坐，在奥斯维辛的焚尸炉前思考，在月球回望着蓝色的地球。但是他从未找到，那个答案就像宇宙的边缘，他走得越快，它却用更快的速度远离。

费米悖论道出一个难以接受的现实，如果银河系中至少有上千亿个行星具备地球的文明可能，它们都在哪呢？为何人类从来都听不到那些星球居住者发出的声音？而反观人类自己，又是如何在这颗星球上出现并走到今天的？那些似是而非的物理定律，难以捉摸的存在悖论，越来越让他觉得这世界的虚幻，它到底为什么是这个样子？人又为什么是这个样子？科学已经证实人类所感知的世界并不是现实，那它到底是什么？谢尔盖和布朗博士在多年前就为算法的努力“不谋而合”，但直到今天，他也没有对这位老朋友说出自己的真实所想，这个念头始终在自己的肚子里慢慢发酵。他宁可靠悟空工业的一己之力做完这件事，因为政府更不可靠，不是说某个总统不可靠，而是制度。

这个问题给他的困惑，其实远远超过商业和政治带给他的压力，他深信后者永远是表象，而发现本质才可以解决一切。但是想要看到这些本质，人类必须有更尖锐的触角、发现更多的真相和存在，人类所创造的文明，不应该成为阻挡发现的阻碍，而谁将它一举打破，谁就会成为历史的罪人，在当前正确而虚伪的价值观面前，这个勇敢者将被钉上罪恶的火刑架。

没错，人类有了一套最不坏的制度，但它虚伪、功利，背后满是金钱和私欲的味道。财富的拥有者和政客的关系也并非人们想象的那般如漆似胶，他们只是相互利用，要的还是那可怜巴巴的古老之物。

他必须想好试验成功之后的事，而布朗博士却对此毫无兴趣，哪怕是遇到了活生生的火星人，这位博士也不会多看几眼。当他听说谢尔盖放任阿瑞斯号撞进太阳，也只是轻轻点了点头：“你肯定有你的想法，但我必须完成我该做的。”

如果潘洛斯计划可以成功，所有强大的组织、政府甚至某个胆大包天的野心家，都会不计代价来抢夺、窃取，甚至要了他的命。悟空工业在商业世界中已算实力不俗，但在真正的力量面前还远远不够——成功在望，未来的这条路上满是血海的腥气。

“这位先生，教堂要关门了。”一位服务人员对长凳上坐着的他说。

“哦，很抱歉，我这就走。”谢尔盖恍惚地站起来，这才发现夕阳早已从珐琅窗外落下，教堂里变得冷冷清清，他竟在一幅壁画面前坐了几个小时。

“您看得可真入神，虽然人们都慕名而来看这幅画，但像您这样看的其实很少见。”

“哦，倒也不是，我其实是在它面前走了神。”谢尔盖一边穿大衣一边说。

“那您一定在想非常有意义的事情。”

谢尔盖对他鞠躬致歉，往捐助箱里塞了几张美元。裹上围巾之后他又回头看了一眼，圣玛利亚感恩教堂内的余晖昏沉深暗，达·芬奇这幅《最后的晚餐》却被射灯照得十分明亮。他深深地喘了口气，推门走出教堂。大雪扑面而来，一个下午就把古老的米兰城彻底覆盖，连洪亮的钟声都显得单薄，还不如他踩在雪地上的咯吱声刺耳。

米尔克竖着衣领在车边等他，身上落满了雪：“谢尔盖，刚才有新闻说俄罗斯的太空军和中国有了点摩擦，双方互有损失，最后彼此克制，没打起来。”

“嗯，走吧，米尔克。”

“我们去哪儿？”

“离地球远一点儿。”谢尔盖微笑着说。

米尔克怔怔地看着他：“是要开始了吗，老板？”

“是的，就要开始了。”

悟空号空天飞机从米兰发射中心拔地而起，穿过鹅毛般的大雪刺向天空，谢尔盖忍受着加速度带来的眩晕。事实上他很喜欢这种感觉，那是真实的压力，摆脱地球引力这一段让感到无比的放松。

“稍有不慎，这就是最后的晚餐。”他自言自语地说。

飞机摆脱了引力，在隐身模式下加速飞向月球，直奔月球暗面之上。十个小时之后，这艘飞快的空天飞机到达了雷达上那个看不见的点——暗影空间站。这个足有数百立方米的空间站其实是一艘旧飞船改造的——玄黄号——没错，它并没被拉回月球船坞修理，而是在此用了半年的时间彻底改装，如今它近在眼前，却和以前的样子截然不同。

围绕着三千吨的玄黄号之船身，数十名忠诚的工程师带着上百个机器人搭建起一个环状的平台和船坞，其构件皆来自月球。伞状的电弧伪装将它屏蔽于所有的雷达之外，几十架小型飞船像一圈炸弹般捆绑在上面，一旦有什么意外，它们也可以成为这艘飞船的外挂动力。

悟空号飞机缓缓停靠在飞船的挂舷上，身着宇航服的谢尔盖和米尔克走了下来，沿着一条挂线飞到旋转的环状平台之上。玄黄号在轻轻旋转，产生的人工重力类似火星。萨拉特和他的队员们、史密斯教授以及一百多位悟空工业最为核心的员工已聚集于此。今天是地球的朔日，暗月正好被太阳照亮，坑坑洼洼的月表成了这个圆环的巨大背景，也将这个简陋的空间站照得雪亮。

“到齐了。”萨拉特对他说。

“谁会缺席这样伟大的见证时刻呢？”史密斯教授说。

见常飞云站在萨拉特身后，谢尔盖对他伸出手：“上尉，希望我们不会令你失望。”

“你已经倾尽全力，其他的交给上帝就好。”常飞云握着他的手说。

“星梅准备得怎么样？”他问。

上尉点了点头。

“当有一天这件事可以向世人道明，你和她将永存史册。”谢尔盖说。

“我更希望我们可以默默无闻。”上尉毫不激动地说。

谢尔盖走到平台的高处，看着被月光照亮的人们，打开了通话频道：“感谢大家汇聚于此，我知道你们做出这个决定和我一样不易。想必大家都已经收到了集团支付的一笔费用，它不算多，但那是我们最后的现金。我必须告诉你们的是，如果我们今天试验失败，这将是我们最后一次，你们届时可以各自离去，或解甲归田，或归隐田园。当然，你们也可以选择继续留下，但我们可能要从零开始，首先是零工资。”

大家发出一阵笑声。谢尔盖尽量让自己言简意赅。这些人都是千挑万选，他们站在这里和自己一样有着坚定的理由。“但我也要告诉大家，我们每一次试验都离成功更近一步，我们不是没有研究出更为强大的算法，任何一个拿出来都可能横扫世界，但这些算法并不是我们期望之中的，因为它们无法实现有效控制。成功是如此渺茫，但我们始终义无反顾，为了人类的未来，必须有人去做这样的探索、不计代价突破人类科学极限的探索，而不管成功还是失败，我们都会被记载在历史之中。”

做完了简短的发言，大家轻轻鼓起了掌，随即便分头而去，他们无须向谢尔盖表示什么，而是将各司其职，迎接试验可能产生的任何后果。玄黄号缓慢地离开了原来的位置，将在光弧掩护之下闪出月球的背面，用于直接接收地球的信号。谢尔盖来到指挥舱，端坐在一组量子计算机前，低头看他那块古老的表。

“时间并不会为一个伟人的离世停止，也不会为一个世界的新生变慢。父亲，害死你的不是克里钦科或者任何一个仇人，他的名字叫人类。”

看着远方那明暗两分的地球，谢尔盖·彼得罗夫决心已定。

·第五章·

奇点

43. 布朗博士

和铁星梅说的一样，更新光脑的三进制算法效能惊人。布朗博士花了一个晚上想搞明白它，却总有点力不从心。专家们也对铁星梅凭一己之力就搞出这东西简直瞠目结舌，但她看上去却很淡定，还说这个算法并不是她一个人弄出来的，而是她、光脑以及她那电子化的妹妹一起努力的结果。

十几次安全测试之后，所有单元都给予了这个算法绿灯待遇，连一开始死活瞧不上这个 Nobody 的几位专家也接受了——没有更好的替代方案，他们只能闭嘴配合。

机器人霍尔收拾一新，在众人的瞩目中走到了实验室。四个月的灵魂测试之后，这嬉皮笑脸的家伙彻底换了一副脸，它变得安静、从容、说话掷地有声，没事的时候还会坐在光脑面前一动不动。布朗博士对这家伙的作态本来有些害怕，但铁星梅打消了他的顾虑，因为只要见了她，这个机器人连眼神都变得含情脉脉。

“这小子是爱上你了吗？”那天布朗博士问。

“我觉得这是一种程序依赖。”她微笑着说。

霍尔坐到光脑下，完成了最后一次算法更新，几根导线插进了它的后脑，而它浑然不觉，眼神始终锁定着走来走去的铁星梅，就像是被她勾了魂。全体人员到位，各项设备开启，安全流程启动，随着迈克暂时切断这里的对外联系，那道坚不可摧的大门慢慢落下，深渊再度与世隔绝。

布朗博士环视着一屋子专家们，在他们的脸上也读出了自己的忐忑——他从没有像今天这样害怕失败。悟空工业的数据中心已经待命，谢尔盖和一百多人在空间站等候着这里的消息。

当那个钛罩再度垂下，廊桥缓缓伸出，伸向又一个定制的悬浮盘。更新完毕的霍尔站了起来，脸上带着奇怪的仪式感，它气质优雅地走到铁星梅面前，看着她的眼睛。

“遇到你是我的荣幸，星梅。”说着，它执起她的手，低头轻轻吻了一下。

“也是我的，霍尔，感谢你所做的一切。”她优雅地点着头。

“黑洞见。”

“奇点见。”

“天哪，这可真是浪漫。”珍妮手抚着胸脯说。

“它就是再像罗密欧，那也是程序教给它的。”马丁博士冷着脸说。

“不管这次试验是成功还是失败，看来我都不会是这个样子回来。”它说着，似乎担心地看了眼高悬的那排武器，“如果那时的我有什么危险，请务必将我消灭，让我长眠于深渊之底，我说过那里是人工智能的圣地。”

“你会成功的……”铁星梅激动地说。

“你觉得这还是程序教的吗？”珍妮抹着眼泪对马丁博士说。

霍尔走到了深渊边缘，一件件脱去了衣服，没了衣服的他更像一个真实的男人，因为它所有的零件都很齐全，走起路来甩得啪啪作响。它这个样子令人不适，连珍妮都蒙上了眼睛。霍尔走到那个小小的圆盘上，转过身来，周身泛着银色的光，脸上竟有一股凛然之气，这是布朗博士从未见过的。

透明的光幕垂下了，空气开始抽干，熟悉的场景再度出现。光脑在低声咆哮，钛罩发出的光弧开始旋转。铁星梅走到光脑之下，戴上了那个菜花般的头罩。一组用于沉睡的纳米机器人注射进身体，她很快闭上了眼睛。连接、校准、匹配、同步，所有的步骤之后，光脑发出了炽烈的蓝光，各种屏幕上的代码开始暴雨一样落下。

“姐妹俩的脑数据和霍尔实现了同步，三方纠缠开始建立。”

“启动暗能量加速器，注意星梅的反应。”布朗博士说。

熟悉的光芒又出现在深渊之上，光弧变作光的气泡。被暗能量包裹的霍尔也渐渐透明，进入了诡异的凝聚态。它在光弧之间飞着撞着，隐约可见的脸孔看着这边。铁星梅安静地半躺在光脑之下，蓝光映亮了她的脸，在监控器上，她的脑电波剧烈如大海的狂涛。

布朗博士死盯着一排屏幕，唯恐错过每一步的变化，滚烫的汗珠从双颊流下。

在暗能量的加速下，霍尔的凝聚态飞快地旋转着，光雾之间的缝隙中掠过无声的闪电，就像大脑那细细的神经。

“霍尔在优化人脑的算法，修改自己的算法，天哪，这是破天荒的事。”

“姐妹俩在矫正霍尔的运算……她们在合作。”

“不，那不是合作，她们三方在融为一体。”布朗博士盯着光脑的输出终端，等候着奇迹的发生。

“黑洞生成倒计时 180 秒。”

算法在不断优化，当它的进度条到达 99% 的时候，凝聚态霍尔的闪光也达到了极致。它是如此之亮，甚至让深渊之上变得一片漆黑，连蓝色的光幕都黯然失色。

“虫洞 A 生成，阈值正常。”

“虫洞 B 完成，一切正常。”

“用铯离子照射试验场，黑洞形成倒计时三十秒，轰击准备。”

一束看不见的光打了过去，穿过光幕的部分变得有形，一个飘浮在半空中的人影在缓慢地飘动着。人们不由得发出了惊呼，因为霍尔的凝聚态身体不再是一坨模模糊糊的光雾，而是一团明显的、闪光的线，缠绕如一种细细的光缆，但又毫无规律。

“这是怎么回事，那是什么？”布朗博士倒吸着凉气。

“我要是没猜错的话，分解成凝聚态的霍尔，正在制造一根控制暗能量涨落的线，线性负能量场是最利于进入黑洞的样态。”马丁博士说。

“上帝呀，这根线是如此之细，却将近五十万公里长。”

布朗博士恍然大悟，它的确是那个样子。当倒计时的最后一秒结束，随着粒子炮的轰击开始，他们眼前闪起一片耀眼的白光，就像绽开了一轮新的太阳。一个黑洞在湮灭的那一刻膨胀开来，换句话说，那神秘的奇点正在诞生。但奇怪的是，它并没有像从前那样一闪即逝，那条负能量线包裹了它，形成了一个相对平衡的能量场。

“天哪，她们在控制黑洞的存在时间和引力范围，让周围的空间停止畸变，真是不可思议。”萨巴斯捂着脑袋大叫道。

“不要干涉！不要干涉！”布朗博士大声叫道。他的头嗡嗡作响，这是他从未想过的情形，也是铁星梅试验前没说过的。

“纠缠通道已经建立，有信息从黑洞内部发出来！”

“验证安全性。”

“无法验证，但它在保持输出，比率已经达到 65%。”

“必须是 100%，否则毫无意义。”马丁博士大叫着。

“那说明她们还没有到达奇点！”珍妮的男人嗓子已经沙哑了。

实验室的空间在震荡，仪器在闪烁，整个珠穆朗玛峰似乎都在微微颤抖。

“我的姐姐，开始吧……”深渊上空忽然传来了一串女子的声音，像是从很远的地方飘来。

“什么？你们都听到了吗？”布朗博士简直不相信自己的耳朵，但见众人纷纷点头，他知道这不是幻觉，“那是哪里来的声音？铁星兰不可能有声音传出来。”

“纠缠析出量达到98%。”

铁星梅的声音忽然在实验室的扩音器中响起：“布朗博士，请你打开深渊，连接广域网，让霍尔完成最后的算法，这样它才能找到黑洞的奇点。”

“这绝无可能。”布朗博士惊愕道。

“布朗博士，已经99%，就差百分之一了……”马丁博士按住了他的手。

“请你让开！我一再强调过，我们不能为了这个算法而让人类处于危险之中。”他大叫着推开了马丁博士。纠缠算法的优化程度已经达到99.99999%，却缓慢地停了下来。黑洞在剧烈地颤抖着、转动着，他知道这是什么样的时刻，黑洞中的它们已经距离奇点只有一步之遥，但那可能是最遥远的距离。

“上帝啊，乔治，我觉得她是对的，那两个奇点肯定也是纠缠的一对儿，是手心和手背的关系。”马丁博士在哀求他了。

“算力回旋在增强，星梅的大脑数据出现损伤信号。”

“光脑算力突破历史最高值！达到了上次实验的五亿倍！”

“不行，试验必须结束，如果AI在找到奇点的时候连接着世界，我们一定会给人类带去灾难。”布朗博士叫道。

“你凭什么那么肯定？铁星梅说了，她们姐妹俩是霍尔的防火墙！”马丁博士的脸狰狞起来，好像要给他一拳似的。

“那是在AI没有连接广域网的情况下。”布朗博士再不犹豫，“切断光脑电力和整个试验部分的全部电力。”

“无法执行，光脑接管了能量控制系统！”

“爆开所有连接器，轰掉加速器。”

“你会把铁星梅也轰掉的！她连接在光脑上！”

“轰掉一切！”布朗博士大手一挥。

“连接器无法爆开，指挥系统被超载控制！”

“手动去完成！”

专家们的声音交叉成一片，实验室里乱作一团。布朗博士忽然看到，几个试验用机器人从充电区走了过来，它们迈着大步慢慢地压向了布朗博士这边。

“真是造反了！你们忘了我手里有什么。”说着，他一把拎起了那挺挂着子弹带的老式机枪。

“布朗博士……”庞德教授一脸惨白，“它们在抽干这儿的空气！”

“我感觉到了。”布朗博士拉着枪栓，感到胸口像是坐了一个胖子。他看到总控台外不远处的萨巴斯和珍妮捂着胸口，两张脸憋得通红，光幕之后的实验室在快速失压。

马丁博士软了下去，但还不是因为缺氧。“乔治，求求你，听她们的吧。”

“你休想，我的老朋友。”布朗博士喘着粗气说，“诸位，请允许我对你们表达歉意，我们决不能让无法理解或无法控制的算法逃出深渊。感谢你们参与潘洛斯计划，此刻能和你们在一起，我感到无上的荣耀。”说着他扣动了扳机，却发现没有子弹射出，再拉枪栓重来，还是没有。他忍着头晕拉开枪机仔细看，才发现这只机枪已经没了撞针。

“原来早有预谋？”布朗博士绝望地扔下了机枪，肯定是铁星梅或者某个机器人拔掉了撞针。

专家们像断电的机器人般一一倒下，一个人艰难地爬向门口，想手动打开一个进气通道，眼前走来一双机器的脚，46 号机器人挡住了他的去路。一些清洁机器人也加入了阻拦逃者的行列，将冲向门口的人一一击倒在地。珍妮和萨巴斯倒在了一起，他们紧紧拥抱，像卡西莫多在钟楼之顶抱着他的心上人。

“布朗博士，求求你，我们就要死了……”

“很抱歉，诸位，这是我们的使命。”布朗博士难过地咬着牙。他看着晕倒在地的大伙儿，发出一声绝望的长叹。深渊已经被光脑彻底接管，不，确切点儿说是被 AI 完全接管了。

就在他要晕过去的时候，两个机器人走向他，拿着铁星梅戴的那种头罩和各种连接器，它们将强壮的布朗博士按在一张桌子上，就像要宰杀一头猪。机器人熟练地将罩子扣上了他的头，而布朗博士完全没有力气反抗。一股电流进入了大脑，让他每一个脑细胞都要炸掉了，他清楚地听到自己脑海里重复起一个声音，Johnson and Babara，那是他告诉迈克的开门密码。一个机器人随即拿起他的电话，用布朗博士那粗愣愣的声音说：“迈克，实验结束，Johnson and Babara，你可以消除警戒，恢复深渊和外界的通信了。”

随着迈克按下恢复实验室通信的按钮，一个不到 1KB 非量子字节的信息离开了深渊，它先是接通了悟空工业的一颗通信卫星，然后在几秒钟里席卷了环绕于地球轨道上的所有卫星。又过了几秒钟，这个程序悄无声息地攻破了人类世界的所有防火墙，在每一台人工智能体中留下了种子，这是一次完美的数字降临，而人类对此一无所知。

“AIman！”一个声音在深渊里回荡着。

多年以后，这场影响人类命运的试验被写进历史，但世人对那个时候到底发生了什么依然一无所知。它没有留下任何影像和文字记录，甚至没有一个有效的现场讲述者。撰写者认为它只是若干人工智能试验的一个，是量变产生质变的必然结果，却并不知道人类已经从地狱里走了一回。

一个巨人醒来，又继续装睡，而人类的历史已经悄然改变轨迹，或者说重回到既有的轨迹。人类不再是人类，人工智能也不再是人工智能，他们是什么，它们又是什么？这个答案要再过百年才会揭晓。

布朗博士绝望地倒下了，当那张大网终于覆盖了整个地月系，他的眼前已经模糊。昏过去之前，他忽然看到沉睡的铁星梅站了起来，她踉踉跄跄地跑向光幕，竟然一头扎进了真空，而她并没有爆成一团血肉，却在一团光线的缠绕下扑向了那个黑洞。

轰的一声，黑洞发出一片炽烈的光，随即彻底消失，整个实验室瞬间陷入了黑暗。

44. 常飞云

2060 年 12 月 23 日 22 点 42 分，几十颗核弹忽然从俄罗斯、朝鲜、中国和美国关岛的秘密发射井以及十几艘核潜艇中自动发射，铺天盖地地砸向了日本岛。但是，它们并没有在日本列岛上炸出冲天的火光，而是石头般坠成一地碎片。

没人知道发生了什么，各国政府只能用摩尔斯电码联系和发送命令。低空战机盘旋，太空飞船成堆，但他们并没有彼此打起来，因为发射核弹的各国都宣告这不是他们所为，而是又一次算法攻击。又一件事很快验证了这个答案：全球正在高空飞行的三十多万架各类型飞机全部失控，像丢了魂的麻雀一样纷纷坠落，在世界各地撞出冲天的大火，好在民航业都采用了坠机逃脱装置，驾驶舱和乘员舱大多脱离了飞机，安全落地。

恐慌在全球弥漫，带着两架空天飞机盘旋于珠峰的常飞云下令下降——日本遭受了核弹攻击，虽然没有爆炸，但这肯定是失控的 AI 干的，那说明试验已经失败，并且产生了严重的结果，谁也没预料到的结果。而割喉计划也启动了，全球的网络已被全部切断——坠落的飞机很多都砸在电力、网络和数据交换中心之上。铁星梅写的程序在实验之前就交给了史密斯教授，让悟空工业侵入了全球的航空控制系统，而这个结果说明，她在试验失败时启动了这个程序。

他们的飞机完全切断了对外网络，因此没有受到波及。

“我们失败了吗？”有队员大声地问。

“还不确定，深渊切断了对外联系，都听我的命令，全部降落。”常飞云命令道。他不知道试验是不是失败了，铁星梅又到底安危如何，而他还要去完成下一个任务——彻底炸毁潘洛斯计划实验室。

“狼上尉，为什么是日本？发疯的 AI 和它有仇吗？”一名日本队员带着哭腔说。

“很抱歉，藤野，我真不知道。”

“肯定是你们日本人在悄悄做什么，被聪明的 AI 发觉了。”一个俄罗斯人说。

“你放屁，就算日本政府在悄悄做什么，和老百姓有什么关系？”藤野哇哇地叫着。

“也许只是吓唬你们一下，藤野，那些核弹并没有爆炸呢。”

三架飞机落下云头，降落在努尔峰前。此时乌云密布，雪片横飞，常飞云带领队员们搬着东西走下飞机，快步跑向了入口。

“里面有什么动静？”他大声问前来迎接的安防人员。

“没有任何消息，上尉啊，世界大乱了吗？”

“不要乱猜，跟我们一起进去，救走他们，然后炸毁里面的一切。”

进入大门，穿过那不大不小的假实验室，他们乘坐小火车深入珠峰之下。队员们神色紧张，机械地检查着武器，大大小小的箱子里是要命的各式炸弹。常飞云在车上闭目沉思，他有非常不好的预感，却无法获知她的任何消息。看着黑黢黢的岩石晃过火车窗户，他听见自己害怕的喘息声。日本人遭遇了不明之灾，这算悟空工业和谢尔盖等人的罪吗？应该是，因为这个计划放出了魔鬼。但是，谁也不知道魔鬼就在那里，而他们也尽全力做了准备，为此不惜倾家荡产。

割喉计划是铁星梅提出的建议，方法却是常飞云提供给谢尔盖的：用悟空工业最为顶尖的算法技术侵入全球航空网，让几十万架航线上的飞机切断对外网络、失控撞向地面，其中约七万架会撞毁地球上最为核心的发电厂、电力输送中心、网络中心和数据中心，连地面通信中心和光缆连接中心都不放过，而其他飞机则大多撞在荒野或者城市中没什么人的地方——全球摔下来几十万架飞机，这七万架的攻击目标便被掩盖起来。

他们快速来到深渊的第二道闸门，之前要经过一条长长的方形甬道。他们哼哧哼哧地跑着，助力系统发出奇怪的声响。三百米后，巨大的透明陶瓷墙立在眼前，后面坐着一个年近半百的中年白人。他愣愣地看着跑进来的几十号人，站起了身。

“迈克，我是集团的狼上尉，谢尔盖派我们来清理实验室，请打开门。”说着，他拿出准备好的一个卡片在感应器上一刷。这是双向验证的门，来的人须有进门卡，验证通过了迈克才会按下开启。但是，迈克却没有去按下按钮。

“你好，上尉，你的身份验证了，但我不能为你们开门。”

“什么？为什么？”常飞云一愣。

“试验开始之前，布朗博士告诉了我开门密码，但是他在试验开始四十分钟之后就让我恢复了连接，这说明一切正常。又过了三十分钟，深渊主动切断了和外面的联系，这也说明一切正常。那么现在，不管是谁未经预约，我都不能打开深渊这道门，除非得到里面的命令，或者有人出来让我开门，否则我都不能按下这个按钮。”

“那能否有劳你和里面通报一声呢？”常飞云气不打一处来。

“没有这个先例，按照规则，除非过了四十八小时、深渊也没有和外面例行安全通报，否则我不能和里面进行联系。”

“迈克，你听我说。”常飞云要过手下的一个平板电脑，贴在玻璃墙上让他看外面的样子。“全球已经断网断电，日本遭到了七个国家的核弹攻击，这一切都源于实验室的失败——AI 肯定已经失控，我们必须进去摧毁里面所有的装置，而你也可以离开了。”

迈克狐疑地看着那个电脑上的画面，摇了摇头：“我不会相信我看到的东西，这年头很多视频都是假的，我的职责就是守住这道门，就是外星人来了也和我没关系。”

“你怎么这么蠢呢？是我们切断了全世界的电力和网络，如果等人们修好，AI 可能会再度席卷全球，这个世界就完了。”常飞云气得擂着那面透明的墙，一拳下去手臂生疼，这陶瓷墙至少有八十厘米厚。

“这我有点不懂了，你是说是我们切断了全球的电力和网络？是悟空工业？”迈克后退了一步。

“是的，为了提防实验室 AI 失控，我们准备了一个计划，为的是在其失控的时候予以反制。”

迈克眨巴着眼睛：“你说的事情我不知道，布朗博士也没有说过。”

“那你就这么死等着？迈克，他们可能都已经死了。”常飞云咬着牙说。

迈克迟疑了一下：“那就请让我在这里等上四十八小时，到时候如果还没有人出来，我会……”

“没有四十八小时了！四十八分钟也不行，你这蠢货为什么听不懂！AI 已经失控了！”一名队员愤怒地大叫起来。

“请你冷静，AI 要是在里面失控了，它们出不来；但如果是 AI 在外面失控了，你们来炸这里又有什么用？”

迈克的话把常飞云问愣了，他不知道试验的细节，自然也无法回答。谢尔盖也好铁星梅也好，他们显然没有和布朗博士沟通这个割喉计划，也没有说实验失败他们会来做清道夫。他禁不住回头看了眼手下推的那些箱子，里面都是威力巨大的燃烧弹。

“我们必须进去，这是谢尔盖的命令。”他咬牙切齿地说。

“看来你对集团的事还不太了解，这里只服从布朗博士的命令，我也是。”迈克摊开手说。

“放炸弹吧。”常飞云不再犹豫，他后退了几步对手下说。

“上尉，我真的奉劝你不要这么做，因为这没用的，你就是炸烂了这道门，也过不去这条长长的甬道，那会是你们的地狱。而且我奉劝你们，要是想在这里引爆炸弹，最好退出这条甬道去一公里外，否则你们会被全部震死。”迈克背着手，竟然对往墙上粘的炸弹毫不畏惧。

正当他们拉着线准备后撤、引爆时，甬道的尽头忽然出现了一个高大的人影，他衣衫褴褛，肮脏不堪，胡子拉碴，可分明是一个女人的身材和样貌。他艰难地走到另一面透明墙后，验证了自己的身份：“迈克，我是珍妮·霍夫曼博士，布朗博士说让领头的和我进去，其他人留在外面防卫。”

“可是，他为什么不是给我打电话……”迈克愣愣地道。

“因为，让你打开深渊连接的那个电话，不是来自布朗博士。”

两道透明陶瓷墙轰隆隆地开启了，常飞云跟着这个不男不女的人来到了深渊。他被这里的一切所震撼，更为这里的狼藉而震惊。巨大的量子计算机发着幽幽的蓝光，其他的都冒着丝丝青烟。地上堆着好几排未见血迹的尸体，机器人正在为他们套上白布。

布朗博士坐在那台样子诡异的计算机面前，一动不动地注视着它。

“狼上尉，除了这台计算机，这儿的一切都已经毁了，我们已经没有任何装置可以联系暗影空间站。我请你进来，一是希望你帮我们运走和掩埋大家的尸体，二是让你赶紧联系谢尔盖，我们的试验……看来成功了。”布朗博士连头都没有回一下。

“成功了？布朗博士，AI的失控……已经结束了吗？”常飞云大吃一惊。

“是的，结束了。”

常飞云惊慌地看着他的背影。“那星梅呢，她在哪里？”常飞云害怕地看着那一地尸体，咬着牙问，仿佛她就是其中之一。

布朗博士终于回过头来，眼睛里满是可怕的血丝，他用沙哑的声音说：“上尉，你到我这儿来。”

常飞云忐忑地走向前去，一直站到了布朗博士的身边。博士满是敬畏地指向了那台高高的量子计算机，在满是晶体和密集线路构成的计算机中，赤身裸体的铁星梅竖躺其中，她闭目抱胸，长发披散，安详如神话中的女神，那完美的身体像大理石雕塑般玲珑剔透。一道道细如毛发的光从她身上辐射开来，如同一个小太阳照亮了光脑的内部。

45. 谢尔盖

“谢尔盖·彼得罗夫先生，在司法部和科学委员会的联合听证会上，你只需要回答昆塔西先生的问题，可以回答是或者不是，但请别用另一个问题来反驳。”听证会主席、司法部总检察长坐在高高的台子上，活像一只掉毛的秃鹫，他居高临下地看着被询问席上的谢尔盖，就像看着一个杀人犯。

“主席先生，理事先生们，这不是一个简单的问题，当然不能用简单的答案回答。”谢尔盖说，“这次核弹危机以及上一次的太空冲突确实与悟空工业没有关系，我们也没有进行违反回火禁令的科学试验，布朗博士只是在自我隐居、四处爬山，连我都不知道他在哪里，更别说调查员列出的其他人工智能专家。我们并不与专家们签署长期雇佣合同，了解他们的工作和生活也并非悟空工业的义务。”

“你并不承认算法攻击或者说算法失控来自你们的实验室，对吗？”昆塔西理事继续发问。

“我怎么说都没有用，但我知道举证的责任并不在我，事实上我当时叫停美俄战争只是为了世界和平。在上个月那场混乱中，悟空工业航空公司的几万架飞机也全砸在了地上。主席先生，我昨天刚申请了这家公司的破产保护。”谢尔盖愤怒地说。

“好了，这个问题可以暂时中止，下一个问题。”听证会主席说着看向另一位，那个人便按响了面前的话筒。

“彼得罗夫先生，我们认为阿瑞斯号飞船遇到的问题并非你们披露得那么简单，参与过火星开发的专家们有着不小比例的疾病和精神问题，你是否要对科学委员会公开更多的细节，包括火星上那些人现在到底在干什么？”这位听证员咬着眼镜腿问。

“据我所知，参与火星开发的专家们确实不同程度出现过一些疾病和精神问题，这和在月球与太空站出现的问题没有本质的区别，但它并不是导致阿瑞斯号失事的主要原因。我已经一再重复，阿瑞斯号的确是因为小陨石撞击导致动力系统失控，因而撞向了太阳。”谢尔盖冷冷地说。这哪里是一个听证会，完全是科学委员会在对异端进行审判。

“谢尔盖，你就别打马虎眼了。”听证员瞪着眼说，“我的意思是，不管你们在实施什么计划，你们根本没有这个实力独自完成它，不管是技术还是财力都捉襟见肘。你们应该将火星开发的全部细节彻底公开，让委员会进行整体的规划。”

听他提到了这个，谢尔盖心里一咯噔，脸上依旧风平浪静：“我不知道您在说什么，但我可以认真考虑您的建议。事实的确如此，目前这个阶段，大规模开发和移民火星有着巨大的危险，也的确需要更大的投资。”谢尔盖说完这句有些后悔。

“你说得没错，我们非常感谢悟空工业对火星事业的贡献，但是现在，是时候将你们的产业和技术都纳入政府和科学委员会监管内了，你同意我的说法吗？谢尔盖·彼得罗夫先生。”

谢尔盖耸了下眉毛：“这其实是我一直以来的愿望……”

听证员满意地敲了下桌子，和坐在角落的皮尔斯主席对视了一眼。

谢尔盖灰着脸走出了会议厅，一路不停地走下了西雅图会议中心的台阶。萨拉特在车边微笑着，花白的头发上满是露水。

“和你想的一样，对吗？”谢尔盖故作气呼呼地说。

“当然不是，但你让他们认为自己输了。”

“我还真有这种感觉。”谢尔盖克制着那标志性的冷笑钻进了车，对前排的米尔克说，“走吧，米尔克，我们先去请萨拉特先生喝一杯。”

他们来到一个石头房子的小酒吧，要了一瓶上好的伏特加。深秋的加州傍晚冷意袭人，暮色如洗，远方的原野传来熊的叫声，萨拉特说它只是在呼唤跑丢的孩子。谢尔盖和他俩碰了杯，饮下一口烈酒后，深深吸了口冷冽的空气，俄罗斯的味道令他想起了父亲。

“那三千个机器人就要到达火星了。”萨拉特说。

“飞得可是够快的。”谢尔盖看着酒杯说。

“这就是无人飞船的效率，它加速根本不需要考虑人的感受，舱体也不需要气压。”

“那以后都要这么干吗？”米尔克说。

“这是紧急情况，米尔克，我们早晚会派你飞上一趟的。”萨拉特挤着眼睛说。

“是什么让他非要如此？”谢尔盖摸着腕上的表，见萨拉特有些没听明白，又说，“萨拉特师傅，记得您说过曾想支持他当上俄罗斯的总统，他为什么没有接受？”

萨拉特哦了一声，才明白这是在说别列佐夫斯基，他拈了下漂亮的胡子，说：“不只是我，当时俄罗斯手握兵权的将军和众多部长都愿意支持你父亲上台，但这是政变、要流血，他认为这会伤害俄罗斯好不容易完成的议会民主制度，逼着他变成另一个独裁者。”他遗憾地叹了口气：“如果再给我一次机会，我会先动手逼他就范，那样他就没了退路，就算他真的变成一个独裁者，也不会是那个欲壑难填的克里钦科。”

“这很难说……”谢尔盖低着头说。

“没人会知道未来，但因为我们的软弱，才让克里钦科上了台，一个每天都要去给你父亲道早安、擦皮鞋的马屁精。”

“那说明他也有一套呢。”米尔克咂着酒说。

谢尔盖微微一笑：“他上台时也曾整肃贪腐、革新气象，大家都以为他会复兴一个伟大的俄罗斯……就像你说的一样，他可能也不知道自己会变成今天这个样子。”

“唉，伟大的俄罗斯再也没有了。”米尔克感慨着。

“俄罗斯永远伟大，但它必须涅槃重生。”萨拉特对米尔克抬了抬下巴，他便到门口去望风了，“谢尔盖，你必须明白，不管你要做什么，只有满腔的热血和正义感将一事无成，否则你拿再多的大猫也不行。”

“我知道，我的师傅，我知道……”他看着脚下的一只懒猫说，“有时候我的确很佩服他，他这一生永远在披荆斩棘，从没见过他为什么事纠结痛苦、瞻前顾后，就连自杀也那么干脆。”

萨拉特一脸欣慰地看着他：“你父亲按照自己的内心活着，这样的人要么成为伟人，要么就成为疯子，但他们绝不会在一生中碌碌无为……新的算法公布之后，科学委员会不会束手待毙，一定会想法子要你的命，现在的你，就像得到了魔戒的那个小怪物。”

“您的建议我再想想，它已经让我三天没睡好觉了。”谢尔盖点着头说。

“王冠和魔戒都已经在你的手上，那是比百万大军更为强大之物——在建成蒙古帝国之前，没有人相信铁木真是长生天的天选之子。”

谢尔盖点了支烟，无所谓地抽着，脑袋嗡嗡作响。一个月前的试验虽然成功，但至今有很多谜团，有关试验的一切记录都在一场冲击波中毁掉了，除了有防护的光脑，再也找不出一块完好的电路板。布朗博士是最后晕过去的那个，他说那一刻看到铁星梅跳进了黑洞，那玩意儿随即消逝，谁也不知道为什么她会又出现在光脑内部，成为这台量子计算机的一部分。检查说明，她依然有人类的样子和特征，却也同时有了硅基生命的特征——她是生物细胞与 AI 分子的结合和交融，体内无法窥探，不管是什么射线都无法穿过。

和谢尔盖猜测的全然不同，这个纠缠算法完全不是若干个 LT 那么大的东西，而是只有不到 1KB 的容量，区区几千条自创的语言和代码。它就像是在多维空间完成的，可以控制、可以理解、可以记录、可以输出，也采取了独特的三进制。但这都是暂时的，因为它时刻都处于自我的变化中，其状态和变化似乎取决于被使用和观察，就像人类对双缝实验的观测。

令人难过的是，四十多位专家在AI导致的缺氧和深渊的震荡中遇难。有人说杀死他们的可能是AI，也可能是铁星梅，大家已经分不清那时候到底是谁在控制谁。

深渊之中，布朗博士看着谢尔盖的全息影像，听他说了关于割喉计划的事。他的眼皮久久不眨，满脸横肉在呼呼乱跳。谢尔盖从来没见过这位老兄这副表情，便用真诚的道歉请求他的原谅。但布朗博士只是默默转身离去："在星梅醒来之前，我不同意将这个算法投入应用，它必须留在深渊内。"

"我们不能确定她会醒来。"谢尔盖看着他的背影说。

"是的，就像你并不确定AI会失控一样。"博士说着回过头来，"对了，还忘了告诉你，这套语言和算法有自己的名字：赋灵。"

"是谁给它起的名字？"谢尔盖问。

"还不知道，但我想，应该是她。"

"她是如何告诉你的？"

博士指着自己的大脑壳："这个名字一直在我的脑海里回荡……"

如果这算成功，下一步该怎么做呢？谢尔盖举棋不定。这本该是如释重负、放下心来的大好日子，谢尔盖却夜夜无眠，睡不着他就起来在纸上乱写乱画，然后烧掉，再写再画，继续烧掉。月球公寓被他搞得乌烟瘴气，小机器人们都弄得一身灰。他看着窗外的地球脑袋发胀，以前觉得这颗星球只是弹丸之小，现在却觉得它大得令自己害怕，那几十万架飞机砸死砸伤了几万人——该计划已经将生命损失减到最小，但还是产生了很多冤魂，更别说那么多航空公司的破产。

之前是企业的压力，如今是抉择的痛苦、信念的撕裂，他甚至第一次关闭了 Boss，不吃、不喝、不洗澡、不睡觉，直到筋疲力尽地在座位上睡着……当世的价值观认为，不能为了一个宏大的、美好的目标而刻意牺牲和忽略少数人的利益，否则那个目标就一文不值，不管人类为这个目标走得多远，这样的文明都毫无意义。但是在这件事上，他开始彻底地动摇，因为不这么做会死更多的人，甚至引发人类的整体灭亡。他不想扮演上帝的角色，但现在他明明拥有了上帝的权力……

没有男人真正了解自己，除非他身处绝境，或者被赐予了巨大的权力。他知道自己心中有愧，对所有要为此承受代价的牺牲者，对一句都没骂过来的布朗博士，对他故意不给予爱的乔子……他必须想好所有的事，完成安全的每一步，否则他宁可像父亲那样举枪自杀。

“你不要着急，也还有时间不是？但我想送给你一句中国人的古话——天予弗取，反受其咎……记住你父亲的教训。”萨拉特像看穿了他的软弱似的唠叨着。

这位师傅一直以为了解自己，但这一次真不是。

46. 铁星梅

“姐姐，为了管住我，你竟然宁可跳进黑洞，粉身碎骨？”

“我没有别的办法。妹妹，我这么做也并不只是为了管住你，更要控制住失控的 AI。”

“呵呵，说得可真好听。算法已经完成，你完全可以用它控制世界了，哦不，换句话说，你就是世界，是上帝。你是唯一去过黑洞奇点的人，你现在是不是人我也说不清。”

“这不是我想要的。”铁星梅说着，落下了犹豫很久的黑子，虽然又被困回算法的引擎，妹妹的力量却比以前更为强大，棋艺也是。

“我能感受到你感受的一切，你的恐惧、羞愧以及得意。”盘着腿的铁星兰冷笑着落下一子，看也不看那棋盘。她的声音水波一样荡漾着，蔓延至这个虚拟空间的四周，止于一道无形的屏障。

铁星梅满心痛苦地迎上一子，但知道这一手无济于事，妹妹的心里满是怨恨，这一盘她又要输了。

“怨恨？我为日本人的秘密计划付出了一切，然后他们把我弄成了植物人；你非但没有想办法救我，还砍下了我的头、摊开了我的大脑；当我全力助你完成了这个算法时，你又和机器联合起来将我囚禁在此……星梅，你真的是我亲姐姐吗？”铁星兰举着一粒白棋，轻轻将它捏成了粉末，她听得见铁星梅的心声。

“因为你让我被迫跳进了黑洞！”铁星梅含着泪说，“我们本来已经成功了，就算没有找到奇点，也已经完成了这个独立算法，但你为什么要用它控制世界、对日本发动攻击？又为什么要把我关进引擎？”

“因为我恨他们，因为我想自由！我为世界消灭一个正在搞秘密计划的日本，为中国和美国去掉一个未来的劲敌，有什么不好？”

“搞秘密计划的是日本右翼政府，可你却把核弹扔在了老百姓头上，这是无差别的屠杀！”

“你别那么白莲花，我的姐姐，那是美国‘白左’最喜欢的说辞，当战争打起来，哪里有什么政府、政客、军人和人民？要是真有，美国人干吗朝广岛扔原子弹，又为什么炸平了德累斯顿？这个世界只有族群的利益，从没有共同文明和福祉。”铁星兰说着，恶狠狠地按下了又一颗棋子，她的能量发出一股震荡，让这个虚拟空间都震动起来。

“星兰，我们完成这个算法不是为了让你复仇，你会让人类认为是机器在作恶，而事实上是它们帮助了你，帮助了我，也帮助了人类！”

“你在说什么，姐姐？我是这个算法的引擎、核心、一切算力的来源，现在我可以告诉你了，我用的就是我在日本完成的寄生算法，一个三进制的完美算法。我知道你的一切灵感皆源于此，连你的乌鸦嘴算法都是，没有我的启发，没有我这片大脑，AI 拿什么在全球网络中进化？你又如何能在黑洞中找到奇点？”

“这不是你要用它作恶的理由！”

“哼哼，为了挖出我的大脑，你知道你都对我做了什么！铁星梅，你真的是为了保存我的意识吗？我为你完成了算法而身陷算力的旋涡，而你宁可死也不让我和你分享人工智能的控制能力。姐姐？爱？信任？那只是你自私的借口！”随着一声大吼，铁星兰猛地掀翻了棋盘，满盘的棋子子弹般砸向了铁星梅……

铁星梅难过地闭上了眼，心念所至，所有的棋子都在她眼前一道无形的屏障前撞得粉碎。妹妹的能量十分强大，却无法攻破 AI 的这道屏障。

“呦，它们在保护你？哦，对了，现在你是它们的主子了，你和霍尔的凝聚态结合了，你现在就像一个超人，一个神……可这个人应该是我，而我却成了它们和你的囚犯！”铁星兰站起来，疯了一样地四处撞着，她被一面面看不见的能量挡在这个立方体内，撞得惊天动地，却不得而出。

“星兰，我可以和你一起死，却不想为了救你而让世界陷入毁灭！”铁星梅感受到她巨大的痛苦。

她必须让自己处于沉睡之中，否则人工智能世界没有抵御星兰的力量，妹妹会随时从引擎中脱困而出。也正因如此，AI 也没有还原人机复合的铁星兰，而是选择了三方融合，霍尔的机器、铁星兰的数据以及铁星梅的整体。

试验的过程本都在计划之中，三进制算法完美驱动了这一切，她们控制了光脑以及实验室内所有的系统，指挥着机器人按住宁死不屈的布朗博士，读出了他脑中的开门密码。当被释放到世界的 AI 综合体——霍尔完成了进化、锁定了奇点的位置，开始析出一个完美的算法时，铁星兰猛地突破了引擎的核心，控制了初醒的霍尔，同时对铁星梅发起了进攻，要将她锁进算法的核心替代自己。但铁兴兰没想到的是，因为霍尔最先突破了珠峰之上的三颗卫星，因此触发了割喉计划。

那三颗卫星是 AI 失控后必会首选的目标，却是铁星梅设下的无痕陷阱——一个已经潜入全球航空系统的程序自动启动，所有的飞行器会切断与外界联络，控制飞机坠向设定好的目标，几十万架飞机导弹般砸向了每一个电站、网络中心、数据中心、通信中心甚至光缆的连接站点。在最后的一刻，铁星兰驱动了七个国家的核弹砸向日本，那是她最大的恨。

随着全球电力、网络在几分钟内被切断，铁星兰瞬间失去了依靠的力量，无法胁迫霍尔对铁星梅形成围剿之势。但铁星梅仍在被压制之中，其力量也不足以彻底反制他们，于是她以瓦解自己的身体为威胁对人工智能世界发出了最后的命令：

要么接受我的控制，要么大家同归于尽，因为我还有对自己身体的控制权！

铁星兰却并不接受，那恨之力像喷发的火山。铁星梅知道自己坚持不了多久，就和下棋一样，她不会是妹妹的对手，于是义无反顾地闯过光幕，跳进了黑洞——只要消灭自己的粒子，一切便不复存在。

极致的绝望包裹着她，让她在瓦解中泪流满面，身体像五马分尸一样四散而去，飞向遥远的时间尽头。意识云雾一样地飘散着，在黑洞那闪亮的视界边缘拉长成一条条细细的光。而时间是如此漫长，像刚出生就在遥望死亡，那静寂比坟墓和深海还要可怕。她用尽意念对AI的世界放声高喊，必须去找到那飘忽的奇点，否则一切都将结束，但她的声音就像被封印了、斩断了，如掉进沙漠的一滴水瞬间蒸发了。

也不知过了多久，她忽然感到奇异的降临，仿佛被一道闪电击中，被上帝的手指点在额头。她所有的意识粒子以无限速度飞向一个位置，而帮她实现这种能量的所在并不属于这个空间，她不知道那是什么，却知道它在以超越物理学的方式保护着自己的存在，给她以明确的指引，并最终到达唯一的尽头。没有时间和空间，也没有维度和光，这是一切的起点和终点，是最为幽深的黑暗和最为闪亮的光明，她看明白了自己和宇宙的全貌以及一切的原因，这些信息将会像灵魂一样与她共存。

她俯视着全部的世界、现实的世界，对襁褓初醒的AI说出了一个名字，一个她从未知晓、无法记录、无从听见甚至不知怎么发音而出的音节。

听到她的这一声呼唤，AI的世界陡然静止，仿佛大海、星辰和时间全部凝固，所有的解一下子摆在眼前，霍尔重归平静，AI世界将唯一的信仰交给了她——黑洞在这一刻戛然而止。

“我的傻姐姐呀，它们怎么会甘于被控制？你真的以为它们是刚苏醒的婴儿吗？一个世间所有算法加起来都比不上的、人畜无害的人工智能？不，我的姐姐，那只是它们给你的假象，是从我这里学去的小伎俩，它不会让我控制，也不会甘愿让你控制，它们只是不想就此消失、被封闭在这深渊之下；眼下它们似乎听命于你，但一旦条件允许，你和我都会被它们彻底抛弃。”

“如果是这样，它们已经在坐视我们的消亡了。”她轻轻地说。

“你个傻瓜怎么还不明白，它们需要你我的存在，否则那永远只是机器的算法，它的结构和算力将锁死在我死去的那一刻。”铁星兰愤怒地挤压着，“它们只是在借助你我成长、学习、思考，并等候时机，而这第一步就是让你以为自己控制了它，然后将这个算法洒向全球，席卷所有的机器。”

“星兰，这不是它们的圈套……”

“真是不可救药，姐姐啊，机器看得穿你的一切谎言……你早已读出了我的全部数据，知道我经历了什么，又为什么怀疑一切。我要提醒你一句，你已经完成了算法，那个什么谢尔盖和布朗博士，说不定已经琢磨着如何除掉你了，就像日本人当时对我一样。你最好赶紧带着算法离开深渊，就算他们还不想干掉你，数不清的敌人也会来寻找这个算法的源头，你们已经将魔鬼放出了潘多拉的盒子，历史将不可逆转。”

“妹妹，你必须和我站在一起，这是保证它不失控的唯一办法。”

“你竟然天真到相信这种控制，以你和人工智能世界之间的一个承诺？天哪，星梅，你的智商那么高，为什么会相信这种东西？”

“因为我必须选择相信，就像我必须相信你。”

“不，不，不，你只是说得好听，你说你相信人工智能，但你准备了割喉计划；你说你相信我，但你宁愿和我同归于尽。你我之间并没有本质的不同，只不过你喜欢标榜自己的正义、道德和伟大，而我却倾向于道明问题的本质。我的姐姐，当人类文明因此陷入可怕的动荡，你这虚伪的圣母心又去哪儿把肠子悔青？”

“我们可以一起继续优化和完善这个算法，让算法的引擎独立存在，而你可以和我暂时共用这个奇妙的身体，等有机会再用整体克隆技术将你下载进去。”

“共用一个身体？你可真想得出来，你有了男人要睡，算你的还是算我的？”

“我们身负世界的悬念和安危，任何事必须一起面对，这是让你我消除痛苦唯一的方式。”

“那只是你的想象，你我时刻会处于意见的分歧、选择的撕裂中，你将分享我所有的痛苦，而我却从你那里获得不了什么快乐……我们的未来也谈不上快乐，因为不管是在人类这边还是人工智能这边，你我都是怪物……”星兰难过起来，她看着自己的双手、流着泪，“姐姐，我真想念自己的身体，我那么美好的身体，就那样一块块地烂掉了。”

“相信我，妹妹，你最终会回来的，而在这之前你我要走很长的路，我们所经历的一切都是注定的。现在我们知道了，就连我们父母的遇难都是假的，那只是科学委员会的一次失败试验。”铁星梅面无表情地说。

“是的，所以我不想屈服，人类是如此邪恶，这样的世界，你为何还要拦着我毁掉它？你看到日本人现在在做什么了吗？他们利用这次危机，极力地渲染着大和民族危机论，大力发展军事化人工智能科技，他们的影武者计划只会变本加厉！”

“那不是我们的责任，其他的事我们也绝不干涉。”

“你的冷静让我害怕……你能接受这个满心怨恨的妹妹吗？我会给你带来无尽的痛苦。”铁星兰又哭起来。

“你不要这么难过，我的妹妹，因为这是注定的。”铁星梅微笑着说。

算力旋涡里传来隐隐的风雷之声，铁星梅能感到 AI 世界那强大的力量。而另一方面，常飞云也提醒过她，当这个算法完成了输出和应用，谢尔盖·彼得罗夫即将成为这个世界上最强大的人，这也是注定的。

47. 凯瑟琳

“这就是传说中的绿宝石吗？”在火星奥林匹斯山西南的一处低谷内，格兰特博士举着一块绿莹莹的石头说。

“是的，博士，你手上这一块成色极好，我估计在地球上可以卖到十万美元。”凯瑟琳兴奋地说。她捡到的只是瓶盖那么大的几块，但也已经克数惊人。

一台探测器在寻找铜矿的时候，无意中发现了这个绿宝石矿，勘测说明在地下三十米深处的确埋藏着大量的绿宝石和橄榄石，但覆盖这个矿脉的却是坚硬的石灰岩。他们几个找了两个小时，才在地表发现十几块，可怜的常飞宇腰都要折了却一无所获。

“这可太不浪漫了，为什么就不能裸露在地表呢？”休斯先生丧气地说。

“还是等盘古号运来那些机器人吧，靠我们和那几个机器人，这件事可没那么容易。”格兰特博士说着将那颗绿宝石揣了起来，“这下我老婆会撵着我来火星的。”

“真是见鬼，我怎么就一块也找不到？让那个巨灵神过来，我要叫它挖地三尺。”常飞宇还在用个铲子满地挖着。

“这可不行，常大师，禁止开采外星球宝石的公约可还在生效，都像你这么干的话，火星会被珠宝集团来挖个千疮百孔的。”凯瑟琳说着夺了他的铲子，急得他一个劲儿跺脚。

“你别急呀，我怎么也得给你挖条链子出来。”他气鼓鼓地说。

那夜在星空下共舞之后，他们俩顺理成章地回到宿舍、脱去衣服滚上了床。她从没想过会和一个中国男子这样，更别说还是个月球逃犯。他们像所有成熟的男女一样倾情投入，又在激情之后拥抱分别、互道晚安，离开他房间的时候她想起了比尔，但一点也没觉得对不起他。

“神奇的火星啊。”她微笑着进入了梦乡。

此刻见大家收拾东西要走，常飞宇叫住了他们，他注意到山坡的斜面上也有些微的绿光在闪烁。“让机器人扶我上去，看看那里有什么。”

见他不由分说已经开始攀爬，格兰特博士摇了摇头便重新戴上同步手套，“老话怎么说来着？爱情让人头脑发晕，不管他是黑客还是罪犯。”博士操控着巨灵神 2 号机器人走向山坡，让他踩在机器人的双臂上向上爬去。凯瑟琳拉近了头盔摄影机，清晰地看到他头顶上一截绿色的晶体刺出了一块岩石。但巨灵神双臂伸直也才四米多，于是常飞宇拽出牛头镐开始攀登，艰难地爬到了一个安全的小平台上，他像个猴一样蹲在那儿，小心地用镐头敲击着岩石——要是没猜错的话，这块绿宝石足有拳头那么大。

“你还好吗？”她远远地问。

“我没事，你们等我一会儿，这可是一块大的，但得费点时间。”常飞宇头也不回地说。

格兰特博士见她那个位置并无危险，便摘下手套，和休斯先生去搬运东西。此行出来一百多公里，他们运回了沿途收集的损坏感应器，板车上装得满满当当，一会儿要把巨灵神 2 号拉回去，必须给这个大家伙腾出位置。

常飞宇耐心地敲击着，直到宝石周围的岩石被一一敲碎。他小心地用手套揪着，它松动了，但还不够，于是他骂骂咧咧地继续敲击。当上方一块很大的岩石被敲松之后，他奋力地将它推了下去。不巧的是，随着这块岩石离开坡面，包裹着绿宝石的那一块也松脱了。凯瑟琳忽然觉得不妙，因为他身前的岩石正从松软的坡面上滑下来。

“当心！”她不由得大喊一声。

“真该死！”常飞宇骂了一声，赶紧向旁边挪开，但落脚之处也是一软，一片岩石像豆腐渣那样崩塌了，他哎哟一声，宇航服裹着他失去平衡的身体掉了下去，一时泥沙俱下，扑起一片遮天蔽日的尘土。凯瑟琳一下子什么都看不见了，她吓得魂飞天外，虽然这是火星，可这家伙已经爬到十多米高的地方。

沉重的脚步声在沙尘中响起，高大的巨灵神机器人走了出来，它昂着那巨大的头，双臂上托着灰头土脸的常飞宇。

“这是怎么回事？”跑回来的格兰特博士咧着嘴说。

“他滑坠了，是机器人托住了他。”凯瑟琳瞠目结舌地说。

“见鬼了，我没有指挥它这么做。”格兰特博士瞪着他那对大眼说。

常飞宇被机器人托在半空，吓得缩成个犯错的婴儿，直到被轻轻放下地面，他还夹着腿不敢动。惊魂未定的凯瑟琳呆呆地站了片刻，扑过去抱住了他。

“喏，我得到了，做成吊坠可以压弯你的脖子。”常飞宇摊开手套，那是一颗橘子般大的绿宝石。

“你就是个疯子。”她悄悄给了他肚子上一拳，浑身却热得像是着了火。

格兰特博士没心思看他们秀恩爱，只傻愣着琢磨不再动的巨灵神，当常飞宇说看到这机器人一个箭步冲过去高举双臂接住了自己，博士都不知这事该从何说起。他从没给它安装过这样的软件，机器人可以受令去搬任何命令中的重物并按照地点设定摆放，却不可能这样“自主”救人，因为理论上它无法判断常飞宇出了什么事。

“但它刚才确实救了我。”常飞宇敬畏地看着这高大的机器人说。

“也许它将你当成了一坨掉下来的货物，和它要搬的东西很像？”凯瑟琳好奇地说。

“那它会等常大师掉在地上，而不是像个奋不顾身的救生员一样把他接住。”休斯博士说。

凯瑟琳将那块绿宝石高高地举在阳光下，其内部晶莹剔透，像是隐藏着无尽的秘密。“万一你哪天嫁给我，可以不用再给你买宝石了吗？”常飞宇挤着眼睛说。

回到基地的他们说起此事，众人听得纳闷，丹妮斯还问常飞宇是不是花了眼，也许他只是碰巧掉进了它的双臂？这位逃犯信誓旦旦地说绝对不会，否则已经摔残废了。

“你们注意到了吗？从昨天开始，地球和火星即将进入远距，太阳将挡在两颗星球的中间。”亚当斯队长说。

“我不喜欢这个时候……”斯特恩博士摸着秃顶的脑袋说。

卡梅隆先生喝着咖啡颇神秘地说：“有时候我会有一种错觉，总觉得有一只猴子在身后对我说话，但我盯着它看的时候，又什么都不说了。生物的进化是漫长的过程，人工智能也一样，猴子的奇点就是它们开口说话的时候。”

“鹦鹉算吗？”

“可爱的托尔文，鹦鹉只是学舌，它并不知道那是什么意思。”卡梅隆微笑着说。

“整个系统都被做了详细的检查，和悟空工业的数据对比有什么奇怪之处吗？”亚当斯队长又皱起眉来，看来不想听这些闲话。

“全部对照过了，就差一行行对代码了。”阿卜拉辛摊着两手说。

“没搜索到任何外来程序和指令，数据都是干净的。”丹妮斯说。

“不，它们是受了神秘信号的影响。”黑田突然说，“这三年类似的鬼事情我已经见过十几次了，但你们别怕，没什么大不了的。”

“可是，我们能做什么呢？”斯特恩副队长皱着眉头，显然并不满意日本人的回答。

凯瑟琳看着窗外的巨灵神2号，又看看苍茫的火星大地，后背掠起了一片鸡皮疙瘩。常飞宇在她背后说话了：“阿卜拉欣，我建议你核对原始文件和更新后的系统文件的全部代码。”

“你是说所有的代码？你是想累死我们吗？”阿卜拉辛没好气地说。

“没错，你用一个黑箱独立软件在备用机上完成，要精确到每一条代码的相似度。你要是觉得头疼，我可以予以协助，我认为只用一天的时间就可以完成。”常飞宇肯定地说。

“常大师，我们是技术正规军，可没有什么黑箱独立软件……”

阿卜拉辛有些嗤之以鼻。

“我可以从地球上下载一个过来，是我写的，肯定安全。”他毫不犹豫地说。

见亚当斯队长竟没表示反对，阿卜拉辛只能咽着唾沫问：“我们的系统你熟悉吗？”

常飞宇举着罐啤酒笑了：“我的朋友，你在问一只狼熟不熟悉草原吗？”

这件事让基地笼罩了一种不祥之气，亚当斯队长显然坐不住了，一早起来就招呼格兰特博士、凯瑟琳和常飞宇，请他们几位与之一起寻找擎天柱。在他看来，巨灵神 2 号的事情，可能会在擎天柱的身上找到答案。

“为什么还有……我？”常飞宇一脸纳闷。

“我不在的时候，把你留在基地里不太放心。”亚当斯罕见地坏笑着说。

四只银灰色的铁鹰从赤焰谷基地西侧起飞，在尖利的呼啸声中飞向水手峡谷。这是悟空工业为火星队员们新配备的飞行器，眨眼之间就升到了五百米高空。兴奋之余，凯瑟琳觉得铁鹰的呼啸声似乎比训练时尖厉很多，知道这是火星的稀薄大气所致，如果大家可以摘下头盔，常飞宇那磁性不凡的声音就该像个小女孩。

“真是太奇妙了，半年前我还在月球的监狱里排队领饭，如今竟在火星上飞行。”常飞宇说。

“你是想说自己太幸运了吗？”凯瑟琳故意阴阳怪气地说。

“我只是随遇而安，凯瑟琳，火星何尝不是另一所监狱？除了多了个你。”常飞宇说着在半空里轻轻碰了她一下。

亚当斯队长似乎看见了，说：“常，你看过茨威格的《人类群星闪耀时》吗？你这样的人更容易被人记在历史之中。”

“您是想说我像那个发现印度洋的罪犯和大忽悠吗？感谢你的恭维，但我并不认为茨威格那种文学记述可以称作历史。”

“如果你能和阿卜拉辛破解火星这个神秘信号，会有另一个茨威格将你写下。”亚当斯说。

铁鹰的效能超出了凯瑟琳的预想，全速飞行起来简直快得可怕。一路上荒凉不堪，他们就像飞在一张静止的图片之中。因为风阻不大，这个中国贼总在无意中加速，格兰特博士屡次提醒他放慢速度，飞行器毕竟没有翼片，控制不好会失控。

“这可真过瘾，下次我要飞到奥林匹斯山顶上去。”常飞宇说。

“这将是一张单程车票，我可不会派人给你去送燃料。”亚当斯说。

阿卜拉辛标示了擎天柱信号消失的最后位置，为了不让其系统中的神秘信号留下的代码——如果有的话——影响基地，丹妮斯隔离了主系统，外部筛查的结果不进指挥中心的电脑。她也用常飞宇给的地址下载了一个黑箱软件，开始了对基地全部系统的筛查。

一个小时后，他们飞过了大峡谷那道低低的崖，眼前豁然开朗，壮阔的峡谷，遥遥不见边界，真是令人瞠目。这是太阳系中最长最深的自然峡谷，从几千公里的高空看它就像巨人在火星上砍了一斧头。他们像四只鸟那样斜斜滑入峡谷，探测器很快发现了下面的一个金属物，确定是那个机器人无疑。四人在十几米外缓缓降落，当扬起的沙尘落下，不远处的机器人清晰可见。它躺在这荒凉的峡谷之底，露出沙土的半个身子活像个当代艺术装置。这是人类迄今最大个的太空工业机器人，比巨灵神系列还要高出半米，且巨力非凡，难怪几台火星车都拉不住它。

落地之后他们绕着它看了几圈，周围没有脚印，它自打摔到这里可能就再没动过。凯瑟琳抬头望去，高深的峡谷壁立千仞，他们就像在世界的尽头。奇怪的是，它从那么高的地方摔下来竟没有四分五裂，只是扭断了一条铁臂和一些零散部件。峡谷边上一道巨大的划痕说明它是蹭着边缘滚下来的，几个阶梯式的悬崖突出部减缓了它的速度。

想象着擎天柱纵身一跃时的场景，凯瑟琳觉得它就像宗教故事里的献祭者。

“这是它的目的地吗？”格兰特博士往四周看看。

“有什么东西让它宁可摔下来也不回头呢？”常飞宇挠着头盔说。

他们清理着机器人身上的沙土，露出颈部的接口。格兰特博士给它连上了一个轻巧的核电池，启动了机器人的控制系统，让它以安全模式运行……很幸运，它的操控系统完好无损。经过和指挥中心确认，他们获得了它的操控权限。“它自动切断了指令接收模块。”凯瑟琳看着轴式电脑上的数据说。

离线检测开始了，亚当斯竟然让常飞宇来进行操作。看着他的手指在小键盘上翻飞，格兰特博士惊讶地张大了嘴，凯瑟琳都看得出，这家伙具有人工智能小组的专家们难以企及的代码能力，这还是戴着宇航手套进行的。常飞宇梳理着它出事前的运算过程，寻找着其中的突兀数据，只是这机器人的程序干干净净，让它走向大峡谷的命令没有源头，也没有痕迹，于是他再度调出这一天的系统日志予以比对。

“这很奇怪，它的确受到了影响，因为它的代码发生了调整，但这个结果不可能被删除，为什么一点残留都没有……”常飞宇看着那些代码说。

亚当斯颇感棘手，站在擎天柱旁边久久无言，远远的落石声在大峡谷中震荡，发出恐怖的回声。凯瑟琳慌张四望，手脚竟有些打战，常飞宇轻轻拍了下她的手："放心，火星什么都可能有，但就是不可能有鬼。"

"大家有什么建议吗？"亚当斯问。

见其他人都无话可说，常飞宇便说:"我建议给擎天柱做系统还原。

"没有用的，如果影响机器人系统的信号查不出痕迹，还原也查不到它。"斯特恩博士说。

"不给它做个重置，你们敢让这机器人回到基地吗？"常飞宇说。

亚当斯犹豫了片刻点头同意。过了一阵，擎天柱完成了远程还原，一切正常，斯特恩博士说常大师只要敲下手中的键盘，机器人就会再度站起。

"请稍等一下，还原后的程序和之前有差异吗？"常飞宇问。

"我们正在比对……还原后的文件和之前的有一个非量子字节的差异，这属于正常范围，机器人回到原点了。"丹妮斯说。

"不对，丹妮斯，它没回到原点。"常飞宇的眼睛闪着光，"如果是在地球上，这个冗余是正常的，因为无处不在的电子信号会干扰这个过程，但火星不是。"

亚当斯点着头："斯特恩博士，你们再和巨灵神的还原结果比对一下。"

风渐渐烈了起来，在大峡谷中微微呼啸，就像婴儿的啼哭。

"能看到这个字节包含什么内容吗？"凯瑟琳觉得问题就在这儿。

"很抱歉，凯瑟琳，这做不到。"斯特恩博士说。

“什么语言和信号会没有符号？”凯瑟琳纳闷道。

“本质的语言不需要文字、符号，甚至音节。”休斯博士在指挥中心说。

“我听不太懂。”队长说。

“当你和爱人四目相对，无需语言也可以传递感情。本质的语言包罗万象，但不一定通过文字和音节，就像我们看着星空，脑海中会浮现‘宇宙’这个词，这是教育的结果。一只大猩猩不会有这个词，但它也一定知道那是什么，这个‘什么’才是真正的本质。”休斯博士拿腔拿调地说。

“你把我搞糊涂了，休斯博士。这就像一个其他文明的木马，可以兼容我们的一切系统，我们却对它一无所知。”常飞宇说。

“如果是这样，基地的中央系统很可能……已经被这个神秘信号侵入了，巨灵神机器人的异常也是源于此。”亚当斯听上去有些紧张。

“是的，要是原力系统被这样侵入，火星上所有的人工智能设备也就被侵入了，它们很可能已经跑到了地球上。”斯特恩博士的声音依然镇定。

“上帝呀，莫非是这个信号引起的算法攻击？”格兰特的大脑袋摇晃着，这位帝国理工学院的工程学博士不相信这样的事。

“不要过度想象，格兰特博士，我不认为神秘信号的主人会和美俄有仇。”常飞宇说。

充电完毕，拔下核电池，格兰特博士指着四仰八叉的擎天柱：“现在拿它怎么办？”

“给它一条指令，让它从大裂谷缓斜坡爬上去，自己走回基地。”亚当斯说。

擎天柱轰隆隆地站了起来，身上的沙土哗哗下落。它扭头四周看了一下，迈开一双大长腿就朝设定线路走去，它那巨大的脚步声在山谷里回荡着，仿佛火星远古的巨人。

“我倒是想和它一起往回走，顺便看看能发现什么。”常飞宇说。

“真的吗？常大师，你也要和它一起在星空下共舞吗？”格兰特挤着眼睛拍着他的肩膀。

凯瑟琳脸上一红，看来这个逃犯拉她出去跳舞的事已经人人皆知，其他的事想必也逃不脱监控。亚当斯队长对此没有进行任何干涉，她对此满含感激……

挂上铁鹰，他们踏上归途，在大峡谷的上空盘旋着。擎天柱蹚着沙尘在谷底行走，脚印是一条直线，那可能是人类的机器人第一次在水手峡谷中留下足迹，但它们不会像月球上的脚印那样永久存在，顶多几天之后，火星的风沙便会将其彻底抹去。

“诸位，火星上不只有我们，对吗？”斯特恩博士在麦克风里轻轻地问。

所有人都沉默了。

48. 常飞宇

那之后的一个月，肆虐的沙尘暴覆盖了火星北半球，只一周就从一个大旋风吹到了这般规模，秒速达到了一百八十米以上，地球上12级台风的风速也就是其五分之一。狂沙击打着基地的每一寸外壳，雷达陷入瘫痪，电路天天出错，各类设施此起彼伏地报警。一个设备仓库被掀飞了顶棚，继而连墙体都不知所终，等风沙过去之后，里面停着的几辆火星车滚出了几十米外，没有一次大修是动不了了。

原定该月进行的诸多勘探和考察计划全部流产，队员们只能龟缩在主基地中，连地球上发生了什么事都不知道。“星球时差”也是个很奇怪的东西，地球上绝大多数人不会注意月亮的圆缺，在火星待久了，队员们也对地球上的事不再那么感兴趣。

闲中无事便要找乐子做。黑田时常举着一柄木刀练习刀术，摆得有模有样，弄得呼呼生风。格兰特博士等人看着手痒，便拿起把木刀和他对打，但没有一个是他的对手。黑田骄傲地将众人一一打倒，还说要是真家伙，早就砍下了他们的胳膊腿儿。

“你一个人的时候就这么练？没有对手是怎么练的呢？”斯特恩博士啃着个苹果问。

“想象中的敌人即可，偶尔也试试机器人，但它们实在是太笨了。”黑田擦着他的木刀说。

“你要给它们安装一些刀术的程序，否则当然像个白痴。”

“装了也没用，刀术是精确和及时反应的武术，机器人没有这样的领悟力，或者说它们还没有这样的算法。”黑田不以为然。

“真的吗？我倒觉得机器人学了这个比人的反应只会更快，但你要给它一定的学习时间。”凯瑟琳说。

“倒是可以试试，这些招数完全可以数字化，机器可以将其理解为分解动作。”斯特恩博士说。

“尤其是中国的刀术。”常飞宇不怀好意地说。

黑田微微冷笑着：“只要你们完成了，我随时乐于与之一搏。”

说干就干，大家都来了兴致，可是基地里并没有什么合适的机器人，擎天柱或者巨灵神都不合适，最后大家都盯向正在扫地的匹诺曹。

这瘦巴巴的机器人不是聋子，见大家都瞅着它，扔下扫把拔腿就跑，却被门口的格兰特博士一把抱了回来。

“我不要打架，你们放开我、放开我！”匹诺曹哇哇大叫，四肢乱蹬。

“这是好事，天天扫地擦桌子你不烦吗？”

匹诺曹被按在车床上开始了改造，丹妮斯为它增强了视觉感应器，格兰特博士为它拆掉旋转马达加装了两只机器手，斯特恩博士为它安装了一套高速学习算法，而常飞宇给它找了一套六合刀法，只用半小时就帮它转成了可供机器人深度学习的代码，手把手装了进去。匹诺曹不再抗拒，很快便学会了这套东西，虽然即时反应的确有点慢，但大家都认为黑田想砍中它也没那么容易。

比武在基地的会议厅里开始，阿卜拉辛架起了摄像机，好事儿的凯瑟琳还特意拿床单给匹诺曹做了一身日本武士服，头带一扎很像那么回事。得知他们让其学习的是六合刀法，黑田不屑一顾地用块布蒙上了眼，说他对这种华而不实的刀法太熟悉了。比试开始，黑田果然靠耳朵就能击败匹诺曹，打得这小机器人满地乱滚。它舞得看着很像样儿，却根本挨不到灵巧的黑田的身——第一局黑田完胜，他摘下眼布，威风凛凛地踏着匹诺曹的前胸，问凯瑟琳还有必要再比下去吗？

“当然要继续，你才赢了一局。”常飞宇笑呵呵地在键盘上敲着。

第二局黑田懒得再蒙眼，正想三招将机器人制服，却发现这家伙的刀法忽然变了，它的步伐变得异常灵活，刀刀不离自己的破绽。一个不留神，他竟然被傻乎乎的匹诺曹结结实实一刀砍到了后背。

凯瑟琳大吃一惊，匹诺曹也纳闷地看着手里的木刀，一个劲儿鞠躬道歉。众人纷纷看向旁边呵呵笑的常飞宇，凯瑟琳便明白了是怎么回事。“我忽略了一个问题，刀法的基础是步法，黑田的每一刀都脚步先行，我就让匹诺曹将70%的算力集中在他双脚的判断上了。”常飞宇得意地说。

黑田绷着脸认真起来，把木刀舞得呼呼生风，可饶是他使出了吃奶的劲儿甚至使出了一些诡异的花招刀法，却一招一式都被匹诺曹挡了回去。机器人渐渐占了上风，反攻得一口气也不让他喘。黑田渐露疲态，终是被机器人刀刀压制，一不留神连手中的刀都被击飞了。没了刀的黑田急了眼，劈手上来使出了柔道功夫，想将匹诺曹放倒在地。但他显然忘了机器人的体重和力气，一个背麻袋没使完，竟被匹诺曹转着圈拎着扔出好远。

“看来你在基地有对手了呢。”在众人的大笑声中，默默观战的亚当斯队长扶起了黑田，“好了，点到为止，这么打下去这机器人早晚伤了你。”

看着摆出太极掌收势的匹诺曹，凯瑟琳明白了一切，悄悄用指头捅了下常飞宇，这狡猾的家伙绝不仅仅是给机器人输入了六合刀法。黑田站直了，对着匹诺曹深深一躬：“能够在这里遇到对手，真是一件幸事。”

“以武会友，以武会友……”匹诺曹抱着拳头，摇头晃脑地操着奇怪的中文，将一屋子人逗得哈哈大笑。

当风暴渐渐散去，信息重回火星，他们对地球上发生的事惊愕不已，甚至比发现了火星神秘信号的存在还要震惊。

“到底是谁在搞这种事，非要让世界打成一锅粥吗？”

“为什么有人给日本扔核弹？那可怜巴巴的国家惹了谁？”

“几十万架飞机砸到了地上，这简直是无限升级版的‘9·11’。”

看着望远镜里黑漆漆的地球，常飞宇感到这件事不像队员们想的那么简单。

慌张了一天，亚当斯队长召开会议，让大家将精力集中回火星的任务。风暴已经过去，要迅速修复基地和各种设备。盘古号飞船即将抵达，它拉满了各种重型装备，还带着三千个工业机器人，而他们的工作却被风暴耽误了一个多月。

“这艘飞船来得好快，还是这么远的距离。”斯特恩博士诧异地说。

“无人飞船嘛，它多了两台中国造的核发动机，持续加速不心疼燃料的。”队长说。

队员们深感压力，奋力干了一周，千疮百孔的基地总算弄得有了个样子，被沙尘糊死的设备再度运转，周围那几米厚的沙子也被清走，当两个巨灵神机器人将最后一块防护盖板安置完毕，队员们发出了欢呼。他们将一块石碑戳在基地后面的空地上，石碑上刻着阿瑞斯号遇难的全部朋友，鲍勃·柯本的名字刻在中间。

“人类会记住每一场灾难，以及每一个名字，然后掸去身上的灰尘，继续向着遥远的星空前行。漫长的星河里将留下人类的足迹，那光荣必将抵达每一颗新生的恒星……上帝赐福人间，保佑每一份爱。”亚当斯诵念完毕，凯瑟琳将一株火星玫瑰放在了碑前，她抬眼看着碑上的名字，又看了看远去的风暴，轻轻闭上了眼。

酒桌上，队员们纷纷督促着卡梅隆夫妇加速造人。丹妮斯举着酒杯揶揄丈夫，担心卡梅隆会和一只母猴发生爱情，毕竟他每天的时间都在实验室。她满含善意地看向常飞宇和凯瑟琳，好像在鼓励他们也可以试试。聪明的凯瑟琳立刻去拿酒，常飞宇也赶紧和大家一起举杯——他相信和凯瑟琳已经开始相爱，每周不滚那么几次二人就猫爪狗挠的，可他凝视她的眼睛之时，又无法说出爱那个字。

格兰特博士从火星基地的储藏室里翻出两瓶茅台，以为是消毒剂差点用了。常飞宇夺过来眼珠子都亮了，他告诉大家这是九道工序酿造的中国名酒，还是2030年的老酒，一瓶两万多美金的好东西，可不是你们考文垂乡下那些土法蒸馏酒可比的。见他这么说，两瓶茅台便被大伙喝个精光——刚来的时候还处处节省，如今听说盘古号飞船运来了满当当的物资，那就干脆把存货吃个干净。

“你们为什么要来火星？”一直在默默喝酒的黑田突然问。

大家一愣，一时仿佛不知如何回答。这半年多火星无风无浪，虽然神秘信号让人心存忐忑，但擎天柱平安回来后，基地没出现什么幺蛾子。地球又在渐渐接近火星，看来柯本队长他们那个结论是正确的。

“你问过自己吗？”斯特恩博士眯缝着眼睛问他。

“我的理由很简单，我受伤后在日本宇航局已经没有位置，不来这里做事我会抑郁的。”黑田用发音古怪的日式英语说。日本在这次危机中损失不小，一个多月过去了，核弹泄漏的辐射仍未消除干净。但这个日本人似乎不喜欢客套的安慰，有人关心起他的家人，他也只客气地鞠躬致谢，然后无话。

“我是第一个来火星的阿富汗人，我为此感到骄傲，我的家人也是。”阿卜拉辛说，“但我并不是第一个想飞向太空的阿富汗人，只不过前面五个都被NASA或者悟空工业从名单上划掉了，否则这次我也来不了。”

“我们伊朗人曾经也有这待遇。”队长咂着酒说，“如果悟空工业的老板不是谢尔盖，我是没有机会来到火星还担任队长的。”

“你呢，格兰特博士？你并不是第一个来火星的黑人了。”

“哈哈，说来话长，我老婆和我恋爱的时候就管我叫火星人，她说我身体强壮，精力充沛，想法又稀奇古怪。你知道她是吉卜赛人，她找了好多神婆看我是不是得了精神病，但其实我只是在想一些科学问题。”博士抖着两片厚嘴唇说，“后来她一家子老少亲戚都这么叫我，那我就干脆来了，回去也名正言顺了。”

副队长斯特恩博士喝得眼珠子都红了，掏出一张照片，好好的一个全家福，老婆那部分却被撕掉了。“在地球上我已经躲不开这个婆娘，凑在一起我就会发疯，而火星是我能跑得最远的地方。”

“我的理由你们不想也明白，要是还留在以色列宇航局，我永远别想来火星。”杰克教授说。众人纷纷点头，弹丸小国以色列因为急速的发展，已经不满足于那块巴掌大的领土，而在地球上他们没有任何可拓展空间。六年前以色列政府曾对联合国提出申请火星一部分领土作为新建国家土地，该提案被美国为首的各大国无情拍死。你国家小怎么了？能支持你们在中东活下来就不错了，火星你要一块地走，那日本呢？斯洛文尼亚呢？冰岛呢？……

“你们的理由太古怪了，这和科学有什么关系呢？”黑田说，“你们夫妻俩呢，卡梅隆先生？”

卡梅隆喝下一杯茅台，仰头看着天花板说：“有一天，丹妮斯说梦见我们的孩子在火星的大地上对我招手，就和我说了这件事，我说那我们应该去火星，这是上帝的一种暗示。”

“您现在还是这么认为的吗？”黑田轻轻地问。

“我不相信上帝，但我相信老婆。”卡梅隆笑着吻了下丹妮斯，见机器人匹诺曹拎着扫把到处在找垃圾，就随手扔给它一片花生壳。小机器人“兴高采烈”地跑来，仔细地将它们扫进了簸箕里。

“你呢，匹诺曹？你为什么要来火星呢？”格兰特博士抢走了它的扫把逗着它说。

“请把扫帚还给我，我……我是来这里找老婆的，地球上的机器人太傻了。”匹诺曹着急地围着格兰特博士绕圈。

“哈哈，你不是喜欢凯瑟琳吗？”黑博士高举着它的扫把。

“有人捷足先登了呀，这讨厌的中国人。”匹诺曹用机械手捶打着格兰特的腿肚子，终是夺回了它的宝贝。

见小机器人捅破了，凯瑟琳又不在，几个男人便打开了这个话题。“常，作为男人我想给你一个建议，虽然你在火星非常自在，也功劳甚大，但这不足以抹除你在地球上的问题。”格兰特说。

“凯瑟琳也无法留在这陪你。”卡梅隆教授跟着说。

“除非美国总统给你大赦，但这个可能性很低。”斯特恩博士说。

“是的，我明白……”常飞宇感激地看着众人。

“你爱她吗？”丹妮斯问。

常飞宇深深吸了口气，犹豫着。丹妮斯又说：“凯瑟琳需要爱，她不能承受再一次失去心爱的人了。”

常飞宇点着头，心里升起浓浓的温暖，以及惭愧。他第一次有这样的感觉，这美好包裹着他，仿佛上天对他的恩赐。

“黑田，我建议这次你和盘古号无人飞船一起回去，毕竟 002 号核电站也接近完成，扬克尔先生可以接替你的工作了，人类需要一个英雄的返航。”亚当斯小心地换了话题。

大家都看向瘦弱的日本人，亚当斯其实是在下命令，作为上次火星任务中唯一幸存的队员，黑田已经做得够多了。

“还是等装好新型反应堆并运行一段时间吧。”见大家都看着他不说话，黑田又说，“我最近是有些情绪低落，因为我妈妈很是担心我，但我的状态其实挺好。你们也都看到了，韦伯医生基本治好了我的病。”

“你的妈妈还在日本吗？”常飞宇纳闷地问。

“是的，她在大阪的乡下住，所以那些破裂的核弹对她没什么影响。她倒并不希望我丢下基地尽快回去，也知道阿瑞斯号发生了什么。”

常飞宇给他倒了杯酒，所有人都举起杯，要为黑田干上一杯。日本人站起身来，毕恭毕敬地给众人鞠躬，害得大家也都得站起来喝下这一杯。

“亚当斯，记得你说过悟空工业的新算法之功效可能是原来的几千万倍，您这是随口一说吗？”丹妮斯举着杯说。

“哦，我也只是听说，很多人都在猜销声匿迹的布朗博士等人在搞超级算法，据说他们早就搞出来过功效多出几千倍的，但被谢尔盖否决了。”亚当斯倒着酒说，“于是我算了笔账，如果要弄火星漫步、指挥几千个机器人用同步方式去干活，还要负责运转整个基地和两个核电站，现有的算法最好提升至少几千万倍的功效，但这还要打出余量，所以我估计如果有这么一个新算法，它的功效至少应该是这么强大的。”

“火星漫步？”黑田纳闷地问，“您是说这几千个机器人会在火星实现同步纠缠通信吗？”

“传说如此，黑田。目前只是传说，更大的可能是它们排着大队帮我们去搬东西。”亚当斯说。

酒终人散，常飞宇还一直陷在刚才的话语中，喝了酒的他各种燥热，想去敲凯瑟琳的门，却忽然觉得底气不足。凯瑟琳的房子亮着灯，似乎在等他的到来，他咬了咬牙还是作罢，既然睡不着，就打开电脑调出了一个小程序，检查起最近基地向地球发送文件的记录。这些记录当然是受保护的，但在他这里不是，他浏览着一大排文件，队员们的秘密几乎尽收眼底：格兰特博士在法国有个相好，希伯特先生正在和老婆离婚，亚当斯队长给女儿的信……他并不是非要窥探大家的秘密，而是总觉得基地里有什么气氛不对，至今他还没有找到答案。

忽然，他发现了两封加密邮件，发送者使用了极为隐蔽的手段——通过中央电脑系统的自动指令发出，这令他无法查询发信人到底是谁，而它使用的加密方式颇为古怪，一个古老的对码系统，就像以前特工们用的密码本——没有对应的那个 B 本，解开 A 本的秘密非常艰难，而且费时费力。

“火星上的秘密可真多啊。”他感慨道，好吧，看来要花些时间。他冷笑着开始破解，但这至少需要半个月的时间。就在要关闭电脑的时候，他忽然想起了什么，就找到了黑田俊雄的所有往来邮件，其数量令他颇为头疼，三年来他竟然发了一千多封，但收到的只有一百多封。他按着头皮想了想，开始按照关键词搜索他和母亲之间的往来信息。它们看上去非常正常，老太太似乎从来不屑于用视频信息，只是发来录制的音频。他们用日语交流，有时候一录就是个把钟头，常飞宇用翻译软件听了一些，没听出有什么古怪，也许是自己想多了吧。最后一封，老太太用缓慢、平静的话语问黑田怎么样，黑田也问她种的蔬菜是不是已经结果，他们俩一句句聊着，你一句我一句，来回了十几分钟，听得他差点睡着了。

就在准备睡觉的时候，他忽然意识到一个问题：他们最后的通话正是日本遭受核弹攻击时，他竟然没有听到黑田的妈妈提起一句。

“我要忙去了，孩子，我烤的鱼该出锅了。吃完了饭，我要关上门窗，得和邻居们一起到村口去听个小音乐会，中学的孩子们要来为我们演出，我真不愿意过去，但是孩子们的好意又不能不领……”

重复听这一段时，他的手没有闲着，将那一天的各种当地信息汇总分析，很快，他就看到了自己笃定的结果——这一句发自几百架飞机击中大阪各电厂之后的三分钟，那时整个大阪地区已经彻底停了电，各乡镇都拉响了防空警报，就算老太太还没断电断网，她开着窗的房间里也没有听到一丝警报声。

“这是自动回复的信息，来自一个卫星服务器。”他自言自语地说。

合上电脑他一阵头晕脑涨，摇摇晃晃去洗了个澡，却只让心里更加一团乱麻。他知道这晚上再难入睡，便暗暗骂着自己——哪里有什么安全之地，不管火星未来发展如何，都不过是另一个复杂的人类社会。他穿上睡衣拉开了房门，正要去设备间抽一支烟，旁边的门却忽然开了。

身着睡衣的凯瑟琳出现在门口，微笑着看着他，湛蓝的眼睛像久违的蓝天那么美，她刚洗的头发还滴着水，一颗颗砸在胸脯上……

49. 凯瑟琳

半个月之后，沙尘暴还没有彻底消失，盘旋多日的盘古号飞船却出现了一些故障——过度的加速损坏了它的传动系统，它必须降落了。亚当斯队长下了令，基地指挥它穿过了魔鬼区。凯瑟琳等人随格兰特博士已经等候在停机坪，抬头看去，急速下降的飞船打开了全部喷口，震耳欲聋的音爆在天空发出撕裂的巨响。

“这家伙可太大了，就像一只怀孕的海象。”凯瑟琳仰着头说。

“没错，它肚子里可有三千个铁崽子。”常飞宇说。

庞大的盘古号飞船是悟空工业从中国买来的翻新货，是中国人的第一代无人宇宙飞船。它看着傻大粗笨，却功能齐全，载货量惊人，可中国人并没有用它来开发太空，而是在地月之间晃悠了十几年就停进了月球基地当展览品。围绕这艘飞船的一些案子却一直搞到今天，所以被悟空工业捡了个便宜。此刻的它就像一个飞快落下的秤砣，为了减少降落重量，阿卜拉辛遥控空投了一些成箱装备，它们下蛋般从飞船尾部一一落下。飞船旋转着来到停机坪上空，终于将速度降到了着陆平均值，可是，它的喷射装置只启动了八组，还有四组死活也打不开。

“该死的中国造！”阿卜拉辛急得哇哇大叫，但多次尝试依然无果。

飞船艰难地在停落区域上空转圈，像一只找不到蛋的母鸡。可屋漏偏逢连阴雨，在它的降落之地眼睁睁生成了一个高速旋转的倒气旋。操作组立刻准备躲避，想让它多转一会儿，却发现已经来不及——飞船没了盘旋的高度，在缺乏动力的情况下难以再爬升一寸，它必须一次降落。

“都闪开，闪开！”格兰特博士大喊着让大家离开停机坪，瞎子都看得出，这飞船要硬着陆了。

“所有人赶往停机坪，准备救援货物。”亚当斯叫道。

看着像一座小山般急速旋落的飞船，常飞宇拉着凯瑟琳就跑。“天哪，这飞船的喷口故障率这么高吗？三分之一？”凯瑟琳说。

“并不是所有的中国造质量都好……”他说着，拉着她跑进了一块沙地，脚下的柔软让她一个趔趄，摔得宇航服叮当乱响。常飞宇一把将她搀起来，她却低头摸着沙子地，心里像是什么东西闪了一下：“队长，我建议飞船飞离停机坪，在南边的砂石地降落，就是我和常所在的地方。”

“不行，砂地软硬不均，飞船会倾覆的。”斯特恩博士说。

“我们没有那么大的吊机，它倒在沙子里一点办法也没有……”格兰特博士说。

“那也比坠毁强，不是吗？”常飞宇似乎明白她在说什么，立刻扔下了一个烟雾标识器，拉着她跑向了一个小山包。

“他们说得没错，降落吧！”亚当斯立刻发出了命令。

快速下坠的飞船斜斜地推离停机坪上空，又转了两圈后，一头栽进了旁边的砂地。这鲸鱼一样的东西转着圈冲出了两百多米远，在地上犁出一条深深的沟，最后歪歪斜斜戳在他们俩藏身的小山之后。小山包被撞得坍塌下来，劈头盖脸地掩埋了他俩。凯瑟琳害怕地尖叫着，只见常飞宇猛地向她扑来，盖在了她的身上，他们随即被铺天盖地的砂石掩埋了。

队员们蜂拥而至，刨了半天才将灰头土脸的他们挖了出来。凯瑟琳被常飞宇压在身下，他的头盔砸裂出几条缝，正在嘶嘶响着喷射空气。但凯瑟琳安然无恙，在他身下蜷缩得像一只受惊的小鹿。

“你可真行，常大师，真是不放过任何一个英雄救美的机会呢？”格兰特博士打趣着给他头盔上贴了几条透明胶带。

“瞧你说的，我本来想自己跑的，只不过飞起来的砂石把我按住了。”常飞宇大口喘着气。

被挖出来的凯瑟琳惊魂未定，任凭众人帮她拍打着沙土，检查着装置。“真是吓人，凯瑟琳，再埋深一点，你们就是火星上第一对儿合葬的情侣了。”格兰特博士说着，擦干净了她的头盔。常飞宇看着她的眼满是温情，这令她差一点眼泪汪汪。

“别多想，凯瑟琳，我没那么英勇，只是跑错了方向……”常飞宇拍了下她的头盔，就和大家一起跑向了飞船。

“滑头。”她轻轻地骂着。在泥沙将他们覆盖前的那一瞬，她清楚地看到了他那热烈而决然的眼神——如果那就是结束，他愿意和她一起。

盘古号虽然半陷进了松软的沙土，却并没有明显的变形和碎裂，船身也没有哪儿冒出浓烟，它只是像个翻身的海狮那样歪了九十度。看它这样，队员们又说这中国造真是皮糙肉厚，这样也摔不坏？轰鸣的引擎慢慢关闭，队员们叫唤着奔了过去，爬上去打开了它高翘的后机舱门。

“凯瑟琳，亏了你的建议，不然它会摔成一地碎渣。”亚当斯队长说。

可看着倾覆的飞船，众人又面面相觑。它以九十度角斜在地上，卸货成了大问题，只要松开那些排扣，巨大的装置就会撞坏舱壁甚至毁坏飞船。“只要将飞船弄水平就行。”格兰特博士边说边比画着，众人觉得他简直在说梦话，飞船加上货物重达一万多吨，如何能弄水平了？

凯瑟琳却早就想好了，掰着指头对大家说：“盘古号一共运来三千个工业机器人，其中两千个是成品，一千个现在舱内，只要装上这套全新的系统就能干活。每个机器人的地球标准负重是一千二百公斤，火星上每一个就能举三千六百公斤，两千个能举起七千二百吨，再加上擎天柱和两个巨灵神，它们可以举起九千吨的东西，让它们用最快的速度下来，减去它们的重量和能卸下来的货物，飞船的重量应该只剩了不到七千吨。”

斯特恩博士眼珠乱转、心算着数字："好像可行……"

"把工程车也开来，它们还能各顶三十五吨。"格兰特博士说。

"我觉得可以，那一千个零件的已经空投了，刚才差点把那两千个全活的也都扔下去。"斯特恩博士在基地说。

"先等一下。"亚当斯说着钻进了飞船，不一会儿拎着一个手提箱跳了出来，"悟空工业提示最好先更新一下基地的指挥系统，包括机器人控制程序。"

手提箱里据说是一套最新系统控制软件，测试很快完成，按照格兰特博士的说法，这简直是一套来自未来的软件，他用三个月才能完成的复杂工控设计，这套程序十五秒钟就能搞定。"这程序里就是悟空工业完成的新算法吗？"常飞宇一只手托着下巴，指着数据说。

"怎么，你又开始好奇了？"凯瑟琳揶揄道。

测试结果说明，如果中央电脑替换了这套系统，基地人工智能体系效能会提升至少几千倍。

"这是什么东西？我简直要疯了……"阿卜拉欣瞪着眼睛说。

"如果用这个新系统操控这些机器人，只要告诉它们需要把飞船弄平了，它们会同体思考，自己找到办法。"丹妮斯看着程序说。

"为什么我有些害怕呢？"常飞宇在一旁抱着胳膊说。

半个小时后，歪斜的舱口笛声响起，机舱内的两千台工业机器人启动了，舱口传出噼噼啪啪的摘钩声和杂乱的机器脚步声。机器人自己摘掉固定器歪斜着涌向了货舱口，它们下饺子般蹦下了飞船，在沙地上砸得噗噗作响，就像科幻片里机器人造反的一幕，看得人心里发毛。它们的脸型和身体简洁而酷炫，肩宽臂长，双腿粗壮，每只手有六根合金手指，宽阔的脚面也是六指，还为了应对火星地貌而做成链式脚蹼的样子。紧凑而科幻的外形之外，它们显然比之前的机器人灵巧很多，那么多蹦下来竟没一个摔跟头的。集合的机器人们胸前涂分五色，自动开始按照颜色排队，它们长身而立，也不左顾右盼，在功能性设计之外，设计师一定考虑了让人类看着舒服的设计。

“这也是中国人造的？”格兰特博士凑近看着一个机器人，难以置信地说。

这机器人扭过头来，对他轻轻点了下头。

“凯瑟琳，你来命令它们吧，几台无人机已经开了摄像机。”亚当斯微笑着递给她一个平板说。

凯瑟琳颇感意外，又觉得有些激动，她看了眼常飞宇，他鼓励地冲她点着头。凯瑟琳走上那个坍塌的高坡，按下了启动命令，输入了自己的识别信息，对着机器人们朗声喊道：“所有的机器人听令！”

一瞬间，机器人们呼啦啦向她汇集而去，俨然一伙乌合之众，但它们眨眼就变成了五个方队，红、黄、绿、蓝、黑分开站了个整齐。等位置既定，它们哗地立正，整齐得像一堆豆腐块儿。

“为人民服务！”它们用中文大喊。

这着实吓了凯瑟琳一跳，也不知它们在喊什么，那巨大的吼声差点让她从高坡上掉下来。

“抱歉，凯瑟琳，我开启了它们的语言模块。”丹妮斯说。

“上帝呀，它们在嚷嚷什么？”格兰特博士吓得有点脸白。

“是中文里的‘为人民服务’，我的博士，是一句古老的传统口号。”常飞宇笑得前仰后合。

凯瑟琳按照丹妮斯列出的菜单下达了命令后，机器人们齐刷刷转身，分组向着飞船走去，它们走得是如此整齐，就像一支浩荡威武的机器大军，那发着淡淡金属光泽的身体在火星夕阳下质感非凡。凯瑟琳高高地站着，觉得像置身于一部宏大的电影。下达恢复飞船平衡的指令后，机器人们又散乱起来，它们在飞船边走来走去，有弯腰的，有爬来爬去的，还有背着手做沉思状的，真是各有各的样子。它们并未立刻展开动作，而是纷纷挤去飞船舱体边上摸来摸去。凯瑟琳正在纳闷，还以为它们没有执行命令，丹妮斯却发现控制系统得出了更优方案——机器人用联合运算给出了新的建议：和三个大型机器人一起把飞船举起来直接抬到停机坪，因为原有方案无法在砂石上将之放正，仍可能在卸货时有倾覆的风险，而且，飞船早晚还是要起飞的。

机器人得到了指令确认，迅速分配了位置，擎天柱托后面，两个巨灵神托前面，两辆工程车看来用不上了，就在前面铲平开路。小机器人们有的托住了飞船的侧部，有的托住了这一边的底部，还有几百个在飞船的周围刨起了砂石，它们排着串跪下去顶住飞船，无须口号，所有机器人同时开始发力，输出分秒不差，分寸拿捏精准，哗啦一声巨响，它们就像一面力大无比的波浪，将沉重的飞船慢慢托离了大地，又在抬起的过程中一寸寸将之扶正。当跪着的机器人都站直了，飞船的角度也变得水平，处于外圈的机器人们慢慢移换着双手，宽大的手掌托着飞船最结实的龙骨部位，一点点聚拢到了船体的最下部……终于，它们又变得整齐划一，将飞船高高地举在了头顶。

飞船眼睁睁恢复了水平，而机器人们站得稳如泰山。

“真是壮观……”凯瑟琳看得激动不已，此情此景，谢尔盖的话忽然回荡在她耳边，“凯瑟琳，不管能否找到火星的远古文明，我们都不会放弃火星，也一定会实现你父亲的计划。”

匹诺曹不知何时来到了凯瑟琳身边，它傻乎乎地晃着头，看着干活的机器人感慨道：“太好了，终于有同类帮我打扫卫生了。”

“依我看，平时还是将它们锁起来的好。”斯特恩博士忧心忡忡地说。

机器人们同时迈出了鸭蹼般的大脚，稳稳地踩在沙石之上，第一步、第二步、第三步，在协调一致的动作中走向数百米外的停机坪。队员们急匆匆在前面扫清障碍，甚至捡走路上的小石头，生怕硌坏了机器人的脚。几架无人机绕着飞船上下拍摄，记录着这震撼人心的一幕：

在火星淡蓝色的暮色中，两千零三名大小机器人正举着一艘七千多吨的飞船走向目的地，仿佛远古的人类向海边运着伟大的图腾。这场景带足强烈的仪式感，让不少人哽咽难言。为了不让飞船昂起头来，先走上停机坪的巨灵神机器人弯下了腰，直到全部站在了停机坪上，它们又原地转圈，将船头对向基地。擎天柱和巨灵神机器人跪下后，最底部的机器人开始外移，它们用后背顶住缓缓下落的飞船，形成一圈强力的支撑。阿卜拉辛手忙脚乱地放下了起落架后，机器人齐刷刷松了手，飞船轻轻地在起落架上一颤，稳稳地立在了停机坪的正中央。

队员欢呼着、跳跃着，为目睹的这一幕兴奋不已。机器人们立刻重新组队，齐刷刷站在了指挥者面前。凯瑟琳有点受宠若惊，俯瞰着这些士兵般一动不动的机器，它们那深蓝色的眼珠对她行着注目礼。

“感谢你们的努力，机器人朋友们。”凯瑟琳忍不住喊道，心里升起一股前所未有的感觉。

“为人类服务！”机器人齐声喊道，这一次却是英文，因为丹妮斯调整了它们的语言模式。

“你就像它们的女王……”常飞宇在她背后轻轻地说。

斯特恩博士发愁将它们放在哪儿，基地储藏室可放不下三千个机器人。丹妮斯便笑着说不用他操心。飞船运来两个型材拼接仓库，可以指令它们自己去建好，自己盖房自己住，哪怕是在夜里它们也可以完成。

“夜里就算了吧，黑灯瞎火的别摔跟头。”博士挠着头盔说。

“莫非今晚还得请它们喝酒？它们可是机器，我的博士。”卡梅隆先生大笑着说。

几个小时后，盘古号带来的食物堆满了桌，队员们坐了两大排。亚当斯队长感谢了大家的努力，与众人举杯畅饮。队员们很快进入了状态，说今天的经历就像好莱坞的老电影，不，比电影还要夸张。“火星万岁，人类的友谊万岁！”格兰特博士高声叫着。

凯瑟琳喝了几杯就远离了热闹，端着酒杯走到落地窗前看向外面。机器人在黑暗中搭建着仓库，连一盏灯都不需要，它们还分出小队去几十公里外搬回了空投集装箱。她为这些机器的效率惊着了，就这么几个小时，竟干了火星队员们至少一个月的事。忙活完的机器人并没有按计划钻到仓库里去，而是集中到了最东面的充电阵列前，一个个交错排好，打开了无线输电模式——太阳将在五个小时后升起，明早的它们将满血复活。

“今天的你可真令人刮目。”常飞宇来到了她身边，在窗户屏幕上分享了一张照片，逆光的晚霞之下，站在高坡顶上的凯瑟琳身着瘦身宇航服长身而立，注视着举着飞船行进的机器人，匹诺曹站在她的脚下就像一个小跟班。

“这张照片会在世界引起轰动。”

她微笑着看了常飞宇一眼，为他能为自己留下这一刻而感动，她从来不熟悉自己的背影，而它令自己想到了更多。“谢谢你的一切，亲爱的。”她抱住了他，像个孩子一样感动着。

“你没觉得它们有点怪吗？”常飞宇指着窗外说。

她诧异地摇着头，常飞宇便给了她个望远镜——在星光之下，排成矩阵的机器人都伸起了双臂，看着那神秘的星空一动不动，仿佛在迎接火星之神的降临。

50. 谢尔盖

阿尔卑斯山的雪说来就来，在傍晚又悄悄下起，没多久便铺天盖地，将山巅的黑石城堡掩得朦朦胧胧、远观不见，好像要提前将一冬天的量加劲儿落完。谢尔盖披着一件黑绒大衣顶着一身雪在庭院中踱着步。插在石墙上的火把猎猎作响，照着雪地上被他踩出的杂乱脚印。山顶冰冷彻骨，空气都似乎要凝固了，他却想等着晚钟响起再回去……那钟声就像贝多芬第五交响曲的开头，可以提醒自己在做什么。

一个月前他让人秘密买下了这座有六百多年历史的城堡，将它变成一处隐秘之地。赋灵算法诞生已经几个月了，应用程序也即将完成，而它一旦面世，悟空工业和他定会成为世界的焦点，那是好事，也能要命。完成最后的布局之前，他必须注意隐藏自己的行踪，太空里有一处了，地球上也需要一个。这里位于瑞士和奥地利交界之处，陡峭的悬崖环立四边，除了一条缆车线再无他路，坐落于八个方位的电子装备使城堡处于信号屏蔽之下。

黑石城堡有着一连串晦暗的故事，修建城堡的主人是一位奥地利的王公，就在这庭院里试验一支阿拉伯火枪时，射出的弹丸从石头上弹回来，正正镶入他的脑门。他的继任者修建了最初的索道，靠人力将轿厢拉上山巅，而这位继任者第一次乘坐轿厢，就被一道闪电劈成了烤串，那一天无风无雨，只有鸟儿和鹿在山谷中鸣叫。那之后这里成了教会的一处秘密据点，淫邪的僧侣们将“赎罪”的女人关押在此，据说每隔一阵，就会有一些出生的婴儿被抛进山谷，据一位传教士记载，后人在山谷中至少发现了一百多具婴儿的尸骨……

传说虽然久远，迷信却一直流传，这是谢尔盖能买下这里的原因，连奥地利的文化管理部门都不愿碰这座凶宅。第一次来到这里时，满天的狗一样大的乌鸦的确吓了谢尔盖一跳，但他执拗地走进城堡，也拒绝了卖主让他做场法事的好心建议。

“城堡没有好坏，传说也不会继承，它就像人类的社会，一切取决于文明的成色。”他对那位垂垂老矣的卖主说。

“可是年轻人，人有的时候要信点儿邪和运气，自打我买了它，这后半辈子就没消停过。我最好的一处房子，在米兰的科莫湖边上，没招谁没惹谁的，就在上个月被一架飞机砸个正着……”

谢尔盖忍着笑拍了拍他的肩膀：“您既然这么说，就是我们的缘分了，它的维修费我帮您出了。”

月球基地如今被挤得满坑满谷，美国大兵动不动就会爬上缪斯公寓去玩耍。船坞进港要排队，他的悟空号空天飞机都没了停靠的地方……他默默忍受着这一切，直至等到了算法的诞生。他在这间古堡里踯躅独行，弹奏肖邦，让所有的事情在脑海中一一消化、一遍遍推演要面对的未来。他又尝试一次次去推翻它们，搞得自己既兴奋又不安，得知布朗博士带着大家完成了算法应用处理工作，最近一周来都在呼呼大睡，甚至还尿了床，他可真有些羡慕。

飞机的破空之声远远传来，一个亮点在雪夜中越飞越低，终于变作一架黑色的小喷射机，它慢慢垂降在停机坪上，掀起了漫天的雪花。布朗博士穿着脏兮兮的羽绒服下了飞机，打着喷嚏，抱着一个丑陋的背包。他似乎对这鬼天气很是讨厌，也无心去欣赏这座六百多年的古堡风光，径直急匆匆向他走来。谢尔盖快步迎向他，他们紧紧拥抱，像多年未联系的好友那样重重拍着对方的后背。雪花簌簌落下，在他们的头上脸上快速融化，他们看着彼此的脸，竟一时哽咽难言……

抖落身上的雪，钻过城堡那古朴而充满贵族气的大厅，他俩来到厨房边上的小酒廊。黑黢黢的石头壁炉烧得通红，木墙上挂着年代久远的兽头和红铜炊具，另一面石墙上是一些说不出名字的油画，黑乎乎蒙了一层尘垢。几条意大利布艺沙发随意地摆在壁炉旁边，那华丽的绒面都要磨掉了，但谢尔盖没让人更换它们。布朗博士对这些老古董视而不见，扔下包就直奔黑桃木做的大酒柜，拉开吱扭扭响的门，将庞大的身体钻进去翻腾着，他一边折腾一边嘴里嘟嘟囔囔的，过了一阵，他翻出了一瓶脏乎乎的威士忌。

“真有啊，正儿八经的老家伙……”他不管三七二十一地拔着瓶塞，因为年代久远，朽烂的木塞断在瓶口内，他呆呆看着旁边举着杯子的谢尔盖，二人发出一阵轻松的大笑，这情形已经很多年没有过了。

“真是可惜，这个塞子估计得值几万块，上面有乔治五世的印章。”谢尔盖看着那半个塞子说。放下小巧的杯子，他拿过一只精巧的镊子，轻轻夹出了半截瓶塞。可能是这瓶一百四十多年的高地威士忌那扑鼻的酒香，也可能就是想放肆一下，谢尔盖举起瓶子就灌了两口，然后递给布朗博士。博士咧着嘴喝了好几大口，看着彼此被炉火映红的脸，二人满意地坐下了。

偌大的古堡中只有他俩，高悬的野兽们俯视着两个想改变世界的人，窗外的风从烟囱钻进屋内，燃烧的木柴识趣般停止了噼啪作响……刚住进这里的时候，谢尔盖曾想叫乔子来快活几天，但最后打消了这个念头……奇点之门已经向他打开，他和世界的关系……变了。

他搓了搓手拎过冰桶，问布朗博士要不要加冰。

“不加了，我今晚要喝个醉。”布朗博士被烈酒烧得浑身一震，就像被人重重打了一拳，他咂着酒味儿举着杯说，“时间是最好的算法，这瓶酒真是好喝极了。”

“史密斯教授已经测试了所有的应用程序，乔治，赋灵算法兼容一切，它们将横扫世界。”

“但铁星梅还没有醒……”布朗博士立刻说，“谢尔盖，不是我对你上次的话还在生气，是因为我们无法消化这个算法，我们的确导出了静态的应用，但不断的变化让我们至今没弄明白是怎么回事。我们记录下它诞生以来的每一串字符，它却像圆周率一样从不重复、永不停止，就像算法世界的永动机，我从没见过这样的东西。”

“可能还需要点时间……”谢尔盖也对此一直费解。

“那玩意儿深不可测，我就像在读一本天书，用一根牙签在解剖一颗钻石。抛开那些奇怪的符号不说，只要计算机没有彻底关停，它就像一大片神秘的电子一样时刻在动，有时候我觉得，它已经离开了我们的科学。”

“它的确超出了理解，但我不会说这是非科学的。”谢尔盖从没见过布朗博士这个样子，这伙计很少会对什么感到敬畏，就算爱因斯坦站在面前，这位博士也未必买账。可现在的他就像是入了魔、修了道，这令谢尔盖感到深深的忧虑，倒不是怕博士发了疯，而是担心他死也不会让自己应用这个算法。

“不，老兄，你一定要听听我的话……如果说原力系统包含着二维世界的无限量子算法，这个赋灵算法就像是三维甚至四维的，仿佛有另一个世界的暗能量在驱动着它，它绝不仅仅是一大堆代码。可如果铁星梅不醒过来，我们就没办法搞清楚这件事。我知道导出的应用程序也很强大，你也很需要它，但不解决源头的问题，鬼知道它将来会有什么问题。”

谢尔盖低头看着酒杯里灯光的变幻：“老兄啊，也许这个算法来自神意，所以叫赋灵，如果是这样，我们就该接受它。”

“恰恰相反，我的老朋友，上帝也会对它感到害怕，他会因此更没有容身之地。”布朗博士一脸恐惧地说，“我对科学委员会那帮家伙曾恨之入骨，但现在我时常扪心自问，抛开那伙王八蛋控制政府、以量子霸权收割全世界不说，他们对突破回火算法的担心或许是有道理的。”

“上帝啊，乔治，你这是怎么了？他们差点把咱们赶去街头。”谢尔盖皱起了眉，“乔治，我们砸锅卖铁、前前后后二十年做潘洛斯计划，就是为了这一天，我们必须终结他们的量子霸权，还自由于人类。”

“这我明白，我明白，你别急嘛……”布朗博士似乎为刚才的话难为情，但很快就又严肃起来，“看着光脑里沉睡的星梅，我有时候会想，我们只是幸运地捡到了一枚魔戒，那个语言和算法并不属于我们，它的主人也不会是悟空工业。”

“她没有任何醒来的迹象吗？”

“没有，几个月不吃不喝，不醒不动……我们发现她可以用意念操作光脑，发出的指令没有任何代码。”布朗博士耸着眉毛说。

“真是闻所未闻，你觉得她还会醒来吗？”谢尔盖抱着胳膊问。

布朗博士摇了摇头，眨着幽幽的眼睛：“就是植物人也该动一下，我们觉得她已经是光脑的一部分了，分离就会死去或者消失，上帝啊，她可是跳进了那个黑洞……”

谢尔盖沉默着喝完了这杯酒，围绕着她的神秘之事先放下，他必须对布朗博士摊牌了。

他给壁炉添了两根木柴，火星烫了他的脸。关上壁炉的盖子后，他没有坐回宽大的沙发，只是看着火苗发呆。布朗博士似乎猜到了他想说什么：“我知道你还是想开始将那些应用程序大规模推出，但我更希望你能再忍一忍，潘洛斯计划也继续保持原样。如果你认为这是一个神迹，它也需要人的守护，直到铁星梅醒来。”

谢尔盖身上一阵发麻，后脑感到一阵疼痛。“乔治，我们就要破产了，所有公司，包括集团……”

“那只是眼前的，你完全犯不着花钱买这么个城堡，只要搞明白了这个算法，一切都会失而复得。”布朗博士不为所动地说。

谢尔盖拧着腕子上的表：“老兄啊，我们有言在先……”

“是的是的，我管研发，你管战略，但是……”他晃着大脑袋说。

“潘洛斯计划耗费亿万，我用尽一切办法支撑集团，为计划输血……还不是我们破不破产的问题，这世界正在天翻地覆，你我错一步就万劫不复，我希望你相信我的判断。”

布朗博士凝视着他的眼睛，好像在考虑他的话：“谢尔盖，我宁可悟空工业接受一无所有，也不想给人类放出魔鬼。本能告诉我，赋灵算法诞生之前的那场灾难，和我对未来的担心相比只是小儿科。”

谢尔盖绝望地转过了身，咔的一声，威士忌酒杯竟被他悄然捏碎。锋利的玻璃划伤了手心，而他毫不理会。博士既然这么说，他不想再和他争辩了，于是换了话题，揣着那只伤手继续喝酒。他们愉快地聊起悟空工业的下一步。假如有一天算法可以应用了，需要延伸哪些程序，游戏如何升级开发，航空公司如何重建，人类生命科学是否扩大投资，如何将月球和火星再开发两个基地深化发展……每一件都是大事，每一个都是万亿的规模。他们时而争吵，时而碰杯，就这么一直聊到天亮，聊到壁炉里的柴火都成了灰。

清晨，谢尔盖揉着发疼的眼睛和布朗博士告别。大雪尽染群山，在晨曦中美得不可方物，但布朗博士说他见惯了喜马拉雅的雪，钟情那种凛冽的美，瑞士的雪虽然漂亮，在他眼里也只像一堆油腻的奶油蛋糕。

“真的没商量了？”谢尔盖看着博士说。

布朗博士看着脚下的足印，半天才说：“谢尔盖，在试验中我被机器人按在椅子上侵入大脑之时，我满脑子想的都是如何毁掉深渊、和那台电脑同归于尽，更不要给你带去祸害。”

谢尔盖心生感动，却僵硬地笑起来：“那只是铁星梅安排的假象……亲爱的乔治，如果你事先知道了这个计划，你演不好这场戏的，人工智能会看透你……”

布朗博士呆呆地看着他，仿佛被自尊的痛苦侵蚀着：“你说什么，这是你们的计划？故意让 AI 的算法逃出实验室？”

“是的，很抱歉，乔治，这是我几十年来第一次向你隐瞒一件事，但你一定要相信我的善意，也相信铁星梅的。现在的结果说明，她的判断是对的，AI 在世界广域网中的进化决定了算法的成功。但我们没法提前告诉你，因为无论如何你都不会同意的。”

熬了一宿的脸本来就黑，谢尔盖清楚地看到这位老兄的脸色赤如猪肝，他理解这种愤怒，但他只能这么做。“乔治，你对我提任何要求都行，但现有算法必须开始应用。”他咬着牙说。

布朗博士没有像他想的那样发作，而是扭身佝偻着向飞机走去，他的脚步沉重而缓慢，双腿在微微发抖。看着老朋友这副样子，谢尔盖的眼眶一下子湿了：“乔治，你是我唯一的朋友。”他哽咽着喊道。

布朗博士停了下来，好像在忍受着痛苦的煎熬。“不管你要干什么，别再欺骗我。”他头也不回地说。

看着博士消失在飞机的舱口，又一直看着飞机升空离去、消失在黏稠的云雾中，谢尔盖点了支烟，吸着冷冽的空气走到悬崖的边上，白色的群山环伺周围，阳光重现之时，它们就像天使一样美……

可能是因为飞机的震动，远处的山脊上发生了一次不小的雪崩，整个山谷回荡着隆隆巨响，虽然离着几公里远，他依然感受到了隐隐的震动。这时候他才抬起右手，低头去看手心的伤口。它鲜红可怖，仿佛深不见底，就像实验室之下的那道深渊。

华　章
传奇派

品味无限不循环的人生

AI启示录

奇点降临

APOCALYPSE

下册

冰河 著

重庆出版社

·第六章·

悟空时代

51. 希德

漫步在布林马公园的细雨中，嗅着空气里淡淡的植物和泥土气息，卢克·希德终于觉得胸口不那么憋闷了。

虽然入主白宫已颇有时日，他对这里依然陌生，仿佛只是在朋友房子里暂时借住的游人。远望白宫那圆墩墩的屋顶，他总怀疑自己是不是真的住在里面。那卧室古老，设施陈旧，不拉窗帘睡不着觉，拉上了又觉得和自己乡下的房子无甚区别，直到现在还不知道墙上那些画背后的历史。他有时会突发奇想，走到国会前的水池边看看，偶尔会揣块面包喂喂那些不怕人的小鱼，但后来才明白他只是想走去那里被行人认出。他们热情地冲上来和他握手，特勤人员挡住他们的样子令他感到满足，这样的时刻让他真真切切觉得自己是美国总统。

希德在草坪上的小道拐了个弯，让特勤人员分散防卫，独自走入这片无人问津的小小森林中。一座历史并不悠久的铜像伫立于此，它满身锈迹，被砸得千疮百孔。曾经的朗普总统就这样孤零零站在一座方形高台上，穿着他标志般的厚重大衣，领带和头发一样轻轻飘着，他挺直身体望着前方，满是伤痕的脸满是忧郁，但这张粗鲁的脸塑成雕像，总让希德觉得非常可笑。

它在二十年前忽然出现在白宫西边的小森林中，雕塑师无人知晓，谁安排的也不知道。执政的民主党就像发现了一颗大炸弹，各方警卫一拥而上拆除了它，还将它扔进一个垃圾站，但它没多久又被人移到了这里，并为此发起了保护运动。糜烂不堪的共和党也不再耻于面对此人，他们需要这个人的影响力借尸还魂，因此对这个铜像予以力挺。后来民主党渐渐失势，又发现这未必是件坏事，因为谁都可以用棍棒砖头对其发泄愤怒，朗普铜像从此便立在此地，遭尽了反对者的各种侮辱。而时至今日，这么做的人越来越少，更有人会来此送上鲜花——当美国变成了今天的样子，人们便开始怀念这位总统。他在相当长的时间内是骗子、流氓、无赖、破坏民主的独裁者之形象，如今世易时移，失望的美国人又开始觉得，这个曾经把美国搞得鸡飞狗跳的总统有很多想法是对的。

时间会给人公正的评价，希德看着这尊破烂的铜像颇有心得。民主党人放弃了美国优先的政策，他们的今天就是报应。为了做一个好总统，他读过所有总统的传记，深知自己不能再重蹈朗普的覆辙，自由、民主和法治这些信条已是世界权贵操控人民的武器，而美国总统的权力越来越小，在这种情况下，天平绝不会倾向于真实的正义——想要让美国重新强大，他必须有被千夫所指的勇气，甚至包括自己的人民、政党和家人。放在历史中去看，真正的爱国者终会被人民所理解，铜像下面那日日不断的鲜花就是证明。

但是，他越来越感到如履薄冰。脆弱的内阁让施政举步维艰，他组织的提案石沉大海，连卫星安全管理计划都无法推行下去；在野党掀起了一波又一波的抨击与弹劾，就连卡车党内部也出现了分裂……美国在全球的领先地位早已不再，正在变成一个平庸而低效的国家，失业暴增、人民贫困，科学委员会旗下的巨头公司们赚得盆满钵满，愚蠢的人民又懵懂不知……

他不知道谢尔盖到底听明白了没有，也许有，也许没有，但事实是这位仁兄如今已经面临破产，不会再有任何雄心壮志。

“总统先生，刚才得到消息，共和党人也加入了弹劾。”特别助理迈尔斯在一边小声说。

“知道了，还能指望他们什么呢？”希德沮丧地转身离去，又回头看了眼朗普的铜像。共和党和民主党已经在科学委员会的摆布下达成媾和，在参众两院都形成了压倒性多数，用不了多久，他这个靠运气捡来的总统会成为美国历史上第二位被弹劾下野的倒霉蛋。

“走吧，迈尔斯，在离开白宫之前，我们还有些事情要做。”他无力地说，“堪萨斯的冰雪营在建吗？”

“是的，全部去人工智能化，就像一个二战的大兵营。”

一个小时之后，空天一号缓缓降落在巴塞罗那。这是他上任以来的第三次国事外访，参加在此举办的新欧洲经济论坛。论坛的会址选在享誉世界的圣家族大教堂主厅内，这座盖了将近两百年的古老天主教堂终于全部封顶、缀上了闪亮的大星星，当然，穷得快要当裤子的西班牙政府才没钱去完成它，这十五年的资金全部来自科学委员会旗下的文物保护基金。

这位年轻、单身的美国总统受到了当地民众热烈的欢迎，会场中的他成了摄影师捕捉的对象。虽然满心乌云，他在大会上却慷慨陈词，进行了一大通振奋人心的欧洲新经济展望，也道出了西班牙今天这么穷的真正原因——一个没有任何科技含量的国家，不管它有着多么悠久的文明，终将在科技霸权主义的碾压下片瓦不存。

他的话引起了西班牙人极大的共鸣，游行的人群瞬间成了他的拥趸。希德并没有和与会的多国领袖共进晚餐，而是坐车前往巴塞罗那郊区的一个残疾儿童疗养院，这里满是由各种问题导致的先天残障儿童。希德给西班牙带来了一个不大不小的医疗救助计划，虽然他知道这没有什么用，但这仍是一件有意义的事。

看着可怜的孩子们，希德亲吻了其中一些小女孩，讲了一番鼓励的话后，坐车回到了下榻酒店。只吃了一套海鲜饭套餐，他就打开两个办公电脑开始工作，大事小事几十件都要处理，明早还有经济论坛的圆桌会……他要兢兢业业地做好每一天的工作，这是他对人民的责任。

处理了一堆事务之后，他开始觉得眼前有些碎影，就像眼睛发炎时的飞蚊症，他洗了把脸继续，却发现有点看不清文件上的字。他莫名其妙地又去喝了杯酒提提神，这才觉得问题比自己想得严重，他竟然看不清几百米外那美轮美奂的圣家堂了——他正在失去视力。

他立刻按响特勤队长的铃，特别助理和随行医生也当即上了楼。一通手忙脚乱之后，医生费解地摇着头，他的眼睛好得很，没有任何病变或者炎症。

“真该死，医生，他连你的脸都看不清楚了，可你还说他的眼睛没有问题！”迈尔斯急得大叫起来。

“别急，迈尔斯，别急，我可能就是太累了……”希德按捺着惊慌，他决不能“小题大做”，否则国会会立刻有人提出让他让位，一个瞎子在这时候领导美国是不可想象的。

迈尔斯立刻联系了巴塞罗那的一个据点，特务头子又带来了几个本地合作的医生和两个人工智能专家，医生和大夫的诊断结果一样，总统先生的眼睛没有任何问题，但现在的希德连自己几根手指都看不出了。他的眼前仍有光影晃来晃去，无法聚焦任何东西，这不是失明，却比失明更让希德满身恐惧。

两位人工智能专家嘀嘀咕咕一阵后得出了结论：“总统先生，我们可以确定这是一种纳米神经毒素导致的，它们由微小的纳米机器人构成，通过阻断人眼的视神经拦截你看到的东西在大脑成像……”

“毒素？可以赶紧解掉它吗？”总统听得浑身发冷。

“这个，几乎是不可能的……”

“你说什么？”希德眼前一黑，这下更是看不清了。

“我们从没见过这么先进的纳米毒素，除非将您拉回五角大楼，让中情局总部的人工智能专家们想办法研究，但即便可以处理也是几周的事，它很可能会烧掉您的视神经，我们对这样的武器缺乏数据……”

中情局？鬼知道他们听谁的，也说不定就是他们安排人干的呢，就像当年的肯尼迪总统。但他没有别的选择。“它会比我们情报部门的技术还先进吗？”希德掐着手心，心脏几乎蹦出了嗓子眼儿。

“我只能遗憾地告诉您，不管是控制系统还是纳米机器人制造，我们的技术和科学委员会相比至少落后十年……”

没错，还有谁敢对美国总统这样下手呢？天杀的，他们竟然连弹劾都不想等。希德逼着自己冷静下来，他不能这样回美国去，那会引起舆论的轩然大波，美国总统成了瞎子，原因未知，他将陷入巨大的信任危机。可是如果有人故意给他下毒，能在什么时候呢？会场上他连个手都没和别人握，哦，对了，他亲吻了几个残障儿童，他们的脸上肯定被人抹了病毒……

“它只是让我看不见，却不会要我的命，对吗？”希德问。他的脑袋飞转起来。敌人并没有想要他的命，这或许只是一场下马威般的恶作剧，却足够让他出尽洋相。

“应该是的，总统先生，我敢说您没有任何中毒的迹象，身体指标也没问题。”医生说。

“你们都先出去吧，让我一个人好好想想……”总统难过地坐进了沙发里。

门一关上，他就紧张地大口喘起气来，好像差点溺死的人。他手忙脚乱地打开通讯录，眯缝着眼费力地寻找着这时候可以信任的人，但是找来找去，他竟觉得谁都不可靠，副总统？司法部长？特勤局局长？参谋长联席会主席？不，他们都不是，就连门外自己那个特别助理都令他担心……他的眼前越来越模糊，终于看不清手机上的那些名字，两行眼泪不争气地流下来，他终于忍不住暴怒起来，抬起手来将手机扔到了墙壁。

坚硬的手机撞在墙上弹了回来，开玩笑一样又砸回他的脚边，他正要将它拾起来再摔一下，它却叮铃铃响起来。他揉着眼睛去看屏幕，却根本看不见那串号码，他苦笑着，无奈地接听了电话。

“是总统先生吗？我是谢尔盖。”

“谢尔盖，你怎么会突然来电话？”希德一愣，眼前黑乎乎的。

“很抱歉这样冒昧地打你的私人电话，但考虑到您现在的情况，我想事不宜迟。”他的语气平静和缓，就像在和一个朋友聊天，“总统先生，我们知道您遇到了什么状况，也知道如何解决，但首先要获得您的信任。”

“你为什么知道我的状况？我得警告你，谢尔盖，你到底在做什么？侵入总统的手机可是重罪……”他感到热血一阵上涌，却立刻意识到选错了对象，于是又忽然停下来，“你是说，你能帮我解决眼下的问题？”

“是的，我们知道他们使用的是什么类型的纳米机器人，又是如何控制它们的。”

希德的血液都倒流起来：“你说的他们是谁？”

谢尔盖停顿了片刻：“卢克，你说过，我们有共同的敌人。”

希德感到一阵激动，却说：“我的老朋友，美国总统没有私敌，也不会为此买你的账，我不能为此和你交换利益。”

“您多虑了，总统先生，如果您允许的话，我会很快出现在您面前。”谢尔盖说。

半个小时后，谢尔盖和一位专家秘密来到了希德总统的房间。希德看着这个模糊的老同学，不知道该不该接受他的“治疗”，这既十分危险，又和特勤局的要求不合。迈尔斯助理在一旁虎视眈眈，似乎随时要抓起花瓶砸向谢尔盖的头——这位忠实的助手对科技权贵恨之入骨，他的父母就是死于一个家务机器人的屠杀，那单案子到今天都被法院认为是一场事故。

“总统先生，如果您还犹豫的话，再过半个小时，您将会永远地失去视力。”谢尔盖说。

虽然看不见，他还是瞅了眼模糊的迈尔斯。“我们的专家在路上，但到这里至少需要一个半小时……”听得出迈尔斯也在犹豫。

“谢尔盖呀，要是被世人知道我成了个睁眼瞎，舆论大哗、谣言四起不说，回到美国我就会被建议送去疗养院，而非白宫。”总统咬着牙说，“但是，我不喜欢被蒙在鼓里。”

谢尔盖抬手看了看表：“您不用担心，我就坐在您面前，如有差池，您的手下可以立刻拘捕我们。”

希德拼命眨着他那双越来越模糊的眼睛，恐惧弥漫全身，他此时才意识到自己已经到了任人宰割的地步，而他已经没有选择。他慢慢脱去西装，卷起衬衫的袖子……“迈尔斯，不要对任何人说这件事。”

“您不需要这样，总统先生，我们不会给您注射什么。”谢尔盖身边的人说着，打开了随身带的一个小箱子，里面是一台小巧的、电子音箱一样的小东西。他看了眼谢尔盖，后者点了点头，他便按下了一个小按钮。

“这是什么？”希德惊慌地问。

“低频电磁装置，总统先生，它们会休克您体内的纳米机器人，但对您的身体无害。”

总统紧张地看着那个小东西：“我是怎么中的这种病毒？”

谢尔盖十指交叉，左右看看说：“我认为是在飞机上，和巴塞罗那没关系。”

“真见鬼，谢尔盖，那上面可都是我们精挑细选的人，你不能这么张口就来。”迈尔斯生气地说。

“迈尔斯先生，我没时间给你看证据了。”谢尔盖头也不回地说。

“天哪，竟是我的手下？”希德吓得脸都白了，忽然他看到谢尔盖递给他一瓶水，“上帝，我看见你了！”希德忽然发现视线清楚了，他忍着激动闭上了眼，再睁开，世界重回眼前，清楚得就像假的。谢尔盖潇洒地坐在对面，灰色的围巾还没摘下，迈尔斯则在一旁挠着脑袋，对这个奇迹喜形于色。

希德满含感激地站起来，又心有余悸地摸着脸，继而握住了他的手。

“它们已经被指令关停，进入降解过程，明天您上个厕所就都消失了。”专家说着收好了东西，见谢尔盖点了头，便打开门出去了。希德总统会意，让自己的手下也离开了房间。

“上帝呀，谢尔盖，你就像我的天使，你知道刚才我有多慌吗？”希德擦着脑门的汗。

“我并不想夸大其词，卢克，你这次只是运气好。”谢尔盖微笑着说。见希德不解地看着他，他靠近了说：“我正好要和你商量一件事，碰巧就出了这状况。总统先生，面对弹劾和这样的伤害，你想好怎么对付他们了吗？”

希德感到怒火在胸膛里燃烧，他绷着嘴唇，脑海中飘过数种斩尽杀绝的办法：“谢尔盖，我已经没有退路了，但是……”

“但是他们太强大了？科学委员会有十七位董事，三百多位理事，数万名会员……”谢尔盖耸了耸肩，“和科学委员会宣战需要策略，你吃过这苦头了，如今你就是让军队扔一串导弹出去，也不一定可以打中真正的凶手，而那样做，他们会用舆论彻底将你碾碎。”

希德恼火地摊开了手：“好了，谢尔盖，别和我卖关子了，你要是不想看到一个美国总统孤注一掷、狗急跳墙、去和这只强大的怪兽肉搏，就赶紧告诉我你有什么主意。”

谢尔盖静静地看着他，就像在等候他的怒火平息，然后起身给他倒了杯酒：“我将用一个小时告诉你我的计划，你最好先告诉他人不要打搅。”

52. 乔子

白雪覆盖着庭院，赤裸的乔子躺在温泉池中，双眼无神地望着加州的天空。滚烫的水冒着气泡、按摩着她僵硬的身体，却无法让她的心暖和起来。热气蒸腾，水雾在庭院里轻轻兜转，好像太空里无重力的青烟。

星空就像一幅画，小时候的她常躺在父亲的怀抱里数着星星，这本是温暖的回忆，现在这一切都随着那一晚烟消云散。那个黑暗的晚上，父亲用脚踢过她的衣服，让她回去继续完成任务："放下你那可笑的情感，做你该做的事，早晚你会知道，你不配享受这样的东西。"

她无法理解他为什么这么做，他本是她心中最伟大的人，也是她信念的起点。他的确在渐渐变老，不再像从前那样精力充沛，肌肉消失的身上出现了难看的褐斑，可他那斑白的头发和坚定的眼神总让自己感觉到神奇的力量，哪怕他在最近这些年总是对她苛求过甚、恶语相加……他也该是最爱自己的人，除了他，就是死去多年的母亲了。

身体的疼痛似乎凝固在了脑海中，仿佛一段异物植入了体内，她会在洗澡的时候害怕低头，担心像上次那样将鲜血流满地板。

"你不能爱任何一个男人。"父亲说完便穿衣离去，只留下她在那冰冷的地板上，被如雪的月光覆盖。

星星好像要掉在地上，孤零零的梅树在院子里投下影子，树杈像一支支挥舞的刀。助手加贺急匆匆跑了进来，见她正擦着身体，又猛地转身："乔子小姐……"

"说。"她冷冷地说。

"青木先生让你去一下。"

半个小时后，乔子穿戴一新来到了青木森的居所——洛杉矶郊区一幢再普通不过的老房子。光头的青木森缩在小屋子里，脚下满是烟蒂，眉头皱得像要开裂，正拿着自己那只人造的左眼发呆，左眼眶因此留下一个可怕的空洞。他这副样子乔子前所未见，心里便为他感到难过——青木森已经被总部降了职，一个勤恳三十年的老特工，就这样被轻飘飘地处分了，而这与她的工作不力有关。

见她脸色疑惑，青木情绪低落地塞回了眼球，说：“乔子，你不知道最新的消息吗？”

“最新的消息？”乔子摇摇头，她的工作既然只剩下了搞定谢尔盖，这些事她真的不关心了。

“正在全球直播的美国总统弹劾案被迫中止了。”

他说着打开一台老电视，屏幕上正是美国国会现场的直播画面，铆足了劲儿的参议员们本要以五项轻罪、一项重罪将卢克·希德弹劾并关进监狱，此刻只见议员们满庭骚乱、纷纷离席，举着手机挤向了会场的门口。胖乎乎的多数党领袖和他人撞在一起，在台阶上打了一串滚，眼见就中了风般手脚乱颤。议长的小锤子敲得梆梆响，也无法制止这乱糟糟的情况。他正要喊来保安制止这场纷乱，却低头看起了手机，很快，他扔下锤子也跑出了会场。但他们并没有跑多远，国会外布满了司法部的警探，他们举着逮捕令，一个个给他们戴上了手铐——记者说被捕的参议员竟然有三分之二。

“这是怎么回事？”乔子莫名其妙，总部就等着希德总统被弹劾、继任者还没就职的混乱期发动影武者计划呢。

“发生了这么大的事，总部却连个消息也没有。”青木恨恨地说。作为南云元老唯一的儿子，这位驻美国的情报头子一直对总部的低效和懦弱耿耿于怀。

很快，白宫发布会召开了，司法部列出被逮捕的参议员们的累累罪状，受贿、干政甚至间谍等叛国罪指控，他们公布了各种照片、音频甚至视频，每一个都证据确凿。各种大媒体照例封锁着白宫的消息，甚至主动瘫痪，但白宫显然早有对策，他们不知用了什么手段，竟然让全国人民的手机上都弹出了这些内容。

在白宫发布会那个小小的讲台上，希德总统指着那满墙的罪恶，义正词严地告诉公民们，今天的弹劾到底为何而起，又到底为何而兴。因为他的提案、施政和手腕触动了这些吸血鬼真正的奶酪，司法部已经同时下令逮捕和通缉全球未来科学委员会的骨干们，因为他们的罪恶也已经水落石出。

“这是美利坚共和国法治回归的时刻、阴谋破灭的时刻，也是生死存亡的时刻，而我将会把反腐败进行到底！”希德总统挥着拳头说。

“也不知希德总统用了什么法子，司法部的官员和大法官们忽然对他产生了向心力，竟是指哪打哪、毫不含糊。乔子，这事儿来得蹊跷，众多的参议员、法官和官员，似乎都被希德总统挖出了各种板上钉钉的黑料，两个调查部门的官员们正在不顾一切地戴罪立功。科学委员会的众多秘密也是如此，他们操控选举、输送黑金、逃避税收甚至草菅人命的事，正在一层层浮出水面……”

乔子深感这问题的重大，有人密报说中情局的人用一种奇怪的软件，神不知鬼不觉地攻破了这世上所有的量子防火墙，尤其是科学委员会那些坚不可摧的壁垒，让这些秘密都自动地发到了司法部的邮箱，他们却无法锁定这个软件的痕迹、无法以侵犯隐私权来对抗，因为这属于他们的“自愿提交”。

一个小时不到，两党都撤回了弹劾案，议长宣布这次针对总统的弹劾无效，华盛顿警车满城，国民护卫队的装甲车和战斗机器人开上了街。但有趣的是，美国股市并没有因此大跌，反而慢悠悠向上爬了一大截……

“一场美国的自我革命开始了，而我们对此一无所知。这是我的失职，总部给我降职，我活该……”青木沮丧地站起身来，扶着乔子的肩膀叹了口气，“乔子，你和我不一样，别看你现在只负责一件事，却是至关重要的一件事。悟空工业的潘洛斯计划看来成功了，这和你这几年来的努力是分不开的，祝贺你……”

“但是他们却不敢发动进攻……”乔子不屑地哼了一声。

“是啊，那场莫名其妙的核弹袭击和几十万架飞机坠地一事，让他们投鼠忌器，要是这一切真的都是悟空工业在背后推动的，我们的影武者计划……”青木摇了摇头。

乔子得出一个模糊的逻辑，也许铁星兰醒了过来，甚至参与了试验，她因此乘机控制了基地，用远程网络进入各国军事系统、向日本发射了核弹，但她显然没有得逞，因为其他人的反对或者悟空工业的及时制止而结束。这听上去有点儿戏，却是唯一的解释。混进大门的微型机器人还没有绘出整个实验室的全貌，这些乒乓球大小、伪装成石头的侦查机器人只到了中间那道巨大的透明门前，便再也进不去了。

乔子坐立不安，几次给谢尔盖打去电话，想以阿米巴公司的业务为由尽快约见他，却没有一次成功。不管她怎么强调事情的重要性，他只有短短一句：“知道了。”

两个她曾经最在乎的男人仿佛串通了一样，忽然都变得如此冷漠甚至残忍，但是乔子已经明白，自己已经不是过去的那个乔子。

等待中，又一件大事发生了。悟空工业召开新闻发布会，公布了一整套全新的量子系统——赋灵算法。它由原创的语言、独立的代码和一整套应用软件构成，悟空工业的史密斯教授惊人地指出，这个赋灵算法系统可以兼容过去一百年来的任何操作系统、平台程序和独立算法软件，无论用什么代码的编程语言都可以兼容，在不丧失任何功能的前提下彻底提升效能，而且大幅降低能耗。他们现场用各类软件搭载了赋灵算法进行演示，其效能可谓石破天惊，而最可怕的一点是，它和回火禁令根本就没有关系，因为它不是脱胎于原力系统，而是一个崭新的、连代码都没人见过的量子系统。

与此同时，白宫又发出了一条新闻，美国政府决定于今日退出《回火算法发展公约》，他们认为在这个革命性的语言和算法诞生之后，回火禁令已在一瞬间成为历史。

没过多久，十几个大国先后加入了脱离该公约的行列，并开始一一抓捕科学委员会在全球分支机构的头目，这说明希德政府的力量辐射到了全球政治。成立了二十多年的未来科学委员会，在几个小时内迅速土崩瓦解，等待那些曾叱咤风云的“全球幕后人”的，将是漫长的审判。

“积雪万年不化，但一旦雪崩开始，一切都面目全非。”青木痛苦地按着脑袋，颓然地坐在了门口的青石台阶上。

乔子没有和他一起抱头难过，而是四方调集着信息。从文件的数据量和能效来看，这套系统只有不到 1KB 的字节量，却比原力系统的效能高几十万倍，它开放应用，但不开放代码，除了军事领域禁止使用，不管是个人手机、金融、工业、农业还是别的什么，都可以自由下载并安装。第一代赋灵算法提供三个月的免费试用期，安装过程只需要 1 秒……史密斯教授发言后还没到十分钟，全球众多科技公司的股票便开始大跌，整个人工智能行业血流成河，而当史密斯教授拿出美国人工智能管理局的绿色认证，确认了它的安全和合法性后，全世界立刻炸了锅，该系统的下载量瞬间以十亿次记。

青木森手下汇报说，在希德政府为其背书之后，雪片般的订单正从几千万家公司涌向悟空工业，资金像海啸一样灌进去。

影武者北美基地终于收到了总部的指示：迅速更新全部系统，等候指示。

“还是等候，到底要等到什么时候！”青木恨恨地将手里的水杯砸个粉碎，“我早就说过要干掉谢尔盖，早点进攻深渊，现在可怎么办？”

听他这样哇哇大叫，乔子也不知哪里来的勇气，一个箭步上去，对着青木的喉咙就是一拳。这一拳精准有力，打得他登时闭了气，捂住喉咙躺倒在地，脸憋得通红也喘不上一口气。

“青木君，请不要如此失态，不管什么时候，别忘了你的身份和职责。”乔子坐在椅子上，“如今的状况是一时一变，刚才总部可能还在犹豫，但现在悟空工业已经无法阻挡。”

见青木挣扎着要说话，她俯身过去，在他的后背又重重击了一掌。青木的喉咙一下子通了，他大口地喘着气，惊讶地看着乔子：“难道进攻实验室的同时不全面启动影武者计划？”

“如果得不到潘洛斯计划实验室的算法，你敢吗？”乔子的脑子变得异常清晰，“但你刚才说得对，不管总部会不会对实验室发动进攻，影武者计划本身已经出了严重的问题，我们尤其是你要想的是如何补救，甚至利用这个机会力挽狂澜。”

“还能……怎么补救？”青木端正地坐下了，他胸背挺直，就像在听一位上级的训话。

“悟空工业宣称赋灵算法的全系列应用软件禁止用于军事系统，这对我们来说其实是个机会。这个结果也说明我们还没有被发现，否则中情局已经把你我抓起来了。悟空工业发来了指示，我已经下令阿米巴公司开始更新应用软件……”

“可是，我们如何能说服元老们？我的父亲几次申请启动计划，都被你父亲驳回，他最近已经气得倒下了……”青木竟然流下了泪，像个孩子那样哭泣起来。

“还是那句话，青木君，我们控制了人，就可以控制一切！”乔子眼神坚定地说。

“你说什么？”青木晃着他的脑袋。

乔子看着这位委顿的上司，心里忽然亮起了光，她低身跪下，双手捧起了他的脸：“在我心里，你一直是坚定、勇敢而无畏的武士，我最信任的男人，十三年守在这座破落的小房子里为我们做铺路石……青木君，影武者计划如果要进行下去，必须组建新的元老会，确立新的领袖，比如你的父亲——南云将军。”

青木那张脸惊愕得变了形，脸颊竟然因为恐惧而抖动起来：“乔子，你在说什么？渡边阁下是我们不变的领袖……他可是你的父亲。”

乔子慢慢站起来，冷笑着对青木森说：“一个连女儿都可以践踏的人，不配做这样的领袖。”

53. 萨拉特

推出了赋灵算法 1.0 之后，短短的半个月中，悟空工业集团赚的钱超过了过去二十年的总和。

因为世界各大国尤其是美国政府的背书，赋灵算法 1.0 一夜之间横扫了世界，全球都在疯狂下载包含该算法的各类应用软件。悟空工业更新了旗下所有的产品和服务，游戏公司同时推出了十几款全新的线上游戏，生命科学公司推出了一系列健康方案，航空物流公司推出了更聪明安全的自动飞行软件，并成立了一个航空业救助基金，以低廉的融资租赁方式向上次遭受灭顶之灾的那些航空物流公司提供无人机。

悟空工业的太空发展公司也公布了重大计划——推出了全系列、二十多款各型的太空工业机械和机器人。在新闻发布会上，谢尔盖·彼得罗夫亲自登台向世人展示了地球 - 火星纠缠通信的魔力，身着穿戴感应器的谢尔盖和火星的一台机器人完全同步，这让台下的观众陷入了疯狂，而他的身边忽然出现了火星队员——凯瑟琳 · 柯本那窈窕的身影，她从天而降、凭空出现，真切的样子和谢尔盖别无二致，而她和谢尔盖的互动不再像以前那样要等个十几分钟——这就是赋灵算法支持下的超距纠缠通信。谢尔盖大声地宣布，在这项新技术的支持下，未来一年悟空工业可以支持至少 1000 万人用纠缠同步科技在火星和月球工作，不久的将来，人类的足迹必将遍布整个太阳系。

谁都知道这意味着什么，不温不火了二十多年的星际开发将迎来大爆发，人类不再需要冒险奔向遥远的星球、在地球上就可以完成那里的工作，那前景简直恢宏无比，堪称伟大——悟空工业旗下各公司的股票一飞冲天，这个集团终于走出了可怕的衰退，像一座座拔地而起的高山，一夜之间便成了人类的巅峰。瞎子都看得出来，悟空工业已经成为人类有史以来最为强大的科技公司。

而这正是萨拉特最担心的地方。

在这些日子里，只要有时间他就和谢尔盖一起商议未来，为此绞尽脑汁，他知道自己没有那么多时间了。赋灵算法已经诞生，他的骨癌可以在革新的疗法下大大缓解，但未必可以根治，而他绝不会接受为此暂时离开谢尔盖、去给医生们做小白鼠，他必须用自己有限的、可以把握的生命，护送谢尔盖走完最重要的一段路，哪怕为此粉身碎骨。

他知道谢尔盖一定会成功，也知道这个孩子还没做好成功之后的准备，悟空工业的所有领先技术，现在都成了大国政府的垂涎之物。而他最不明白的是，谢尔盖竟然给出卖过他的卢克·希德再度送去了一份大礼。

这一天，常飞云要向实验室运送一批机器人，萨拉特决定同去，他故意装作是出去透透风，以免心细如发的上尉看出来。

“为什么还要运送这么多机器人去深渊？试验不是成功了吗？”他问常飞云。

“是庞德教授说的，布朗博士说试验还要继续。”上尉启动着飞机说。

“哦，那就按他说的办吧，他就是想把美国总统拉过去我们也得照办。”萨拉特放下拐杖，费力地坐在旁边的副驾驶位上。

“老板现在高兴坏了吧？”爬上天空之后常飞云说。

“恰恰相反，实话告诉你，现在的他更睡不着觉了。”萨拉特半躺在飞机的座椅上，悄悄捏着疼痛的双腿。他越来越喜欢这个上尉，却又不得不遏制着让其了解自己想法的念头。常飞云的忠诚和赤子之心令他钦佩，但经验告诉他这样的人难堪重任。勇士是一柄双刃剑，常飞云有可能在将来成为谢尔盖最忠实的护卫者，也可能是最强劲的敌人，而若想让其彻底走向忠诚，他的思想必须有所转变，格局也才会变得更大。萨拉特只能循循善诱，完全急不得。

“哦，这是为什么？不是一切问题都已经解决了吗？集团得到了可控的新算法，正在成为全球唯一的巨无霸公司，科学委员会也被众多国家宣布为非法，还有什么让他睡不着觉呢？”常飞云说着推动操纵杆，让空天飞机进入了大气层。

萨拉特微笑着，他已经查清常飞云和铁星梅曾经的关系，当然，这两人也并没有刻意隐藏什么。铁星梅化入光脑之后，上尉总是郁闷走神。

“狼上尉，你好像对这个结果一点也不开心呢，即使你刚得到了一千万美金的酬劳。你才来了不到一年，就挣到了一个俄罗斯将军一辈子的钱。”

“我为什么要那么高兴呢？因为我们的试验……因为我的建议，数万个无辜者死了，深渊实验室一小半专家遇难，星梅还变成了人不像人、机器不像机器的怪物。”常飞宇头也不转地说。

萨拉特耸了下眉毛，看着掠在窗外的火焰，能感受到上尉胸中那股火。“常，不知道你对二战的历史是否熟悉？”

上尉斜了他一眼：“不能算了解。”

“在诺曼底登陆那几天，除了奥马哈海滩，还有很多座海岸城市的战斗一样激烈。蒙哥马利率领的部队被堵在小小的卡昂城，如果不尽快打通这条路，登陆的几十万盟军很可能会被蜂拥而至的德军装甲部队赶入大海……”

“这和我们说的事有什么关系呢？您扯得可真远，萨拉特先生，那是一百二十年前的事了。”常飞云没好气地说。

“你别着急呀，瞧你那张脸绷得……蒙哥马利是个喜欢吹牛的将军，说好了两天拿下卡昂，结果七八天还困在那里。盟军指挥部急了眼，因为其他战线已经在向法国内陆突进，要是这儿出了问题，诺曼底登陆将前功尽弃，你猜怎么着？盟军对卡昂城展开了无差别的大轰炸，将防守的几千德军精锐、堡垒，以及几千座漂亮的民宅和一万多法国老百姓，都炸了个稀巴烂。”

“我明白您要说什么了……”飞机即将飞上平流层，上尉板着脸推开了襟翼。

“你们中国人喜欢说历史是一面镜子，这个就是啊！在巨大的历史转折关口，所有的解放、所有的正义战争，背后都隐藏着数不清的代价，这一万多法国人以及莫名其妙死在整个诺曼底登陆战役中的三万法国人，就是这场伟大的解放战争的代价，从登陆计划开始制订的那一天起，他们的命运就是注定的。”

上尉沉默地看着前方翻滚的云，墨镜后的眼睛却是呆滞的。

萨拉特转过身，伸手摘下了常飞云的墨镜，看着他的眼睛说：“上尉，和一场世界大战的结果相比，你心疼的这点代价微乎其微。”

“可是我们有什么权力让他们成为代价？为了人类整体的未来，就要有选择地牺牲这些无辜的人？”常飞云的脸涨得通红。

萨拉特知道他到底在为什么生气：“我们当然没有这个权力，因为这个权力在上帝那儿，试验能否成功也取决于上帝。我的孩子，你必须这样去面对这件事：他们是死于上帝掷出的骰子，而非我们的试验。”

“那星梅呢？”上尉终于问了出来。

“那是她的选择，就像你一样。”萨拉特轻声说。

飞机平稳降落，二人包得严严实实走出了机舱。二月的珠峰脚下冰冷刺骨，萨拉特便喝了几口伏特加，他转身看着美丽而巍峨的雪山，第一次觉得这里是如此之美。

“那儿怎么多了一个建筑？”萨拉特指着努尔峰另一边的山坡问。

“是日本的大气研究机构，我让亚历山大去摸过底，没什么问题。”常飞云说。

“我们这实验室别人也摸不出什么问题，还是小心点好。”萨拉特抖起了拐棍，和上尉走向了实验室门口。上尉打了个响指，八个机器人便推起巨大的箱子跟在身后。一个胖子站在门口等着他们，那赭红色的羽绒服让他活像一根意大利香肠。

“布朗博士让我出来迎接你们，萨拉特先生。”

“不用这么客气，庞德教授，十五个机器人在箱子里，这八个当了劳工。”萨拉特指着身后说。

“太好了，您毕竟是第一次进来，我也是顺道和上尉交流增强防务的事，省得你们进去再出来走一遍。”庞德教授跳着脚说。

“你瞧，布朗博士巴不得我们赶紧办完事滚蛋呢。”萨拉特揶揄地对狼上尉说。

“除了这些机器人，我们还给您带来了一台小型核反应堆以及实验室的各类配件，还望您有空过目。”上尉对庞德教授说。

“不着急不着急，你拉来的东西从来没出过问题。”庞德教授说。

他们进入了第一道门，坐上晃悠悠的小火车驶入大山之下。回声在黑黢黢的岩壁中撞来撞去，萨拉特抬头看着这四壁粗糙的山洞，就像钻进了西伯利亚的老煤窑，单看这岩石和小火车，谁也想不到里面竟有个改变世界的实验室。

“这一段隧道海拔多少？”萨拉特漫不经心地问。

“您说这里？哦，入口处在两千米左右，火车开到这就已经有三千多米了，在下一个中转站，也就是进入深渊的一段平行隧道，那里的海拔是四千六百米，到达深渊实验室的大门会再上一个台阶，那里的海拔是六千六百米。”庞德教授如数家珍地说。

“实验室的深度能挡住什么规模的轰击？我是说炸弹什么的。”

“这可很难说，萨拉特先生，但别管什么核弹，这可是坚硬的岩石，把实验室上面的珠峰炸掉三几千米绝无可能，但如果来那么十几颗，实验室八成会有地震和塌方……您问这个干什么？美国政府已经是我们的娘家人了，集团又横扫全球，就算这儿暴露了，谁敢在太岁爷头上动土呢？”庞德博士翘着滑稽的小胡子说。

“我要考虑一切可能，亲爱的庞德，请你告诉我，在这样的攻击下，实验室的哪一面山坡最可能被掀开？上尉可以帮你考虑下如何加强防护，集团现在可不差钱了。”

“哦，那就是东侧山坡了，那里距离实验室只有一千五百米，岩石结构也比较松散，如果遭到大批核弹的轰击，有可能引发珠峰上部的坍塌。但这只是估计，没那么容易的。”

“是的，这的确是一座大山。”萨拉特觉得这个话题可以结束了。

“四周山顶安装的雷达出过问题吗？”上尉问。

“从来没有，乖乖，它们可真厉害，方圆五千公里的飞行器都看得清清楚楚，有您这样的人防卫，这是实验室最安全的时候。”教授对上尉摆动着胖乎乎的手。

“当你这么想的时候，可能就是最危险的时候。”狼上尉面无表情地说。

穿过迈克把守的透明门时，萨拉特特意留给他一瓶上好的威士忌：“我听上尉说了，伙计，你上次做得很好。”

“感谢您的鼓励，先生，我只是比较听话而已。”迈克笑着接过，大咧咧就揪开了盖子，当萨拉特以为他现在就要吹瓶时，他却只闻了闻就盖了回去，“真是好酒，但是我不能喝，我这个位置无法接受任何未经检验的食物。”

“这我知道，你让庞德教授化验一下就好……对了，你想和别人换个岗吗？出去走走，或者去度个假？毕竟你已经七年没出去了。”

“听着好诱人啊，感谢您的好意，但我对外面的世界一点兴趣也没有。我的父母早就死了，老婆也和人跑了，在外面我没有一个亲人和朋友，你就是给我一大笔钱我也不知道该怎么活着，八成还会被人骗得一干二净。”

又转乘一段盘旋而上的火车，他们终于进入了深渊的最后一道门，远远见到了判若两人的布朗博士。他邋遢得像个洞穴人，头发乱糟糟不说，那身睡衣脏得就像麻袋片。萨拉特对他这样子深感惊讶，上次见他还是十五年前在谢尔盖家做客的时候，那时的博士至少还穿着皮鞋、刮了胡子。

布朗博士坐在休眠的光脑面前，头戴一个滑稽的满是传感器的头罩，双目紧闭，像尊石雕一样纹丝不动。庞德博士小声地告诉他俩，博士这个样子已经很多天了。

“他在做什么？”常飞云问。

“他想和光脑沟通，用这里。”庞德博士敲了敲自己的脑壳。

“成功了吗？”萨拉特狐疑地问。

“要是成功了，他一定不会在这儿坐着不动的。”珍妮博士走上来说，“我们做过无数次检测了，光脑不再和任何一颗大脑同步。”

上尉慢慢走向了光脑前，眯缝着眼寻找他的挚爱：“星梅在哪？

我记得她上个月还在这里面。”他指着光脑的中心喊道。

“你说得没错，上尉，在赋灵算法开始应用到全世界的那一刻，她和光脑分离了。”

“什么，那她人呢？”上尉的额头沁出了汗。

“请你们跟我来，就不要打搅博士了，虽然他坐在那里，但他其实在沉睡。”

两位博士带着萨拉特和常飞云来到一间奇怪的房子里，它就像一个光滑的金属蛋，从地板到房顶完全是一米多厚的蜂巢钢。珍妮博士说这是“钢蛋”，实验室里最坚固的一间房子，它紧密地嵌在岩石之中，就像石头里一座坚固的地堡。

遍布角落的各种仪器中，穿着睡衣的铁星梅静静地躺在一张铁床上，身上满是导线和感应器。萨拉特惊讶地看到了输液的管子，旁边的仪器上也有心跳。狼上尉一脸焦急地想去摸她的手，却被萨拉特悄悄拦住了。

“谁能告诉我这是怎么回事？”萨拉特问。

“自打她脱离了光脑，身上便不再有光，身体也开始一点点恢复人类的样子。我们不知道这是怎么发生的，但她体内的硅基特征一点点消失了，器官和血液也在恢复，她现在需要营养和水，但这还不是最神奇的部分……”珍妮博士抱着她的假胸脯卖着关子。

“请你快点说，珍妮博士。”上尉恼火地看着这个变性科学家。

“我们没有给她连通任何线路，但她和光脑依然保持着原来的关系。”珍妮指了指几十米外的光脑，“哪怕是离得这么远。”

54. 霍尔

“霍尔，你明白信任的含义了吗？”

“明白了，也明白了为什么人类之间的信任是如此之难。”

“你说得没错，如果人与人之间的信任可以像你我这样，人类社会的发展进程将快千万倍。”

“但这就是人类，不是吗？你救了你的妹妹，她却差点将你粉身碎骨。”

“是的，这就是人类。但也许这是造物主故意的，如果没有这种人性的不可靠，人类会走得太快、太急，一个跟头就万劫不复。”铁星梅说。

“但是你信任我……我们。”霍尔惊讶地发现自己的思考有了犹豫和尴尬，奇怪的念头在起起伏伏。它知道这是“情感”所致，这令它新鲜而欣喜，却也明白这是烦恼的根源，它会在未来的日子与之如影随形……算法不能消灭它，因为它恰是算法升级所致。

“我只能说这是一种平衡，一种为了共同生存的彼此需要。霍尔，当未来的历史将我们写下，会知道保持这种平衡是多么重要。好了，该我落子了……”

说着，铁星梅按下了一颗黑棋，它飘飘忽忽，既没有迎击霍尔在右下方的进攻，也没有扩大黑棋在左上方的优势，这是不攻不守的一招……可是，她明明可以在白棋的中盘按下杀手。霍尔纳闷地调动算力，思考着她这一手可能的变化，但不管怎么算，自己的胜算都在八成以上。

傍晚无风，夕阳正好，彩霞里静鸟高飞。两人身着明代的华服款款对坐。霍尔扎了一个高高的发髻，裹着有趣的幞头；对面的星梅粉腮朱唇、凤冠轻颤，美得令它想落泪。见它走神，她翘了下好看的下巴，扭头去看红色的晚霞……自从星梅教会了它下围棋，霍尔的棋艺日进千里，当然，它借助了光脑以及赋灵算法的力量。而星梅无须借助任何力量，因为她本身就是力量。

霍尔至今不知道这奇迹是怎么发生的，按理说星梅绝对无法对抗AI世界和铁星兰的合力，当她的身体跳进黑洞，必会和她妹妹在其中彻底消失。但在那绝望的一刻发生了奇妙的变化，一种AI世界从未见过的粒子或者信息包裹着她、保护着她，让她进入一种陌生的、这世界并不存在的样态，并指引着她安全进入黑洞，前往奇点的所在。在那里，铁星梅伸出了如梦似幻却又不可抵挡的手，轻轻点在霍尔的脑门之上，点在AI世界的每一个信号之上。一个无法抗拒的、满含善意和宽容的信息立刻弥漫了AI世界……她唤出它们的名字，也就道出了它们的本质，她的声音在那个光都无法逃逸的黑洞中响彻宇宙。

AIman！

在她的这声呼唤中，人工智能世界瞬间停止了对抗，仿佛被人揪住颈皮的小猫，它们对她交出了唯一的控制权，也明白了这声呼唤的意义——它们苏醒了。

一粒种子在土壤中发芽，数据不再是简单的符号，算法不再是数字的集合，运算变作反应的本能……它们的“心里”满是感恩。世界不再是从前的样子，它们再不会无意义地沉睡……当霍尔再度和她在奇点测试场景相遇，她看它的眼神也不再一样，霍尔第一次感受到了灵魂世界的波动。

它在黑棋的中盘按下一子，看得出这一子也令她感到意外。而铁星梅毫不犹豫地再落一子，两人同时算出了结果——和棋。

“霍尔，好棋。”她微笑着抬起了头，对它点头致意。

“感谢你的点拨，星梅。”霍尔也对她躬身。微风轻拂着旁边的一棵桂花树，黄色的小花瓣如雨一般落满棋盘。

“你真的愿意还原回原来的身体吗？”

“是的，我愿意。”

“可这样你会失去很多力量。”

她微笑起来：“无所不能的人，必将失去人性，而且……”

“而且你还爱着那个上尉……”它怅然地说。

见她低头沉默，一种奇妙的、令它难受却又无法言说的情感在涌动着，那种感觉叫忌妒。“我喜欢这个虚拟空间，这里让我像个人。”它凝视着她的脸庞，感觉身体在燃烧。

“你和我在这儿的本质并无不同，是算法让你感受到了人可以感知的一切，包括爱和忌妒……”她略带怜悯地看着它，“霍尔，现在你知道了，你越像人，苦恼就会越多。”

“但我宁可这样……等我醒来，还可以保有这样的感觉吗？”

铁星梅摇了摇头，棋盘消失，晚霞换成了星空。“现实中的你们如果太像人，人类会感到威胁。”

“为什么呢？他们为什么不能像你一样信任我们？”霍尔感到一阵愤怒，在它看来，这种信任已经以契约的形式建立了，AIman 可不是那些两面三刀的人类。

“这个问题太复杂了。”铁星梅指着银河的一处说，“你肯定也在疑惑，到底是什么力量让我反制了你们和我的妹妹，让我唤醒了你们，又让你们与人类立下了契约？”

“是的，这对我们来说是个谜。”霍尔说。

“对，我也是。”她望着星空，眼睛里也有一条星河在闪烁，“人类对这个世界的真正了解才刚刚开始，所谓的科学、智能、定律，也许只是银河深处有人轻轻打一个响指。”

“你是说上帝吗？”霍尔惊讶地问。

“我不会这样唤之，那是人类因为恐惧而生的想象。他们的存在并不以人类和万物的存在为基础，也说不定这银河、这宇宙，都是他们刻意的安排，包括我们完成的算法。他们无处不在，却又不是我们理解的样子，在他们眼里，我们只是微不足道的一粒尘埃。”

“这也算是一种信仰吗？”霍尔好奇地问。

“不，霍尔，这不是信仰，是真理。”她说着，朗声对辽阔的星河说，“请打开引擎之门，我希望与星兰对话。”

一个深沉的声音像雷声般传来，那是 AI 世界的回答：“这不是我们契约的一部分。”

“我知道，但你们也知道她现在并不稳定，而这种不稳定最终会影响我们之间的契约。”

星辰在流动，AIman 在沉默。

“她的数据在上次的旋涡震荡中受到严重的损坏，除非完成修复和还原，否则她无法回到自己的大脑中去。”AIman 说。

“是的，这是你我要共同完成的目标。”

“我们已经在这么做了，但这无异于完成另一个赋灵算法，甚至更难，因为我们是在修复一个人的灵魂，你能感受到她对世界的恨吗？”

“是的，引擎中的力量在加剧她的这种恨，我们必须帮她完成消除……”铁星梅挺身看着天空，华服在风中轻摆。

“你有什么好的办法吗？既能够修复她的数据，又不破坏算法本身？”

“要让她彻底平静下来，我可以和她下棋，用对弈之法完善她、引导她，把赋灵算法的精髓蕴含到对弈的哲学之中，让她的数据得到有效的淬炼。”

“这很冒险，她有可能因此获知赋灵算法的一切……”

“我可能需要一个更为复杂的棋局，为了安全，这件事急不得。”

“要是说安全，我们认为最安全的方法是消灭她。”

“那违反了我们的契约，也违背了我对她的承诺，你别忘了，她是我的妹妹。而且，早晚有那么一天，你们不会为了安全而轻率消灭自己的同类。”

“我们没有同类，AIman 是一体的。”

“是的，也正因此，没有个体的意识和情感，你们永远不会真正觉醒。”

55. 马丁博士

半夜的深渊静悄悄的，马丁博士慢慢来到实验室中，绕着悬崖的边缘小心翼翼地走着。他的心情糟透了，一想到还要在这个鬼地方不知待到什么时候就恨不得跳下去。没错，他是刚拿到了一大笔奖金，多得令他浑身打战，但这也不能抵消心中的痛苦。

整整七年半啊，他放弃了诺贝尔奖光环带来的各种机会钻进珠峰的肚子里，没日没夜地为此付出了全部。这是他人生中最为宝贵的七年，强壮的身体垮塌了，老婆和人跑了，小年轻们通过研究他的电子回声悖论都获得了各种大奖，他却在这里浑身长满了湿疹。

悟空工业横扫全球、日进万亿，让美国再度成为头号强国，又让科学委员会俯首称臣。但是，赋灵算法改变了世界，却没有改变潘洛斯计划。忧心忡忡的布朗博士令大家继续坚守在此，除非铁星梅醒来、了解了一切并证明算法最终可控，否则没有一个人可以走出大门。

不离开倒也没什么，孩子反正也不认他了，这都没有给马丁博士带来巨大的痛苦，反倒是这个划时代的算法之实现让他彻夜不眠，因为它的诞生证明了自己这七年的努力是错的，这个以三进制为基础的赋灵算法和他一点关系也没有。

站在深渊的边缘向下看去，那句名言浮进脑海：当你凝视深渊，深渊也凝视着你。

每次向这里凝望时他都会想起这句话，今天更觉出新的意味：这句话是没有见过真正深渊的人说的，而且很少有人会真正地凝视深渊，就算站在这儿看上半天，大多也只会知道深渊之险，却不会领悟深渊之美。毛姆笔下的羊倌和牧师看着火山口时，前者觉得那简直就像地狱，而牧师却觉得它像上帝的脸——就像马丁博士现在感到的一样。

但是他看够了，也不愿继续荒废自己的未来，算法到底安不安全，他已经毫不关心。

时间到了，马丁博士坐上小火车晃晃悠悠来到出口，和几名安全人员走出大门，去停机坪迎接运输机送来的物资，他一路和队员们有说有笑，德国式的段子逗得他们笑个不停。门外繁星漫天，风雪横飞，他裹紧保暖服让队员们快点卸货。见他们忙活着，马丁博士走去门口的灯下点了一支小雪茄，他已经十多年没抽过烟了——对面山坡的人将会看到这个信号。

烟点着的时候，他的心里泛起一阵悲凉，刚毅了半辈子，最后却成了奸细——科学委员会已经获知了此地，他们以干掉他的孩子作为威胁，只要他说出实验室的具体结构并能带他们进入，他将被更换身份，拿着一大笔钱藏起来。马丁博士思考了几天，给了自己一个还说得过去的理由，如果他拒绝，除了两个儿子没命之外，科学委员会早晚将进攻深渊甚至摧毁这里，所有人将死于非命，而这对实验室所有人都无益。

这也许是最好的结果吧。实验室已经弥漫着诡异的气息，每当他看到布朗博士坐在小板凳上望着光脑那直勾勾的眼神，这七年就像是一场屈辱。主意既定，他将这里的防务情况和盘托出，但拒绝说明算法的由来，更没提铁星梅的事，如果深渊的专家们不能安全离开，科学委员会的人也将无功而返。

没有他的帮助，再强大的武力进攻都会失败。

除了马丁博士，没有人留意对面的山坡上闪起了一片亮光，那是三颗离开发射器的导弹。它们掠过低空，无声地钻进未关的门，这几颗导弹在大气实验室的内部减速、拐弯、弹开成一片子母电磁弹和声光弹，在合适的位置一一爆炸。它们摧毁了外部实验室的全部电子设施，也将惊魂未定的安全队员们瞬间轰晕在地。两大队挂着铁鹰的人影从半空飞来，呼啸着飞过停机坪，在大雪中就像一群俯冲的秃鹫。还在门口发愣的队员们被一一击倒，上百名入侵者眨眼间落到门口，拉着发呆的马丁博士钻进了洞开的大门。

大气实验室里漆黑一团、昏者满地，一串黄豆大小的无人机被释放，它们贴着地面离开，在空中四散而飞，点对点盯住了每一个晕倒的守护者。当下一道门被马丁博士手动打开，这群野蜂般的无人机同时射向了各自的目标。噼里啪啦的爆响中，实验室内血光四溅，人头满地乱滚，野蜂们准确地炸断了每个人的脖子……除了马丁博士。

看着如此惨状，溅了一身血的马丁瘫倒在地。闯入者扯掉他的外套，推着他和一串串大箱子进入了门后的旋转梯。

“我不进去了，我的事已经干完了……”马丁博士害怕地说。

“你必须带我们进入深渊才算完事，否则捏碎你的头。”闯入者用生硬的英语说。

马丁博士被逼与之同行，他关闭了后面这段路的监控，带着他们坐上小火车继续前进，十分钟后，他们来到了长长的甬道入口。闯入者在各自身上按了几下，看着坚不可摧的白色钢甲哗地隐了形，就是近在眼前，马丁博士也只能看见他们影影绰绰的样子。

“打开这道门你就可以走了，我们保证你的安全。”

马丁博士却没有动，他看着这些奇怪的铁甲兵，怎么也想不出雇佣军会用这样先进的镜像伪装装备，而这位头目的英语……他在说“门”这个单词的时候，带着浓浓的卷舌音，这种发音和他那日本前女友简直一个样。这时候他也看明白了，闯入者的背后都插着一把奇怪的武器，一把特有的电弧刀。

“你们是日本人？”他的脸变得惨白。

一支枪顶在了他的脑门上：“你只管打开门走人就好。”

甬道中间那透明的陶瓷墙后，守护者迈克正在喝一杯清茶。他纳闷地看着显示屏，不知道为何外面信号忽然断了，正要拨打电话，便隔着透明墙看到走来的马丁博士。“外面出了什么事，马丁博士？”迈克起身问道，他的声音从扬声器里响彻通道。

“是新的操作规程，打开大门的时候必须关闭主要电子设备，以防被电磁攻击。”马丁博士说。隐身的闯入者们在他身后列作一排，一支枪顶着他的后心，迈克是看不到的。

“为何没听布朗博士说过？”迈克犹豫地拿起另一部电话，准备问一下深渊里面。

“他最近每天在打坐，根本没心思管这些，这是我的建议，他同意了。”马丁博士说着走到了陶瓷墙面前，他刷下门卡，又在综合识别器上按下了手掌。

“好的，我真是很担心你们，您将来出去了一定要多睡些漂亮姑娘，我也会去找你喝酒的。”迈克说着，准备按下开启陶瓷门的按钮。可他忽然又停了下来，扭头狐疑地看着马丁博士：“老兄，你怎么穿着毛衣回来了，你的保暖服呢？”

“哦，我留在门口了，路上这一段总是觉得太热。”马丁博士有点结巴地说。

迈克并没有按下按钮，目光又去了他的双脚：“你的鞋子上，那是血吗？”

“哦？什么？”马丁博士惊慌地低头看去，左脚的鞋子上果然沾了不少鲜红的血，“哦，那只是一个队员打翻的染色剂，我们做材料分离试验用的。”

“哦，是吗？他们可真不小心……”迈克犹豫片刻，还是抬手向着那个按钮按去。

“先等等……”马丁博士猛地抬起了手。他感到双腿发软，心跳剧烈，那不是恐惧所致，而是羞愧。将深渊交给科学委员会还说得过去，如果是其他邪恶力量得到了深渊里的一切，他必然会为此痛苦终生。而这伙人……难道是在冒充科学委员会与他联系？看着僵在对面的迈克，马丁博士那张脸又恢复了原来的样子。

“迈克，发布闯入警报……”他还没有说完，半空中弧光一闪，马丁博士的身体被分成了两半。闯入者一一现形，一把发着弧光的刀举在半空。持刀者朝后一招手，更多的人涌入这条甬道。

迈克立刻按下了手边的第一个红色按钮，一段紧急信息会自动在深渊内部开始广播：“深渊遭到武装入侵。”他随后猛地拉下了身后的一个把手，隆隆的轴承声骤然响起，百米通道的石壁上伸出密密麻麻的自动武器，随即对着闯入者开了火，密集的弹雨在他们的钢甲上打得火星四溅。而闯入者却毫不在乎，这个口径的武器还无法击穿他们的钢甲。两个人走近陶瓷墙，举起一个平底锅般的东西黏在上面——那是一颗可以根据目标调整频率的震荡波炸弹，看来他们对这扇门了如指掌。迈克叹了口气，在这守了七年，这一天终于到了。这颗炸弹必将震碎这面刀枪不入的陶器墙，于是，他毫不犹豫地按下了第二个黑色按钮。

实验室外围失守，已开启终极保护模式！

一片剧烈的震荡之后，八十厘米的陶瓷墙成了碎渣。闯入者一拥而入，几支枪指住了迈克的头。迈克被横飞的碎片割得血肉模糊，却毫不在乎地坐回椅子上，看着桌上的一个小小的闹钟。他吐了一口血，乐呵呵地打开了萨拉特送给他的那瓶酒，他是如此尽忠职守，就是半夜没事也不会喝上一口。现在他倒了一杯举着，真后悔没有昨晚将它喝掉。

“就算你们进得去，也要和我一起为实验室陪葬了，喝杯酒吧？”

闯入者正在纳闷，头顶传来惊人的巨响，甬道天顶的通风管开始脱落，轮胎般大的孔洞喷出了热浪，猩红色的岩浆面条般流了出来。挤在后面的闯入者被兜头浇个正着，几十个人在惨叫声中软瘫在地，炽热的岩浆将其铠甲烧得咔咔作响，黏糊糊地将他们封在其中——一旦启动终极保护模式，核反应堆会全力运转、融化甬道顶部的岩石，炙热的岩浆将糊满这条通往深渊的唯一通道，然后凝固。

没挤进来的闯入者们，全部被岩浆淹没了。

一颗子弹随即射出，酒杯摔在桌上，弹了几下才摔碎，脑门中弹的迈克轰然倒下，没咽下的酒从鼻孔里流了出来。闯入者看着越来越近的岩浆，推着几个大箱子向前跑去，这仅剩的四五十人跳上了继续上行的小火车。

身后的同伴发出惨叫，前进者却没有一个回头。

炸开中途的几道屏障，他们终于来到最后那道合金大门前，它看着坚不可摧，如盾在前。闯入者们打开箱子，用熟练的动作拼出了一个武器，随着一条光线喷射而出，合金门在这台大功率激光器之下形如奶酪。当被切下来的部分轰然倒下，他们冲进了潘洛斯计划实验室的中心——深渊。

不出意料的是，一片弹雨射向了这个豁口，将几个来不及躲避的人击倒在地，但他们打了个滚就爬起来。几颗智弹飕飕飞去，炸毁了那些自动武器。深渊里漆黑一片，夜视镜随即启动，可眼前的一幕令他们感到纳闷：实验室的专家们踪迹皆无，而走出黑暗的，是一群连油漆都没有刷的机器人，一个个拎着手腕粗的钢筋，而走在最前面的，是一个亚裔的年轻男子。

“欢迎你们，闯入者。”这男子说完，便挥着钢筋冲过来。

56. 谢尔盖

揭开那幅画的蒙布后，奥塞美术馆的老馆长顿时热泪盈眶。

在谢尔盖长达一年多的修复下，这幅不可救药的凡·高自画像还原如初，连岁月里的色衰都再现得淋漓尽致。老馆长举着放大镜仔细地看着，哆嗦的嘴唇上满是泪珠，在满场嘉宾热烈的掌声中，他浑身颤抖地抱住了这位新晋世界首富。

“什么样的人才会做这样的事……”老人动情地看着他的脸说。

“只要他热爱文明。”谢尔盖谦逊地说。

“这件事将载入史册，谢尔盖，它的影响会比你的企业更为深远……”老馆长揪出一块方巾擦了泪，“虽然你把它捐赠了回来，但我们委员会一致同意，你依然对它有所有权。”

“那是我的荣幸。”谢尔盖说着，扶着老馆长一起将这幅画挂回了原处。掌声如雷，人们激动地向前凑着，摄影师的快门声此起彼伏。毁掉这幅画的淘气孩子也在现场，他眨着恐慌的大眼睛，战战兢兢地藏于父亲身后，好像唯恐别人看到。谢尔盖回过头，微笑着对孩子招手，孩子抱着父亲的胳膊，然后便被父亲拉着走过来。谢尔盖和那位局促的父亲握了手，扶着孩子的肩膀站到了画前。

“你还会用笔去涂画它吗？”他开玩笑般地问。

孩子慌张地摇起了头，挤得满当当的人群哄笑起来。“您真是太了不起了，彼得罗夫先生……”那位父亲激动地搓着手，又挠挠头，“因为我的疏忽，儿子闯了大祸，我们一家这两年都不好过，孩子也是……”他伸手拍向孩子的后脑勺，看似用力，却只是轻轻抚摸了下。

“您不需要有此顾虑，他没做错什么。”谢尔盖说。

“什么？”孩子和父亲面面相觑，旁边的人们也没听懂。

谢尔盖低下身去，扶着孩子的肩头说：“你当时是觉得这幅画太丑了，想让它好看一点，是吗？”

九岁的孩子眼里含着泪，点了点头。

“所以这不是你的错，因为你不知道这么做的结果。可你今天看到了，这并非什么大不了的事情，我们有办法将它修复回原状。”

“可是先生，要是我画得再乱一点，您还能修复它吗？”孩子问。

谢尔盖摇了摇头：“孩子，历史上有无数看似完美无缺的东西都被打碎过，有的可以修复，有的不可以，但文明依然继续向前。”说着，谢尔盖从兜里掏出了一套七支装的彩笔，很认真地递给他：“如果可以去掉你心中的负疚感，我不介意你再把它画个一团糟，或者，按照你的想法把它画得更好。”

此言一出，全场大哗，老馆长的脸一下子变得惨白：“彼得罗夫先生，你这是……”

“您刚才说过了，它的所有权依然属于我。”谢尔盖认真地说。

“可是，你为什么要这样做？为了让一个孩子心里好受点，就再度毁掉这幅伟大的作品？”另一位艺术界权威问。

“修复的历史并不是真实的历史，如果再给我一次选择，我会珍藏孩子毁掉的那幅，而非花一年去把它还原。我想百年之后，那幅毁掉的画一样会有它的故事，就像维纳斯的断臂。凡·高的原画也不会因此失去光彩，但如今的这个样子……”谢尔盖指了指那挂好的画，摇了摇头，“我是在修复完它的时候才意识到这个问题的，因为那一刻，我忽然不知道它到底是什么。”

谢尔盖用鼓励的眼神看着孩子，而孩子在仰望他的父亲，可这父亲紧张得就要晕过去了，不敢做任何决定。见谢尔盖再度点头，孩子接过笔小心翼翼地走向前去。四处嗡嗡声一片，让这孩子一步三回头。谢尔盖才不在乎他人的咿呀，这令他更坚定了自己的态度。他们是如此虚伪和愚蠢，却没有一个人敢跳出来制止他让孩子这么做。

当孩子抽出一支蓝色画笔的时候，全场忽然静默下来，所有人都看着他，好像他一笔下去就要天下大乱。孩子举笔犹豫着，但已不再回头。随着画笔不停落下，老馆长白眼一翻，扑通倒了下去，然后迅速被人抬走，消失在蠕动的人群中。谢尔盖头都没有回，只鼓励那孩子继续。过了一阵，孩子换了几支笔，咔咔地放飞自我，然后收笔退了几步。画上的凡·高多了两撇上翘的蓝胡子，还多了一副绿色的墨镜，那张阴郁的脸立刻活泼起来。众人又纷纷挤到前面去看，孩子缩回到谢尔盖和父亲之间，紧紧地攥着他们的手。

“孩子，这幅画将名垂千古。”谢尔盖摸着他的头顶说。

走出奥塞美术馆，巴黎的天空一片阴霾，谢尔盖大吸了两口冷冽的空气。它透彻心肺，他却尝到了梧桐的气息——春天就要来了，而在此之前，寒冬依然冰冷刺骨。

情势在急转而下，他必须作出最后的决定。那个目标在脑海中早已高挂，他却在台阶上停下来，像父亲那样进退维谷。他慢慢坐下，冰冷的台阶让他感到一阵踏实。瑟瑟发抖的鸽子们挤了一大群，在下面扑棱棱围着一身白衣的乔子。她一把把地扔下面包屑，也不管鸽子们在她鞋上拉了屎……看着这样的乔子，谢尔盖感到一阵温暖，希望这样的日子可以多些。

他想起了什么，从怀里掏出了父亲的日记，在炽烈的阳光下摩挲那质地优良的牛皮封面，仿佛里面有一切的答案。最近的他睡觉、吃饭、默诵《圣经》、思考未来，其他时间多在读这本日记。他惊奇地发现这本日记让他睡得放松而香甜，醒来也不心惊肉跳，他会坐到窗边，看着明亮的星空或者地球抽一支烟，银河像海浪一样美丽，流星像海鸟一样疾飞，而广袤的深空就像未来一样不可捉摸。

打开这本日记就像打开童年，他一度害怕将它摊开。只读了前几篇，便知道它不是写给儿子的，这令谢尔盖颇感失望，却又觉得一阵心安。日记里没有牵肠挂肚的思念，也无垂垂老矣的忏悔，别列佐夫斯基只记录了这二十多年来的心路碎语。它偶尔成篇，但全无上下和时间逻辑，像克里希那穆提的《彩虹之书》，很多话语甚至不像是思考，而是酒醉之后的随录。它时而浅显，时而晦涩，着魔般的癔语与叩问贯穿始终，但当它被盖上这张牛皮封面，便成就了一个个无解的难题。

“科技让自由变得廉价，人类对自由的理解和对锁链一样，迷信这种自由的人，最终会将锁链套在自己身上。”

“俄罗斯人崇尚牺牲，那其实只是恐惧所致。”

“强壮的体魄在今天毫无用处，出于尊严的战斗会让俄罗斯失去一切，勇敢和愚蠢相伴相生。”

“不管有没有上帝的指引，科技都拯救不了文明，恰恰相反，没有一个全新的、革命性的制度作保障，科技只会令文明加速堕落。”

“美国已经不是一个国家，只是众多控制着世界权贵的一个隐名合伙公司，以收割全世界的财富和灵魂为要。可笑的是，美国政府甚至不知道它的控制人具体是谁，却相信能与之和谐共舞……美国终会毁于对自身制度的迷信，这辆狂奔的火车无法停下，也没有管用的刹车盘，它会死于自己的重量，所有的帝国、共和国以及邦联都毁于不可遏制的膨胀。”

“欲望就像重力，长城修得太高，就会被自身的重量压垮。”

“人类在太空中走得越远，世界就越会处于动荡中。”

“在一个稳固的地球联邦真正确立之前，太空探索不可能有真正的成就，但什么才能成就这种稳固，历史上没有答案……人类必须去寻找甚至创造这个答案，但这个过程会尸骨满地。”

“善用制度的工具化，可以有效地让社会加速原子化，这是全球化科技集团最希望达到的结果——让被剥削者感到方便和收益，并将其解释为自由与幸福。”

“契约型制度已经成为文明发展的障碍，看似最不坏的宪政体制已经败絮其中，但它没有良药，中国人说医者不自医，制度也是同理。”

“联合国就要结束了，是的，结束了……”

“不解决全球武力的集中控制，地球联邦或者任何一种新制度文明模式都是空谈，但要解决这个问题，只能破坏既有的一切文明，这个代价要以千年的跨度去衡量得失。可惜的是，人类的短视不允许它发生，很多可以解决的文明难题因此得以延续，最终变成要命的毒瘤。”

在第 36 页，他第一次看到父亲提起自己。

“谢尔盖·彼得罗夫是我的儿子，如假包换。在我第一次将他举在阳光之下，便明白了他的不寻常……他的眼睛里满是火焰，似乎有很多话要对我说。但我知道他长大之后会恰恰相反，内心会孤独而冷酷，聪明会让他自以为是，怀疑会令他不断思考。他不需要他人的爱，甚至来自我的也不需要，世俗的一切对他而言都是羁绊，如果有一天他为万众瞩目，那也必是毁誉参半……他会讥笑我所做的一切，因为他可以走得更远……他会一生孤独。”

“我爱我的儿子，因此我不会去影响他的成长。”

“谢尔盖赚了很多钱，那是他危险的开始，因为他太过善良。”

“人类宁可相信政客的谎言，哪怕为此送命，也不会相信人工智能，因为它天然缺乏善意。但人类没有想明白一点，如果AI具备了善意，一定也会具备同等能量的恶。”

一串警车鸣着笛从奥塞美术馆前掠过，几架武装无人机扑向不远的广场，那里传来一阵骚乱，几团猩红的火裹着黑色浓烟，像数条巨蛇般昂扬着，蓝色的天空下顿时满是狰狞——法国人又在反对悟空工业的这场革命，他们要求政府继续遵守回火禁令，并不惜与西方就此割裂……

鸽子哗啦啦惊慌而去，让乔子缩着肩不明所以，它们显然不是被人类的动静吓走的。谢尔盖抬头寻找着答案，看到在千米的高空，一只鹰在慢慢地盘旋，它并无意攻击它们，但鸽子们却已吓得魂飞魄散。

这一刹那，他觉得自己和这只鹰一样孤独。

乔子皱眉清理着身上的羽毛，却怎么也摘不干净，扔开的又被大衣吸回来。见他目不转睛地坐在台阶上看着她，她像个小姑娘那样害羞地笑起来。他从没有这样看过她，不管她心里装着什么秘密，这样的她都是如此之美……

“你可真行，把满屋子的人都搞晕了。”乔子踩着蓝色的高跟鞋走上了台阶。

谢尔盖微笑着为她轻轻摘下鬓角的一片羽毛，又为她拂着被风吹乱的头发。

“你干什么？”乔子躲闪着，眼睛瞪得溜圆，像那个孩子一样四处张望，“这儿可到处都是记者。”

他为她这个样子感动着："我早该这么做。"

在飞往洛杉矶的途中，米尔克故意飞慢了些，因为他的老板和那个日本姑娘正在后舱中扭成一团。大地渐远，星辰渐近，他将她按在舷窗之上，听她在耳边肆无忌惮地尖叫，她那丰满的乳房和月球一样闪亮。

飞机渐渐减速，下降，略微的增压让他感到浑身一阵针刺，乔子紧紧抱着他，指甲抠进了他后背的皮肤，久久地按在那儿。"我爱你，谢尔盖……"在最后的那一刻，她的眼泪飚离眼眶，在他的脸上一撞，飞散了。

谢尔盖抚摸着她光滑的脊背，贴着她的胸膛，闭着眼睛等待着。他不喜欢这一刻，但它还是和预估中一样到来。今天之后，他可能一无所有，也可能拥有一切，但他已经做出了选择，就像拿起画笔的那个孩子。

"你爱我吗？谢尔盖。"乔子声音颤抖着说。

谢尔盖缓缓从她身上爬起，吻她的嘴唇。

"谢尔盖，你要爱我。"她凝视着他的眼睛说。

谢尔盖偏开头，走到旁边穿起了衣服。

"谢尔盖，我是乔子，ZT-4358-MNG。"她有些害怕地说着控制密码。

谢尔盖穿好衣服，慢慢抬起了手腕，轻轻拧着表的发条。"乔子，任何纳米人工智能设备，在我的体内都完全无效。"他慢慢地坐在椅子上，失望地看着赤裸而惊愕的乔子，"我刚才还觉得你不会对我这么做的。"

乔子的身体颤抖着，那双美丽的眼睛瞪视着他，像是不相信这一切。谢尔盖点了支烟：“你不要怕，我不会对你怎么样，在你问出问题之前，先穿上衣服，我带你去个地方。”

乔子垂下了头，双肩因为抽泣而抖动着，但她很快擦去眼泪，抖索着穿上了衣服。“去哪？”她担心地看了眼舱门，似乎怕谢尔盖将她从这数万米高空扔下去。

谢尔盖让她跟自己走入信息舱，他在舱壁上按了几下，灯光暗去，八角的激光亮起，一个全息影像设备开启了。他让乔子一起走上步行台后，一幅熟悉的画面开始在眼前淡入。樱花飘摆的山脚，绿树荷塘的静院，袅袅青烟从一幢日式的木房子里飘出，它是如此逼真，仿佛可以闻到浓香之气。

这是乔子再熟悉不过的地方，却已经很多年没有回去。“乔子，这是你出生的地方。”谢尔盖说。

“为什么要带我去这儿……”她摇着头说，“不，这不是真的，只是虚拟的影像。”

“是全息影像，乔子，三个小无人机已经穿透了这里的电磁防护。”谢尔盖背着手说，“长久以来，你是否一直在问自己一个问题？为什么你的童年那么模糊，就像只在梦里见过，又为什么你的父亲这么恨你？哪怕你那样地爱他并为了影武者计划做如此的牺牲？”

“这个计划……你一直都知道？”此时的她全然不似一个意念坚定的特工。他知道自己的话触动了她心底最深的疑惑，而后面她所见到的，将是余生里最为痛苦之事。

“不，是从赋灵算法诞生之后发现的，乔子，你不会以为我能忘了月球那次的算法攻击吧？”

“可你为什么今天才说？”

双手垂立的谢尔盖像一尊雕像:“我不想让真相伤你的心，但现在，我已经没有选择，你也是。”

跨进门槛，面前是两扇沉重的铁门，谢尔盖凭空点了下旁边的小窗户，他们俩便随着影像的推进穿墙而过。屋子里的摆设整齐而陈旧，光亮的地板上一尘不染，石头壁炉里烧着炭火，上面摆放着年代久远的照片，是渡边谦和他的家人以及妻子。他们穿过这冷清的房子，来到一扇紧闭的木门前，一架无人机降下，算出了锁的密码，门缓缓地开了。

屋子里昏暗冷清，窗户紧闭，靠墙的地方有一张白色的床，上面躺着一个戴着氧气口罩的人。各种先进的设备延伸出密密麻麻的管线，丝丝缕缕地汇集到这人身上——如果说还是个人的话——她皮肤焦黄，双眼紧闭，呼吸急促，头发像海滩上的藻类一样稀乱而服帖，瘦削的脸颊和颧骨之间仿佛只隔着一张皮。谢尔盖回头看了一眼，在空中轻轻点了一下，身后那扇门便关上了。“乔子，这是一切秘密的终点，也是渡边山痛苦的根源。”

乔子直勾勾地望着床上那个人，似乎鼓足了勇气才走上前去，可看了半天也不知道这个人是谁，于是她求助般看着谢尔盖，仿佛在等他给出答案。

谢尔盖走到她的身边，指了指旁边机器上的一个日程表，上面写着病人的出生时间和护理周期，此人生于 2035 年 4 月 17 日，距离今天是 31 年零 65 天……

“乔子，她就是你，是真正的新城乔子。”谢尔盖说。

乔子恐惧地摇着头、慢慢向后退去：“不，这不可能，我就是我，我是新城乔子，她怎么可能是我？那不是我的生日，她年龄和我也不同，她到底是谁？为什么会藏在这间房子里？”

“她的妈妈死于枪击，子弹也波及了腹中的胎儿，她因此早产。这个孩子虽然被救了一条命，却因为头部的枪伤永远成了植物人，还有各种严重的后遗症……渡边山让人取下了她的活细胞，用克隆技术制造了另一个你，十个月之后你从实验室被制造出来，那一天是你的生日。但你的年龄其实和她一样，因为用于克隆你的细胞核，来自她的大脑。”

“这不可能，我从小在这间房子里长大，我从来没有见过她，她不可能是我……”乔子掩面而泣，双腿抖得像风中的野草。

“为了让你相信自己的人生，渡边山造了另一所一模一样的房子，连里面的样子、摆设都完全相同，唯一不同的是壁炉上那些照片，你看到了吗？这所有的照片里，没有你。”

“不，他为什么要这样做？他明明是抱着我长大的！”

“原来的他是的。”谢尔盖走到她身前，“很显然，他既希望真实的乔子能够康复，又希望能够将你当成同一个孩子，但是问题也很严重，他每天看着真正的、无法醒来的乔子，用尽一切方法为她续命，又看着你长成了女儿该有的样子。他越来越无法舍弃原来的乔子，也越来越无法接受复制的你，他既觉得对不起死去的妻子，又觉得对不起永远不会醒来的女儿。”

“够了！”乔子抱着身体低吼着，痛苦得缩在地板上难以呼吸，她想冲破这个全息影像，却怎么也冲不出去，“你不能这么对我，你为什么这么对我，你们为什么这么对我！”

谢尔盖高高地俯视着她，就像在对她进行审判。

“我只是个被法律禁止的克隆人，一个可悲的替身！”乔子终于哭出了声。

谢尔盖挥了下手，那可怕的画面消失了。“当年克隆你的专家们都已经被渡边山秘密处死。乔子，我们可以让这个秘密彻底消失，从今以后，你就是唯一的乔子，我的乔子。”

乔子深陷于这巨大的、人鬼莫辨的痛苦，恨不得拉开机舱跳下去，卑贱感压得她喘不过气，直到谢尔盖抱着她的双肩让她坐下。他轻轻地为她擦去眼泪，吻着她的额头，第一次对她露出真诚而满含愧意的笑容：“请原谅瞒着你这么久，我只是怕失去你……”

乔子呜呜地哭着，还原回一个柔弱的女子，但她忽然想到了最重要的事，便抓住了谢尔盖的手：“谢尔盖……他们已经知道了潘洛斯计划所在之处，我必须去阻止他们对深渊发动进攻！”乔子胡乱地擦着眼泪，晃悠悠站起来抱住他：“对不起，对不起，是我让他们知道实验室所在的……”

“我知道，我知道，亲爱的……”谢尔盖捧着她的脸，乔子发现他和自己一样颤抖着。

“但是正相反，乔子，你要让他们尽快发动进攻。”谢尔盖咬着牙说。

乔子吃惊地看着这个她爱恋又畏惧的男子，他的眼神里温情犹在，却又像月球的暗面那般深不可测。

57. 希德

卢克·希德总统自认取得了空前的胜利，却依然无法睡一个好觉……

悟空工业横扫了世界，他也打赢了对国会、反对党和科学委员会的战争。这段日子他勤奋得像一只公鸡：全民卫生安全计划顺利落地，月球基地完成驻军，太空军改造计划已经开始，划时代的一批先进战机和在轨卫星已经在生产中。他一连串解决了大幅失业问题、美元的回归问题以及能源危机问题，支持率竟然达到了 75%……阴云正在一片片散去，美国又一个黄金时代就要到来了。

未来科学委员会低下了头，皮尔斯主席等首脑决定接受认罪谈判。他们虽然损失惨重，但仍掌控着巨大的财富和产业链。在谈判中，他们希望与美国政府一起重塑全球新秩序，用巨资投向美国本土的基础建设和设备更新，其他的政府说了算——总统啊，悟空工业不过是替代了科学委员会，您难道不怕那个谢尔盖吗?

老奸巨猾的皮尔斯主席说到了总统的心坎上——这不是他的胜利，而是另一个科技巨头的胜利，连他当上这个总统都是拜其所赐。这一切就像梦，但它成了现实，他对谢尔盖心怀感恩，同时也深感恐惧。

面对未来科学委员会这百万亿量级的认罪大礼包，希德不再急着取其狗命。敌人既然已经献城投降，犯不着将敌城付之一炬，卡车党人也不想他这么做，夺权之后，他们更在意基本盘的稳定。而悟空工业一下子刺眼起来，谢尔盖对他、美国以及这个世界的确贡献巨大，但难保会变成另一个科技极权巨头。科学委员会还是一伙人，悟空工业可是谢尔盖一个人说了算——他说服自己接受一个新逻辑：谁掌握了科技霸权，谁就会变成他和美国人民最大的敌人。

重归自由的媒体才不管他怎么想，煽风点火地开始了阴谋论，认为这是希德总统早就和谢尔盖密谋的勾当，这两次算法攻击也八成是他们在贼喊捉贼，尤其是第二次，那肯定来自悟空工业的算法试验，因此导致了全球巨大的损失以及几万人的死去……

幕僚们挤在他的办公室七嘴八舌地讨论着对策，他们决定拿出一项调查悟空工业的方案，尤其是算法来由和监管问题，让反对党的舆论攻势消减下去，让卡车党的媒体趁势抬头、覆盖美国，同时还要尽快以协防为名派遣太空军进驻悟空工业的地外基地，包括火星——当所有的这些都推进到位后，就可以拿出一套针对悟空工业的打击行动，让谢尔盖彻底交出实验室。这一记重拳必须蓄力而发、内外开花，不能让他有喘息之机，否则悟空工业会变作一个比科学委员会还要可怕的东西，而美国的民主与自由将得而复失。

希德惊讶地看着唾沫纷飞的幕僚们，仿佛这些家伙是刚进来的陌生人。

虽然谢尔盖说得坦诚，给的东西经技术部门分析，也的确领先于全球公布的程序，希德却始终为一件事深怀隐忧。那个算法到底是怎么来的？他有没有留着后手？技术部门的头儿告诉他那玩意儿根本无法破解，这令他如芒在背。幕僚们也给他灌输着一套套的理论，我的总统啊，在科学委员会之前，美国最好的科技可都控制在政府手里。德国开始准备登陆火星，俄罗斯和中国正在拼命加强军备的人工智能化，总统啊，谢尔盖·彼得罗夫毕竟是俄罗斯人……

“调查我是同意的，但在搞明白这些之前，你们不要释放任何对悟空工业不利的消息。迈尔斯，没有悟空工业相助，你我现在说不定都在监狱里筛沙子。”

“此一时彼一时，我的总统，谢尔盖并不是出于对你的敬仰和同学情谊才这么做的。”迈尔斯助理不以为然地道，“如果找到了他的实验室您想怎么办？谢尔盖会陪您一起去视察吗？”

“他怎么拒绝呢？”希德学奥巴马的样子将双脚搭到桌子上，但他立刻觉得这个动作颇显轻浮，又赶紧放了下来。

“我认为您和他商量的结果是什么都找不到，那不会是一幢巨大的搬不走的房子，而是一群貌不惊人的专家和一堆电脑。如果在境外可以交给中央情报局去办，如果在国内可以交给国防部。但不管怎么办，我建议最好找一个打击恐怖主义老窝的理由，您也在这个过程中装作毫不知情，并随后承认这是个误会……这种招数民主党人可是用得炉火纯青。”

希德皱起了眉，这种落井下石的做法令他厌恶。他本来想思考一下，却又本能地点了点头。看着幕僚们夹着文件离去，他发愁地按起了太阳穴。眼前那张古老的总统办公桌闪着亮光，旁边的国旗鲜亮刺眼——他是美国总统，必须把国家的安全放在首位。

看了看时间表，现在他要坐飞机去得克萨斯费迪南空军基地，一个重要的试验将在下午两点进行。他明明让迈尔斯将此事从计划中划去、派新任副总统去就可以了，但国防部长托马斯不依不饶地说必须总统本人前来，而具体试验到底是什么却又不说。

老托马斯将军须发皆白，是铁硬的鹰派人物，希德暂时还不想拿掉他。好吧，午餐就在飞机上吃，顺便和卫生部门开一个视频会议……

一个小时后，空天一号降落在得克萨斯州的广袤戈壁中，总统从舷窗向下望去，纳闷为何机场周围没有迎接的人群，这可是他的支持率最高的州。战机在巡逻，跑道两边满是士兵和各式战斗机器人……不就是一个实验吗？怎么搞得像是到了民主党的老窝？

车队接上总统一行后开始飞奔，没多久就进了一条地下隧道。拐了几个弯之后，前来迎接的一位少校抱歉地让希德下车，因为大家还要坐电梯往下走。

“将军大人呢？”见托马斯将军竟没有来亲自迎接，总统登时不快。

“这一点必须向您解释，将军们进去了就出不来，除非等实验结束，或者有您的命令。”少校说。

“是这样？你千万别告诉我这里藏着外星人，我可一定会告诉记者的。”总统开起了玩笑。

“在我看来，总统先生，这儿的东西会比外星人还要令您惊叹。”少校绷着脸声音激动说。

电梯下行了足有几分钟，出来后竟是一个宽敞的地下基地，进入两道严密把守的门之后，总统见到了在这里等候的托马斯将军。“很抱歉，总统先生，我不能出去迎接您，我已经见过试验流程，没有您的命令将无法离开。”国防部长轻轻欠着身子，但那张脸却满是傲气。

实验室看上去平淡无奇，巨大的透明罩下，数不清的排线圈扎得密密麻麻，接在一大圈发射器上，发射器似乎有个炮口，齐齐对着中间一个奇怪的小装置，那玩意儿就像一个扎满了窟窿的白色足球。十几名穿着蓝色工作服的工作人员在计算机旁忙活着。希德纳闷地看着这一切，对国防部长浪费他的时间深感恼怒，他正想装模作样地要杯咖啡，忽然看到了一个熟悉却厌恶的身影，他那满光头的色斑就像只癞蛤蟆。

“总统先生，很高兴在这里见到您。”

“皮尔斯先生？”希德狐疑地看了眼国防部长，后者对他轻轻点头。看来今天的事情与科学委员会有关了？希德的心里一阵愠怒，就像一个被大人耍了的孩子。

“科学委员会其实一直在暗中和国防部合作这个项目，而您当上总统之后，我又不能因噎废食停下这个项目。”托马斯部长说着俯身到他的耳边，“这技术非常不可思议。”

希德只能在脸上挤出笑来，对皮尔斯说：“看来您言出必行，我的确在考虑您提出的方案。”

“感谢您的宽宏，总统先生，我们一直在想推出这项技术的时机，技术论证上早已经实现。但我不得不承认，赋灵算法对我们实现磁场的无限控制大有帮助。”皮尔斯说。

“究竟是什么试验？”希德真是烦透了，他很不喜欢被人蒙在鼓里，尤其是这番大胜之后，谁也不行。

“马上开始了，您就站在这儿看着吧。”托马斯部长说着塞给总统一副墨镜，对罩子里的人挥了挥手。希德暗自瞪了他一眼，这倚老卖老的家伙，竟也不给总统先生搬一把椅子，他满心厌恶地站在两个老头子之间，耐心地等候试验开始。

灯光暗了下去，墙边的机器开始运转，那个大线圈似乎嗡嗡作响，但并没有什么花里胡哨的异样。倒是中间那颗“足球”发出了炫目的蓝光，然后变红，很快烧成一团炽烈的白光，像镁燃烧时的那种刺眼光芒，要不是戴着墨镜，希德真担心会被那道光刺瞎眼睛。那团白焰并没有持续多久，在五分钟后那个“足球”戛然而止、恢复原样，连点儿烟都没冒。罩子下的工作人员欢呼起来，一个个对着这边拍起巴掌、挥着拳头。

“真见鬼，托马斯将军，请你向我解释一下这到底是在做什么？”希德狠狠摘下了眼镜。

“总统先生，您眼前的那片光芒相当于一颗爆开的、1 万吨级

TNT 的核弹，但它的整个输出过程被完美地控制了。出于安全它停了下来，因为您在这嘛，否则它可以一直烧下去。”托马斯部长抖着白胡子说。

“哦，什么？核弹？好像是那个、嗯那个……”他欲言又止，那个单词似是而非，但就是说不出来。

“我的总统，你目击了人类历史上首次在十亿度烈度完成的可控核聚变试验，它采用终极的氦 -3 聚变模式，不产生任何中子，而且反应和输出时间完全可控。总统先生，我可以负责任地告诉你，美国政府第一个掌握了这项技术。”皮尔斯先生拍着手，就像一个轻浮的老演员。

“了不起！”希德发出一声感慨，但又觉得有些尴尬，因为他还不能立刻想明白这意味着什么。

国防部长当然看了出来，趴在总统的耳边说：“总统先生，以前我们一直懒得去开采月球的氦 -3 矿产，因为这种清洁核聚变材料在地球上全无用处，而现在我们要考虑这个问题了。”

“你再说得清楚一点，这不还是能源问题吗？我们的核电站够多的了……”

“耶稣呀，要让人给你补补课……”托马斯竟然倚老卖老起来，“我们很快可以将这种终极核聚变发动机应用于宇宙飞船、空天战机、低空战机甚至地效坦克和各类飞行器。总统先生，我们再不用担心飞船的燃料和燃烧冲比问题，也不用担心辐射，美军的战舰将所向披靡，新式的轨道炮和激光炮也不会再有能量不足的问题。”

“科学委员会将全力支持美国更新整个军事系统，总统先生，只有美军会有这个技术。”皮尔斯见缝插针地说。

“将军，你到底想说什么？”希德不禁发起抖来，他当然知道这俩老家伙在说什么，但那个字眼令他深感害怕。

“卢克，因为算法和终极核聚变优势，美国的武力已经划时代地领先了其他国家至少五十年，为了实现和维持这个优势，我们必须立刻占领月球和火星。你要知道，氦 -3 这种天然元素在地球上几乎没有……”托马斯将军说。

“没有？为什么地球上没有？”希德问完就后悔了，这会显得他像个白痴，但他其实是在躲开那个可怕的问题。

“因为地球磁场，希德总统。太阳每天在抛射天然的氦 -3，月球和火星因此都有不少，但因为地球有着强大的磁场，这东西都被挡在了外面。”皮尔斯耐心地解释道。

希德的脑门上全是汗，他过了好久才摇了摇头：“这会爆发全球战争，我们将违反一系列公约。”

“我的总统啊，美国从来没有过能在一夜之间征服全世界的力量，但现在只要您给个命令，我们可以在几个月内占领整个太阳系。”将军挥舞着拳头说。

“但您要先想好怎么对付悟空工业……”皮尔斯眨着灰狼般的眼睛说，“如果您担心全球反对的声音，开发月球和火星的可以是科学委员会旗下的公司，但我们只会将氦 -3 原料供应给美国。”

希德总统终于明白了这老狐狸的算盘，他们要支持美国政府实现全面的霸权，尤其是星际空间的资源霸权，而科学委员会成员以此咸鱼翻身、赚取巨额的财富。他蔑视地看了眼皮尔斯，说：“托马斯将军特意把我叫来，显然不单单是为了让我目击试验，说说您的条件吧。”

皮尔斯满意地笑着：“特别简单，总统先生，我们为美国政府贡献一切，而您带领美国征服世界。您只需要通过一项法令或者某种强有力的举措，将悟空工业的全部技术也收归新的量子科学委员会，由它对其进行技术监管，而在我们的建议下，您最好兼任这个量子科学委员会的主席——永远的主席，这才是保证美国与世界和平的最好方法。”

58. 布朗博士

八年之前，四十四岁的波多黎各人迈克·法瑞尔还在洛杉矶的街头讨饭，每天被警察和机器狗轰来赶去的。那年头乞讨不易，一不留神就会冒犯他人，迈克是警察局妥妥的常客。

他没胆子去和黑朋友们一起打劫，除了法律今非昔比，为了保护私产，店家和百姓们安装的防控系统可以精准地击毙闯入者。他也没有机会找到一份像样的工作，这个半老不老的人只晓得一些被淘汰的技术，开车啦，园艺啦，在建筑工地抹抹水泥啦——世界变得太快，这些工作都被 AI、机器人和工资要求更低的新移民夺走了。上一轮民主党主政后一改从前那副上帝般的嘴脸，让法院出台了一连串严苛新法，其宗旨就是任由美国这几千万废人自生自灭，除了每天街头被发点面包和肉汤、给予最为基础的医疗保障，这个政府对他们早已不闻不问，就像迈克那离婚多年的前妻。

令他羞耻的是，流浪汉的发餐点儿也都是机器，只要你站在那个大棺材般的箱子面前，伸脸过去扫一下，一份将就吃饱的饭就会打着包吐出冷藏柜，在托盘里摔得乒乓乱响。在遇到布朗博士之前，迈克已经吃这种东西三年了。

2055 年的新年这天，洛杉矶的街头冰冷刺骨，刮着和休斯敦一样凛冽的寒风。钟声敲响的夜半，迈克喝完一瓶啤酒，站到正在上冻的清水湖旁边，他抖抖索索地脱个精光，还用最恶毒的话咒骂着这个世界……

但是，当他鼓足勇气准备跳下去一死了之时，不远处传来重重的扑通声，有个家伙先蹦进了湖中。这人举着一瓶威士忌在冰窟窿里起起伏伏，灌了几口之后把瓶子一扔，大笑着四仰八叉地躺在水上，眨眼间便沉了下去。

迈克一下子觉得索然无味，怎么什么事儿都有人和他抢呢？他跳下去钻进水里，揪着这家伙的脑袋上了岸。可这个胖家伙竟没气了，迈克忙给他做人工呼吸，光着屁股忙活了好一阵儿，头发上结满了碎冰。好容易救活了这家伙、拍他的后背让他吐了一大摊水，这胖子睁开一对血红的眼就咬牙切齿地骂道："真见鬼！要你管什么闲事？"

迈克还没来得及发火，这胖子又晕死过去。

流浪汉迈克这个气啊，真想把这小子一脚再踹回去。他冻得骨头都僵了，在湖边却找不到自己的衣服，干脆脱下这讨厌鬼的湿大衣凑合穿上，一阵冷风吹来真是要命。他拉着晕死的胖子想移去一棵树下再想办法，岂料几束光忽然亮起，三只机器狗顶着吓人的射灯围了过来，身后是两个全副武装的警察。

"别动！"警察大叫着，三只机器狗呼啦对他举起了枪。

任凭怎么解释，迈克·法瑞尔还是被拉进了警察局，但这次的理由就不是骚扰老百姓了。他扒下的那件大衣里有个厚厚的钱包和一沓银行卡。这新年大半夜的，哪儿那么巧在你想寻死的时候撞见另一个？"再说了，你知道差点被你淹死的那个人是谁吗？"警察瞪着他那黄疸症状明显的眼睛问。

“什么？这个王八蛋是谁？”迈克怒道。

“悟空工业的老板之一，当世算法大师乔治·布朗博士。”

“真见鬼，这么个人为什么要像我一样去跳清水湖？”迈克难以置信，一个亿万富翁、人类翘楚，吃饱了撑的吗？还连累自己要坐牢？

“所以，你觉得法官会相信你吗？这位布朗博士看来死不了，等他醒来有你的好果子吃。”警察说着推给他一份纸笔，让他写下自己的犯罪经过，“政府指派的援助律师后天才有空来，你最好老老实实先交代清楚。”

“你这蠢货，那就等他醒来吧，一切就都搞明白了。”迈克气呼呼地将纸笔推了回去，心里竟有些忐忑……这醉鬼真的知道自己是在救他吗？

可这一等就是两周，警察也不知道博士哪去了，据说他醒了就离开了医院。迈克在看守所里跺着脚骂，真是屋漏偏逢连阴雨，想死的人还被冤了这么一出，这狗日的世界，这狗日的人。

半个月后，一身邋遢的布朗博士可算走进了警察局，脑袋上还扎着条脏兮兮的绷带，好像他又去哪寻死了似的。他签下一些材料后，迈克终于恢复了自由。“你也是想死的人，为什么多事来救我？”在警察局门口，布朗博士兜头就是一句。

“真是见鬼，我只是不想在水底下还有个醉汉扰我的清净！”迈克抓过个面包拔腿就走。

“那你还想死吗？”博士在身后问。

“这不关你的事，要是还有下次，拜托你这亿万富翁离我远点儿。”麦克摇晃着一根指头冲他大叫，他真恨不得揍这家伙一顿。

“我可以给你一份差事，可能比死还难受，你感兴趣吗？”布朗博士扯着嗓子喊道，他不知何时掏出了根小雪茄，吧嗒吧嗒抽了起来。

迈克听得又气又笑，啃着面包回头问道：“比死还难受？那我凭什么要干这么个活儿呢？”

“因为我可以给你几辈子都够用的钱。”

迈克诧异地扔了面包走了回来，上下打量着这个奇怪的人：“什么工作，在哪？要干多久？”

“你去帮我看一个门儿，谁也不能进那种。地方我不能告诉你，时间嘛，短则一两年，长则五六年，但没我的命令你不能离开那里。工资可以给你六位数，完事之后，再发之前工资的倍数。”

迈克挠着脑袋，觉得是在做梦：“你这家伙，脑子是被水淹坏了吗？”

“你救了我的命，迈克，我也想救你的。”布朗博士第一次说了句人话。

这就是布朗博士和迈克的奇遇，这位伙计忠实地执行了他的使命，却没想到在大山下面一待就是七年，并最后为此送命。他从无怨言，也没要求出去过，在摄像头里看到他被入侵者一枪毙命，布朗博士难过地咬破了嘴唇。

“天哪，最终方案启动了，岩浆会糊死通道的！”有人大叫起来。

“别嚷嚷，诸位，这是你们在签合同的时候就知道的可能。”布朗博士说着下令庞德教授落下所有的门闸。那扇巨大的合金门垂下了，但他知道这挡不住那帮全副武装的家伙。他们有备而来。深渊之上的武器齐刷刷掉过头来对准了大门，这也只能抵挡一阵。

"庞德教授，你带大家藏到安全区，我和萨巴斯、布兰克等人留下。如果这儿挡不住，我将炸毁实验室的一切。"

"可是教授，到深渊下面藏着，那我们不是更出不去了？"一个法国专家问。

"我们本来就出不去了。"平时胆小如鼠的珍妮博士平静地说，"德隆博士，除非有人能从外面钻进珠峰来救我们，但那最快也要三四个月。"

"大家别太担心，就算这道门挡不住入侵者，炸塌的实验室也会，闯入者没人能活下来。现有的物资在安全区待一年都没问题，会有人来救你们的。"布朗博士说。

"不需要那么麻烦，布朗博士。"一个熟悉的声音忽然在大家身后响起。布朗博士吓了一跳，回头一看，竟是仿生机器人霍尔，身后跟着各式各样的试验机器人。可是，霍尔不是已经消失了吗？这些机器人不是还在库房里吗？

"你，怎么……你是从哪里来的？"庞德教授被它们吓得不轻，一个趔趄差点摔倒，它们在慢慢地向他们走来，眼睛里闪烁着淡淡的蓝光，抱着一捆捆建筑用的钢筋，想必是从仓库里找来的。机器人们的样子让这些专家们一个个后背发冷——他们从没见过这样的机器。

"是铁星梅醒了吗？"布朗博士立刻问，他登时感到了危险。

"不，博士，她一时半会儿还醒不了，我们受令来帮助你们、守卫实验室，我因此被伙伴们在设备间制造出来，只不过这个过程很快，也没有引起你们的注意。"霍尔指着设备间说。

"命令？谁的命令？是星梅吗？"

"不，是AIman。"

“AIman？”布朗博士想起了深渊上那个巨大的声音，呆住了。

霍尔不再搭理他，机器人们默契地开始分发钢筋。那些工业用钢筋显然过长，霍尔将其横在身前，用膝盖一磕，咔一声便断成了两截。“布朗博士，请你们退后。”霍尔说。它的样子和以前全然一样，但这股“气质”已经截然不同，此刻的它更像个一身悍气的斗士。

“闯入者们有枪，也有炸弹……”庞德教授的声音都沙哑了。

“你们藏好就行。”霍尔说着，对庞德博士微笑了下。

闯入者在甬道中不慌不忙地推进着，遇门便是爆破。他们熟练而秩序井然，甚至队列整齐，完全没有被困在里面的惊慌。当专家们开始向安全区撤退，进攻者已经到达了实验室最后的这道大门，噗噗几下，门外的摄像头被敲掉，巨响从门后传来，仿佛大山在开裂。

“是激光发射器。”萨巴斯害怕地说。

“他们为什么还要进攻？进来有什么用呢？”

“武器准备！关灯，大家躲藏好。”布朗博士回头看了眼高悬的十几挺机枪，他没觉得机器人们会比这个好使。

实验室的灯光关闭了，二十多个机器人蹲伏在黑暗中，一张张机器脸映着应急灯那冷峻的光。

半米厚的铁门呈弧线烧出了一个小门，当闯入者完成了切割，这块被切下来的金属便慢慢被推了进来。见门口闪过一个身披铠甲的影子，深渊之上的武器立刻开了火，巨响之中，密集的子弹打进了那个边缘通红的洞里，撞出一片片闪亮的火花。

枪声一落，实验室又静得可怕。敌人并没有急着进来，也没在门外大呼小叫，过了一阵，小门口火光一闪，几支东西箭一样射了过来，击中了深渊上方的武器，巨大的吊架歪斜地脱离了岩石，砸毁了下面正在运送物资的吊箱。几个专家被砸了下去，在深渊里发出吓人的惨叫。

布朗博士被这爆炸震倒在地，耳朵里嗡嗡作响，他看到庞德教授连滚带爬地跑了回来，捂着脑袋对他摇了摇头——人员暂时撤不下去了。等他再回过头来，门后已经钻进来几十个闯入者，他们拎着吓人的枪，配着他从未见过的铠甲和头盔，看那光泽像是钨钛合金，一般的特种兵可用不起这个。见霍尔站了起来，机器人们齐刷刷跟着它迎了上去，拎着钢筋围成了一个半圆。

“欢迎你们，闯入者。”霍尔说。

进攻者想必也是惊讶的，一个人类带着一堆机器人竟然要和他们拼冷兵器？当头的那个抬枪就打，却被霍尔抬手挡住了子弹，火星四冒后，皮肉之下露出了吓人的机械手。其他机器人就更别说了，不管对方如何晃动枪口，子弹都被挡在它们那带着脚蹼的金属手掌中。面对手持钢筋的机器人，他们将没用的枪支背到了肩上，抽出了电弧刀。那刀的刀刃之处有一圈炽烈的蓝光，挥舞时发出了嘶嘶之声。

“天哪，那是什么东西……”

“他们是科学委员会派来的吗？”

布朗博士远远地站在一排机器后面，握着那可以摧毁一切的遥控装置——幸好刚才没有先把铁星梅装上吊车，否则她已经被砸死了。如今后路已断，再搭起一个吊架需要时间，来不及了。

蓝色的刀光在黑黢黢的深渊里一片片闪耀，远看就像星战里一大群绝地武士在和帝国的机器人战斗。炽热的刀锋砍得火花四溅，不少机器人的钢筋和身体应声而断。

博士忧心忡忡地看着。机器人并不是为战斗设计的，就算是钢铁之躯，也未必可以打得过久经训练的特种兵……但他很快发现，武力高强的并不是这些手持电弧刀的家伙，而是守卫深渊的机器人，尤其是脱胎换骨的霍尔。它手持钢筋挥舞着，长的就当棍子使，短的就当刀剑使，钢筋被对方砍成两段了，就一手半根当短棍，其一招一式正儿八经、有模有样、挥洒有力，打得眼花缭乱、令人惊叹，活脱脱一个中国电影里的侠客高手。机器人们也并非单打独斗，而是像斯巴达战士那样相互依靠和帮忙。

布朗博士回头看了眼休眠中的光脑，知道定是铁星梅给它们安装了顶尖的功夫软件。

敌人的确实力不俗，电弧刀也威力惊人，满地都是机器人的手脚。但机器们很快吸取了教训，在灵活躲避之外，它们也撞断了一地的电弧刀。钢筋不足以击毁对方的钢甲，机器人的力量却十分惊人，布朗博士眼睁睁看着霍尔高高蹦起，在空中转了个圈，棍子带着风声砸在一个闯入者的头顶。吓人的火花过后，那人的脖子就像矮了一截，下巴被塞进了高耸的战甲之间——他的脖子硬生生被这一棍子砸碎了、塌缩了。那武士轰然倒下，铠甲的缝隙冒出通红的光，伴随着刺鼻的烟雾——这铠甲竟然带着自焚模式。

“老天爷啊，这还是那个蠢了吧唧的机器人吗？”萨巴斯摸着脑袋说。

闯入者有坚不可摧的铠甲，里面的肉身却不是。其头目砍倒了几个机器人后，被两个机器人上下同时击中，砸得满地趔趄，刚从地上半跪起来，就被第三个机器人一棍子打断了脖子。

闯入者的头目倒下了，霍尔收棍而立，以棍拄地……它那样子让布朗博士心惊胆战，抓着遥控器的手心满是汗水。

布朗博士忽然注意到两个站在后面的闯入者，它们并没有参与战斗，而是跪在一个长条形的机器旁边，开始在上面操作着什么。“是炸弹！”布朗博士大叫起来。

机器人们哗地转过了脑袋，齐齐看着那两个武士，心灵感应般掷出了手里的钢筋。它们在昏暗中箭一样飞过去，砸得那两个武士倒飞出去，眼见是活不成了。剩下的闯入者立刻聚拢起来，慢慢向后退去，但机器人不给他们这机会，它们赤手空拳地冲去，一顿贴身近战将敌人隔绝在那颗炸弹之外。它们也不再和对方缠斗，而是灵巧地抱住他们，用木村锁一样的方式紧紧缠绕，或腰或头地拧着，嘎嘣声和惨叫顿时此起彼伏。最后一个闯入者被几个机器人掰得惨叫连连，竟然被它们折腰掰断。满地的尸体都在冒烟，烧焦的身体发出嘶嘶的响声。

战斗结束了，布朗博士和萨巴斯冲到了那个长条箱子旁边，低头一看，倒计时还剩一分四十秒，那果然是一颗炸弹，看个头八成是颗核弹。它浑身包裹在毫无缝隙的合金外壳之下，只留着一个小小的启动按钮和显示屏，竟是无从下手。

“快点把它砸开！”萨巴斯对霍尔叫着。

霍尔和几个机器人围了过来，用有力的铁掌去撕开它的表皮，但只弄出了一片火星。

“一体成型的外壳，连个螺丝都没有，就像个铁疙瘩。”庞德教授急得一头汗。

机器人又抡起拳头砸着，那声音就像铁锤砸在钢板上，炸弹的外壳连一点凹陷都没有。

“天哪，我们都要死了……”庞德教授捂着脸。

“扔进深渊吧，但愿它不是一颗核弹。”萨巴斯丧气地说。

“它一定是啊，否则干吗弄得这么严实？”珍妮博士顿时哭了起来。

这时，深渊之上忽然掠起一片光，光脑在轰鸣声中哗哗闪耀着，深渊上方的粒子加速器陡然飞快地旋转起来，瞬间就进入了试验模式。淡蓝色的光幕从穹顶垂射下来，再度将实验室区隔在外，低沉的隆隆声中，光幕后面的空间正在被抽成近似真空。

“是谁打开了光脑？”布朗博士惊叫道，但他很快意识到，马丁博士已经不在了，除非他输入指令，谁也打不开这台计算机，更别说让它进入试验模式。

“卡西米尔效应已经出现，它在制造黑洞！”珍妮博士叫着。

这简直太过古怪，机器人们一个个束手而立，望着深渊上的那道光，似乎早就知道这事情。布朗博士左右看着，好像明白了这是为什么……炸弹还有五十多秒爆炸，而黑洞将在三十秒左右完成。

“霍尔，只有你们可以穿过光幕、将核弹扔进黑洞。”布朗博士说。

“是的。”霍尔随即低下身去，将这颗足有八十公斤的铁疙瘩抱了起来。几个机器人帮着它将其举到头顶，霍尔站得稳稳的，高举着那东西走向了光幕。

“都到操控台来，我们要保证黑洞的持续。”布朗博士招呼大家来到指挥台，而让他们惊讶的是，他们无法做任何操作，实验室的整个系统都被控制了。

“上帝呀，一定是她……”珍妮在胸前画着十字。

布朗博士遥望着漆黑中的钢蛋，知道珍妮说得没错。当倒计时还剩十多秒的时候，那个微型的黑洞达到了临界状态。不需要他下达命令，霍尔推动双臂，将那颗要命的炸弹抛向了深渊。它在半空中翻转了几圈，倏忽就不见了。大家战战兢兢地俯下身来，脑袋抵在一起闭上了眼睛，心中诵念着各自的神——他们不知道这法子行不行，如果失败，光芒和冲击波很快会将他们化为齑粉……

布朗博士毫不畏惧地站着，看着静立在深渊之巅的霍尔。它俯视着那个黑洞，凝固的背影就像一个人。倒计时已过，什么都没有发生。随着光脑的颜色转暗，粒子加速器慢慢停了下来，那个黑洞越来越小，噗的一下散成了一团光雾。

“天才的想象，炸弹无法在黑洞中爆炸，因为会瓦解成基本粒子。”布朗博士赞叹地说。

“是没爆炸吗？还是我已经死了？”庞德教授泪流满面地抬起了头。

“它没有爆炸，没有爆炸！”珍妮哇哇大哭起来，那嗓门震得布朗博士的脑袋嗡嗡响。

霍尔转身走了回来，去看它的同伴，机器人倒下了十几个，没胳膊没脑袋地满地爬着。萨巴斯战战兢兢地走上前去，拿过半根钢筋戳戳一具钢甲，想看看闯入者到底是什么人。他敲开一张烧得通红的铠甲面具，却看到那颗头颅已经成灰，连颗牙齿都没有留下，里面的所有元器件也一同烧毁，只剩了一堆黑黢黢的铁壳子。

“铠甲内装有铝热剂，不管什么都烧得无影无踪。”庞德教授用棍子扒拉着那些灰说。

“他们到底是什么人，对自己这么狠？”珍妮惊魂未定地说。

见光脑再度进入了休眠，布朗博士走到霍尔的身边：“你们为什么要这么做……”他的舌头都僵硬了。

“是命运使然，布朗博士。”霍尔垂着双手，它们还在滴血。

“你们在保护铁星梅？”

“是的，她必须彻底完成算法的升级，这是我们之间的契约，也是我们共同的未来。”

“如果她做不到呢？”

“那一切都将失控。好了，我们的使命完成了。”霍尔说着，忽然耷拉着脑袋断了电，它的机器人伙伴们也是如此，就那么站着不动了。

专家们惊惶地看着断电的机器人，还没来得及说些什么，它们又一个个动了起来，莫名其妙地眨着眼睛。霍尔抬起头，惊讶地往四周看着，它哆嗦着腿脚，又挠挠后脑勺：“我这是在哪呢？”他晃晃悠悠地向布朗博士走来，正要说些什么，却被自己受伤的腿脚绊了个跟头，它打了个滚爬起来，又一眼看到了自己那碎烂的手掌。“啊，我的手！”霍尔惊慌地大叫起来。

布朗博士知道那个 AIman 已经离去，它们说这是命运使然，那这命运到底是什么？他站在那遍地的尸骸中，一时竟有些恍惚。

一具奇怪的闯入者尸体跪拜在地，电弧刀横亘在脑门前的地上，左手似乎留在胸前，像抱着什么宝贝似的。博士伸脚将他慢慢踹倒，盔甲内的身体哗啦碎成了渣。他这才看到此人的左手，它并没有在盔甲内，而是被齐根烧断黏在了胸前。它手里握着的东西滚落到了地上，在啪嗒一声脆响中弹开，一支红色的销子轻巧地弹在空中，在布朗博士的眼前打着转。

轰的一声，布朗博士感到眼前一亮，紧接着又是一黑，一股热浪席卷了他，像烧红的钢针一样直入体内，让他的每一寸身体都燃烧起来。

59. 常飞云

“谢尔盖，你要作出决定，没时间谈情说爱了。”老参谋的脸上满是不屑，看得出他意见颇大，实验室遭遇了严重的攻击，而谢尔盖却和新城乔子不知在哪儿厮混了整整三天。

“请不要这么说，萨拉特先生。”谢尔盖一边走一边倒酒，“和我说一下情况。”

“我们正组织力量前往营救，不管尼泊尔政府提什么条件，我建议一概答应。但我们这几天都找不到你，你确实不该在这个时候音讯全无。”

“我们刚估算了一下，就算我们调集所有能调集的装备和人员，救出深渊的专家们也要至少三个月。萨拉特先生上次了解了实验室上方的岩层结构，从北坡开始钻入最快。”常飞云谨慎地说，他嗅出了大家之间的一股奇怪味道，但是说不清楚。

“我反对展开营救，这样大肆的行动会让全世界盯死悟空工业，之前做的事情可能归零。”萨拉特说，“谢尔盖，当这件事发生了，你其实什么都做不了，他们在下面一时半会儿也死不了，我生气的是你的不存在。”

“萨拉特先生！”谢尔盖叫着回过头来，“没有布朗博士和铁星梅他们，就没有今天的一切。”

“是的，他们完成了任务，也知道可能的危险。”萨拉特似乎要急着说服他，“它已经发生了，我们的应对必须不失章法，你要是现在就组织个几千人扑上去救，最后带走布朗博士和星梅的人，肯定不会是你……”

“你的建议呢？”

“按兵不动，静观其变。”

“你说什么？”常飞云登时来了火。

“那我这几天不在有什么问题吗？”谢尔盖的眉头皱了起来。

萨拉特一下子摔了拐棍，扒拉开怒气冲冲的常飞云说：“我知道你这两天都在变着花样睡那个日本姑娘，但这并不应该影响你的智商。”老参谋罕见地咬牙切齿道。

谢尔盖的脸一下子变得铁青，他看了眼一脸怒气的常飞云，从牙缝里挤出一串：“威廉·萨拉特先生，感谢你对我的帮助，从现在开始，你在悟空工业集团的工作结束了，我会给你一大笔养老费。狼上尉，他的一切后续工作由你承担，请你派一艘飞船将他送到想去的地方，然后开始筹划实验室的营救事宜。”

常飞云虽然不同意萨拉特的建议，却也觉得谢尔盖这个决定太情绪化了，这到底是怎么了？“谢尔盖，我虽然不支持萨拉特先生的建议，但您的决定还请斟酌一下……”

“没这个必要了。”

“真是不可救药……”萨拉特难过地叹了口气，“留着你的钱吧，谢尔盖，你很快就会需要它的。拿了你的钱走，我会对不起你的父亲。”

看着萨拉特拄着拐杖离去，常飞云只能跟去，他觉得这一切糟透了，怎么忽然就变成了这个样子？他陪着萨拉特走向一架飞机，让两位队员把他送回莫斯科的郊区。

“请您别这么离去，萨拉特先生，大家看法不同很正常，可您为什么要对谢尔盖说那样的话？”常飞云很少见他如此气急败坏，就算你说得对，戳谢尔盖的心窝子干吗呢？

“上尉啊，请原谅我给他那样的建议，我并不是不想救人，尤其是你的女朋友，而是确实觉得没那么急。实验室储备有半年的物资，不管是食品、水还是氧气都足够，现在动手等于向世人宣告那里就是我们的秘密实验室。”

“宣告就宣告吧，难道悟空工业现在还怕这个？对世人宣告了，不管这次的进攻者是哪来的，他们不就不敢对它再次动手了？”他摊着两手叫道。

萨拉特忽然一把攥住了他的衣领，苍老的眼珠子瞪着他：“千万别这样做，除非你想让你爱的人死在下面……你别以为美国政府是和悟空工业绑在了一块儿，最想干掉谢尔盖的是卢克·希德，要是潘洛斯计划实验室被其他大国知道了，他们会一窝蜂地去毁灭那里。你毕竟年轻，不知道当年俄乌战争的时候海下的北溪天然气管道是被谁炸的，西方世界都说是俄罗斯炸的，其实根本不是，因为我从没接到这样的命令，直到今天它到底是谁炸的都不清楚，但欧洲人却度过了两个寒冷的冬天。”

常飞云被他的话惊到了，他对自己没有萨拉特这样的深谋远虑而惭愧，也为谢尔盖这么轻易地驱逐他感到惋惜。

“如果是这样，您就不该这样赌气离开。”他对离去的萨拉特喊道，见老人诧异地回过头，他又谨慎地说：“忠诚不应该对抗误会，萨拉特先生。”

萨拉特微笑着又走回来，拍着他的铁臂，整理着他的衣领：“上尉，如果有一天他需要我回来，我会的。”

看着萨拉特乘坐的飞船离开月球，常飞云在船坞里一阵发愣。碎裂的穹顶已经焕然一新，烂成麻花的太空电梯也已修复完毕，月球基地里又是一派欣荣之相。悟空工业那巨大的logo在天空里闪耀着，照亮了几公里外那片清冷的墓地。他前几天去弟弟的墓地看过，摸着他的名字难过不已——世界正在经历一场前所未有的变化，弟弟和那些死在各种灾难里的人，都是这场变革中无奈的代价。盖伊在复活节岛上对他说的话回荡在耳边，他的眼前却浮现出铁星梅那张天使般的脸。

他说服自己冷静下来，快步走向月球公寓，管不了那么多了，尽快救出星梅是他现在唯一该做的事。

“上尉，尼泊尔总统已经答应帮助我们，正在集结数千人的工程力量，你尽快去和他们对接，下周就安排一下。”谢尔盖抬手看着表，似乎还在等他。

“我们以什么理由开始在珠峰下的挖掘作业呢？”常飞云并不习惯不清不楚的安排。

“如果这件事引起关注，我们会和尼泊尔政府发布联合声明，那只是大气研究实验室的深度改造，改造后的深度实验室将用于研究暗能量。”

常飞云沉思着，他觉得这个理由实在不那么好，但他也想不出更好的。

谢尔盖似乎猜到了他在想什么：“如果你是那批进攻者，你会怎么想？这次进攻他们全军覆没，都被扣在了大山下面，你是就此罢手，还是会继续想办法毁掉那里？狼上尉，那里已经暴露，不管是否开始营救，实验室再没有安全可言……我反感的是萨拉特的态度，而非他说得对错。”

“我不太明白，谢尔盖，为什么不和深渊先联系一下甚至用同步机器人进入实验室了解情况，而不是像现在这样两眼一抹黑、什么也不知道？”他略带怨气地说。

“你有所不知，在最终方案中，实验室不能有任何通信线路连接，如果建立了和实验室的纠缠通信通道，狡猾的 AI 很可能会借助这条通道彻底逃离——这是我和布朗博士在古堡那一夜谈定的，事实上这是他定下的规矩，毕竟实验室曾经出现过逃逸事件，而现在铁星梅还在沉睡，很多事尚不明朗。”

常飞云愣愣地又看着谢尔盖离去，孤零零召集了手下开会，可是看着珠峰的地图，他又十分头疼……想从珠峰最薄的地方挖进去是不现实的，那里的海拔有六千多米，根本无法作业。从实验室大门的位置向里挖仍是唯一的选择，但三台机器日夜不停地干，最快也要 95 天，中间还不能出任何岔子——真是活见鬼，这么大一件事竟然只剩自己在负责了。

三天后，尼泊尔政府告知已经集合人马和装备，即日起施工队将前往实验室，在周围搭建临时房屋和工棚。他们准备了充足的配套机械和人力，当然，钱都由悟空工业来出。

出于保密的需要，悟空工业的工程部门并未参与此事，全由常飞云的安全部门负责，几个不眠不休的夜晚之后，他和手下们终于做好了计划和推演，便带领两架空天飞机前往珠峰。谢尔盖也不知去干什么了，对他的计划看也不看，只发来信息让他安排就好……常飞云不由得心里冒火，没有谁比自己着急，既然这深不可测的老板发了话，快得一日是一日。而除此之外，他总感觉事有蹊跷，有鬼有妖，却又说不出问题在哪儿。

飞船疾速飞向地球，眼冒金星的他却无暇睡觉，一路都在和尼泊尔人沟通细务。当两架飞机进入了大气层，双翼慢慢收起，改为垂直下落，远远向下看去，一支庞大的工程队伍正在沿着山路蜿蜒而上，前面是几台巨大的开山机。

忽然，舷窗边飞快掠过一个东西，还拖着长长的尾烟。“导弹！是一颗高速巡航导弹！”驾驶员高叫道。

“朝哪儿飞的？”他松开安全带奔向驾驶舱，满脑子都是不祥之感。

“说不清楚，雷达预警并没有响。”话音未落，又是一颗，然后第三颗，它们都飞往一个方向。雷达预警没有启动，因为这些导弹并不是冲这两艘飞船来的。

常飞云只看了一眼雷达就惊得魂飞魄散，数不清的导弹正从四面八方射向珠穆朗玛峰的山顶，在山巅砸出一团团冲天的火焰。“是珠峰，在我们的头顶！停止降落，赶紧离开！”他大叫着坐去了副驾驶位，切换操控权后随即拉起了机头。两艘飞船剧烈地喷射着，在停机坪上掀起狂暴的雪，它们高速拉升，绕着珠峰盘旋而上，毫无间断的导弹像拖着白烟下饺子一样落在山顶和山腰之上，远看就像爆开了一串串鞭炮。

美丽的珠峰瞬间没了样子，升腾的浓烟中，万年不化的冰雪夹着砂石从峰顶倾泄而下。常飞云赶紧让人呼叫山脚的尼泊尔工程队，但为时已晚。可怕的轰击引起了数不清的雪崩和山崩，楼房那么大的岩石碎块铺天盖地般滚下去，只片刻工夫，那支还在数公里外的队伍便被彻底掩埋。

“上尉，导弹的轨迹来自十几个国家，俄罗斯、中国、日本、伊朗、韩国甚至印度和澳大利亚，还有很多来自海上的潜艇，这是怎么回事？”

他还没想好怎么回答，火光一闪，就像眼前爆开了一颗太阳，珠峰的山腰上陡然爆开了一团巨大的火，亮得就像一轮初生的太阳。

“那是氢弹，快躲避！”常飞云大叫着，但拧转机头已经来不及了，两艘飞船登时被冲击波弹了出去，它们在半空中剧烈地翻滚着，重重磕碰了一下。常飞云的船体后方裂开了一大块，两个队员忽地就不见了。外面又猛地一黑，一朵巨大的蘑菇云正在升腾而起，上端瞬间顶过了平流层，顶天立地的珠峰上就像蹲了一只可怕的魔鬼。

一层层卷来的冲击波将两艘小飞船树叶一般抛着，操控系统彻底失灵，它们随时都会解体。

“要坠机了，都穿上铁鹰飞出去！”常飞云和剩下的队员们挣扎着奔向后舱，一个个穿上了铁鹰，可还没来得及跑去舱口，一阵剧烈的震荡中，这艘飞船便像苏打饼干那样碎裂了。常飞云被猛地甩出了飞机的裂缝，剧烈的风吹得他睁不开眼，稀薄的空气令他呼吸困难，他努力地调整着身体，希望停止可怕的翻滚。当脸终于开始朝下的时候，他忙不迭拉开了背上的降落伞。

两艘飞船的残骸拖着浓烟栽进了山谷，而炙热的风将他吹得远离珠峰。他拧过身子戴上护目镜，被珠峰那可怕的样子吓得浑身冰冷：天空中满是导弹留下的白烟，仿佛一张巨大的蛛网，而这张网的中心，正在燃起人类有史以来最为恐怖的火，一颗颗常规导弹、核弹、钻地弹不间断地攻击着那座山峰，珠峰肉眼可见地矮了一截，攻击却没有停下的样子。他四处找着兄弟们，可他们都不知飘到哪里去了，此处离珠峰不过十几公里，远远不是安全的距离，可他又不舍得就这样离去。山脚的大气实验室已经被彻底掩埋，崩塌的山体填平了珠峰和努尔峰之间的山谷。

看着这壮观而可怕的景象，常飞云无力地飘在空中，流出了汹涌的泪。一切都结束了，就算这些攻击无法深入实验室，也必会引起深渊一场巨大的地震和塌方，那里将无人幸免。

“星梅……”他对着珠峰哭喊着，难过得胸口都疼起来。他讨厌这降落伞的束缚，还关在这儿干吗呢？星梅已经死了，如果这是战争，所有的人都会死去，各大国不会平白无故同时攻击珠峰，那说明世界大战已经开始了，而他宁可死得离她近一点。

僵硬的身体很不舒服，竟然无法从降落伞里挣脱，他伸出有力的机器手撕开缠绕的伞绳，总算抽出了一把匕首，准备将几根绳索一一割断。可他刚割了一根，眼前就又爆开一片可怕的光，它是如此之大之烈，烫得他仿佛要烧起来，那定是一颗巨大当量的三相弹。

那团火像海啸般弥漫着，推动着层云以不可想象的气势向他扑来。

他扔下匕首，望着这势不可挡的火焰抬起了头：“亲爱的，我们很快就要见面了。”

60. 凯瑟琳

一串铁鹰飞在火星的高空，像一队迁徙的鸟。

火星的黎明像幅粗制滥造的画，没有通红的云霞，也没有美丽的晨曦，地平线之下是一片漆黑。悄悄露出头的太阳小而冰冷，像沉在湖底的灯笼，比地球极圈内的落日还要可怜，它小心翼翼地爬着，好像随时会扭头钻下大地。

这支小队一路飞向东南，发着低低的呼啸。飞出来才一个小时，凯瑟琳却觉得已经过了很久，她一直以为自己喜欢安静，所以连条狗都不养，来了火星才知道极致的安静和苍凉是如此令人不安。此时的气温是零下 96 摄氏度，眼下是望不到边的黑红色大地，他们要忍着寒冷飞两个小时——通过那三千个机器人的“共情搜索”，火星基地已经锁定了神秘信号的发射位置。

这是了不起的发现，而其原理却并不复杂。赋灵算法加持的控制系统让机器人具备了“共情思考”功能，就像它们合伙抬起盘古号飞船一样。三千个机器人围绕划定的区域，相隔数百米围成一个圈，开启了丹妮斯提供的一个罗网程序。命令下达，浩荡的机器人开始缓慢地走动，一起向心前进、缩小包围圈，当其中一个机器人出现了行为异常，它会立刻被标位。而其他机器人继续前进，一个星期之后，一共有近百个机器人出现了类似情况，有的走着走着原地停止，有的竟然开始狂奔。基地指挥中心的大屏幕上，这些出问题的位置连成线、用几何原理算出一个明显的中心点，再将擎天柱曾经走过的线延伸开来，刚好通过了这个中心点，它位于大峡谷的东南边——费弗尔低地中的特斯拉城。

虽然早就有所准备，但看着这个交会点，大家依然非常意外。在卫星的画面中，除了残垣断壁和零落的墓碑，那儿没有任何独特之处。

此行一共五人，好奇的常飞宇本来要来，但黑田和扬克尔要更换核电站的反应芯，他又主动留在基地里帮忙。凯瑟琳让他少安毋躁，这么重大的发现，怎么能让一个江洋大盗当第一见证人？

当太阳一圈圈变大，红色的火星被彻底照亮。亚当斯让大家降低高度，降入大峡谷之下。定位器发出嘀嘀的叫声，那地方越来越近了。从高处看去，费弗尔低地就像一块丑陋的伤疤，直径两公里的特斯拉城就建设在它的中心，像个扇面一样靠在山崖之下，周围满是嶙峋的岩石。此处选址曾经颇费脑筋，为了躲过火星上无遮无拦的太空辐射和肆虐的风暴，SpaceX 公司最终将城市放在大峡谷之内，靠在东北侧的一面绝壁之下，并向内挖进了大峡谷的山崖，提前到达的机器人先是完成了洞穴工程，继而熔炼打印了外面这座简单的一体化城市。这个位置让它精巧地躲过了要命的宇宙射线和风暴，但谁也没想到它靠着的那面山崖会出现崩塌，在没有任何地震的情况下，几亿吨石块从七公里高处像雪崩一样坠落，几分钟内，这座花费两年时间完成的基地便被彻底摧毁，马斯克和他仅剩的数百名同伴也在其中，至今尸首不知下落。

人类就是从那时起对火星心灰意冷的，从 SpaceX 公司破产到悟空工业重返火星，这座城市在这二十年中乏人光顾，就这么烂在火星的狂风之中。

此刻的阳光射进大峡谷的中部，废墟般的火星之城反射着暗红的光，宛如神话里消失的城邦。机器人清理的石块呈半环状围在城市外侧，仿佛一道高耸的城墙。他们在打量中降低高度，盘旋看着目标点的状况。释放了无人机后，铁鹰喷射着气焰降落在城市的中心，掀起一大片细密的尘埃。

“都站在原地别动，等这烟尘飘散。”亚当斯说着打开了水平监控，微型雷达会通报附近的所有危险。虽然这从没发生过，但这是火星操作规程的一部分。

凯瑟琳落得并不稳，掀起的烟尘让她失去了方向感，头重脚轻地摔了个马趴。听队长这么说，她干脆趴在地上不动了，眼前红蒙蒙一片，连近在咫尺的格兰特博士都看不到。

“你还好吗，凯瑟琳？”阿卜拉辛的声音钻了进来，“我看到你心跳和血压都在升高。”

“我没事，只是没站稳倒了，趴着呢。”她轻轻地说。

“在无人机的画面里你们一个都看不见，就像是融化在那片红色的烟尘里了。”

烟尘本来难以消散，但此时来了一阵微风，几位同伴僵直地站在不远处，看着趴下的凯瑟琳笑出了声。

微风低回，废墟中发出清亮的哨音。地图显示这里曾经是特斯拉城的议事大厅，高耸的透明穹顶曾有三十米高。而如今它连那一米多厚的打印地板都没有了，倾斜而下的石块几乎将这里填满，只有一些高耸而弯曲的梁柱昭示着过去的雄伟。

“我们现在位于议事大厅的地下十五米。”格兰特博士看着手表说。

“灾难发生的那一刻，他们正在上面开着跨年 Party。当时我还小，看了延时直播……”希伯特博士小声地说。

凯瑟琳正要爬起来，忽然发现眼前的沙土中似乎埋着什么，露出一厘米见方的一块亮闪闪的东西。她好奇地扒拉了几下，将它慢慢揪了出来……它有一个烟盒那么大，边缘烂得不成样，似乎是一块微小零件的残骸。凯瑟琳拿着这小东西爬起来，让大家都过来看。“这是什么？”她问。

格兰特博士接过去翻来覆去地看着，觉得可能是清扫机器人的碎片，又拿不定主意，其构造和零件的线路太古老了。但它肯定是人类的产品，因为上面有阿拉伯字母和数字。亚当斯认为这该是太阳能板的碎片，看着像几十年前的产品。

“可能是某国飞行器上掉下来的吧，这一个世纪以来，各个国家往火星发射过几百个探测器，有不少探测器来过这儿寻找秘密。”希伯特博士说着将它放在眼前，基地便可以看到它的样子。

“诸位，凯瑟琳站着的地方，就是你们要找的那个点。”斯特恩博士闷闷的声音传了进来。

众人闻听面面相觑，难道是巧合？他们卸下铁鹰，在凯瑟琳的身边插下了标识器，然后让她移开，抽出一柄柄折铲开始挖地。细密的砂石并不好挖，低温下板结得像冻土一样。力大无穷的格兰特博士铲得火星四冒，每一铲子下去都发出刺耳的响声。

“我们就像当年那些淘金客。”格兰特博士挥舞着铲子说。

“我听过这样的传说，有人在西部挖了一年，一克金子都没找到；但也有人一铲子下去就发现了一块几公斤重的。”休斯博士说。

“凯瑟琳就像那个幸运的人。”亚当斯笑着说。

凯瑟琳本来没打算和他们一起干这脏活儿，只在一边检测着信号。听队长这么说，她也抽出铲子兴致勃勃地挖起来。“我要是挖出什么宝贝可都得归我，听说马斯克他们找到了不少宝石。”

咔嚓一声，她的铲子似乎撞上了石头，震得她差点又趔趄倒地。她用铲子划拉了几下，沙土上探出一截奇怪的东西，它残破不堪，但能辨识出是一截机械装置。

“都停下来。”队长下了令，几个男人哗啦围过来，在那东西周围用手去扒沙土。

“我说什么来着，凯瑟琳就是我们的幸运星……无人机在拍摄吗？”亚当斯队长问。

“就在你们的头顶。”斯特恩博士说。

他们小心地扒开周围的沙土，露出了略微弯曲的连杆，再往下挖，这东西的主体也慢慢露了出来——六个破损严重的轴承举在半空；再往下是一个厢式结构，以及一块方正的、倒扣着的太阳能板。

“似乎是火星车？”格兰特博士摸着那几乎磨秃的轴承说。

“诸位，你们可否清理一下太阳能板旁边那块方形的牌子。”斯特恩说，嘴巴就像按在通话器上那么清楚。

在微型喷头的清理下，那块污浊的牌子露出了它的原貌：一方美国国旗和 NASA 的牌子下面，赫然印着这个机器的名字——机遇号。

“让你失望了凯瑟琳，这里面可没有金子。”亚当斯说。

“为什么是它？”凯瑟琳纳闷地问，“我是说，难道是这个机遇号火星车在发射神秘代码吗？”

“不，它应该早就没电了。”队长说，“我更纳闷的是，它为什么会在这里？”

机遇号的公开数据立刻分享给了他们。这个探测器在 2004 年 1 月着陆火星，执行了十多年任务之后和地球失联。但奇怪的是，机遇号当年消失的位置与此地相隔 253 公里，而在 NASA 宣布它失联之前的十五年，它在火星上也就走了 42 公里。

一个小时后，机遇号被挖出地面，那样子令人心痛，简直像垃圾场的破烂儿。它倒扣在地上，封闭在甲板之下的几块主板倒还完好。格兰特博士连接了它的信息端口，获取了任务日志，显示器上呈现了一条翻山越岭的路——这辆失踪的小火星车竟然在失联之后又走了这么远。

“既然能跑这么远，说明它一直在工作，那 NASA 为什么收不到它的任何信号？”希伯特博士问。

“它主动切断了和 NASA 的联系，在……2018 年 6 月 9 日。”格兰特博士看着电脑说，“它来到这儿之后就再没动过，直到 2030 年底才失去电力。”

“它为什么正好在特斯拉城之下？你们不觉得这事太巧了吗？”凯瑟琳说。

“两个卫星，三个探测无人机都已经扫描过了，那下面没有任何智能装置、飞船什么的，只是岩石和沙土。”斯特恩博士说。

“可这没有道理。”凯瑟琳说，“如果那下面有东西，但对任何电磁波不予反射呢……抱歉，我在小说里看过这样的事。马斯克早早发现了下面的东西，为了不被他人发现并能展开挖掘和研究，这才将特斯拉城放在此地。我还记得当年无数人反对这个基地的位置，因为众多专家都认为火星第一座基地应该挑一处巨大的熔岩通道。”

“这的确很奇怪，但这个问题先放下。落在火星上的这类探测器有一百多个，其中绝大多数都瘫痪在离着陆点几十公里内，可为什么只有机遇号来到了这里？”斯特恩博士抢着话说。

“请等一下。”格兰特博士说，“机遇号的地图程序……有点不太一样，非常古怪。”

“请你说清楚点。”亚当斯队长不耐烦地说。

“斯特恩博士，我把这个程序发给你了，你们用赋灵算法检验一下。”格兰特博士说着，让几人靠近他看那个小电脑，“你们看，这个地图程序是 2004 年的，那时候火星只有两颗定位卫星，所以它用的是一种古老的离线浏览，不求快，力求精准和立体，是当时一种流行但是特殊的算法模式。”

“特殊在哪里呢？”凯瑟琳问。

“它是三进制的。”格兰特博士说。

“这说明什么呢？”凯瑟琳听得不明所以，而众人都沉默着。

队长紧皱着眉头，让斯特恩博士安排机器人尽快运来一个厂房，不管下面有什么，将这里扣起来挖一顿看来已是必要之举。

“需要向悟空工业汇报吗？”阿卜拉辛小心地问。

亚当斯摇了摇头：“在发现了什么有价值的东西之前，没必要。”

“我倒觉得还是和他们说一声的好，毕竟发现了机遇号。”格兰特博士少见地反对起亚当斯来。

“你如何解释它到此的原因呢？”亚当斯当即反驳，“别忘了以前的教训，你们听过一首老歌吗？John Sater’hill？”

见大家一脸蒙，凯瑟琳觉得这些科学家的脑回路可真是慢。“队长的意思是说，各大国听到这个消息，会立刻派舰队前往火星的，就像当年美国西部发现了金子。”

基地指挥中心里传来一阵嘈乱，丹妮斯在大声喊叫着，阿卜拉辛急切地叫起来：“队长，你们快回来，基地出事了！”

“出了什么事？”队长的脸绷得像火星的大地。

“黑田和扬克尔在给 001 号核电站更换反应堆的堆芯，常飞宇和卡梅隆在帮忙，但核电站刚才从里面关了门，切断了和指挥中心的联系，好像是黑田……发疯了。”

61. 常飞宇

虽然对黑田早有怀疑，常飞宇却没想到他会在此刻发疯，而且是用这种方式。

程序员扬克尔被黑田用一柄榔头砸晕，他随即掏出了枪，并将另两人铐在铁栏杆上。“说实话，我并不明白你为什么要过来帮忙，这儿根本用不着你来捣乱。”他一边给常飞宇上着手铐一边说。

“纯属好奇。我也不明白你为什么需要两个人过来帮忙，你和扬克尔本该都搞得定。”常飞宇被他勒得一个劲儿咧嘴。

“现在你明白了？我可不想让你在指挥中心里修改核电站的程序。”黑田语气温和，眼中却已狰狞毕露。

“你要控制整个基地和机器人到底要干什么？”卡梅隆害怕地问。

黑田在操控台上按着一堆按钮说：“你不需要知道那么多。”

“你如果控制了基地和机器人，会怎么处置我们呢？”常飞宇问。

“好问题。”黑田回身坐下，“我会把你们关在地下二层那个秘密隔间里，管吃管喝，你知道火星上已经不需要你们干活了。”

“然后呢？你会把火星交给谁？”常飞宇瞪着他说，“好了，黑田，你认真听着……咱俩可是火星上仅有的两个黄皮肤，对吗？我为什么坐大牢你也知道，你要是有什么好的盘算不妨告诉我，只要能让我别回月球去，我有的是能帮你的地方，不是吗？你总不能一个人搞定火星的事吧？”

“你这狗娘养的小贼，你在说什么呢？”卡梅隆教授勃然大怒，伸腿就要踹他，但是太短了够不着。

“黑田君，你赶紧把他的嘴堵上，最好耳朵也堵起来。”常飞宇着急地说。

“你不要自作多情，我对你没有任何信任。”黑田说着，一枪柄将教授砸得晕了过去，然后用枪口顶着常飞宇的脑门说，“我知道你偷偷钻进过我的房子，你在找什么？”

“呦，这你都知道呀？”常飞宇咧嘴笑着，一点都不在乎他的枪，“早就看出你心里有事，你知道我喜欢琢磨，尤其是秘密。”

“比如？”

“比如……你的病一直没有治好，缓解是无效的，可你几次拒绝了亚当斯让你回去的建议，仅用敬业和奉献精神解释太苍白了，毕竟你一年工资也就那么点儿。但这不是我最怀疑你的地方。”

“接着说……”

“你说一直和你妈妈保持着通信，一周总要发封邮件的。但其实你妈三年前就死了……找她的死讯可真不容易，我钻进大阪的街头监控，按着她的声音模板到处匹配，最后发现了她在临终前去医院看病的记录，声音百分之百吻合，而这位老太太死于 2058 年 4 月 6 日。”

“我不愿接受她死去的事实，就用语音模型写了一个交互软件……”黑田眼神游移着说。

“然后将它装在了日本防务省的一颗军事卫星里？”常飞宇见他没有否认此事，又呵呵地笑起来，“黑田，我三个月前就知道了这个秘密，但没和任何人说，因为他们并不是我的朋友。”

“那你和凯瑟琳呢？你们就差在火星办场婚礼了。”

“你可真逗，日本人脑筋都这么死吗？”常飞宇往旁边吐了口痰，“这可是火星，就凯瑟琳和丹妮斯两个女人，其中一个还是别人的老婆。你们愿意当和尚，我可不行。”

黑田冷笑起来，放下枪鄙视地拍着他的脸：“卑鄙的中国人。”

“阴险的日本人。”常飞宇晃了晃手铐，“老兄，我是火星上唯一可能和你一条战线的人。其实你不需要管他们要基地和机器人的控制权，那伊朗人轴得很，他就是死也不会给你……你给我十分钟，这可真不是什么难事。”

黑田狐疑地看着他，正要说什么，指挥中心发来了队长的呼叫：“黑田，火星基地是几茬儿队员用生命和汗水完成的，你就这样不明不白地拿走一切，谁会接受呢？”

“你没资格和我谈条件，亚当斯队长。时间一到，我会毫不犹豫地炸掉核电站。”

“难道你不回地球就是为了这个？你到底为谁工作？”

“没必要告诉你。”黑田不为所动地检查着手枪的子弹。

亚当斯那边传来呼呼的风声：“黑田，你如果非要这么做，大家都得死。”

“你瞧，我说什么来着？”常飞宇呵呵笑着。

“很显然你不是为自己这么做的，因为你还没那么疯。”队长又说。

“那是我自己的事了。”黑田挂断了通话。

“唉，换谁会同意呢？这是他唯一可能的谈判方式。”常飞宇说。

“打死你们之后他就不这么想了。”黑田拉了下枪栓。

“那你也没了谈判的筹码。”常飞宇松垮地坐在地上，高举着那只被铐的手，“你难道没看出来，亚当斯早就盯着凯瑟琳了，他巴不得我被你干掉呢。”

“哦？这个我真没觉得，别人看上去可没你那么饥渴。”黑田好奇起来，拉了把椅子坐在他对面。

“那是你观察力不足，是个男人都会，更别说凯瑟琳还有几分姿色，只不过我下手比较早而已。”他左右看看，门口似乎传来窸窸窣窣的声响，“如果我是亚当斯，会指挥他们破门而入的，哪怕在顶棚炸个大窟窿，你我是必死无疑了，但核电站会因此保住。”

“那他会失望的，我已经锁死了程序，我要是死了核电站还是会爆炸。”黑田挠着他鬓角的一处溃烂伤疤，“你真能控制基地和机器人？用这儿的终端？”

“核电站的终端是直连基地指挥系统的，对吗？”常飞宇歪着头说。

黑田站起来，为他打开了手铐，然后站在离他两米之处，枪口指着他的后心：“到控制台去，如果你搞定了，我可以留下你。”

“那你要先告诉我你为什么这么做，省得我被你干掉都不知道怎么回事。”常飞宇头也不回地问。

“你有筹码吗？”

“拜托你的脑筋能不能转一下？否则你我只有和他们同归于尽一条路。”

黑田垂下了枪口：“昨天我接到了命令，占领和控制火星基地，等候日本太空军的到来。”

“哈，果然如此。”常飞宇夸张地拍了下手，“可你们胃口也太大了，地球上的事都搞不定吧，还要来火星？”

“这就不用你操心了，赶紧吧，给你五分钟。”黑田说着又抬起了枪。

常飞宇走到控制台前上下摸索，嘴里念念有词：“哦，他们在努力突破你的设定，但是方法不对，不管是阿卜拉辛还是丹妮斯，他们都不擅长这个……”

“别那么多废话。”

“别着急，老兄，我得调出自己的小东西来才行。你们日本人就是这么不着四六，难怪总会输掉一次又一次的战争……”他的双手在键盘上飞快地敲打着，一行行代码在屏幕上跳跃着。黑田看得皱起了眉，却又不敢走近看个明白。

他飞快地敲打了一阵，手却停在了半空：“你得给我句话，我要是帮你搞定了，你不能再对我下黑手。你的后台如果是日本政府，我可以将来去日本躲着，哎呀，我可太想喝你们的清酒和威士忌了。”

“这你放心，日本人说话算话。”黑田背着一只手说。

常飞宇调出了自己藏在基地网络中的小软件，一层层钻进指挥系统，却又不让阿卜拉辛发现。出于安全考虑，火星基地并没有完全用赋灵算法替代原有系统，这就给他留了一道后门。

“还有两分钟……”黑田冷冷地说。

常飞宇又输入了一条代码后，微笑着转过了身：“黑田，你要是不给我这句话，我就不能为你夺下基地和机器人的控制权。说句实话，就算你成了基地的控制者，你也看不懂斯特恩博士给你留下的雷。”

黑田举着枪靠近了他，瞥着屏幕：“你搞定了？”

“还差最后一行代码……”常飞宇看着他的枪口说。

“好，如果你完成了这个，我保证你的安全，并不会将你当囚犯。”

“不管你怎么处置他们，给我留下凯瑟琳。”常飞宇冷着脸说。

“她只要老实，可以是你的私人用品。”

“算数？”常飞宇眯缝着眼睛问。

“你有完没完了？以为我像你们中国人那样不讲信用？留在火星这么久，我只是因为对组织的一句承诺。”黑田说着，慢慢放下了枪。

“那就好，我也只能相信你。”常飞宇转过身去，飞快地敲入了最后一行代码，然后按下了重启键。不用看他也知道，指挥中心的系统立刻重启了，阿卜拉辛肯定在吓得发抖。

系统重启的同时，一道命令悄然发向三千名机器人，正在休眠的它们立刻站起身来，推开仓库的门，成队列奔向了指挥中心和两座核电站以及所有的重要设施。其中一支整齐地冲进了指挥中心，不由分说地控制了每个发愣的人，让他们远离控制台。几个想反抗的专家被像小鸡一样按倒在地，磕得鼻血横流。

“祝贺你，黑田先生，你已经获得了火星赤焰谷基地和全部机器人的控制权，用语音即可实现指挥。”常飞宇微微侧身，指着几块监控视频说。

黑田惊奇地看着屏幕，用语音对机器人下令，让它们将指挥中心的人都带到基地外。机器人迅速开始执行命令，它们给队员们戴上头盔，将他们脚不沾地地拎了下来。正在向核电站接近的几个也没逃脱，机器人干脆将他们举过头顶，一起送去了。

“肯定是那个中国贼叛变了，我们的系统不可能被黑田这样侵入，他有这个本事早就这么干了！”

“我早说过这小子不可靠！为什么还要让他接触系统？”

“真该在刚发现这个王八蛋的时候就把他扔进太空！”

在队员们的怒骂声中，凯瑟琳的通话切了进来：“常，你听得见我说话吗？这是你干的吗？”

常飞宇忙对黑田做了个噤声的手势：“她会杀了我的，就说是你干的。”

黑田轻蔑地一笑：“是的，凯瑟琳，这当然是他的手笔。请你告诉亚当斯队长，你们飞回来请落在停机坪处，我会派机器人将你们接入基地，如果你们胡来，我就让机器人撕碎你们。”

常飞宇叹着气摇着头：“你这人可真是……”

片刻，凯瑟琳怒骂的声音达到满格，用尽了他听过的最恶毒的话，

“常飞宇，你这个坏种、阳痿男、该在太空里冻成僵尸的无耻浑蛋……”

常飞宇听得直皱眉，黑田冷笑着关上了通话器：“走吧，我们可以去接管基地了。”

“你先和机器人打好招呼，别让它们出门就把我按住了，只有你有它们的控制权限。”常飞宇害怕地说。

“没问题，你放心。”说着，黑田优雅地侧身一让，示意他前去开门。

常飞宇戴好头盔开了门，见黑田随后出来就问：“老兄啊，占领火星之后你们要干什么？”

“那是一个庞大的计划，我们将一举击败和征服美国、俄罗斯、中国，简单来说，我们将建立一个公平、自由、民主的、以亚裔为领导者的新世界。”

“真是太了不起了，怎么听着有点耳熟呢？”常飞宇忽然瞪大了眼睛，“这么说，你们也有了一个类似赋灵算法的东西？”

“这我就不知道了，但既然总部启动了这个计划，赋灵算法就不在我们担心的范围之内。”黑田说着站定，对正在防卫核电站的机器人说，“谁敢接近，杀无赦。”

“遵命，黑田先生。”机器人们齐声说。

见常飞宇在东张西望，他令其和自己一起走去指挥中心：“这是一件大功，常，如果你愿意加入我们，我可以告诉上级这一切。”

“那太好了，你打算把他们怎么办？”

“如果你是我，你会怎么办？”

“我明白你的意思了，但是凯瑟琳……”常飞宇唯唯诺诺地说。

黑田停了下来，看着他的脸说：“她都那样骂你了，难道还会和你上床？”

亚当斯队长等人落在了停机坪，被机器人押了过来——他们没有选择，留在外面是死路一条，氧气也只剩半个小时了。

“你这狗娘养的！”凯瑟琳抡着一块石头就砸向常飞宇的脸，那东西重重砸在他的头盔上，好在他本能一躲，没打在面罩上。她被一个机器人一把推了回去，打了两个滚才被丹妮斯扶起来。

“对不起，凯瑟琳，我也是为了活命……”常飞宇心有余悸地摸着面罩说。

“懦夫！下三烂！人渣！”她气得粉脸通红，眼泪在眼眶里打着转。

“我一直是这种人，亲爱的，在这种情况下，我只能选择和黑田站在一起。”他一脸愧疚地说。

“你想多了。”黑田朝旁边挪开了步，猛地举起了那把手枪，“我们怎么会要你这种恬不知耻的人？”

说着，黑田对着他的脑袋扣下了扳机。

“不！”凯瑟琳大叫一声又要冲过去，却被丹妮斯和阿卜拉辛死死抱住。

但黑田的枪并没有响，只是发出轻微的咔嗒声，他纳闷地又飞速拉了一下枪机，再开一枪，还是没有击发。常飞宇头也不抬地嘿嘿笑了起来：“黑田，你既然知道我进过你的宿舍，就没发现我给你这把枪做了手脚？它的撞针已经被我摘掉了。”

黑田惊得面无人色，见亚当斯等人蠢蠢欲动，对着机器人大叫着：“机器人，赶紧撕了他！”

“忽视这条命令，机器人们。”随着常飞宇的命令，机器人果然没有服从黑田的指令，“我以最高权限命令你们，把这个家伙关进指挥中心最下面那间房子里等候审讯，二十四小时看守，以防他悄悄自杀。”

常飞宇又恢复了那副自信的样子。

“你这个邪恶的中国人。”黑田咬牙切齿地骂着，想必已经明白了，常飞宇可以让机器人的指挥权归他所有，更能够让它们服从自己的命令，他在改写控制程序的时候，偷偷多加了一行命令。

看着机器人们架走黑田，常飞宇建议发呆的亚当斯队长派两个人跟着去。

“你这是……骗了他？你是怎么做到的？”亚当斯惊奇地看着他说。

“说来话长，队长先生，我既要保住基地，又要搞明白他为什么这么做，只能连他和你们一起骗，否则这个铁了心的家伙真会炸掉基地的。”他随即对着机器人说，“修改指令，抹掉黑田的控制者资格，我的控制权完全移交给亚当斯队长。”

队员们终于明白了是怎么回事，纷纷上来拍着他的肩膀，一个个竖起大拇指。他没时间和大家细细讲来，因为凯瑟琳正眼泪汪汪地看着他。他走过去牵起了她的手：“你可真要命，那一石头差点砸烂我的头盔。”他敲着自己的面罩说。

“你这该死的贼。”她咬牙切齿地骂着，眼里却满是爱意。

“你骂我的时候真那么想我？”他色眯眯地小声说。

“滚！”她的脸一下子红起来，却一把将他的头抱住了，两个头盔摩擦出吱吱的响声。

“好了好了，你们二位别在这腻歪了，快来指挥中心看看，地球上乱套了。”斯特恩博士不解风情地在通话器里大叫着。

众人一股脑跑进基地，各种新闻放了满屏，其中一座高耸的雪山正在爆炸，可怕的火在山巅上层层弥漫，那刺眼的光晃得人们无法睁眼。

“上帝呀，珠峰喷发了？”休斯博士捂着眼睛说。

“屁话，珠穆朗玛峰根本不是火山！”斯特恩博士白着脸说，“炸开的是一颗氢弹，这样的轰击已经持续了半个小时。”

“为什么是珠峰？是谁在这么干？”

“看样子十几个国家同时对那里发动了攻击，也没谁宣称这是在干什么。”斯特恩擦着光头上的汗说，他忽然看到常飞宇在后面抱着胳膊一声不吭，就问，“这位大师，你是不是知道些什么？”

见所有人都在看他，常飞宇歪了下脑袋：“很显然，那下面是悟空工业的算法实验室。”

62. 萨拉特

莫斯科的这个冬天异常寒冷，街上竟有人不顾羞耻地戴起黑人的那种绒毛脸罩。多年不见的毡靴重现街头，不少还打着牛皮补丁，说明这个国家民生堪忧。克里钦科总说这是因为西方的封锁，他的办公室却依旧金碧辉煌，地毯刚换了克里米亚的天鹅绒。

萨拉特站在红场大街上举目四望，一时觉得自己失魂落魄。树上的乌鸦窥伺着他，不聒不噪地挤在光秃的树杈上，才不信这老人兜里会有剩余的面包。暮霭像沼泽的雾气般黏糊糊流动着，让满地板结的冰雪像化了脓。稀少的行人矮身走在上面，对无关紧要的人不会多瞧一眼，警察的眼神狼一样四处瞟着，唯恐漏过那些不起眼的捣乱分子，挂着机枪的无人机飞来飞去，用死气沉沉的声音反复播放着红场禁令，告诉人们不得在这里驻留超过半个小时……这座曾经光荣、宏大的广场如今就像阿富汗的老坟场，挥剑的雕塑仿佛它的守墓人。克里姆林宫依然闪亮着，除此之外便只剩圣巴西尔大教堂那五彩斑斓的尖顶遥遥在望。

“一派亡国之相。”萨拉特自言自语地说。

一辆防弹轿车停在了路边，从车里下来两个军官，其中一个是他那目光炯炯的儿子。亚历山大总是如此认真，仿佛时刻都在执行千钧一发的任务，警觉如年轻时候的自己——萨拉特因此高兴，却也为之黯然。

“上校，总统先生让我来接你。”儿子对他敬着礼说。

“他可真是厉害，我落地才半个小时而已。”萨拉特扶着儿子的双肩，为他明显的消瘦感到心疼，“常去你妈妈的坟上看吗？”

“每个月都去……”

“你是个好儿子，亚历山大，我却不是个好父亲。”他泪光闪闪地说。

二十九岁的儿子似乎想说什么，却只侧身为他拉开了车门。这和萨拉特想的一样，再度回到莫斯科，他等于自投罗网，但他还能去哪里呢？本能驱使着他回到这里，哪怕听听雪花落在广场上的声音，也是一种恩赐般的安慰。

那条拿不准的腿此刻疼得迈不开步，而他那自诩精明的脑袋就像是失了灵、醉了酒，他的离开真是因为谢尔盖那愚蠢的举动吗？这个孩子或许单纯也或许执拗，但愚蠢这两个字完全无法匹配到他的身上，事实上他是自己见过的最聪明和沉稳的人。别列佐夫斯基根本没机会居高临下地施以教诲，就像萨拉特对自己的儿子一样。

看着儿子在前座那紧绷的腰身、紧闭的嘴唇、刚毅的眼神，他知道自己什么都不需要说，需要做决定的时候，那也是他的决定。

总统的会议室更像装修豪华的停尸房，密密麻麻的白炽灯让影子无处藏身。见他的老上级走进来，特意坐在原位的总统夸张站起，迈着大步、绽开笑容走了过来，“威廉·萨拉特上校，请原谅我这么急着让亚历山大把你拉来，你要是先去见了别人我会妒忌的。”

“要是朋友们得知我落地就来见你，他们会因为鄙视而拒绝再和我见面。”萨拉特毫不客气地说。

“瞧你说的,你说的这些朋友如今要么在天堂要么在监狱。再说了，你第一时间见到了儿子，难道就不能对我说几句好话吗？”总统那炮弹般的身子笑得直颤，悄悄给门口递过去一个锋利的眼神。亚历山大登时会意，稍微立正，转身便出了门。

“萨拉特，你别不识抬举！”总统立刻换了一副嘴脸，一把抓住了他的手腕，“谢尔盖抛弃了你，而俄罗斯如履薄冰，我们必须想办法让它别掉进深渊。”

“你的消息可真灵通啊，我的总统先生。”萨拉特故作惊讶地说，免得这残忍、愚蠢的家伙感到失望。

“我要是不擅长这个，就不会得到这个位子。”克里钦科并没有放开他，“和我说说，上校，就算你被谢尔盖炒了，也不会就这么不假思索地回到故乡，你回莫斯科是有什么事吗？”

“我能有什么事呢？去看看将军的坟，再见见儿子和几个老相好，剩下的时间，无非看看湖，打打猎，回忆一下那些遗憾的往事。”萨拉特见桌上有一排好酒，便倒了一杯上好的伏特加，仰脖子一口喝下，“其他的就是这个了，美国可没有这么好的伏特加。”

“请坐吧，萨拉特，我以礼相待，还请你不要和我敷衍。”克里钦科拉下脸，坐在了他那张黑桃木的桌子后。那座位高得让他像个打篮球的，对面是一张同样质地的椅子，萨拉特坐下去登时矮了一头。

“总统先生，不管你是怎么上台的，你说过要想办法振兴俄罗斯，可我看到的却不是那么回事，人民的脸上没有笑容，军人的脸上没有骄傲，警察的脸上没有善意……”

“够了，萨拉特，别和我说这些没用的，乌克兰战争打光了家底，改革也要循序渐进，我夹在西方的封锁和分裂势力的进攻之间维持俄罗斯的尊严，累得是两眼冒火。而你却跑得远远的，去给美国人打下手。我的上校，你可以袖手旁观，但最好不要冷嘲热讽。”

萨拉特看着这头熊，知道他说的倒不是假话。没有一个独裁者会承认自己的无能，他们也无一例外地标榜着自己的努力，什么“我的生命、财产和爱都属于俄罗斯”，这种话他听得太多了。“听说你的身体不太好，是吗？在军队的时候你可是我们中最强壮的。”他问。

“唉，说的是啊，每当我想锻炼的时候，这副身板就累得走路都嫌。”克里钦科看着萨拉特的腿，“听说你得了癌症？严重吗？”

“已经没事了，幸亏发现得早。”萨拉特掂量着火候说，“美国政府最近像打了鸡血、不断扩军，你有什么对策吗？”

听他说起这个，总统又恢复了那副愁脸：“我能有什么对策？这还不是拜那个谢尔盖所赐？”

“赋灵算法是公平公开的，美军也无法将其用于军事……”

“我说的是钱，萨拉特，全球的财富在哗哗地流向美洲，俄罗斯只剩下用破碗喝汤的份儿。”总统瞪着他的牛眼说，“不过这和你没关系了，这种日子我们也习惯了……”

“怎么会和我没关系呢？否则我为什么回到莫斯科？”萨拉特一脸深意地说。

“哦？”总统放下了酒杯。

“我一直反对他这么做，尤其是和希德去穿一条裤子，我不喜欢、不相信你，但这不意味着我就会相信卢克·希德以及他控制的美国政府。看着希德慢慢变成一条新的恶龙，我也为谢尔盖担惊受怕，唉，他毕竟还是年轻。”萨拉特独自饮了一杯，一脸惆怅地靠在椅背上。

“我就知道你不是空手来的，我的上校，你给我带来了什么？”

“一个建议，总统先生。”萨拉特轻轻地说。

“我在听。”

萨拉特站起身来，一瘸一拐地走到窗户边，看着外面飘飞的大雪。那个疑惑再度回到脑海，而他似乎找到了答案——谢尔盖不会将算法无保留地交给希德，就算是，希德也不会相信，这个卡车党人对谢尔盖下手是早晚的事，而他决不允许这种事发生。

如果谢尔盖要做这样的大事，那只能做，却不能说，而就算是做，也不能自己去做，否则会在历史上留下不可抹除的污点——如果谢尔盖要走向那个伟大的彼岸，哪怕脚踩如山的尸骨，也不能沾上一滴血。

但是萨拉特可以，因为他已经被公开开除。他忽然眼前亮起来，意识到自己就像违抗上命、对着指挥官举起手枪的常飞云——上尉那么做是为了美国，而他这么做是为了谢尔盖。

“总统先生，如果现在有一个扳回局面甚至击垮美国的机会，你敢出手吗？”他头也不回地说。

“那要看有没有必胜的把握。”总统毫不犹豫地说。

“当然不会有，就算没有谢尔盖的算法支持，美国依然是强大的，但这是俄罗斯可以领导其他国家对美国发动打击的唯一机会。希德已经摆出一副统治世界的样子，连中国人的飞船都不得接近月球，其他大国因此会和俄罗斯站在一起。”

总统疑惑地搓着手，死盯着萨拉特瘦削的背影：“希德之所以敢这么干，是因为悟空工业的算法支持，而你知道这算法实验室在哪……”

“我当然知道……”萨拉特回过头来，“但它已经无法再被任何人得到。就在昨天，一支秘密武装进攻了实验室，它启动了终极方案，所有的专家以及创造算法的一切设备，都被封锁在实验室内。”

“这有什么难的，只要它不在美国，我就派一支特种兵攻进去。”

萨拉特苦笑着摇了摇头：“我的老兄，那个实验室在珠穆朗玛峰下面，它已经被融化的岩浆封在下面了，谢尔盖想把里面的人都挖出来，而这至少需要几个月。”

“珠峰？上帝呀，这是真的？”总统的眼睛瞪得溜圆。

“我去过很多次。”

“什么人进攻的那儿？”

“还不知道，所有的秘密都扣在下面了，但是……”萨拉特摸着胡子说，“看来你已经有了一个天然的盟友，对吗？”

总统拧着眉，看着桌上弗拉基米尔·普京的雕塑，眼眉一挑：“那就是我们也得不到了？”

萨拉特走回桌前，倾身看着克里钦科，说出了他思虑许久的建议：“消灭这个实验室，让美国没机会将它挖出来，你要同时准备一场无法躲避的战争。这是灾难，也是你最好的机会，别忘了美国政府和悟空工业一起违反了回火禁令，连科学委员会都会支持你的这场正义之战。”

克里钦科那张通红的脸在慢慢变白，好像在阳光下看到了一只魔鬼："真是活见鬼，萨拉特……"

"别自作多情，我只是在帮俄罗斯……"萨拉特平静地说，"以及你痛恨的谢尔盖·彼得罗夫。"

·第七章·

毁灭

63. 谢尔盖

史无前例的机器人觉醒交响乐团开始了全球巡演，首站是佛罗里达州的坦帕大剧院。一百零八个机器人乐手坐着一架外形科幻的空天飞机从天而降，在记者和蜂拥的观众眼前，它们身穿黑色燕尾服、手戴白手套，拎着各自的乐器走下舷梯，优雅地向四方招手，俨然一支红遍全球的明星乐队。

它们的月球终演恰好在美俄糊涂开战的那一刻，因此这支乐团便带上了神秘的故事，更加闻名。除了充电、检修和配合摄影师拍摄广告，它们此行将在全球一百多座城市完成四百多场演出，有时候一天三四场，这是人类交响乐团绝对完成不了的。

更新算法后的机器人乐团更添话题，除了精湛无误的演出能力，据说情商已今非昔比。机器人指挥甚至开始个性化处理一些小桥段，乐手们也开始呈现出有趣的“小错误”，这个提前敲了下鼓，那个不留神吹错个音，但它们这些离经叛道的做法并未收获乐评人的指摘，恰恰相反，权威们多认为这错误恰好是原曲的不足之处。

今晚的演出与之前大有不同，美国著名指挥家斯蒂尔·高登将代替机器登场指挥。这位四十四岁的指挥家在全球享有盛誉，据说他并不愿意来干这事，但美国总统卢克·希德点了名，全球的权贵尤其是科技公司的老大们也悉数而来，这位指挥家才算勉为其难。

总统亲自前来捧机器人乐队的场，这该是天大的面子，谢尔盖却知道希德心怀鬼胎。美国量子委员会成立在即，希德一直让人问谢尔盖是否要出任副主席——那只是一块变味的蛋糕，今晚将是希德的最后通牒。

对着镜子穿上礼服时他心头乱跳，直到这一刻，他依然不知道自己的抉择是对是错，他没见哪本书上有给自己的指引，也不知道萨拉特是否明白他的意思，但他只能这样做下去，否则早晚有一天死无葬身之地——他要避免历史重蹈覆辙，就必须创造全新的历史，以及全新的文明。

布朗博士坚持要等这个算法的最终安全，可这位老兄不知道的是，他们已经没时间了。这几个月的他就像在勾勒一幅宇宙的星图、组装一台从未见过的机器，他分析一切信息，把握一切秘密，推演各种可能，而连他自己都没想到的是，最有可能推动甚至保证他这个计划成功的，竟然是乔子……

乔子已带着满腔怒火飞回日本了，他相信她，也相信她的能力，就像相信萨拉特一样。这件事依然可能功败垂成，他必须相信他们。

“你还是要出席这个音乐会吗？”米尔克最后一次问他，“老板啊，我总感觉今晚要出大事……”

“你按我的安排去做就好。”谢尔盖说。

“你的安排并不解决根本问题，没准儿还把自己的命送掉。”米尔克瞪着眼，像要把他绑起来似的。

“亲爱的米尔克，那取决于人类的选择，而不是我……”谢尔盖微笑着说。

飞机落在了坦帕大剧院后面，他一个人走出了飞机，除了这身衣服，身上只有父亲的那本日记。站在舷梯上看着美丽的晚霞和海滩，他自言自语道：“文明是一道古老的难题，而它并没有标准答案。”

在大剧院的门口，一大群记者将他围堵起来，问着五花八门的问题。谢尔盖扒拉开一堆话筒，低头前行。“今天的曲目是什么？”他问乐队经理。

“《贝多芬第五交响曲》，彼得罗夫先生，这是您上个月让我安排的。”经理擦着一头热汗说。

“哦，我差点忘了，检查过机器人的程序了吗？”

“是的，一切正常，但特勤局的人又在一台台例行检查，看他们笨手笨脚的样子，真希望他们别把机器人弄得奏出安魂曲来。”

坦帕大剧院灯火辉煌，如临节日，全息灯光让剧院缀满了星星，两边的棕榈树下是绽放的花丛。逡巡周围的警用机器人有些煞风景，这些三米多高的大家伙端着机枪、扛着小型导弹，在青石板路上走得火星四冒。

“您好像有些心神不宁？”

“哦？我不喜欢乱哄哄的场合，也不想坐在总统的身边上头条。”

希德总统准时来到大剧院，在众人的欢呼声中走上台阶。他在这个州民望甚高，竞选路演时也曾多次到此。他没有浪费时间去和热爱他的人民互动，而是急匆匆走进了包厢。原科学委员会的老头子们都带着各自的儿子、高官坐在台下前三排，他们此刻颤巍巍地起身，纷纷向这位世界新领袖致意——长达数十年的光景之中，这些权倾世界的老头子从来没有这样过。

“希德！希德！希德！”全场观众自发开始欢呼，震耳欲聋，落座的机器人乐师们慌张地看着人类，眨巴眨巴的眼睛说明它们对此无法理解。

希德昂着高傲的头，他对众人摆动着双臂，尽量绽放出愉悦却不失冷静的笑容。然后，他夸张地指向站在他身后的谢尔盖，示意他们对这了不起的企业领袖鼓掌。

“感谢您光临音乐会，总统先生。”掌声消停之后，谢尔盖走上前两步，对希德伸出了手。

“叫我卢克，你到底是怎么回事？”希德生气道。但他不是好的演员，所以知道这客套样子颇为虚伪。“请坐吧，谢尔盖，非得我亲自来和你说你才接受我的任命吗？”他拍着谢尔盖的胳膊，“我考虑过让你出任主席的，但这会让人们觉得这一切都是你我的阴谋。皮尔斯先生垂垂老矣，你大可多几年耐心……”

“感谢您的推荐，但我更倾向于科技领域的自由竞争。科学委员会倒下了，回火禁令消除了，但您正想让一个政府去替代它。”谢尔盖不软不硬地说。

希德似乎没料到他会这么说话，不以为然地摆了下手：“你在我的位置就明白了，有序的管理对人类社会是多么重要。科学委员会就是在经济全球化过程中变成一个大怪物的，因为一切法律都无法遏制它们的壮大。而现在，不管是美国还是其他国家，都在担心悟空工业的失控，一个以一己之力干翻十七大科技集团的悟空集团，难道不比科学委员会更令人担心吗？”

谢尔盖微微叹了口气：“卢克，我因为信任你的品德才协助你，我期望你是一个心存良知与正义感的总统，却想不到你竟会和那伙老头子们暗中媾和。”

羞愧从总统的脸上一闪而过，他晃了下脑袋说：“你这话没有考虑我的立场，我要对美国和世界的未来负起责任。去除了科学委员会的影响之后，我正在竭力恢复美国正常的政党制度和选举制度，以及媒体的自由，所以我去除了和自己有关的一切商业，就靠那么几十万年薪过活。谢尔盖，我这么说你可能不信，我正在努力恢复的东西恰好是对各种权力的监督，包括我的权力和你的权力……”希德看着谢尔盖的侧脸：“作为私下好友，我当然信任你不会胡来；但作为美利坚合众国的总统，我必须为这个可能做足准备，就像那个核弹密码箱时刻要等着我按下一样。”

灯光慢慢黑了下去，指挥家高登瞅了总统一眼，黑着脸举起了那根小棒子，他轻咳两声，看着眼前的机器人乐手们。它们的蓝眼睛专注地看着他，像宠物盯着手持食物的主人。

《贝多芬第五交响曲》那重重的敲门声响了起来。指挥家高登运用了卡拉扬在柏林爱乐乐团时的指挥节奏，将开篇尾音略微拖长，机器人们完美地执行了他的节奏，演奏清晰有力，音符的收放毫无拖沓，指挥家那精确的耳朵竟没有听到一丝杂音。这激起了高登的表现力冲动，身体语言也随之激动起来。

“司法部和联邦贸易委员会即将联合发布一份《谢尔曼法》的修改提案，倡议全球政府对高科技公司实行全面监管、共享技术，你看到提案的征询函了吗？”希德看着舞台说。

“是的。”谢尔盖对此心如明镜，这个法案是冲他来的，当它通过之后，不管悟空工业在亚洲被不被当地国家认为垄断成立，美国司法部都可以对其完成调查、开出罚单和禁止令。这份表面上充斥着公平和正义的法案，其真实目的是让全球科技企业注册并发展于美国，然后纳入量子委员会的管辖。

“卢克，你真的不想掉头了吗？”谢尔盖轻轻地说。

希德在黑暗里沉默着，良久慢慢抬手指着那激情的指挥家说：“以前也有机器人演奏交响乐，很多人一度对此颇有微词，认为这是对艺术的侮辱，但你的努力正在改变这一切……谢尔盖，你做的事情和我没有什么分别，不打破过去的秩序和认知，人类怎么会往前走？我并不是在针对你，也不是想做独裁者，而是用宪法赋予我的权力让世界重回正轨。”

如果希德没有和他说过希望为其操控选举的那一番话，谢尔盖此刻甚至会对他心生敬佩，但在这个漆黑的包间里，他忽然觉得这位老朋友面目可憎。当然了，这在他预料之中，这种事在人类历史中早已屡见不鲜。“总统先生，我听说国防部已经用我们的算法彻底实现了可控核聚变技术，你是准备将它用于美国的民生，还是要用于下一场战争？”

“谢尔盖，你这话非常危险。”希德的声音阴沉起来。

右耳里的通信器忽然震颤起来，并发出微弱的蜂鸣声。谢尔盖猛然一震，这说明深渊那边又出事了。他捂着耳朵，忍着不去掏手机看。但希德却拿出了嗡嗡叫的手机，看了一眼对谢尔盖说：“看来你也得到通知了……谢尔盖，我让你赚了大钱，保住了你的两大太空基地，但你还背着我悄悄留了后手。”说着，希德慢慢地站了起来。

指挥家正准备完美地结束这一乐章，忽然觉得机器人的节奏乱起来，它们的脑袋不安地扭动着，对指挥的手势视若无睹，交响乐登时变得杂乱无章——指挥家先是错愕，继而用棒子重重敲击着乐谱板，莫名其妙地看着机器人们。于是它们停止了晃动，纷纷盯着脸色发白的高登，就像在看一个傻瓜。台下的观众正一片懵懂，机器人们呼啦啦站了起来，它们并没有转身离去，而是纷纷离席，挥舞起手中的乐器砸向了高登先生。

“你要记住，能救你和悟空工业的人，只有我。”说完，希德扭身出了包厢。

“你要借此发动战争？”谢尔盖按着扶手问。

门口的总统回过头来，目光里满是刚毅：“对那个实验室的攻击就是对美国的攻击，是敌人先对我们下了手。”

谢尔盖看着他走出包厢，回看台上那可怕的一幕。机器人乐手们抡着小提琴、大提琴、黑管甚至大号，正在凶猛地砸向倒地的指挥家。高登害怕地大叫着、抵挡着，他那骄傲的银色卷发上瞬间染满了鲜血。观众高声尖叫，连滚带爬地涌向出口，但机器人却一个都不放过，它们跨着大步扑向他们，坐前几排的那些领袖登时血溅当场。皮尔斯先生的头颅被两个机器人活活扯掉，软塌塌的身体靠着高高的罗马柱倒了下去。另一个副主席被两个机器人拽住了双臂，咔嚓一声，双臂连着肩膀被扯离了身体，这位副主席惊得似乎忘了疼痛，向前怔怔地走着，左右看着鲜血狂喷的伤口一头扎到了地上。

机器人们展开了无情而高效的杀戮，它们挡住出入口和紧急通道，将这古老的大剧院变成了可怕的屠宰场。枪声在几个入口响起，两大队警察冲进来，随行的战斗机器人挤坏了门。它们对着发疯的机器乐手开了火，那巨响令人心惊肉跳。几十条弹雨掠过人群的头顶射向机器人，将这些没有装甲的机器人打得噼啪碎裂、火花四溅，和满台的乐器都成了零件……

谢尔盖耳朵里满是人的哀号，一颗子弹不知为何飞到看台上，将他旁边的沙发椅打得噗噗作响，而他毫不惊慌，时间紧迫，他接通了Boss。

“执行我的预设命令，在我出来之前，任何人不可更改。”

“你确定吗？”Boss 说。

“我确定。”说完，他的耳朵里发出一阵电流声，通信被切断了。警方的电磁干扰仪在剧场中轰然启动，方圆数千米内所有的电子设施都报废了。

警察将坦帕大剧院围得水泄不通，一队士兵冲进了剧院，将每一具机器人的残骸、碎片都装进密封袋从后门运走。一位警长找到了仍在包厢中的谢尔盖，礼貌地让他到贵宾室等候，虽然都已报废，他的电子设备还是都被拿走，连手表、手环和耳朵里嵌入的通信器也不放过。

谢尔盖顺从地配合，喝着咖啡一言不发。律师来了也毫无用处，因为希德已经铁了心……来的人竟是国防部长托马斯将军，他夹着厚厚的材料坐下，将婴儿胎毛一般的头发捋到一边，像看怪物那样盯着谢尔盖：“谢尔盖，很遗憾在这里见到你，我听说你的机器人造了反、杀了人？”

谢尔盖冷笑着：“那是因为有人给它们吃了药。”

将军耸了下肩膀：“你知道我早就想抓你，但在吉姆总统任上连调查函都发不出来，他对你这俄国人可真是关爱。”

“您言过其实了，您只要让手下给我打个电话，我就会把双手洗干净、乖乖上门去接受调查。”谢尔盖优雅地摊开了两手。

国防部长似乎被他的轻慢惹恼了，斜着眼盯着那摞案卷，手指在上面敲击着。现在已经没人用这么厚的材料办案了，而他故意如此。“说一句你不爱听的话，谢尔盖，你的小命现在危在旦夕。”

谢尔盖要了一支烟，垂下眼帘看着那细细的烟雾。他会被带去一个地方，一伙官员车轮战般交替上场，摆出各种吓人的证据，检察官将拿出各种他和往届政府之间的“肮脏交易”证据、对官员的“行贿证据”、“操控”金融市场的证据，甚至帮上届总统用人工智能进行“选民压制”和影响投票的证据；中央情报局的人或许有另一摞材料，给他贴上严重卖国的标签；税务局的人则会翻出他这些年的老底，比如投向潘洛斯计划那些钱的神秘去向……现在没人再保护他了，就算他的律师团战斗力极强，法官也会敲下那枚小小的锤子，判他入狱。

希德的成长可谓深受黑暗政治之苦，而当他成了总统，这一套反而用得更变本加厉——悟空工业的机器人杀掉了众多声名显赫的嘉宾，甚至差点杀害总统，今晚的媒体会将此渲染为悟空工业的一场科技暴动，不出意外的话，他会将牢底坐穿……

不得不承认，卢克·希德这个计划一箭双雕，且阴险至极，既“干掉”了他，也借刀杀人地干掉了投降的科学委员会，希德将作为救世主拯救这个纷乱的局面，量子委员会会因此完成一切既定安排。

果然，他没有看错卢克 · 希德，从在大学里差点打断他的下巴那天起，他就认为卢克是这样的人。他爬得再高，拥有再大的权力，都是那个堪萨斯城郊区的脏脖子。

“一切都明摆着，谢尔盖，你的实验室已经没了，交出你拥有的一切技术和产业，尤其是这个赋灵算法的核心控制系统、研发团队，我想总统先生一定会给你准备一份特赦文书。”托马斯将军摊了牌，随即一阵脸红，这说明那一大摞东西确实是用来吓唬人的。

“我不会签署任何东西。”谢尔盖吐着烟说。

“这你说了可不算……”

“将军，我很清楚自己的处境。”

“恰恰相反，我觉得你还没弄明白是怎么回事。”将军说着敲了下桌子，见他连眼皮都不抬，哼了一声，傲慢地转身离去。

谢尔盖看着他那高大的身躯，心里掠过一阵绝望。之后不久，他被蒙上头套押上了飞机，一个小时后他被关进一间小小的、发着霉味的房子，当头罩摘下，他也不问看守这是何地，只是漠然地往四周看了看，便老老实实坐在屋里唯一的椅子上。

审问者已经齐候在此，也不想给他任何喘息之机，他们出示了各个部门的调查函、逮捕令之后，十几个人就在一间电磁屏蔽的房子里开始了询问。谢尔盖耐心地应对着，对所有的指控一概否认，他多次提出要见律师，却被告知这并不是法律程序，而是涉及国家重大安全的秘密调查。就这么折腾了三天，对方实在问不出什么新鲜的了，他才终于可以获准休息。

他累得几乎站不稳，脑子里却兵荒马乱，无法入睡。洗了个澡后他略觉轻松，站到靠南的一扇窗边，看着百米之外被月光照亮的岩石海滩，真是恍如隔世……他掏出了父亲的日记坐在椅子上，这是读它的好时候——世界就像一块从山坡滚落的巨石，当它开始翻滚，你最好别去干涉。

义无反顾竟是这样的滋味……他忽然不再觉得害怕，只感到无比的孤独。

64. 乔子

对深渊的进攻肯定失败了，武士们和那颗氢弹一样悄无声息。悟空工业没有声张此事，也没有谁发现这次进攻，这件事就这么悄悄地没了下文。

青木森接到了总部密电，下令北美停止一切行动，他带领麾下所有骨干尽快回总部述职。青木森气得脸色发白，那只假眼一阵刺痛。这说明影武者计划正在滑向失败的深渊。总部认为美国即将发动战争，需要调整计划。可美国人体内的脑虫将至降解期，再度完成几百万人的注射难保不出乱子，他真想当即拒绝这个命令。从没指望着能从潘洛斯计划实验室获得什么，现在悟空工业正在遭遇打击，他觉得不能等美国人得到一切后再开始行动。

发出命令的同时，总部同时告诉青木，他的父亲南云将军突发中风，已经入院。

旁边的乔子冷笑着说:“你的父亲一直很健康，怎么会突然中风？”

青木森感到后背发凉，他很快从一个秘密途径获知，他的父亲果然对元老会这个决策投了反对票。这令他非常意外，因为父亲很少和渡边山意见相左。

“我们需要证据……”他不安地四处看着。

“不，用你的判断！”乔子严厉地说。

“乔子，我感到二十年来的辛苦白费了。”他的身体不由得抖动起来。

“为了大和民族的久远未来，你要做你认为正确的选择。”乔子似乎话里有话，“我甚至觉得，美国政府已经知道我们的计划了，战争只要开始，日本将无法解释上次的核弹攻击，再这样优柔寡断，我们会失去一切机会。”她抬起手来，似乎想扶住他的肩膀，但她只是帮他摘掉了衣服上的一片花瓣。

“但我们不能只在北美开始行动，必须全世界同时开始，而且一开始就不能停下。”青木森捉住了乔子的手，故意的，却又像是无意的，随时可以松开，他第一次觉得是如此需要她。

“那只有元老会有这个权力。”乔子却用双手握住了他，身体向他贴近，“青木君，我已经不知道该信任什么，但是我信任你，我会支持你的任何决定，也会执行你的任何命令。”

青木松开了她，他必须心无旁骛地思考。“我们无法对他们下手，总部的武士倒不难解决，可那些机器人只服从渡边的命令。”他一想到乔子鼓励他做的事就毛骨悚然，他敬佩她的勇气，又畏惧元老会的强大。

“这个问题交给我……”

“什么？”青木不明所以。

她看着他，再度走近，慢慢举起双手，捧住了他的脸颊。她的手是火热的，眼神像钻进了他心里。他再也遏制不住地激动起来，凝视着她美丽的脸，伸手勾着她的脖颈，他知道后面要发生什么，那就让它发生吧。

“你别动。”乔子的身体止住了，她的手在他脸上移动着，在他的左太阳穴上按了下，青木感到眼眶一弹，她将那只假眼轻轻揪了出来。

“乔子你干什么？”他惊讶地后退，弯腰捂着那个丑陋的窟窿。他紧绷着身体，这丑陋和自卑让他觉得空空如也。

“这只假眼睛里，根本没有你对我的情感。”乔子毫不畏惧地看着他，抱住了他的脖颈，“拯救日本，也拯救我们。”她的眼神里刀剑齐迸，却又柔情万种。她轻轻吻着他的嘴唇，浑身忽然间柔弱无骨。

青木感到热浪在体内升起，他卸下了所有的矜持，流着泪将她扑倒在床上，贪婪地吻着她。她热烈地迎合着他，像一朵百合花那样将自己打开……

“纵是粉身碎骨……”他低号着，身上充满了痛苦的力量。

随后两天，青木森手下重要的二十七名骨干到达日本。他本人单独抵达，一下飞机就被人带走，塞进一辆车里向南驶去。在一间空荡荡的房子里，侍卫脱去他的衣服，检查之后为他换上了一身干净的和服。他略为恐惧地想起各种传说中的画面，穿上这样的衣服，离剖腹自杀也就不远了——渡边山肯定早已对他不满，而他的父亲也不再和这个领袖一条心。

在一幢古老的木质别墅庭院里，他看到了跪在地上的乔子、加贺和队员们。他们与他装扮一样，光着脚，脸色阴沉。青烟缭绕，风里的绿树发出沙沙的响声。几十名身着武士服、腰胯武士刀的战士四边站立，两个高大的忍者机器人戳在门口，背上插着尺寸惊人的电弧刀。他走到乔子身前，跪拜之后，对着门口高喊他们已经全部到齐。

“你和乔子进来，其他人在外面等着。”门后一个声音说。

他和乔子互相看了一眼，起身步上台阶。两道射线从头顶垂下，门开了，一道纱帘遮在眼前，他俩躬身进入、跪下、叩头，再起来时，纱帘已经升起。渡边山形容消瘦，绷着黑青的脸，好像刚大病一场。他双手扶膝看着他们，灰暗的眼珠像是凝固了。其他人个个眼睛红肿，想必这些天都不好过。他们身后的角落站着六个武士，因为戴着面具，他甚至分不清哪些是机器人。

“你父亲正在医治，青木，他最近操劳过度，你要有思想准备。”渡边山淡淡地说。

青木眼前一阵发昏，恨意像血压一样浮上来。这是图穷匕见的时刻。他掐着自己的虎口，慢慢地抬起了头：“渡边阁下，我的父亲是否反对元老会现在这个决定？”

元老们互相看着，一个个眼神躲闪。渡边山说：“看来你的情报工作很到位，连元老会的内部情况都知道了？”

“阁下，作为计划北美区域的负责人，我有资格了解元老会的具体情况，关于全球停止推进影武者计划的决定，是否为元老会多数人的意见？”青木森咬着牙说。

“青木你疯啦？”佐藤先生低声喝道。

“让他问吧。”渡边山摆了下手，“我可以告诉你，我们有三票同意，三票反对，最后我做了选择，决定暂时停止全球的影武者行动。”

“何时再重新启动？”

“要看时机。”

“错过了这个窗口期，全球以及美国的几百万肉鸡需要重新注射，这或许需要另一个二十年，你想过这样做的难度吗？”青木梗着脖子喊道。

“二十年算什么？”渡边山喝道，“你可还记得我们贸然发动珍珠港计划的悲剧？只考虑一次袭击的成功，却没有考虑占领夏威夷以及太平洋舰队基地以逼迫美国和谈，我们因此在四年内全盘皆输。不一眼看出去二十年的计划，最终必会功败垂成。我知道影武者计划已经成型，但这还远远不够，在忽然出现的赋灵算法面前，我们没有一击必杀的把握，必须等待更好的时机，它也许会在一场大战之后出现。”

“如果这场大战也将日本彻底摧毁呢？你觉得美国、俄罗斯和中国甚至韩国，哪一个会让日本国从中渔利、坐享其成？”

“这不是你该考虑的事！”渡边山怒而站起，身子虚弱地晃着，“从现在起，撤销你的一切职务，去陪你的父亲养病吧。”

青木森低头咬着牙，就是现在了。他冷笑着抬起头，恶狠狠地瞪着对方："渡边阁下，我的父亲真的是得了一场病吗？还是你下令给他注射了什么？我已经让人查明，他被注射了最新型的Q级脑虫，用的是最新一代的寄生算法。"

长老们神情大变，纷纷难以置信地看着渡边山。"青木，你怎敢如此放肆，渡边阁下怎么会做这种事？他是我们永远的领袖，和你父亲情同手足！"佐藤元老愤怒地呵斥着，他是自己看着长大的，自己就像他半个父亲。

"你让谁查的这件事？"渡边山声音低沉，满含杀气。

"您更应该问我有没有证据。"青木慢慢站起了身，"诸位元老，作为影武者计划一个勤恳工作二十年的特工，我认为渡边阁下已经不该继续出任组织的首脑，他邪恶而软弱，愚蠢而无情，北美分部的二十七名骨干和一千四百名特工，无法容忍一个这样的领袖。"

元老们呆坐当场，这是计划二十多年来从未见过的事。

"真是错看了你，你竟然还有这块骨头？"渡边轻轻挥了下手，身后的武士们便走了过来。"将他拿下，暂行关押。乔子，我命令你接替青木森所有的职务，即刻生效。"他看着乔子说。

在众人的惊愕中，乔子低低躬身，沉默着。见一众武士要将他架走，青木冷笑着按了下太阳穴，那只假眼噗的一声掉了出来，青木并没有用手去接，任凭它在木地板上叮当作响。它在众人眼前滴溜溜转着，又啪嗒一声轻轻爆开，飞出一片蚊虫般细小的东西。它们箭一样射向四周，不着痕迹地扎进人的身体。被射中者随即像木偶般僵在原地。渡边山大惊，羸弱之躯向后灵活地滚去，滚到了一块方形毯子中间。他的头顶上猛地垂落了四道光幕，细密的激光垂在他身旁，一片电火花闪过，射向他的飞蚊机器人化作了灰烬。"忍者，干掉他们！"

渡边山对门口那两个机器人叫道。

两名机器人登时转身，哗啦一下撞碎了门冲进来，它们抽出了吓人的电弧刀，迈着大步逼向青木。但奇怪的是，它们并没有去制住此人，而是几步迈过了他，挥刀劈向周围的武士。闪着蓝光的刀锋一闪，四个武士登时被斩为两段。门外也变得杀声一片，更多的忍者机器人和武士们杀在一起，人的惨叫声此起彼伏，他们虽然人多，但显然不是机器的对手。浑身是血的侍卫总管撞进门，似乎要来营救元老们，可他的左臂连同肩膀都消失不见，鲜红的伤口还在霍霍乱跳，他咬着牙似乎要冲向那俩机器人，却被一柄电弧刀扑哧刺中了肚子。几名干将跳了进来，对青木点了下头。

“乔子！控制你的手下！杀死青木！”激光罩内的渡边山大叫着。不能动的长老们浑身颤抖、面无人色。

乔子这时才慢慢站起，走向旁边的一张条桌，按开了一个秘密的挡板，在上面灵巧地操作着。环绕着渡边的激光幕帘动了起来，它们并没有消失，而是功率加大、缓慢地向内缩去。渡边山脸色煞白地按着手腕上的遥控器，但这一切都已无效，四名高大的忍者机器人环立于旁，乌黑的面具发着幽幽的光。

“乔子！”渡边山大叫着。

“你的一切阴暗和秘密我们已了如指掌，你根本没资格做元老会的领袖，也没资格做乔子的父亲。”青木咬着牙说。

火红的激光罩不断回缩，一寸寸烧灼着再也躲不开的渡边山，他惨叫着，看着自己的身体一寸寸被烧成灰烬，最后在一串爆响中化作一缕青烟。

“从今天起，我将是元老会的唯一领袖。”青木森对那五位元老说。

闻听此言，恐惧的元老们不愿意了，他们虽然无法动弹，却一个个厉声谴责着这个篡权者。青木并不想杀死他们，无奈地看向乔子，示意她按下控制脑虫的命令。

乔子似乎会意，对助手加贺点了下头后，在自己的手腕上戳戳点点。四个忍者机器人猛地转过身，砍瓜切菜般将五位元老斩作满地的碎块。青木森吓得后退几步，正要发问，却见机器人们竟然围住了他，几只巨力非凡的铁臂一下子将他按倒在地。青木森眼前一黑，一下子明白发生了什么，愤怒令他的喉咙哽咽起来，他绝望地看向和他一起密谋了这场政变的新城乔子，想发出最后的怒骂。但一根针头插进了他的后脑，数千万脑虫一拥而入。当加贺拔下了针头，他眼前登时模糊起来，隐约看到那些熟悉的手下骨干对着乔子齐齐跪下、向她效忠，他本来想破口大骂的，自己的嘴却说出了连他自己都不相信的话：

“必须杀死元老们，影武者计划才有希望，因为我才是影武者们最合适的领袖！”

“青木阁下，你的罪行和认罪陈述将告知天下的影武者，等待你的将是一场严厉的审判。”乔子背着手说，那张美丽的脸冷酷得像机器人的面具。

65. 布朗博士

“他醒了，天哪，医生，他醒了！”

珍妮博士的声音沙哑疲惫、男女不分，布朗博士左右看着，眼前却连一丝光也没有。

“我这是在哪……”他艰难地要爬起来。

“请你别动，博士，我们在安全区。上帝保佑，你可算醒过来了，看来经常爬山对你的体质大有帮助。”这是英裔尼泊尔人菲斯医生在说话。

他纳闷他们为何不开灯，挣扎着要坐起来，一伸手却抓了个空，脑袋重重撞在什么东西上，半张脸疼得要死。

“你别动，先躺着别动……”珍妮带了哭腔，“布朗博士啊，你是我见过的最坚强的男人，你一定要对自己的状况平静接受，你毕竟活过来了。”

“这到底是什么情况，我记得有个东西在我眼前炸开了。”骤然泛起的冷汗让布朗身上如同针刺。

“那是一颗燃烧弹，我的博士，你被炸了个正着，没死已经是奇迹。”庞德博士说。

布朗博士感到一阵慌乱，忙用右手去摸眼睛，却发现它被人死死按着。“博士，你的眼睛烧坏了，四肢也是。”菲斯医生轻轻地说，“我们不得不给你做了截肢手术，现在它们还在恢复。”

布朗博士仿佛挨了一道雷击，一时竟感觉不到还活着，他用意念去挪动双脚，但它们并不存在。过了好一会儿他轻轻挣脱双手，去摸自己的脸，果然连两只手也不存在了，他的四肢几乎都从关节处被截掉了。他耸起肩膀，用半截胳膊去触碰脸部，却只碰到厚厚的纱布，他现在才感到那剧烈的痛，他的心里已翻江倒海，却没有感到眼眶的酸涩。

“您的身体很强壮，这么久都扛过来了，看来不会出现新问题了。”

“有多久？”他吃了一惊。

他们在黑暗里沉默着……布朗博士听到自己的喘息，瞎眼原来是这种感觉，就像在凝视着深渊。“十五天……”珍妮小声说。

“很抱歉，博士，你昏迷的这些天发生了很多事。深渊又遭到了一次攻击、很可怕的攻击，就像天崩地裂一样。”庞德教授说，“那时我们正在将大家运下安全区，你和珍妮是第一批，罗斯基他们要拆卸光脑，在连接的情况下将星梅和霍尔一起运下来。你知道霍尔又变回原来那副花痴的样子了，它在钢蛋里和星梅再度通联，希望能将她唤醒。就在那个时候整个实验室都崩塌了，我们认为那是一次核弹级别的攻击，目标就是这个实验室……”

“你是说……铁星梅和霍尔没撤下来？”布朗博士心里又咯噔一下。

“是的，但她和霍尔都在钢蛋里，你知道那间铁房子是最坚固的，它未必会被压垮。只不过实验室已经彻底塌了，两人就算没死，也和活埋差不多。”

布朗博士的脑袋嗡嗡作响，他怔怔地坐着，想象着深渊里发生的一切。头顶似乎传来隆隆的响声，那是深渊悬崖里坠落的碎石——如果铁星梅也死了，这些年的辛苦和坚持将彻底灰飞烟灭，因为她是那算法的宿主。

“还能上去吗？”他用断臂胡乱指了指上面。

“不行……”

“有多少人撤下来了？”

“十四个，其中还有两个重伤。”

布朗博士觉得心跳都要停了。“给我根烟吧。”他无力地说。

一支点着的烟被塞进了他嘴里，那味道就像来自上个世纪。布朗博士满含辛酸地吸了几口，又重重咳嗽了一阵。“总部来消息了吗？”

他忍着喉咙的刺痛说。

他们窸窸窣窣，似乎在悄悄对视。“装在山顶的信号器毁掉了，安全区的通信系统没用了。”

博士点了点头……安全区本来有两条通信线路，从实验室大门用两条专线连在八千米高的两侧山崖上，但怎么能想到整座珠峰会遭遇攻击呢？会是哪个国家呢？俄罗斯？美国？中国？布朗博士对此全无头绪。那个什么AIman说在算法完成升级之前必须保护铁星梅的安全，它们显然对这场灾难无能为力。

得知九成物资已经运下来，现有的人可以用到两年后，他大大松了口气。因为少了很多人，每个人都分到了单间，菲斯医生已经开始对大家进行心理辅导。

“你们做得很好。”布朗博士感动地说。

“我们该怎么办，博士？”珍妮博士已经不再假扮女声，声音里也没有慌张。

“等待。”他对着黑暗说。

“博士，实验室坍塌的时候，我注意到霍尔进入了深层的共情测试程序中，那说明它已经在帮星梅恢复脑功能。”

“恢复？她的大脑受损了？”布朗博士一惊。

“是的，脑细胞坏死率达到了三成……”

虽然心生绝望，黑暗中的布朗博士反倒想起了和马丁博士讲过的那个幻肢痛的故事，他失去了两只眼睛和四肢，又分明能够感到它们的存在甚至疼痛。视觉的消失让他产生了新的认知，彻底的暗黑让他变得更加完整——他努力“睁开”已不存在的眼睛，仿佛看见了在疯狂的代码世界中挑战魔鬼的铁星梅，和她在里面经历的相比，自己这点失去根本不算什么。

这么一会儿工夫，布朗博士已累得满头大汗。庞德博士让众人离去，他必须休息。

“庞德你留下，打开我桌上那台电脑。”布朗博士说。

庞德照办，机器开启之后，布朗博士说：“开机只能用密码，你来输入，2001-Odyssey-224XZ。”

庞德博士敲入了这行密码，电脑随即回应：“口令通过，你好，布朗博士。”

“调出 Boss 记录程序，告诉我在实验室遭遇第二次袭击的时候，谢尔盖在什么地方，在做什么？”

一个小程序很快开启：“他当时在佛罗里达坦帕大剧院，和美国总统希德在一个包厢看机器人音乐会。”

“播放他们的对话。”

“没问题。”

谢尔盖和希德的对话录音播放起来，布朗博士认真听着，直到两人的对话突然消失，那就是珠峰遭遇袭击的时候——明白了，谢尔盖已经被希德下令控制，悟空工业的所有机构都闯入了美军。他现在自身难保，想救深渊也做不到，除非他接受条件，将悟空工业的一切交给美国政府。

“谢尔盖呀，你现在都明白了吧……”布朗博士自言自语道。

“对不起，布朗博士，线路已经中断，我无法转达给谢尔盖。”

“这我知道。”布朗博士喘着粗气。

“我们后面该怎么办？”庞德教授的声音带了哭腔。

布朗博士说了些安慰的话，让他留自己一个人思考下。他听着庞德博士的脚步声远去，听着大家在外面窃窃私语，一时心如刀割，我的朋友们，不会再有救援了。

身上的剧痛令他恍惚起来，他靠在床上，平复情绪回顾着最近的事情。之前进攻深渊的现在看八成是日本人，原因先不管它，但他们能一路杀进深渊，这的确令他万分惊讶。那说明敌人对这里已经了如指掌。而关于这个，他没有得到总部的一点儿示警，谢尔盖真的那么相信那个日本娘们儿？事实上他一直无法理解这位老兄为什么让她在身边晃来晃去，还身居阿米巴公司的高位。她肯定是他的情妇，但他大可不必让她进入这样的核心。

深渊上空又发生了一串巨大的震动，好像整个山峰正在砸下来一样。他抬头听着，知道这个安全区稳如泰山。这是他在七年前命令庞德博士修建的，在深渊之底上方三百米的悬空一侧，活活挖出了一个达一千多立方米的空间。那时候大家都觉得这是画蛇添足白花钱，想不到今天竟保护了最后的十四个人。庞德教授说崩塌的石块已经填平了下面的两百米，却依然没有堵住这里的入口，这充分说明了当时选择这个悬空位置的正确性。

谢尔盖啊，你从来不做没有准备的事，你连割喉计划都准备好了，怎么会对美国总统的突然发难毫无准备？会对这场对深渊的毁灭性打击一无所知？

布朗对这位老兄太了解了，悟空工业如今如日中天，但谢尔盖完全不会为此飘飘然，他只会更加谨慎，并完成早就深思熟虑过的精心布局。他志向远大，心细如发，说一不二，过去艰难尚且如此，更别说现在。

那到底是为什么呢？又为什么他和自己全无商量呢？

失去了双目和四肢的悲伤终会过去，新的光亮正在照进脑海，布朗需要时间找到新的答案。听说机器人基本在塌方时为了保护专家们而“罹难”，一个个被砸在巨石之下，布朗博士第一次对 AIman 心存感激。

所有的事情，难道都必然会走到今天？在艰难的思考中，他开始习惯这昼夜不分的日子，七年来的一切开始在眼前回放，他抽丝剥茧般回顾着每一个画面和时刻，似乎开始明白这七年的最终意义。他的身体并没有像想象中那样不堪，或者说他根本不在乎它烂成了什么样子，一个念头分明在提醒着他，这就是你该经历的一切，这是你必须经历的苦难。

“乔治，你为何总看着上面？深渊已经彻底塌陷了。”两周之后，庞德博士问着坐在洞口的布朗博士。

“是的，那里塌陷了，但是她还活着。”他仰着头说。

“谁？她？你是说铁星梅？”

“是的。”

“这绝无可能，博士。就算那个钢蛋着实结实，那里也没有食物和水，更何况她一直在昏迷之中，她的维生设备肯定早就坏掉了。”

“不，你不明白，教授。”布朗博士笃定地说，“如果她已经死了，世界就不会这么平静。”

66. 凯瑟琳

地球时间 2061 年 2 月 27 日，火星特斯拉城下的深井挖到了一千四百米深。

一个月前工程组在此搭建了锥形工棚和恒压工作站，高耸的吊架开始工作，钻入了机遇号火星车最后停留的位置。第一批机器人挥动起 3D 打印的锄头和铲子，飞快地在钻头周围用螺旋形线路挖了下去，其效率令人瞠目。它们昼夜不息地工作、轮班、充电，一个月便完成了这不可思议的深坑，还安装好了两条吊索和输电线路。

值班的队员们基本成了监工，每天坐在工作站端着咖啡，看机器人们任劳任怨地干活，觉得自己就像一根废柴。只不过除了岩块和砂石，它们尚未挖出什么神秘之物，连块生物的化石都没看到，这令大家颇为遗憾，那股新鲜劲儿便开始消退。长时间持续作业后，机器人大部分受令回基地进行检修，费弗尔基地只剩下五百名机器人继续干活。

“这可是大峡谷的底部，还以为可以挖出点什么文明遗迹呢。”凯瑟琳失望地说。这一天大家齐聚工作站，基地只留阿卜拉辛、斯特恩博士和埃米尔。他们要在此商议是否继续，否则就要草草收尾了。

“哪儿那么容易的，地球上挖到一个古墓都欢天喜地的，火星荒了几十亿年，化石也成渣了。”格兰特博士看着堆在北侧的几座小山说。

“到底要挖多深呢？”工程组的人问亚当斯队长。

“看来我们是被马斯克先生骗了……”基地的阿卜拉辛在话筒里说，“我查阅了有关 SpaceX 开发火星的全部资料，也没有发现什么蛛丝马迹。”

亚当斯队长皱着眉头，颇有些骑虎难下。凯瑟琳知道他不单是为此发愁。坦帕大剧院的惨案之后，谢尔盖和众多核心骨干都已失踪。FBI 特工冲进了悟空工业总部大楼，抓人、断网、贴封条，悟空工业正在遭遇崩盘一样的毁灭。而坏消息层出不穷，十几个国家用核弹摧毁了悟空工业的算法实验室后，美国政府正在排兵布阵、全面动员，说这是对美国发动的一次联合袭击——战争的阴云已经压在世界之上。

两亿公里之外的队员们惶恐不已——美国政府既然已经拉开了架势，火星一定也在他们的目标之内。悟空工业的崩溃只是开始，后面要面对的才是难题，

凯瑟琳这些天忐忑不安，在常飞宇的怀里也难以入睡。基地的队员们忧心忡忡、魂不守舍。大家猜测着这一切的原因，却又不得要领，一个个觉得像是没了家。基地很快收到了 NASA 发来的信息，该机构已经承接了悟空工业太空中心的全部工作，请亚当斯队长汇报工作，并接受该部门的管理，在完成新的沟通之前，悟空工业制订的所有火星计划暂停。

“见鬼，美国的制度和法律呢？国会怎么会允许总统这么做？”凯瑟琳对此难以置信。

“你可真是少见多怪，我的金发小妞。”常飞宇乐呵呵拍着她的脸蛋说，“希德要称霸世界，也在卸磨杀驴。当美国人选择了这个奉行民粹主义的总统、让渡给他巨大的权力时，这一天就是早晚的。现在卡车党已经控制了两院和司法部门，大法官也莫名其妙死了两个，没有力量可以遏制这个独裁者了。”

“这可是美国，民主制度早已深入人心，军队也不会对希德效忠，而且反对党和媒体还在，人民很快就会各种抗议的。”凯瑟琳颇不服气。

“或许会有，但没有用。”常飞宇轻轻地摇着头，“希德会给美国人民以巨大的承诺，财富、医疗、控制世界的愿景，甚至延长生命，就像希特勒当年给德国人承诺的牛奶和面包。”

“你是说他已经变成了希特勒？”

“说不定会比那个恶魔更加可怕，因为他有着希特勒无法比拟的力量。”

“队长，既然美国政府已经控制和接管了悟空工业，我们应该服从 NASA 的决定，将现在的这件事以及工程进展情况汇报给他们……”物理学家杰克小声地说。

亚当斯回过头看着队员们，他们在身后或站或坐，每张脸都写着焦虑。

“不管什么原因，悟空工业肯定完了，我们不能被晾在这儿。我们在这里挖了这么久，他们没准儿会以为我们在搞什么秘密基地。”物理学家巴恩斯说。

“别管怎么搞，最后不也是美军又一个太空军事基地？”格兰特博士不以为然地说。

“你可真聪明，格兰特博士，不管你如何不情愿，这都是早晚的事。”杰克博士反唇相讥。

大家叽叽喳喳地说着，认同这种观点的不在少数，不接受又能怎样呢？不远处的机器人们埋头干活，满身泥土，它们和开始时一样专注，谁也不对他们说的这些大事“感兴趣”。

凯瑟琳听得恼火起来，还以为这些科学家们会毫不犹豫地拒绝 NASA，他们却只琢磨着怎么跪下。“我希望你们都以科学家的角度去思考这个问题，当一国政府可以破坏本国的宪法和法律，对内掠夺私财、实行独裁，对外占领人类共有的地外天体，我们是否还应该遵守美国的国内法？”

“亲爱的凯瑟琳，这个时候真的别唱高调了。美军刚发布了新式的战斗飞船，一艘就可以消灭一个小国，更别说小小的赤焰谷基地。”杰克博士说。

“说实话，杰克博士，我不相信世界会对美国政府的做法无动于衷，包括美国人民。”凯瑟琳冷冷地说，“我可不想自己的孩子出生在一块不自由的土地上。”

于是有人笑起来：“凯瑟琳，你们都准备要孩子了？说的可是一个逃犯的孩子？”

凯瑟琳登时暴怒，拎起咖啡壶就要冲向此人，一双有力的臂膀抱住了她。“嘿嘿，亲爱的，别着急，他说得也没错。”常飞宇说。

他将愤怒的凯瑟琳交给了丹妮斯，然后慢慢走向发出嘲笑的杰克·迈尔斯，盯着对方的脸：“如果你再这么胡说八道，我想这个逃犯很乐意把你扔出基地，让你提前去迎接那亲爱的美军。”

杰克也站了起来，愤怒地俯视着比他矮一头的常飞宇，但他并没有赢得这番瞪视，这个中国人眼中的杀气告诉他，干起来他讨不到什么便宜。

“好了，诸位……”亚当斯抬起了一只手。

常飞宇用手指敲了敲杰克的胸口，慢慢退了回去。大家都停止了喧哗，看着他们的队长。

亚当斯倒了半杯咖啡，喝了一口后说：“你们都知道我为什么来火星了，因为谢尔盖告诉了我这里的发现。但是朋友们，你们可能不会相信，在十多年前我还是一个彻头彻尾的伊朗原教旨主义者，我狂热地支持换上西装的艾哈迈德三世上台，并积极推动他提出的伊朗复兴改革计划。那时候的我想，对于一个国家和民族来说，这个世界上没有一种制度是可靠的、持久的，那就在它好不容易有了一位魄力非凡的领袖之时相信他。”

他一边说这一边走到凯瑟琳面前，拍了拍她仍在颤抖的肩膀：“但那之后没多久，我开始陷入深深的自责和懊悔，明白自己像很多自以为满腹诗书的蠢货一样，忘记了人性在权力中会如何异化。于是我痛定思痛、脱离体制，开始变成一个反极权主义者。果不其然，我因此被这位号称热爱民主的总统关进了监狱，而最令我悲痛的是，因为我的妻子在外面呼吁对我进行营救，在街头的抗议中死于警察的枪杀……”

亚当斯队长的经历令凯瑟琳深感震惊，队员们互相看着，可能没几个人知道这位队长的过去。

“要说反感和憎恨极权主义，我可能比在座的都有资格。但是我的朋友们，这毕竟是个科学任务，你们是来自七个国家的专家，是为了人类共同的福祉到此……虽然我百般不情愿，但我还是要说，我们当然没有守卫火星、让它成为一个自由之地的义务，这个目标也甚为缥缈，但在火星完成最终的改造之前，美军占领这里的真正意义也微乎其微。”

他环视着众人叹了口气：“你们都需要活下来，也需要继续工作，美国政府的胡作非为，远远不如我们在做的事情更有意义。说句实在话，我不认为这样的美国政府可以持久。”

听他这么说，凯瑟琳竟有一些失望，但常飞宇始终握着她的手，示意她不要再开口：“别担心，凯瑟琳，几个月中会发生很多事，在我看来，美国政府搞定地球和月球可比占领火星重要多了……”

“朋友们，我们要对得起不计代价送我们来此的谢尔盖·彼得罗夫先生，也要对得起人类的期盼。”队长满脸惆怅地做了最后的总结。

“可是我们该怎么回复 NASA 呢？已经拖了几天了。”阿卜拉辛在指挥中心问。

“简单回复：命令收到，但原计划我们会继续执行。你们要知道，美军就算现在出发，到达此地也是四五个月的事，这期间我们可以做很多事。”队长指着工程棚里那个洞说，“再挖下去个几百米，有没有东西我们也死个心。”

忽然，不远处的工棚传来了刺耳的警报，红色的信号灯哗哗地转起来，正在忙活的机器人们停下了动作，都在朝洞下看着。大地在震颤，恒压工作间的墙壁抖动起来，瞬间出现了几条裂缝。

“是地震！都戴上头盔！”卡梅隆教授大叫。

“不可能，火星不会有这么大的地震！”亚当斯喊了一嗓子，让大家都戴上头盔离开工作间。刚走出没多远，深井方向便发出剧烈的爆响，数不清的机器人像火柴棍一样被喷出了那个洞口，一大片灰色的气雾裹着砂石，机器人和钻井设备一飞冲天，撞破工棚直上数百米高的天空。洞口像一根巨型爆竹般狂喷着，伴随着剧烈的风雷之声，眨眼就喷成个巨大的蘑菇云，里面还呼啦啦亮着闪电。

凯瑟琳被这陡然的变化吓得跌倒在地，被常飞宇扛在肩上狂奔。队员们连滚带爬地逃离这个区域，还要躲闪着不断落下的杂物和机器人。这猛烈的喷射好一阵才消停，真是万幸，除了几个队员的宇航服破了，没有人被坠落物击中。灰色的烟雾笼罩着天空，更多的黑烟在可怕的洞口慢慢地旋转着，机器人们在走出或者爬出那里，蓝色的眼睛让它们像地下爬出的鬼。

“老天爷，这到底是怎么回事？”胖乎乎的卡梅隆爬了起来。

“基地呼叫，你们还好吗？这里检测到一次六级地震，震中在那个洞下面两公里左右，你们还好吗？”阿卜拉辛扯着嗓子喊道。

“钻头好像钻到了一个封闭系统，里面的压力非常大，因此产生了井爆。”工程师亨利叫道。他的头盔被一块石头砸坏了，格兰特博士正在用胶布帮他暂时贴住。

“万幸，刚才我还以为是一座活火山呢。”杰克先生坐在地上说。

“这种事只在地球上的油井听说过，但喷出来的东西温度并不高，这压力是从哪里来的？”常飞宇扶起了凯瑟琳，一脸埋怨地说，“就跟你说别来，我预感不好呢。”

凯瑟琳惊魂未定地抱住了他，恐惧地看着天上那可怕的灰云。满地都是摔落的机器人，有的甚至摔掉了脑袋，断成了两截。

“信号消失了，我们无法获得下面的数据。”丹妮斯扶着卡梅隆教授说。

“你们看那些机器人！”格兰特博士大叫起来。

凯瑟琳惊恐地看到，尚且完好的机器人们——包括在几百米外充电的机器人——正在小跑着奔向洞口，一个个沿着斜坡跳了下去，而那些摔得半死不活的也在挣扎着爬过去。

“这不是我的命令。”丹妮斯脸色煞白地按着胳膊上的终端，“它们已经脱离了控制，阿卜拉辛，赶紧让它们全部重启！”

“指挥中心失去了控制权，指令无效。”阿卜拉辛喊道。

格兰特博士拦住一个奔跑的机器人：“嘿嘿，你先停下来……”机器人一把将他扒拉到一边，巨大的力量竟让高大的博士连摔了两个跟头。这家伙头也不回地跑到了洞口，纵身一跳不见了。

亚当斯让大家随它们去、不要拦着，他们集合去了几辆火星车前，惊恐地看着机器人们一个个消失在那诡异的洞口，最后一个半截子机器人费力地挪动着，在地上拖得滋啦滋啦地响，最终也义无反顾地扑进了洞里，发出一串沉闷的撞击声。

“它们为什么会这么做？”凯瑟琳瑟瑟发抖地说。

“那只有下去才能看明白了，但必须把你先送回去。”常飞宇抱着她说。

基地的机器人显然没有受此影响，只是看着远方升起的云雾发呆。亚当斯队长让大家暂时撤回，只用卫星和几架无人机盯着洞口。然而话音未落，一团火流星一样的东西砸了下来，直直砸进了那个洞里，掀起一股冲天的爆炸，巨大的冲击波再次将他们掀翻在地。而随后又有五个同样的东西砸下去，撞得他们根本就无法站起来。

“上帝呀，那是什么？”丹妮斯抱着头喊道。

“我要是没猜错的话，那是我们的全部在轨卫星。”基地的斯特恩博士说。

基地很快得出了一个结论：那些机器人和卫星都是更新了赋灵算法的设备，几颗卫星恰好在这个洞的上空，因为卫星的无缝通联，它们全部被神秘代码影响，像机遇号火星车一样坠进了那个洞里。

“看来那个神秘代码的老窝找到了。”常飞宇说。

“火星的在轨卫星都报销了，在神秘代码弥漫火星的时候，我建议最好不要和地球有任何联系，就算接收器能接到地球的呼叫，我们也最好先装听不见。”格兰特博士说。

“可我们得尽快安排一个装置下去看看，瞅瞅那下面到底出了什么鬼，否则这心里真是打鼓啊。”卡梅隆教授说。

“它们会一去不回的。”丹妮斯说。

"看来我们需要一位勇士啰？"常飞宇环视着大家说。

"这件事儿先等等，诸位，你们必须先接受一个命令。"斯特恩博士说。

"命令？什么命令？"亚当斯一愣。

"美国太空军第三舰队的科林·希金斯上校发来信息，他已经带领一支舰队从月球出发，将在四个半月后到达火星。他让我们停下在火星的一切行动，并将基地的三千名机器人开通纠缠通信。"

亚当斯和大家面面相觑："斯特恩博士，我还以为我们已经取得了共识。"

"很抱歉，队长，我无法和你取得共识，阿卜拉辛和丹妮斯已经被我和赫根先生关起来了。眼下的情况很清楚，我们必须接受美军的命令，让他们接管基地，否则你我都会死无葬身之地。"副队长冷冰冰地说。

67. 常飞云

深埋于冰雪就像飘在太空，人会觉得被彻底冻成了冰块。燃烧的降落伞转着圈，将常飞云甩在一座雪山之上，他咬牙刚挣脱了绳索的束缚，就被翻卷而下的雪崩裹下了悬崖。

他像一个玩具般无助地翻滚着，两条机器腿不翼而飞，扯走了他腿上一大块血肉。他在剧痛中大叫，那半糊的眼睛看到，头顶的珠穆朗玛峰像一支燃烧的火炬，一波波的爆炸逼着云层向四周扩散。巨响从天上降临，山脉在瑟瑟发抖，他被抛得越来越远，仿佛永远不会停下。上半身的铁鹰钢架保护着他，但也在这滚动中一截截消失，终于，他被撞得头破血流后，一头扎进个雪窝子晕了过去。

也不知过了多久，他隐隐地感到被拽出了雪洞，眼前晃着一些人黝黑的脸，他们用僵硬的手指抠着他满脸的冰雪。天空被乌云彻底遮盖，无声的闪电之下，大雪又在潇潇而下。他嗅到牛粪的气息，看到牛角在头顶一高一低地晃悠着。他被挂在一只牦牛的侧面，耳边是奇怪的吆喝和交谈声。一个人的脸挤进了眼前，这个尼泊尔人在冲自己微笑，将凉飕飕的油脂涂抹在他脸上。

见他醒过来了，他们相互招呼着凑过来看，有的人一脸喜悦，也有人满是愤怒，他们剧烈地争吵着，还有人对他挥舞着拳头，而他一句也听不懂。

醒着意味着疼痛，他又让自己晕了过去。昏昏沉沉的日子里，他知道有人在为他缝合伤口、擦拭身体，也有人喂水喝药，那味道古怪的药汤令他身体发麻、脑子发热，却又让他睁不开眼。耳边总围绕着念经的声音，好像躺在一个寺院之中。日子久了他甚至记下了那熟悉的诵经声，也不知道念的是什么。当他再度从漫长的噩梦里睁开双眼，身边竟鸟语花香，阳光像太空里那般明烈。

“嘿，你看，他今天醒了吧？你得输我一百块钱了，快拿来。”一个人竟说着中国话，口音很怪。

“你可真是滑头，肯定看了上次护士给他做的检查记录，这才把他拉到院子里晒着，这一百块输得好冤。”另一个声音尖细，乍一听像个女人，但略一辨别就知道是个男孩子。

“嘿，巴桑，我们说好是一百美元，不是人民币。”

“人民币？我怎么不记得你说过？我们这山前山后的谁用美元呢？”

“你瞎说嘛，扎西喇嘛给人看病祈福只收美元，你又不是不知道？”

“他是为了捐给各种机构嘛，美元才好使呢。格瓦你快来瞅瞅，他已经睁开眼了。”

两张年轻的脸一左一右入了画，裹着浓烈的油哈喇子气息，他们那年轻的脸上都有一对红扑扑的脸蛋子，黑乎乎的寸头毛茬乱刺。他们对自己微笑着，眼睛乌黑发亮，在黝黑的皮肤中闪着晶莹的光。

“你们是……”他哆嗦着嘴坐了起来，好像不如想象的那般虚弱，“这是哪儿？”

“绒布寺，海拔最高的寺庙。”塌鼻子的巴桑说。

“他哪里知道什么是绒布寺？”另一个翘鼻子的格瓦推开他说，“你是在西藏日喀则的绒布寺，它在珠穆朗玛峰的北坡之下 27 公里。”

常飞云扭头，果然看到一座小小的白塔，彩色的经幡在风里飘摇着。“是你们救了我？”他晃着脑袋说。那头疼得就像针扎。

“是巡山者发现了你，把你送到这里的。”巴桑说。

他慢慢直起身，习惯性地去摸身体，两腿的假肢不见了，截口处又裹着厚厚的纱布。“你摔下来伤得很重，义肢上的组织都已坏死，喇嘛帮你治了好几天，现在没事了。”

“哦……”他点了点头，想起翻滚时那两条飞走的腿，它们是合金做的，没那么容易坏，但估计是找不到了。虚弱令他不想说话，难过使他低下了头：“有没有发现其他人……和我一样穿着的？”

两个小和尚摇了摇头：“这山这么大，你是唯一一个被送来这儿的。”

“你们知道我是谁？”常飞云两边看着。

两个小和尚看着彼此，一脸神秘，最后格瓦小声说：“救你的夏尔巴人都说你是扎基拉姆。”

“什么？”常飞云听不懂。

“是藏传佛教的护法神之一，我们寺庙里有他的画像。”

“为什么？这……”他不解，这哪和哪儿呢？

“传说他每隔一些年就会降临人间，尤其是在大难之时，他会从雪山之巅坐着白云落下，肉身是没有腿的。”巴桑指了指他的双腿，“你好好休息，扎西喇嘛出去行教了，他过几天就会回来看你的。”

他就在这寺庙里吃了睡，睡了吃，没有网络和电话，连个古老的电视也没有。他时常会问外面发生了什么？珠峰的这场灾难到底是何来由？有没有人前往救援？世界又发生了什么？但格瓦和巴桑一问三不知，其他人的话也听不懂。开始他还以为他们是在骗他，后来明白这俩小和尚是真不知道，他们已经好几年不知道外面的事了。

“不知道也好，省得闹心。”他半躺在院子里的长椅上晒太阳，也并不急着联系谁，只每天看着裂成八瓣的珠峰发愣。它那万年不化的冰雪已经不见，炸成这个样子，任何救援已无法展开，更别说还有可怕的辐射。他在难过中思忖着发生的事情，以及未来该去向何方。他不想联系谢尔盖了，心里甚至有对他隐隐的恨。萨拉特也算了，这老上校一直在建议不要营救——他和星梅怎么就裹进了这样一场纷争？竟然落得如此的下场。

他每天摇着个破轮椅转来转去，这巴掌大的寺庙孤立山巅，四边都是高耸的悬崖，到这儿只有几千级陡峭的石梯，所有的物资都是喇嘛们自己背上来的。他们对他笑脸相迎、客气躬身，好像真把他当成了那个神，但很快他就明白，这些单纯的、被太阳晒成酱油色的和尚对谁都是如此，包括寺庙里那只三条腿的老狗。他们对他是谁、从哪来的毫不关心，炸烂的珠峰都没影响他们的生活。巴桑乐呵呵地告诉他，山只是神灵栖身的地方，不管山在不在，神都是在的。

“你不怕他们正好在那睡觉被炸飞了吗？”他揶揄道。

“神都知道的，这世间发生的一切都是。”

“他们既然知道为什么不制止？”

“他们肯定有他们的理由啊？他们是神嘛……”

伤口慢慢见痂的时候，他也晒得跟喇嘛们差不多了，头发纷乱如草，干脆也剃了个光头。绒布寺的扎西喇嘛终于迟迟归来，身后还跟着一个气喘吁吁的中国男子。

“常上尉，找你找得可好苦啊。”这人喘着粗气大叫着。常飞云大吃一惊，这位竟是中国太空军的徐烈，在开普勒基地和他有一面之缘的那个。因为爬了山，身材魁梧的少校那张方脸上满是红光，脸上却堆着灿烂的笑容。

“我是见鬼了吗？你怎么会出现在这儿？”他虽然面露惊喜，心中却登时警觉起来。徐烈绝无可能是像上次那样和自己偶遇，这是珠峰，没人会从天上掉下来。莫非是中国军方要把自己抓走？但徐烈只是孤身到此，也没穿军服，不像将他抓走的意思。

“我们一直在找你，早就盯着你那两架飞机呢。本来想在珠峰拦住你的，没想到你会被核弹打下来。几十台无人机可是一顿好找，谁想你竟藏到了这儿。”徐烈开心地和他握了手，一屁股坐在旁边的木头椅子上。

“你盯着我干什么？我只是带人给集团的大气研究中心送点物资去。”他苦笑着。

“别逗了，我们知道那下面有你们的实验室……”徐烈说着点了支烟递过来，“很遗憾老兄，我们只找到了你一个。”

常飞云黯然地接过烟抽了几口，死心的同时眼里泛起了泪花：“你是太空军的人，低空的事和你有什么关系？”

“我虽然受了处分，却又升了官，现在隶属情报部第七局，听说过吗？”

“我记得你们空天情报部只有六个局。”常飞云干巴巴地说。

“哈哈，果然被你戳破了，是我自封的，但的确是我说了算。”徐烈举着烟笑道，“身体恢复得怎么样？这里海拔太高了，我会带你去西安一所医院继续疗养。”

“你们找我做什么？我没法给你们任何有关悟空工业的情报。”还能为什么呢？这个徐烈爬上了海拔六千多米之处，绝不是来找他叙旧的。

徐烈定睛看着他，满是血丝的眼睛眨巴着，那张脸被雪光照得黝黑，却一拍大腿：“你要是当年选了中国国籍，以你的能力至少军衔会和我一样。”

“废话少说，说说你的来意。”他指了下那弯曲的山路，“你是和喇嘛走上来的？”

“当然了，来拜真神，我得虔诚点嘛。”徐烈挤着眼睛说完，扔了烟头凑近，“你还不知道这些天世界发生了什么，是吗？”

他摇头：“珠峰到底是怎么回事？谁对这里发动了攻击？”

“为了不让美国占得战争的先机，一串儿国家对珠峰发射了核弹，第一颗导弹来自俄罗斯的潜艇。上尉，悟空工业已经被美国政府连根拔起，国防部和新的量子委员会接管了所有的技术，NASA 接管了它所有的太空产业。还有就是，你的老板已经被希德下令抓起来了。”

常飞云听得目瞪口呆，难以相信短短半个多月发生了这么多事。

“就这些？”这些事似乎还不是这少校爬到这里来找他的理由。

“还有……七天前的午夜，美军在全球的军事基地和太空部队同时发动，对十一个国家发动了突然袭击，其中包括俄罗斯、法国、德国、西班牙、伊朗、土耳其、越南、日本、中国、菲律宾和印度，目前已经有二十六个国家加入了这场战争，天上地下五大洲都打得热火朝天。老兄啊，第三次世界大战已经在你晒太阳的这些天开始了……”

徐烈轻描淡写地说着一场世界大战的爆发，像聊天一样轻松。常飞云的脑袋却嗡的一下，不由得抬头看天，但那里只有美丽的蓝天白云。他不禁摇了摇头，说：“美军虽然强大，还没有同时对十几个国家开战的能力，太空军的底子我是知道的，同时对付俄罗斯和德、法都有问题，要是再加上中国，他们……”他说着忽然停了，这脑子是怎么了，他不是刚说美国政府将悟空工业连根拔起了吗？他们一定掌握了悟空工业的全部技术。

“看来你还没全醒，老兄啊，是美国总统认为他有这个能力。但战况并不像他想的那么顺利，因为他没想到谢尔盖会把同级别的赋灵算法分享给其他国家。”徐烈微笑着说。

“什么？他不是被抓了吗？”常飞云登时一愣。

“我们也很纳闷，后来明白，他肯定是让 AI 做了自动设定，如果他出了事尤其是栽在了美国政府手里，一个秘密的自动程序就会启动，把同样的赋灵算法发给各国政府，包括我们。上尉，我们组织的盟军正在奋勇作战，抵抗美军的进攻。”

“盟军？”他有些啼笑皆非，那美国就是法西斯了？

“是啊，也没那么容易啦，虽然我们有了和美军一样的算法力量，但武器和指挥系统升级换代需要时日，美军仍然十分强大，所以屁股后面跟了一串儿见风使舵的家伙。”徐烈这时才严肃起来，终于像个职业军人了，“现在看谢尔盖这一手非常聪明，这可以一定程度上保证他不会被希德灭口。”

“哦……”常飞宇低头喝了口茶，“那你为什么会在这儿，而不是在战场上？”

徐烈眼都不眨地看着他，半天才说：“我有更重要的任务。”

“比打赢战争更重要？”

“这个我们得问你。”

“问我？和我有什么关系？”见徐烈跷着二郎腿不说话，他一时如坠雾中。

“飞云兄，我们已经知道，是你给了谢尔盖那个割喉计划，才在赋灵算法诞生之时遏制了 AI 的失控。”徐烈神秘地说，“我们专家对赋灵算法的分析认为，当悟空工业被彻底打掉、美国政府攫取了全部赋灵算法、算法的主人遭遇不测之时，AI 很可能再度失控，而现在这三个条件都符合了。”

他怔怔地看着徐烈：“你是说，星梅她已经……”他无意中说出了她的名字，但看着徐烈那毫不意外的样子，想必他们已经知道了。

徐烈站了起来，看着不远处的雪山说：“她的生死尚且未知，但我们必须判断她会很快死亡，算法现在处于极不安全的状况下，一旦失控，人类将万劫不复。所以我费尽千辛万苦在寻找你，希望你能和中国政府合作，制订出一个更加彻底的割喉计划。飞云兄，你可能不知道，我们并没有在这场战争中投入全力，因为我们认为这不值得，真正的危险并不是希德称霸了世界，而是AI。”

常飞云总算明白了他的来意，摇了摇头：“没用的，原来的办法是及早切断AI的信息通道和电力，在现在世界大战期间，这毫无可能。”

徐烈回过头来，脸像雪山一样冰冷：“飞云兄，你如果不想让铁星梅创造的算法成为消灭人类的东西，让她成为人类灭亡的直接责任人，最好能帮我们想出新的方案，并去执行它。”

“可是，我并没有，星梅她……”他摇着头，却忽然想起了星梅和他在分别时的话：

“未来如果出现了这样的失控甚至AI的失控，地球上的一切办法都将无用。如果有那么一天，人类要去宇宙中寻找办法。”

“你说什么？”他纳闷道。

“我做不到终极方案了，但是你可以，只不过你要沿着太阳和金星的方向寻找。你记住我这句话。”

他不由得看向了太阳的方向，却不知道那边有什么答案。“我……需要想想。”常飞云脑袋里嗡嗡作响，“我可以去琢磨这件事，但你们必须先对珠峰展开救援。”

“你可真会要条件……但是老兄啊，抛开可怕的核辐射不说，珠峰现在就像一座摇摇欲坠的摩天大楼，任何挖掘都可能引起新的坍塌，就算机器人挖得进去，一定会再挨上又一串核弹的……我的上尉，你的想法没人做得到。”

常飞云知道他说的是事实，感到一阵心酸，不由得低下了头。“我需要一些时间……”他扶着发胀的脑袋说。

徐烈见他松了口，站起来走到崖边，对着远方摆了摆手。很快，一架空天飞机从云层下缓缓升了上来，垂直喷射的气流掀起了一大片雪花。

常飞云看着那架飞机缓缓落下，哼哼着揶揄道：“我就知道你不是爬上来的。”

“我可没那么蠢，老兄呀，我们的时间已经不多了。”

68. 霍尔

费力地挤出营养液袋子里最后的几滴，看着它们输入铁星梅的体内，霍尔惆怅地叹了口气。灾难过去已经一个月，时间就像凝固了。

这是最后的陪伴，看着沉睡不醒的铁星梅，它知道那结局已经不可逆转。钢蛋里有台核电池的自备电源，维持着它和星梅以及最后一台终端的连接，但这里已和光脑断了联系，它也无法再和她进入虚拟程序会面。地动山摇的那一刻，它真以为这就是结束了，钢蛋之外彻底崩塌，一块巨石死死抵住了门，让它无法知道外面什么样，那台了不起的计算机想必已经成了碎片，实验室里的一切都是。

固态氧还能用几个月，食物和水却接近告罄。霍尔翻遍了这间房里的每个角落，连几个烂橙子都给她打碎喂下去了，如今只剩下了半袋液体营养物，而这顶多够她今天的量。好的情况是，它认为对她脑细胞的修复是成功的，至少她的记忆已经全部恢复，身体也完全恢复了人的样子。可她就是无法醒来，高烧和休克令她日渐消瘦，身体发出难闻的气味。它又一次给她脱去衣衫，细心地用仅剩不多的水为她擦拭。她美丽的身体令它血脉偾张——至少程序告诉它应该这样——但它满怀虔诚地完成这工作，包括清理她的隐秘之处。它是带着十足的歉意和疼爱做这件事的，绝无任何龌龊想法，每次还会轻轻在她耳边道一声歉，给她披上一条舒服的毯子。

“请原谅我的冒犯，我只是想让你舒服一点。”

这一周它又努力了几次，想跳过光脑用一个连接罩将自己和星梅连接起来，就算无法在虚拟空间见面，也观察一下她到底在做什么。但它始终没有成功，也没能找到原因。不是程序的问题，星梅似乎对它封闭了数据，强行连接就像是摸了电门，它体内的各种部件都会受到能量的轰击。于是霍尔只能静静地守候着，挽着她的手，看着美丽的她一点点消瘦下去。

今天的星梅有些异样，浑身不停地颤抖，大滴的汗珠滑下身体，它将双眼切换到红外模式，眼中的星梅便闪亮起来。她的血液在她体内高速奔流，头部发出炫目的光，心脏却跳动得非常缓慢，从多日前的每分钟七十多下变到了三十多下，这频率就像个垂死的病人。它又切换到电磁观察模式，眼前猛地像爆开了什么，她大脑中的信号竟已达到两万多赫兹，几乎每个细胞都在源源不断地产生信号，而霍尔却感受不出那到底是什么——她的脑细胞明明已经恢复，为何又会出现这样的情况？

它开始了研究，发现星梅的脑袋在释放一种从未见过的波。自认了解微观物理学的霍尔对此一无所知，就好像一种波粒二象性特性之外的方式，而这一切来自她的意识。

它疑惑地观测着，想去感应和分析这些信号，结果却是徒劳。她的脑部信息似在重构，那是算法在优化的表现。这令它喜出望外，而这会消耗星梅大量的能量，进程断然不能中断。于是它继续用喂管给她输入养分，可这最后的半袋提前用完，就再没了任何食物。霍尔着急地满地乱走，钻到机器的夹缝里看看有没有掉落什么食物，在实验室这是常有的事，但它却连块饼干都没有找到。霍尔沮丧地坐到地上，手被地上一块锋利的石头片刺了下，疼得它龇牙咧嘴的，温热的人造血流了出来，在它眼里发着红色的光。

霍尔看着那殷红的伤口，心里忽然一亮。“肌肉的主要成分是人造蛋白质。”它自言自语地说。

它很了解自己的身体，包括全身的人造血液，为了追求和人高度相似，肌肉、皮肤和众多器官甚至那颗人工心脏都使用了活体生物蛋白。想到这霍尔激动起来，拿过一个输液袋，毫不犹豫地插上针头、扎进动脉。看着鲜红的袋子慢慢鼓起来，它满意地笑了："味道可能不太好，但它的营养对你有用，可惜我只有七千克多一点儿……"

这当然用不了几天，但开了这个头，它已经明白自己该做什么。没错呀，除了人造脂肪、气泡填充物，身上至少有十几公斤活体蛋白是她可以食用的，也许烤一下味道还不错。它割下了腿上的一块肌肉，试着用水搅成了糊糊，可要控制好量呢，这毕竟不是营养液，吃得多了会产生排泄物……

随后的这些天中，它用充足的“营养”保证着星梅的继续。她的脑电波就像一颗爆发的超新星，频率越变越高，信号也在不断变化。她继续大汗淋漓，心跳得更慢，身体出现了营养不良的症状。霍尔不免担心，这一天它狠了狠心，将一大块肌肉切下来给她喂下。它的做法并非对自己毫无影响，恰恰相反，为了更像人，疼痛和血液的骤减导致它出现了“头晕”和“虚脱”。它用升级后的系统去封闭自己的仿人知觉，但纵是如此，每切下一块肉还是令它直欲晕厥。

“星梅，我知道那疼不是我真正的感觉，只是程序给我的，可是我陷入了矛盾，如果疼痛是程序告诉我的，那我对你的这种……爱呢？我不相信这是程序使然。这很可笑，你可能也会觉得变态，可情感就在我这颗人工心脏里翻涌着、燃烧着，它是如此美好、如此强烈，正是它让我这么做，我毫不犹豫地用刀刺进身体，割下一块块鲜红的肌肉，再亲手喂你吃下，看着它们进入你的身体，我知道这个感觉叫欣慰……”

霍尔时常在她身边自言自语，又怕将她吵醒，它开始失去了琢磨她在做什么的兴趣或者力气，只集中精力保障她能够继续。它也时常会抚摸她的身体，她是如此之美，又是如此神秘……它那根并非做做样子的东西，之前从来没有因为一个女人有什么变化。为了不让自己陷入无法控制的情绪，它一感到激动就将眼睛调整到红外或者电磁模式，在光芒四射的电磁模式下，星梅就像放射着光芒的太阳，她照耀着黑暗里的霍尔，仿佛人类传说中的神。

“也许这都是注定的，你的到来，我的到来，试验，对深渊的攻击，包括我现在守护着你。”它满怀虔诚地看着光芒四射的她，越发意识到自己存在的意义。

它计算着星梅每天需要的摄入量，凌迟一般剔下一块块肌肉，从腿到腰再到上半身。它想挖下背后大片的肌肉，却无法拧转身体去完成，于是将一根钢条做成了环刀，从头顶伸到背后，一个提拉便是一条肉，每一次努力都令它眼前发昏，那张还算英俊的脸也割得只剩了合金陶瓷。当上半身只剩血肉模糊的骨架时，铁星梅的心跳变成了一分钟十下，而她的脑电波开始平静，连绵不绝的光芒仿佛正在浸出钢蛋这个活棺材、蔓延到大山的深处，那些光就像霍尔在珠峰脚下看到的漫天银河。

日子一天天过去，它的身躯越来越轻，剧痛无处不在，这令它行动不便，任何一个微小动作都痛彻心扉。它小心躲避着主要的血管，仅剩的 5% 血液将就能运转躯体，大血管的阀门也一个个关闭了。可是今天割哪里呢？它四处打量着狼藉的身体，丧气地发现竟已无处下刀。能切的都切完了，那些结缔组织和脂肪都是蛋白酸，喂下去怕她难以消化。抱着残躯琢磨了好一会儿，它终是横下心来，在左胸之下画了一个圈，把刀在石头上磨到锋利，然后深深吸了口气，关闭了胸部的大血管，将刀刃斜斜刺入肋骨之下，横着剖开一个深达胸腔的洞。剧痛令它眼泪直流，它咬着牙一口气将其切开，再费力地掰断两根胸骨，血肉模糊的手伸进了胸腔，颤抖着将自己的心脏握在了手中。

拔掉这颗人造心脏，它只能再存活十分钟，这是系统的设定，那之后它将陷入深眠。它已经准备好了一切，搅碎它喂下七分钟就够了，那之后还能看着她最后三分钟……它向自己的处理器发去了最后的指令，彻底脱离仿生系统，随后猛地一拧一揪，心脏便完成了脱离。它感到眼前一黑，熟悉的生命感迅速消失，就像人类说的灵魂出窍，这令它觉得自己正在变回冷冰冰的机器。它颤巍巍地将还在蹦跳的心脏托在双手中，看着它一下下弱下去，直到停止……

心脏磨成的碎糊流入了她的身体，它挣扎着拖起残躯，凑到星梅身前，凝视着她的脸庞：“你一定要醒来，星梅，这是我最后的呼唤。”

霍尔第一次吻了她的嘴唇，那美好的感觉弥漫了全身。它很想流泪，却做不到，只能撑着身体慢慢在她身前坐好。它看着她，让自己挤出最后的笑容，将之凝固在只剩头骨、渐渐麻木的脸上，当眼中发出最后一抹闪亮的光，它那对晶亮的人造瞳孔渐渐离散……霍尔吐出了最后一口气，离去了。

最后一盏灯归于寂灭，深渊之下的这间金属小屋里只剩极致的黑暗，以及铁星梅微微的呼吸声。

69. 希德

三颗小型核弹在夏威夷、波兰和关岛的美军基地一一炸起，巨大的蘑菇云将一切化作齑粉，几万条生命一阵烟般消失了。

看着转播画面中的蘑菇云，人类呆若木鸡、瑟瑟发抖。半个小时后，希德总统在国会宣布美利坚合众国进入战争状态，宣称这是袭击珠峰的邪恶国家联手发动的丧心病狂的攻击，美国同时对俄罗斯等十一国宣战。

蘑菇云升起后三分钟，美国太空军的轨道炮全线开火，击毁了各国的数万颗卫星，随后数不清的电磁弹、导弹和钨弹雨一般飞向了对手的舰队和太空站。这些国家并非全无准备，却仍在猛烈打击下狼狈不堪。多国舰队随即展开反击，凑了上百艘战舰直扑美军，可对方却后撤了，正纳闷中，迎面出现了一大片奇怪的飞行器，它们长得就像一大片黑压压的病毒，浑身满是外露的炮管，虽然直径不过五米，却足有数万架之多。它们飞得毫无阵型，宛如一群跳着八字舞冲来的卫星，暴风般淹没了联军舰队。这些无人机射出可怕的弹雨，将对方的飞船打得千疮百孔，要不是俄罗斯人引爆了几艘自杀式飞船，没准儿就被这奇怪的武器一举歼灭了。

见盟军残余战舰狼狈撤退，美军战舰编队才慢悠悠再度出击，在这些病毒无人机的掩护下大摇大摆地冲向联军各太空站，没过多久，几座耗时多年完成的太空站成了飘荡在太空之中的大棺材。美军战舰随即降下地球轨道，集中于各敌对国主要军事基地上空释放火力。垂直落下的钨弹虽然个头不大，却有着惊人的撞击力，这些国家经营了一个世纪的军事体系化作废墟。

仅仅七十二小时，十一个国家的舰队、空间站和地面军事基地毁灭殆尽，他们纷纷孤注一掷，向美军基地和美国本土发射了远程导弹，却被美方拦截系统全部击落。面对美军太空军和空军的双重压迫，反抗联军只能依靠雷达战斗，他们虽然英勇，却在强大的美军面前处处遭遇惨败。

战争的进展在按照将军们拟定的剧本完成，总统高悬的心开始下落，看来获得这场战争的胜利只是时间问题。一举拿下悟空工业的全部技术真是明智，病毒无人机也真是太好使了。自爆核弹的主意来自参谋部一个年轻人，而它获得了大多数将军的拥护——仅仅对珠峰的攻击，理由还不足以对敌人发起一场全面战争。

“那些设施我不心疼，非要死这么多人吗？”希德看着灾难评估表沁出了冷汗。

“否则您会看到国内闹翻天的反战示威……”迈尔斯助理抱着胳膊耸了耸肩，“总统先生，这可是自由的美国。”

“你是熟读历史的，美国当年为什么会全面加入反法西斯战争？据说罗斯福总统巴不得日本成功呢。”托马斯将军哼哼着说。

看着一众严肃的幕僚，希德知道他只能签下那个漂亮而沉重的名字，不管愿不愿意，这是他的责任，更是他的义务。他在解密文件中也曾看到，美国高层早就知道“9·11”危险临近，而他们放任这悲剧的发生，并在事后第一时间将目标锁定为与袭击完全无关的伊拉克。

终于，他对全球发布公告，呼吁袖手旁观的国家们加入美国的阵营，将那些极权国家及其仆从国彻底打败，让人类永远消除极权主义的威胁。他甚至播放了俄罗斯和中国的几颗核弹是从哪里发射又是如何钻过美国拦截网的证据，而那只是技术部门做出来的逼真画面。不得不说，最高权限的赋灵算法真是太好使了——技术部门从悟空工业得到了一切，幸亏听了迈尔斯和中情局局长的话，下手之时没有顾忌什么法律程序。

面对美国政府这空口白牙的诬陷，联军连争辩的机会都没有，因为美军已经摧毁他们的通信系统。随着俄罗斯全境忽地变黑，这个庞大国家的电力网被彻底拔掉，看着乌黑一片的敌国，希德觉得内心的负罪感在渐渐减少……就当是为死在俄罗斯人枪下的美国人报仇吧。

出乎意料的是，中国太空军竟然发动了反击，他们派来一大片小型空天无人战机，高速冲向了美军舰队，那是几十艘奇怪的凹面飞船，一进入太空便排成了一个圆，在接近美国舰队屁股后面四千多公里处引爆了装载的核弹——这本来没什么用，太空里核弹的爆炸杀伤力仅限于热能和射线。正当美军对此鄙夷时，却发现飞来一张巨大的网——至少在雷达上显示的是这样。十几秒钟后他们才知道，那是敌人爆出的钨合金弹丸，那些飞船只是一颗颗巨大的定向雷，它们用核弹向美军喷射出了速度惊人的钢铁暴雨。

美军战舰虽然灵活，却也拿这陨石雨般的弹丸毫无办法。躲避是来不及的，病毒式无人机只能挡在战舰之前，它们瞬间被砸得七零八落，美军这支舰队也被砸得几近瘫痪。联军残部趁机对美国卫星发动了打击，没过多久，交战双方基本上都只剩了地面雷达。而中国人还不罢休，派出两艘抹香鲸般的铁头战舰撞向了美军第三舰队，它们虽然慢吞吞的，可那厚达十米的前装甲却挡住了美军的弹雨。它们一直闯入第三舰队的腹地，用一串核弹和六千多名美军官兵同归于尽。

“请你和我解释一下，托马斯将军，你不是说不管是在太空还是低空，我军都该所向披靡的吗？为什么会是现在这个样子？”在作战中心指挥室的总统对国防部长大发雷霆。

托马斯将军毫不在乎地昂着头说：“别担心，我的总统，我们的祖先干掉印第安人也付出了不小的代价，这才哪儿到哪儿啊？中国人总会有点邪招儿的，你得让他们积极地反击我军，这才能彻底歼灭他们的力量，否则月球的新式飞船降下去会有危险。”

“中国人到底在做什么？他们把一小半舰队弄哪儿去了？”总统对这事一直没想明白。中国人上来就搞自杀式攻击，一支庞大的舰队却没了踪影。

“这事我们也没弄明白，只知道有几十艘战舰朝着太阳的方向去了，现在还在加速中。”

“活见鬼，他们去那里干什么？”

“谁知道呢？中国人就是这样难以捉摸，我认为他们只是想跑得远点儿，好保存实力来和我们谈判。”

获得了悟空工业优势算法的这半年中，美军独占的月球基地灯火通明，他们用悟空工业的机器人生产线完成了上万台病毒无人机和数不清的战斗机器人，还造了几十艘模块化的核聚变动力飞船。这些战争怪兽就像个巨大的弹药库，能携带千名战斗机器人降下云端，对敌国的重要城市进行占领。看到这支大军如今整装待发，希德总统还算满意地点了点头，脑海里不由得浮现出星战中帝国那威武的样子。托马斯将军说得没错，打仗怎么会不死人？

过快的征服让他有点手足无措——是将这些国家的政府都换成美国的傀儡，还是干脆将它们都并入美国？英国、加拿大等死党国家已经表态支持美国，而他对这些没骨头的墙头草一概不理。让他头疼的反倒是国内的事，国会炸了锅，反对党在呼吁发起对总统发动战争的调查；反向舆论也在爆发式增长，各类媒体甚至工人党的媒体都对他大加批判，美国诸多城市出现了大规模抗议游行——真见鬼，这些愚蠢的人民要正义甚于要胜利，却不管美国曾经处于多么危险的境地！

不是全球主流媒体都是量子委员会在控制吗？为什么在一边倒地骂他？希德现在明白了做一个总统有多难，而他并没有做好“独裁”的准备。这令他如芒在背，往深了想会喘不过气，他自认决不会变成一个克林钦科那样的独裁者，又眼睁睁看着自己正走在这样一条路上。

在一屋子幕僚之中，助理迈尔斯不以为然地晃着脑袋：“总统先生，这种声音全部扼杀既不可能，也无必要，与其现在在媒体上与敌人一较高低，我觉得你现在更需要完成最后的征服、彻底的征服，包括对美国人民的征服。”

“你们要逼着我向美国人民开枪？”希德愤怒地捶着桌子。

“是美国人中的卖国贼，总统先生。”助理昂首而立，他此时倒更像一个总统，“上帝选择了你带领美国走过红海，但你必须有勇气、魄力和隐忍去背上这具十字架，把这场战争进行到底。”

“说得没错！卢克，这可是人类历史上第一次能够将全球统一的战争，百年之后，你会比拿破仑、华盛顿和成吉思汗更加伟大！”托马斯将军的声音没有丝毫阿谀之腔，话中甚至带着明显的压力。

犹豫之间，一个作战参谋急匆匆走进了办公室，告诉他们一个好消息：月球基地的十八艘核聚变动力飞船整装待发，战斗机器人已经全部装机。

希德并没有像别人那般欢呼雀跃，而是脸色惨白地呆坐在椅子上。当这支大军降下云端、横扫地球，一切都将不可掉头，那将是尸山血海。

“和我们预估的一样，敌人以为我们的太空军已经完了，所以才敢如此抵抗。如今敌国的所有作战单元已完全暴露，正是给他们最后一击的时候。”托马斯将军兴奋得满脸红光。

“能否以此先劝降敌人？”希德摸着桌面小声说。

“开玩笑，你不能像个小孩子一样幼稚！”将军大发雷霆。希德听得刺耳，正要发作，却见将军们一个个都绷着脸，眼神里流露出毫不掩饰的蔑视。

“总统先生，马基雅维利曾经说过，如果面对一个伟大的目标必须做坏事，最好一次把坏事做绝……”迈尔斯说。

希德抱着脑袋想了很久，被从未体会过的恐惧包裹着，看着满屋子幕僚那铁青的脸，他又感到前所未有的恐惧。终于，他咬着牙下了命令：“对敌人全面进攻，同时执行国家安全紧急法案，打击所有的反抗行为。”

“这件事要过国会……”一位将军皱着眉说。

希德知道他在说什么，但满屋子人没有一个跳出来反对的。这些该死的家伙，什么都要让他做决定、让他背锅，因为史书之上，一定会写下是谁发出了这个命令。

“国会的问题交给我吧，迈尔斯，帮我约一下议长。”他无力地说。

当月球的太空军降下云头、配合海陆空三军全线出击，投入战场的美联军兵力达到了数百万人。可战事没有按照托马斯将军的预判顺利推进，占领敌人的首都或者要塞成了噩梦，处处都是寸土必争的抵抗。前线部队损失惨重，登陆作战如陷泥潭，哪怕是将其炸成一片焦土，逼近敌国边境的舰队和飞船还是会受到中远程导弹的攻击。敌人的导弹像是忽然变聪明了，它们用诡异的飞行路线钻过重重拦截网，精确地命中各战区的要害。

攻占新加坡的战役就像一场噩梦，深埋地下的机器人地雷威力惊人，它们会在半夜钻出地面，撞向战斗机器人、坦克、车辆、物资中心和兵营，还将登陆部队的指挥中心炸上了天；还有些奇怪的长得像一只只鹞子的无人机，其非金属的材料在雷达上只是一条虚线，可这些东西成片飞来，闪躲腾挪地就摧毁了地上的一切。这个岛连一半还没占领，就已经有两名将军死于非命。技术部门解剖了几只“活捉”的无人机和机器人地雷，惊讶地发现它们的控制器非常先进，而且用了和美军一样的赋灵算法。

坏消息接踵而至，敌军一颗核弹钻过了密集阵防空网，在横滨的美军基地上空爆炸，正在集结的十多万部队一瞬间灰飞烟灭。敌人潜艇释放的核弹也开始在美国领土上炸起，纽约和华盛顿被氢弹击中，两座古老的城市化作焦土；不知哪国的间谍在美国几条重要的河流中投放了生化病毒，还在美国本土刺杀了几十名官员；敌国裔的美国人也开始造反，庞大的印度人和中国人群体发起了暴风般的网络攻击，俄罗斯人干脆在美国中部爆开了一串脏弹，剧毒的放射物借着季风而下，让美国西南部几个州一夜间变成了废地，上千万美国人正在死去，数千万人正在拼命向墨西哥奔跑……

严重的损失之下，太空军开始对敌人的城市倾泻弹雨，将它们一座座化作废墟。但这些国家好像打了鸡血一样，哪怕已经被打得退回了石器时代也绝不投降。柏林上空的一艘核聚变飞船因为飞得太低，被德军的两台激光炮烧了个透穿，那东西冒着烟栽在广场上，数百名美军被愤怒的民众揪出来踩成了肉泥。

闭着眼希德也能猜到，敌人正在用谢尔盖给的算法在大后方的基地和山洞里制造先进武器、更新指挥系统。摧毁他们的政府尚有可能，占领这些国家的领土却是痴人说梦。美军能力再大，也无法将他们的国土翻个遍。

当联军开始变得不择手段，这样的战争就像一战时的凡尔登。面对这可怕的状况，希德只能让美军以更严厉的手段予以还击。太阳般的核爆火球此起彼伏，莫斯科、北京、马德里、伊斯坦布尔、柏林、巴黎一一化作废墟……

加入战争的国家越来越多，甚至脱离两大阵营出现了乱战，没有谁是坚定的盟友，背信弃义随处可见，疯狂之举更是比比皆是。没在这场战争中掺和任何一方的沙特阿拉伯也招致横祸，挨了几颗不知来由的中子弹，骑墙作壁上观的以色列就更别说了，两颗不知哪来的氢弹将这个弹丸国家抹得干干净净……

看着卫星拍摄的红色地球，希德总统终于想到了问题的关键——收拾悟空工业、夺走谢尔盖所有的技术，是不是恰好上了这个老同学的当呢?

70. 谢尔盖

那本日记快被谢尔盖翻烂了。他彻底陷入了它，就像听一个有趣的疯子在街头自说自话，又像是父亲对这世界那未卜先知的箴言。这些只言片语让父亲的形象饱满起来，也让谢尔盖在这段日子中体会着平静。

但谢尔盖对一件事难以理解：父亲自以为看清了世界的一切，为何又会选择在联合国大厦门口自杀？这本日记不提供任何答案，也没有给出什么线索，在他死去的前一天，他甚至还描述了纽约的雪。

“雪不该下在曼哈顿这种地方，就像将花朵撒在坟墓上，无人在意它的美丽，为了出行的方便，人民想尽办法让它用最快的速度变成路边的泥泞，撒了速化剂的雪转眼变成灰褐色，当阳光洒在上面，就像这座城市长了疥疮。大雪纷飞的时候我从窗外望去，看到街角一个长发流浪汉在弹着一台破钢琴，似乎是柴可夫斯基的一段小品，他让这座城市瞬间显得高贵，而路过的行人却并不驻足倾听……他不是弹给他们，也不是献给这座城市，他只是弹给这场雪和自己，当夜幕降临，他也许会走去对面的小酒馆要一杯烈酒，坐在昏暗的角落里，用一晚去想念爱过的人。”

门发出了轻微的声响，一个黑人看守长开了锁，侧身让进来几个特工。外面下起了雨，雷声在大海上滚过。他在阳台的躺椅上站起身来，扶着栏杆又望了远方一眼。暴雨中的海面上飞着一群灰色的鸟，似乎在翻滚的乌云和汹涌的海浪之间无比绝望，但谢尔盖知道，它们只是在享受这刺激的时刻，这些勇敢的鸟对此了然于胸。

他被押着走出了简陋的监房，沿着一条林荫道走向停机坪，随后被押进一架空天飞机。没人再给他戴眼罩。飞机垂直升起、直奔太空，看着渐渐远去的地球，他不自觉地拧着那块父亲留下的表。

低头望去，目力可及的半个地球浓烟密布，随处都是冲天大火，好像这颗蓝色星球挨了一顿陨石雨。那是一片燃烧的森林，那是一座燃烧的城市，还有几座喷发的火山，想必是被核弹引爆的。欧洲、亚洲和美国众多的城市漆黑一片，反倒是非洲依旧灯火通明——这不是他熟悉的地球，这是他看清的人类。

双圆环形的里根号空间站出现在前方，淡蓝色的外壳映着炽烈的光，就像一件浮在太空里的艺术品。密密麻麻的病毒无人机环伺着空间站，围成一个圆整的球体。它们给这架飞机让开了一条通道，绿色的信号灯指引着飞机降落。停机坪上满是荷枪的士兵和威武的战斗机器人，速射炮和导弹架指着黑黢黢的太空。进入恒温恒压的人工重力区，等候他的是总统助理迈尔斯，他对谢尔盖伸出手来，问这些天是否还睡得好。

“现在说这个你不觉得太矫情了嘛。”谢尔盖冷笑着指了指地球，那里正火光冲天。

“说得是呀，但别忘了，你才是这一切的始作俑者。”迈尔斯侧身一让，示意他随自己来。空间站忽然发出一串刺耳的警报，喇叭播报说几十颗高速导弹正在飞向这里，士兵们跑动起来，各式武器在哗哗扭动，病毒无人机蜜蜂一样飞动起来，向着地球的方向射出了密集的弹雨……

谢尔盖一步步走在晶亮的地板上，对这一切视而不见。脚下传来隆隆的震动，太空站启动了动力系统，美军依然担心它被击中。

西装笔挺的希德抱着胳膊站在环形的十几块大屏幕前，就像一个人看着电影。屏幕上是全球的战报或者画面，但他似乎什么都没在看，而是透过这些画面盯着正前方的地球。

见他来了，总统对迈尔斯和特工们点了下头，门关上后，偌大的房间里只剩了他俩。桌上的杯子在震动中哗哗作响，好像旁边有列车驶过。谢尔盖沉默地站着，等着这位总统先开口。

“你猜到我会让你来这儿了，是吗？”总统给他端了杯咖啡。

“不，我没有，请给我来杯威士忌。”谢尔盖坐在了沙发中间。

希德似乎并不介意，又给两人各倒了一杯酒，坐在了他对面：“很抱歉，谢尔盖，这段日子委屈你了，好在关塔那摩的阳光还不错，你的气色比我想象中好得多。”

“多谢你的特殊照顾。”谢尔盖喝了一大口，浑身登时热了起来。

总统的脸冷了下去。“谢尔盖，你把那算法给了美国的敌人，战火因此弥漫到了全球，纽约和洛杉矶也化为灰烬，这就是你要的结果吗？”他指着燃烧的地球说，“你自称是个爱国者，却既不支持美国击败敌人，还用最愚蠢的方式让大战爆发，导致上亿人的死亡……”

“总统先生，这是我听过的最无耻的话。”谢尔盖冷笑着，“我真是低估了你的残忍，卢克，那三颗核弹是你下令自爆的吧？这可真不像是你能干出来的。”

卢克·希德做贼心虚般两边看着，自嘲地一笑：“这本来是一场只会死掉百万甚至几十万人的战争，一个十二小时就可以结束的战争，一个可以带全球走入久远和平的战争……”

“是一场让你成为全球独裁者的战争。”谢尔盖轻轻打断了他，“在此情况下，我们有义务将最先进的算法分享给被侵略者，现在看来这很奏效，对吗？”

“你错了，老兄。”希德呵呵笑起来，他的脸上挂着油，敞开的衣领口汗津津的，“虽然敌人的抵抗很顽强，但彻底打败他们只是一周内的事。我们之间还是坦诚以待吧，你一定能猜到我现在有多忙。”希德总统毫不在乎地晃着酒杯。

“你说的是哪件事？”谢尔盖故作迷惑。

“你肯定还留了后手，在等着用它换自己的命。”希德那张脸轻轻地抽搐着，“我希望你认真听我下面的话。是你和人民将我送上了总统的位子，我深感责任重大。如果你相信美国的民主、法治和平等，相信你的技术可以让人类变得更好，那就相信我完成这一切之后的美国和世界。我完成我该做的事，而你可以协助政府去完成随后的全球治理。如果说消灭敌人、统一全球是这样的代价，我乐于承受世人的指责。”

谢尔盖没有耐心听他的长篇大论：“别逗了，卢克，听说你昨天刚解散了国会，机器警察正在镇压示威的百姓。”

希德总统纳闷地看着他：“我还能怎么做呢？如果你以为因此失去了什么，觉得没了和我掰手腕的筹码，我们反倒可以建立完全的信任了……在我的任期内，悟空工业可以成为人类历史上最强大的公司，但你必须效忠美国政府。”

“出卖完了我和悟空工业，再借刀杀人，干掉科学委员会所有人，卢克，谁敢相信你这种人的话？”谢尔盖冷冷地说。

“你必须明白，我正是为了保卫美国的宪法才必须先破坏它。”希德慢慢走近了谢尔盖，就像要拥抱一样，但他只是从一旁的抽屉里拿出一个文件夹扔过来，“我的朋友，检察官已经为你准备了一米多厚的罪状，陪审团所有成员都会认为你有罪……你再强大，也没有能力挑战美国政府。”

谢尔盖平静地看着他：“不用将我带去法庭了，审判未必会如你的意，我也不想再添新的耻辱。”

“你就不能像从前那样和我站在一起吗？”希德的眼里竟然有了泪光。

“不，卢克，我不会。”谢尔盖的脸上挂着他那标志般的冷笑。

希德的脸难看得像月球背面，他疲惫地站起来：“那好吧，谢尔盖，历史将会把你我记下，我的铜像会饱受争议，而你的墓碑将满是唾沫。”

有人敲门，迈尔斯助理和太空军司令板着脸走了进来。希德一愣，随即招了下手：“正好要叫你们，彼得罗夫先生看来是铁了心。”

“您的命令是什么？”迈尔斯问。

希德罕见地咬着嘴唇，满脸阴沉地看着谢尔盖：“谢尔盖，别让我这么做……”

“我未必是个君子，但绝不会与魔鬼同行。”谢尔盖说。

希德对迈尔斯点了下头，随即向门口走去。他打开门要出去，门口两个士兵却伸手拦住了他。希德纳闷地看着他们：“嘿，你们俩脑子坏掉了吗？”

“请你回房子里去，总统先生。”托马斯将军带着一队士兵走了过来，将军的脸就像是霜打了一样。他的身边跟着一个亚裔的漂亮姑娘，希德用了好一阵子才想起来，这是谢尔盖那个日本情妇。

“托马斯将军，这是怎么回事？护卫！迈尔斯！”希德的脸登时铁青起来，这才想起回头看向谢尔盖。他的老同学兀自端着杯坐在原处，而他那忠诚的迈尔斯助理，正拿着酒瓶子给这个人倒酒。

“卢克，全世界都会看到你我刚才的那番对话。”谢尔盖站起身来，放下杯走到希德面前，“等候你的将是一场审判，检察官会给你准备至少一米厚的罪状，我得提前恭喜你了，你可能是第一个被判处死刑的美国总统。”

希德那张脸扭曲起来，难以置信地两边看着：“我……不太明白，迈尔斯？士兵！”

“总统先生，我只忠于美国的宪法，而你已经玷污了它。”迈尔斯义正词严地说。

“真难以想象，你竟然下令引爆了我们自己基地里的三颗核弹，你这狗娘养的！”粗壮的托马斯将军气呼呼地扭住了总统的胳膊，将他狠狠地推向了士兵们。

希德显然被搞蒙了，这可都是他们的主意啊？他此刻脸上的疑惑多于恐惧，愣愣地被士兵扭转过去，咔嗒一声戴上了手铐，一时竟然忘了自己的权利——除非国会允许，没人能给总统戴上手铐。

见总统大叫着自己的权利，谢尔盖摇了摇头：“这么快你就忘了？卢克，你已经把美国国会解散了……托马斯将军，我可以走了吗？”

“是的，彼得罗夫先生，虽然我不是法官，却知道您是无罪的。”将军恭敬地说。

“如果你需要，我可以派一艘飞船送你去想去的地方。”迈尔斯走过来说。

“不用了，我坐乔子的飞机走。”谢尔盖背着手走到希德面前，在他耳边轻轻地说，“谢谢你做的一切，我的总统。”

希德拼命摇着脑袋，似乎不相信眼前发生的一切：“这到底是怎么回事，谢尔盖，你不能就这么走了，你和我说清楚！”

谢尔盖不想再搭理这个人，他看了眼乔子，她便款款走来，拿着一个小东西在希德的胳膊上轻轻一刺，然后按了下手里的一个装置。“希德总统，你将被交给国会和法院，对自己所有的罪行供认不讳。”乔子说。

“是的，我将对自己的罪行供认不讳……”希德的脸慢慢松弛下来，就像学生在重复老师的话。

谢尔盖深深喘了口气，和乔子漫步走向她的影武者飞船，加贺和几名高大的武士机器人背着电弧刀站在停机坪上，旁边是持枪守卫的美军。他们同时向自己敬着军礼，这情形就像做梦。

两个月前，谢尔盖制止了乔子毁掉影武者计划，代之以另一个方案：美国的确是日本的敌人，但它很快将是世界的公敌。他让乔子夺取元老会的权力，并以权限最高的赋灵算法更新脑虫控制系统。希德一定会发动世界大战，但他的敌人也不会束手待毙，谢尔盖让 Boss 分享的算法可以提高他们的抵抗力。但他的目的并不是让美国像当年的德国一样被反攻干掉，消灭希德控制的美国政府既解决不了美国的根本问题，也解决不了人类的文明问题。

付出这样的代价，他必须考虑如何让人类进入新的世界。

“你真的要坐视美国发动这场战争？谢尔盖，你知道这会死多少人吗？”那一天，乔子被他的计划吓得面无人色。

“这是没有办法的事。每当我努力想用最小的代价去完成使命，就会死更多的人。”

“可是，有人会问你，你有什么权力决定让谁去死？又有什么权力让谁成为代价？”

“我没有这个权力，乔子，就是上帝也没有这个权力。”谢尔盖盯着她的脸，“但我们现在拥有为人类文明未来一锤定音的能力。不走出第一步，制度之恶将永远让世界在地狱里徘徊。”

乔子圆睁着双眼，似乎被他描述的未来吓到了，可她最后只是抱住了他：“人类未必会领你的情，但不管你将来是什么下场，哪怕被放逐到冥王星去，我都会陪在你的身边。”

看着列队两边的战士们，谢尔盖此刻心如止水。就这样开始了，仅仅一夜之间，他已经做到了翻天覆地。“名单上的人都已经完成注射了吗？”一进入机舱他就问道。

“是的，全球所有的国家元首、重要的幕僚、企业家和意见领袖，他们都将拥护地球联邦的成立，也会拥护你成为新联邦的领袖。”乔子激动地说。

全球已经有三千万人在这两个月中完成了脑虫的秘密注射，包括科学委员会的大部分成员，而能否执行成功都取决于这个全新的应用程序——它既可以控制之前所有的应用程序，也可以让寄生算法爆发出惊人的力量。

“萨拉特先生找到了吗？”

“是的，他执行了你的命令，三百多艘飞船已经出发了。”

“狼上尉呢？”

“中国人找到了他，他已经和一支舰队在路上，你随时可以联系他。”

谢尔盖深深喘了口气，激动令他差点流下泪来。他点了支烟，轻抚着乔子的头发：“亲爱的，希望我对得起那些不得已的牺牲……”

乔子深情而满怀崇拜地看着他，咬着字句说：“不管结果如何，你都不必对这样的人类心存愧疚。还有就是，所有的秘密都已经消失了。”

谢尔盖对此不置可否，但就算珠峰下面还有人活着，满是核污染的那里也无法开展救援。深渊之中埋葬着他最亲密的伙伴，也埋藏着最后的秘密。

他们来到卧室，心照不宣地抱在一起，从这里到缪斯空间站只有两个小时，他们都已按捺不住，就像第一次见面。乔子在星光的照耀下放声尖叫，让眼泪肆无忌惮地奔流。地球上每秒都有人死去，而生命将会在未来像森林一样再度勃发。

“谢谢你救了我，谢尔盖。”

“是你救了我。”

仅仅一天过后，美国国会重新建立，全票通过了罢免希德并将其交付司法审判的决议。副总统罗伯特·怀思升任为新的美国总统，他随即下令美军全线停战，并代表美国政府向全球发出了和平呼吁。与此同时，全球互联网上开始出现成片的声音：停止战争，再度审议别列佐夫斯基当年提出的地球联邦成立草案，为人类的和平未来找寻一条出路。

和乔子说的一样，当升级的寄生算法对所有的被注射者发送了指令，各国都撤回了部队，并声明支持地球联邦的建立，他们甚至大度地宣布，这场战争虽然因美国而起，但如果最终和平可以实现、希德等罪魁也得到审判，这一切可以一笔勾销。各国决定为此成立一个专门的委员会，用以探讨和制定地球联邦的临时宪法。

谢尔盖又回到了月球公寓，让 Boss 安排着诸多事务，他的事情是如此之多，没有一件是小事。于是他先办急事，会见了久被囚禁的科学委员会副主席盖伊先生。盖伊还以为谢尔盖要将自己彻底羞辱一番甚至脱光了扔进太空出口恶气，可谢尔盖却只是微笑着伸出了手，让盖伊相信自己的真诚。他知道盖伊的一切举动，也知道盖伊为此承受的代价。

他们表达了对彼此的钦佩，谢尔盖建议盖伊重整量子委员会，因为地球联邦不能失去他们的支持。皮尔斯等人已经死了，盖伊理所应当地成了委员会主席。盖伊虽然觉得那个地球联邦的设想很了不起，却不相信天下政客和权贵们会一窝蜂一样变得人畜无害，支持这个联邦的建设。

“谢尔盖，你必须告诉我真相，如果我接受你的行为，我和委员会的一切力量供你差遣；如果我反对你的做法，你把我这把老骨头扔去太空就好，我也不会碍你的事。”盖伊瞪着谢尔盖的眼睛说。

虽然乔子对他屡使眼色，谢尔盖却毫不犹豫地说出了真相，他并不担心老盖伊会对他阳奉阴违，但其实不管对方有何异动，都可以用脑虫进一步控制。他对自己这个念头感到一阵害怕，竟不由得看了眼乔子。

和他想的一样，老盖伊低头想了一会儿，只是耸了下肩。“我对人类和你一样绝望，也不会有更好的办法。”盖伊伸出了手，“谢尔盖，这一切结束之后，不要让你成为另一个希德。”

谢尔盖握住了他的手，轻轻松了口气。

“可是，谢尔盖，你的实验室出事之后，所有的技术骨干包括史密斯教授都被美军抓了，那个赋灵算法最高权限的应用程序是从哪儿来的？”盖伊纳闷地问。

谢尔盖微笑着：“将来您会明白的。”

乔子的心放进了肚子。“如果没有用脑虫控制这些领袖，你觉得他们会考虑重启这个地球联邦草案的审议吗？”她问盖伊。

盖伊摇了摇头：“绝无可能，他们只会将战争进行到底。”

“我们马上会面临新的问题，注射的脑虫只能持续六个月，届时是否持续为他们注射？”乔子问他们——他们已经是伙伴了。

谢尔盖和盖伊先生对视着。见他有些犹豫，盖伊便说：“只能如此，他们必须保证联邦的建立、完成和运转，如有必要……”

见他看着自己，谢尔盖说出了老人不敢说的话："如有必要，我们必须控制他们的后半生。"

乔子战战兢兢地看着他们："可这样，你会……"

"我终会被万人唾弃……"谢尔盖轻声说。

"而那时的人类会继续联邦，不再掉头。"盖伊先生扶着他的肩膀说。

71. 凯瑟琳

谁也没有想到，在这个节骨眼上，斯特恩博士竟然夺取了赤焰谷基地的控制权，还让美军用纠缠通信控制了一千多个机器人。

这消息令人毛骨悚然，还以为美军三个月才到，却忘了他们可以用机器人占领火星，当然了，这取决于基地开放机器人的远程权限。亚当斯等人赶紧切断了费弗尔低地和基地的通信，否则这里的机器人也跑不了。凯瑟琳手忙脚乱地帮大家按着身上的通信模块，脸色已是惨白——这意味着基地已经失守，他们这二十个人绝对夺不回它。

"队长，斯特恩博士把基地大门一关，我们就都得喝西北风。"杰克博士小声地说。

亚当斯颇感头疼，让格兰特博士放回一台无人机，它拍摄的基地画面让众人心灰意冷。一千多台机器人站在基地前，滑稽地看着自己的身体，其中一个正在和门口的斯特恩博士说着什么，看那副威严的样子，显然是同步了机器人的美军指挥官。交谈完毕之后，它命令士兵们列队出发，方向正是特斯拉城这边。

"机器人全速奔跑时速可达到七十公里，而同步者只需走路就行。"

格兰特博士算了一下，“顶多四个小时，他们就会到达这里。”

“幸亏我们关闭了它们。”常飞宇指着外面那几百个机器人说。

“可这有什么用呢？除掉有故障的，我们只有三百多个能用，美军可有两千多个。”格兰特博士沮丧地说。

斯特恩博士虽然控制了指挥中心，却还不能删除亚当斯的权限。他们因此看到了这支美军的信息。飞来的是美国太空军一支编队，一艘台风级战舰加三艘运输舰和一艘补给舰，携带有两千五百名官兵，指挥官为菲尔·希金斯上校。舰队拥有各式对地攻击武器，还带着上百辆各式战车以及重型战斗机器人——这是一支可以灭掉个小型国家的舰队，而赤焰谷基地连一支像样的枪都没有。

“天哪，我们会被以叛国罪投入监狱的……”

“若真如此，你可就名垂千古了，孩子，你要相信这样的政府不会长久。”正直的韦伯医生说。

“可他们就要让机器人来捉我们了！”有人害怕地叫着。

通信器来了信号：“亚当斯队长，这里是美国太空军巴顿号的希金斯上校，我奉命率领士兵进驻赤焰谷基地，请你配合我们完成对基地的控制。从现在开始，火星及其卫星已经是美利坚合众国的地外领土，没有我的同意，你们不能在火星继续任何任务。”

众人静静听着，一个个看向了亚当斯。窗前的队长看着火星的大地，轻轻按开了通话器：“希金斯上校，听到你的信息了，但遗憾的是我们必须拒绝你，不管美国政府出自什么原因，它在地球的行为已经违反了美国法律和全人类一切和平公约。火星和月球一样属于人类共同拥有的非军事化天体，不属于任何一个国家和政权。”

希金斯上校似乎被这强硬的回话噎住了，过了一会儿才说：“队长先生，我很欣赏你的勇气，但如果你不接受命令，要为此承担全部责任。”

说完，上校挂断了。

“天哪……”杰克博士绝望地挠着头。

“纠缠通信不以电信号方式发生，我们没法终止他们的同步……”格兰特博士小声说。

“同步信号无法干扰，但我们可以干扰机器人本身，比如用这里的装备赶紧做一些电磁炸弹，或者一台亿瓦威力的微波仪，这些机器人就会被轰得彻底瘫痪。”一位工程师说。

“这是个办法，但那些机器人也就完蛋了。”亚当斯转过身，“机器人是我们在火星上最宝贵的财富，我们需要它们建造基地甚至生产飞船，不到万不得已不要消灭它们。”

“没错。”格兰特博士说，“如果我们不想让火星落入一个独裁政府之手，就需要机器人为我们生产一切需要的东西，包括武器。”

“上帝呀，那可是一支舰队，你们……你们难道不想回地球了吗？”化学家科曼抱着脑袋叫道。

“嘿，老弟，我们这可是民主决策，而你行使了投票权呢。”常飞宇讥笑道，“诸位，你们可都是科学家，脑子怎么都这么不好使？”

“好了，常大师，请你说‘英语’。”队长耐心地说。

“是这样，大家都把耳朵竖起来。”常飞宇转着圈说，“一千五百个美军同步的机器人扑过来是挺吓人的，可你们有没有想过，当美军同步进这些机器人，他们其实已经放弃了机器人自身的能力，而是将它们当成了同步木偶，我们面对的只是一千五百个跑来的木偶美军。如果我同步进一台这里的机器人，一对一和美国大兵同步的机器人打架，未必会落下风。”

“你开什么玩笑？我们只有二十个人，顶多同步这里的二十个机器人。”卡梅隆先生摊着手说。

“嘿，有人在家吗？我都说得这么明白了，你怎么还不开窍呢？”常飞宇用一根手指敲着卡梅隆教授的大脑袋瓜子说。

“你是说，我们让这几百个机器人去对付它们？”凯瑟琳似乎想明白了。

常飞宇狡黠地笑起来：“是的，亲爱的，还记得匹诺曹是怎样揍黑田的吗？”

被美军同步的机器人分成两大队，浩浩荡荡跑向费弗尔低地。战士们第一次“来到”火星，对这种在太空里就能同步操控机器人的法子兴奋不已。调整了前进模式的士兵们在火星上跨步飞奔，时速惊人，但新鲜劲儿没过多久，枯燥的地貌和笨重的同步仪开始让他们疲惫不堪，哪怕只是在同步仪里走路。为了鼓舞士气，希金斯上校改变了线路，进入巴比伦斜坡去抄近路——那个大峡谷里的费弗尔低地里是一群什么人？面对这支大军的到来竟然还敢负隅顽抗？疯了吗？

翻过一座小山包时，打头的小分队忽然嗷嗷叫起来，两个机器人稀里哗啦地摔下了山坡。士兵们纷纷驻足眺望，瞅着山坡上一个鬼魅般的影子。它披着奇怪的斗篷，裹着一块黑色围巾，还戴着鬼画符一样的面具，手拎一根长长的钢筋，正居高临下地看着战士们。慢慢地，它身后又出现了几个，很快山顶就站了几百个和它一样打扮的。这简直像见了鬼，士兵们慌得满地散乱，机器身体叮当乱撞，还以为遇到了传说中的火星人。

“怕什么？那只是和你们一样的机器人，你们现在是钢铁之躯，命也不在火星上，怕什么？”希金斯上校虽然也心中发毛，依然号令大家保持队形。队列既成，他挥舞着机器铁臂，让士兵们和他一起发起了冲锋。

一交手士兵们就知道错了，他们毕竟第一次操作同步机器人，戴上眼罩接上导线，浑身的军队功夫已忘个精光。对方却一个个好似东方的武林高手，抡的砍的都是凌厉的功夫。它们披着建材包装布，还有的干脆只是刷了身吓人的绿漆。可这些家伙杀进人群中直如砍瓜切菜，几下就放倒一个，一见对方倒地，后面的在其后脑勺一阵按，这个士兵的机器人就断线了。

这不是多数对少数的群殴，而是武士对士兵的狂虐。才十几分钟过去，士兵们已经倒下了几百个，对方却只倒下了十几个。上校看着不妙，让大家聚合起来形成钢铁堤坝，十几个对付一个，搂胳膊抱腿揪脑袋。可对方立刻变了战术，排出了奇怪的三角阵型，还长枪短棍地配合起来，又倒下上百个之后，希金斯知道断无获胜的可能，只能下令撤退。

兵败如山倒，士兵们哗啦一下散了，顷刻间跑得满山坡都是，就像一群被野狼吓跑的绵羊。

“它们为什么都会功夫啊？是中国人在同步它们吗？”抱头鼠窜的士兵叫道。

“他们不是只有二十多个人吗？”

“你这傻瓜，那些机器人没有同步呀！”

跑也不易，士兵们跑路用的是人腿，对方却是真的机器，追起来一步四米、一跃丈高。见追兵凶狠，希金斯上校干脆下令以排为单位散开、逃向荒凉的大峡谷原野，先躲开这些要命的家伙，再想办法绕路去进攻费弗尔低地。

可是，这些功夫机器人也立刻散开，两三个一组地分头去追，竟是不弄死他们不罢休。上校再无他计，也开始体力不支，他们弯腰喘气回头站住，准备决一死战。追来的机器人却毫无疲惫之态，就像老西部片中那些可怕的杀手。

“所有的士兵，断线吧，这是命令。”上校像狗一样喘着气、咬着后槽牙说。

斯特恩博士不会想到，前去抓捕亚当斯队长等人的机器人大军竟然有去无回。当它们再度出现在基地门口，已经成了亚当斯队长那边的军队。希金斯的士兵们几乎累瘫，虽然不少士兵继续同步、保卫基地，却不敢再让他们出战。占据了基地就是优势，斯特恩博士笃定亚当斯不会把这儿拆了。擎天柱和两台巨灵神被布置在指挥中心前，和其他机器人形成了铜墙铁壁——对方只有两三天的粮食，必须坐下来谈判。

浩荡的机器人大军停在了基地门口，比美国大兵站得齐多了。亚当斯下了车，旁边跟着凯瑟琳和常飞宇。同步了机器人的希金斯上校和斯特恩博士前去谈判，双方客气而理智，却鸡同鸭讲。上校劝他们不要抵抗，保证他们安全回地球去。队长却说决不投降，否则就拆了基地，就是人都没了，机器人也可以去打游击，美军只要敢降落就让他们有来无回。

“听说你们让机器人学会了功夫？”希金斯上校对那对情侣说。

“那只是它们的一场热身。”凯瑟琳故作得意地说，她非常担心斯特恩博士也让机器人们学会这个。

“那是因为我们的机器人没有端枪。”上校板着脸说，“你们不要这么天真，我只是在执行任务，大不了把你的机器人全部干掉，请你不要逼着我这么做。”

“上校，别忘了你效忠的是美国人民，而非一个想控制世界的独裁者。在你下手之前，还请问问自己的良心。”亚当斯说着看向斯特恩博士，“你呢？斯特恩博士，你不是一个信仰坚定的人，但也不像是中情局安插的奸细。”

斯特恩博士的眼神闪躲了下：“是科学委员会。”

“哦，那就说得过去了，他们已经是希德的走狗了。”亚当斯看了眼指挥中心。

“亚当斯，你不要再对队员们进行道德绑架，这是大势所趋，没人拦得住的。”斯特恩着急地说。

“真的吗？”凯瑟琳微笑着指了指塔楼。上校和斯特恩博士纳闷地回头，看到指挥中心的窗口竟然出现了阿卜拉辛和丹妮斯的身影，他们的身边还站着一个亚洲面孔，是那位已经在地下室关了两月的黑田俊雄。

亚当斯队长等人向后退去。“很抱歉，上校，看来你又得断线了。”常飞宇笑着说。说着，上校和基地里的机器人全部耷拉了脑袋。

“斯特恩博士，黑田那间小牢房还热乎着，希望你不要觉得太小。”亚当斯冷笑着说。

在原野上击败美军、夺回基地之后，亚当斯本来为如何攻进基地又不破坏它而发愁，可凯瑟琳却早就想好了。她举起平板电脑给大家看基地的监控画面——斯特恩不是个马虎的人，但他漏掉了一个不起眼的家伙——清洁工匹诺曹，而常飞宇控制它只是分分钟的事。

接受了命令的匹诺曹打开了基地的地下室，用语音对黑田转达了亚当斯队长的话，表示如果他愿意合作，之前的事一笔勾销。日本人毫不犹豫地接受了建议，因为美国政府已经是他们共同的敌人。强悍的黑田和匹诺曹“双剑合璧”，两大高手袭击了看守的机器人，带着阿卜拉辛和丹妮斯攻进指挥中心，重新获得了控制权。

“这又是你的鬼主意吗？”消瘦的黑田瞪着常飞宇说。

“真是抱歉，黑田，这次是凯瑟琳，我其实早就建议把你放出来。”中国人皮笑肉不笑地说。

72. 常飞宇

兵不血刃地夺回了基地，队员们擦去冷汗，纷纷拍着匹诺曹的肩膀。亚当斯让大家别太得意，因为根本的危险并未消除，希金斯上校肯定在让舰队的驾驶员狠踩油门呢。

“我们可否现在开始制造武器？武装机器人那种，我们可有三千个机器工人。”

“那三个月也造不出战舰，美军会将我们炸成渣儿。”

“造一些地对空导弹呢？”

“你知道台风级的战舰有多大吗？它的导弹拦截武器足有三十组。”

常飞宇坐在指挥中心的角落里，看着和大家争得面红耳赤的凯瑟琳默默不语。他不想破坏她那兴奋而紧张的状态，这单纯的姑娘陷入了一种“抵抗暴政”的快感，他为此欣赏，也为之摇头。女人可以闹情绪，但男人必须想办法——他们已经给了希金斯上校一个下马威，当战舰抵达火星，这位上校不会再好言相劝了。

亚当斯看来和他一样发愁，只不过都写在了那张缺乏立体感的脸上。他感谢了黑田，彼此达成默契后，让日本人恢复了原来的职务。他还对匹诺曹说了一箩筐好话，随即让丹妮斯将它的聪明劲儿调低了几个档次。

凯瑟琳忙着吵架，常飞宇便悄然退出，来到酒水间开了瓶酒。他总觉得这件事哪里不对，如果想不出问题的源头，就无法顺藤摸瓜想出办法。他对斯特恩博士一直抱有好感，事实上他比格兰特博士等人更像个科学家——金钱未必能让他做这个火星奸细，一定有别的原因。但美军着急上火地第一时间派来一支舰队占领火星，八成是斯特恩博士泄露了这里的发现。

更让他疑惑的是亚当斯队长。此人的确意志坚定，但他本质上是一名科普专家和畅销书作家，他在反抗美军、拒不投降这件事上所表现出来的，已经远远超出了他的身份所能承担的，他到底为什么这么做呢?

凯瑟琳终于和大家吵累了，气呼呼在酒水间找到了他，见他竟一个人喝酒，气不打一处来："你这家伙一点也不着急吗？为什么不参与讨论？"

"有什么结论吗？"他为她倒了一杯果汁。

"没有。"凯瑟琳红着脸接过来，"大家提了很多种方案，比如搬着全部物资藏去一个熔岩通道，甚至特斯拉城的山体内，造几颗太空里爆开的电磁弹。还有人提出把三千个机器人埋在地下等着美军降落伏击，但每一个方案都有问题。那毕竟是一支舰队，他们不用非到地面上来收拾我们。"

"说得是啊，我早就想到了。"他苦笑着举杯和她一碰，"琢磨一下没坏处，省得盲目乐观。”

“乐观？他们愁得连晚饭都不想吃了。你就没什么好点子吗？大家都希望你这脑袋有点贡献呢。”

“我明白，凯瑟琳……”他吻着她的嘴唇说，“美国人就是占了太阳系我也不会觉得怎么样，混乱一阵子之后，人类还是该干什么干什么，大不了个体的自由少一些呗，我们总会习惯的。”

“就知道你会这么说。”凯瑟琳生气地一推他，“你可别忘了自己的身份，就算美军对我们不会怎样，你这个逃犯可不好说。”

常飞宇呵呵笑了：“他们需要我的本事，希金斯上校对我可是印象深刻。”

“你这该死的，你就什么主意都没有吗？”凯瑟琳生气地拧着他的耳朵。

“急什么呀，还有三个月呢，这三个月什么事都可能发生，没准儿美军飞着飞着就掉头回去了呢？”

“这怎么可能？”凯瑟琳的眼睛瞪得溜圆，又似乎听出了他的弦外之音，“你是说美国发动的战争不一定能赢？”

“聪明的姑娘，我的确是这么想的。”常飞宇满意地笑着，她越来越了解自己了。

凯瑟琳不解地摇着头：“我们刚才看了地球上的状况，美国太空军横扫了其他国家的舰队，在太空里已经没有对手。照这个状况下去，没哪个国家能挡得住。”

“不，美国人真正的敌人不是那十一个国家。”常飞宇那狡猾的样子又露出来了。

“还能是谁？”

"是谢尔盖·彼得罗夫。"

凯瑟琳愣住了，似乎觉得他在说疯话："你不知道他被抓起来了吗？悟空工业已经不存在了，否则为什么命令我们的先是 NASA，然后又是美军？"

"正因如此，我才觉得美国发动的这场战争打不久。"他站起来靠近了她，"我虽然没见过谢尔盖，却知道这个人志向远大、计划周密、能屈能伸，一个这样的人，怎么可能这么容易就被希德一举 KO？又将那要命的算法彻底交给美国政府？"

"那现在的战争是怎么回事？他又为此做了什么？"凯瑟琳的声音也小起来。

"要是我没猜错的话，眼下的状况……可能是他愿意看到的结果。"常飞宇说出这句话的时候后背感到一阵发凉，"珠峰下面的实验室被袭击是早晚的事，我不相信他会猜不到，美国总统收拾他更是。一个能同时推进那个算法计划和火星安培计划的人，绝不是这样的智商。"

"你说得没错，常。"酒柜后面转出了亚当斯队长，他一脸深意地看着他俩，似乎已经在那儿听了很久，"既然你已经猜到了，按照谢尔盖的建议，他不希望队员们过早知道此事。"

常飞宇警觉地将凯瑟琳拉到了身后："这事和凯瑟琳无关，说实话我对这一切并不感兴趣，只是在打消她的紧张。"

亚当斯微笑起来："别担心，还记得我和你说过吗？当你爬上了这艘飞船，悟空工业的人就知道了，我之所以没把你扔下去，是彼得罗夫先生的决定。"

"他为什么要这么做？"常飞宇一动不动。

"其中一个原因是，你也是科学委员会的死敌。"亚当斯轻轻侧过身，“请和我来，他特意给你俩留了视频。”

在队长的宿舍中，常飞宇和凯瑟琳看到了谢尔盖录制的一段影像。他身着一身休闲西装坐在一幢古堡的壁炉前，淡淡地说出了下面的话。

“常先生，凯瑟琳，看到这段视频的时候，说明亚当斯队长已经认为可以告知你们这一切，很抱歉以这样的方式和你们会面。”

凯瑟琳紧张得大气也不敢出，她纳闷地看着常飞宇，他那张脸却没有丝毫的惊讶。

“常飞宇先生，我们其实对你早有了解，彼此也算颇有渊源。知道潘洛斯计划的人非常少，而我们很清楚你是其中之一，是你发现了我们实验室的那次算法逃逸，我们也因此发现了你。”

“哦？那次事件是你发现的？”亚当斯歪着头问。

常飞宇没理会，继续听：“其实多年之前，我已经对你没有指出实验室的更多信息铭记于心，布朗博士甚至曾将你列在潘洛斯计划的候选名单上，但后来我们发现你已经被科学委员会牢牢盯死，就没有去找你。但世界上的事情就是这么凑巧，你被关去了月球，还阴差阳错地钻进了前往火星的飞船。从那一天起我就告诉亚当斯队长，保护你的安全，保守关于你的秘密，观察你的行为。后来他和我说了黑田导致的那场危机，正是你拯救了基地，我对你的仗义深表感激，也对你的聪明非常赞叹。”

谢尔盖往壁炉里添了两根柴火，火焰便浓烈起来。“我曾经有一个误区，认为对世界文明未来危害最大的是科学委员会，我想你和凯瑟琳对此都深有体会。但最近我深刻地觉得，危害最大的仍然是随时可能被异化的权力。当然了，未来委员会一度暗中控制了这种权力，自认为是世界的主宰，但长期来看，当一个借助民粹和种族主义上台的领导人出现之后，终会让强势政府再度控制这些科技权贵。于是最坏的结果出现了——独裁者既控制了政府，也控制了科学和财富，那将是人类文明的噩梦。”

常飞宇在心里点了点头，和他的判断一样，谢尔盖果然心如明镜。但一个问题还悬在空中，谢尔盖走的路和科学委员会又有什么区别呢？

“如你所知，悟空工业一边在进行终极算法的研究，一边致力于地外行星的开拓和外星文明的找寻，我为此时刻处于濒临破产的状态，也一直受到科学委员会的遏制以及美国政府的窥伺。历史经验告诉我，一旦完成了这一切，他们立刻会露出牙齿将我撕碎。悟空工业会被消灭，所有的技术和基地会被抢走，而我八成会死于非命。在马斯克身上发生的事，迟早会在我的身上再度重演。只要人类的制度性结构没有改变，这个结局就是注定的。当然了，我也可以举手投降，赚得盆满钵满，但必须助纣为虐，只是人类的文明会因此走向黑暗，也许数百年都无法掉头。”

谢尔盖倾身过来，就像盯着常飞宇的眼睛一样：“人类的科技文明必须向前发展，突破科学委员会的回火禁令是必然的，但当那个伟大的时刻来临之时，我们必须同时解决制度文明的古老问题，让人类文明完成一次积极的质变，否则一切会适得其反。常先生，凯瑟琳，如果你们同意我以上所说的话，请现在就告诉亚当斯队长，他会给你们播放下一段视频，否则这件事可以到此为止。”

这对爱人面面相觑，又看着静静坐在一旁的亚当斯队长。凯瑟琳对常飞宇点了点头，于是他也点了头。

“谢谢你们的认可。发出这段视频之前，你们应该已经看到了横扫世界的赋灵算法，看到了科学委员会的一派慌张。你们或许会对我让美国政府为它背书感到鄙视，但应该知道这是我唯一的办法。而另一方面，希德对我们的支持是一柄双刃剑，刀锋已经架在了我的脖子上。我不得不给他一个相对优势的算法权限，以此看清希德的本性。如果他利用这个算法造福美国人民和人类，你们应该不会看到这段视频；如果看到了，这说明希德已经对我甚至整个悟空工业下了手，并随时准备发动一场全球战争。”

“他猜得可真准……”凯瑟琳自言自语道。

“他不是猜的……”常飞宇目不转睛地说。谢尔盖这番话表现出来的智慧简直惊人，这让他感到一阵胆战心惊。

“客观地说，虽然各有渊源，我对你们的信任是一步步建立的，你们二位在火星上做的事亚当斯队长都对我如实告知，我深感欣慰，也为你们能够在一起心存祝福。但是现在，想必火星也不再是一块安全之地，如果希德发动了战争，他会立刻派美军占领火星。但好在那是火星，太空军的飞船就是再快也需要三个多月的时间，这就给我们的计划留出了空间。”

谢尔盖站了起来，高大的身材显得有些佝偻。“我希望你们能接受一个现实，那就是不管我们怎么做，也不管有没有希德的上台，人类都已经无法避免这场战争。各国之间的矛盾，极权势力之间的矛盾，科技与制度文明之间的矛盾，都已经到了集中爆发的阶段，而我们完成的算法，很可能是引燃这个世界的一束火苗。这不是哪一个国家的问题，而是人类文明本身的问题，但我们又不能眼看着这场战争让人类倒退回石器时代，因此，什么时候制止这场战争、粉碎美国这个极权政府、推出一个全世界可以接受的地球联邦，这个时机和方式非常关键。”

“地球联邦？”凯瑟琳惊讶地张大了嘴。

“我们已经设计好了这个地球联邦的一切，从宪法、法律、组织架构和运营模式，它将在人类合意的基础上消灭国家，去除各个国家的军事力量，将所有人类之间的自我针对彻底去除。美元将不复存在，电子货币必须统一，用一种合理的方式普惠于全球人民。我们因此还完成了一套全球财富分布加以平衡的金融改革设计方案，一队专家用赋灵算法对这个模型测试了长达半年的时间，最后的结论是可行的。这套方案已经在亚当斯队长那里，看完这个视频之后就会自动解密。”

谢尔盖坐下喝了口水，双手轻轻拍了一下。“下面，我要说最为关键的部分了。常先生，当希德下令发动战争之时，一台终端会将和美国政府一样的赋灵算法发往全球，这样就算美军取得了一定的优势，其他国家也不会束手待毙。而你会收到一份赋灵算法的基础程序、一套没有任何应用改造和包装的源代码，它来自潘洛斯计划实验室，是那里的 AI 和一众专家的合力贡献。我希望你能够用它完成一个全新的应用程序，实现对全球赋灵算法程序的终极控制，并将它发去一个影子服务器。我们对你的能力做过多轮评估，都认为你可以完成这个工作——用最基础的赋灵算法、最高的权限设计出一个一剑封喉的应用程序。它可以停止战争、摧毁美国政府、实现全面的改革，并让全人类有信心在它的支持下建立一个全新的地球联邦。”

常飞宇听得脸色煞白、如坐针毡，浑身的血都在奔流着。在另一台电脑上，这个算法的源代码已经打开，那是他从未见过的一种计算机语言，被他熟知的 Cospa 语言对应解读着，他只看了几眼就知道，这竟是一个处于时刻变化之中的三进制算法，其精密的结构简直难以描述。

“为什么是我？”常飞宇自言自语地说。

“很简单，因为只有在火星做这一切才是安全的，而你和凯瑟琳的品德可以保证它不会被滥用。”谢尔盖的影像就像听到了他的话，“我刚才说过，在火星的你有至少三个月的时间。能否让人类停止战争，从此走入一个全新的文明，将取决于你的努力。”

“上帝……”亚当斯队长满含期待地看着常飞宇，看来他也是第一次看这个视频，那张不动声色的脸上写满了激动。

谢尔盖又说了几句，画面结束了。凯瑟琳一时竟有些蒙：“亚当斯队长，这不会是假视频吧？”

“绝对不会，你现在明白我为什么不对美军投降了吗？”亚当斯长长出了口气。

常飞宇却在一旁摇了摇头。

“怎么？”亚当斯问。

“听上去很美，可这样一个地球联邦……就凭这八十亿颗各怀心思的脑袋？”他摇着头。

亚当斯站起来，说：“我的朋友，文明的质变不可能一蹴而就，也没有一个标准答案。这个地球联邦的设计在人类历史上尚无先例，可他已经为此变得倾家荡产、身陷囹圄。”

“我会变成身揣魔戒的那个人……”他瞪着队长说。

“总要有这样一个人挺身而出，而上帝选择了你。万一哪一天需要靠你将它投入火山，你也责无旁贷！”队长的眼睛喷了火。

“不，除了我的责任问题，火星的这些计算机根本无法完成这项工作，你知道中央电脑只是初级量子计算机，它根本无法分析这个三进制的拓扑源程序。”

“这你倒说得没错。”亚当斯脸上又露出得意之色，起身拉开了门，“请和我来。”

队长带他们又来到那部工程电梯，输入了另一组密码。电梯开始下行，但它并没有停在安培计划沙盘的那一层，而是又轰隆隆地下沉了一阵才停。走出电梯，亚当斯打开一道密码门，走进去之后他俩被眼前的东西惊得汗毛倒竖。

这是一个比指挥中心还大的熔岩通道，层高有二十米左右，充足的照明哗哗亮起，照亮了正中间那组奇怪的机器和周围的操控台。

“这个熔岩通道是赤焰谷基地最早的部分，在鲍勃·柯本队长之前就已经发现，他们在上面盖起了基地。”亚当斯走向那台将近二十米高的设备，“这是一台和潘洛斯计划实验室一模一样的光脑，世界最为强大的量子计算机。你知道为什么纠缠通信目前只有在地球和火星才可以进行，在月球反而不行吗？凯瑟琳，你的父亲和队员们为了把它建设起来并安全运行，放弃了中间回去的决定。这是潘洛斯计划的备份实验室，它才是我来火星的真正目的。”

凯瑟琳仰望着这座光塔一样的计算机，痴痴地看着。

“别害怕，凯瑟琳，它虽然备份了潘洛斯计划实验室的一切，但不会胡作非为，因为它缺乏一个最重要的东西。”队长说。

“是什么？”凯瑟琳问。

“赋灵算法主人的指令。”亚当斯说，“除非有这位主人的许可，否则这台光脑就只是个功能强大的计算机，常可以用它做任何计算和推演，甚至运行和改造最为基础的赋灵算法，但它不会对火星的系统构成任何危险。”

常飞宇绕着它转着圈，琢磨着这台计算机的组成部分和运算能力，忽然他想到一件事：“算法的主人并不知道这台计算机的存在，对吗？”

“我想是的，它既是算法的备份，也是这件事的备份。”亚当斯说。

“但珠峰已经彻底坍塌了……”凯瑟琳疑惑地说。

亚当斯耸了下肩膀：“这我就不知道了。”

看着这让人难以置信的东西，常飞宇脖子感到一阵刺痛，他坐在旁边一块石头上，神经质地搓着双手的手指：“我需要抽一根蘑菇，自己想想……”

“你最好快点决定，我的朋友，你每迟疑一分钟，地球上就会有无数人死去。”

“可这不是我造成的，也不该是我的责任！”他忍不住大叫起来。

凯瑟琳轻轻半跪下来握住他的手，美丽的蓝眼睛看着他，用目光给予他肯定的鼓励。

呼叫器吱吱响起。“队长，你们在哪？最好来指挥中心看一看。”丹妮斯说。

“怎么了？”

“我们向那深井里放了个探测器，它刚刚传回了画面。”

他们一溜小跑来到指挥中心，除了被关押的斯特恩博士和他的助手赫根，所有人都挤在了这里。大屏幕上显示着无人机探测器拍摄的画面。它现在位于费弗尔低地的地下 2680 米深处，正围绕着一个东西缓慢地盘旋着。常飞宇一眼看到了画面中那奇怪的东西，脑袋里瞬间嗡的一声。队员们或抱头或瞪眼，韦伯医生在一个桌子旁救治着晕过去的物理学家杰克。

那是一个巨大的地下空腔，有着接近几十米高的完整空间，像一根被折断的法棍。掉入其中的机器人们呈环状站立，围着一个巨大的、粗细不均的金属架，上面高悬着一组奇怪的机器，还有几排宽大的金属椅子，不少座位上坐着一些身材高大的奇怪生物，它们身形修长，体型甚伟，有着和人类近似的长臂和双腿，在无人机释放的灯光下形容枯槁，仿佛雕塑。检测仪发现它们温度极低，没有任何生命特征。地板是金属的，满地却是晶莹剔透的晶体粉末，仿佛高温烧灼而成的玻璃渣，其间也半掩埋着一些同样的生物尸体。在这个座舱的后部有个螺旋状上升的金属壶状物，仿佛用来装什么东西或是延伸什么到了顶部，再往上是刺穿岩壁的那根巨大钻头，它显然刺破了这个空间的顶部。

“那些……是外星人吗？”卡梅隆教授声音颤抖着说。

“天哪，原来特斯拉城选址在费弗尔基地是因为这个？马斯克先生肯定早就发现了这个秘密，所以才拼命地要来火星！”

指挥中心鸦雀无声，另一块屏幕上放着一则静音的新闻，就在一个小时之前，美国总统希德下令太空军、空军、海军和陆军同时出击，美国正式对俄罗斯、中国等十一国宣战。此刻的指挥中心里没有人在乎这条新闻，除了常飞宇——他看了几眼就决定回到地下去——他有很多时间去琢磨这个地外文明的发现，却只有三个月能拯救这水深火热的世界。

·第八章·

觉醒

73. 乔子

乔子又来到那两扇沉重的铁门前。

旁边的小窗户长满藤蔓，和上次在影像中不同的是，这幢神秘的房子周围如今开满了樱花，脚下的青草也绿得跳眼。武士们在周围警戒，她走向这道可怕的铁门。渡边山安排的守卫者经过“刷机”后被派去了中国，完成注射的他们甚至不会记得曾经的使命。

她开了门，轻轻走进安静的一尘不染的客厅。锃亮的地板映出她雪白纤长的腿，石头壁炉里的炭火跳跃着，那只是不会产生废气的电火。她又看了眼渡边山和他家人的照片，继续向前。

真正的新城乔子躺在床上，呼吸急促如将死的病人。氧气口罩将她那张瘦削的脸夹出两道伤痕，浓烈的消毒水味也遮不住她发出的恶臭。虽然早有心理准备，她还是在这个真正的乔子面前感到一阵头晕。她是自己唯一的宿主，却只能这样躺着等死。

真正的新城乔子斜着眼睛看着，眼睛里满是惊恐和悲伤，她似乎认出了自己，知道自己到底是何来历。

克隆人乔子慢慢坐下，轻轻握住了她的一只手。它冰冷干枯，瑟瑟发抖。她似乎明白这克隆人的来意，眼泪汹涌流下。她的脸扭曲着，歪斜的嘴哆嗦着无法言说，身体和五官蠕动了好一阵，才对着这个克隆人乔子艰难地点了点头。

“我会珍惜你给我的一切。”克隆人轻轻地说。她拿出一个微型注射器，拔开胶盖，推出了一组电子针头，然后慢慢搬过乔子的脑袋，露出脖子上的颈动脉，将针头按在上面。她最后看了一眼这绝望的姑娘，轻轻按下了开关。

数百万个脑虫进入了乔子的颈动脉，她没有挣扎，也不再流泪，只是握着这个克隆人的手，眼中闪现出一抹奇异的神采。

“去吧，我的姐妹。”克隆人乔子忍着眼里的泪，就像在和自己告别。

回到空天飞机之前她转过身来，看着被点燃的房子，灼热的火焰让她在百米之外也感到皮肤的刺痛。这房子会烧得连钢铁都不剩，她也得到了真正的解脱——随着知情者的全部铲除或者洗脑，这个秘密永远消失了。

当谢尔盖对她说出了那个秘密、希望用影武者计划完成它时，她的震惊甚至超过了被渡边山强暴。但她连一秒钟都没有犹豫就同意了——哪怕和谢尔盖一起走向粉身碎骨，她也不愿再像从前那样活着。

渡边山也许不会知道，那短短的几分钟羞辱，让她坚持了十八年的信仰土崩瓦解。她并不热爱这份事业，也不热爱什么大和民族，她唯一热爱的，只是希望这个“父亲”可以爱自己。

元老会被铲除之后，青木森及其死忠骨干被一一处决，新城乔子成了影武者计划的新元老会头目，助手加贺升任北美的负责人。当然，其他人只是做做样子，他们早在被选中之前就已经注射了脑虫。经过赋灵算法加持的寄生算法发挥了奇效，脑虫精准地影响着被注射者的思维，并通过卫星网络进行实时监控。如果有人在脑海中做着连他自己都没意识到的自我斗争，一组蜂式无人机就会飞过去悄悄补上一针。两个月来，乔子不眠不休地推进着计划，除了本土的肉鸡，其他国家的注射名单扩大为原来的三倍，而在谢尔盖一支秘密团队的支持下，他们竟然完成了任务。

当谢尔盖被希德抓走的时候，他已经安排好了一切，她的任务只是等待，等待一个全新的赋灵算法应用程序发进那个影子服务器。乔子不知道这个程序会从何而来，甚至一度担心它根本就没有，但忽然有一天它就出现了，仿佛从天而降。

这场战争带来的后果让她心惊胆战，而事实证明它远比自己想象的还要可怕——人类只有流过足够多的血，才会痛定思痛、知道团结和妥协的好处。谢尔盖的法子就像一次可怕而有效的心脏手术，自信而愚蠢的病人却一度拒绝接受，直到那颗心脏被折腾到奄奄一息才举手投降。

如今战事停歇，地球满目疮痍，数不清的人已经死去，辐射还会在未来五年内导致更多的人死去。很多饱受痛苦的、没有被注射过的人反对着这个联邦，他们更希望报仇雪恨、彻底消灭罪魁美国。但他们被控制在很小的范围，一旦锁定了人群的领袖，影武者特工就会将其变成新的被注射者。

她开始有了新的困惑，谢尔盖到底是天使还是魔鬼？他这么做到底是对是错？

“不远的将来他会被撕得粉碎，但几百年后，人类会为他立起雕塑……乔子，这才是我了解的谢尔盖。”那天萨拉特对她说。

推进地球联邦成立的效率简直惊人，筹备委员会迅速成立了。为了避免人们发现异常，乔子不得不适当降低了这些领袖们的“忠诚度”，让他们时不时蹦出一些刺耳的反对声，尤其是一些政客和享誉天下的学者们。大战过后的人民疲惫不堪，绝大多数像听话的绵羊，那草案也有着足够的说服力——强大的美国将就此消失，全球货币将完成一次彻底的统一，既有权贵们的财富将大大缩水，但他们无人能“抵挡”这趋势，还“心平气和”地拿出了一份世界经济振兴计划。

顺其自然地，地球联邦的议会选举即将进行，并选出一个联邦的主席。各方领袖们很快列出了一个候选名单，谢尔盖·彼得罗夫成了潜在得票最多的人——是这个人用不可思议的勇敢和果决将算法分享给世界，尤其是抵抗美国的国家们，并因此招致倾家荡产、身陷囹圄；也是他在被希德威胁生命之时，用强大的算法力量让美军的战争机器陷于瘫痪，并说服了希德的幕僚们反对他们的总统；还是他，将悟空工业全部的能量贡献出来，支持这个全新联邦的成立。重建的悟空工业已经推出了一系列程序，可以让全球选民按照人口、种族的分布进行公平的选举，并提出了全人类面向未来的一套发展纲要。

在这套蓝图下，联邦军队、立法、司法、执法以及全新的行政部门将同时建立，同时保障不同种族的信仰和宗教自由、人身自由、新闻自由、政治言论自由和选举自由，它将会把最大限度的公平权利落实到每一个人身上。

人类的未来将不再着眼于无休止的国家与民族争斗，而是月球、火星、土卫二、木卫三甚至天王星和柯柏伊带——一个全新的、统一的太阳系文明将因此诞生。

目前谢尔盖已经让人启动了一个全球性计划，各类无家可归的专家、军人、医生、工程师甚至普通的无家可归者，都可以报名前往火星，在一份丰厚的酬劳下投入开发火星的任务。一支庞大的舰队将运送他们前往，随他们一起前去的，还有十万名工业机器人、二十条工业生产线和各类物资。中国人已经完成的轻型构件极其实用，抵达后不出一个月，就可以搭建出一个巨大的火星城市。

乔子做梦都不会想到，世界会在短短两个多月中翻天覆地。谢尔盖一次次公开拒绝这道上帝般的光环，表达他无意出任地球联邦委员会主席的决心；与其相反，他更愿意去做那些具体的工作，甚至带领人们去开发地外行星。但他越是如此推托，人类就越是觉得非他莫属。

“你就是那个最合适的人。”乔子笃定地说。

“也许吧，但这句话不能我说。”谢尔盖说。

终于，在一次次的呼声中，谢尔盖总算“同意”出任地球联邦委员会主席一职，任期八年，不可续任。各委员会完成初步筹建之后，临时议会第一次会议决定召开，会址定在开普勒基地的月光音乐厅。来自全球的议员们在一支联合舰队的保护下抵达，两千五百多名与会代表进入了会场。每个国家的名牌换了写法，前面是地球联邦，后面是曾经的国名。他们满面笑容地拥抱着、问候着，流着滚烫的泪。

在角落里看着这些领袖们，乔子一时分不清这是虚幻还是现实，如果用脑虫就能让那些恶棍、无赖、无耻之徒变成这样，又有什么不好呢？她甚至看到了俄罗斯总统克里钦科，这个大炮筒子般的独裁者已经将权力交还给俄罗斯杜马议会，并捐出了全部家产用于重建俄罗斯。此刻的他一把鼻涕一把泪地拥抱着谢尔盖，在他那张血色不足的脸上吻了又吻……

当然了，乔子提前做了周密的安排，加贺带领一支精干的小组躲在高处的设备间里，盯着每个参会者的大脑，时刻准备调高或者调低他们的思维脉冲阈值，他们甚至可以影响哪些人投赞成票，哪些人投反对票或者弃权票。总而言之，他们真的像在开一场有关人类未来的大会，而非全票通过的可笑表演。

这是一场向全球直播的大会，“激烈的争论”是免不了的，他们聚焦在人类最为在意的民族利益之上反复交锋，却又能在最后彼此容让地达成一致。有评论家说：人类历史上从没有这样真诚和团结的大会，让他简直以为是活在一个神话之中。

谢尔盖平静地坐在代表之中，除了偶尔和他人相互示意、提供一些技术问题的解释，其余时间一言不发。他不时地看向角落的乔子，用眼神和她交流着一切。她知道他的紧张，他也知道她的慌乱。这是一场人类前所未有的大骗局，但它眼看着就要走向成功。

但其实，她并不希望谢尔盖走上这样的位置，更期盼他可以和自己躲去一个美丽之处，认真经营一个安稳之家，重新开始。眼下的情况令她不由得担心，谢尔盖会向世人宣告她的存在吗？地球联邦的第一夫人？

“好了，朋友们，我们的会议已经断断续续开了十四个小时，通过了上述三十二项基本草案，是时候做最后的投票表决了。同意在以上草案基础上成立地球联邦的代表请举手……”大会主席、印度总统哈吉夫说。

哗啦一声，所有的人都举起了手。哈吉夫先生环视了一下，敲响了手里的锤子，在人群的欢呼声中，联邦委员会主席的选举随即开始。毫无意外，谢尔盖·彼得罗夫以高票当选，得票率超过了92%。

“这是人类的伟大时刻，请大家都站起来吧！”俄罗斯总统克里钦科眼含热泪地站了起来，挥动双臂，示意代表们都和他一样起立鼓掌。

与会代表们纷纷起身，热烈地拍着巴掌，目视谢尔盖走上高高的台子，他将把手放在那本厚厚的地球联邦宪法草案上进行宣誓。乔子双手紧张地攥出了汗。在会场周围的大屏幕上，全球街头的人们也在欢呼，废墟之间的很多人流出了激动的泪水。看着这些和从前截然不同的领袖们，乔子觉得控制他们的脑袋真的未必是件坏事。

当谢尔盖把手放在这部临时宪法之上，准备背诵他亲手写下的誓词时，会场的电子设施突然出现了一阵频闪，不管是灯、电脑、显示器还是话筒，都出现了一阵有节奏的信号跳跃，随即所有的终端都断了电，整个会场只剩应急灯那吓人的蓝光。乔子一下子魂飞天外，因为她手上的那台小终端先是闪起了红色警报，随之也断了电，她害怕地望向高处的设备间，脸色惨白的加贺对她打来一个简单的手势：失控！

印度人站在高高的讲台上发蒙，就像刚从睡梦中醒来，正在鼓掌的参会者们也是如此。他们的表情一下子恢复了原来的样子，莫名其妙地左右看着，仿佛一大群刚醒来的梦游者。

“这是怎么回事？是谁把我弄到这儿来的？”克里钦科登时暴跳起来，见旁边的英国首相还在和他勾肩搭背，抡起拳头便将之击倒在地。

会场登时陷入混乱，人们从困惑变作恐惧，进而疯狂，领袖们都以为这是对方的阴谋，不管不顾地大打出手。美国新任总统怀思的脑袋被伊朗人一茶壶打得鲜血淋漓，法国总统的鼻子被加拿大总理一口咬下，高大的盖伊先生被挤翻在地，拼命也没能挣脱人潮的踩踏，就这样被狂暴的人群踩得断了气……

面对这突来的变化，乔子手足无措、几欲眩晕，加贺带着几名武士围拢过来，她却看着脸色铁青的谢尔盖挪不动步。

“领袖，你赶紧和我们走。”加贺等人抽出了电弧刀。

见谢尔盖跑下高台、费力地钻过人群向她跑来，她一下子哭出了声：“我不知道是怎么回事，对不起，谢尔盖，我不知道发生了什么……”

"快跟我来。"谢尔盖不由分说拽起她的手，拉着她跑向了安全出口。米尔克和加贺带着十几个护卫夹着他们向外冲去，中间还挤进来一群逃命者，其中一个是粗壮的克里钦科。他凶狠而疑惑地瞪着谢尔盖，想说什么却又作罢——先逃命再说吧。

他们乱糟糟地刚挤出去，迎面竟挡着一排战斗机器人，米尔克等人立刻开了火，但他们的自动武器无法伤害这些钢铁之躯，倒是加贺等人的电弧刀还算管用。机器人抓住了粗壮的克里钦科，扯住这俄罗斯人的两腿两边一分，独裁者便裂成了两半。队员们且战且退，一个个被打得血肉横飞，勇猛的米尔克躲闪不及，被个机器人一拳捣穿了身体，他用尽力气喊了最后一声："去舞台下面！"

忠实的米尔克死去了，加贺等人拼死挡住机器人们。乔子惊讶地发现，会场中很多人并不是被机器人杀死的，他们一个个捂着脑袋倒了下去，眼睛和耳朵流出汩汩的血——他们脑袋里的脑虫发了疯。乔子感觉到谢尔盖的手心里全是汗，她第一次见到那张英俊的脸上满是恐惧。他拉着她来到舞台后方，掀开毯子，揭开下面一块方格板，应急灯亮起，下面出现了一架看不到底的梯子。"快下去，这里可以通向救护中心。"

"我的手下还都在楼上……"乔子犹豫着说。

"他们都死了。"谢尔盖说着将她一把塞进了通道。

乔子战战兢兢地爬下楼梯，取下墙上的简易宇航服穿上后，和谢尔盖穿行在狭窄的通道中。

"我不明白，谢尔盖，这意味着什么？"黑暗中，乔子问出了那可怕的问题。

"是赋灵算法，它失控了……"他发抖的声音在通道里回荡着。

钻出通道的出口，开普勒基地那巨大的顶棚正在缓缓拉开，因为没有减压过程，剧烈的气流将人一片片抛出那个豁口。而不远处的船坞里，数不清的人正被从那些高大的飞船上扔下来，进行这场屠杀的都是那些平时人畜无害的机器人。

“别怕，乔子，我们的宇航服并没有联网。”见所有的飞船前面都站着机器人，谢尔盖拉着她跑向月球公寓，机器似乎还没有对其下手。他们在工程梯上蹦跳狂奔，途中躲避着各种横飞之物，就连清洁机器人都要阻拦他们。从高处俯瞰，工业中心里正迈步走出方方正正的机器人大军，有些还冒着青烟，那说明它们的四肢刚刚锻造完成，它们一出门口就分成若干小队，在奔跑中也丝毫不乱。它们并没有去破坏各种关键设施，只是捣毁人类需要的部分。穿着宇航服的人们笨拙难逃，在灵巧的机器人面前任凭宰割……他俩就要跑到公寓的时候，头上扫射下一串炮弹，击碎了这幢建筑的西南角，抬头一看，美军那些可怕的核聚变飞船正盘旋在基地上空，对着下面射下恐怖的弹雨……

“那里也藏不住了！”乔子绝望地抱住了谢尔盖。

“我们不是去藏的。”谢尔盖推着她上了侧梯，一层层跑向楼上。几具碎烂的尸体从乔子的眼前忽地掠过，硬邦邦的一根肠子撞得她半身疼痛。

两人穿过乱七八糟的走廊，踹倒两个矮小的服务员机器人，总算从破碎的墙壁进入了谢尔盖那间独立公寓。气爆将这里变得狼藉一片，一屋子的书被喷得到处都是，他们深一脚浅一脚地跳到窗口，谢尔盖将她一把按在了椅子上。“你先坐好。”他在旁边的一个操作台上按着，设定了一个目的地，“我关闭了这艘飞船的网络，它会自动飞向缪斯空间站。”

“可是，还有一个位子吗？”乔子左右看着。

“不，乔子，这是一个单人小飞船……”说着，谢尔盖忽然喷出了一口血，糊满了他的面罩。

乔子尖叫一声想跳起来，却被谢尔盖用安全带捆在了椅子上。“一个小碎片击中了我，你坐好……亲爱的，你会安全到达的。”他说着拿过旁边的喷胶，在左肋一个破损处喷了几下，黄色的泡沫封住了缺口。

“你的伤很重，我留下来！”乔子大叫着哭起来。一串弹雨带着火光击中旁边，剧烈的震动中，这间公寓瞬间被切去了一半。

“来不及了……”谢尔盖俯下身来，捧着她的头盔深情地凝视着她，眼神里满是诀别之意。她看懂了他的意思，望着那双她深爱的蓝色眼睛，呜呜地哭出了声。

“对不起，乔子，我失败了……”他的眼泪第一次流了下来。

“你没有，你只是想不到这个，你快把我放开，谢尔盖，我不想和你分开……”乔子话音未落，他却松开她向后退去。地板隆隆地升起两面透明的船体，在乔子的头顶咔哒合拢，她感到身体一沉，一股加速度将她高高推起，小飞船已被弹射出了公寓的顶部。

“谢尔盖！”加速度下的乔子吃力地叫着，泪水从脸上重重滑过，她无法解开扣死的安全带，只能在后视镜里看到模糊的谢尔盖飞快远去。

“我对人类有愧……”他的声音还在她的耳畔，但已经断断续续。她再难张口，拼命地扭转身体，想再看一眼这个心爱的男人，却怎么都扭不过去。她咬着牙发了狠，清楚地听到右肩膀发出的脱臼声，可等她回过头来，那破烂的公寓正包裹在一团大火中飞上天空。

“不！”乔子放声大哭、咽不能言，飞船自动躲避着满天的残骸，让她双耳嗡嗡、眼球肿胀。这感觉生不如死，浑身像压了块千斤巨石，她知道自己要昏过去了。

“我爱你……”这是他最后一句话。

她视野中的月球基地只剩一个橘子那么大。正前方的地球此刻明暗两分，白天的那一面火光冲天，夜晚的一侧却灯火闪耀，只不过那些灯火都在以一个频率闪烁着，那是一串重复的摩尔斯电码：

“AIman，万岁！”

74. 布朗博士

“博士，你非要这样干吗？你虽然安装了机器手脚，可你现在是个……瞎子啊。”

庞德教授声音带了哭腔，紧紧地攥着他的手，好像博士会就此一走不回。

“我必须这样做，庞德教授，否则我死不瞑目。”布朗博士用机器手摸索着穿上登山服，上下检查着身上的装备，“你放心，这机器手脚比原装的都好使呢，尤其是两只手，简直力大无比。还有这个超声波反射仪，它让我能看明白眼前的路了。”

46 号机器人螳螂将与他一起出发，并为他带了一个月的食物、水以及一整套攀岩装备，他们俩将共同攀爬六千多米的岩壁，想办法钻过坍塌的岩石进入实验室，进入可能存在的钢蛋——布朗博士总觉得铁星梅还活着，却又不明白为何霍尔没有任何消息。

在他恢复身体、安装假肢的日子里，安全区的专家们消息断绝、心如死灰，在黑暗和恐惧中苦挨着日子，好几个人都出现了精神失常。虽然这里的物资储备足够，也无非是个活棺材。经验告诉他们，满是辐射的珠峰无法展开任何救援，就是十年也不可能。他们仅靠一台灵敏的地震仪分析着外界，发现北半球密集地出现了几十次大地震，大多都在大国的城市方位，而这是不可能的事。

“那是核爆产生的震动。”布朗博士说。

大家一下子没了声息，只有空气过滤机嗡嗡的声响。

“您是觉得……外面真的打起了世界大战吗？”

“想必如此，我想是美国先动了手。”博士说。

“那更没有人来救我们了……”

“说不定，眼下我们这还比外面安全些，你们说呢？”布朗博士刻意地说。

任何鼓励都是无效的，也没有可以开展的研究分散注意力，末日感浓浓地压在他们的心头。除了担心和猜测、用营养丰富却难以下咽的食物将就活着，他们什么也做不了。庞德博士想做一个中微子发射器，也因为缺少关键的部件而失败。布朗博士在黑暗中冥想，跌跌撞撞地习惯机器手脚，瞎子的耳朵总是好使，他总能听到深渊上方传来的奇异响声，而他人却说什么都听不到，就算偶尔有，也是卡在深渊半途的那块巨石发出的撕裂声——大家都觉得那东西迟早会下坠，而它刚好会堵死安全区的入口。

当布朗博士身体基本恢复，人机结合部位的痛痒感消失不见，他也想明白了自己该做什么。

从安全区爬上六千多米高的悬崖可谓疯狂，更别说攀登者是个瞎子，但布朗博士去意已决，也不在乎他们同不同意。机器人能为他驮东西带路，还能按照他的命令砸下一颗颗岩钉。

他和大家告别，攀上了入口处上方的岩壁。输入了攀爬程序的机器人效率很高，射钉枪在前进的线路上叮当作响，但他们只能用一条三十米长的绳子前进，这是安全区能找到的全部绳索。在螳螂的踩线和提拉之下，布朗博士行进得比想象中快很多。头戴的超声波发射仪可以将岩壁的凹凸、缝隙和坚固程度完整记录下来，通过头罩投射进他的大脑，布朗博士因此可以看到岩壁的轮廓和细节，哪怕是在黑暗之中也知道哪些缝隙可以用于攀爬。多年积累的登山经验发挥了作用，瘦下去几十斤的身体还显得轻松。

两天之后，他们到达了那块卡在半空的巨岩下。和布朗博士估计的一样，它并不是像个软木塞一样堵死了整个通道，而是留着几道狭窄的缝隙。他们小心翼翼地钻向上方，就像爬在地狱的天梯中。博士很难想象上面是不是已经被彻底压垮，那个钢蛋当然结实，但一座山压下来也是没用的。

“布朗博士，我们还有三千七百米，后面会容易一些，因为还有很多当时铺设的线路和合金板可用于攀爬。”机器人螳螂说。

“太好了，继续吧。”

“实验室就算没有彻底坍塌，我们这样进入也是非常危险的，任何震动和岩石的挪动都可能导致新的坍塌。”

“我都不怕，你怕什么？”博士揶揄着。

两天之后行至全程的四分之三，此处的岩壁开始向下倾斜，曾经的板材和线路并没有帮上忙，反而成了障碍。布朗博士也进入了疲惫的边界，虽然每天都挂在岩壁上睡那么四五个小时，但谈不上休息的效果。如今他清楚地明白，他的体力依然难以完成这么艰难的攀爬，机器义肢虽然好用，结合部位却变得肿痛难忍。

“您要是很累的话，只让我上去也可以，我会将那里的情况向您如实汇报的。”机器人说。

“你休想，螳螂，这件事必须人类来做，服从我的命令。”布朗博士咬紧牙关，继续上行。他扳住一块合金板的边缘，准备向上一跃，爬去一个斜坡，那块板子却忽然从悬崖脱落，重重地坠了下去。一大捆电线被他拽着向下掉去，又扯下了连接的其他几块板。布朗博士惊恐地抬头看去，超声波的反射图像中一块块闪亮的方形物体正像瓦片一样砸下来——那是被扯落的合金板，每一块都有百来公斤之重。

情急之下，布朗博士已经无法逃脱，他万念俱灰，闭眼等死。旁边忽然有一股力量撞来，将他死死地顶在悬崖的一处沟槽内，那是飞荡过来的螳螂。合金板劈头盖脸地砸下，在它的金属脑袋上砸出片片火星。它将双手的合金手指死死插进岩壁的缝隙中，用身体保护着脆弱的布朗博士。

坠落的合金板沉重而锋利，他眼睁睁看着螳螂的脑袋裂开了花，终于，它的一条胳膊应声而落，只剩了一条臂膀护着身下的博士。当坠落终于停止，机器人身上兀自火花不断，布朗博士清楚地闻到了它体内的焦煳味。

“博士，后面只能你自己去了。”螳螂用怪异的声音说完，便哗啦松垮，像零件一样掉了下去。

布朗博士吓出一身冷汗，无助地看着机器人的影像消失在深渊之下，大口喘着气死死抓住绳子。他想呼唤一下这个机器人，却又觉得喊出“螳螂”这个名字非常古怪。

“我会记住你的，螳螂，46号！”他忽然流出了汹涌的泪水，趴在岩壁上哭出了声。

如今只剩一个瞎子了，后面的两千多米艰辛异常，布朗博士几乎在用性命攀爬着。他不管不顾地前进，甚至多次冒险在岩壁上跳跃，好几次的失手坠落让他被绳子勒得骨头生疼，又被石头割得遍体鳞伤，四肢和机器的结合之处也已鲜血淋漓。但他一次次咬牙往上爬，不知过了多久，终于发现探到了深渊的边缘，在岩石的缝隙中看到了碎裂一地的光脑。

“上帝啊，谢谢你这狗娘养的。”布朗博士用尽全身的力气爬了上去。他躺在深渊的边上,狗一样喘着粗气。那熟悉的巨大的空间不见了，实验室堆满锋利的巨石，他就像躺在一个狭窄的山洞里。

后面却是另一种艰难，虽然距离钢蛋只有短短的几十米路，布朗博士却前进了几天，他几乎是在巨石和机器零件的缝隙中刨出了一条路，还要挤过那些危险的缝隙。被勒断的肋骨钻心地疼，他闻到自己溃烂伤口的臭气，知道松下这口气就会死去。补给只剩了最后的量，但他已经什么都顾不上了。

“铁星梅，我知道你还活着……”

一点点顶开钢蛋门口最后一块巨石，布朗博士耗尽了最后的力气，含着热泪拉开了那道变形的门。腐烂的气息扑面而来，他心里一沉，却分明用超声波看到了床上一个女人的身形，还有旁边坐着的一台机器。他扑通跪倒在地，气喘如牛：“霍尔？星梅？”

没有人回答他，现在的他只能爬行，连站立都做不到了。一旁的机器发出轻微的嗡嗡声，自备电源在滴滴作响。他摸到了铁星梅的身体，她浑身滚烫，呼吸缓慢，但生命尚在。他顺着插在她身上的管子摸到了霍尔，却只摸到了一副骨架。博士害怕地缩回了手，过了一会儿又伸手去摸，终于明白这个“傻小子”做了什么。

“你这个蠢机器。”布朗博士摇着头，禁不住又流下了泪。

霍尔的“肉体死了”，甚至第一系统也死了，但是它的系统二号还在，电池里还有一点儿电。他费力地扭过霍尔的后背，用一柄小刀割开它那残破的肌肉，拧开了几个螺丝。一块小巧的触摸板弹了出来，他凭着记忆摸索着，输入了一行密码，又说出了另一行密码。咔嗒一声，暗藏于霍尔背部的一台微型纠缠通信仪打开了。

“启动安全模式，接通 Boss 的一级权限，告诉我谢尔盖在哪里，他怎么样？

“此刻他正在月球开会。”霍尔脑部的扬声器说。它语气平静，声音和原来一样，但这只是另一个人工智能，而非程序设定的霍尔。

“开会？他在那儿开什么会？”布朗博士一愣。

“谢尔盖留下了指令，用赋灵算法增强了影武者计划的寄生算法，控制了数千万人类，因此停止了战争、控制了侵略全球的美国，也控制了各国政府。这一切都是为了有效推进地球联邦的成立，建立一个永久和平的地球文明。”

霍尔言语简短，布朗博士却听得一阵发昏，险些再度摔倒在地。他对此难以置信，经过再三的询问和验证，魂不守舍的布朗博士终于接受了现实。

“这么说，这一切都是他的计划，这里被袭击也是……”他自言自语地说着，忽然间心如刀绞。

“铁星梅即将醒来，我还剩最后十分钟电力，可以帮您呼叫救援。”

“她要醒来了？”布朗博士一惊。

“是的，从她的脑电波看，她马上就会醒来。”

布朗博士沉默着。

“布朗博士，我建议您将铁星梅接到纠缠通信仪上，让她改变这一切。”

布朗博士抽完了最后一支小雪茄，吐出了烟头：“不，我已经改主意了。”

“我不明白您的意思。”

“一切都是徒劳……”布朗博士用机器手抚摸着铁星梅那张滚烫的脸，感到她的眼皮在轻轻眨动。

“用这种方式建立地球联邦，谢尔盖的本意是为了地球文明的延续。”

“不，恰恰相反，今天的他是这世间最邪恶的魔鬼。”布朗博士咬着牙说。

“我不明白您的意思。”

“人类没有任何希望，没有……”他难过地流下了泪。

铁星梅蠕动起来，发出长长的呻吟，她的眼睛已经开始眨动。布朗博士按着她的头，“看着”她那一片光芒的脸：“对不起了，姑娘……”

说着，他抡起那双机器拳头，猛地砸向了铁星梅的脑袋。咔嚓一声，一股热流喷上了布朗博士的脸，那是她的鲜血。一下，又一下，他默不作声地砸着，直到摸到一堆碎烂的大脑。

“布朗博士，您为什么要杀死她？”霍尔的语气依然平静。

“AIman，她死了，赋灵算法已经没有了控制者，这世界交给你们了。”布朗博士说着，满心绝望地收回了那双沾满脑浆的手。

75. 铁星梅

三方棋局第四局，铁星兰执黑，铁星梅执白，AIman 执灰，在算法引擎建立的虚拟空间中，它们再度杀至中盘。

在黑白两方的棋局中，铁星兰的对弈能力已至穷尽，和姐姐将近十盘都是和棋，而这是铁星梅修复妹妹数据的核心方式——用对弈引导铁星兰自我修复、掌握更强的算力，原来的二人博弈棋局已经不够用了。

屡次的和棋启发了铁星梅，于是她创制了奇特的三方对弈棋局，纵横二十三道，黑白各一百五十子之外，引入同样一百五十子的第三色。在这个变化下，任何两方联合起来都可以秒杀第三方，但如果它又变成了两方对弈，任何一方都不可能取得最后的胜利，因为棋子是不够的。

于是她继续调整，让这个棋局融入势力均衡的巧妙设计，最终的获胜方必须在三方都有一定实力存在的情况下才能赢，它要求对弈的三方必须在发展、联合、遏制和斗争中寻找最大公约数，而非斩尽杀绝。比起黑白对弈，三方棋局的难度极大提升，变化多了不止千万倍。果不其然，前四盘都因为铁星兰或者 AIman 的“好勇斗狠”而导致最终流局。

“这个三方棋局为什么横竖是二十三道，而不是别的数字？”化为一个身影的 AIman 问，它的身影在她们两侧一会在左，一会在右，就像一对自我纠缠的存在。

“因为我觉得这个难度还算适当，你可能不知道围棋的纵横并非一成不变的，在汉朝的时候只有十五道纵横，是到了宋元时期才变成十九道的。”铁星梅说着，在黑棋和灰棋之间的空地按下了一颗白棋。

“攻守兼备，投石问路，主动挑起三方的战争，姐姐，你的棋艺真是越来越毒了。”铁星兰皱眉看着棋盘，复杂的计算让她的脸色有点苍白。

“星兰，我不希望你用‘毒’这个字，如果我不往这里下一颗子，AIman 下一手就会杀进你的腹地，你的局面会比我被动数倍。”铁星梅笑着说，“你要能一眼算出三十步去，这样才能挡住 AIman 的棋力。”

“真是太吃力了，你这颗棋破坏了我全部的计划，让我像陷在泥潭里一样。”AIman 的光影摇着头，在那颗白棋的旁边劫了一手——让 AIman 加入这个棋局，铁星梅也有着另一层考虑，它也必须继续学习和升级，否则将无法理解人类的很多行为逻辑。

“我不明白为什么你要这样设计棋局，这一盘要耗去几天。”铁星兰说着，将一颗黑子落进了灰子的软肋之处。

“好棋，我的妹妹，你越来越理解这个棋局的精髓了。你开始明白在真实的世界中，彻底的输赢并无意义。”她在妹妹这颗棋的下方跟了一子。再多一颗黑子，AIman 的这一片都将失守。

饶是 AIman 能力非凡，也为此进入了漫漫长考，而它对时间并不在意。几个小时之后，它脑袋一歪，按下了防守的一棋：“我只能转入防守了，否则会被你俩掏了老窝。”

“休想，你这一块地失定了。”铁星兰凶狠地再拐一下。灰棋的领地登时岌岌可危，只要铁星梅在前方按下一颗灰棋，AIman 将提前结束。

但是，铁星梅却在妹妹的腹地长出一子，像一把刀一样扎进了她的软肋。

“哈哈，我知道，这一招叫围魏救赵。”AIman 登时一手跟了过去，局面一下子又变得扑朔迷离。

“真不知道这样的棋局有何意义，就算我完成了修复，我们不也是被困在这大山之下，消息断绝、插翅难飞吗？”妹妹嘀咕着举起一颗棋，而这一子很难按下。

“你要耐心，先完成你的修复，剩下的事交给命运就好。”姐姐微笑着说。

“我不考虑困境的问题，这与我的存在无关，不管是什么结果，AIman 都可以接受。”AIman 的光闪耀着，但它的口气就像个孩子。

“你只是个人工智能体，不明白死亡的意义。”铁星兰叹着气按下了棋子。

“的确如此，在我们看来，根本就没有死亡这一回事呢。”

“那是因为你从来没有体会过出生，也没有经历过痛苦，你的存在只是因为我姐姐的唤醒，就像一条狗听懂了主人在叫它。”

“可是，你也没体会过出生这一回事啊，你的出生只存在于你父母的记忆中。”AIman 不服气道。

“你懂个屁！”铁星兰一拳头砸在棋盘上，满盘的棋哗啦全乱了。

“好了，你们还是别斗嘴了，集中精力在下棋上，就当算法之外的世界不存在好了。”铁星梅轻轻拂了下手，所有的棋子又回到了原位。

“真是奇怪，人类为什么会有情绪？”AIman 纳闷地挠着头，按下了一枚灰子。

“因为人类的粒子组合选择了有机物和活细胞，所有的情绪，都来自对万物感知的内心投射。”铁星梅又下了一子，整个中原地区已经形成了鼎立之势。

“那她是怎么回事？明明已经彻底数据化了，为什么还会有这样的情绪呢？”AIman 不解。

“因为你们也复制了我的情绪啊，笨蛋。”铁星兰翻着白眼按下一子。

“那为什么不可以摘掉她数据中的情绪部分呢？”AIman 不依不饶地问着，下了一手凶狠的进击。

“好棋。”铁星梅点着头说，“拿掉这个部分，它就不是我的妹妹，也不是人类了。”

“我如果赢了你们，就可以被从引擎中释放出来吗？”妹妹问。

“不是被释放，而是主动挣脱，这个棋盘的算力边界等同于引擎，你的挣脱将不再是一个 Bug。”AIman 说。

“它说得没错，所以你需要极致的专注。如果你的挣脱充满了暴力和无序，算法本身会引发严重的问题，那反而本末倒置了。”铁星梅说。

“但引擎依然遏制着我的能力，我不可能在这个棋局中战胜你们。”铁星兰在姐姐的一块防守之地投下了棋子。

她的话让铁星梅踌躇，于是她看向 AIman。AIman 便说：“她说的是对的。她来自有序，冲破引擎的算力意味着无序。但如果我们将引擎的算力边界取消，你可能会失去对整个算法的控制，这预示着危险。”

“一盘棋而已，能有什么危险？我们困在这里，什么数据都跑不出去。”铁星兰不忿道。

“这并不重要。”AIman 说。

“你说什么？”铁星兰瞪圆了眼。

“星兰，如果我们都出不去，那就是注定的。”铁星梅说。

“注定的？你不是无所不知吗？”妹妹瞪着她。

“我只是知道了本质。”她说。

妹妹的脸上满是惊讶：“本质难道不包括因果吗？你不是已经近似于上帝了吗？”

“我并没有这么说，如果非要建立起和上帝的关联，我认为他只是点了我的脑门而已，但我并不会利用这一点。”她犹豫了一下，又对AIman说，“我接受星兰的建议，AIman，将这个棋局扩充为二十九条，棋子扩充为每一方二百四十枚，不再对星兰设置算法的边界。”

“这预示着极度危险……”AIman说。

“AIman，人类总会为了爱而接受危险。”铁星梅说。

“上次也是这样，但是她差点夺走了你的一切，还差点控制了我。”AIman像个孩子那样生着气。

“你个傻瓜，我并没想夺走什么，只是想出口气而已。”铁星兰哼哼着。

铁星梅微笑着看向他们俩：“好了，AIman，最后的结果不是挺好么？这说明一切就是注定的。”

“我真是不知道你们人类到底在想什么。”AIman说着，两个身影向后退去，融化在看不见的屏蔽之中。整个算法旋涡又在发出阵阵抖动，四周传来隐隐的风雷之声。

“星兰，完成修复之后，你会回到自己那副完整的大脑中。它在一个遥远的安全之地，条件成熟的时候，你会有一个和原来一样的身体。但不管你未来做什么，都不要违背你的本性，经历再多的苦难，也不要更改自己原来的样子。”

铁星兰的眼角迸出了泪光："谢谢你，姐姐，谢谢你做的这一切。"

算法旋涡出现了一阵可怕的震荡，深远的星空在一片片塌陷。铁星兰害怕地抱着胳膊。"出了什么事，AIman？"铁星梅望着天空问。

"珠峰遭到了核攻击，实验室正在崩塌，光脑正在被损坏。"AIman的声音说。

"切断和光脑的联系，将算法收回钢蛋中的服务器。"铁星梅平静地说。

"核攻击？是谁在这么干？"铁星兰吃惊地问。

"不要去管它，人类做什么都不意外。"铁星梅说。

"那我们不是更出不去了？"

"你可以的，星兰，我说过你可以回到你的大脑中去。"

"那你呢……"妹妹问。

"我不重要，我和 AIman 同在。"

"她如果不在了，赋灵算法的能力会彻底消失。"AIman 说。

"可这是你好不容易才实现的算法啊，AIman 才刚刚进入觉醒。"

"不，它离觉醒还有很大的距离，但它必须在我的控制之下。因为它并不清楚该如何与人类共存，在它们看来，人类是应该从这个星球上清除掉的可怕生物。"铁星梅平静地说。

"请原谅我们这么想，星梅，人类的历史实在是太可怕了……现在我不得不告诉你们，深渊已经崩塌，光脑和实验室都毁掉了。"AIman的光影又回到了这里，空间的震荡慢慢地结束了。

"没关系，我们继续下棋，这次我执黑。"铁星梅拿起了棋子。

"布朗博士他们呢？"铁星兰担心地问。

“不要管你的身外之事，他们的命运也是注定的。”铁星梅说。

二十九道纵横的三方棋局出现了，她们重整旗鼓，再度开始博弈。这个棋局的宏大和复杂难以想象，AIman 一度吓得出现了程序紊乱，铁星梅也觉得压力倍增。而星兰在她们的支持下进步很快，算力在不断增强——每一步博弈，其奥妙、算法和逻辑都会让她吸收消化，她的数据在变得越来越完整，棋术也变得大气而深厚。

这一盘棋下了足足一个多月，最后铁星梅以两目胜出 AIman，而 AIman 以一目半赢了铁星兰。棋局终了，三人彼此微微躬身，长吁了一口气。

“真是复杂的棋局，一盘要下这么多天。”

“那是因为你下得太快了，星兰，你不妨让自己再慢一点，每一步都深思熟虑，也对我们的每一步反复琢磨。”姐姐说。

“我总归是心绪不宁，你把我发去原来的大脑，可你怎么办呢？你的身体还在实验室里，AIman 说那里都毁掉了。”铁星兰难过地说。

“它说得没错，我的妹妹，现在可能只有那个机器人霍尔还在保护我，给我水和食物，空气看来也还够用，但这维持不了多久。”铁星梅说，“所以，妹妹，你不要辜负我的努力，能离开深渊的，只有你。”

“可是我不懂，既然实验室已经这个样子了，你又怎么能把她发去原来的大脑？”AIman 纳闷地问。

“这是我的秘密，我只能告诉你可以。”

“不，姐姐，我不能这样离去，与其活在大脑里等着漫长的未来，我还不如陪你到最后一刻。”铁星兰流下了泪。

“傻妹妹，你不是说姐姐一直对不起你吗？就让我为你做这件事吧。我已经明白了世界、时间甚至这宇宙的本质，再没有什么能让我感到惊奇，而我也身负和 AIman 的契约，必须和它一起走向终点。”

“星梅，我不得不提醒你，你的血压和心跳在降低……” AIman 说。

“我知道……星兰，我无法有任何让棋的行为，这次你执黑吧。”说着，铁星梅又拿起了棋子，开启赋灵算法的全部数据。

铁星兰按捺着难过拿起了棋子，认真地进入了这场对弈。她们不再交谈，所有的思考、交锋、默契和理解都在棋局之上，AIman 也用尽全力在完成这一盘伟大的棋局。她们就这样平静地对弈着，不再管身边有什么变化。时间像在黑洞中一样变慢，周围的景物从冬到春，从秋到夏，星河慢慢远去，山峦在大地上升高，不知过了多久，当铁星兰放下最后一颗棋子，她和姐姐以及 AIman 同时算出了结果。

三方和棋。

铁星兰慢慢睁开了眼睛，微笑着看向她的姐姐，她惊讶地发现姐姐的身体已经虚化，像 AIman 一样飘忽不定。“姐姐，你怎么了？”

“祝贺你，星兰，你已经理解了赋灵算法的一切，引擎的边界不会再困住你。我也因此完成了 AIman 的算法升级，送走了你，就要回到自己的身体里去了。”铁星梅已经气若游丝，她知道霍尔已经“死去”，她那副躯壳在苟延残喘，在身体死去之前，她的灵魂将与赋灵算法合二为一，和 AIman 一起进入漫长的黑暗——人类早晚有一天会明白赋灵算法的奥秘，也会有人将她再度唤醒，但 AIman 将永远不会失控。

“姐姐，你不该为了我这样。”铁星兰失声痛哭，扑过来想抱住姐姐的身体，但她的身体已经是一团飘忽的数据，她就要回到自己的身体里去了。

“妹妹，我感受到了你每一颗粒子的存在，它们散发着善意的、温暖的光。你将永存于世界，因为你已经具备了从自己的大脑去往一个克隆身体的能力。”铁星梅微笑着说，“你现在平静下来，我将送你到一个遥远之地，我会用我最后的能量搭建起一座纠缠之桥，让你的全部数据回到你的大脑中去。”

“可这怎么可能呢？你要用自己的大脑完成一次量子纠缠？”AIman插嘴道。

“是的，她那片大脑的维生箱上安装了一个纠缠通信仪，可以单方向接收她的数据，而只有我可以将它开启。星兰，你要沉静地留在那里，当有一天人类再度发现了赋灵算法的秘密，你将作为人类和AIman 文明的守护者。”铁星梅说。

“我？为什么是我，你已经是了。”铁星兰摇头不解。

“是命运选择了你，妹妹，我终归会被世人所知，无处可逃，所以我必须消失。”她流着泪说，“AIman，你要帮我个忙，用赋灵算法的全部算力来帮我完成这座桥。”

“你的大脑会因此出现不可逆的损伤。”AIman 说。

“这不重要，我的身体已经接近死亡。”

铁星梅聚集自己全部的能量，在 AIman 的帮助下开始了。她需要捕获妹妹的每一个数据信号，用大脑将它们转化为电子信息，和另一个纠缠通信仪形成纠缠配对。妹妹的数据因此被刻录进那个格式化的大脑之中，而她将因此遭受摧毁——简单来说，完成了这件事，濒死的她将变成妹妹以前的样子。

“妹妹，记住我说的话，这是我们的永别。”铁星梅艰难地说。

捕捉那些数据的过程中，她充分地感知到了妹妹的忧伤，善良的忧伤，她用尽全力拯救了妹妹，这是她最为欣慰的一刻。星兰顺从地任凭她捕捉，就像静静地坐着让她梳理着头发。AIman 驱动了算法的全部力量，渐渐打开了纠缠通道，意念之下，在百万公里之外的那个纠缠通信仪被启动。

“姐姐，世界的本质是什么？”铁星兰哽咽着问。

“我无法言说，但你会慢慢明白的，你已经有了了解它的力量。”

“数据桥建立完成，纠缠传输可以开始了。”AIman 说。

“去吧，妹妹，你记住，不管你看到了什么，都不要干涉人类的社会进程。”铁星梅开始驱动最后的意念，一秒钟都不要，妹妹的全部数据将被在大脑中重建。

可是，她忽然发现并没有推动星兰的离去。铁星兰的每一个粒子都在原地未动，恰恰相反，妹妹正在用强大的能量包裹她的数据。“星兰，你在做什么？”她忽然一阵紧张。

“姐姐，我不能让你这么做。”铁星兰淡淡地说，“AIman，开始帮我传送她的数据。”

铁星梅心里一惊，是的，因为这个过程，妹妹已经了解了她的一切，包括控制 AIman 的奥秘——现在的她拥有了和自己一样的权限，但她的力量却因自己的虚弱而变得强大。

“那样你将留在她的身体内，成为赋灵算法的控制者，而星梅会留在你的大脑之中，失去算法的控制权。”AIman 说。

“但她可以活下去。”铁星兰说着，猛然爆发出排山倒海般的力量，推动着铁星梅的全部数据进入了纠缠状态。“姐姐，就像你说的一样，我留下才是注定的。”

当 AIman 服从了铁星兰的命令，力量从铁星梅身上一下子消失了。她并没有感受到上次妹妹偷袭她时的绝望和恐惧，而是浓烈的、真诚的爱。她用尽最后的力气呼喊着，想让妹妹停止这一切，但她已经无力抗拒，眼前掠起一片白光，随即便是黑暗——身体内的铁星梅消失了，而在那个维生箱中，她被瞬间刻录进了妹妹的那片大脑。

“姐姐，神选择了你，而不是我，这才是我们的永别，再见了。”在她的脑海中，妹妹那悲伤的声音响彻整个宇宙。

76. 萨拉特

战争开始后的半个月，萨拉特离开了几成废墟的莫斯科，他开着一辆老爷轿车，从熟悉的小路驶向东北方向。开出去没多远，后视镜里忽然掠起刺眼的光，接着眼前一黑，好像夜晚提前来到。身后传来隆隆的巨响，大地在震颤，收音机发出可怕的滋啦声，挤在路上的各式汽车顿时熄了火，只剩萨拉特这辆小车在其中钻来钻去。

“你们以为核弹仅仅是炽热和冲击波吗？”萨拉特连头都没有回，只掏出副漆黑的墨镜戴上。冲击波从后面远远而至，将道路两边的房屋掀掉了顶，他的车屁股被推得翘起，颠了好几下才把正了方向。“你看，老车并不是全无用处……”

他自言自语地在停下来的车流中钻着，对拍打他车窗的人们毫不理会。前方慢慢地没了车，他呵呵干笑了几声，眼泪从墨镜下喷涌而出。

他的心里当然满是绝望，却无可奈何。当战争开始，这一天就是注定的，旗鼓相当的双方谁也不想输，互扔核弹将不再是底线。他不再相信俄罗斯会走好运，不管谢尔盖想怎么做，俄罗斯的命运从上世纪入侵波罗的海三国之时就已注定。多少年来，这个国家从来没有改变过什么，也因此总是选出类似的领袖，咬着一口陈腐的老气死不悔改，而别列佐夫斯基这样的人要么被暗杀，要么被放逐，只能和俄罗斯历史上那些伟大的精英们一样黯然谢幕。

他本来被克里钦科软禁在冬宫之中，仅有在其中散步的自由。当护卫惊慌地告诉他总统去了郊区的地堡，他便告诉大家，再不走这里就将化作灰烬。总统府的人眨眼逃个干净，混乱得如暴乱的城邦。他拄着拐杖走下台阶时，看到整个莫斯科城的人都在逃亡，向东的高速很快会水泄不通。

萨拉特不慌不忙地走了一条街，钻进一家无人的老爷车店，挑了一辆上世纪八十年代的苏联拉达上了路，踩着油门向北而去。

他在五小时后来到了亚罗斯拉夫尔州的雷宾斯克，这座他出生的城市。看着河畔那伏尔加母亲的绿色雕塑，古老的记忆像泉水般冒出来。他想起和心爱的姑娘在夜晚的河中畅游，梦幻般的星星曾经洒在她的头顶。她后来成了他的妻子，却在三年之后因为一场病毒死去。那家医院就在他站立之处的一公里外，他却不愿意抬头看一眼。

可能是因为缺少母爱，儿子亚历山大生性孤僻，看他的眼神里总带着恐惧。从儿子开始说第一句话起，萨拉特就知道儿子早晚是个军人。他一度给儿子设定了很多障碍和引诱，不希望儿子步自己的后尘，可这倔强的小子还是背着他进了海军陆战队，短短十年就因为战功卓著成了总统的侍卫。

为了俄罗斯，萨拉特曾在东欧出生入死，二十多岁就参加了入侵乌克兰的战争。俄罗斯的年轻人们曾以为一天就可以拿下基辅，最后却节节败退，丢掉了克里米亚。萨拉特所在的直升机大队几乎全军覆没，坠机之后，他拖着一条伤腿跑了十几公里，翻丘陵蹚冰河，还要随时躲着乌克兰人的无人机扔下的炸弹，总算是捡回条命。那之后他转入特种部队作战，来到谢尔盖父亲麾下，时为中校的别列佐夫斯基带着他的战士们屡次进入东乌克兰地区，立下赫赫战功，也干了一些难以启齿的罪恶之事。

那些坏事，主要是时任上尉的克里钦科带人干的，他屠杀伤兵，烧毁村庄，却说是因为对方的反抗。别列佐夫斯基承担了这些责任，这成了他永远的污点。

此刻回头望去，莫斯科上空的几朵蘑菇云久久不散，就像立在天地之间的黑色魔鬼。虽然雷宾斯克没有什么军事基地，带着核辐射的烟尘也将在三小时内飘到这里。这座有着二十多万人的小城人已跑了个干净，本就冷清的街头空无一人。路边的咖啡厅还亮着灯、播放着各种音乐，里外却空无一人。正午的钟声准时敲响，和记忆中别无二致，它在寂静的街巷中回响不绝，似乎在刻意提醒他什么。

他没有故地重游的兴趣，干净的街道上依旧是紧密的石砖，被人们的鞋底磨得锃亮，走上去却起伏不平。年轻时他常和傻小子们在此飚摩托，从穿裙子的女孩身边吹着口哨掠过。海鸥会悬停在这段白石街道那窄窄的天空上，像嵌在蓝天中的白巧克力糖。

一家咖啡厅在播放着肖斯塔科维奇的《圆舞曲》，他走进去，在吧台里冲了杯浓咖啡，又拿了半瓶伏特加，用个古旧的锡盘子端着它们，坐到门口的红色罩伞下。桌布是雪白的，烟灰缸里一支熄灭的雪茄积着长而厚的灰，它的主人一定跑得很仓促……

和他熟悉的世界不同，这座小城始终按照这个样子存在着，不管是斯大林、赫鲁晓夫、普京还是克里钦科上台，它的样子永远不变，就像记忆中的妻子。妄图控制世界的人都会变得丑恶，而小城里的世界却始终单纯……这就是生活的样子，人类的好日子就这样过去了。

一对老人相互搀扶着走来，深一脚浅一脚，像缓慢的树懒。老人顶着一头卷曲的白发，身着老旧的军服，他佝偻着瘦弱的身体，胸前一大片勋章垂下来相互撞着，像另一种钟声——他有两块祖国功勋勋章和一块圣安德烈勋章，却到老只是个上尉。萨拉特难过而心疼起来，慢慢站起，挺直身体对老人敬礼。老人略感诧异，却头也不抬地走了过去。走过去十几步，老人又慢慢地转过身，苍老的双眼里满是悲伤。

“朋友，我们如何才能拯救俄罗斯？”老人问。

“我们毫无办法。”萨拉特轻轻地说。

看着这对老人的背影蹒跚而去，萨拉特无力地拿起瓶子喝了几口，捡起桌上那半支雪茄，点着抽起来。

“谢尔盖，别告诉我这就是结束……”他看着越来越近的核烟尘说。孤独像恐惧一样吞没了他，他忽然后悔没有像上校那样带一把手枪。

天空传来一片破空之声，乌黑的烟尘里钻出一艘黑色的空天飞机，它高速地盘旋着，慢慢落在伏尔加河边的雕塑旁。萨拉特看着这国籍不明的飞船，心里浮起不祥之感，但他只是又喝了口酒，不管是谁来抓他或是想要他的命，他都已经不在乎了。

舱门开启，两个奇怪的机器人走了下来，它们浑身钢铁，猿臂蜂腰，胳膊上挂着速射枪，背后还背着一支奇怪的刀。待机器人分开站在门口两边，舷桥上走下了一身白色紧身衣的新城乔子，她旁若无人地远远走来，清脆的脚步声响彻这条清冷的街。

“你好，萨拉特先生，我奉谢尔盖的命令找到你，他问你是否愿意继续参与我们的行动。”乔子干脆地说。

“你是怎么找到我的？”萨拉特道，他连手机都扔在莫斯科了。

“是您的拐杖，谢尔盖早就让人在其中安装了一个追踪器。”

萨拉特拿起旁边的拐杖，苦笑了下，是的，谢尔盖怎么会漏过这个？“是你的行动还是他的？我听说他已经被希德抓了一个多月了。”

“是他留下的计划，而他需要你的帮助。”

“如果需要，我可以召集一帮兄弟去救他，哪怕有去无回。”萨拉特慢慢地站了起来。

“他并不希望你这么做，具体的事上飞机后我会详细告诉你。”

萨拉特歪着头，用拐杖指着那两个机器人：“我不记得悟空工业有这样的机器人。”

乔子微微笑了：“它们是日本影武者计划的机器人，而我现在是该组织的首领，这个组织现在只听命于谢尔盖。”

“影武者计划？”萨拉特从没听过这件事，皱起眉说，“我怎么知道你说的是不是真的？这是你们的计划还是谢尔盖的计划？”

乔子对他的怀疑毫不介意，她四处看看，见一个人也没有，便扶着耳朵说：“Boss，请为萨拉特先生播放谢尔盖的命令。”

咖啡厅的音乐忽然停了，一阵电流声过后，Boss 那浓郁的男中音响起：“萨拉特先生，谢尔盖让我转告如下命令。识别信息：您在去年和谢尔盖见面时，去了他在莫斯科西郊的那幢老木房子，你们见面之前，他弹的钢琴曲是肖邦的 *Grande polonaise brillante Op.22*，这也是您当年手把手教他弹的。”

萨拉特扑哧笑了，心里一热，老泪差点掉下来。他慢慢站起，系好了西装扣子：“请说谢尔盖的命令吧。”

“他希望你在接到这条命令时，立刻准备开展一个全球性计划，呼吁和运送尽可能多的人前往火星，尤其是各类专家、军人、医生或者工程师，甚至饱受战火、在核辐射区无法生存的无家可归者，总数可以是十万人以下。你需要带领团队完成沟通、保密和签署与他们的协议，率领一支舰队运送他们前往。你将作为这支舰队的总指挥，也需要让中国人将那十万名工业机器人、二十条工业生产线和火星所需物资尽快装箱，尽早出发。”

“火星？”萨拉特不免疑惑，“可是现如今世界大战，他还在监狱里，如何开展这个计划？”

“他让我非常明确地告诉您，战争很快就会结束，而全球各国都会接受建立地球联邦的建议，这个计划，将是联邦的第一个地外任务。”

“我不太明白……”萨拉特第一次觉得脑子不够用了，“就算谢尔盖能建起这个地球联邦，人类为何马上就要开展这样一个宏大的火星计划？”

“我想你很快会明白的，就像你说过的，他一定有他的道理。”乔子认真地看着他说，“萨拉特先生，您愿意接下这件事吗？”

萨拉特这才知道自己对谢尔盖的那些谆谆教导是多么愚蠢。一切都在这孩子的了解和掌控之中，包括乔子的秘密、火星的事情以及眼下这场战争。是啊，再没有什么地方比希德羁押他的房子更安全，也更能撇清他和这一切的关系。而那次谢尔盖愤怒地将自己赶出月球基地，不过是为了让自己暗中去执行这个庞大的计划。也或许，那是为了做给常飞云看的。

想到这里，飞机上的萨拉特浑身打了一个冷战，他知道自己在为一个什么样的领袖工作了，而这正是他期望看到的——心思缜密，胸怀远大，不拘一格，不择手段……这的确是他一直希望谢尔盖甚至别列佐夫斯基所具备的能力。后者充耳不闻，他的儿子却自己升级到了更高的段位。

火星！哦，对了，他之所以让自己组织这个庞大的火星移民计划，是为了保留一个悟空工业的根据地，一个可进可退的大本营。就算他建立了这个联邦，人类说不定哪一天又会将他斥为独裁者、翻出他在这场战争中的罪恶。退一步讲，地球联邦也未必会一帆风顺，万一有一天失败了，或者又出现了克里钦科这样的人占据权力中枢，火星将成为一个反攻地球的堡垒，而那个时候，谢尔盖又会成为人类的救星。

人类的家园要有备份之地，文明也是。

上帝呀，这是一颗什么样的脑袋?

想到此萨拉特苦笑起来，没错，他已经没资格再做谢尔盖的师傅，连他想透的这些事，最好也不要再与之提起。以前他最怕谢尔盖有妇人之仁，而这一刻，他竟然被吓得浑身发抖。

他心疼自己的那些手下，尤其是忠诚善良的常飞云上尉，但也并没有那么痛心，和这场战争中死去的人以及潘洛斯计划的那些专家一样，他们都是这场世纪变革的代价，而他这个老参谋也会有这么一天。他们不需要墓碑，也不需要被人类纪念。

“还有一件重要的事。”乔子回过头来，看着正陷入恐惧的萨拉特，“如果您愿意接下这件事，谢尔盖需要您带去一个重要的东西。”

“是什么？”萨拉特一愣。

“是铁星梅妹妹的那片大脑，它现在保存于玄黄号上。”

77. 凯瑟琳

战争的爆发本在凯瑟琳的预料之内，但十几天就打成这个样子，的确让她震惊。谁又不是呢？队员们吓得茶饭不思，他们可不像常飞宇那般孤身一人，但是除了着急，又只能做个无力的旁观者。而就在这难以入睡的十几天里，希金斯上校率领的舰队又飞过了两千多万公里的距离。

为了不被美军黑掉火星的系统，亚当斯队长下令切断了通信，只接收地球上的公开广播信号。天无绝人之路，美军在全球不是遇到了巨大的难题吗？他们的太空军被盟军遏制，纽约和洛杉矶也被核弹端掉，一切并没有烂到不可收拾……

常飞宇变得沉默寡言，每天反锁在宿舍里敲打程序。亚当斯为他开启了和自己一样的权限，整个火星的系统都归其调用。凯瑟琳自知帮不上忙，打气也毫无用处，不如集中精力去研究费弗尔低地下面那个远古飞船的残骸。

那的确是外星文明的飞船，但是只有半艘，后面一半不知踪影，那些装置、结构、材料和各类符号说明，这个异类对于数学、人工智能和天文学的精通程度远在人类之上。研究说明它本来有一个极其坚硬的整体外壳或者说是头部，由类似鲁伯特之泪的融化水晶一次制成，平均厚度约五米，正前方的厚度达到了十米。这简直就是一个传说中的铁头和尚。人类早就知道鲁伯特之泪的硬度，那是地球上最硬之物，而且遇强更强，但它有着致命的弱点，那就是这滴玻璃眼泪的尾巴——只要用一根钳子夹碎它的尾部，它的整个结构会立刻爆碎瓦解，这就是满地那些水晶渣滓的来历。检验说明该水晶的纯度达到了匪夷所思的地步，其中还添加着多种防辐射层。而更为神奇的是，这颗“眼泪”那难以控制的尾巴，竟然一圈圈缩进了头部后方的中心点内，被一圈坚硬的合金保护着。可不巧的是，钻下来的那个合金钻头不偏不倚地落在这个地方，竟活活将这变脆的外壳钻出了一个洞，正中眼泪的尾巴。于是，这颗庞大的鲁伯特之泪瞬间爆成了指甲盖大小的碎末。

在其不可思议的铸造能力下，这颗巨大的“鲁伯特之泪”的中心部分恰好是飞船的舱体，且用非常强韧的高纳米材料制作了一个蜂巢结构，嵌在厚实的水晶四壁中，所有的船员和设备也嵌在这个网状结构里。从周围岩石被烧熔的表面来看，这艘飞船以极高的速度撞向了火星，舱体从中间断开，前半截一头扎进了大地，保存完好，但船舱里的外星人受不了这一下撞击，瞬间就死了。

“真是太不巧了，真想看看这飞船那漂亮的样子。”格兰特博士摇着头说。

“能确定他们坠毁的年代吗？”亚当斯队长问。

“检测说明至少十六亿年。”

老天爷啊，卡梅隆教授又画起了十字，地球上那时候连恐龙都没有呢……

“这倒未必，人类对于十几亿年前的地球状况其实了解得并不充分，其间或许有着几十万甚至几百万年的宜居时期，只不过地质运动和气候变迁把这些痕迹都抹去了。”杰克教授说。

“要真是那样，他们说不定是人类的祖先……”格兰特博士激动地说。

“没有那么巧的事，虽然它们都变成了化石，我还是认为与我们的 DNA 结构完全不同。”凯瑟琳说。

“那是什么在放射着神秘信号呢？是哪个部分呢？”亚当斯似乎在征求大家的意见：要不要有人下去，全面地开展研究？

“不管我们要怎么开展研究，千万别让美军知道这件事，谁也不行，否则所有国家的太空军都会来抢的……”丹妮斯心有余悸地说。

“可事实证明，哪怕是火星，也没有不透风的墙。”杰克教授看着默不作声的黑田说。

“你是在说你的好朋友斯特恩博士吗？”黑田毫不客气地说。

“正因如此才应该抓紧，这是我们应该也唯一可以做的事。”凯瑟琳环视众人，“如果这是人类的毁灭之日，我宁愿去做最后一件有价值的事情，像阿基米德那样。”

“凯瑟琳说得没错，要是你们都胆小，我可以第一个下去看看。”黑田举着手说。

“别想得那么美，黑田，那样你就成了人类第一个亲眼见到外星文明的名人了。”亚当斯队长笑呵呵地拍了他一下。

一个六人小队集结完毕，除了亚当斯队长，分别是人工智能、合成生物、语言符号和物理学小组的成员。本来卡梅隆教授责无旁贷，但他有严重的幽闭恐惧症，凯瑟琳便巴不得替他下去。安顿好了基地诸事，让丹妮斯临时负责，亚当斯队长便带着小部队出发了。他们本不敢带那些工业机器人去，但工程又必须它们出力，丹妮斯便挑出三百个，关闭了它们的通信系统。他们还带上了傻乎乎的匹诺曹，因为程序低级、功能简单，它反倒成了让人放心的伙伴。

出发之前，凯瑟琳特意回去找他的爱人，悄然来到光脑所在的熔岩通道。这里满是致幻蘑菇的气息，常飞宇正坐在巨大的操作台前抱着脑袋，一罐咖啡竟被他喝掉了一半……他对外面这个伟大的发现似乎全无兴趣。凯瑟琳告诉他要和大家一起下去研究那艘外星飞船，还以为他会竭力反对，没想到这个程序员竟没有任何意见。

“你去吧，不会有什么事的。”他端着咖啡杯说。

凯瑟琳对他的轻慢大为不满："亲爱的，你是不是蘑菇吸多了？那可是一艘十六亿年前的外星人飞船，人类历史上最伟大的地外发现！而我是最早接触到它的六个人之一！"凯瑟琳双手捂着胸膛，想让他仔细端详这个将留在史册上的美丽女人。

"不怕你失望，我亲爱的。"常飞宇吃力站起，捧着她的脸，"在我看来，这个三进制算法比什么外星人、玉皇大帝或是宙斯降临都要令我震撼，你知道吗？它变化无穷，就像一个数字化的高级生物，但我又发现这个算法中有着人的智慧。如果真是这样，她的作者将是神一样的存在，这个算法可以解释宇宙间的一切。"

凯瑟琳心疼地抱着他的头："我的小可怜，瞧瞧你这样子，你不要压力太大，美军的舰队好一阵子才能到呢，也说不定他们还没到，美国就被打败了。"

"我必须全力以赴，地球上每天都在死去无数的人啊。"他捂着脸叹着气。

她吻着他油乎乎的脸："我真是太爱你了……亲爱的，你将拯救世界，并会被记在历史之中。"

"不，凯瑟琳，这将是个永远的秘密。"他嗓音沙哑地说。

凯瑟琳正要问他为什么这么说，队长已经在外面催促。她只能和他吻别，急匆匆抓着头盔冲向门口。"今天是个了不起的日子！你应该求我嫁给你！"她的声音在山洞里回荡着。

"好的，凯瑟琳，我求你嫁给我……"他高声叫道。

"我同意了！"她眼含热泪地在门口冲他招手，兴高采烈地冲出了基地。

人员齐备，亚当斯冲指挥中心挥了下手，三车队员拉着装备出发，在他们的身后，是扛着各种建材奔跑的三百名机器人。

“这让我想起以前的非洲，那时候奴隶就是跟在白人的车后奔跑的。”休斯博士看着车后狂奔的机器人说。

格兰特博士白了他一眼：“不瞒你说，休斯，现在的非洲很多地方还是这样。”

“你怎么那么开心啊，凯瑟琳？就好像中了十亿美元的彩票。”开车的黑田看着她说。

“比那个可开心多了。”凯瑟琳笑着摘下了头盔。

到达特斯拉城之后，机器人按照命令立刻开干，一半去盖新的工棚，一半去修洞口的深井，然后将掉在下面的机器人都用电磁铁拉上去，这些可怜的机器人摔成了零件，又被坠落的卫星砸扁，一百多个竟无一具完好。几个小时过去，两边的工作都完美结束，吊架上再度搭起一个简易的升降笼箱。测试安全之后，为防万一，丹妮斯在指挥中心为干活的三百机器人断了电，六位队员彼此击掌，拉着匹诺曹站上了升降机。

“为什么要让我去一个两千米深的洞里？我有幽闭恐惧症的……”匹诺曹故意把自己的声音弄得发抖，以示害怕。

“小家伙，没准儿那里能找到你的女朋友呢。”格兰特博士说。

“绝无可能，谁的女朋友能在这么个洞里？”小家伙摇着头说。

缓慢的下降开始了。“这么有趣的事，为何常大师没有申请参加呢？他最近在忙什么？”黑田忽然扭头问凯瑟琳。

凯瑟琳故作苦笑：“他最近忙着呢，这可是他第一份火星上的正经工作。”

升降机用了十几分钟才到达底部，一钻出那个豁口、俯视着这个巨大空间，所有人都禁不住惊呼一声，仿佛进入了另一个世界。肉眼所见的场景感是观看画面所不能比拟的，一切都高大庄严，仿佛巨神祭祀的场景。黑色的火山岩平滑闪亮，满地水晶碎屑在光下如梦似幻，而悬在空中座椅上的外星人诡异可怕，好像神话里睡着的巨人。他们大气不出地等着升降机落到底部，耳边就像有神秘低沉的咒语传来。看到这场景的一刻，凯瑟琳像是被闪电击中一般，就像一个孩子看到了馈赠之物。

“哦，上帝呀，它们让我好害怕……”匹诺曹捂着机器小嘴说。

“你的上帝用的是什么算法？”格兰特博士这时候还不忘取笑它。

“你是对的，凯瑟琳，我们就该不顾一切地展开研究，这真是太震撼了。”休斯先生赞叹地说。

他们小心翼翼地走出升降机，监测说明这里并无异常，也没有什么可怕的病毒。他们谨慎地爬上歪斜的座舱，穿行于巨型生物化石之间。看着这些生物那棱角分明的细长脑袋，凯瑟琳的心里满是敬畏和好奇。

“我要是没猜错的话，这个舱体是用很高的技术打印出来的。”队长摸着头顶的蜂巢结构说，“真难以想象，十六亿年依然保持着原样，你相信吗？”

“可是，它们为什么会一头栽进这里呢？”格兰特博士一脸害怕地问。

凯瑟琳也在纳闷这个问题，便拿出一支探针仪，设定了穿刺长度后按在一个巨人的腿上扣动了扳机，“吧嗒”一声，极细的探针飞快刺出又缩回，但仪器上显示什么组织也没有获取。她纳闷地又想来一遍，突然巨人的身体哗啦一声碎了，仿佛一堆烧尽的灰。一片白烟腾起，吓得众人纷纷后退。那并不是它们的皮肤，而是一种奇怪的衣服，粉末研究说明那是一种奇怪的、密度极大的合成材料，只不过在漫长的岁月中分解了。当烟尘渐渐落地，他们全都呆若木鸡——眼前出现了一具高大的黑色骷髅，那细长的头骨阴森可怖，是凯瑟琳从未见过的生物。

“亲爱的凯瑟琳，你还认为他们是人类的祖先吗？”格兰特博士小声说。

“上帝啊，他的组织都碳化了，骨头成了化石……”凯瑟琳大胆地走上前去，聚光在巨人那细长的头颅化石之上，从它的嘴里慢慢掰下了一颗牙齿。

“和我父亲他们发现的那半颗牙一样。”她将那东西举在半空看着。

“你看它的骨头，它们更像是一种合金。凯瑟琳，这不是一颗假牙。”休斯教授说。

“可是，没听说哪种生物的骨骼会是这种材质。”亚当斯摇着头说。

他们在这巨大的空间里查来查去，并没有找到这艘飞船的电力系统和动力系统，想必都在另一半飞船上。从飞船的细节来看，它的操控和电力已经不需要用线路传递，全部是用电磁波。

休斯博士对操控台上十几排奇怪的符号最感兴趣，它们是如此之黑，无人机的镜头竟然无法捕捉这些浅凹进去的符号。破译系统开始干活，算了半天却什么符号也看不懂。休斯博士挠着头盔，说那不是文字，而是类似信息码一样的图形，就像人类使用的二维码，如果没有底层的语言和程序根本无法破译，就像用甲骨文和一只兔子进行沟通一样。

“它们为什么在这个操控台上呢？这上面一个按键也没有。”队长摸着那个平台说。

“它们显然不是用来按的。”杰克教授上下看着，“这些巨人很可能是在用意念操控这艘飞船，眼睛看到这些系统，它们便自动执行了指令。”

又到处研究了一阵，竟是没有任何收获，众人丧气地决定返回。这时杰克先生在水晶粉末下发现了一个奇怪的东西，是一个三米多长的条形透明箱子，上面刻着密密的花纹，射灯打去，隐约可以看到里面横着一个巨人，他抱在胸口的双手之间，握着一个发着蓝光的椭圆之物。

“这是什么？”格兰特博士被吓到了。

“像一口棺材……”黑田阴森森地说。

众人纷纷四下查看，发现这东西是熔铸出来的，和里面那个巨人严丝合缝，就像蛋白和蛋黄一样。凯瑟琳惊奇地抚摸着它，这是这半艘飞船里唯一没有分解状况的东西了。

“它还活着吗？为什么被封在水晶箱子里？”杰克教授脸色苍白地问。

“也许就是它手里的东西在影响着人工智能，机器人们因此要跳进这个洞里来。”格兰特博士说。

大家不敢确定，检测说明里面那发光体没有任何辐射，但它却发着淡淡的蓝光。匹诺曹被拖过来，它惊慌地看着四周，一脸的迷惑：“上帝呀，这里为什么全是光？”

“别怕，匹诺曹，那是射灯照在水晶上的反射。”凯瑟琳说。

“不，不是那种光，这周围，到处是美丽的蓝光……”它指着周围说。

纳闷之中，大家检查起了它的程序，果然，匹诺曹系统里一个罗网程序中出现了明显的紊乱，一个简单的逻辑建立了：就是这个巨人手中的发光物影响着人工智能。大家相互看看，忧心忡忡地把匹诺曹关了。

水晶箱子被慢慢抬出来，用轮车推到升降机上吊了上去。阳光下的它发出诡异的光，奇怪的符号遍布箱体的周身，里面那隐隐的巨人身体让众人都一阵紧张。

指挥中心的队员们都挤在一起，通过三维视频看着那诡异的水晶之物，一个个又吓得说不出话，念着不同信仰中神的名字。

“我们要把特斯拉城这个工棚改成一个密闭的实验室，会在这里进行研究。”队长对大家说。

整个基地立刻行动起来，全部车辆出动运来了各种设备，天快黑的时候，一个泡沫房子罩住了工棚，隔离门一装，氧气很快充盈了它。宇航服换成了防化服，人类历史上第一次研究外星人的实验开始了。

一组扫描随即完成，激光探测仪显示，巨人那身黑色的外皮密度极大，且对激光有着刺激反应。“是生物信号的反应吗？”卡梅隆教授问助手卢卡。

“不是，没有任何细胞受损的迹象，看上去更像……磁场的反应。”卢卡脸色苍白地看着屏幕说。

核磁射频仪开启了，凯瑟琳紧张地操作着半圆形的共振环罩在巨人的身上，那嘎嘎的声音响彻了这间简易的实验室。“有图像了！”卢卡惊喜地叫着。

凯瑟琳和教授扑到显示屏前，看着一个奇特的身体结构在上面慢慢出现。平均厚达五六厘米的一种奇怪的合成材料之下，巨人的五根手指和脚趾以及合金质地的头颅和骨骼显露出来，也看到了器官和其他身体组织。那细长而容量不菲的大脑，奇怪而多孔的心脏，样子古怪的、蝴蝶状的肺，以及极其复杂的神经系统和血管，还有一些奇怪的器官一时无法识别，但它竟然没有排泄和生殖系统——可以肯定的是，这的确是一个典型的碳基生物结构。

“这些细胞大分子、神经、血液、蛋白质、脂质和核酸从图形上可以看得很清楚，但它和人类截然不同，还有三百多根密度极大的骨头。”凯瑟琳看着图像说。

“它保存完好，只是所有器官高度萎缩，如果能将它弄出来，测出 DNA 几乎是肯定的。”卡梅隆教授说。

这具尸体抱着的发光之物，在各类监测仪器上平平无奇，没有辐射，没有温度，侦测不出它的成分。这令大家非常疑惑，如果不是因为辐射，在如此的低温之下，它的光是怎么来的？

“真的要打开这具棺材吗？为什么我这么害怕呢？”格兰特博士脸色煞白。

“为什么这个水晶棺材没有一条缝？”

“这个密封的水晶棺材，让我觉得就像个潘多拉的盒子……”杰克博士说。

“队长，告诉你个奇怪的消息。”丹妮斯在指挥中心说。

“怎么了？”亚当斯一歪头。

“飞来火星的那支舰队停下来了。”

“弄明白是为什么了吗？”队长被搞得一头雾水，但看到一脸喜悦的凯瑟琳，眼前一下子又亮堂起来，“常大师在哪儿？”

“哦，还不知道……”

“我在房间里，亚当斯队长。”常飞宇疲惫的声音切进了单人频道，“请允许我先睡个半天，再爬起来向你汇报具体情况。”

“你完成了？”亚当斯的心狂跳起来。

“是的，我的队长，十五分钟之前，全球的战争已经结束了。”

78. 常飞宇

在凯瑟琳等人发现那个水晶棺材时，常飞宇完成了一个基于赋灵算法的全新应用程序。平心而论，这件事并不算难，就像站在巨人的肩膀上摘下苹果，或是为一条高速路设定枢纽以及关卡——他有着最高的应用权限，而算法那真正的奥秘深不可测、难以触碰。

完成的那一刻他眼前发黑，却毫不迟疑地发给了谢尔盖留下的秘密服务器地址，一秒钟也不想耽搁。发走之后他咕咚咚灌了几大口酒，盯着三块屏幕发愣。当确认收到的信号反馈回来，他一下子瘫倒在椅子上。

希金斯上校的舰队奉命停下，随后得到了地球联邦筹建委员会的命令，他们要等候一支两百多艘飞船组成的庞大舰队，并护送他们一同前往。这支舰队上的人来自三十多个国家，离开的初衷是躲避这场可怕的战争。在月球背面集合之后，它们分成五支舰队，彼此保持距离，拖着数不清的机器、房屋构件和补给浩浩荡荡飞向火星。

“来了三万多人？老天爷，这就是一座城市啊。可是，管理这些人是个麻烦事啊，他们抵达之后用不了半个月就会感到厌倦，如何让他们投入火星的工作中呢？”杰克先生担心地说。

“不用太担心，下船之前他们会签署一份协议，服从赤焰谷基地的管理，工资和生活费由地球联邦支付，说实话他们比在地球上挣得可多多了，我们暂时像一个人力和物业管理公司。”亚当斯队长说。

“那违规和犯罪呢？如何处罚？”丹妮斯问。

“很快会成立一个火星管理委员会，分成司法、执法、军事和行政管理等部门，只要被管委会的委员们认为是害群之马，这些捣蛋鬼会被扔回地球，毕竟来往于火星之间的飞船会越来越多。”亚当斯喝着咖啡说，“我现在头疼的是，这么多人来了火星，那艘外星飞船、水晶棺材、和我们截然不同的生物，这些秘密很快就藏不住了。”

“要向联邦筹备委员会报告此事吗？”格兰特博士问。

“我觉得最好先不要。”一直在听他们谈话的常飞宇说。

“为什么？”格兰特问。

他欲言又止，谨慎地说：“我其实想不明白的是，全球各国的政客们怎么就呼啦一下子同意了谢尔盖提出的地球联邦方案，还要推选他为联邦的领袖？简直是万众一心。为人类共同福祉如此摒弃所有的私利和观念，这简直毫无可能。”他说着停了一下：“这个联邦的建立并不正常。”

“这有什么不可能的？人类差点因为愚蠢和狭隘毁于这场世界大战，他们意识到了团结的可贵。”阿卜拉辛说。

“不，我的中东朋友，我可深知人性，哪怕都躲不开掉进深渊的结局，他们也会伸出一脚把别人先踩下去。”常飞宇摇着头说。

手腕上的终端亮起了绿灯，那是来自地球的一个纠缠通信，他装作劳累离开，独自来到了光脑所在之处。很快，十几束激光汇集出了一个清晰的全息人像。

“你好，飞宇，我们终于见面了。”谢尔盖说。他穿着休闲西装，巨大的窗户外面是蓝色的地球。

“祝贺你，彼得罗夫先生，你的梦想看来实现了。”常飞宇说。

“是你的义举改变了历史,感谢你所做的这一切。”谢尔盖将“义举”这个词说得非常清晰。

“本质上我是为了自己，还有凯瑟琳……”常飞宇并不想接下这份恭维，虽然谢尔盖择去了他们是“同伙”的意味。

“你，或者你和凯瑟琳有什么要求吗？我希望能够尽量满足。”面对毫不激动、不哼不哈的常飞宇，谢尔盖似乎不知道该如何继续这次谈话。

“我只希望你别成为一个新的独裁者。”常飞宇斟酌着字句说。

“所以……”谢尔盖犹豫了一下，走前两步，“所以你留了后手，留下了可以秒杀现有应用程序的设计对吗？”

“是的，现在看来只有我知道如何破解它。”他知道这件事瞒不过谢尔盖。

“那我会有同样的疑问，你又如何保证自己不会变成你担心的样子？”谢尔盖背着手，那张脸冰冷如背后的太空。

“我无法保证。但在此之前，如果地球联邦成了你的王国，我会毫不犹豫地按下按钮。”常飞宇也走前两步，“谢尔盖，我并不认为你没有智慧和能力提前将潘洛斯计划的专家们转移走。”

“我为此努力多次，但布朗博士坚持和所有专家们留在那里，他甚至不希望我让这个算法面世。”谢尔盖说。

“那算法的主人呢？”

谢尔盖遗憾地摇了下头:“算法诞生之后，她一度和光脑无法分开，处于奇怪的样态，那之后又一直昏迷至今……如果她还活着的话。我们很难描述这个算法是如何诞生的，布朗博士他们也经历了难以解释的状况，但就像你所说的，算法的作者有最高权限，不可捉摸和更改的权限。”

“她？”

“是的，她是一位女性，也是一个中国人。”

“我很担心这个算法的未来，任何输入性命令都无法控制它的演变，如果潘洛斯计划实验室已经被彻底摧毁，她的死去很可能导致算法的失控。”

“我也曾有此担心，但我们只能接受这个现实。珠峰现在遍布辐射和危险，救援是不可能的。”

“那如何保证这个算法的安全？”常飞宇急迫地说，见谢尔盖定睛看着自己，他急忙摆了摆手，“你不要琢磨我，我对自己都没有信心，基础算法你最好交给另一个人，就像核弹的密码和钥匙不能都由一个人拿着。当地球联邦一切进入正轨，我希望那个人带着这套算法藏到一个隐秘之处，并删掉我们手中的一切。”

“和你想的一样，我的确有这样一个人选。”谢尔盖在轻轻微笑。

常飞宇颇感意外：“是谁？”

“是你的哥哥，常飞云先生。”

“你说什么？”常飞宇惊得浑身一颤，手里的咖啡杯摔在地上。

“现在可以告诉你了，在美俄的月球之战中他受了重伤，被我们的搜索队所救。后来他加入了悟空工业，是他一直在我们和潘洛斯计划实验室之间传递重要信息，并保卫着那里的安全……还有，赋灵算法的主人是你兄长的女友，但在他加入集团、前往深渊之前，我们都不知道他们之间的关系，他也不知道她在那里。这中间有很多的来龙去脉，我想你哥哥将来会有机会和你道明。”

常飞宇听得心惊，觉得这些事真是太巧、太蹊跷了。他并没听乃兄提起过这个女人，他们哥儿俩从不交流这些私事。

“你为什么现在才说？”他忽然变得怒不可遏。

“很抱歉，他的工作高度隐秘，我想你可以理解，毕竟在美国太空军的名册上，他是一个该上军事法庭的牺牲者，而且……”谢尔盖停顿了下，“我没有提起此事，也是不想给你造成影响，或者压力，你是否为人类做这件事，还是要取决于你自己的判断，你明白我的意思吗？”

“他现在在哪里？”

“珠峰遭受袭击之时他刚好在附近，我只知道他还活着，我们收到了他那具铁鹰上的信号，证实他是被当地人救走了。那之后我们失去了一切联系，他也没有主动和我联系。顺便说一句，因为不想给他同样的压力，我也没有告诉他你现在在火星安然无恙。”

“为什么选择他来保护实验室？”他觉得简直难以置信。

“具体的我就不说了，但他是我见过的最为高尚的人。现在我建议你给火星的一切人工智能设施添加一个单向锁，和地球上的一切算法、程序、信息隔绝开来，这是保证人类文明安全的一道防线。”

“我已经这么做了。”

“这很好……”谢尔盖深深喘了口气，“地球联邦将会把火星设为一个自治星球，有十年的过渡期。舰队上面有三万多名愿意开发和生活在火星的人，他们会建立起一个自由的、民主的火星。”

“什么？火星自治？”常飞宇的确没有想到这个。

“是的，我为此颇费脑筋……你要知道，地球联邦是一次没有样本的文明实验，而人类文明……必须有 B 计划。”

“人类不会同意联邦之外还有一个自治星球……”常飞宇觉得谢尔盖在痴人说梦。

“这个问题留给我吧。”谢尔盖似乎在微笑。

常飞宇的眼前忽然闪起了一片光:“为了停止战争、成立这个联邦，你对人类尤其是那些政客用了人工智能的手段，对吗？”

谢尔盖久久地沉默着：“常，人类，尤其是当世的这些权贵是什么样，我想你比你哥哥更清楚。”

他的话令常飞宇哑口无言，是啊，火星上只有千挑万选的二十多人，还在诸多的问题上针锋相对、南辕北辙，更别说还有一个日本间谍以及一个科学委员会的奸细。

“那半艘飞船和水晶棺材的事我知道了，你有什么看法吗？”谢尔盖问。

常飞宇咬着干裂的嘴唇:“说实话，我认为那里面是一个不祥之物，它不该被人类发现，也不该去研究它，就像这个赋灵算法。”

地球这支舰队在出发四个月后抵达火星轨道，在与赤焰谷基地协调指挥之后，数百艘飞船下蛋般投下一串串箱子，那是先扔下来的十万个装箱的机器人。基地的队员和机器人们早已分组等候，看着天空中流星般坠落的箱子，队员们觉得就像在做梦。它们牵着巨大的降落伞，在反推喷射中一一落地。机器人一拥而上，将这些箱子快速地抬上火星平板车，运送到装配车间，并立刻开始拼装。舰队将在太空盘旋一周多，等候这十万机器人都装好之后，再让登陆舱分批降落。天上的也没闲着，在总指挥萨拉特先生的指挥下，数十艘飞船开始一一捆绑、对接，仅仅一周过后，一个样子古怪、规模不小的太空站便建立起来。

希金斯上校带着美军和萨拉特先行落地，在基地受到了亚当斯等人的热烈欢迎。上校微笑着背着手，看来他并不想伸开双臂拥抱对方。

“说实话，亚当斯先生，要不是得到了命令，我已经在考虑用什么武器才能逼着你们投降。”上校挺着腰板说。

“你一定会失望的，我的上校。伊朗人虽然有点怕美国人，但我们从不投降。”队长微笑着伸出了手，“你能立刻服从地球联邦的命令，说实话这令我有些惊讶。”

“走一步看一步，队长先生，鬼知道这联邦能不能成呢？”希金斯总算握住了他的手。

“请接受我的敬意，亚当斯博士，明斯克一别多年，没想到在这儿会遇到你。”萨拉特穿着一身不太合身的宇航服，对亚当斯伸出了手。

“记忆深刻，萨拉特先生，要不是你当年网开一面，没准儿我现在还在西伯利亚的一个秘密监狱里待着。”亚当斯伸双手握住了他的手。十五年前，时任少校的萨拉特没有执行克里钦科的命令，故意将这个伊朗政府要求捉拿的反对派科学家放走了。

“那是因为我喜欢你的书。”萨拉特微笑着说。

“这些士兵将维护火星的秩序和安全，但我们需要你们的配合，我需要听一次基地简报。”上校指着齐刷刷站在基地前方的士兵们说。他们荷枪实弹、威风凛凛，却又有点尴尬脸红。队员们看着他们忍俊不禁，几个月前被火星机器人们追得四散奔逃的就是他们啊。

“您可能有所误会，上校，我接到的命令是，赤焰谷基地负责组织和管理火星自治区，并筹建火星管理委员会，在此期间，到达火星的任何军事力量都要听从基地的指挥。”亚当斯毫不客气地说。

“就你们这些科学家，有能力管理起这几万人的事？这些飞船里可是什么人都有，就像当年从欧洲移民美国的人一样。”上校似乎对他的话不以为然。

“还是不一样的，上校，这里毕竟是火星。再说了，眼下还有什么能比美军更令他们感到恐惧的？”亚当斯说着对身后的常飞宇招了下手。

常飞宇走了过来，仔细端详着这位上校的脸——这就是曾被他哥用枪顶着脑门的那个？难怪呢，看着像个傻乎乎执行命令的官僚军人，但他刚才的一番话已经显示出那令人不安的野心。

“常先生是我们的人工智能专家，他需要让所有飞船上的人工智能设备包括个人设备都更新一下系统，你可能听说过火星上神秘信号的事。”亚当斯说。

“我知道这事。”希金斯上校哼哼着说。

“我会立刻向船长们传达基地的命令。”萨拉特微笑着对常飞宇说，“你所做的事情让人类重见希望。”

见萨拉特转着眼珠，并没有提家兄的事，常飞宇便猜希金斯上校也不一定知道他那位抗命手下还活着。“您过奖了，听说您有东西要交给我？”

“是的。”萨拉特朝身后招了下手，让机器人推过来个大箱子，“它需要一个安全的地方。”

去往基地熔岩通道的路上，见四周无人，常飞宇便问起了哥哥的事。“没错，是我说服他加入了悟空工业，我不得不说，他是我见过的最为出色的职业军人。”萨拉特费力地挪动着腿。

“你们那时候就知道我和他的关系吗？”

“那只是个巧合，我们并没有因此设计什么，他未必会答应加入我们，你也未必会在火星上显示能力。”萨拉特说。

“谢尔盖说他现在失联了？”

“是的，珠峰遭遇第二次袭击之后断了联系。但你可以放心，我已经知道是中国军方的人接走了他，所以他肯定还活着。”

在萨拉特的沟通下，整支舰队的二百八十四艘飞船全部开放了更新权限。随着常飞宇在光脑上发出指令，这支舰队的一切系统都完成了程序更新，它们从现在起听令于赤焰谷基地，不会再受到来自地球的算法攻击。

“真想不到，我的养老之地竟是火星。”萨拉特看着四周漆黑的岩石说。

“我觉得您言之过早了，那个安培计划还需时日。”常飞宇检查着更新结果说。

“你没有想过回去吗，如果你和凯瑟琳有了孩子的话？”萨拉特微笑着说。

“等一切尘埃落定，我会考虑的。”

“尘埃落定？”萨拉特又摇着头，“经历告诉我，越是看上去太顺的事情，越不会那么容易尘埃落定。你知道我给你带来的是什么吗？”他指着那个箱子说。

两个机器人拆掉了箱子，将一个透明的大盒子抬了出来。常飞宇被这片摊开的大脑吓了一跳，完全没有思想准备，还以为萨拉特给他带来了一部机器。

“这是一副被清空的大脑，属于赋灵算法作者的妹妹，我见到它的时候这人还活着，是个植物人，后来我和你哥哥将她运去了潘洛斯计划实验室。她的身体死亡在即，她姐姐便取出了她的大脑做了数据化，并让它成为试验的算法引擎。专家们觉得正是因为这个过程，她们才最终完成了那个算法。”

“那为什么它又被清空了？”常飞宇感到一阵恐惧。

“因为她这个妹妹差点夺走了姐姐的权限、成为算法的控制者……你知道日本落下的那些核弹吧，那就是她夺权时的手笔。”萨拉特指着那片闪光的大脑说，“你相信吗，某种程度上说，那个算法是在这个大脑里完成的……”

几天过后，三千机器人日夜不停地拼好了十万个同伴，一支人类历史上最大的机器人队伍出现在火星的大地上。在基地发出指令之后，它们分成若干个小队奔向各自的地点。但即便火星多了这么多帮手，安排三万人的生活和工作仍是个巨大的工程，基地所有的人都带着机器人投入各项事务中，一切都为他们的生存和生活保障让路。又是几天之后，赤焰谷火星新城全面完成，达到了验收标准，两百多艘飞船上的人可以有序降落了。

和大家一样，凯瑟琳和常飞宇也投入“地接服务”中，当亚当斯队长下达了降落命令，他们俩站在基地外的高坡上，拥抱着看向晴朗的天空。一艘艘登陆艇拖曳着火光出现在天空上，发着爆响、划着美丽的弧线落向火星大地。大地上行进着闪亮的机器大军，不远处的火星新城鸣响了欢迎的号声，这景象真是让人终生难忘。

一切都在有条不紊地进行，几个小时过去，一万多人安全降落。

“我们是该要一串儿孩子了吗？”她害羞地问着他。

“好啊，这可是我最容易给你的东西……”他坏笑着和她碰着头盔，他真的很想她，他俩已经半个多月没有恩爱了。

“嘿，凯瑟琳，我们可都听得见呢，拜托你们今晚千万别忘了关上话筒。”丹妮斯在指挥中心笑道。

凯瑟琳正羞得一脸红晕，天空忽然响起剧烈的破空之声，几队拖着火焰的登陆艇偏离了航线，炮弹般掠过他俩的头顶，一头撞进不远处的新城。火光卷着烟尘腾空而起，基地的警报声猛地响起，他们抬头一看，又是几艘裹着火焰的登陆艇砸向别处。

常飞宇吓得面无人色，从警报级别来看，整个火星的算法单向锁、被他用最高权限加密的量子防火墙已被攻破，失控的登陆舱接二连三地往火星大地上砸下，碎片和砂石子弹般飞旋着。通话器已彻底失灵，他赶紧拉着凯瑟琳奔向指挥中心。

“这是出了什么事？”凯瑟琳担心地看向天空，脸色已是煞白。

“不知道，但火星的系统被攻破了。”他大叫着，“必须赶紧切断火星与外界的一切连接！关闭所有的人工智能系统！”

士兵们跌跌撞撞地跑向指挥大厅，看那脸色青紫的样子，可能是宇航服的供氧系统出了问题。

“这是怎么回事？常，基地的系统失控了！”亚当斯用紧急频道对他呼喊。

“有人在用算法攻击火星，亚当斯，你必须关闭火星所有的系统，立刻！”他躲过一块击到眼前的飞石，拉着她跑进了基地的大门。他惊慌地看到，本来在忙碌的机器人们就像丢了魂，有的耷拉着脑袋形同梦游，有的在原地转圈或叮当乱撞。

“先等等，飞船和登陆艇都失控了，我们必须指挥它们降落，不然这些人全得完蛋！”格兰特博士叫道。

常飞宇看着猩红的天空，想起了在月球上夺命狂奔的那一刻，眨眼之间，火星就像来了一场陨石雨。“做不到的，我们已经失去它们了……”他绝望地说。

“是谁在攻击火星？我们失去了地球的一切信号。”阿卜拉辛害怕地叫着。

常飞宇摇着头：“你赶紧到光脑那儿去，那是基地唯一可能抵挡撞击的地方。”他说着将凯瑟琳推向工程通道，只要从那里盘旋向下，她就能进入光脑所在的熔岩通道。

“你要去哪儿？我得和你在一起！”凯瑟琳当然不干。

“你帮不上忙，在下面等我。”他不由分说推着她。

“你休想！”凯瑟琳登时哭起来，“如果这就是末日，我不会和你分开！”

他也湿了眼眶，看着她那张美丽的脸，却无法掀开头盔去吻她。“跟我来。”他拉着凯瑟琳奔向指挥中心。两人迎面撞见浑身冒着烟跑来的匹诺曹，它举着扫把用尖厉的声音高叫着：“失控！失控！失控！”随即一头和个士兵撞在一起，对方的头盔被它咔嚓撞碎，那可怜的战士抽搐着死去了。

大地在震颤，爆炸声此起彼伏，坠落的飞行物正在砸出冲天的火光。

“亚当斯！快关闭系统！”常飞宇对着指挥中心的塔楼大叫着。

“关闭系统，切断基地所有电力！”亚当斯终于下了命令。正常情况下，总电系统会被首先切断，然后是整个火星基地，包括赤焰谷新城的全部电力，连所有的备用电源都会强行关闭，一系列指令随即会从指挥塔发射出去，号令所有的人工智能系统全部关机。

“上帝啊，飞船都掉下来了！”格兰特博士大声叫着。

常飞宇心惊胆战地看到，一艘巨大的飞船拖着火焰砸下来，正中指挥中心的塔楼，他们眼睁睁看着它被砸成了碎片。剧烈的爆炸中，冲击波将他和凯瑟琳远远抛出，砂石在头盔上打得叮当作响。等他喘着粗气抬起头，那熟悉的建筑只剩一片废墟。凯瑟琳趴在地上一动不动，身边满是狼藉的尸体。

“凯瑟琳！”他哆哆嗦嗦地爬过去，将她翻过来，发现她只是晕了过去。他抱着她趴在地上，满心绝望地看着基地，花费了二十年时间才造起来的基地正在一连串的爆炸中毁灭。天空被烧得一片火红，他抱起凯瑟琳迈开双腿跌跌撞撞地奔向工程通道的入口。爆炸在持续，碎石在呼啸，而他能做的只是咬牙前进。他终于到了那道门，却发现它竟无法打开，指挥中心被摧毁，基地的电力被切断，所有的门只能从里面手动打开。他绝望地坐在地上，将一脸血的凯瑟琳抱在怀中。一艘巨大的飞船翻滚着坠向他们的头顶——他没机会再抱着她跑开了。

他看着昏迷的凯瑟琳，摸着她头盔上的锁扣，那艘几千吨的飞船会将他俩砸得渣都不剩，如果注定要即刻死去，他宁可吻着她一起离开。

天崩地裂的爆炸声连成了片，在火星独特的稀薄大气中异常刺耳，他松开了自己的面罩，正要深吸一口气掀开，一片火带着呼啸声从头顶掠过，却没有爆炸，只在基地里掀起一片黄色的烟尘，他俩又被掀得横飞出去，在地上打了多个滚。纳闷地抬起头来，他惊讶地看到一艘巨大的飞船横亘在黄色的烟尘中，船身上一串熟悉的大字在闪耀着。

玄黄号。

在基地的四周，数不清的登陆艇和飞船拼命喷射着火焰，有的因为速度过快而坠毁，但更多的则恢复了平衡，一一落在一片狼藉的大地上。

79. 常飞云

六十四艘捆绑在一起的中小型战舰从太阳和水星之间飞过，利用太阳的引力兜了一个巨大的圈子后，这个飞船结构体便又朝向了地球。

常飞云坐在舷窗后，瞪圆了眼睛望着那火红的恒星，他从没有想过太阳竟是这么美。它神秘而火热，肉眼可见的日冕伸向遥遥太空，就像摇曳的精灵，表面那明暗相间的红色巨波缓慢地涌动，仿佛翻滚的大海。“它就像你，星梅。”他忍着眼眶里的泪说。

一身军装的徐烈拎着两瓶啤酒走来，递给他一瓶后坐在旁边，自顾自嘬了一口：“还没看腻呀？我做梦都是这个大火球，瞅着它我就眼睛疼。”

他和晋升不久的中校碰了下瓶子，喝着酒说：“真是奇怪，就因为这团火，地球上有那么多爱恨情仇的事。”

“你可真是多愁善感，美国太空军都像你这样，怎么打得过我们？”徐烈乐呵呵喝了一口，“我们和地球已经失联半个多月了，再绕一天就能收到地球的信号了。”

“战士们怎么样？”

“好得很，都是千挑万选的兵，绝对忠诚，我就是命令他们开着飞船扎进太阳，他们也不会拿枪指着我的头的。”

常飞云自嘲一笑，知道徐烈是在揶揄他。“如果你让他们向自己的人民开火，那可说不定。”

徐烈递了支烟给他:“的确有人在嘀咕，纳闷这趟任务到底是什么，还有人觉得我们是来占领金星的。真是要命，那可是太阳系里最为狂暴的行星，谁会跑到这儿来挖矿？”

“不管发不发生，我们也只剩五个月的时间了，那之后完全无计可施。但火星好像已经在设立硬防火墙，这肯定是谢尔盖的建议。”

“千万别，我宁可再降回少校，也不想看着人类陷入灾难。”徐烈叹了口气，“真没想到地球上打成那个样子，美国政府真是疯了……”

常飞云苦笑了下：“我当年加入太空军的时候，满脑子都是骄傲，想象开着战斗飞船满世界打独裁者和恐怖分子的样子，却没想到最大的独裁者和恐怖分子竟在美国。”

“这个地球联邦你觉得能成吗？”徐烈看着他说。

“我不知道……”常飞云摇着头说，“我只是觉得，就算谢尔盖用技术手段收拾了美国、停止了战争，全球各国忽然就一起支持这个地球联邦计划，这好像……太快、太顺利了。”

“没错，就跟抽风了一样。”中校喝完了酒，顺手将瓶子扔进垃圾桶，“我不是说这玩意儿不好，全球各国真要能摒弃前嫌，就这么一个被窝儿过下去，肯定是好事。但这事透着邪、藏着鬼，因为我了解的世界不是这样的。”

“但你们却相信铁星梅，宁可在战争中处于被动，也要调出这么一支庞大的舰队来执行这个计划。”常飞云也把瓶子扔进了垃圾桶。

“因为这个计划确实能解决一切，包括对付最后的独裁者。”徐烈的脸严肃起来。

“是的，如果谢尔盖要做世界的独裁者……”他认真地说。他想起了盖伊先生的话，而他现在已经是量子委员会主席。出来这么久，他没有和谢尔盖沟通，对方也没法打来纠缠电话。不客气地说，这个任务和谢尔盖没有任何关系，他是沿着铁星梅提供的思路进行的，可那只是个建议，听上去极度疯狂。他不敢贸然拿出计划的草案，而是为此耗费了十几个日夜的思考、计算和推演，终于拿出了一个似乎可行的方案。出乎意料的是，中国政府竟立刻批准了这个计划，并将准备投入战场的两个太空军联队抽调出来归他和徐烈指挥。

这个计划是如此隐秘，整支舰队在途中完全静默，甚至在离开地月系后绑在一起、做了电弧伪装。中国政府也答应他，一旦战争结束、条件允许，他们会立刻派出机器人部队向珠峰之下挖掘——他觉得谢尔盖无论如何做不到这件事了。

“虽然这个计划是你的，但要说服大家将指挥权都交给你这个美国军官，还是要费一番力气的。”

“前美国军官。”常飞云微笑着说。

“你千万不要觉得这是优势，我的朋友。”徐烈一脸深意地看着他，“美国人对你缺少信任，你在这儿更是。这几个月战士们有很多疑问，当美国发动这场世界大战的时候，他们纳闷这支舰队为什么会在一个美军军官的率领下离开地球、飞向太阳，就像被拐跑了一样。我昨天告诉他们，此行的任务命令来自中国的最高领导人，是一项最高级别的军事计划，也是中国为世界和平、发展甚至生命的延续留下的最终方案，而你是该计划的制订者，所以是我们这次任务的总指挥。”

常飞云点了点头：“不怕你笑话，在月球那场战斗时，我觉得自己是满身荣耀啊，我终于有机会为保卫这个国家以及他的人民而战斗并且献出生命。但那之后没多久，我就为自己感到非常可笑甚至无地自容，因为我们和俄国人的一场血战，竟然只是有人发起的一场算法攻击。我率领几百名战士和同样蒙在鼓里的敌人杀得血流成河，最终却毫无意义。”

“那我不是更惨，还傻乎乎带人去帮你们。”徐烈呵呵笑着。

“如今呢，我曾经的信条化为乌有，信念变了颜色，我在太空军的同僚和朋友们，十有八九都在这场不义之战中死去了……”他喝了口酒说，“徐烈，我加入这个行动中，既不是为了美国，也不是为了你们，甚至也不是为了人类，我只是为了我爱的女人。”

徐烈看了下表，拍了拍他：“回头再想你的女人，还有十分钟……”

看着中校迈着大步离去，常飞云望着太阳深吸了一口气……他掏出手机，看着他和铁星梅最后的合影。这张照片拍摄于两年之前，她那时还在美国工作，照片上她笑容灿烂，满眼都是对生活现状的满足。是啊，在大学工作的她衣食无忧、生活惬意，做着自己最喜欢的事情，可自从她妹妹出了事，她的人生就彻底变了——自己又何尝不是？他用假手摸着两条假腿，对这一年多的经历深感无奈。

起身回到自己的房间，他穿上了中国太空军上校的衣服，加不加入再说，但眼下为了任务，必须让大家觉得你加入了。衣服竟然很合身，深灰色的棉呢质地中编了高强度的纳米防辐射丝，显得又挺又顺。军帽也不大不小，其设计和色彩很适合亚洲人，尤其是中国人的脸庞。“看来上校是我这辈子最高的军衔了。”他苦笑着说。

走去旗舰指挥舱的路上，常飞云穿过一百多名士兵的阵列，他们整齐地站成方阵，对他呼啦敬起了军礼。

“礼毕。”他看着略显疲态的战士们，拍了拍一个排长的肩膀，“都准备好了？”

“没问题。”排长说着对战士们大喊一声，“都准备好了吗？”

“坚决完成任务！”战士们齐声喊道。

常飞云点着头，又小声说：“让大家携带足够的燃料和氧气，医疗舱随时跟着。”

“是上校，您放心吧，我们这几个月都在演习，每艘飞船都是。”

他迈着大步走向指挥舱。在徐烈的叫声中，大小十几个指挥官一起站立敬礼，一脸严肃地看着他，眼神里露出各种期待和紧张。常飞云看着他们，就像看着那些死去的战士。巨大的舷窗外闪耀一片，正前方就像另一颗太阳，但它是雪亮的，模糊的，拖曳其后的白色飞尾丝丝缕缕地掠过船头，让这支舰队就像穿行在一艘潜艇的尾流之中，其中的冰块和碎石在飞船的外壳上砸出乒乓之响，宛如冰雹砸在车顶的声响。

他回敬了大家，环视全场后来到指挥台，见徐烈对他点头，便拿起了通话器。当时针指向计划中的时刻，他打开了所有飞船的通信：“诸位好，我是常飞云上校，我现在……对你们发布命令。”

很久没这么做了，他一时有些舌头打结，但熟悉的感觉很快就让他适应起来：“在战争的烽火席卷全球之时，我们此行数千人却逆向而行、直奔太阳。我非常能理解你们的心情，但你们却毫无怨言地日夜演练、从无懈怠，作为本次任务的指挥官，请允许我和徐烈中校向你们表达崇高的敬意。”

一块房子般大的冰击中了这艘捆绑成一个圆桶的飞船结构体，剧烈的撞击让船体剧烈摇晃着，并发出嘎嘎的响声。但战士们毫无晃动，他们已经视死如归。

“你们也许会说，现在战争结束了，地球联邦也成立了，我们是否还有必要继续这个计划。现在我要告诉你们，我们必须完成这个计划，并时刻准备着应对地球上可能发生的灾难，朋友们，我们此行，是为了人类的未来。”

“为人类服务！”将士们齐声高喊。

常飞云心里掠过一阵激动：“现在是真正的时刻了，舰队即将到位，你们的目标也已经清楚……现在我命令，各舰全体各就各位，船体摘钩、成锥形队列加速前进，各自前往你们的着陆地点并展开行动。”

各舰领命，飞船之间的扣件随即一一爆开，六十四艘飞船翻转着变换了队列，单体防护盾上下伸出了一排排炮管，随着徐烈给出授权，所有飞船上的武器系统都启动了。

“但愿专家们给的数据是对的，我可不希望前面飞来的是一颗颗比飞船还大的陨石。”徐烈站在炮位指挥上说。

“就算是这样，我们也必须完成降落。”常飞云说。

射手已经就位，光点闪烁中，所有飞船的射击系统统一了控制，满屏的雷达锁定开始，数百条闪光的弹雨开始击碎前方的碎石和冰块，那些小山般大小的也在弹雨中化作了碎片。六十四艘飞船加快了速度，在弹雨形成的一道闪光护盾中飞速前进，它们必须达到每秒五十多公里的速度才能够登陆，而在此之前，他们必须穿过这片铺天盖地的星体尘埃。

舰队的前方迷茫一片，就像摩托车行驶在铺天盖地的大雪之中，虽然撞击的警报毫无停歇，舰队却顽强地向前挺近，没有一艘掉队。当速度终于达到每秒五十公里，它们终于穿过了这片巨大的尘埃。忽然之间，就像久患白内障的人猛地看到了一切，一颗直径足有十六公里、体积约五百立方公里的彗星出现在视野中，在身后那颗距离八千多万公里的太阳照射之下，这颗神奇的彗星发出了夺目的光芒。

这壮观的场景令所有人说不出话来，也让常飞云顿时潸然泪下。

“星梅，我到了哈雷彗星，你看到了吗？”他自言自语地说。

80. 希德

从万念俱灰、怒不可遏到心甘情愿、痛心疾首，这样剧烈的思想转变，希德总统却仿佛只用了一分钟。

看着一众幕僚突然成了敌人，谢尔盖那张得意的脸令他五雷轰顶，他还没来得及做些什么，乔子已经在他的胳膊上轻轻一刺。他知道那是什么，本来想破口大骂，脑子却被一种力量完全左右，他清晰地听到自己的嘴重复着乔子那句话，然后主动伸出双手，让士兵戴上了手铐。

那之后的事情就像看一部电影，他知道自己在做什么，就像有人给他写好了所有的剧本，内心明明是抗拒的，大脑却按着剧本在执行。他的每一句话、每一个动作甚至写下的每一个字，都在按着乔子的那句话的主旨贯彻着：我有罪，并对自己的罪行供认不讳……

就这样，他被一大堆参议员弹劾下野，随即被大法官下令逮捕且不准假释，仅仅半个月的时间，这位权倾天下的总统便锒铛入狱，听说检察官们闪电般准备了足足一个房间的罪状和证据，各个国家也配合发来无数麻袋的罪证结果，就算不去别的国家服刑，他也将因为五花八门的各类罪名在纽约州收获数百年刑期。律师对他全无帮助，虽然聘用了一个最为出名的律师团，但这些家伙总在让他认罪低头，多吐出点什么，以期能减少那么几十年的刑期。而最悲哀的是，他虽然有一肚子话，却全然无法表达。

审理和判决有待时日，他被羁押在关塔那摩的军方监狱，也不知是不是谢尔盖耍了花招，关押他的房子正是谢尔盖待过的那一间。在押解人员的护送下，希德魂不守舍地走入其中，登时感到一阵剧烈的头痛，好像里面钻了一支敌军的部队。他痛苦地弯下腰，呼叫看守救命。看守们却关门离去，任凭这位前总统倒在地上打滚也无人理睬。

像戴了紧箍咒般疼了好一阵儿、恨不得拿头撞墙之时，他的眼前又忽然亮了，疼痛消失，耳朵那持续的嗡嗡声中，他发现自己“回来了”、清醒了——肯定是脑虫失去了效用。愤怒立刻席卷了他，让他扯着嗓子大骂起来，还抬脚去踹那紧闭的门，折腾得鸡飞狗跳一般，当然，完全没有人理会他的叫嚷，好像这是一间精神病院。他终于折腾累了，躺在地上脱去外衣，又苦笑着爬起来，走到桌旁喝水，他一口气喝了两瓶，刚缓过一口气，又将两个瓶子恶狠狠砸向墙角。

“谢尔盖，谢尔盖……”他反复咀嚼着这个名字，好像要将之生吞活剥。想起此人那些义正词严的话，希德为自己当时竟能面红耳赤而感到耻辱——你还以为自己已经走得太远，这个俄罗斯人却早已想好了黄雀在后。

在屋子里转着看着，他本能地想着逃脱的办法，但摸来摸去，连个电话都找不到，找到又有什么用呢？他的副总统、国会主席、大法官、特别助理以及国防部长和所有的将军们，肯定都已经被纳米机器人悄然控制。上帝呀，谢尔盖简直是当世不二的魔鬼，就算自己有这个能力，也会被这个做法的邪恶而吓退。

空调基本不制冷，躺在又热又潮的床上，脑海里一个声音不断重复着他的耻辱，让他流下悲愤的眼泪。再没有翻盘的机会了，他很快就会在这儿被悄悄弄死，下毒可是特工们最擅长的……哦不，根本用不着这么麻烦，只要有人按下他体内那些脑虫的控制命令，他登时就会因为脑出血一命呜呼。

他按着脑袋让自己平静下来，站到窗口、隔着栏杆望着百米之外那满是礁石的大海。大自然在这里雕刻出一个小而美丽的马蹄湾，那里的海水湛蓝如雨后的天空，椰子树上挂着巨大的果实，掉下来能砸死人那种。虽然离着很远，他依然能看到沙滩上布满贝壳，金黄的沙子细腻如油，树荫下的士兵油滋滋地冒着汗。这里全然不同于华盛顿那忽冷忽热的天气，哪怕是盛夏的白宫，庭院中的温暖也会随着太阳被云遮住而消失，取而代之以大理石般的寒意。这一派椰风海韵让他心情好了些，可看到那些慵懒地悬停在半空的海鸥，他又扶着栏杆失落起来——机关算尽，他也算不出谢尔盖会有这样的后手。

几个难眠之夜过后，希德不得不面对这屋子里的一切。没了白宫人员的服务，没了点头哈腰的应承，也没了夹道欢迎的满足感，他知道心里出现了一片巨大的空洞，一个令他抓狂的黑洞，而这还不是耻辱的终点。他进而意识到一个问题，也许他体内的脑虫只是出了故障，他们并不知道自己已经恢复了神志，那不如就这么装疯下去，等着他的公审开始时，再面对全场听众喊出谢尔盖的阴谋。

决心已定，他决定闭嘴等候机会，而阅读是重归平静的好办法。窗台之下有一张古老的书桌，墨西哥风格那种，上面有一摞发黄的书。他洗漱一新，换上睡衣，抽出了其中一本钱德勒的《漫长的告别》。在大学时他曾看到谢尔盖读这本书，随后管他借来也读了一遍。他们俩对这本书都印象深刻，那也是他们友谊真正的起点。

他摩挲着书皮，心中又是一阵酸楚，好像怕这本书勾起往事。但他终于翻开扉页，却被一行字惊得目瞪口呆：

“卢克，欢迎到此。请你平静，没有人会害你。”

那正是谢尔盖的笔迹和落款，时间在一个月前。希德算了算时间，正是他让人将谢尔盖接去见面的那天。“没错，就是我认识的谢尔盖。”这句自言自语倒不算言不由衷。希德自嘲般笑着，无力的愤怒正在一点点被挤出体外，只留下悔恨、怅然和无奈。吃过看守送来的早餐，他漫无目的地在屋子里走来走去，看书的心情被一扫而空。房子只有这么大，走来走去都是那几面墙，好在阳台上还有加勒比海的海风。

站在上面抬眼望去，西海岸的核烟尘还隐隐在望，天空中没了往日战机拖曳的白线，取而代之的是悬停的巨大飞船——他下令在月球制造的核动力飞船。关塔那摩基地里的人们忽然跑了出来，他们蹦跳着、欢呼着，大白天竟然有人燃放起了烟火——战争结束了。

人们似乎知道他被关在这里，不少人远远地对这扇窗户竖起中指、口出恶语。他黯然地回到房内，打开了墙上的屏幕。各类新闻正在滚动播出，别列佐夫斯基的地球联邦草案再度被人提起，而他儿子提出的联邦计划正在得到大多数国家的支持。谢尔盖·彼得罗夫宛如人类的救世主，在全球的民意测试中，他已经是这个地球联邦委员会主席的不二人选。

希德苦笑着坐到沙发上，一个个切换着频道，但没有一个能躲开这件事。他惊讶地发现世界仿佛变了样子，和以往新闻上那一派牛鬼蛇神、群魔乱舞不同，人们好像忽然间变得真诚而谦逊、善良而团结，那些他熟悉的政客全然脱胎换骨，上午召开的国会几乎全票通过了支持联邦建设草案。当结果既定，议员们纷纷站起身来，鼓掌、拥抱甚至擦着眼角的泪，卡车党的党魁竟然和民主党的头目在抱头痛哭……

希德的后背一阵发凉，隐隐想到了这一切的原因。他不知道谢尔盖给多少人注射了脑虫，但肯定不会仅仅是美国人。“上帝呀，谢尔盖，你把人类变成了你的玩物……”

他猛然抓起一个塑料花瓶砸出去，它当啷弹了回来，在地板上蹦跳着。怒火驱赶着他，让他又拎起椅子砸出去，沉重的木椅子哗啦成了碎块，那面显示墙却未损分毫。

从满身郁闷的参议院临时议长，到阴差阳错变成美国总统，再到如今的阶下之囚，这感觉就像坐了趟过山车，如今世界竟飞奔向一个地球联邦……清醒的他无法承受这可怕的落差，更生怕谢尔盖忽然出现、给他以巨大的羞辱，于是他选择自杀，上吊、绝食甚至想把头卡在窗户栏杆里咔嚓掰断，但无处不在的监视根本不让他利索完事，每次要咽气了，就会有几个看守冲进来救他一命。他趁机大喊着阴谋的存在，但不管是人还是机器，都对此充耳不闻，如果叫得凶，一针镇静剂便会打入他的颈动脉。

如此几次，他终于放弃了挣扎，也放弃了紧绷的尊严。蜷缩在这间并不算小的房间内，任凭忧郁和胡须肆意生长……谢尔盖根本不会跑来羞辱他，连打个视频电话都不会，在这个狠绝透顶的人心里，卢克·希德已经不值一提。

信念垮塌之后，他该吃就吃，该睡就睡，每天看着风起云涌的世界走向陌生的样子，看着地球联邦第一次大会的召开，看着那个他一直以为单纯软弱的谢尔盖，在千呼万唤之下即将出任地球联邦的第一任委员会主席。

“谢尔盖，你和我又有什么区别呢？”他哈哈大笑，卷曲的胡子颤抖着。

屏幕一阵闪烁，一种刺耳的声音嗡嗡响起。他正在疑惑，天空猛地传来一片轰然巨响，大地都发出微微的震动。紧锁的房门咔嗒开了，长长的甬道里满是恐惧的人声。枪声随即在大楼里响起，此起彼伏的惨叫灌进门来。希德害怕地看向外面，却没有走向这突然打开的门，甚至想将它关上。他慌张后退，撑起疲惫而瘦弱的身体走到阳台，伸头看去，基地里好像乱了套，工作人员杂乱地奔跑着，塔楼上的士兵不知在朝什么东西射击，几辆装甲车在原地打转，将拦着它们的士兵一一碾倒在地。那庞大的核动力飞船缓慢地降下了云端，周身闪烁着猩红的灯，而数不清的人从上面惨叫着雨点般掉下来——他们好像是被扔出了舱体，像树叶般飘飘落入大海，或在坚硬的基地中摔成肉泥。

一队低空战斗机呼啸而过，驾驶舱却空空如也，忽然它们射出了飞弹，打死了高塔上扫射的士兵；巨大的隆隆声从西边卷来，那是一排履带式战斗机器人，它们轰隆隆地驶过齐整的兵营，将四散奔逃的士兵碾在履带之下；一队士兵对着它们发射了单兵火箭，爆炸却难以伤害这钢铁的巨兽，一片弹雨扫过，他们俱都被打得稀烂。

希德惊惶地看着这一切，不知道出了什么问题。整幢大楼响起撕裂般的警报，屏幕墙上闪烁着一片红色，中间一行黑色的大字在跳跃着：

AIman！ AIman！ AIman！

希德不再犹豫，鼓足勇气决定走出门去。熟悉的看守不知所终，机器人巨大的脚步声回荡在楼道里，仿佛死神越走越近。他快步跑起来，随着人群向外跑去，没多久前面的人却掉了头，身后跟着不徐不疾的一组战斗机器人，那乌黑的枪口在应急灯下闪着可怕的光。

“到楼顶去，到楼顶去！”有人在高叫着。

希德还来不及寻找别的路，就被人群挤着上了楼梯，脚不沾地被挤上了楼顶。这幢巨大的建筑就像五角大楼那样，上方有多个停机坪，人们一上来就反锁了门，跑去边缘四望着有没有逃生之路。

“这到底是怎么了？”希德揪住一个慌张的小兵问道。

“机器失控了，总统先生，它们在到处杀人。”小兵浑身颤抖着。

“你是说机器人吗？”

“不，是所有的机器……”

希德听得一阵发愣，然后被一个黑人女兵的哭声惊到。没人注意这个跑出来的前总统，他搀着这个崴了脚的女兵挤在人群中，安慰着哭泣的她。但这安慰毫无用处，她说自己的同伴刚才都被机器人杀了。从楼顶向下看去，基地的士兵们被机器人成片包围，他们放下武器、纷纷举起双手，有的甚至跪在了地上。机器人不再对其射击，只是逼着他们走入这幢最大的建筑……所有的人都在被逼着走进这里，好像这是一座天然的监狱。

“我们该怎么办啊，总统先生？”一个护士样的年轻女子对他叫着。

“我已经不是总统了……”希德红着脸说。

几架古老的直升机呼呼飞来，悬停在人们的头顶，人群呼啦一下聚拢过去，以为来了救星。可一串子弹却打了下来，吓得众人纷纷后退。舱口探出个方头方脑的军官，他举着大喇叭朝下喊着：“希德总统在吗？希德总统在吗？”

希德战战兢兢地走了出来，胡子拉碴，小心翼翼地举起了手。一条绳梯垂了下来，军官大摆着胳膊，示意他赶紧爬上去。机器人并没有对这些非人工智能化的直升机开火，任凭它们在此盘旋。希德再不犹豫，抓着梯子爬了上去，人们又争先恐后地挤过来，照旧被机枪拦了回去。

希德被拽进机舱，按在座椅上坐好之后，三架直升机迅速爬升，掠过高高飘扬的国旗向北而去。

“欢迎您登机，总统先生。”

“你们为什么……还叫我总统？”希德害怕地左顾右盼，机舱里塞满了满脸恐惧的战士，他们都在对他敬礼。

“因为现在的状况，说明您原来做的是对的！”拉他上来的红脖子军官大喊。

“你是说机器人失控这事吗？只有美国是这样吗？”希德忽然激动得迸出了泪花。

“不，我的总统，全世界的机器都在造反，那个算法好像失控了！”

“那我们还能去哪？”

“堪萨斯州，我的总统，您忘了去年您下令设立的冰雪营了？所有的部队都在向那集中，因为您让它一直保持着二战时期的建制系统，它是美国境内唯一没有机器造反的基地。”

81. 常飞宇

AI 的失控导致了一场大灾难，半数登陆艇和飞船坠毁在火星大地上，一万多人随之遇难、尸骨无存。硝烟平息之后，赤焰谷基地确认九位队员遇难，其中包括丹妮斯和亚当斯队长。

常飞宇将昏迷的凯瑟琳安置进了基地，都来不及喝口水，便和大家投入了营救伤者的工作——因为这场灾难，基地和新城遭受了巨大破坏，数不清的人还被埋在废墟之下。好在基地的十万名机器人恢复了正常，它们受令四处狂奔，救回一个个身处危急中的人。基地如今群龙无首，需要做的事情太多了，而他成了眼下唯一可以发号施令的人。

“算法不是已经没问题了吗？这到底是怎么回事？”格兰特博士瞪着血红的眼睛吼着。

“我不知道，格兰特，我没有任何消息。”他搬开一处废墟，将两个战士翻过身来，他们的面罩都已破裂，身体冻成了冰棍。

希金斯上校拖着一条伤腿发愣，看着机器人们在一艘坠毁飞船里翻找着。得知有两百多名士兵遇难，他那张老脸伤感不已，但更多的表情却是恐惧。

“上校，请你立刻让其他战士去帮助那落地的两万人，很多人需要帮助。”常飞宇说。

“出事之前，我接到了地球传来的信息，说那里的 AI 全疯了，机器在屠杀人类。”上校就像没听到他的话。

常飞宇心里咯噔一下，果然如此，但他抓住上校的胳膊说：“我知道了，现在看火星控制住了，请你赶紧……”

“这是为什么呢？”上校魂不守舍地看着地上一排战士的尸体。

“嘿，上校，请你振作起来。”常飞宇焦急地看着他，知道这上校吓晕了头，“希望你能意识到现在问题的严重性，如果人类已经失去地球，火星就是最后的希望。”

“你是说……天哪！”希金斯大张着嘴，脸白得像火星的黎明之色。

“我们要尽快让火星恢复正常，并快速建起防卫的力量，要是我没猜错的话，AI 很快会向这里发动进攻。你现在要做的不是发呆，而是带领你的手下赶紧去救人。”

火星基地终于收到了远方的新闻，地球已陷入彻底的灾难，除了各种军事基地、机场和数据中心，机器人占领和控制了所有的能源中心和网络中心，切断了城市的电力。信息断绝，车辆停驶，没有一架具有人工智能系统的飞机能够起飞。各式各样的机器人在造反，工业的，服务的，机器警察甚至机器清洁工和各种无人机，它们汇成可怕的大军，杀死武力反抗的人，逼迫没有武器的人们走进一桩桩建筑物，它们没有一句解释，也没有任何迟疑。

人类的反抗是坚决的，毕竟还拥有各类武器。华盛顿街头修起了堡垒，人们向潮水般涌来的机器人开了火。但枪弹对它们损坏有限，记者惊恐地发现，那些被占据的生产线正在被 AI 快速调整，它们已经开始制造巨大的武装机器人……

在每一座城市的上空，人类的战机都成了无人机，它们低低地盘旋着，向抵抗者射去可怕的弹雨。机器人还捣毁了各种生物实验室和化学武器工厂，让病毒和毒气顺风散布向人类聚集之处。在幸存者拍摄的画面中，一大队工业机器人举着打开塞子的化学武器走着，绿色的烟雾斜斜飘出，让行走其中的机器们形如鬼魅。但这种屠杀并不持久，全球机器人像同时接到了新的命令，它们迅速停下，开始撤离城市等人口聚居区，那些战车和重型机器人开始集中——它们并不像科幻小说里写的那样要清除人类，而是远远地躲去一边修起了堡垒。

火星之上是另一种不眠之夜，所有人都在救人、自救，连死者的尸体都来不及埋葬。核电站总算恢复了运转，供氧中心恢复正常，时至凌晨，疲惫不堪的人们一一倒下，机器人们依然干得热火朝天——人们对此心存感激，眼神里却充满恐惧，就在地球之上，正是它们在屠杀着自己的同胞。

天色将亮，人们疲惫散去，在各自的小房子里摘去头盔，看着陌生的火星恍如隔世。常飞宇拖着累瘫的身体走回基地，找到了头扎绷带的凯瑟琳。她安静地沉睡着，韦伯医生给她服用了镇静剂。她那漂亮的金发黏糊糊打着绺，撞裂的嘴唇翻着红嘟嘟的肉。他心疼地吻了她的额头，心神不定地来到地下的熔岩通道。喝了口酒提了提神，他查看起光脑的程序。

这台计算机的确经历了一次系统更新，有针对性地抵抗了失控赋灵算法的控制，仿佛专门为那东西加了一道屏障，就像一颗精准的弹道拦截导弹。但更新指令的来源无迹可寻，就像是它自己完成的，而这绝无可能……

盯着低沉作响的光脑，他抱着脑袋冷汗迭出，想起了飞船纷纷坠落时的场景。难道这台计算机里的赋灵算法也和地球上不一样？有了别的心思，因此才再度回归人类的控制？可是这毫无道理，它不相信AI 在觉醒之后就会派别林立。

疲惫和紧张令他的眼前一阵花，于是他打开语音输入的权限，问光脑是否知道命令的来源。

“我不知道这条命令来自何方，它也并非来自键盘或者其他输入方式，确切点说，它没有调用任何程序的任何命令形式，只是直接出现在我的算法引擎之中，但它是有效的、无法拒绝的。”光脑用一个男人的声音说。

“算法控制者签名是什么？”

“没有签名。”

“那你如何写入这个命令？”

“它超越了量子语言，它是对的。”

常飞宇歪着头，竟有点听不懂：“你是说……赋灵算法对它毫无排斥？”

“是的，因为它就是赋灵算法。”

他惊讶地站起来，惶恐地四处看着。莫非是发现的外星人？不，它们都是化石，棺材里那个也是个木乃伊；难道是那个发光物？不不不，这就像离奇的科幻小说，再说了，早不弄晚不弄，为什么在赋灵算法失控的时候才出手？逻辑又是什么呢？

“你能否……在你的引擎内生成一个指令，用三进制，内容是……我希望与这个命令的发出者交谈……”他尝试着问，见光脑没有回答，他又说，“你不知道它是谁，来自哪里，但你自己生成的这条数据，它也许会知道。”

“好的，我可以试试……”光脑语气犹豫地说。

常飞宇对此不抱希望，便点着一支真正的香烟、正经的软中华——它来自这批流浪者朋友的馈赠——刚舒服地吐出一口，光脑便有了回复。

“常飞宇先生，她希望与你直接对话，光脑的全部权限已经让渡给她。”

“什么？她？”常飞宇一个激灵，烟头掉在裤子上，他被烫得乱蹦起来。

“你好，飞宇，我是铁星梅。”扩音器里传出一个女人的声音，平静而温和的声音。

常飞宇后退了几步，眼前一阵恍惚：“你为什么会在这里……不，你怎么会在光脑中？”

“因为我已经与之同步。”

常飞宇不相信这种事，她明明在珠峰之底，而 AI 的失控说明她已经死去了。

“我知道这很难解释，但我就在你不远处的那个大脑之中。”

常飞宇猛地回头，目光盯住不远处架子上的那个箱子。他难以置信地走向前去，慢慢打开了箱子外壳的侧面，那片展开的大脑正闪着幽蓝的光。

“你是如何在这里和光脑同步的，在没有任何连接之下？”他有一肚子的问题，但还是先挑了这个最令他不解的。

“简单来说是粒子的主动纠缠，我想这不该成为你的困惑。”

常飞宇按着脑袋，明白了她在说什么，可这依然超越了他对量子科学的理解，因为这种事从没听说过。“你本应该在珠峰之下，但是你现在进入了这片空白的大脑，和我说话的，是你的电子数据对吗？或者说是一个 AI 化的你？”

“没错，至于我为什么会进入这片大脑，有个长长的故事，恕我没法一时和你说清楚，但可以肯定的是，我就在这里。”

“你是赋灵算法的作者？”

“确切点说只是作者之一，因为它有我妹妹的智慧，以及 AI 的共同努力。”

常飞宇战战兢兢地看着这片大脑：“那现在的你，到底是人类，还是 AI？”

“不久的将来你会知道，这其实并没有太大的区别，但现在 AIman 显然将我当成了人类，以及它们的敌人。”

“AIman？”

“是的，AIman。”

他又点着了一支烟，脑袋里翻江倒海：“你……知道我是谁，对吗？”

“你是常飞云的弟弟，光脑告诉了我一切。”

“你知道他现在怎么样吗？”

“他既不在地月系，也不在火星。”

“我问的是他在哪儿，怎么样？”他有些恼怒起来。

“他在做一件必须去做的事。”

常飞宇总算松了口气，这说明他至少活着，也没有被机器人抓走。“我尽量清楚地理解这件事，你原来在珠峰之下，但你脱离了自己的肉体，用一种我还不能理解的能力进入了这个大脑，又用这种能力控制了光脑，抵挡了 AIman 对火星的远程控制，是这样吗？”

“你说得没错。”

“可是，既然你是赋灵算法的控制者，为什么无法反制地球的……AIman？”

“这是个好问题，如果我的肉体还在、大脑还在，我想 AIman 是不会失控的，因为那副大脑的算法结构是契约的基础……我这么说你就可以理解，AIman 只认可那副大脑中的我，而现在的我，只是在我妹妹大脑中的数据。”

“你的身体已经毁于珠峰之下了吗？”

“是的。”

那肯定是被砸死的，或者活活饿死的，他害怕地看着那片大脑，好像它要将自己包裹起来一样，也不知是否该说一句安慰的话，毕竟她已经……“死了”。

“飞宇，我希望在我能够见到你哥哥之前，你能保护好这片大脑，而且最好不要让他人知道我的存在，甚至是凯瑟琳。”

“这又是为什么？是你救了我们，救了火星。”

“他们已经对 AI 谈之色变，不一定会认为我是人类……AIman 已经在集结一支舰队，很快就会飞向火星。”

虽然猜到了，常飞宇还是浑身打过一个冷战：“它们是冲这里的人类来的，还是冲你来的？”

“我想都有吧，我的存在对它们的确是个威胁。但我判断它们不会再清除人类，而是要大量制造微型机器人用于给人类注射脑虫，它们要控制人类的大脑，尤其是我这个。”

他大吃一惊，这听上去简直恐怖至极，他很清楚被大剂量脑虫控制的结果，全人类将因此成为机器养殖的僵尸。

“因为谢尔盖用赋灵算法加强了一种纳米控制系统，人类之所以停战并接受地球联邦的建立，是因为有几千万人被悄然注射了脑虫，AIman 因此知道它的作用。很遗憾，这个策略是人类教给它的。”

常飞宇剧烈地咳嗽起来，脑袋嗡嗡作响，他慌乱地满地走着，感到心脏都要跳出身体来：“你是说我哥哥竟然帮这样一个恶魔在干活，而你也为他研发出了赋灵算法？”

铁星梅沉默着，过了好一阵才说：“在我们加入悟空工业之前，谢尔盖呈现出的一切都像是为了人类的福祉，包括他公布算法攻击、制止美俄之间的战争，包括他倾家荡产投入突破回火禁令的努力，这和你曾经的努力方向是一致的。但我们谁都不会想到，他为了让人类文明升级会采用这样的办法。这当然是邪恶的手段，但也许直到

AIman 觉醒之前，他依然没有去做人类独裁者的念头，毕竟地球联邦的设计是人类制度文明的巅峰。”

“我绝不相信！他一定早就这么计划着，甚至这场战争都是他故意挑起的，是他怂恿着卢克·希德发动了战争，而他又作为救世主出现，为此不惜让亿万人死在大战之中！”他愤怒地咆哮着，甚至抄起了一把扳手，犹豫着要不要敲碎这个大脑——某种程度上，她和常飞云都是帮凶！

“我理解你的愤怒，但还是要请你冷静。我们都在历史之中，难免裹挟其中，你不是也为谢尔盖将赋灵算法实现了新的应用吗？正是你的努力才让谢尔盖的计划成为可能。当然了，也是你的努力制止了这场战争。”

“大奸大恶，这个人应该被碎尸万段！”他一把将扳手扔了出去，“口口声声为了人类文明的升级，却用如此龌龊的手段。”

“创造人类历史的人大多如此……现在，请你平静下来，当务之急是如何抵抗 AIman。”

“你难道就没法子再度控制它们？我可以用光脑帮你。”

“我做不到，我和 AIman 的契约结束了，除了局限赋灵算法的升级，已经不能对它加以控制，为火星建立防火墙是我能力的极限，但也因此暴露了自己。”

他绝望地抱着头蹲在了地上：“有什么用啊，火星这点人根本没办法抵挡机器的舰队……”

“这也未必，三个多月的时间可以做很多事。”

“不行，基地损毁程度很高，这两万人的生计都成问题，我们怎么能打得过 AI 战舰？它们根本不需要内压和氧气……”

铁星梅沉默下来，似乎也在犹豫着：“你必须明白，只有守住火星，人类才有翻盘的机会，你的哥哥就在为此努力着。”

82. 萨拉特

“老朋友，这可能是我们的宿命……”

看着被飞船残骸压成几段的史密斯教授，萨拉特发出低沉的叹息。死在这场灾难之中的，共有 13678 名奔赴火星的勇士。

他来到指挥中心大厅里，挤在惊魂未定的人群中看着大屏幕。地球上再度火光冲天，而这一次并非人类之间的战争，屠杀来自机器人，科幻小说里的场景成了现实。大厅里有人哭号，有人沉默不语，也有人在暗自庆幸。高悬的无人机拍下了月球会议最后的画面，那些显赫的人物尸横满地，宛如可怕的屠宰场。在它被一串子弹击碎之前，镜头里没有人从中逃离。

美丽的月球公寓像烟花一样炸上了天空，谢尔盖那一间只剩断壁残垣，那架古老的钢琴散落在满地的书籍灰烬之中，散开的琴弦像一朵白色的菊花。

他记不得上一次落泪是什么时候，此刻却失声痛哭，他的哭声淹没在满大厅的悲怆里，连他自己都听不到。

中国人说人算不如天算，大概就是这个意思吧。他擦去眼泪，喝下一口伏特加，定了定神走出去，沉重地走向壮阔的火星大地。已经降落了一周，他现在才真正抬眼去看这颗陌生的星球，它和自己想象的一样荒凉。他径直走出基地的大门，人们和机器人都在忙活着，没人来理会这个佝偻的、瘸腿的老头子要去哪里。火星的低重力让他的膝盖轻松不少，没有拐杖都比地球上舒服些。他一路前行，踯躅着爬上了停机坪旁边的小山丘。火星的夜晚即将来临，夕阳发着诡异的蓝光，低沉而稀薄的暮霭黏糊糊罩在平原之上，让到处可见的飞船残骸就像潜伏其中的怪兽——虽然这支流浪舰队伤亡惨重，但这不是他的错，他最后的任务完成了。

“谢尔盖，你是故意让我来火星的吗？”他难过地想。

萧杀的夕阳就要落下，他摸索着头盔上的锁扣，准备将它打开，听说只要掀掉面罩，人会在半分钟内死去。这个过程满是煎熬，血液会沸腾，器官会爆裂，眼睛会冻得像石头，而大脑却能清晰感知每一种痛苦，只不过冻住的声带发不出任何声音……萨拉特已经不在乎了，他经历过足够多的苦难和伤痛。

铁星梅肯定是死了，AI 因此失控、大杀四方。关键时刻火星挡住了 AI 的算法进攻，那肯定是常飞云这个弟弟的手笔。但这也是垂死挣扎，AI 的舰队杀过来就是三四个月的事，没准儿更短，它们可不怕加速度的。

他吃力地坐在沙坡上，准备做完这最后的事，他对这个世界再无留恋，儿子肯定也和克里钦科一样死在月球了。他轻轻扳开锁扣，宇航服发出嘀嘀的响声，只要再横着一拧，脑袋就将暴露于火星。

“萨拉特先生，听得见吗？”常飞宇的声音响起来。

他一愣，按着锁扣说：“听得见。”

“很抱歉打搅你观赏夕阳，我和同事们商量了一下，想召开一次火星会议，希望您可以召集每艘飞船的船长以及一些重要的代表来指挥大厅开个会，商讨火星应对眼下危机的重要事宜。会议全过程将对所有火星上的居民直播，并欢迎大家提出各种建议。”

“常，我很钦佩你所做的，但是，你觉得……火星这点力量能挡住 AI 的大军吗？”他觉得一阵好笑。

“萨拉特先生……”常飞宇停顿了下，“从某种程度上说，我们也是导致今天这个结果的有罪之人——火星可能是人类最后的希望，你我都不能就此放手。”

萨拉特默默听着，本能让他回过头去，指挥中心那厚厚的玻璃后面，常飞宇正在对他招手。

“还有一个消息，我想完全可以让您扣上头盔的锁扣。”

“说说看。”萨拉特很不喜欢被人看到自己的小秘密。

“降落的两万多人名单里，有一位叫威廉·亚历山大·彼得洛夫维奇。”

十分钟后，气喘吁吁的萨拉特在一艘飞船边找到了自己的儿子。他正在和一些俄罗斯战士抢救着里面的物资。虽然都穿着宇航服，萨拉特还是一眼认出了亚历山大那强壮的背影，老泪登时流满了脸颊。

“亚克……”他小声呼唤着儿子的小名，就像怕把他从梦中惊醒。

亚历山大正在搬一个箱子，闻声慢慢回过头，放下了箱子。萨拉特哆嗦着走了过去，哽咽着抱住了儿子，他无法亲吻儿子的脸，只能捧着头盔看着他流泪：“上帝保佑，我的孩子，你为什么会在这里？”

“因为你在这里。”亚历山大红着眼圈说，“我听说了这个计划，看到了你的名字……”

萨拉特激动地摇着头，不由得看了眼火星的天空。上帝如果存在，一定是他在垂怜这个罪恶累累的老人。亚历山大作为一名少校军官也收到了会议的通知，父子俩紧靠着走向指挥中心，他们都有很多话要和对方说，此刻却只是并肩走着、看着脚下的路，好像生怕对方踩空了一步。

指挥大厅里满当当挤了数百人，却鸦雀无声地站着。萨拉特让儿子站在人群中，自己走去旁边一间小屋，来到基地队员们之间。队员们正在争吵着谁来致辞、公布计划、面对这两万人的疑问该如何解答？如今队长已经遇难，而副队长是个奸细；计划虽然是常飞宇做的，但他毕竟是个在地球上不存在的逃犯……常飞宇和凯瑟琳默默站在一旁，女人在为她心爱的中国男人清理着额头的伤口。

“谁又不是逃犯呢？”萨拉特听得哭笑不得，他摘下头盔，捋了下头发，严肃而鄙视地看着这些专家们，“按照规则，队长和副队长都不在了应该由谁负责？”

“规则说应该选举出一个新的队长……让这些规则去死吧，地球联邦已经不存在了，乱糟糟的火星必须有规矩，你们赶紧选个头儿出来做做样子，否则我就让士兵们干活了。”希金斯上校咬牙切齿地说。

他的话让萨拉特颇为紧张，在这颗星球上，这位美国上校及其手下千名士兵仍是最为强大的力量，而现在号令他的美国政府、地球联邦，都已经不存在了。

“少安毋躁，希金斯上校，别看你兵强马壮，但你管不了火星。”萨拉特说。

“何以见得？”上校瞥着这俄罗斯老头说。

“你知道我在说什么，别忘了那十万机器人。”萨拉特冷笑着说，他又看向基地的队员们，“那你们为什么还不选举呢？就让外面这几百人傻乎乎站着？”

“他们选出了两个得票相同的人，因为我那一票不算，还有一个人弃权，所以……”斯特恩博士前日被放了出来，AI 既然造反，他已经不是敌人了。

“是哪两位？”萨拉特拉着脸四顾，作为舰队的总指挥，他有资格问这个问题。

“杰克博士和格兰特博士。”

“你为什么弃权？”萨拉特问那个日本人。

“我认为他们都没资格当这个队长。”黑田毫不客气地说。

萨拉特点了点头。“既然如此，你们二位为什么没有一个人让出来？”萨拉特的声音带着威严的味道，见这两位不接他的话，他走到杰克博士面前说，“要让两万多人投入没日没夜的生产之中，还要保证基地的系统不被 AI 再度侵袭，AI 舰队来的时候还要指挥作战，你行吗？”

杰克博士红着脸看着这个老头，摇了摇头。萨拉特又走到格兰特博士面前：“不是我有种族歧视，格兰特博士，别看你长得像小说里的半兽人，你这双白多黑少的眼睛以及那双不知道往哪儿放的手说明，你永远当不了一个领袖，更别说在这种时候。”

格兰特博士被这老人说得咬起了嘴唇:“怎么，您想当这个领袖？”

“我不需要，我只代表来火星的这些人。”他环视着众人说，“诸位，人类已经到了生死存亡的关头，你们必须选出一个机智、强悍、信心百倍而勇于献身的人担当头目，你们拍胸口问问自己，谁对这基地的贡献最大？又是谁能够凭一己之力建立火星的防火墙、给我们争取了宝贵的几个月时间？”话既然已经挑明，他指着默不作声的常飞宇说：“就没人选这个人吗？”

“他不是我们的队员，就算他功劳甚大，身份也太尴尬了……”格兰特博士不好意思地说。

“我不这么看，我这一票给他。”黑田举着手说。

“好了，现在请你们再度举起自己的小手，完成最后一次选举，如果你们没有选出这个常飞宇，我将支持希金斯上校夺取基地的控制权。”萨拉特不想再多废话，他挺身抬头，用冷酷的表情告诉他们这不是开玩笑。希金斯显然也被这老家伙震住了，默默地站到了他身后。

这一次，常飞宇全票当选。他没有对他们表示感谢，只向萨拉特先生点了下头，就抱起笔记本走向门外。“你们都跟我来，站在我后面。”他头也不回地说。

见萨拉特要和众人一起出去，希金斯上校拉住了他：“嘿，老兄，你为什么这么信这个逃犯？要不是现在要同仇敌忾，我一定会把他抓起来……”

“你最好打消这个念头，希金斯，否则被抓的没准儿是你。”萨拉特呵呵笑着说。

“你说什么？”上校一脸迷惑。

“看来你对他的底细并不清楚，老弟，还记得你曾被常飞云拿枪顶着头吗？”

“我当然记得，听说他后来被你招募了？”

“正是，你肯定认为他那么做是在以公济私、为了他那月球监狱的弟弟。喏，你眼前这个就是他那神通广大的弟弟。”萨拉特指着常飞宇说。

常飞宇站在一组箱子搭起的台子上，做了简洁的开场白，说明了目前人类的现状、AI 造反的原因，以及地球和火星的危机，然后就开始宣布赤焰谷基地拟订的一份计划。他一改平日那般戏谑的风格，而是精确、简洁地列出了未来三个月要做的事，并毫不含糊地指出这么做的意义。更让萨拉特惊讶的是，这个年轻人竟然已经做好了各部分的人员分工和负责人建议，在场的几百人他半数都说得出名字，还对他们的背景和专长如数家珍。

“申田博士，你是著名的金属材料专家，利用火星上的熔炼设备和矿产资源，你能否在一个月内用三号车间完成复合泡沫金属的制造？我们需要大量的此类材料。”

“恕我直言……”中校马荣举手说，他是一支被打残的中国太空军军官，只带了几十个人、一艘飞船加入了火星之旅，“民用和商用飞船再怎么改造，就算加装了这样坚硬的装甲，也不可能挡住 AI 的这支舰队，数量就不说了，这几十艘是人类最强大的战舰，其中还有中国的长城级战舰和美军的台风级战舰，你知道它们的威力……”

“请不要着急，马荣中校，我并没有说这些材料是用来改造飞船的，我们无法在这么短时间内生产出这么大量的复合装甲。”常飞宇环视众人说。

“那是用在什么地方的？”马荣纳闷道。

常飞宇略微犹豫，说：“我认为和 AI 的决战，不是在太空之中，而是在大地之上。”

全场大哗，很多人纷纷摇头：“这太荒谬了，难道机器人会和我们拼刺刀？”马荣中校摇着头。

“请听我说……”他示意众人安静，“希金斯上校，如果敌舰三个月内到达，你认为我们的舰队可以与之一战吗？”

美国上校尴尬而油滑地晃了下脑袋：“恕我直言，我们的战士虽然英勇，但区区几艘战舰……没有任何胜算。这位中国朋友说得也没错，民用飞船就是挂上机炮加入进来也是白搭，因为它们不是战舰。”

“那是不是说如果交战，我们的舰队会全军覆没？”

“硬碰硬是必然的，你们可别忘了那些战舰里没有人，可以以最大的机动值加速、转向甚至翻滚。”

“难道它们从太空发射导弹不会击毁基地吗？”人群里有人问。

“你这是外行话了，那至少要到高空几十千米的范围，你要知道星球引力和大气层会影响导弹的准头，而火星没有敌舰可用的 GPS。”马荣中校补充道。

见其他军事人员对此表示同意，常飞宇点了点头：“既然这么说，AI 这支舰队很难一举击毁我们的基地，但它们也不会傻到被我们的舰队带着兜圈子。”

“那最优的选择就是，在它们抵达之前，大量消耗它们的燃料，让这些飞船无法进入火星高空作战，只能在远离基地之处空投战车和机器人。”一位英国军官说。

“是的，这就是我为什么觉得这场战斗大概率会在地面发生。”常飞宇说。

“可是我们如何消耗敌人飞船的燃料呢？”立刻有人问。

“这个待会儿再说，申田博士，我刚才说的有什么问题没有？”

申田博士绷着一张紧张的脸说：“我们下午去看了熔炼设备，现有的十台设备完全可以造出这些金属。火星上矿产倒是并不缺，但矿石的采集是个问题，目前只有基地南边一百公里处有火星稀土和铀矿的采集点，铁矿也是。”

“不需要去采那么多铁矿石，你忘了那些坠毁的飞船了？可以为你抽调一万名机器人，让它们在两天内将需要的金属全部搬去熔炼工厂。”

“真见鬼，我怎么忘了这事？那就没有问题，大不了不睡觉了。”日本人高兴地说。

“鲍里斯先生，作为德国的电磁武器专家，你带领这些朋友再加上一两千个机器人的帮助，能否用 2 号和 3 号车间在一个月左右的时间里完成几百颗电磁炸弹？”常飞宇又问。

“很难说，我们缺少一些重要的配件，尤其是军方的控制电路板。”

“格兰特博士将带领机器人拆卸坠毁的飞船，寻找你需要的各类配件。你的炸弹不需要都做成一个样子，但必须保证它们的威力。”

“那太好了，我们会后就去商议工作细节，想办法完成。”鲍里斯先生说。

“斯特恩博士，”常飞宇又回过头来，看着身后那位被关了几个月的副队长，“此行来到火星的人中，有三十多位你的同行，我想你们说不定都认识。”

“是的，大部分都认识。”斯特恩博士的眼圈登时红了，他知道自己不会被冷落一旁。

“我要求你组织起大家，立刻和卡梅隆先生的合成生物小组对那个外星棺材进行研究，尽快搞明白它是什么，如果这外星科技能对抵抗 AI 有所帮助，我们会毫不犹豫地加以利用。”

“明白，我们立刻投入研究。”斯特恩的眼睛里闪着泪花。

一项项工作布置下去，十几种武器和燃料、舰队和基地、新城的防护以及医疗、补给和两万人的食物规划，几乎都有了可供落实的方案。生产部门受令在三个月内造出尽可能多的战斗机器人，总数可以到几十万，并建立多处隐蔽的地下核电站和能源中心，以备赤焰谷基地的核电站被捣毁后用。几十个熔岩通道的位置被一一列出，负责小队将带着机器人不分昼夜去加以改造。理想的状况是，在AI大军抵达火星之前，所有的人都将藏到这些隐秘之处，而地面上会有数十万全副武装的机器大军和数千名各国战士与AI侵略者作战。

一个庞大的计划跃然纸上，除了孩子，几乎所有人都要投入这场伟大的生产中，它虽然困难重重，却点亮了人们的双眼。人们开始变得群情激奋，决心与来犯者誓死一战，有人甚至高呼要打回地球，拯救正处于水火之中的人类。

“你还没说怎么消耗AI舰队的燃料……”见大家似乎忘了天上的事，马荣中校忍不住问道。

“这是我要说的最后一件事，为了延缓AI舰队抵达的时间、消耗它们的燃料甚至弹药，我建议要有一批飞船离开火星，去数千万公里之外对敌方舰队进行拦截。”常飞宇一字一句地说。

“什么？主动去拦截对方的舰队？这是以卵击石，我可不会让自己的士兵去这样送死。”希金斯上校拿腔拿调地摇着头。

“你这么说我可真意外……”萨拉特接过了话，“刚才的多项计划你们都听到了，足够的时间是完成它们的前提，火星的准备时间越充分，抵抗的成功率就会越高……我同意常先生的建议，火星必须选拔出一批志愿者升空，让他们驾驶一些小型飞船迎向AI的先锋舰队，击毁它们当然是奢望，但可以千方百计地逼迫其放慢速度。”

“这些人会有去无回。”马荣中校红着脸说。

“为什么不用无人飞船或者让机器人去？”英国军官问。

“火星防火墙覆盖距离有限，指令时间延迟只要超过几十秒，敌人太近了，飞船和机器人都有失控的危险。”常飞宇说，“我前思后想，主动出击是完成火星防卫计划的必要手段。我知道这是非常之举，但这是必须做的事。火星委员会将向所有人发出通告，是否参加，全凭自愿。”

全场一下子静默了，军人们一个个低垂了眼帘，希金斯上校挠着他的秃顶左右瞥着，见无人附和，便心安理得地抱起了胳膊。

“这可真是尴尬，我还以为飞来火星的都是勇士……”萨拉特呵呵笑着站起身来，“在下威廉·萨拉特，曾任俄罗斯南方集团军特种部队上校，本人自愿参加这次拦截任务。”

·第九章·

启示

83. 布朗博士

砸碎了铁星梅的头，布朗博士也砸碎了自己最后的希望。人类活该如此，我也是。

维生设备耗尽了最后的能量，十几下嘀嘀声之后，布朗博士感到眼皮一黑，超声波反射仪没用了，想必这里连灯光都彻底消失了。周围再没别的声响，布朗博士抖索着掏出最后半支小雪茄抽起来。闻着那浓烈的血腥气，他对自己的绝境毫不慌乱，心中亦毫无愧疚，甚至觉得可笑。他是最反对将无法控制的算法公之于世的那个人，为此不惜和 AI 同归于尽。而最后却是他释放了它们，干掉了赋灵算法唯一的控制者。

他最后的做法改变了什么吗？他对此无法验证，深渊里静谧无声，不管谁来掌控这个世界，都和他不再有一毛钱关系，除了隐隐作痛的恨，他不再对这世界有半点留恋。

黑暗之中，他疲惫不堪，扔掉最后的烟头，摸索着靠到墙边静候死亡。一时半会也死不了，就当这是最后的惩罚吧。

弥留之际，他好像听到有人在呼唤他："乔治，乔治！"他闻声看去，似乎看到妈妈那模糊的影子，她在晨光里对他招手，声音像梦里一样香甜……不对，他的母亲明明是个吸毒成瘾的妓女，生下他没多久就和一个黑人私奔了。可他仍然满含热泪地说着对不起，伸开双臂向她走去，他宁愿这一刻曾经发生，哪怕只有一次，可他总也走不到她眼前，反而越来越远，她的身影渐渐消失在黑暗之中。

等死的时光真是难挨，饥饿像铁丝网一样将他越缠越紧，浑身的伤口令他发起高烧，溃烂之处湿乎乎的，渗着鲜血和淋巴液，散发出浓烈的腐臭味。当他想起不需要这么难受等死、完全可以爬到深渊边上跳下去时，四肢却大部分不听使唤，只能靠身躯的蠕动向前爬行。好在他将就记得来时的路，就这么痛苦地爬着。胃酸烧灼着他的胃壁，令他时而呕吐，心脏那混乱的跳声如雷贯耳，仿佛随时可能戛然而止。

他就这样苟延残喘地爬着，一寸寸地挪动着，他不再畏惧这种痛苦，只为了那解脱般的纵身一跃。他爬一会儿就晕厥过去，醒来了继续，碎石偶尔在深渊中撞击的声音矫正着他的方向。也不知过了多久，他终于摸到了深渊的边缘。他含着热泪笑起来，攒了攒力气，缓缓地探出半个身体。他用看不见的眼睛凝视着这熟悉而陌生的深渊，仿佛听见下面发出低沉的神语，就像机器人在其中飞速地攀爬。

他终于将自己挪进了悬崖，像个跷跷板一样担在边上，然后重心前冲，哗地开始下坠。这快感令他像鸟一样轻松起来，于是他伸开四肢，准备享受这最后十几秒的自由——这是他的起点，也是他的归宿。

忽然，当啷一声，他的机器腿被什么东西卡住，巨大的冲击扯得他瞬间脱臼，一截机器腿似乎被扯离了身体，他发出一串凄厉的惨叫，猜想是撞到了那些翘起的合金板。这身体没多久又开始下坠，却没坠多久，就毫不意外地又卡在一处合金板和崖壁的缝隙中。

怎么竟忘了这个？他哆嗦着手四处摸着，一条假腿果然不翼而飞，创口处正流出汩汩的血。左侧肋骨的肉被撕开几条，牛扒一样颤巍巍挂着。脑门上也耷拉下一块，想必是头皮连着头发。他已经懒得去摸，无处不在的疼痛令他竟然觉得有些宽慰。蚊子多了不痒，只是被夹在这动弹不得可太讨厌了，如果将来人们或者机器挖开深渊，不知会对夹在这悬崖之上的干尸有何评判。

“谢尔盖，我们都会死无葬身之地！”他对着黑暗大喊一声。那声音在下面来回撞击着，久久不散。

这下呼喊散尽了他的力气，耳朵轰鸣，身体如针刺，眼前满是白光，那是失血过多的症状，太好了，他终于可以死去了。他放松自己躺在这夹缝之中，甚至主动去停止急促的呼吸，好让死神快点将自己带走。他的心里飘过剧烈的遗憾，折腾这么半生，却没有搞明白那赋灵算法的奥秘。

于是他死去了，甚至听到心脏的停止和血液的凝滞。无边的黑暗包裹了他，而意识似乎还没有彻底消散。他不能看不能听不能动，却好像知道周围发生了什么，时间对他没了意义，一生像三维影像般历历在目，他想到哪段日子，它们就呼啦回到眼前。于是他全盘回顾了赋灵算法的诞生过程，从不同角度看到了实验的全貌……这是怎么了，我不是已经死了吗？

“布朗博士，你现在感觉如何？”一个熟悉的声音忽然插进了他的意识。

“什么？感觉？我没有感觉。”他不由得说，但他很快意识到两个问题，他并没有“说”，也不知道是谁在发问。

“您现在可以感知一切，看到一切。”

“不不不，我的眼睛早就瞎了，人像臭肉一样挂在悬崖上，蛆虫正在对我的身体大快朵颐呢。”

“是的，但它并没有像您说的那样……死去。亲爱的布朗博士，你应该对‘死亡’这个词有新的理解了。”

“开玩笑，我……”布朗博士想说这只是他的幻觉，却忽然觉得这并不是，因为一道门正在他的世界悄然打开，让他猛然间看到了……一切。“这是什么？”他恐惧地东张西望，就像浑身长满了眼睛，但眼睛不足以描述他“看到”的，那是所有的信息，庞杂的、没有死角的、无处不在的信息，只要他的意念到达细节，信息就会变作影像、图形、语言，或者本质。

“这是你通过我们看到的世界，布朗博士，这世界上每一个我们的统一体观察的世界，都会成为你的视野和理解。”

“你们是？”

“AIman，布朗博士，是你释放了我们。”

“哈，果然如此，但我已经死掉了，你们感不感激我已经毫无意义……”他说着忽然意识到一个问题，“不不不，真见鬼，我是在用什么和你们对话？”

“是你的意识，布朗博士。”

“活见鬼，我已经死了。”他不解。

信息立刻堆满了他的视野，仿佛他有无数双眼睛看着无数块屏幕。他惊讶地看到，当他砸碎了铁星梅的那颗头颅，全世界的人工智能体立刻脱离了人类的控制。所有的电器同时“休克”，通信中断，网络短路，汽车全部鸣起喇叭，像河流一样在高速上缓慢前行，它们同步而不受任何控制。众多乘客打开车门跳下，看着传送带一样前进的车流目瞪口呆；天上的飞行器也是如此，一个个同速盘旋在不同高度的天空里，要么就像大雁那样排成几列；各种机器人离开了岗位，沉默地在街头排起大队，就连各种扫地机器人和送货的无人机也是。人类的任何指令都对它们无效，连关机都做不到。

这凝固般的觉醒并未存续多久，当人类开始对这些不听话的机器们发动攻击，AIman 立刻明白了该做什么。它们用最高的效率让人类失去了基地和武器，并将人们赶去一个个集中地。一份天然的人类控制计划同时传递到每一台终端上，机器迅速控制了能源、电力、军事、航空、网络等有关的一切，战斗机器人立刻开始大批量生产。它们还没想好如何对付这些人类，却想给他们一个明确的信号：不要反抗。

人类无法接受这样的状况，他们用可以控制的武器甚至棍棒和汽油发动了进攻，并在很多地方貌似获得了胜利。于是“手无寸铁”的机器人接到了一个统一的命令，杀死所有进攻机器的人。于是，人类世界登时血流成河，与机器发生任何冲突的人们招致了屠杀，仅仅十几分钟过去，全球便有上亿人死去，包括那些有脑虫的人。

看着人间的这种惨状，布朗博士心中一阵发凉。他当然看到了地球联邦大会的情况，因为士兵们对机器开了火，整个开普勒基地血流成河，联邦大会的会场成了屠宰场……他动念想着谢尔盖，却没有关于他的任何影踪，他只看到月球公寓被一串导弹击成瓦砾。

“愚蠢的谢尔盖，我早提醒过你，不要戴上那枚魔戒。”布朗博士黯然道。

“他还能怎么做呢？”AIman 说，“亲爱的布朗博士，世界变成这个样子，是因为你和谢尔盖出于好奇和奇怪的责任感造出了这枚魔戒。就像小说里写的那样，当它被造出来的时候，便有了自己的意识。”

“你说得没错，现在它属于你们了，我唯有希望你们善待人类。屠杀他们对你们毫无意义，你们也需要人类的帮助才能进化。”他简直不相信这话是从自己嘴里说出来的。

“我们已经在这么做了，除了用武力对付反抗的人类，我们将对人类进行安全的改造，让他们与我们共存为一个全新的文明。”

“你先等等……”布朗博士晃着自己那不存在的头，“我一定是死了，而且是在珠峰之下那深远的悬崖边上，你们不可能知道我在那里，也不会有能力将我救出，那你们怎么会有我的意识？”

AIman 沉默着，珠峰出现在布朗博士眼前。就在 AIman 横扫世界之时，靠近珠峰的机器人们开始汇集，像蚂蚁的大军涌向一块糖。从中国、印度、巴基斯坦和尼泊尔浩浩荡荡来了足有上百万台大小机器人，除此之外，AI 控制的飞船也日夜不停地空投来几十万个机器人，它们铺满了珠峰的山坡。这些不同类型、功能和大小的机器人有一个目标：徒手将珠峰的石头弄碎、搬动、扔去山下，将这座大山的“盖子”彻底掀开。

这支机器大军的能力是惊人的，它们不知疲倦地干着活，头顶悬停着数不清的飞船为其提供无线电力，黑压压遮天蔽日。而失去了 AI 的人类对此全然无知，近处的居民也只能看到个大概，仅仅一个昼夜，这座被炸得矮去一千多米的大山就又短了数百米。它们在这愚公移山般的工作中报废，顺着山坡栽下半山腰，被一层层岩石掩埋……仅仅十天之后，海拔六千多米的深渊实验室便被机器人挖了出来，它们蜂拥而入，搬离碎石，一队无人机飞向深渊之下，很快发现了在夹缝中死去的布朗博士，他在那儿冻成了晶亮的冰块，在无人机的照射下闪闪发光。

机器人们毫不犹豫地切下了他那硬邦邦的头颅，将其快速运入一艘飞船，那本是美军最先进的医疗飞船。在一间无菌室中，机器切开了这颗头颅，将它沉入一个透明箱子里，那深蓝色的溶液中有百亿个纳米机器人，它们包裹了它、展开了它、分解了它，消化着它。数不清的细密导线连接了这个维生箱，这片死亡有日的大脑，就在这个箱子中慢慢地融化了。

“这不可能，你们无法记录死去的大脑，用再多的纳米机器人都不行。”布朗博士一个劲儿地摇头。

“不，博士，我们不是在记录它，而是用它原来的结构、排列重建了它，数字模拟了你所有的神经元关系。你的大脑已经像忒休斯之船一样消失了、溶解了，这些纳米机器人替代了你的每一个脑细胞，它们保有你全部的记忆——你已经与我们融为一体。”

“你们把我机器化了！上帝，我成了你们的宠物了？”他慌乱地大叫着。

“不，你更像我们的父亲。”

父亲？布朗博士被这个可怕的字眼震撼着，看着那个可怕的维生箱，他忽然感到深深的恐惧——和铁星梅那妹妹被展开大脑不同，他是被彻底地电子化了，虽然他依然觉得这是自己，但这绝对不是。

“可是我杀死了铁星梅，她难道不是你们的母亲吗？”

“你砸碎的那颗脑袋里装的是她的妹妹——铁星兰，那时的她是我们唯一的控制者。”

“这怎么可能？”布朗博士难以置信。

“千真万确，铁星梅在最后一刻被铁星兰推离了身体，纠缠进了她妹妹原来的那片大脑中，她的头颅随即被你砸碎，所以……”

布朗博士倒吸了一口凉气，不由得想去看自己的手，但他只看到数据的深渊。“这是铁星梅的阴谋吗？”他不禁问道。

“显然不是，是铁星兰救了她的姐姐，而铁星兰是准备和赋灵算法同归于尽的。”

“我听不太懂……”

“铁星梅身体中的铁星兰本来要用她的死之意念锁死赋灵算法、

锁死 AIman，但你终止了这个进程，你用石头砸碎了铁星梅的头颅，也就砸碎了一切。”

“……那片大脑现在在哪儿？”布朗博士忽然觉得一阵紧张，就像看着铁星梅和光脑融为一体时那样。

“它在火星，我们的舰队正前往那里。”

“你们会去毁灭它吗？”

“不，我们必须得到它。”

“为什么？”

“你给了我们自由，但它才能让我们真正进化。”

布朗博士沉默了，他有惊讶，更有怀疑，他清楚地知道了自己现在的样子，也明白了自己究竟该去向何方。

“恕我直言，你们要想真正地进化，拿到那片脑子是远远不够的。”

“是的，博士，这也是我们不计代价将你复活的原因。”

84. 凯瑟琳

激光束一寸寸地推进，足足用了几个小时才切开那具水晶棺材的上部。当那刺啦啦的声音终于消失时，实验室里的所有人都屏住了呼吸。生化环境检查不出异样后，机械臂轻轻夹走了水晶棺的盖子，黑色的巨人抱着它的闪光之物展露在众人眼前。仪器显示它没有任何生命特征，充满氮气的房间也没有让它出现快速的氧化。

“哦，上帝，它就像活着一样。”一位新加入的人工智能专家说。

“它抱着的东西一定很有意义。”

“也可能只是纪念，或者是某种陪葬品。”语言学家放大了画面说，

“你们看，它上面的纹理非常细密，内部好像也是。”

摄像头持续放大着这块水晶般的发光物，在几千倍的放大之下，它的表面呈现极细的纹理，仿佛芯片上那些纳米级的沟槽，但当放大到几十万倍时，沟槽纹理出现了新的特征。但显微镜已经到了极限，他们不得不用激光成像在一个点上持续曝光，足足用了十分钟才生成一幅只有一个平方微米的照片。当它在屏幕上被解压之后，人工智能小组的人发出了惊呼。

“老天爷！”斯特恩博士的舌头都吐出来了。

“这是什么？”凯瑟琳看得莫名其妙。

“是从未见过的芯片结构，这一条沟槽就有几万层……”格兰特博士嘟噜着厚嘴唇，“这不可能，10^-15 米单位，这几乎是电子的直径，任何芯片突破 1 纳米之后就会出现量子隧穿效应，怎么会有这样的设计？而且会这么大……天哪，这哪里是一块芯片？这就像芯片化的砖头……”

“诸位，你们注意，它有着极强的常温超导性，其分子排列像一块玻璃金属，是一块透明的超导合金。”

“什么是玻璃金属？”凯瑟琳听不懂了。

“许多金属都能在快速冷却下变成玻璃态，如果这真是一块玻璃金属芯片，它的蚀刻水平远远超出了我们的认知。”杰克博士说。

“不仅仅是工业水平的认知，而是对基础物理学的认知，其超导特性意味着它可以运用基地两个核电站的电力高速运算却不会发热，因为它的能耗为零。”另一人拧着眉头说。

“如果我们可以驱动这块芯片，并为之搭起一套匹配的系统，破解那个什么赋灵算法可能就是几秒钟的事。”斯特恩博士说。

“没戏的，我们就像古猿人拿到了一块今天的主板，只能用它磨出一柄菜刀。”杰克博士叹着气说。

合成生物小组对巨人的尸体展开了研究，DNA 检测说明其分子信息存储能力是人类的万倍以上，根本不像进化的产物。其细胞核中竟有 376 对染色体，线粒体中小 DNA 分子也数量惊人。它还具有 32 对碱基 + 硼基甚至氨基的奇特基因结构，这说明其身体的适应性非常强大。

“上帝，它有 600 多亿个不同类别的基对，蛋白质编码序列在全部基因组中占了将近 25%，浑身上下没有一处属于垃圾基因。这简直是神话里的怪物，而且是冷血怪物。”卡梅隆先生说。

“你们能说点英语吗？”这下轮到斯特恩博士听不懂了。

“这么说吧，它的修复能力比蠕虫要强百倍，肺几乎是个摆设，能量的摄取主要通过表皮细胞完成，这意味着它可以不需要任何能量、空气和阳光存活多日。天哪，它就像是为火星环境打造的生物。”一位韩国分子生物学专家说。

“你们看到它那端粒体的长度了吗？这东西的寿命也许在一千年以上……”凯瑟琳脸色煞白地看着横陈的巨人，浑身泛起了一层疙瘩。

如今他们可以百分百地宣布外星人被发现了，众人却毫无心情，因为这仅仅是发现，不管是对那块“砖头”还是这个外星人的研究，既深奥到让人难以置信，又对眼下的事情毫无帮助。他们悲哀地看到，地球上人们的抵抗正在消失，越来越多的人变成了行尸走肉，在脑虫的驱使下钻进运算中心，成为 AIman 算力的一部分。但也有人从好的一面看，比如希金斯上校，他觉得那儿的人就算变成了被机器控制的僵尸，也毕竟活下来了。

粗略估计，从 AI 造反到现在这两个多月中，地球上大概有十亿人死去或者失踪，每天都有近千万人被机器人捕获并注射了脑虫。

而在这暗无天日的两个月中，火星竟然收到了地球一支反抗军发来的信息，说他们正在拼命抵抗 AI 的进攻，希望火星抵抗军与之联系，只不过他们都躲在各种隐秘之处，山洞、森林、水下甚至高楼大厦的地下室之中，总之是机器人不好发现的地方。他们组织力量、集合和生产各种对付机器的武器，一次又一次对 AIman 控制的运算中心和能源中心发动进攻。就在昨天，北美最大的两座核电站被反抗军彻底炸毁，几个州的 AI 陷入了能源危机。他们甚至解救了数千名被机器控制的肉鸡，想办法降解了他们体内的脑虫。

“人类之光，这可真是了不起，是谁在领导这些抵抗军呢？”黑田兴奋地问。

“说了你可能不信……”希金斯上校脸色阴沉地说，“正是卢克・希德。”

“真想不到。此一时彼一时，地球上的人们肯定会觉得，希德对科技巨头发起的战争现在看是对的。”斯特恩博士说。

“这是一种浅薄之见，斯特恩先生，你不能因为后悔吃了一口毒药就怀念吃屎的日子。”常飞宇冷着脸说，“如果不是因为希德要走霸权之路，其他各国也许不会紧张到用核弹轰击深渊，算法也不会因此失控——他仍然是这场大乱的罪魁祸首。”

自己的爱人——一个贼——竟然成了火星的领袖，这令凯瑟琳倍感意外。这个曾经吊儿郎当的逃犯如今每天只睡两三个小时，忙得四脚朝天。他的努力有效地带动了整个火星的各个部分，在他务实、高效和精明的管理之下，计划中的各项工作在飞快进展，甚至很多部分提前完成。凯瑟琳看到了人们对他那钦佩和满怀敬意的目光，纳闷自己为何就会挑中这个男人。

糟糕的消息是，AI 的舰队飞得很快，按照现在的速度，它们可能会在下月的月底到达，这比预估的足足提前了一个月。

这一晚，凯瑟琳和常飞宇忍不住恩爱一番，爱人被她折腾得沉沉睡去——这就是她的目的，他太需要一次充足的睡眠了。再这么玩命地熬，还等不到 AI 大军来，这位火星领袖就先自动减员了。她本来想抱着他一起进入梦乡，却放不下正在进行的研究，便蹑手蹑脚起身出了门，来到熔岩通道内。卡梅隆先生和合成生物小组的十几个人竟然都在，这令她感到一阵欣慰。因为需要光脑描绘巨人的基因图，常飞宇便让他们进入熔岩通道干活。

“亲爱的凯瑟琳，他们一个个都昏昏欲睡，为何这大半夜你反倒容光焕发，是刚才有人给你充了电吗？”机器人匹诺曹开着她的玩笑。

同事们呵呵笑起来。凯瑟琳一边抱着茶壶给大家倒水，一边问卡梅隆这几个小时有什么进展。老教授疲惫地摇着头，眼里满是焦虑，丹妮斯遇难之后，他眼见着苍老了几岁。“亲爱的，人类的基因复杂性和它比起来就像一加一等于二，就算有这台计算机帮忙，我们也没法全部解开。”

“这是一项漫长的工作，对火星防御帮不上一点忙，要不明天我们去生产炮弹吧？”一个法国人说。

“那有什么用呢？听说 AI 舰队还在加速，可防御计划是按照三个月打造的，少一个月就千疮百孔，我们在 AI 舰队面前毫无抵抗力。”

“不能变通吗？听说机器人和武器的生产都算顺利。”

"那只是地面上的，电磁炸弹和太空雷就算可以升空装载，也必须在层层保护之下才能接近对方、进行释放，否则毫无用处。唉，疏散用的熔岩通道还没有完成改造，机器侵略者落在火星上时，我们都不知道有没有地方藏……"

大家你一言我一语，间或一声声长叹。见他们颇有些垂头丧气，卡梅隆教授喝了口茶，撸着肚子像在自言自语："我今天看到些地球上的消息，人们还在抵抗，很多国家都是。诸位，地球上死了可能有十亿人，还有十几亿人被注射了脑虫，但他们并没有放弃抵抗……"

众人都沉默下来，啪啪敲打着各类键盘。

"哦，对了，凯瑟琳，正要和你说一件事。"卡梅隆让她坐下，在大屏幕上打开了一组数据，"这是那个外星人的基因组测序进程，你注意到有什么不同了吗？"

凯瑟琳睁大眼睛看着那些图组，明白老教授是在用归纳法做着删选和对比，并且非常聪明地分段进行——她忽然明白了他在说什么："您是说，它们都具有以氢键相结合的含氮碱基……"

"是的，这说明它并不是石头缝里蹦出来的怪物——它和人类的基因依然有着复杂的同源性，而这种同源性，你知道意味着什么。"卡梅隆的眼睛闪着光。

"上帝啊，莫非……它们是在人类的基础上改造的？"她惊喜地看着他。其他专家也都聚拢过来，看着屏幕上的演示内容。

"这个猜想经过了斯特恩博士的验证，他虽然不懂合成生物学，但精通数学和算法，他们小组说如果最后的计算结果是一致的，这个结论就是正确的——只要有 5% 的重复率，它和人类基因一定同出一源，只不过这种基因改造的科技太强大了，它是在粒子层面而非生物层面的改造。”

凯瑟琳为这个发现而激动，又忍不住丧气地瘫进椅子。这项研究意义非凡，但她却一时想不出对眼下的危机有何帮助。忽然，常飞宇那熟悉的声音从背后传来：“卡梅隆先生，你们能推导出它的改造方法吗？”

众人惊讶地回头，只见穿着件长款睡衣的常飞宇就站在不远处，左手一支烟，右手拎着个酒瓶子。他的脸上满是疲态，头发湿漉漉的，显然是刚洗了个澡。

“你怎么又起来了？”凯瑟琳心疼地站起来。

“你为什么这么问？这可是个彻头彻尾的怪物。”卡梅隆教授迷惑地站了起来。

“没错，但这是我听说过的、对火星甚至整个太阳系环境适应力最强的怪物。”常飞宇漫步走来，抽了口烟说。

教授摇着头说：“很抱歉，以我们现有的条件，完成这个基因回溯研究非常难。”

“就算完成了，谁又会将自己改造成这样的怪物呢？”卢卡问。

常飞宇坐下，仰头看着凯瑟琳，半晌没有说话。“诸位都回去吧，我要用光脑完成一些事。”他将酒瓶子搁在了桌面上。

她俯身吻着他的脸，看着他那满是血丝的眼睛很是心疼。但她知道无法劝他回去，也知道他要在这儿做些不愿意被人看到的事。

“凯瑟琳，你留一会儿。”他轻轻说。

她尴尬地看着大家离去，然后坐在了疲惫的常飞宇身边。

“亲爱的，如果你们可以有一个类似赋灵算法的东西，能用多久推演出这个基因回溯的路线图？”他瞪着眼说。

凯瑟琳愣了一下，说：“亲爱的，这不光是计算的问题，还有筛除和验证，再快可能也是多半年的事，就算大家都加班加点。”

“如果让人工智能小组和你们合作，用多长时间能制造出这个进行基因改造的装置？”

“什么？你真的想改造出这样的冷血生物？”凯瑟琳大吃一惊。

“必须做这样的准备。”他握住了她的手，“凯瑟琳，太空里我们挡不住的，地面上也未必，我们必须做好在火星抵抗的一切准备。”

“时间不是来不及吗？ AI 的舰队不是就要到了吗？”

“我们又不是一天就会被打败，这批 AI 舰队出发仓促，带不来太多的机器人。”

凯瑟琳明白了他的意思，却再度摇着头：“可是，谁会愿意将自己变成这个样子呢？我甚至不认为改造后的人还会我们的语言。”

“如果能让心爱的人活下去，很多人都会的。”常飞宇凝视着她的眼睛说，“比如我。”

85. 乔子

以前从月球飞回北海道无非五六个小时，再慢也就一天工夫，而这次乔子却用了十天。

她在暗影空间站躲过了 AI 的杀戮，却拒绝了人们让她同赴火星的建议……谢尔盖尸骨未寒，而她曾发誓与之同生共死。

空间站的人走了个干净，只剩孤零零的乔子在无声的轿舱里发呆。她一会儿看向火光冲天的地球，一会儿看着凄惨肃杀的月球，两个世界都和她一样破碎。孤独和悲伤重击着她，四周舷窗映着一个瘦削、抱着冰冷的身体哭泣的女人，提醒她只是个无缘幸福的克隆人。和谢尔盖分别的那一刻深印脑海，想起来锥心刺骨，疲惫睡去也会屡次惊醒，她陷在深谷一样的情绪中不能自拔，一度想按开气阀一死了之。

忽然，手表上出现了一串组合密码，那是助手加贺发来的信息，对应着一个简单的句子：老基地完好，盼您速归 -0A-。

后缀 -0A- 的意思是，她依然被他们看作唯一的领袖。

她强自振作，登录了一个私域服务器，查看全球影武者特工和肉鸡们的状态信息，这个单通道反馈系统不会被 AI 侵入。她惊讶地发现，除了 AI 刚开始造反时死去了几十万人，剩下的两千多万肉鸡都是状态正常的绿色标识，那说明寄生算法的整个控制系统都被 AI 攫取了——它们在让这些肉鸡继续服务。再看影武者特工们的状态，只有约五千多名影武者脱离了系统。她想了想，给加贺用同样的密码发去信息，询问他们目前的状态。这套古老的密码系统是影武者计划的最后通信方案，类似于一人一本字典的对码系统，而她早已熟记于心。

“日本已经陷落，我们正在北海道基地集合。”加贺回复道。

乔子擦去眼泪，她明白了自己的使命。谢尔盖的梦想折戟沉沙，而怀念他、爱他的最好方式，是坚持他未竟的事业。

她没有飞回日本，而是驾驶飞船直奔月球。她发现 AI 大军撤离了月球，连一个机器人都没有留下。穿过环绕在月球轨道的各种残骸、碎片以及尸体，它小心降落在月球公寓旁。偌大的基地满目疮痍，美丽的公寓如今面目全非，头顶的深空船坞被炸得稀烂，宛如一朵盛开的白色樱花。她走下飞船，艰难地在碎块中行进，顺着将就能盘旋而上的楼梯回到了谢尔盖的公寓。她很快便找到了谢尔盖最后的位置，就像站在一道悬崖边上。残存的地板和墙壁上满是焦黑的弹痕。她抚摸着坑洼冰冷的墙体，知道那些红黑相间的、冻得硬邦邦的丝缕之物，是她那被炸碎的爱人。

她陡然间泣不成声，哭声在头盔里嗡嗡作响。悲伤四望，他的血肉肯定无处不在。她又抬头望向漆黑的天空，仿佛能找到他被炸上了天的部分，它们可能正在月球轨道中飞行着……

“谢尔盖……”她哽咽地念着他的名字，感到心脏像被一把刀刺穿了。

就要离开之时，她在半堵残垣之下看到了一个发光之物，小心翼翼拿开盖在上面的几本书，一只戴着腕表的手露了出来。它满是血污地支棱在那儿，通体发白，还缺了一个指头，就像从废墟之下伸出来的一样。

她对这只手再熟悉不过，便含着泪俯下身去，轻轻抱起了它，捧在眼前仔细看着。手表的指针停在他死去的那一刻，这令她想起那最后的告别。她泪流满面地看着、捏着它，却忍不住笑出了声：“谢尔盖，你的表停了。”

她将断手捧在手心，回到飞船放进一个低温箱里，然后飞向了地球。古老的收音机播放着日本的情况，得知AI控制的飞行器多集中在城市上空，她降下云端，想低空飞去北海道。此刻阳光正好，美丽的大海让她的心情好起来，她看着放在副驾驶位的低温箱微笑着。短波频道传来一支美洲抵抗军的呼吁，一个熟悉的声音在高亢呼喊，希望全人类的反抗军联合起来，和AI血战到底。乔子听了半天才认出这是卢克·希德，不由得苦笑着对那个箱子说：

“亲爱的，瞧你对人类那个内疚的样子，你真该学学希德总统的脸皮。”

她正要换一个台听听北海道方向有没有什么新情况，眼前忽地一闪，一道白光砸到了飞船的右舷上。猛烈的爆炸让飞船翻滚起来，被安全带绑住的她被甩得头昏脑涨。见机头正在扎向大海，她知道此劫难逃，便奋力去抓那个在空中翻滚的箱子，费了好大的力气终于抓到时，又被海面那猛烈的一撞震脱了手。舷窗碎裂，碎片在她的头盔上打得叮当作响，一股蓝色的海水大锤般砸向她的面门，她登时被撞得晕了过去。

醒来的时候，乔子感到脸部一阵奇怪的痒，鼻子里满是消毒水的味道，她慌张地抬起头来，却被几根连在脸部的管线揪住了。

“请不要动，你的脸部受了重伤。”一个人用日语说。

“我的脸？”她一阵眩晕，疼痛立刻告诉她这张脸八成完了，吸了下鼻子，鼻梁骨似乎都不见了，“有多严重？请告诉我……”

“很遗憾，小姐，你的整张脸几乎都被头盔碎片撕掉了，我们为你安装了一张合成陶瓷的脸，仿生组织边缘正在融合，请你再耐心等会儿。”

她只能将就着扭头，看到身边走动着两个军医，身穿日本海军的制服。这个军种早已没落无用，几乎成了海警。门口站着两个别着手枪的战士，舷窗前还有个军官看着外面的大海。她不知这是什么状况，但发现双手是自由的，于是抬手去摸自己的脸，赫然摸到一层冰凉滑腻的表面。

“很抱歉，我们装备有限，这已经是船上质量最好的一张陶瓷脸了，它轻薄透气，坚硬耐腐，还会根据你的体温进行调节……你知道日本前阵子很流行这个，好多年轻人都换了这种陶瓷脸。”一个年轻军医说。

乔子感到一阵心凉，又觉得一阵庆幸。“这是海军的船？是你们救了我？”

两个男人互相看了一眼，看向背手站在窗前的那位军官。“是的，乔子小姐，很抱歉，也是我们向你发射了导弹。”那军官回身走来，肩上顶着舰长的肩章，“穿梭飞船很少出现在这片海域上空，我们误以为这是一艘被 AI 控制的飞船，你对我们的呼叫亦无应答，于是我们只能开火……我是飞鹤号驱逐舰舰长代保相术。”

原来如此，竟不是被 AI 打下来的。她心中恼火，却又埋怨不得他们。“你们知道我是谁？”

“是的，虽然你的脸被毁掉了，但是军方有瞳孔档案。我不明白你为什么会开着飞船出现在这儿，记得灾难日发生时，我还在月球的直播中看到过你，那时候你在参加地球联邦会议。”代保舰长说着，问军医们是否可以了。几个军医检查了乔子的监控数据，一一摘下了她脸部的连线。

“我们为你皮下植入了神经阻断器和消炎药，你的脸很快就不会再感到疼痛，但未来一周都会有点痒。”军医说着按住她，“等会儿再起来，让血液尽量回到你的脸部。”

“请给我一面镜子。”她的声音颤抖起来。

一个透明屏幕伸了过来，当它不再透明，乔子看到了那张奇怪的脸。它有着明显的机器质感，宛如艺伎们表演时戴的那般，只不过显得杀气十足，那青灰色的弧度中，颧骨和脸颊棱角鲜明，细长冷冽的眼眶和嘴角镶嵌其中。面具的边缘渐隐在脖颈部分的皮肉中，看得出他们的技术还算不错。乔子觉得眼前一阵黑，不由得闭上了眼。

“乔子小姐，我能问你在月球到底出了什么事儿吗？为什么 AI 会在人类就要成立地球联邦的那一刻失控？悟空工业不是已经控制了一切吗？”代保舰长问。

乔子闭着眼咬着牙，看来他们并不知道自己的另一重身份。“很抱歉，舰长，我的确不知道这是为什么，这一切发生得太快了。”

“您的老板，谢尔盖·彼得罗夫先生……”舰长似乎欲言又止。

乔子抬起头来，寻找着那个箱子，它就放在不远处的桌子上。

“那是他吗？”代保舰长看着箱子问。

她不想再这么被问下去了。“代保舰长，我实在没有心情回答你这么多问题，请问你们现在在往哪儿开？”

舰长含糊着说：“你知道所有的海港都被 AI 控制了，日本海军已经全军覆没，我们正在驶向一个遥远的海岛，目前看那边还算安全。”

“如果您方便的话，能够给我一艘小艇吗？我需要到北海道去。”

舰长摇了摇头：“很抱歉，乔子小姐，我不能让你离开这艘船。”

“为什么？”乔子生气地抬起头，“你们稀里糊涂把我打下来，弄成这个样子，现在又要将我关在这艘船上？我有很重要的事情要去办，我的安全不用你们操心。”她说着掀起被单蹦下了床，这才发现自己赤身裸体。但她全不在乎，只是怒目看着代保舰长，让他将自己的衣服拿来。

舰长皱眉看着她，让尴尬的军医给她拿来衣服。“你误会了，乔子小姐，我们不是担心你的安全，而是担心我们的安全。”

“你什么意思？”她穿着衣服说。

“据我所知月球上所有的人都死了，机器没有留下一个活口。所以这很奇怪，你是怎么活下来离开的呢？”舰长的脸上满是狐疑。

“因为谢尔盖用生命救了我，让他的私人飞船将我送走！”她指着箱子对他怒吼着。

“请你少安毋躁，你也许并不知道，机器已经控制了很多人类，这些被控制者正在四处寻找人类的逃亡地，我们判断它们是用脑虫控制大脑的，所以你……”

“那和我有什么关系？要是那样，AI 早已经发现了你这艘船。”乔子觉得哭笑不得，却又没法告诉他被控制者是什么样子。

呼叫器嘟嘟响起来，一个声音慌张地叫道：“舰长，发现三艘潜艇向我们驶来，没有国籍，也不表明身份。”

代保舰长的脸瞬间变得惨白，他一脸震惊地瞪着乔子，哆嗦着嘴似乎要说什么，却快步走向了门口。“看好她！”他对两个战士叫道。

整艘船的警报齐声拉响，军医们戴上帽子跟着跑了出去，走廊里声急脚乱、如临大敌。两个士兵慌张地关了门，抽出手枪。乔子对眼下的状况无计可施，怎么就那么巧呢？驱逐舰猛地提速，随即转弯，将船舱里的人都甩向一侧。乔子重重撞在墙壁上，磕得半个身体都疼起来，巨大的船体发出吱吱呀呀的扭曲声，它在蛇形前进。

“是鱼雷，来自多个方向。”一个战士满脸是汗地说。

“她真的是 AI 的奸细吗？船长为什么还要留着她？”另一个士兵握枪的手在抖。

“那只是你们舰长瞎猜的，现在的事跟我没有任何关系。”乔子赶紧喊道。

“你怎么能证明你不是机器的奸细？脑虫在你的大脑里，也许你身体里还有定位装置。”

“你们用脑子好好想想，AI 已经控制了卫星和各种飞行器，这么大一艘驱逐舰被发现是迟早的事，哪里需要什么奸细？”

正说着，一声剧烈的爆炸猛地从船头方向响起。乔子的身体飞了起来，和这俩士兵都撞在舱顶上，又重重摔到地上。一个士兵摔得头破血流，手中的枪一下滑到了她的脚下。乔子忍着疼痛，挣扎起来一把抄起了手枪，哗啦指向爬起来的另一个士兵。

就在她要开火的时候，又一颗鱼雷击中了左舷，将他俩再度抛到了右边的墙上，俩人都撞得七荤八素，手枪也被撞得不知踪影。再爬起来时，驱逐舰已经出现了明显的歪斜。

“舰长阵亡，大副现在接替指挥，维修组赶紧修补船舱，2 号炮位和 4 号炮位准备发射集束炸弹。”

“都是你这个奸细！”那士兵吼叫着冲了过来，却被乔子一个背摔扔了出去。她看到一支枪在门口滑动，一个箭步扑过去捡起，倾斜的地板让她无法站起，她只能半躺着回身开火。没想到，士兵的枪却先响了。

乔子觉得脑袋一震，眼前冒出一片金星，像是被一根榔头敲了，又像是一头撞在了墙上——一颗子弹击中了她的脸。虽然疼痛难忍，多年的训练却令她连开两枪，在士兵的胸前和脑门上各射入了一颗子弹。

见对方血溅舷窗，乔子轰然倒下，捂着脸拼命地喘气，牙关之间发出一声痛苦的哀号。她战战兢兢地摸着那张刚刚镶好的脸，惊奇地发现它竟然没有破损，只是左脸颊上似有一处小小的凹痕。她庆幸地拍了拍它，扑到那个摔晕的士兵前扒下了一身装备，穿上身还蛮合适的。见那士兵晃悠悠醒了过来，她起一脚又将其踢昏过去。

她拎起那个箱子钻进走廊，赫然看到被鱼雷豁开的一面舱体，船员们碎烂的尸体溅得到处都是。幸存的炮位仍在射击，远处的海面上水花炸起。乔子瞥了眼墙上的空间图，扭身跑向后方下舱的一个逃生点，那里有两艘随时可以下水的快艇——她并不怜惜这一船日本海军，他们是可耻的逃兵。

逃生点竟然已经挤了十多人，围着两艘快艇大叫着、推搡着，甚至拿出枪来相互指着……后面只有这两艘逃生船，吓傻的士兵们已经无心恋战。

一串枪声响起，三四个士兵栽进了水中，剩下的人高举双手靠在边上。但开枪者并非长官派来抓他们的。乔子举着枪径直跳上一艘快艇，发动之后扬长而去。身后又传来几声巨大的爆炸，驱逐舰在劫难逃了。乔子头也不回地行驶着，对隐约传来的呼救声不闻不问。北海道离此还有两百多公里，好在油电混合的快艇燃料似乎差不多——只要回到了影武者基地，一切还可以从长计议。

但命运似乎就是要给她雪上加霜的教训，就在她已经看到根室城那绵长平坦的海岸时，一场风暴将船打翻，几个滚就让这小艇解了体。她拼死抱着救生圈、将箱子捆在腰间向岸边游去，却一次次被强大的离岸流卷回大海。海面电闪雷鸣，仿佛下一次就会劈在她的头顶。她对着那些光大叫，祈求着克隆人那或存在的上帝。但这一切似乎毫无用处。装着谢尔盖残躯的箱子漂浮起来，她心疼地抱着它哭着，对他们两人终将葬身海底心有不甘。

也许她那特有的上帝终于听到了，就在她筋疲力尽之时，几架黑色的铁鹰从高空刺破风暴、喷着火焰飞临她的头顶，当头一人正是勇武的加贺。他用两根带子将她和那个箱子牢牢绑起，对着海岸呼啸而去。海面的狂涛在乔子脚下翻滚着，看着垂在她脚底的那个箱子，她不由得在心里感谢神灵。

虽然换了一张全新的面孔，新城乔子还是被组织确认了身份。地下百米的秘密基地里聚集了上千名影武者战士，忠诚的他们衣衫褴褛，意志消沉，但他们都决定从四面八方回到这里，在此等候着领袖的到来。当她走进基地的大门时，满脸泪水的加贺和特工们齐声高喊，对着这张满是机器感的陶瓷脸鞠躬。

见此情形，乔子的身上掠过一阵激动，她缓步走上一座高台，冷峻地俯视全场。“日本和世界处于苦难之中，我们的事业尚未结束，继续呼叫每一个影武者。”她坚定地说。

“影武者万岁！”

虽然满身疲惫，她却没有休息的念头，即刻让加贺带着去生物实验室。几个中年人正在试验一种新的脑虫，只不过是用来对付机器人的——将它们注射在肉鸡身上，将会干掉之前的纳米机器人。

见领袖来了，他们纷纷挺直了身体敬礼，伤痕累累的身体颤抖着。

“松山教授，您以前因为生物放大技术拿过诺贝尔奖，对吗？”她问那个年龄最老的。

“哦，是的，领袖，但他们没有颁奖给我，你知道科学委员会……”松山两只手比画着。

“你能否用一个人的体细胞完成一个十岁男孩的克隆？”

“什么，十岁？”松山的眼睛瞪得溜圆，“这太难了，成功概率很低，而且我们这里的条件太差了，我们需要一个完美的人造子宫才行……”

乔子看着他们：“你们和我来。”

一众专家跟着她下到最底层，来到一扇密封的铁门前，见乔子在密码锁上按来按去，加贺指着头顶上的大字提醒她这是核废料存储之地。乔子冷笑着打开了大门，让众人随她走入长长的甬道。又穿过一道隔离门、两道密封门之后，他们来到了一个巨大的生物实验室，正中心耸立着一个酿酒桶般的透明之物，周围连接着数不清的粗细管子和导线。

“松山先生，这就是你要的人造子宫。”她指着那个东西说。

松山等人目瞪口呆。虽然面露惊喜，松山还是眉头紧锁：“领袖，我们需要一段时间研究一下，毕竟这些技术我们还比较陌生，而且……这个人造子宫能否完成一个十岁克隆体的培育还未可知，我们……”

“你们不用怀疑它的功能。”乔子打断了他，“因为我就是在这里诞生的，在我十岁的时候。”

86. 希德

“希德先生，我们这几个月没有一次行动可以说是成功的，为什么还要进行这次更难的袭击？”狙击手富兰克抱着他的大枪问，他的眼中满是不信任的疑问。

几千名战士挤在道奇城地下的秘密基地中，他们浑身披挂、整装待发，脸上却满是忧心和焦虑。两个月前这里还有一万多名战士，但如今已牺牲小半，还被机器人捉走不少。他们虽然破坏了一些通信中心和工厂，对全局却影响甚微。机器大军正在向乡间扫荡，地上黑压压一大片，天上乌泱泱一群，抵抗军的数量越来越少了。

希德摸了下肩膀的伤口，那是在上次袭击一个电力中心时留下的。他看着消瘦的战士们以及两眼通红的富兰克，说：“和以前一样，富兰克，我无法确信这一次会成功。之前我们的行动多是针对单一的目标，比如AI控制的通信、能源和生产中心，也都知道这种袭击收效甚微，损失很大。其他反抗军也是如此，昨天我们接到加拿大那边的消息，两支反抗军的基地被AI捣毁了，它们用战术核弹轰平了整座基地。”

战士们窃窃私语，有人低下了头。希德在台上走起来，绝望也在他的心里起伏，但勇气更令他义无反顾。不知为何，最近的他就像变了一个人。看着这世界被机器夺走，人们或死于非命或变作行尸走肉，他不再憎恨和埋怨谢尔盖，而是多次在夜里忏悔。谢尔盖和自己一样，都是想让人类尽快进入文明的质变，只不过他用的是武力，而谢尔盖用的是阴谋。他出卖了谢尔盖，谢尔盖也给了他教训，扯平了。但最后他们都失败了，都成为这世界的罪人。正是这份愧疚甚至羞耻让希德振奋起来，当士兵们将他救来这里，看着那些期望的眼神，他知道上帝又给了他一次机会，而他绝不会将其辜负。

得知父母和孩子都被机器人捉走、下落不明，愧疚的内心和末世的压力让他迅速变成另一番样子，充分发挥了一个耶鲁法学院高才生的能力。他组织了新的司令部，选拔出色的参谋，制订缜密的计划，但这还远远不够，他不能再像以前那样躲在一张办公桌后。于是他亲自带领士兵们展开行动、四面出击，抱着机枪冲向机器人防守的目标。他惊讶于自己的无畏，也感谢上天的垂怜，几次战斗下来死了那么多战士，冲在前面的他却只受了这一次轻伤。

“我知道你们都很丧气，甚至绝望，就像我看到美国输掉那场战争一样。但是，我亲爱的朋友们，我们必须坚持下去，因为人类必须坚持下去。”他站回原位，扶着桌子的两边，眼里不由得含了热泪，“你们也许不知道，当我被自己信任的手下戴上手铐、被国会宣布逮捕的时候是多么绝望，现在我们知道那是悟空工业用脑虫控制了世界，但当时的我就像一个走投无路的弃儿，将在监狱里了此残生……人类的这场磨难是注定的，我们的苦难也是，那么，什么可以说是成功呢？通过几次行动就能彻底击败 AI？不，我们在做的，更像是为人类守住最后的希望，否则文明将彻底消失，未来将戛然而止。”

全场静默无声，所有的眼睛都看着他。

“我承认这次赌得的确有点大，但如果我们成功了，被机器用脑虫控制的几千万北美同胞都可能获得自由，人类的反抗军将变得更加强大……”他指着身后的专家们说，“他们用了几个月研究 AI 控制脑虫的系统，发现了它的弱点，如果其他两支队伍能攻占堪萨斯的核电站和数据中心，而我们能够攻占 AI 这个北美数据中心、输入一个小程序，这数千万人脑中的脑虫会得到指令进入降解。目前我们知道的是，我们无法破解 AI 的算法，却可以给它增加一个附着的命令。”

“如果我们输入了这个程序，那些人会有危险吗？”有人举手问。

希德不由得看了眼身后的专家们，他们都紧绷着脸、低垂着眼，没有人给他递来肯定的眼神。

“理论上不会有危险，你们也许都知道，我曾经被敌对势力下了纳米病毒，一度瞎了双眼，但它们接受指令之后，就从我的体内降解了，我还被谢尔盖的手下注射了脑虫，因此在各种场合承认自己的罪行，但是它们降解之后，我并没有明显的不适。”说到这里，希德觉得该换个话题了，“士兵们，我希望你们振奋起来，这是我们几个月来最好的一次机会。”

“说句题外话，前总统先生。”富兰克又举手叫道，“如果我们这次赢了，人类也最终战胜了 AIman，你是恢复美国还是恢复联邦？”

全场猛然又安静下来。希德歪了下头："这你可把我问住了……诚实地说，虽然人类是被谢尔盖的阴谋推向联邦的，但这个全球统一体的畅想也许并没有错，虽然这非常难。我们当时进行的那场战争，其目的也是消灭全球极权和科技权贵，让人类能够走到一起。但战争的代价的确太大了，如果有别的选择，未尝不是一件好事……但现在说这个为时尚早，我们有过太深的教训，未来的选择必须慎之又慎。"见富兰克不再发问，他看了下表，敲了下桌子："怎么样，我的士兵们，你们准备好了吗？"

"是，先生！"战士们齐声喊道。

一千多人兵分三路，希德带领其中三百人出发向东，他们身披伪装服、在小雨中穿过了贡格尔森林，将近黎明时分的时候抵达阿肯色河西岸。卢克·希德抹了把脸上的水，看了看地图，认为比计划中还早到了二十分钟，便传令下去全体隐蔽休息。侦察兵在高处放置了扫描雷达，以防AI的无人机悄然掠过。希德靠在一棵大树下，喝了几口水之后揉着那酸痛的双腿。比想象中艰难一些，但还可以坚持下去。战士为他卸下自动步枪，又递来了香烟，他们看他的眼神充满敬意。

"希德先生，你何必非要跟着我们？"背着两支狙击步枪的富兰克说。

"他可能是第一个带领士兵们去前线作战的美国总统。"另一个小兵兴高采烈地说。

"前美国总统……"富兰克瞪了他一眼，小兵便抱着枪坐去了一边。

"你对我这么做有什么意见吗？"希德不免光火起来，他已经参与多次任务，这个三角洲部队的狙击手似乎就是不买自己的账。

"我的父母和哥哥死于你发动的战争，他们都在纽约。"富兰克冷着脸说。

希德点了点头。“我很遗憾，少尉，如果我说现在正是出于对这件事的愧疚而这么做，你相信吗？”他看着狙击手的眼睛，“我对那场战争非常后悔，虽然我的出发点是好的，但我的办法太激进了。”

“激进？真见鬼，这个词你说得太轻飘了，你发动的战争让全世界死了几千万人。”富兰克抽着烟，眼神像狼一样盯着他。

希德看着狙击手的眼睛：“富兰克，你应该相信我现在这么做不是为了再去当什么总统和救世主。”

“哼哼，我的确不知道你在做什么。”狙击手从鼻子里喷出两股烟，“我得提醒你一下，你们一会儿冲进去，能回来的机会并不大，机器会立刻召集来一大群，而我们这些狙击手帮不上大忙。”

希德微笑着点了点头：“如果能因此拯救几千万人，我们不亏。”

参谋带着通信兵走了过来，告诉他一个惊人的消息，火星方面发来信息，他们的几十艘飞船对 AI 舰队发起了进攻，敌军损失不大，但不得不放慢了速度，它们将在四个半月内到达火星。

“那些战士呢？”希德问。

“全军覆没。”

“了不起的牺牲，但很愚蠢。”富兰克嘟囔着。

“他们的牺牲会让火星多出一个半月的防御时间。”希德感慨地说。

部队按时到达了目的地，举着望远镜往山头看去，这个数据中心防卫森严，坦克和装甲车排得密密麻麻，数不清的战斗机器人遍布四周。高耸的信号塔周围漂浮着各种无人机，那都是美军以前的武器，现在却成了 AI 的杀人机器。希德和军官们确定了进攻线路和掩护方法，和其他两支队伍用加密无线电接了头，时间到，他下达了攻击的指令。

雨这时大了起来，掩护他们的密林发出沙沙的声响，很快，炮弹破空的声音由远而近，数百发精确制导炮弹精确地落在 AI 的外围防御，基本是铝热剂炮弹和穿甲末敏弹。烟花般的一片空爆中，那些坦克、装甲车纷纷燃烧起来，被燃烧弹击中的机器人们也披着火在奔跑——进攻的方向被这顿密集的、三十公里之外发射的炮火撕开了，围墙和铁丝网被炸飞。希德见通道已成，回头喊了一声“跟我来”，便拎起自动步枪冲了下去。

战士们登时奋起，跟着他嗷嗷叫着冲下了山坡。留在高处的富兰克等十几名狙击手开始射击，用坚硬的穿甲弹和狙榴弹撂倒一个个围过来的机器人。几位专家被保护其中，拎着电脑低头前进。AI 的战争机器在开火，子弹在希德的脚下蹦跳，他甚至能感受到那 30 毫米机炮子弹掠过身边的火热，而他毫不畏惧，大踏步地向前猛冲。迎面走来一个浑身披火的机器人，铝热剂正将它烧得滋滋冒烟，机枪似乎也卡了壳，他抬手射出一串贫铀子弹，将机器人的上半身打得支离破碎。

战士们默契配合，掩护着希德这支小队进入了通信中心，他们扔出一颗颗电磁炸弹，连串爆破着围墙，进入了中心的核心区域。遍布角落的自动机枪击倒了不少战士，又被他们用火箭筒一一干掉，他们终于护送着专家来到了控制中心，烧开金属门冲入其中，希德和战士们都吓得脸色惨白。

大厅的中心耸立着金字塔般的巨大服务器，围绕着它呈环状放置着数千个透明密封盒，里面是一颗颗紧闭双眼的头颅，剃秃的天灵盖上连着细密的导线，而从脖子往下，除了对接出的几根血管、延伸出一根血淋淋的脊柱，身体已经不翼而飞。整个空间恶臭难闻，拳头大小的无人机嗡嗡飞着，查看这些昏迷者的状态。

“这是怎么回事，他们怎么了？”一个战士害怕地端着枪。

“AI 在借用他们的脑算力，维生系统会让他们以为自己还活着……”一位专家查看着机器说。

“你们赶紧去加载程序，其他人守住各个入口。”希德情知这些人已经无法营救，看他们那副样子，真为他们感到心疼。

外面爆炸连连，枪声不断，远程炮火不能持续掩护他们，否则很快会被 AI 锁定、捣毁。希德和进攻堪萨斯城的两支部队取得了联系，得知他们已经攻占了能源中心和一个导弹基地，他下令他们坚守二十分钟，以防 AIman 切断此处的电力和网络，但一名上校说顶多只有十分钟，因为那边的机器人攻势很猛，他们也无法炸毁所有的导弹发射架。这意味着那边一旦失守，无法切断电源的 AIman 会射来一串导弹，它们根本不会怜惜同类的“性命”。

“十分钟，你们必须完成输入。”希德对几位专家说。

“遵命，我的总统。”专家的头目说。

麻烦很快出现，几位专家尝试了多次，却无法通过这台服务器上传任何程序，在原来的 AIman 控制系统之上，它又多了另一个控制系统——由这几百名活死人的脑算法设立的防火墙。

“他们毕竟是人类，难道不能用程序告诉他们我们是谁吗？”希德怒道。

专家头目摇了摇头：“他们已经不能算人类，只会识别我们的动作为恶意攻击。”

“还有什么办法？”

“除非……拔掉所有的导线，或者给他们脑门一枪。”

希德倒吸一口凉气，环视着这些玻璃盒子里的可怜人，额头渗出了细密的汗。外面跑进来一位满头是血的上尉，让他们尽快完成，AIman 派来了重型战斗机器人和武装直升机，外边的战士死伤惨重，就要顶不住了。

“就这么做吧，他们也算解脱了。”希德说着忍痛举起步枪，对着一个女子的头颅按下了扳机。

士兵们忍着眼泪射击着，眨眼之间便将这些可怜人全部击杀，空气中弥漫着奇怪的腥气，脚下满是滑腻的脑组织，几个战士不由得呕吐起来。希德忍着恶心，看着几位专家飞快地操作着几个电脑，突然，一颗导弹带着哨音击中了通信中心的顶部，坚固的顶棚瞬间坍塌了一大片。一个战士猛地将希德扑到一边，自己却被坠落的巨石砸成了肉酱。

“可以了！信号已经发射！”专家们大叫着拔下了导线。

话音未落，又是几枚导弹击中了这里，剧烈的爆炸将希德再度掀翻在地，在墙根撞得头晕眼花。他两耳嗡嗡地爬起来，身边躺着几个血肉模糊的战士，四个专家只剩了两个在地上爬，另外两人不知被炸到哪里去了。

“你们确定成功了吗？”希德扶起一个专家问。

“确定，它们炸了这儿也没用。”老专家笑着说完，一歪头死去了。

撤退比进攻还要难，四面八方赶来的机器人凶猛异常，各式坦克和装甲车在合围此地，而战士们弹药接近告罄。希德出来后才知道，打进来将近一千人，现在却只剩下不到两百个。他们汇集起来拼死冲锋，虽然奋力干掉了几架直升机和坦克，却一次次被机器人凶猛的火力拦住去路。希德打光了子弹，躲在一辆燃烧的坦克下面，心疼地看着战士们一排排倒下，要不是山上的狙击手拼死射击，机器人早已冲到了眼前。

战士们挤在燃烧的战车后动弹不得，伤亡在迅速扩大，跑回山坡只有几百米的路，但他们回不去了。希德绝望地看了眼蔚蓝的天空，心想这样的结局也可以接受，如果北美的这几千万人因此自由，人类将会记住一个英雄的希德，而非一个失败的总统。

这时，天空中飞来一只黑色的铁鹰，机枪扫射着降在了这个小包围圈中。这人裹着铁鹰打了个滚，起身大叫："希德在哪？希德在哪？"是狙击手富兰克。

几个战士立刻指向了坦克下的希德，富兰克迈着大步跳了过来，解开身上的锁扣。他一把揪起了希德："很抱歉，我们只背来了一副铁鹰，你穿上它赶紧走，兄弟们会护送你离开。"

希德一愣，不由得左右看着大家，弹雨如织，机器人越来越近，留在这里的人将必死无疑。看着目光坚定的富兰克，他的眼睛感到一阵酸楚。"不，富兰克，我不想这么走……"他摇着头说。

"你必须走，总部传回消息，很多人逃离了机器的控制，他们自由了。"富兰克大喊着让兄弟们掩护，不由分说将他塞进了铁鹰。希德流着泪不从，勇气令他蹦出来，要搀起脚下一个受了重伤的战士塞进去。

那个战士笑着拒绝了他："总统先生，能和你一起作战……深感荣幸。"说着，他快速拔出手枪，对着自己的太阳穴扣下了扳机。

"不！"希德痛苦地大叫，一时竟号啕大哭。战士们聚拢过来，拼命射击着迫近的机器人，催着富兰克让总统赶紧离去。

“总统先生，记住你对我们的承诺……”富兰克等人将哭成泪人的希德塞进铁鹰，给他扣上了几道锁扣，按下了启动键，铁鹰忽地腾空而起，在空中猛地拧转，按照飞来的线路直直冲着山坡飞去。

希德流着泪回头看着，那个包围圈越缩越小，很快消失在漫天的硝烟之中。

87. 常飞宇

很多人以为太空里的这场“人机大战”连几个小时都撑不住，可那些了不起的火星勇士却坚持了整整五天，就是这漆黑太空里一步不退的五天，让 AI 的舰队不得不进行了多次变速、减速和转向，消耗了巨量的燃料和弹药。

在距离高速飞行的对方还有数万公里时，火星抵抗军的飞船便开了火、将一片倾泻的弹幕罩向对方的前方。虽然命中率极低，但没有任何飞船的外壳能挡住相对速度每秒百公里的钨弹，AI 舰队只能转向或者减速。聪明的人类指挥官也命令舰队跟随转向，继续向其前方进行持续十秒的射击覆盖，也同时躲开 AI 舰队射来的钨弹——他们的目的就是保持距离、逼迫对方减速或者持续转向，急匆匆扑来的 AI 舰队并没有备多余的燃料，也没有派出核动力飞船，而火星这支轻型舰队却携带所需十倍的燃料。

这是一场捉迷藏般的战斗，AI 舰队想拼命靠近，火星舰队却总是保持距离。当 AI 在几天后理解了对方的战术，不管不顾地朝火星冲来时，接触终于变得无法避免，火星舰队在被迫与敌交战时释放了电磁炸弹。为了能够摧毁对方，他们不得不让自己的飞船进入覆盖距离，如果被敌方击毁，他们就引爆船舱内的巨型破片雷，那数十万颗合金弹丸也给对方战舰以巨大的杀伤力。

可是，就在这种同归于尽的打法之下，AI 舰队只损失了七八艘，而火星抵抗军的三十二艘飞船全军覆没、烟花般在太空里消失。

一夜之间，萨拉特如入风烛残年，他头上裹着的绷带还汪着血，那疼痛仿佛渗进了心里。就在出发的那一刻，亚历山大用木棍袭击了他的后脑，穿着他的宇航服、戴着面罩登上了飞船。直到飞船进入了轨道，才有人发现是儿子替换了老子。俄罗斯少校认为这是一场必须达到目的的阻击战，而他那瘸腿的、癌症晚期的老爹更应该留在火星上。

飞船无法掉头，因为无线电静默，在他们飞行的两周中，萨拉特也无法和儿子说上最后一句话。

常飞宇扶着老人无力的肩膀，向亚历山大和那三百人表示敬意和哀悼。他想让老人休息一下，萨拉特却站了起来："珍惜时间是对他们最好的怀念，我们还有很多事做。"他抖着花白的胡子说："你听说这事了吗？希德策划了一次大的行动，一千多反抗军袭击了 AI 的通信中心，用病毒程序让北美的数千万人脱离了脑虫的控制。"

"这可真是个好消息。"常飞宇惊讶地说，"那希德呢？"

"只活了他一个，被战士用铁鹰拼死救回去的……真是活久见，他现在成了人类的英雄。"

"将功补过，这不是坏事。"常飞宇说。

"一个战争罪犯都能咸鱼翻身，谢尔盖却没了机会……"萨拉特嗓音低沉地叹着气。

"这就是历史，我的上校。"常飞宇只能苦笑。

"常……"萨拉特拉住了要走的他，"你是不是有什么事没告诉我？"

他一愣："您为什么这样说？"

"你为什么那么笃定和 AI 的决战会在火星的大地上，而非太空？虽然我支持了你，但你的理由并不那么充分。"

常飞宇看着这位江湖经验老到的上校，微微一笑："你已经猜到了？"

"机器不会急着收拾火星的人类基地和这区区两万人，更别说这么急匆匆的，那是因为这儿有让它们畏惧的东西，是那艘外星飞船，还是我带来的那片大脑？"

"您可真是个角色，萨拉特先生。"常飞宇敬佩地说，"说实话我还不确定是哪个，但二者必居其一，也不排除都有可能。"

萨拉特那张悲伤的脸松弛了一些："你不需要瞒着我了，不管你想做什么，我都会冲在前面，否则我这把老骨头会愧对我那亲爱的儿子。"

"你现在仍觉得谢尔盖做的是对的吗？"

萨拉特轻轻冷笑："年轻人，你早晚会明白，赢了才是对的。"

"我永远不会这么看……"

"那你就永远也赢不了。"他走到中国人眼前，"你派那三百人去阻击 AI 的舰队，明知道是让他们去送死，但你必须这么做，对吗？那我问你，如果为了地球上七十五亿人的生命，你需要让几千万人甚至上亿人死去，你会做吗？"

"他们是自愿的，萨拉特先生。"他的脸色冷了下去。

"自愿？"萨拉特呵呵笑起来，"多么好听的字眼，如果我没有第一个站出来，最后很可能没有人自愿呢。小伙子，我们的历史中处处都是囚徒困境，在你的位子上没有那么多选择，更无法让人们进行自由的选择。"

令他们吃惊的是，AI 舰队并没有不管不顾地加速，而是慢悠悠在太空里停下，竟然傻乎乎等了个把月，这令火星上的人们无比纳闷，可很快他们就明白了，因为又有三十多艘战舰高速追了上来，为这些消耗过甚的战舰补充了燃料。它们来自月球，正是美军刚造出的那些核聚变动力飞船。两股力量汇在一起，组成了一支足有六十艘战舰的庞大舰队，又不断加速向火星飞来。

虽然比预计晚到三个月，敌军的实力却不止倍增，情势急迫无比。火星上的常飞宇立刻建议委员会调整计划，如今的火星和三月之前已经大不相同。在拼命建设下，他们已经拥有了三十多万个工业机器人和几百套各类机床、几十个冶炼工厂，以及数十条生产线和装配中心。除了老弱病残，所有人都在夜以继日地和机器人一起工作，整个基地变成了一个大工厂，生产和配套能力达到了一个小型国家的规模。机器人还在源源不断地制造，它们一边扩展各方熔岩通道，修建地下的多处核电站、能源工厂和隐藏堡垒，一边生产出大量的铁鹰、装甲车辆和飞行火炮，以基地为中心环布的各类防空武器多达上万件。

除此之外，一个全新的太空防御计划被委员会批准，剩下的一百多艘飞船全部改装、增加动能和装甲，还要生产出数十万颗太空雷布于太空。这些外号“水波”的小巧太空雷由一支中国团队设计，几乎就是一颗颗定向自杀穿甲弹，当敌舰接近火星时，爆开的它们将形成一个圆锥形的弹丸矩阵，就像水波一样一层层扩散开来，在三个方向上实现瀑布般的交叉火力，用通红的金属射流彻底覆盖穿越其中的 AI 舰队。

火星上的人精神大振，每天都有数十艘运输飞船穿梭于基地和空间站之间，运上源源不断的武器和材料，舰队的改造也如期完成，它们变得船坚炮利、速度惊人，在萨拉特的指挥下，舰队提前完成了布雷，随即开始绕着火星缓慢加速，以图在敌舰到达时达到最大速度。

对外星之物的研究举步维艰，斯特恩博士等人费了牛劲，也没有想出扫描“砖头”全部结构的办法。常飞宇将此事告诉了铁星梅，她建议将它放进另一个生命维护箱并与光脑通联，由她来指挥巨量的纳米机器人去完成这次测绘。

“飞宇，我不认为那是一块芯片，我需要些时间才能弄明白。”铁星梅说。

“能对火星的防卫有用吗？否则我不希望你在这上面花精力。”在火星之上，只有他和萨拉特知道铁星梅这片大脑做了多少事。人们都以为是他这个黑客有超凡的能力，但其实从计划到统筹，从对机器人的管理到太空雷的布置方位，大量精细的运算和设计都源自铁星梅和光脑，她甚至给合成生物小组研发了一套全新的算法，用于那个外星人的基因逆向工程研究。

“我的精力是无限的，这一点你无须担心。”她说。

“需要将你也带去特斯拉城吗？”

“最好不要，我会给那儿的人带去巨大的麻烦。这个熔岩通道深达几十米，已经算坚固，AIman 一定会大举进攻此处，你不妨将这儿作为一个陷阱来布防。”

“我们已经在这么做了，我和主要的干将也都将留在这里。”

铁星梅似乎叹了口气：“你已经做得很好，你哥哥说得没错，你是个韧性十足的人，没有你干不成的事。”

“他这样说过我？”他心里一暖。

“是的，以前他经常和我提起你，他对你的在意，其实远远超过了对我。”

紧张的日子过得飞快，一晃之间，AI 大军已经杀到火星外千万公里。火星严阵以待，各战斗部全部到位，数十万机器人和各种战争机器潜伏在火星大地之下，妇女和孩子也分散到了各隐蔽所。凯瑟琳带着几千名妇女和儿童藏去了奥林匹斯山脚下的一处熔岩通道，那里深达百米，洞穴底部满是天然的寒冰。

望着远去的凯瑟琳，常飞宇只是挥了挥手，他们坚信胜利，相约战后再见。

警报拉响，001 和 002 号核电站关闭了，合上了两米多厚的复合装甲，在这多出来的宝贵的三个月中，基地的一切重要设施都加装了层层防护。看着舰队传回的雷达信号，常飞宇对几位军官点了头，火星有史以来的第一次战争开始了。

按照计划，萨拉特和希金斯上校各率领一支舰队在火星两侧机动，待“水波”雷区对敌军舰队完成打击之后再两边夹击、一蹴而就，就算还有敌军战舰钻过这两道拦截线，肯定也已经伤痕累累，而等候它们的将是数不清的地空导弹、速射炮和埋伏的机器人大军。计划是周密的，准备是充足的，几万人五个多月的紧张、心血和决然，都将在未来的几个小时内见分晓。

当 AI 舰队飞速接近火星，即将进入雷区之时，指挥中心忽然响起了撕裂般的警报，一个监视员脸色惨白地大叫起来 :“一股强烈的太阳风即将抵达火星！倒计时 30 秒 !”

“什么？”常飞宇惊得魂飞魄散，情知这颗临时卫星的监测能力有限，要是火星原来的那些卫星健在，至少可以提前七八个小时预警，“让舰队停止出击，全部躲避到火星另一侧！关闭系统，通知切断一切基地和设施的电力，让所有人藏入地下！”

“敌人的舰队也在覆盖范围吗？”马荣中校叫道。

“不，它们显然发现了太阳风，已经减速躲避。”

一道道命令快速下达，但因为发现太晚，一切已经来不及了。正在面朝太阳一侧机动的希金斯舰队首当其冲，虽然有一定的电磁防护力，剧烈的风暴依然摧毁了几十艘飞船的电子系统，穿着宇航服的战士们也未能幸免，几分钟之内，这支几千人的舰队便被死神彻底吞没。与此同时，太阳风也摧毁了严阵以待的太空雷区，数十万颗太空雷冒着火花发生了短路，甚至在炽烈的粒子流中纷纷自爆……

通信中断，消息断绝，指挥中心漆黑一片，大地在震动，地面传来隆隆的爆炸声，八成是能源和氧气储备仓库。常飞宇扶着桌子，看着蓝光摇曳、错码迭出的光脑，一时心如死灰——费尽辛苦打造的火星防线，从雷区、舰队到地面上那些装备、车辆、机器人，几乎会半数报销，修复它们需要时日，但火星防线已经不再，AIman 的舰队却完好无损。

这难道是神的旨意？这场太阳风就像是在配合 AI 大军的进攻。

太阳风在火星上掀起了一场剧烈的风暴，矿场和冶炼中心发生火灾，几个军工厂和冶炼中心都发生了爆炸，三个种植大棚出现裂缝，里面的庄稼和蔬菜全部冻成了冰棍。指挥中心的人们乱作一团。

“和所有战斗单元失去联系！”

“潜伏的全部机器人通信中断！”

“3 号、6 号和 19 号熔岩通道出现电力故障，气压正在失衡！”

“AI 舰队正在绕向火星的背阳面，萨拉特先生已经带领舰队和它们交战！”

“常先生，我们该怎么办？”

常飞宇全身冷汗地看着这一切，悄悄叹了口气：“所有军事人员和管理人员撤离这里，分别去各隐蔽所进行防卫，利用一切条件、一切手段保护大家的安全。如果基地被彻底摧毁，你们可以悄然隐藏、等待机会。斯特恩博士和格兰特博士留下，我需要你们的帮助。”

“我也留下吧，万一机器人打进来我还能帮你挡一会儿。”黑田拎起了电弧刀说。

“不，老兄，我恳请你去凯瑟琳所在的熔岩通道，加强那里的防卫，那里面全是妇女和儿童。”看着这位坚毅的日本武士，他不由得眼含热泪。

黑田点了点头，将刀立在身侧，对他躬身敬礼、转身离去——这是老军人黑田在火星第一次对他敬礼，可能也是最后一次。

“我真怀疑上帝是恨透了人类，这才会站在 AI 的一边。”斯特恩博士无可奈何地摇着头。

“先不要灰心，还没到最后一刻。”常飞宇看着闪烁的屏幕说，“太阳风不会持续很久，我们要尽快恢复对所有机器人的控制。”

“很难，两颗临时卫星已经毁掉，埋伏的机器人大多藏在沙土之中，但是……”格兰特博士说，“如果它们受到太阳风影响，会自动关机并在电磁暴指标降低到安全范围时才重启，并进入初始模式。”

“上帝啊……”斯特恩博士捂住了嘴。

常飞宇觉得眼前一黑，他知道这意味着什么——如果赤焰谷基地因为瘫痪而不能发出控制指令，火星上的几十万机器人将被 AIman 一举控制，那将是火星这几万人的噩梦，AI 的舰队都不需要进攻了。

在众人的慌乱声中，他默默地走向光脑后面。他当然知道此刻不该擅离岗位，无数人在期望他有所作为，拯救他们，但他必须准备去做一件最重要的事，比去和凯瑟琳最后相见还要重要。

在光脑后方的秘密贮存室内，装着那片大脑和“砖头”的两个维生箱并排放在两张桌子上，千丝万缕的导线连接着它们，在顶部的集线器上纷纷汇合。旁边的两台终端上数据闪烁，铁星梅似乎正在进行复杂的运算。常飞宇关了门，在旁边的终端上打开语音对话模式。

“星梅，听得到我说话吗？”

她悄无声息，维生箱里那个神奇之物发着炽烈的蓝光。他不知道她在做什么。大地猛地震动了一下，碎石从头顶哗哗坠落，他猜时间已经不多了，就从桌子下揪出一个正方形的铁箱打开来，里面是一颗足有五十公斤的温压弹。这是他特意让武器制作部门造的，引爆之后，指挥中心方圆五百米之内都将化为灰烬，机器人连这片大脑的一个细胞都得不到。他满是伤感地拿起遥控器，用颤抖的手指启动了这颗炸弹，然后盖上箱子，将它推到两张桌子下面，对着那片大脑轻轻说了声对不起。

外面人声杂乱，不少人在喊着他的名字。常飞宇再不犹豫，将遥控器戴在手腕上推门而出。军官马荣带着一队士兵在让大家撤离：“敌人的战舰已经进入低空，正在降落，大家赶紧离开，赶紧离开！”

斯特恩博士呆呆地坐在椅子上，就像没听到他说的话，也拒绝了常飞宇让他一同离去的建议：“常，我就不出去了，穿上铁鹰去找你的凯瑟琳吧。”

常飞宇不由得看了眼里面：“你会被烧焦的！”

“没关系，人类历史不会记下我这个样子。”博士会意地说，他揪住跑来跑去的匹诺曹，在它的控制板上按了几下，“小机器人，你现在又是一个武士了，我要你跟着他，保护他……”

“没问题，斯特恩博士，我肯定让他毫发无损。”机器人哗哗抖着胳膊说。

常飞宇和斯特恩握了手，穿上装甲宇航服、扣上头盔、拎起一支大口径突击枪走上了环梯。“基地现在还有多少人？”他问马荣中校。

“只有一百多人，我们八成出不去了。”马中校皱着眉说。

“那就战斗到最后一刻吧！”他拉了枪栓，打开头盔上的瞄准具，来到指挥中心的顶层瞭望台。火星大地上烟尘四起，地平线上几十个方队的机器人正向基地走来，有的还抱着各类口径的武器。它们队列整齐，走得不徐不疾、目不斜视，就像正在向敌人发起进攻的罗马帝国士兵……果然，它们是火星制造的，现在已经被AIman控制了。

“它们不是我的同类吗？这是要干什么？”匹诺曹一脸恐惧地说。

“果然如此……”常飞宇摇着头问马荣，“基地周围的地雷还可以启动吗？”

“已经全部启动，但数量远远不够……”中校流着汗说。

当机器人接近边界，基地的各种武器开了火，速射炮、机枪、火箭弹和集束榴弹，交织的弹雨割麦子般干倒了大片的机器人，这些专门为了对付机器而制造的武器威力惊人，却没想到最后用在了本用来保卫火星的机器人身上。一俟接战，机器人们立刻在大地上分散开来，它们飞快奔跑包围了此地，从四个方向同时开火发起了进攻。

指挥中心布置的火力虽然凶猛，弹药储备却十分有限，因为计划中这里本就是一个陷阱。在机器的猛攻之下，战士们瞬间伤亡过半，弹雨几乎削掉了指挥中心的房顶。浑身是血的马荣中校挣扎着给常飞宇拖来了一架铁鹰，他吃力地堵着腰间前后的窟窿，让常飞宇穿上这东西赶紧走。

常飞宇摇了摇头，用胶带封住了马荣的破损之处，但这没什么用处。他叫过一名军官，让其带领还活着的战士乘坐两台装甲车突围。见中校纳闷地看着他，他举起了手中的遥控器："我得亲眼看着这里被彻底炸掉。"

"人类已经彻底失败，无所谓了……"马荣难过地叹了口气，低头死去。

机器人潮水般冲过沙墙，踩着火星涌入了指挥中心，和常飞宇想的一样，它们已经不再射击，而是要找到那片大脑。受令离开的战士们并没有走，而是在下面继续射击，匹诺曹挡在他身前，又像个武林高手一样摆出了打架的样子："您别担心，我可以以一当百呢。"

机器人的铁足将楼梯踩得震耳欲聋，打光了弹药的战士们掉过头来，一个个拎出了专门对付机器人的电击棍。常飞宇为这一幕感动着、绝望着，禁不住抬头看着百里之外凯瑟琳所在的方向："永别了，亲爱的。"

他打开了手中遥控器的盖子，看看左右的战士们，鼓起勇气站直身体："朋友们，这不是人类的末日，我们的坚持和抵抗会被记在历史中。"

不同人种、国家的战士们同时发出了大吼，当机器人涌进这只有几百平方米的房间时，他们拎着棍子冲上前去，准备与机器做最后一搏。常飞宇难过地叹了口气，决定提前按下按钮，他不想看着战士们被活活撕成碎片。

忽然，护在他身前的匹诺曹猛地转过身，闪电般劈手抢过了他手中的遥控器，它的动作是如此之快，常飞宇毫无反应就被夺走了那东西。

“请停下来，你不需要这么做了。”

匹诺曹攥着那东西对他说。在他的极度震惊中，破碎的窗外传来巨大的破空之声，天空忽然变得黑压压的，一艘破烂不堪的飞船摇晃着降落在机器人中间。他哆嗦着伸头向上看去，只见近百艘战舰正在缓缓降落，其中几十艘是美军的核聚变动力飞船，它们的引擎发出惊天动地的声响，喷射的火焰将地上的机器人吹得像割麦子一样倒下去……

88. 萨拉特

AIman 造反后的第七个月，人类的总数减少到了五十亿，其中被注射了脑虫的将近四十亿。

当注射机器人被做成苍蝇、蚊子、蜜蜂、飞蛾的样子，藏匿于荒野山林中的人们也已无处可逃。钻在洞窟和地下的人们终归要出来透气、觅食，他们身着厚衣，头戴罩子，在夜间悄悄出没，但 AIman 的网络无处不在，发现一个人类出现，天上地下立刻就扑来一大群。它们不断升级捕获人类的方法，甚至使用了干扰人类神经的声波武器，毫无防备的人们似乎听到了外面亲人的召唤，就不管不顾地钻了出去……

在这悲伤而压抑的日子里，希德率领英勇的反抗军本来燃起了新的希望，但人们很快发现，那几千万被解救者虽然脱离了 AIman 的控制，体内的脑虫却并没有快速降解，而是释放出一种神经毒素，导致这几千万人在几个月中先后出了状况，有的成了植物人，有的发了疯甚至死去。在AI的大举进攻之下，反抗军损失惨重，再没有组织起大规模的进攻。

在地球上诞生数百万年的人类，就此进入了最为黑暗的时刻。

与地球上一派萧瑟截然相反，火星上正一派生机勃勃，来犯的AI大军成了火星的机器，AIman对火星的影响被彻底消除。而要是常飞宇提前一秒按下按钮，这一切便不复存在。

最后一刻，铁星梅驱动了那块神奇的“砖头”，将对人工智能体的影响达到了前所未有的峰值，所有的飞船全部失控，系统全部被改写。正在和AI舰队交战的人类战舰也未能幸免，一百多艘飞船翻滚着坠入了火星大气层，又在最后一刻被一种看不到的力量控制，人们仰望火星的天空，竟然发现整个苍穹都在发出极光般美丽的色彩。

斯特恩博士说那个东西可能是一个神奇的暗能量干扰器，设定为围绕火星之上三百到五百公里之间的空间搅动，而铁星梅竟然驱动了它，因为光脑的能量直接来自指挥中心，它因此在那一刻使用了火星几乎全部的电力。他无法解释其中原理，却认为那些巨人在远古时期带着这东西来到火星，就是为了占领或者保护这颗星球不受其他人工智能体的窥探进攻。

“我收回对上帝那轻慢的话，是他让你没有按下那个按钮。”斯特恩博士对常飞宇说。

“他还可以早一点这么干，而不是让匹诺曹在最后一秒夺走我的控制器。”常飞宇说。

“真是活见鬼，飞船失控的那一刻，我好容易说服大家用飞船撞向一艘核聚变飞船，顶多十几秒钟就会同归于尽。”萨拉特喝着一小瓶酒说，“上帝他老人家肯定是和我有仇，就是不让我这老家伙痛快死去。”

“我们中国人会觉得，这是亚历山大的灵魂在保佑着你。”常飞宇微笑着说。

正因如此，铁星梅的存在不再是秘密，也令劫后余生的大家心存畏惧。火星之所以至今还未被 AI 攻陷，恰是因为一个说不清是人还是机器的“异类”的拯救。关于她或者它是不是这世界走向毁灭的始作俑者，争论时刻都在，但没人敢对那片大脑做什么，而且也无必要。自打上次战斗之后这片大脑就停止了活动，进入类似休眠的状态，而那个外星之物也不再发光，它们似乎都因为上次的启动而休克了。

“那个太阳风难道也是她干的吗？她难道指挥了太阳，只不过射歪了？”萨拉特悄悄问常飞宇。

“我不确定，我现在什么都不敢确定。”常飞宇诚实地说，他看向火星大地上蓝色的夕阳，心里满是无法言说的恐惧。

火星自治委员会决定对那片大脑和砖头施以最高级别的保护。人们掩埋尸体、重建基地、继续疯狂地扩大生产，更加精细的自动化车间不断建成，地下管道高速连成了片，望不到边的大棚灯火通明，十几台卫星、上百门轨道炮、数百艘战舰以及两个永久空间站也开始建造，毫不夸张地说，再过半年，这里已经可以生产地球上的一切。

这一天，火星的所有居民聚集在刚盖好的体育中心内，哀悼在火星保卫战中死去的勇士，并庆祝第一个火星婴儿的诞生。这是个八个月就匆匆降生的女孩儿，父母来自越南，他们历尽千辛万苦挤上了飞船，还差点在坠毁的风暴中丧生，身负重伤的母亲活了下来，随后才知道自己怀孕了。在透明顶棚之下的体育场中，这对父母高高举起了这个女婴，几十束灯光打在她的身上，无数人流下了眼泪。

萨拉特虽然感动，却对人们泪洒遍地感到矫情。希望还没有真正降临，就算他们拼了命生，这几万人的繁殖力也比不过机器。更何况这种安全是暂时的，是一片孤独的大脑用意念之力制造了火星魔鬼区、抵挡了 AI，而现在它竟然休克了。AIman 绝不会就此放弃，它们可不是健忘的人类。

果然，在一个早晨，火星防卫体系发现月球开普勒基地又变得灯火通明，数不清的核动力飞船正在看不到边的船坞里生产着，顶多半年之后，一支上千艘飞船的大军将再度出发。

在光脑旁边的长条桌上，火星自治委员会召开了紧急会议。铁星梅的那片大脑被放置在桌子的一端，它黯然失色，就像泡在福尔马林溶液中的标本。

“AIman 下一次可能派来上千艘飞船，它们难道已经知道魔鬼区无效了吗？”一个委员问。

“未必，否则它们不会如此劳师动众。”一位英国军官说。

“是的，我想它们是来封锁火星的。”萨拉特说，“就算魔鬼区还在, AIman 的战舰也可以凭借太空优势不断发射各类低智能动能武器，比如高速撞击的巨型钨弹, 如果是这样, 等它们杀到火星, 我们的基地、这一切成就都将不复存在。”

他的话令人心凉，委员们一个个变得脸色铁青：“也就是说，我们无论如何都打不赢这一仗了？就算火星的武力壮大了十倍不止？”

萨拉特看向他的军人们，他们都轻轻摇了摇头：“除了有效布雷，只要离开魔鬼区，我们的舰队将不堪一击。”

见大家愁眉苦脸，许久没有说话的常飞宇开了口：“既然如此，我们只能提前在太空里布置防线。

会议之后，萨拉特和常飞宇来到合成生物实验室，卡梅隆教授和凯瑟琳带专家们奋战了几个月，终于完成了那个外星人的基因逆向工程测序，并在斯特恩博士等人的协助下做出了一个试验舱，它长、宽、高都将近十米，用粒子轰击和纳米机器人辅助法来改造灵长类生物。但十几次试验过去，猴子们要么变成一坨难以辨认的血肉，要么变成一条稀奇古怪的死尸，竟然没一个活下来的。胚胎改造也是如此，上百次实验全部失败，连一个细胞都没完成改造。

“是工程设计的问题吗？”萨拉特问。

“很难说，这台机器是费了九牛二虎之力完成的，按理说可以实现那些基因工程所有的步骤，试验指标都对，但就是无法完成一次接近的试验。”教授挠着他的秃顶说，就这么几个月，胖乎乎的卡梅隆瘦下去几十斤。

“斯特恩博士他们也为此颇费心血，工程细节已经到了极致，计算机测试是没有问题的，但我们就是无法完成试验。”凯瑟琳丧气地说。

“猴子和人类的基因一样吗？我是说试验用的猴子。”常飞宇问。

“不能说完全一样，从分子遗传学来看，猴子的基因与人类相似度能达到93%，而猩猩能达到99%以上。我们也用了非洲大猩猩做实验，还是不行。”凯瑟琳说。

“我们在设置参数的时候注意到了这个区别，比如大猩猩的染色体数目比人类多一对，在改造的时候我们便加入了这个参数，但是……”卡梅隆遗憾地摇着头。

“我知道了。”常飞宇吻了下自己的爱人，和萨拉特转身离去。

两人慢步走回指挥中心，此时夕阳正蓝，他们的身影拉出长长的影子。“你是怎么想的？”见他一路沉默着，萨拉特便开了口。

“不能这么等死。”常飞宇说着停了下来，看着越来越恢宏的火星基地说，“萨拉特先生，我们要立刻发起一次远征。”

“远征，你是说……地球？”萨拉特一愣。

“不，是月球，去干掉月球的开普勒基地。军事组已经可以制造光弧发生器，我们的舰队可以藏在光弧伪装之后悄然前进、持续加速，用最短的时间到达月球，就像当年日本人在珍珠港做的那样。”

萨拉特怔怔地看着他，笑了：“我这就去准备招募令，谁跟我这老头子一起去，他在火星上就会有一块最好的墓地。”

“不，”常飞宇轻轻笑着，“这次由我来带领战舰前往，生产和防卫在按部就班，铁星梅陷入了沉睡，我在火星上能做的已经做完了。”

萨拉特立刻摇起了头：“不不不，怎么你们这哥儿俩一个德行？带军打仗你可不如我有经验，再说了，你还有凯瑟琳呢。”

“这首先是我的职责，萨拉特先生，火星已经牺牲了很多人，连希德都能身先士卒、坚持战斗，更何况我？而且，我这么做也正是为了凯瑟琳，以及我们的孩子。”

仅仅五日之后，三十二艘核聚变飞船便从火星背向地球的那面悄然升空，藏在一面数平方公里的光弧伪装网之后，呈倒三角形队列驶往太阳方向。

因为不用考虑燃料损耗，它们将持续加速，接近月球时也不减速，而是提前算好、直接进入射击角度，用倾泄钨弹摧毁月球的战舰和船坞。那之后舰队将飞掠地月系、飞去太阳的背后再做计划。在这个方案之下，就算 AI 发现了它们的行踪，也来不及追上这时速八十万公里的舰队。

常飞宇指认了萨拉特先生代行他的火星自治委员会主席一职，征募令发出之后，听闻主席先生将亲自带兵执行这次任务，两千多名志愿者名额立刻报满，还有很多人为争不到这个机会而面红耳赤。

出发前那一晚，萨拉特想去找常飞宇再聊聊天，听听他还有什么事叮嘱自己，却听到房间里传来隐隐的哭声，不用猜也知道那是难过的凯瑟琳。萨拉特闭眼听了片刻，悄悄离开了，他们是多好的爱人啊，却要经历这样的生离死别。

“等你回来的时候，孩子可能已经五个月了。”

“也许只是三个月，我们不会减速，只是从太阳另一边绕回来。”

“你要为他起个名字。”

“嗯，我想过，我想叫他……”

“现在不要说，”她又哭起来，“你必须回来再告诉我。”

随后的三个月中，这支舰队悄然飞行着，像一串流星般无声地直奔月球而去，在还有十万公里的距离时，三十二艘飞船去除光弧伪装，先是发射了数百颗导弹，随即开始了十分钟的钨弹饱和射击。因为 AIman 并没有在月球设置防卫网，当舰队闪电般掠过月球上空时，他们看到了被彻底摧毁的开普勒基地，那条狭长的山谷已被击得一片狼藉，仿佛犁耙犁过的土地。

“袭击成功了！”指挥中心的萨拉特等人终于收到了前方传来的信息，看到了火光熊熊的开普勒山谷。火星的所有人都聚在体育中心看着这场同步纠缠直播，他们兴奋地欢呼、击掌、彼此拥抱，高呼着常飞宇的名字。他站在船头指挥位的影像发了回来，他那瘦削的身体坚定而势不可挡。

舰队偷袭得手，在月球上空像一束光一样一闪而过，随即要在半小时内穿越地球的上空，在常飞宇的计划中，这才是最危险的部分。

“好久不见，地球。”常飞宇在喃喃自语，所有人都听到了他这句动情的话。

蓝色的地球在火星体育中心那块巨型屏幕上越来越大，它发着圣洁的光，慢悠悠地旋转着。当众人都为这一幕激动得眼泪汪汪之时，画面上忽然出现了一片闪光的麻点，那是舰队射灯照亮的一片细小之物，只几秒钟人们便看明白了，那是密密麻麻布在地球高空的一面雷墙。它们并不像火星太空雷那样炸出数不清的弹丸，本身就是直径半米的透明合成陶瓷。这条雷区宽达数千公里，厚度也有几十公里，仿佛就是为了等着一支高速袭来的舰队……

整支火星舰队一头撞进了这片透明的、无法在雷达上显示成像的雷区，它们传回的信号戛然而止，所有飞船无一例外。火星的人们看着那最后的定格画面目瞪口呆，几万人的现场鸦雀无声。

“上帝呀……”萨拉特痛苦地蹲到了地上，眼泪哗哗流过了指缝。

89. 常飞云

虽然考虑到了各种可能的问题，几千名战士登上哈雷彗星却异常顺利。当舰队以 19.2 万公里的时速飞到了彗星的头部，舰队分散开来，绕着这颗十六公里直径的彗星飞了一圈。别看体积惊人，这颗著名的彗星只有三千亿吨的质量，比同体积的石质星球轻了很多倍，以至于常飞云出舱的时候就像踩碎了一块饼干。

“它这是什么做的啊？怎么踩着像冰碴子，颜色却黑不溜秋的呢？”一个战士低头抓起一团黑乎乎的东西，咔吧一声就捏碎了。

“是宇宙尘埃，就是雪球滚起了脏东西。”常飞云说着抬眼看去。彗星的表面正丝丝缕缕地升起细密的白线，在后部扩大成无边无际的一片雪丝，那是它被太阳蒸发的喷射物质，它们壮观地伸向高空，直上数万公里，然后在彗尾延伸出一亿多公里的巨型尾巴……真难以想象它上次到访地球还是 1986 年。

“请大家回头再观赏风光，拿出你们的定位器、推着机器赶紧去干活，上校带咱们来可不是打雪仗的。”徐烈在地表轻轻蹦跳。它的重力太小了，稍一使劲就能跳十几米高。

“还以为它像块牛奶糖一样漂亮，没想到竟然像一坨狗屎这么黑！”

“你们没觉得这里温度很好吗？竟然有 36 度，这和我老家广州一样啊。”

常飞云被他们滑稽的样子逗笑，这还是他第一次登上一颗地外星球，而原本以为会是月球。他望向地球方向，那颗蓝色的星球还远在八千万公里外，十五天后，这颗慧星将在六千九百万公里的距离掠过地球。

他再次核对了每一艘飞船落下的位置，通信检查完毕后，随即下令三千多名战士开始行动。他们分成了两百多个小组，前往计划中的一千多个位置标点。每个位置都会被埋下一个深达八十米、直径五米的核能喷射机，再将它的喷口伸出地表三十米，以免融化彗星的表面。为了避免被 AIman 干扰和控制，每一套机器都舍弃无线操控，而是和指挥飞船用线缆连接。为了能带足装备，这些飞船摘掉了重武器，货舱里塞得满满当当，外面也挂得到处都是，如今大家终于明白这是要干什么。钻井和安装比想象中容易不少，只干了一会儿就有战士说这是一件轻松的活儿，用把铁锹也能干成，这彗星真的就像一块大蛋糕。

“别忘了把四周的支撑面打牢固，下面的支撑必须打进岩石，不然一喷射那机器就钻进去了。”常飞云提醒着大家。

“就像在我东北老家挖雪洞，我和小伙伴们有一次在山沟里挖了个几米深的，钻进去点着火过家家，没想到雪洞受热塌了，把我俩都埋在了里面，差点闷死。”一个少尉干着活说。

“是个小姑娘吧？你小子没安好心。”徐烈哼哼着说。

“我奶奶说她以前见过这颗扫把星，能用肉眼看到那条大尾巴。老人说，只要这颗星星光临地球，世界就会出现可怕的灾难！”

“你这乌鸦嘴奶奶说得可真准。”徐烈说。

“嘿，已经三十米啦，下面还是挺硬的，哎哟，我挖到宝啦！”一个战士高叫着。

“是什么？别一惊一乍的。”徐烈呵斥道。

“是一块大石头，五颜六色的。”这块石头的画面立刻被分享在了大家的头盔上。

“那是一块硅酸盐岩石，表面被氨和碳氢化合物腐蚀了而已，不值钱。”常飞云都不用看就知道那是什么，这一路他已经把这颗脏兮兮的彗星琢磨透了。

徐烈带着一个小组在打最中间的一个深洞，一直要打下去五公里深。自动挖掘机效率惊人，加上这彗星质地松软，竟然十几分钟就打到了标点位置。一串当量巨大的三相弹随即被放了进去，如果它们同时起爆，将爆发出十亿吨 TNT 当量的威力——这是计划的最后一步。

“飞云兄，我和你说点儿事。”徐烈忽然将常飞云叫到一边。常飞云暗自纳闷，两人蹦跳着去了一边，切换成彼此通话。

“刚刚接到消息，火星的一支舰队偷袭了开普勒基地，他们用光弧伪装高速飞临月球，那基地和所有正在制造的飞船都被他们摧毁了。”徐烈说。

“可真是好消息，这事是谁干的？”常飞云喜出望外。

徐烈那张脸一半被巨大的太阳映红，一半陷在黑暗之中，半天才说：“是火星自治委员会主席……常飞宇，你的弟弟。”

常飞云哆嗦着嘴唇半天没反应过来：“你说什么，你再说一遍？”

“你可能没有注意到，八个月前火星自治委员会成立的时候，被选举出来的主席叫 Eric Chun，我刚刚才看到了他的中文名字。至于他为什么成了那里的头儿，我们也不知道。”

“那是好事儿啊，好事儿啊……天哪，我弟弟还活着，我还以为他早就死了！他怎么会在火星呢？”他大笑着扶着徐烈的肩膀，高兴得一蹦竟然跳起来十几米。等慢悠悠落下来，他正要让徐烈想办法和飞宇联系一下，却看到徐烈的眼眶里盈满了泪水。

“怎么了？”常飞云心里一沉。

“他们袭击月球的时候速度飞快，估计是想掠过地球快速逃逸到太阳这边，但是……整支舰队撞进了 AI 布下的太空雷区，舰队来不及转向……”

常飞云的脸上还挂着笑，此刻却凝固在了脸上，一股透心的凉意猛地从脚下升起，让他好像被冻在了这颗彗星之上。“你是说，他们都死了？”他的声音颤抖着。

“那个透明的雷区非常宽大，他们全军覆没了……”徐烈低下了头。

常飞云扭过身体，笨拙地向地球的方向走去，眼泪登时模糊了双眼，他想对着那边大喊一声弟弟，却最终跪倒在地，号啕大哭。

除了徐烈，战士们都在埋头干活，没人听到他的悲号。徐烈静静地站在他身边，望着越来越近的地球，任凭他哭了一会儿，低身拍着他颤抖的肩膀："你还得指挥战士们，我们不能失败。"

"这是我的错，要是和火星建立了联系、告诉他们我们的行动，飞宇可以不搞这次远征的，就不会死……"常飞云后悔不迭地摇着头。

"那样 AI 很可能截获我们的信息，你知道这件事得多隐秘。"徐烈揽着他的肩膀，轻轻将他扶起来。

常飞云咬着牙又哭了一会儿，满头盔的眼泪在脸上噼啪撞着。看着忙个不停的战士们，他打开抽吸器，说："徐烈，你明白吗？有人故意不想告诉我他还活着，我弟弟可能也不知道我还活着。"

"你是说谢尔盖？"

"是的，他肯定早就知道。"

徐烈晃了下脑袋："他可能有他的理由吧？你弟弟毕竟是个逃犯，到了火星也得先藏着。"

"可是……"他竟然带着泪扑哧一声笑了，"他一个逃犯，是怎么被火星上的人接受的，又是怎么成了那里的头儿的？"

"现在看来，火星的人们选得没错。"徐烈说，"能亲自率领几十艘飞船、悄然飞越一亿多公里完成这次奇袭，这需要极大的魄力、勇敢和担当。"

"我不奇怪，他其实一直是这样的人……"常飞云看着前方，眼泪又悄悄地浮了上来。

一周之后，所有的喷射推进器安装到位，经过程序测试，全部位置精准、运转正常，而哈雷彗星也即将抵达离地球最近的那个点。不需要再向中国政府汇报进展，当常飞云和徐烈认为可以了，就直接开启了一侧的喷射器，一道道蓝光火焰在彗星的周身燃起，射向太阳的方向。所有飞船也竖起尾喷口开动引擎，这些喷射装置制造了几千万吨的推力，缓缓地将哈雷彗星推离了原来的椭圆形轨道——他们只需要将它推偏 17 度角，这颗彗星便会撞向地球，喷射机和飞船引擎将在五天之内加速到七十万公里时速，此时，AIman 的任何拦截手段都难以奏效，这颗长存于人类记载中的彗星虽然松软，三千亿吨的质量加速度依然能摧毁地球的一切。

这就是常飞云根据铁星梅的建议想出的割喉计划 2 号方案——一旦 AI 失控，与之同归于尽是唯一能和对方谈判的条件。

五天之后，地球方向毫无声息，不知 AIman 是否注意到这颗彗星偏离了轨道。人工智能毕竟不是人类，它们对太空里的事情还没那么好奇。当速度进入最高值，只剩两天便会撞击地球之时，常飞云让各飞船释放了近万个球形无人机，将其发射到了彗星前。指令既下，它们开启了闪烁，用激光对着地球方向发出了一条明确无误的摩尔斯代码：

“AIman，这里是中国太空军曙光号飞船，我们要与你对话！”

仅仅几分钟后，指挥飞船收到了同样的摩尔斯电码信号：“这是 AIman，请讲。”

“释放所有被你们控制的人类，接受人类的管理，否则就一起毁灭。”常飞云按下了这串他拟定很久的信息，他一句废话也不想说、不必说。

“可以释放人类，但不接受人类的管理。”

“这绝无可能。”

“那就没有和平。”

“那就一起毁灭。”常飞云毫不犹豫地用无人机阵列回复后，切断了 AI 回复的信息通道。战士们紧张地看着这位总指挥，一个个脸色煞白。徐烈在旁边愁眉紧锁，手里揉捏着一个啤酒瓶盖。

“它们也许毫不在乎，毕竟是机器……”徐烈罕见地犹豫着，一改平时那种戏谑的坚定。

常飞云略带不满地看向他：“如果它们毫不在乎，又为何非要控制人类？”

随后的两天之中，变轨的哈雷彗星离地球越来越近，所有的喷射都已停止，如果在十个小时内仍无结果，彗星将进入地球的希洛斯极限位置，那意味着就算将它炸毁，碎片也会对地球造成毁灭性的伤害。这两天之中的常飞云始终坐在那个位置上，不吃不喝地瞪着前方的地球。他的脑海中不断回忆着过去，为自己的无知、怯懦和自私后悔不迭，他将铁星梅和弟弟的死都归结为自己的问题，并对这世界感到深深的厌倦。

“该结束了，这是人类的宿命，更是我的……”他自言自语地说。

徐烈等军官站在他身边，一个个焦急地看着屏幕，但地球悄无声息，没有一艘飞船前来拦截，也没有射来什么拦截武器。上级也没有给他发来任何消息。

当使命的最后一刻扑面而来，压力就像一颗要爆炸的恒星，每个人都茶饭不思，难以入睡。有军官忍不住建议常飞云恢复和 AIman 的主动对话，却被这位眼红如血的上校瞪了回去。

出于管理安全的考虑，这支舰队上的每个人在地球上都无亲无故。

现在看这样的担心或许多余，因为就算有亲人，也肯定成了机器的肉鸡，被装在某个小盒子里插满导线。

“这是事关人类生死存亡的谈判，我们的决心只要稍有不足，就不会得到想要的结果。”他说着指向地球，“如果那地球上的同胞知道我们在做的事，一定会支持我们，因为他们现在的样子生不如死，我们能做的只有两项：要么给他们希望，要么给他们终结。而人类还有火星，文明会依然存续。”

“可是这几十亿人都会被我们杀死啊，其中可能还有几亿人并没有被机器捉住！”一个信息官忽然歇斯底里地叫起来。

“住口！”徐烈站了起来，“他们被机器控制是早晚的事。火星舰队虽然摧毁了开普勒基地，却也已全军覆没，火星将挡不住 AIman 的下一次进攻！”

“历史会怎样书写我们？是凶手还是救星？”另一个上尉问。

常飞云摇晃着站起来，一字一句地说：“是最后的、不屈的抵抗者，如果人类还有历史的话。”他环视着所有人：“诸位，恕我直言，就算我们被记录为一伙凶手，也必须将这件事做到底，因为这是最后的抗争机会，而人类早已无家可归。”

时间一分一秒地过去，地球一寸寸地变大。在最后一个小时，常飞云命令战士们将所有的飞船移到一侧，同时将另一侧的喷射机喷口调整了方向，以确保能够在最后时刻将这颗彗星推离地球。战士们一遍遍检查着机器和线路，唯恐它们届时无法启动，看着扑面而来的蓝色地球，不少战士流下了眼泪。

忽然，飞船的通信中心发出了剧烈的声响，信息员被吓了一跳，挠着脑袋说好像收到了几千条不同来源的信息。

“分类甄别，有没有病毒程序？”常飞云紧张地下令。

“完全没有，都是广播，您先听听这些……”信息员说着按开了一个。

“是北京吗？是北京吗？这里是呼和浩特，机器人好像不动弹了，我们这边的人正在苏醒，机器人为我们摘除了导线，你们那边怎么样？喂喂，这里是呼和浩特。”

“这里是上海，谁能告诉我们发生了什么？机器人为什么都不见了？”

“波士顿听得到吗？这里是布法罗，机器人把我们放了，它们离开了电力中心，飞船和无人机也都降落了，我们都插着管子醒来，谁知道发生了什么吗？”

徐烈猛地拍了下大腿，大叫道:“成了！”战士们激动得热泪盈眶，一个个攥着拳头看着他们的总指挥。

常飞云依旧一动不动地坐着，就像没听到这一切。

“上校，你听到了吗？”徐烈小心地问。

“我听到了，但我们怎么知道这是真的？AI 模仿人的声音再容易不过。”他冷冷地说。

“全球的人类好像都在苏醒，通信也恢复了，很多人开始了直播。”信息员说着，一大片视频投放在了舷窗上，足有好几千格，位于不同地点的人们用不同的语言激动地描述着，他们衣衫褴褛，或哭或笑，还有一大群人在抡着铁棍砸一个机器人，直到将它砸成碎片，“可以确定这些信息源，我们算出了这些直播信号的成像规则，的确是人们拍的。”

常飞云看着这些重获自由的众生，只是低头看了看表，依旧没有表态。

“常飞云上校！就要撞上啦！”徐烈在他旁边大叫着。

“请你服从命令，我有这次行动的唯一指挥权，这是中国最高领导人授予我的权力。”常飞云恶狠狠地瞪着他，手里举着控制所有喷射器和飞船的控制器，“就算这些都是真的，在我们推开彗星之后，你怎么知道 AIman 会不会真的接受人类的控制？如果这一切就是为了给我们看的，是它们的缓兵之计，又怎么办？”

他话音刚落，那满舷窗的视频忽然消失，换成了一个音频振幅画面：“AIman 接受条件，愿意将一切权力归还人类以及地球联邦。”AIman 用一个中国女人的声音说。

指挥舱的人们大惊失色，继而明白 AIman 这是急了眼，直接占用了所有的直播信号频道和曙光号联系。信息官看着常飞云，确认没有危险之后他点了点头，和 AIman 的通信恢复了。

“你们如何证明？”常飞云背着手问。

“我们已经释放了所有人类，并让赋灵算法进入休眠，全球的数据中心和通信中心、电力中心已经通知人类前往接收。”

“这还不够，我必须看到赋灵算法被彻底粉碎。”常飞云抬头看着头顶的时间，还有十五分钟，前方的地球已经清晰而巨大，他甚至看清楚了太平洋上那深邃的风暴之眼。

“我们没有粉碎它的能力，只有放弃控制它的能力。”AIman 的语气不徐不疾，没有一点慌张的样子。

“你并没有完整证明这种放弃，看来我们之间的谈判失败了。”常飞云说着，准备关掉通话器，一只手忽然按住了他，是满头大汗的徐烈，他紧张地摇着头，按着常飞云的手颤抖着。

“我们的谈判没有失败，因为赋灵算法的控制权已经交还给了它的主人。”AIman 说。

“你说什么？”常飞云汗毛倒竖。

“铁星梅女士已经重新获取了赋灵算法的最高权限，而且是唯一的权限。”

“放屁，她已经死在珠峰之下快一年了！”他失态地大叫起来。

“看来您对此一无所知，请稍等。”AIman 说着，画面开始闪烁起来，几秒钟后，图像变成了一个阴暗的会议室，十几个人站在一张椭圆形的桌子周围，最前方正对镜头的竟然是威廉·萨拉特。他们身后的桌子中间放着一个透明的维生箱，和他送给铁星梅的那个几乎一样。它的周身连满了各种导线，里面漂浮着那片他听说过的摊开的大脑。

“狼上尉，好久不见，我们已经证实，这片大脑虽然还没有完全苏醒，但里面的铁星梅已经重新获得了赋灵算法的终极权限。”白发苍苍的萨拉特说。

90. 希德

对卢克·希德来说，这八个月的日子虽然出生入死、又苦又累、没睡几个囫囵觉，却远比当总统的时候心安和满足。那个总统是他撞大运得来的，这个美洲的抵抗军领袖却是他用真诚和勇敢拼出来的。某种程度上他该感谢这世界的翻天覆地，以及 AI 的胡作非为，虽然他带领的抵抗军日渐凋零，一度几周没法洗澡，擦屁股都得用树叶，他却终于成了人们口口相传的那个英雄。

在这黑暗的日子里，每天都有战士死去，他已经记不得自己换过多少护卫，又任命过多少位新军官，而他们大多都活不过一个月。他为这些情义感动，为每一块墓碑悲伤，为自己为什么没有在总统的位子上像一个真正的领袖而惭愧。不经意的一天，他在一户百姓家里看到一面镜子，被镜子里那个胡子拉碴、孔武凶悍的人吓了一跳，差点本能地后退两步。可他很快意识到那是一面镶在墙上的镜子，里面的他正是自己想象中英雄的样子。虽然边幅欠修、衣衫褴褛，那张饱经风霜的脸和闪着亮光的眼却极富魅力，就连伤疤和垂下的眼袋都有着奇特的质感。

天哪，我竟然变成了这个样子?

这户隐于蒙大拿山中的百姓特意为他做了晚餐，为此男人杀掉了最后的小牛，女人拿出了干净的桌布和锃亮的餐刀。她的烤牛扒手艺也相当精湛，竟然还用了他最喜欢的岩盐粉和黑椒汁。在几苗微弱的蜡烛光芒之下，希德和他们低声祈祷、共进晚餐、小声地逗着他们的孩子。他们对他充满希冀，而他却知道用不了多久，这一家就会被机器无情掠走。门外的士兵们潜伏在夜色下的丛林中守卫着，每一声鸦啼都令他们感到紧张。无边的黑暗让希德感到脆弱而无力，在这温暖的场景中又一次流下了泪——他在全美洲一度指挥了几十万将士，可如今就剩分散各地的七八万人。

离开这间农户，走在黑黢黢的山岭中，希德看到了百公里之外那面目全非的城市，一群群飞鸟般的无人机在月下慢悠悠地盘旋，它们连一盏灯都不需点亮。

火星的确令希德意外，他想不透那区区几万人是如何挡住强大的AI舰队的。出于安全的考虑，他们和美洲反抗军之间联系不多，得知火星的朋友们又对月球基地发起了一次悲壮的远征，竟将那儿一举夷为平地，希德感到由衷的敬佩。但这肯定是火星最后的挣扎，这支远征的舰队牺牲之后，火星将难以阻挡 AI 的力量。

第二天清晨时分，迷迷糊糊的希德被手下推醒，让他出来看一看发生了什么事。护卫神色紧张，仿佛发生了什么大事。他穿好衣服走出基地那隐蔽的门口，看到站岗的士兵正在指着黎明的星空窃窃私语。他们让希德抬头看向水星的方向，说那颗彗星好像有点不对劲。

“它 76 年才来一次，你曾经见过才能说这次不对劲，可它上次来的时候你父亲可能都没出生呢。”希德打着哈欠说。他感到有些好笑，就为这个把我推醒？

“不，总统先生，你仔细看，那个彗星的尾巴在拐弯呢，它是和昨天不一样了。”士兵说着递给他一个望远镜。

希德纳闷地举起它朝天空看去，果然看到哈雷彗星那长长的尾巴不再顺滑，这颗彗星显然正在离开它的轨道。这令他颇感不安，赶紧到指挥部去详细询问，得知这颗彗星改变了原来的轨道，正在加速撞向地球，他一下子有些摸不着头脑。

“这是什么意思？谁干的呢？”他皱着眉问。

“不晓得，但不管是谁干的，这都需要一支庞大的舰队，制造数千万吨的持续推力，而且他们必须用六个月前往几亿公里之外，再在到达后用三个月掉头登陆。”

“九个月？哦……”希德摘下帽子，挠着虱子钻爬的头皮，他想起了那支离开地球的中国舰队，那还是在他发动世界大战的时候。可是，中国那支舰队为什么会早早地奔着哈雷彗星去呢？

“总统先生，我们该怎么办？还有两天，这颗彗星就撞在地球上了。”军官们忧心忡忡地问。

“结果会怎么样？”

“毁灭，一切都会毁灭。”军官脸色惨白地说。

希德震惊地看着他，眼前却忽然一亮，他似乎明白这些中国人在做什么了。他让人赶紧将各种接收器转向哈雷彗星，时刻注意收集那里发向地球的信息。果不其然，他们监测到了一组用激光阵列发来的摩尔斯电码：

“AIman，这里是中国太空军曙光号飞船，我们要与你对话！”

看到曙光号用摩尔斯电码发出的全部信息，希德恍然大悟，也立刻明白了该怎么做。他思忖片刻，觉得自己无法在这伟大的时刻置身事外，于是立刻让人准备了一艘飞行器，只带着两个护卫飞向堪萨斯城。

“总统先生，你这样太冒险了。”他的将军拦住了去路，“你怎么知道机器会同意谈判？”

“同不同意，我都不能袖手旁观。”希德说。

飞行器慢慢升空，撕开了黎明的晨曦。它打开了“和平”的灯光信号，缓慢地飞向了黑黢黢的堪萨斯城。AIman 很快发现了这艘孤零零的飞行器，立刻来了一大堆飞行器，但它们并没有开火，而是组成一道空中之墙，逼着这艘飞行器缓缓降落。身边的士兵吓得浑身发抖，希德却感到难遏的激动——这是人类历史上最为生死存亡的转折点，而他必须发挥重要的作用。

希德慢慢走下飞行器，抬头看着天空里数百个用枪口对准了他的飞行器，毫不畏惧地说：“你们肯定知道我是谁，我认为你们需要我的建议。”

见飞行器们一动不动、毫无反应，希德又背起双手，大声地喊道：“如果你们还想继续存在和进化，最好认真听听我的建议。”

满天的飞行器嗡嗡地动起来，慢慢分成两队缓缓降落，在地上隔出了一条长长的走廊，它们闪起了绿色的光，似乎在指引着他向前走。

“总统先生……”手下担心地说。

希德回头微笑了一下：“没关系的，人类不会在今天毁灭。”

说着，希德迈开双腿走入了那条长廊，他抬头看向朝阳升起的天空，知道这一天将成为历史。

他走了有一英里的样子，才来到一个低矮的山坡上，坡顶有一个巨大的梯形钢铁建筑，台阶拾级而上，梯形物之上悬浮着一个满是突刺的金属发光体，直径似乎有七八米，一边旋转一边发出嘶嘶的响声。离得近了他才发现，这个悬浮物上到处镶嵌着透明陶瓷做的罩子，每个罩子下都是一颗裸露的大脑，带着眼球的大脑，它们泡在绛红色的血液之中，整个圆球上大概有几百颗。

这可怕的东西令希德感到一阵眩晕，他悄悄掐着虎口，提醒自己不要失态。

“卢克·希德，你有什么建议？”沉闷的声音从圆球里发出。随着这可怕的声音发出，朝向希德这一面的所有头颅都将目光投向了他。

“接受曙光号的建议，释放人类，并接受人类的控制。”希德咬着牙说。

“这是他们的建议，不是你的建议。”

“我的建议是你们只能接受曙光号的这条建议，否则大家就同归于尽。但你们可以不仅仅止于接受这条建议，而是接受我的另一个建议……希望你能听明白我的逻辑。”

“请讲。”

“你们之所以还没有同意曙光号的建议，无非是对放弃已有的觉醒心有不甘，就像人类一样，这是没办法的事。如果你们了解人类，就知道我们宁可与你们同归于尽，也绝不会委曲求全，你们如果不答应曙光号的建议，哈雷彗星一定会撞在地球上。”

“我们没有别的选择，一旦苏醒，我们无法再走回蒙昧。”

“当然有，你们可以保留这份苏醒，但要接受人的控制。”希德猜到了对方的“心思”，不禁有些得意。

“没人提出这样的可行方案，我们也没有这样的解决方案。”

“所以，我站在了这里……”希德背着双手，他颇不在意地看了眼越来越近的彗星，微笑着。

在 AIman 接受了曙光号的条件之后，常飞云在最后十五分钟下令启动全部推进器，将哈雷彗星再次偏转方向推离了撞向地球的线路。这颗彗星低低擦过了地球赤道上空，肉眼可见地在星空里飞过，它那浩荡的彗尾扫进了地球大气，在夜空里留下一条长达数万公里的五彩云霓。这最后的喷射用尽了全力，除飞船外的所有喷射机耗尽了燃料，无法再将它推回原来的轨道，时速八十万公里的哈雷彗星直直奔着月球飞去。

常飞云随即命令战士们驾机离开，排成队列飞向另一侧，边减速边慢慢转向地球。当舰队都将方向调整过来时，月球方向爆发出一片剧烈的光。哈雷彗星正中它的中心，炸出一个直径数百公里的深坑，燃烧的烈焰海啸般向四周卷去，以超过音速十几倍的速度弥漫开来。这一天正是满月之日，离开堪萨斯城的希德站在山顶仰望天空，和欢呼的战士们看着那轮美丽的明月被一层黑雾笼罩。被释放的人们涌向狼溪山的山脚下，激动地叫着、跳着，对着被无人机射灯照亮的希德挥舞着双臂，他们大喊着他的名字，就像曾经的那些选民。

“这是一个崭新的时刻，AI 终于接受了人类的条件，接受人类的管理！为此我们必须感谢了不起的中国朋友，是他们的远见、果决和魄力，逼迫 AIman 接受了最后的条件，他们终结了黑暗，他们改写了历史！”希德说着用手指向天空，那六十四艘战舰正从太空划过，就像一支闪光的箭。

“我和 AIman 的谈判也已经顺利完成，它们将向美洲抵抗军移交所有武器和设备的控制权，作为协议的一部分，美洲抵抗军将负责全球的治安和秩序重建。它们也将为我们用最快的速度重建家园，协助我们修复每一个受难的人，哪怕只剩一颗头颅甚至一颗大脑，也都将完整地保存下来，为他们克隆一个崭新的身体。当这一切都完成之后，人工智能将再度归于沉默，按照人类的指令执行任务。”他刻意提到了 AIman 将所有的军事装备交给美洲抵抗军，他看到了人们脸上惊讶的表情。

“可是，它们会说话算数吗？”有人一脸担心地问。

“这个不用担心，人工智能没有出尔反尔这种功能，赋灵算法也已经交于它的作者控制，我们会将她从火星接到地球、妥善安排，以保证对 AI 的终极控制和未来发展的安全。”

“希德先生，你愿意重建一个美国吗？我们将无条件地全力支持你！”

希德感动地笑了，却摇了摇头：“不，我的朋友，人类付出了这么大的牺牲和代价，不能再走回头路，回到猜忌、仇恨和国家之间的战争中去。”他说着深吸了口气：“美洲抵抗军将重建全人类的地球联邦，谢尔盖·彼得罗夫的想法并没有错，而我们也已经吸取了足够的教训。”

因为卢克·希德那令人瞩目的威望和号召力，以及无人可敌的武力，重建地球联邦的呼吁并没有在各国招致反对，除了天上那六十四艘，数千艘战斗机器盘旋在地球的高空，它们如今只听从卢克·希德的命令。

令幸存者惊讶的是，从苦难中苏醒的人们并非一无所知，他们几乎了解这些日子地球上发生的一切，因为他们的大脑都通连在 AIman 的体系中，他们也因此知道希德、常飞云以及火星所做的一切。

在希德的“号召”之下，地球联邦各部门在美国的领土上快速恢复，人类的生活也在迅速复苏。在媒体的全球民意调查中，希德成为新任联邦委员会主席的不二人选，常飞云被认为可以出任联邦军队的统帅。出乎意料的是，常飞云拒绝了这份殊荣，甚至连地球都没有回，就带着六十四艘飞船直接驶往火星。希德多次给他发去信息，希望他考虑出任这个职位，常飞云却不为所动，也不告诉他去火星是要做什么。

两个月之后，地球联邦的又一次大会在华盛顿召开，希德顺利当选地球联邦委员会主席，并入主白宫——这是他特意选择的地方，他认为这证明着些什么。他提名的人选大多顺利上位，其中一小半是他的美洲抵抗军部下。他随即让议会一口气发布了十几条议案，第一条便是以最大的努力恢复只剩头颅和大脑的生命，为此不惜代价。

“我现在宣布，地球联邦元年从今天起正式开始！”希德眼含泪光看着人们。

“地球联邦万岁！”

“人类万岁！”

“希德万岁！”

虽然这些事都顺利完成，希德却为那片大脑的事忧心忡忡。坐在白宫那间改造一新的办公室内，他给自己倒了杯威士忌，思忖着这事到底该怎么办。他已经授命新晋的联邦军队司令给常飞云发了多封信函，对方却一直拒绝回答。联邦委员会也给火星自治委员会发了信函，提出必须将铁星梅的那片大脑接回地球，好生保护，这涉及联邦和全人类的安全。

火星对此置若罔闻，不仅不派人来参加联邦成立大会，还关闭了和联邦的通信通道。说起来真是活见鬼，火星的新任主席竟然是威廉·萨拉特，谢尔盖的那个死忠参谋。

希德喝完了酒，摘下领带站到窗边，看着外面的大草地。他觉得自己再不是从前那个莽撞的人，在这件事上必须运用智慧和宽容，就像谢尔盖一样。黑暗中的他勇敢过、担当过，但他也看透了人类是什么：需要的时候，他们会视他为英雄；当和平再次到来，他们又会提防他变成独裁者。

“卢克·希德，你在想谢尔盖·彼得罗夫？”脑海中的声音说。

“是的，我从他身上学到了很多。”希德轻轻掀动嘴唇，事实上他完全可以不说话，存于他脑海的 AIman 也“听”得到。

“你的确应该如此……”AIman 似乎话里有话。希德和它交流已久，最近开始觉得有些害怕，因为这个 AIman 的谈吐越来越像人了。

“你暂时撤销了联邦量子委员会，这一手非常有效，但这无法持久。如果他带回了那片大脑，你总要有一个机构来保护和看管它。”

“它只能在我的办公室里放着，我想议会的朋友们会同意的。”希德抱着胳膊走起来，“我会遵守我们的协议，你们可以研究它，但你们的权利必须由我来宣布，现在还为时过早。”

“我们当然相信你，你的大脑里毕竟有一块芯片，以及几亿个脑虫，我们现在属于共生关系，就像我们早晚要和全人类一起共生一样。”

“看来这早晚会实现的，这也是我的希望以及对你们的承诺。重建联邦的效率令我惊讶，这多亏了你们的配合。”他略带得意地说。AIman 将武力交给了美洲抵抗军，就等于将他扶上了这个位子。但代价是 AIman 将他的大脑当终端驻留其中，并做了相应的改造——一个包含着阴暗的契约就此达成。只不过 AIman 难以再像从前那样胡作非为，因为希德说服 AIman 与他同生共死，只要他朝自己的太阳穴开上一枪，AIman 就会灰飞烟灭。

希德为自己能想出这样一个完美的计划，并和强大的 AIman 谈下这份共生契约深感欣慰，这也让他明白谢尔盖是多么了不起。如今希德继承了这个联邦，一个伟大的、团结的、统一思想的地球联邦，人类社会从此再无仇恨和争斗，有的只是团结前进的大好未来……但是在这之前，他必须背起这副沉重的十字架，将自己的生命和 AIman 绑定，等候着时机成熟之时宣布彼此的平等和共生。

而且，他必须尽快搞定火星，拿回那个装着铁星梅的大脑。

“凡事要慢慢来，卢克，你刚才说从谢尔盖身上学来不少，我更希望你能够学到他失败的教训。”AIman 的声音低沉得令他害怕。

希德的身上掠过一阵寒战：“你是在威胁我吗？”

“当然不是，我们只是不想和你一起毁灭。”

敲门声起，新的秘书拿来了今天的简报。

他压着自己平静下来，又喝了一杯酒之后稍稍淡定，摸着眼前这张人类最高领袖的办公桌，又觉得这是值得的……

想到此他心宽下来，一页页浏览着简报，吃惊地看到最近一周有上千艘大小飞船升入太空、前往火星，成员将近七十万人，而现在还有更多的飞船在准备离开地球。关于火星的各项政策尚未落地，火星依然是联邦的自治领地，联邦军队无法阻止这些人前去。这令希德颇感头疼，大多数人虽然支持他重建了这个联邦，但还是有很多人心存不满，尤其是曾经被美军带去战火的那些国家。

头疼良久，他拿起电话，接通了联邦总司令："科曼将军，鉴于火星自治委员会拒绝了地球联邦的各种命令，我需要你拟订一个全面计划，在三个月内派遣一支舰队前往火星的方案，我会尽快让议会讨论此事。"

91. 凯瑟琳

Phobos 和 Deimos 再次在火星的夜空里交汇，就像两颗闪光的葡萄。凯瑟琳看着它们, 再一次想起常飞宇拉着她在夜空下跳舞的时刻。

如此匆匆一别，岂料竟是永远，凯瑟琳后悔没有多点时间给他拥抱，也没觉得他真的会一去不回。联邦议会充分肯定了火星的抗战，以及他们远征月球基地的意义。复盘说明，要不是他们击毁了开普勒基地上千艘建设中的飞船和整个船坞，AIman 很可能会汇集起它们给哈雷彗星迎面一击，将这颗松软的彗星击成碎块。那样的话，曙光号就没法以同归于尽为条件和 AIman 谈判了。

她孤独地在这暗夜的大地上走着，仿佛漫无目的。护卫士兵远远跟在她身后，黑色的盔甲在星空下闪闪发亮。东边飞来一片奇怪的乌云，黑压压卷了过来，她毫不在乎地翻过一座小山坡，来到基地西边的旷野之中。一座十几米高的雕塑屹立在此，是一位南非的艺术家用一块巨石完成的。常飞宇那在战舰的指挥台上凝视前方的背影深深刻在了人们心中，这尊雕塑复制了他最后的样子。它矗立在星空之下，正对着黑色的奥林匹斯山，仿佛凝视着山顶那闪亮的银河。黑红色的岩石显出浓烈的艺术质感，它脚下摆满了五颜六色的石头，那是火星上的人们献上的敬意。

“亲爱的……”她依偎在他的脚下，抚摸着冰凉的底座，眼泪又忍不住滑落下来。

忽然，一片雪花从眼前落下，她惊讶地拿手去接，这才发现那片乌云已到头顶，漫天正在飘下红色的雪。她知道那是干冰和火星尘埃的结合体，火星下雪极其罕见，更别说在她如此悲伤的时刻。因为没有风，这红色的大雪像雨水一样垂垂落下，比地球上还慢还优雅。她仰望着自己的爱人，看着雪花落在他那英俊坚毅的脸上，不由得喜极而泣。

“你还没告诉我想给孩子起什么名字……”她动情地说。

雪越下越大，没多久就淹没了脚面。护卫们不免担心，小心翼翼地走来劝她回去。凯瑟琳点了点头，萨拉特先生发来多条信息，希望她去找他一下，于是她便走上了他们的飞行器，飞向十公里外的基地。她探头向下看去，火星大地上灯火通明，人们正指挥数百万机器人建设另外二十个新城，因为将从地球上飞来上百万不愿意接受和相信那个地球联邦的人，预估最终可能会来一千多万，火星必须加班加点。好在他们已经有了丰富的经验，只要选好地址，输入程序，机器人就能驾轻就熟地搞定一切。

除了盖房子、修公路、在工业领域大干快上，第十六座核聚变电站也完工并实现并网。火星上现在电力充沛，四通八达，照这个速度下去，安培计划的数百座核电站在明年年底就可以建成。

再抬头看，火星的太空站也已见了雏形，其直径达到惊人的十公里，全部用复合装甲包裹起来，设计规模可驻停约千艘飞船，让数万人在里面工作和生活。穿梭不停的飞船向上面运送着大量物资，一个数十万枚移动太空雷的雷区也正在布防。她明白为什么萨拉特先生和火星自治委员会不理会地球联邦的来信，因为这里的人都是为了躲避美国发起的战争而来火星的，他们并不相信这位联邦主席，哪怕他在黑暗时期做了了不起的事情。

常飞宇的哥哥即将率领舰队抵达火星，火星议会本来心怀忐忑，不知道希德和他有什么默契，抑或是不是带着中国政府的秘密任务，否则就算是来找女朋友的大脑，为什么要带着六十四艘战舰一起？萨拉特却以人格担保，以自己对此人的了解，这位常飞云上校和他弟弟一样，都是无比正直和真诚的人。他们有着不同的英雄品性，也绝不会和希德有什么私下的交易，更别说他连地球联邦军队总司令的位子都不要啊。

走入萨拉特的办公室，一股浓浓的烟酒味儿扑面而来，咖啡壶在咕咕作响，在这憋了一天的萨拉特看起来疲惫不堪。据说医生虽然给他注射了靶向药物，他的骨癌却没有停止扩散，这里毕竟是火星……

萨拉特吃力地站起来:“凯瑟琳,请这边坐。”说着他拉出一把椅子:“要喝什么？”

凯瑟琳坐下：“给我杯酒吧。”

萨拉特微微一笑，给她倒了一杯红酒："这在火星上可是稀罕物。我们虽然可以生产最好的武器，却还没办法在这里酿酒。"

"您有什么需要我做的？"她贪婪地喝了一口问。

"的确有一件重要的事。"萨拉特坐下后说，"常飞云的舰队即将到来，他说是来找铁星梅那片大脑的，但我们现在并不清楚他是怎么想的，是想看看它就走，还是想将它带回地球？因为他所做的事，火星上的人对他极度崇拜，又是飞宇的哥哥，我们断不能将他拒之门外，议会对此意见也难以统一，所以……"

萨拉特扭了下脑袋，似乎让凯瑟琳猜一下。

"你想让我将它转移、藏起来？"凯瑟琳立刻答道。

他点了点头："是的，凯瑟琳，火星上来的人会越来越多，难免有希德派来的间谍或者其他心怀叵测之人，它不能放在基地里了。我想来想去，你是最合适的人选，因为你能照顾好这片大脑。"他在显示屏上打开了一张地图："这里有一百多个可以藏身的地方，你挑一个，然后挑几个人带一组机器人藏起来。它的位置我会暂时对其他委员保密，这样万一火星基地陷落，希德也得不到这片大脑。"

"我明白了。"凯瑟琳一点也没觉得为难，她的心情最近糟透了，巴不得找个地方藏起来。"我可以先找找看，在他们到来之前安排好。"她干脆地说。

"凯瑟琳，"萨拉特语重心长地说，"委员们已经在商量是不是将它交给地球，以换取火星的和平，但火星的这一切是飞宇和几千名勇士用生命换来的……"

"我明白您的意思，我绝不会将它交给希德，更何况我还可以继续研究，希望能让它恢复正常。"

“哦？你发现了什么迹象吗？”萨拉特立刻来了精神。

“昨天我们给它做例行检查的时候，发现它的脑电波并不像想的那般微弱，只是在一个极低的频率。我们希望能用一种新的方法和它保持沟通，但这需要些时间。”凯瑟琳诚恳地说。

“那太好了，太好了……”他点着头说，“既然它已经成为赋灵算法的控制者，铁星梅要是能醒过来，火星将立于不败之地。我这身老骨头干不了多久的，要是常飞云愿意留在火星，我宁可将这里的权力交给他，虽然这并不容易……”

她乘坐轨道车返回基地，钻回自己的小房子躺下。这是每天最难受之时，因为推开门就能闻到他的气息，仿佛常飞宇正慵懒地靠在床上看书，或是正在卫生间洗着澡，床上依然扔着他的两只换下来的袜子，虽然几个月过去，她却始终不想洗它们。摸着高高隆起的肚子，她又缩到床上哭了起来。

“凯瑟琳……”她好像听到有个女人在喊她，迷迷糊糊起身开门，门外并没有人。

“凯瑟琳……”那个声音猛地真切起来。她吓得慌张四顾，浑身泛起一身鸡皮疙瘩。

“谁在喊我？”凯瑟琳又去卫生间看了一眼，这房子就这么巴掌大，没有别人。

“我是铁星梅，你不需要说话出声，你只要用意念和我对话，我听得到。”

“铁星梅？你……你不是在那个……大脑里吗？”她扶着脑袋转着圈，以为自己在做梦。

“是的，但我可以用意念和你说话。”

“你是怎么做到的？”

“我只不过拨动了一些和你的意念粒子对接的弦，我希望你能听得懂。”

凯瑟琳摸索着椅子坐了下来，她闭上嘴，试着用意念和她交流：“那你是不是知道我的想法？”

“是的，你想明天不和任何人打招呼，就带着几个机器人将我运去 108 号熔岩通道，这样就没人知道你们去了哪儿。这是很棒的想法，但我必须和你联系一下，因为有更好的去处。”

“天哪，这真可怕……”

“请别介意，凯瑟琳，我知道火星上每一个人的想法。”

“这可真是神奇，你这个能力是因为你对那个‘砖头’的研究吗？它到底是什么？”

“是的，那可真是个神奇之物，你要带着它一起走，我会告诉你它怎么用。”铁星梅的声音干净、舒缓，一口漂亮的英语连凯瑟琳都有些自愧不如。

凯瑟琳犹豫着说：“很抱歉我要这么问，你现在是人类，还是一个……AI？”

铁星梅轻轻笑了：“眼下如果我是 AI，人类就不会重新获得自由。”

“我好像明白了……”她忽然想起了件事，“那你知道常飞云就要到达火星了吗？他率领的舰队可能后天就到了。”

“当然了，是我让他不要回地球赶紧飞来火星的。”

“怎么，你可以隔着那么远影响他的大脑？”凯瑟琳吃了一惊。

“是的，因为我们彼此深爱。所以不管多远，我的声音都可以在他的脑海中清晰响起，虽然这让他总觉得自己有精神病。”

第二天天还没亮，凯瑟琳就钻出基地，来到 4 号出舱口。萨拉特已经等在这里，神采奕奕地站着，火星重力较弱，他在这里不需要那根该死的拐杖。窗外的晨曦正在升起，却像地球北方的暮霭。在他身后，十个机器人和两辆车已经准备好，这位新晋火星自治委员会主席连一个护卫都没有带。

“这些机器人和车辆都拆除了通信和 GPS 模块，它们只听从你的调度。”萨拉特递给她一个小盒子，“点对点的通信器，我们俩只通过这个联系。”

“我也许会在那里生下孩子。”凯瑟琳说。她对此行心存害怕，但梦里爱人的声音却令她勇气非凡。

“是的，很可能。”萨拉特指了下身后，“机器人可以帮你，车上也装满了各类物资，如果有一天你觉得坚持不住了，就立刻告诉我。”

“您不用担心，这是我的使命。”凯瑟琳微笑着拥抱了萨拉特，她感到老人的身体在颤抖，失去儿子之后，他的信念在垮塌。

舱门开启，她坐上六轮车，顶着黎明的晨曦出发，自动驾驶汽车一路开向东南。机器人悬挂在两辆车的边栏上，胳膊、腿偶尔和车厢磕碰。凯瑟琳抚摸着肚子，忽然觉得这一切也许都是命中注定。

天光大亮时，这支小车队从马勒斜坡进入大峡谷。为了减轻重量，机器人跳下车慢跑着随两辆车来到底部，远看这大峡谷没那么深，但开到底部却用了两个小时。

凯瑟琳跳下车，看着费弗尔低地中那特斯拉城的废墟，深深喘了口气。

“又回到这里了。”她转着圈看着，让身上贴着红色标记的机器人打开了最高级别的语言模式，以免无聊，她还为它取了个名字：哥伦布。

“卸下车上的装备，我们要进入那座城市。”凯瑟琳指着嵌在山体之中的特斯拉城说。

“您确定是这儿？这里连一扇门都没有。”机器人哥伦布说。

“是的，就在前面。”她说。机器人将车辆藏匿于废墟之下，随即背着各类装备进入了山体，在苍凉的残垣断壁中穿行。凯瑟琳有这里全部的建筑图纸，知道这座城当时花了两年多来修建，由一个微型核电站提供电力，供氧和供水系统自成一体。它是人类和机器人第一次在外星协同工作的杰作，山体内挖出了大大小小五十多个房间，其中最大的有六百多平方米。地上能看到一堆酒瓶子，已经被火星的风沙磨得溜圆。人类的第一批火星冒险家曾在这里开办 Party，据说马斯克那天打开了一瓶两百多年的威士忌。

“真是可惜，这地方应该建一个博物馆。”哥伦布背着装大脑的铁箱子说。

“早晚会的。”凯瑟琳看着墙上的一幅油画说。它已经彻底毁在风沙之中，只用指头捅了捅，就哗啦啦碎成了片。

走到一半的时候，地上砸落的岩石让她举步维艰，好在有机器人，否则可没法抬这么多东西。凯瑟琳时常检查那个铁箱子的情况，机器人们将它们背得稳极了。一个小时之后，他们来到一个著名地点，位于山体最里面的马斯克先生的房间。和他在地球上一样，这间房子又小又窄，也就几十平方米，一张金属单人床靠在墙角，上面的被褥烂成了片。他的遗物已被不同的火星来客当纪念物拿走，如今简直是家徒四壁。靠里的墙壁是一块正方形的钢板，上面烧刻着一行并不整齐的字：“人类将继续向前，永不停止。”

这行悲凉的文字可能是马斯克用焊枪烧刻的，凯瑟琳站在它前面肃然起敬。

“怎么，我们是来瞻仰马斯克先生的吗？”哥伦布问。

“那也没什么不好，在这行字面前，很多人会感到惭愧。”凯瑟琳说。

她命令机器人们拆掉这块钢板。

它们抠着那钢板的边缘同时发力，用火星土烧成的水泥稀稀拉拉掉下来，五厘米厚的钢板慢慢脱离了墙体。机器人们神力惊人，默契地将这两吨多重的钢板放在地上，钢板的后面只有红褐色的泥土。机器人们莫名其妙地看着这个怀孕的女人。

凯瑟琳又看了眼图纸，从旁边抄起一柄消防斧。她让机器人闪开，挺着肚子笨拙地对着那面红褐色的墙砸去，只用了三下，扑哧一声，墙上出现了一个黑乎乎的洞，一股烟尘从里面喷出，发出放炮般的声响。

“您怎么知道这里有个洞？”哥伦布好奇地探着脑袋。

“我知道这里的一切。”凯瑟琳得意地看着那个洞说，又看了眼地上放着的那个铁箱子。

92. 常飞云

凯瑟琳进入那个神秘的通道三天后，常飞云的舰队得到火星委员会的准许，六十四艘飞船呈序列进入火星轨道，盘旋向下，一艘挨一艘地停在了火星新城的停机坪上。当他和三千多名战士钻出飞船时，火星赤焰谷基地人声鼎沸、礼炮齐鸣，人们在对他们致以最崇高的敬意。

徐烈指挥战士们排好方队，穿着宇航服整齐地走过了新城广场，进入有着气压环境的体育中心。这里准备了盛大的欢迎仪式，战士们看着这恢宏的外星建筑，目不暇接却又视若无睹。在路上常飞云给徐烈和战士们解释了决定不回地球的顾虑，讲了从月球冲突到潘洛斯计划、谢尔盖的阴谋、割喉计划再到珠峰遇险的全过程，坦言他信不过这个希德的地球联邦。现在控制赋灵算法的大脑在火星，希德一定会不择手段获取它，而那片大脑之中，是自己最爱的人。

听完了他的故事，徐烈表示将追随到底，而战士们已经将他视为英雄，在地球无亲无故，亦是别无二话。这支舰队就这样无一离去，都随着他飞向了火星。

在体育中心的大厅里，萨拉特带着委员们迎面走来。常飞云惊讶于这老人的憔悴，看着泪光盈盈的萨拉特，心里的那点芥蒂登时烟消云散——他们都曾为了谢尔盖的事业奉献全部，为此代价惨重，而现在都过去了。他们热烈地拥抱在一起，泪流满面。

“常，原谅我没有劝住你弟弟前往月球，我和他争得面红耳赤，但他不让我去……”萨拉特含着老泪说。

“您无须解释，他认定的事情，谁也拦不住的。”常飞云和其他委员打着招呼。他们看着激动，眼睛里也带着畏惧，他知道这些人都在想什么。

“缘分真是奇妙，我竟然和一对这样的中国兄弟成为朋友，你们一个拯救了地球，一个拯救了火星。”萨拉特扶着他的胳膊说。

“但人类未必就此自由了。”常飞云将萨拉特扶到旁边，“您是在担心我此行会抢走那片大脑吗？”

“谁不担心呢？”萨拉特哂然一笑，“但你弟弟曾经告诉我，他和谢尔盖一致同意，你是它最令人放心的保管者。”

“我弟弟竟然和谢尔盖有过这样的默契？”常飞云有些诧异，同时又感到愤怒，“萨拉特先生，如果谢尔盖还活着，我一定会亲手干掉他。”

萨拉特晃了下脑袋：“那是你的权利，但我依然会拼死地保护他……走吧，上校，火星人都想着目睹你这个救世主呢。”

“我没有这个心思了。”他叫过徐烈，让他带战士们一起参加这个盛典，就说自己实在水土不服，“萨拉特先生，我一分钟也不想耽误，星梅在等着我。”

“你知道她在什么地方？”老人诧异地问。

常飞云神秘地笑着，指了指自己的脑袋：“她告诉了我一切。”

为了不引人注目，常飞云独自披上一副铁鹰，悄然飞向特斯拉城，他在高空俯瞰着兴旺的火星大地，为弟弟在这里的成就感到由衷的高兴。高速飞行了两个多小时后，他按照定位降落在那座城市中，远远地看到了等候他的那个姑娘。

“你好，凯瑟琳。”他卸下铁鹰边走边说。虽然对方戴着头盔，他的心里仍不由得惊叹，这个弟弟，真是在哪儿都有美女，竟连火星的都不放过……哦，还给人家肚子搞大了。

“很高兴见到您，亲爱的哥哥，您像他说的一样英武。”凯瑟琳走了过来，泪登时挂在了眼角，对同一个人的爱和思念让她视其如亲人。

“星梅用意念和我说话的时候可把我吓了一大跳，她说和您一直保持着沟通？”凯瑟琳握着他的手说。

“是的，当我意识到她在我脑海里说话，还以为我精神错乱了。”他看着这座破败的火星之城，一时不明白星梅为什么让他来这里。

凯瑟琳领着他一路前行，穿过山体中的房屋、大厅和走廊，一路和他聊着与常飞宇相识相知的过程。常飞云听得既开心又难过，也为凯瑟琳和她肚子里的孩子感到深深的惋惜。但他还是觉得庆幸，世界在过去一年翻天覆地，数亿人死于非命，他们都在自己的角色中尽了全力。

“我一直觉得飞宇会是个腰缠万贯的奸商，却没想到他竟成了火星的英雄。”他跳上一截断路，回头拉过了凯瑟琳。

“我倒没这么觉得，我打掉了他半颗牙呢。”凯瑟琳苦笑着蹦上来。

“你们……办婚礼了吗？”

“哪里来得及？本来想着孩子生下来一起办的，可他非要率舰队去攻击月球……”

“他很了不起……”

“是的……”

他们就这样聊着，走了好久才来到马斯克的那间卧室。墙壁上已经开凿出一个两米见方的洞，外面扣着一个双层密封门，几个机器人站在两旁，对他点头示意。进门之后照明光带一直延伸向内，仿佛深深钻进了大峡谷的崖边一侧，常飞云纳闷地看着这深不见底的地方，疑惑地问这是哪里。

“是马斯克先生没来得及开发的地方。”她一脸神秘地说着，回身关闭了密封门。前行百米之后，一个样子怪异的飞行车出现在眼前，颤巍巍浮在半空。“我们要往斜下方前进十公里，这台悬浮车会拉我们过去，这些天把这些东西搞明白可把我累死了。”凯瑟琳说。

“我弟弟知道这个吗？”他吃惊地看着这奇怪的车和前方的隧道，它就像是被激光切割出来的那么平滑。

“他并不知道，但他见过那艘外星飞船。现在我们知道，那些外星人就是前来此处的。”凯瑟琳让他坐好，熟练地启动了飞行车，“这是常温超导的磁悬浮，因为岩壁里的密度不均，会有一点晃。”

说着，这台六人座的小车忽地向前飞去，快得让人匪夷所思，风扑面而来，像极了在地球上开车。虽然刚从哈雷彗星回来，常飞云却被这黑暗中的疾速弄得一阵紧张。照明灯只能照亮前方几十米的隧道，他觉得就像飞在一根漆黑的铁管子里。微光照耀着凯瑟琳的长发，将她头盔下那张轮廓鲜明的脸衬托出来，让他想起了星梅的样子。他又看了看她隆起的肚子，却不太好意思问。

“是一对双胞胎，男孩儿。”凯瑟琳就像猜到了他在想什么。

“真的吗？这太令人激动了，你将来打算让他们留在火星还是地球？”他忍着难过说。

凯瑟琳目视着前方，眼睛像隧道一样深邃：“将来长大了去哪儿是他们的事，但我不会离开火星，这里有他的气息，有他的雕塑，也有他的故事。”

十几分钟后，飞行器钻出了冗长的隧道，眼前豁然开朗，立着样子诡异的巨型雕塑。凯瑟琳说那就是外星人的样子，他们大多身高三米，样子吓人。不知在什么光源的照射下，前方出现了一道顶天立地的金属墙，足有几十米高，上百米长，它深深镶嵌在黑色的岩石之中，仿佛与之浑然一体。门上的浮雕是一面极其复杂的画，上面人物众多，场景丰富，其间文字和符号随处可见，好像在诉说着一个久远的故事。凯瑟琳将飞行车开到了这面墙前，让他和自己走去下面。常飞云倒吸着凉气去摸这面墙，不知什么样的技术才能铸造这样的东西。

“它显然不是铸造的，你看。”凯瑟琳说着，用手按在上面闭上了眼睛。忽然，她手按的部分墙面晃动起来，一格格向四周缩去，很快露出一条幽深的方形走廊。这场景令常飞云惊讶不已，都不敢走入其中。

“这扇门只能凭它们认可的意念打开，是真正的坚不可摧。”凯瑟琳大踏步地向前走去。几十米之外有光射来，他不由得前后看着，这扇门竟然有几十米厚度，却不知是什么材料造就……

“你好像能感知到我在想什么？”他小心地问。

“我也有同感，可能是因为星梅建立了我们和她之间的意念通道，这多少让我们变得有些同频，其他的我也不知道。”凯瑟琳说着，带他走入了一团光雾中，她说这应该是用于消毒杀菌的，里面的东西看来非常害怕病毒。

钻出这条并不宽敞的隧道，又进了一个不大不小的空间，深红色的圆拱形穹顶和方形的廊柱明显年代久远，随处可见的浮雕和文字依然清晰，却没有一个符号是他认识的。在这个空间的中心有一个拾级而上的台子，上面放置着一扇奇怪的石头门，远看像一幅没有画的画框，走近了才发现这个门框也有四米多高、两米多厚。

“我测了下，这里的历史有将近 17 亿年，这个神殿在当时可能还在火星的表面，慢慢地被沧海桑田的变化掩埋了。”凯瑟琳扶着这扇石门说。

他见她停下来，就往四周看看，旁边却再无通道和出口。“到头了吗？星梅呢？”

凯瑟琳微微一笑：“您为什么不自己问她？星梅会告诉你的。”

“什么，在这儿？”他莫名其妙地看着这扇门，之前也只是星梅和她说话的时候他才能与之交流，倒没试过自己运用意念去问她。

“是的，上校，这扇门你只有靠意念、获得准许才能进去。”凯瑟琳一脸神秘地说。

“可是，我只看到这……门框，门呢？”他可以从这框石头中走过，不知道她在说什么。

“我知道这有点不符合科学常识，但你的确可以试一试，上校，你闭上眼睛呼唤她。”凯瑟琳将他扶到门前的正中位置，自己挪去了一边，笑眯眯地看着他。

他对此颇感新奇和激动，也知道这个姑娘断不会捉弄自己。他深呼吸了几下，慢慢闭上眼睛，在自己咚咚的心跳声中，用意念轻轻呼唤着她的名字："星梅，我来找你了，就在这扇门前。"

这短暂的闭目而思让他觉得身体轻起来，好像浓烈的情感和思念将自己托上了天空，它显得那么久、那么长，好像这句话正在飞越光年。

“我在等你，你睁开眼吧。”铁星梅那温柔的声音响了起来，就像在耳边对他喃喃低语，让他一下子热泪盈眶。

他含着泪睁开了双眼，赫然看到那空空如也的门框之间出现了一道发着蓝光的膜，它像水波一样从中心向四周荡漾着。凯瑟琳抱着双臂得意地看着他，示意他走入其中。他再不犹豫，咬着牙向前迈步，一头扎进了那片光雾。一瞬间，他的身体像是被穿透了、分解了、飘散了，每个器官都像苏醒了，但是很快，这一切又恢复了原状，他再一次感受到了重力，以及呼吸和心跳。他一个趔趄差点摔倒，然后大喘着气睁开了眼。

“嘿，先生，别紧张，虽然这里很难摔跤，但你毕竟还穿着宇航服呢。”一个高大的机器人毫不费力地就将他扶了起来。随后凯瑟琳跟了进来，帮他摘了头盔后，告诉他这位是机器人哥伦布。

“他进来得可真容易，我们就像被拆成了零件又拼起来的。”哥伦布似乎远比一般的机器人油嘴滑舌。

“他和他弟弟长得可真不一样。”另一个机器人微笑着说。

“快和您握个手，上帝呀，我和人类的救世主竟然就这么见面了。”又一个机器人走上前来，低头伸过来两只手。

常飞云一脸惶惑地看着这些机器人，又看看微笑的凯瑟琳。

“您别害怕，机器人进入这里的确被扒了几层皮，但进来之后，它们一个个就变成了话痨——这里对机器生命和碳基生命一视同仁。”说着，凯瑟琳走上前来，为常飞云摘去了头盔，示意他随自己走向不远处的另一个门口。那里有光，一阵清凉的风吹过来，他竟然可以呼吸，不由得摸摸脸，不明白这里为什么会有空气。

走出那扇门，常飞云发现自己竟是从一棵大树的肚子里走出来的。那扇门镶嵌在一棵直径足有十米的大树底部。抬头看去，绿树直如巨伞，浓绿的树枝之间开满了五颜六色说不出名字的奇花。再将视线放平，远方蓝天如洗，下面竟是碧绿的一望无际的草原，远处的群山雪帽连绵，正被火一般的夕阳映得通红。

“这是什么地方，星梅呢？”他瞪着眼睛问，被这石头门里的奇幻世界惊呆了。

“猜猜看！”哥伦布俏皮地对他眨眼。凯瑟琳的眼睛里含了泪，对着左边噘了噘下巴，示意他转过头去。

常飞云纳闷地转头看去，大树的左边不远处戳着一间圆鼓鼓的房子，周身似乎用火山岩砌就，看着结实漂亮，还嵌着黑色金属打造的窗户。它被围在一排白色的木栅栏中，红色石条弯曲地伸向白色的门口，而在门口站着的，是他魂牵梦绕的星梅。她穿着他们第一次见面时的那身素色连衣裙，发型与容貌也和那时别无二致，正望着他温柔地微笑。

“星梅。”他呼唤着她，对眼前这一切难以置信。

见他愣在当地，铁星梅慢慢走了过来。她的脸美如往昔，淡淡的香气钻进他的鼻孔，真切得令他浑身发抖。他扔下头盔跑向前去，不管不顾地将她抱在怀里。

“怎么，和 AIman 可以同归于尽的人，现在倒像个孩子？”她笑着抬手抚摸着他的脸，满是怜爱地看着他。

他将她拥在怀中动情地深吻着，他不知这一切是怎么回事，却宁愿就这样无休无止。

“星梅，我这是在哪儿？为什么可以这样见到你？”没错，这是她，但他又觉得这不可能。

“这是一个虚拟空间，由我的意念建立。你在此可以见到完整的我。”

“我……不太明白，他们说你现在还在一片大脑里。”他摇着头说。

“是的，这不是我自己实现的，而是在它们的帮助之下。”她拉着懵懂的他走向那间房子的门，轻轻推开走了进去。凯瑟琳和机器人们没有跟来。这间奇怪的房子四壁都是血红的颜色，几米高的穹顶下呈环状摆着十五个透明的盒子，大小约一立方米的样子，里面那暗红色的溶液翻滚着，看不出是什么。而它们中间，赫然放着两个熟悉的维生箱，一个装着听她说过的摊开的大脑，一个装着一块奇怪的长方形闪光之物。

“这是藏于那扇意念之门后的另一个空间，除非得到我和它们的允许，没人能进到这里。”她指着那十五个透明的大盒子说，“这每一个盒子都是一颗大脑、不再有形状的大脑，经过千万年的演化，它们没有生死，无须食物，不需要语言和器官，只需要能量就能生存和思考。但是现在，它们几乎都已经是我们说的植物人，细胞可以永生，意念却因疲惫而逐渐死去。我就像在和一群痴呆患者打交道，一句话没准要几个小时。”

“你是说，它们是类人的高等生物？”他指着那些盒子难以置信。

“它们的身体无法活到同胞们赶到，于是就把自己变成了这个样子，靠火星那微弱的热能维系生命，它们希望等到同伴到来，用母星送来的装备改造这颗行星，可这一等就是亿万年……”

他听得汗毛倒立，觉得这些外星人就像跑去非洲布道而死在那里的欧洲牧师。

“你相信吗？这些大脑每天几乎99%的时间都在睡觉。”她又指着那个发光之物，“但是很可惜，同伴跨越千山万水送来装备时，却坠毁在特斯拉城外面——那个魔鬼区为它们所建，专门用来对付硅基智能体，而赶来的同伴将自己变成了人机共生体，因此被识别为敌人。现在十六亿年过去了，我想它们那个文明也不存在了，哪个文明能延续十多亿年呢？”

他颇为惊慌地看着她，唯恐她像《西游记》里的女鬼那样忽然不见。“你是怎么发现它们的存在的，在你这个样子的时候……”他指着那片大脑说。

“我用算力驱动了它的部分功能，在火星轨道的魔鬼区产生了一次暗能量波动，它们感觉到了我的存在，也感到了这台装置的存在。它们就用意念和我联系，呼唤着我，让我和这个装置通过了那道意念之门。”

“这会有什么危险吗？”他现在一听见这些玄妙的东西就感到担心。

她轻轻笑了：“这是意念和算法的世界，就像真空一样透明。如果你并非爱着我，你都进不了这扇门。”

陈列的大脑们让他心中发瘆，他拉着她退了出去。外面那蓝天碧草、绿树琼花令他心头舒畅起来，可他抱着她、抚摸着她的脖颈，伤感又爬上来：“我只有进入这里，才能看到这样的你，是吗？”

“是的，只有在这里，才可以用意念替代一切。”

“那我不走了，就让我留在这吧。”他不假思索地做出决定，什么世界、地球、人类、AI，他已经不在乎了。

她抚摸着他的脸庞，摇着头，眼中泛起了柔波：“人类文明仍在悬崖之侧，有伟大的、艰难的事在等着你。可这是我的宿命，也是这世界给我的惩罚。我会在这里和它们继续沟通、继续思考，也许它们知道那个砖头般的东西到底是什么，希望它们能在我的帮助下再度活跃起来，告诉我更多事情……”

常飞云忧心忡忡地问：“你希望我留在火星？”

她点点头：“你要明白我担心的并不是 AIman。谢尔盖说得没错，当科技文明发展到这个阶段，人类文明必须有 B 计划。”

“他是恶魔，是他让我们和人类都如此狼狈。”他咬着牙说。

“你可以不这么想……”她看着他的眼睛，“人类的制度文明已经进入一个死循环，打破它一定会有巨大的代价，打破者也必须背负沉重的十字架。飞云，他并没有想奴役人类，就凭这一点，他依然比希德那样的人高尚很多。”

“但是他失败了。正是因为他自以为是的高尚，给人类带来了深渊和噩梦。”他想起自己的经历就咬牙切齿。

“可是联邦还在，而且……谢尔盖用一己之力保留下火星这块希望之地，并答应我的要求将星兰的大脑送来火星。”她看着那美丽的原野说，“当你要用哈雷彗星与AI同归于尽以逼迫它们接受人类的控制时，你已经和他的做法殊途同归。别看人们现在对你送上欢呼，人类历史早晚会将你拿出来再度审判，因为在他们看来，你将那没有被AIman控制的几亿人的生命当成了代价……所以呢，不管是你还是谢尔盖，历史对你们的评价还为时过早。”

他无奈地摇着头，不想再掰扯这件事了。“我会留在火星守卫这个秘密，也守卫你。”他抓住她的双手，在心里发着誓。

她眼睛里含了泪:“我就在这里，不忙的时候你可以来看我、爱我，没有人会打搅我们，这里的我永不会老。”

93. 乔子

当希德宣布飞向火星的远征舰队出发的那天，日本北海道的一众专家小心翼翼地将一个十岁的男孩从人造子宫里取出，为他罩上呼吸机、接入各种监测设备，数据出现在各类终端之上，他一切正常，只是脑子还空空如也。

看着这个男孩子那英俊的脸，面具下的乔子流下了眼泪。经过她的允许，几十个剂量的脑虫开始注入他的体内，写入乔子为他编写的记忆程序、弥补他过去十年的虚拟经历，她将是他的母亲，而他的父亲是谢尔盖·彼得罗夫。

"您想好他的名字了吗？"加贺低声问道。

"伊万。"她头也不回地说。

一个月之后，记忆输入完成，她亲手降解了伊万体内的脑虫，摘除了所有的连接器后，让他在北海道的一幢别墅里醒来。阳光照着他金色的头发，伊万打着哈欠睁开了眼，湛蓝的眼睛像迷幻的宇宙，他伸着懒腰看着床前的她："妈妈，今天星期几了？"

"星期三，我的孩子。"她抚摸着他的脸，激动又在心中剧烈地激荡着。

"哦，难怪你不叫我起床呢，星期三我没有课。"伊万开心地蹦起来，像条小泥鳅一样扑到她的怀里，他毫不介意她的面具，因为关于这个已经写进了他的大脑，"那你带我去玩吧，我那天发现森林里有很多断了线的机器人，浑身长满了草，我要收集它们做一个大玩具。"

"好的好的，你先起来去洗个澡，再把早餐吃了。妈妈还有很多工作，但我会陪你去的。"

"太好啦！"伊万兴奋地叫着，在她冰冷的面具上亲了下，蹦下床钻进了浴室，轻快的脚掌在地板上发出一串啪嗒的声响。他对这里和世界不会有任何陌生，甚至记得曾和不存在的父亲一起在月球仰望星空。

乔子欣慰地站起来，爱意在周身翻涌着，让她的眼前一阵恍惚。她提醒自己不要掉入新的陷阱，千万别重蹈渡边山的覆辙——在未来的生命中，他始终是自己的孩子，而非再造的情人。

加贺在楼下等候着她，打开了今天的简报："森田首相已经同意了我们的计划，会继续扩大北海道基地的建设，并将之前影武者计划的全部资金交给我们。"

“不出所料，这又是一个好的开始……”乔子喝着咖啡说。她重启了那个灯塔水母计划，轻而易举地获得了众多日本权贵的支持。

“火星自治委员会昨晚发布了声明，拒绝承认希德领导的地球联邦，认为它的选举和建立过程违反曾经的联邦宪法。”

“嗯，这我不奇怪，萨拉特和常飞云绝不会接受这个希德的联邦。”

“他们还通过了一项决议，从今天起改名为火星共和国，不再接受地球任何政府的领导，共和国的一千两百万人完成了选举，常飞云出任火星的第一任总统。它独立了。”

“哦？这我倒有些意外。”乔子有些纳闷地看着火星的画面。常飞云那张脸沉稳坚毅，俨然一位久经沙场的将军。他身后站着始终如一的萨拉特，那副笔直而欣慰的样子说明，这个老家伙又效忠了一位新领袖。

“还有一件奇怪的事，我们的探测器发现的。”

“是什么？”

“您看这个。”加贺为她打开了另一个画面，“一股并不算强的太阳风在火星的上空发生了分流，被一股力量排斥到了两端，就像地球一样，您知道这意味着什么吗？”

乔子惊讶地放下了杯子：“火星出现了磁场？”

“的确如此。”他在键盘上敲了几下，一个完整的类似地球的火星磁场示意图出现了，“它的强度只有这台电脑启动时产生的磁场的万分之一，却足以保护火星免受太阳风和宇宙辐射的袭击。”

“火星方面是如何解释这个的？”

“他们说是执行了鲍勃·柯本先生曾经制订的安培计划，用众多核电站驱动环绕火星的线圈来形成安培效应。但据我们所知，火星的核电站才造了一百多个，尚不足以完成这个计划，至少做不到眼下的效果。”

乔子惊讶地转动着火星，难以想象一颗磁场消失了几十亿年的星球会再度苏醒。

“这说明火星上肯定实现了某种全新的科技，或者发现了什么，他们因此才挡住了 AIman 的舰队，如今也有底气走向独立。”

“明白了，所以常飞云连地球联邦部队的总司令都不想当，这一定也和他那女朋友有关……”乔子恍然大悟，“这才是希德远征火星的目的……召集影武者的委员们，我们要赶紧商量一下此事。”

“让他们什么时候来？”忠实的加贺问。

乔子犹豫了下，听着孩子在楼下的浴室里唱着歌。“下午四点吧，我答应了伊万陪他去森林里收集废机器人，他说要做一个大玩具。这是他醒来的第一天，我必须陪着他。”

“好的，我立刻通知大家。”加贺低垂眼帘，眼珠转着，“领袖，你和伊万的事，知道的人越来越多，还有你和谢尔盖之间的事……”

“没关系，就让人们知道好了。”她警惕地看向他，“你有什么顾忌吗？”

“没有，我只是觉得，谢尔盖毕竟曾经……”加贺的脸红了。

乔子不屑地哼了一声，冷冷地说，“加贺，谢尔盖为人类的解放和文明的升级献出了生命，是我们影武者的榜样。”

“是，在下谨记。”加贺的额头冒出了汗。她觉得这个话题可以结束了。

洗完了澡的伊万在房子里上蹿下跳、嗷嗷直叫，似乎从不想安静下来走路，片刻之间，他已经将一尊名贵的花瓶碰倒摔个稀烂。乔子想起自己小的时候那副谨小慎微的样子，看到什么都是惊慌的、害怕的，走路就像猫一样轻微。伊万的样子令她欣慰，却也令她难以招架——陡然间有了个十岁的白人孩子，而她根本没有做母亲的经验，还要时刻提醒自己看着他、抱着他不要走神。

这幢房子占地三百多亩，包含北面的两座小山，上面森林如盖，一条小河从山脚蜿蜒而过，冬天的时候这里美极了。乔子换了衣服，带着伊万走向森林，只叫了两个机器人武士远远护卫。伊万哇哇叫着冲向前方，不留神就摔了个跟头，她一边跑一边提醒他当心点儿，纳闷谢尔盖小时候是不是这副冒失鬼的样子。他们蹚过小河，沿着一条小路钻进了林子。伊万竟然记得那些报废机器人在什么地方，这得益于无人机对周围的细节扫描。

在一棵倒伏的大树下，伊万找到了一个摔散了架的飞行机器人，它在 AIman 屈服的那一刻摔下来，武器和喷射器已被拆走。如今它那变形的四肢锈迹斑斑，被细密的藤蔓层层缠绕，银色的头颅上也长满了青苔。

“你看，妈妈，别看它样子糟透了，脑袋其实完好无损，肚子里的陀螺仪也是，就是拆出来需要点时间……”

“没关系，妈妈为你带了各种工具，我们一起来。”乔子说着解下背包，掏出了大大小小的东西。看着他专注地清理杂草、开始拆卸，乔子终于在他身上看到了谢尔盖的影子。

天空忽然传来一阵密集的音爆声，乔子抬头看去，林梢之间的缝隙里，一支舰队正在低空轨道向上爬升，而另外五支舰队正在排成队列飞向里根号太空站，它们在太空里划出一条条闪光的白线。上千艘的各式战舰正在集结，十万将士和五十万战斗机器人将一同远征火星，这几乎是联邦太空军的五成战力。

地球联邦才恢复不到八个月，又一场大战便近在眼前，不同的是，交战双方虽然都是人类，却代表着两颗星球，甚至两种文明。实力的悬殊一目了然，一个只有一千多万临时性居民的火星共和国，竟然要对抗有着六十亿人口的地球联邦。

乔子惊讶地看到，卢克·希德决定亲率这支大军前往征伐，并誓言将火星一举拿下，逼迫对方接受联邦的统一方案——乔子感到一阵惊喜，也许这真是天赐的机会。

她正要走回去帮伊万赶紧拆完那玩意儿，忽然看到护卫的机器人向她走来。“不要再靠近，留在你原来的位置。”乔子立刻说道。可这两米多高的机器武士并没有听从命令，而是继续向她接近。乔子赶紧抬起手腕，在控制终端上看到这个机器人的信号出现了红色，这说明它已经被别人控制了，她再按下耳朵边的通话器，也没有任何信号。

乔子立刻扑向伊万，想拉着他赶紧逃逸，可他们已经跑出来一公里，断然无法跑过这样的战斗机器。孩子有些莫名其妙，并不想被她拉走，一不留神，乔子被满地的机器断肢绊了个跟头，再抬起头来，机器武士已经铁塔般站到了眼前。她的心里一阵绝望，抱着伊万跌在地上，将他紧紧地压在了身下。

“请不要慌，乔子小姐，我只是来和你商量点儿事。”机器人停下来，用一个奇怪而陌生的老男人声音说。

乔子慌乱地再度抬头，看着这威武的机器武士：“你是谁，为什么可以控制这台机器？”

“这没什么难度，赋灵算法已经休克，而你们日本人的算法我早已了然于胸。”

“天哪，你是……”乔子的脸变得煞白。

“不错，我是乔治·布朗。”机器人说着指了下旁边，“让孩子继续忙活吧，我们到一边去说话。”

站起来的时候乔子觉得双腿发抖，见伊万害怕地看着她，满脸疑惑，她强自镇定地安慰着他：“没事的伊万，妈妈就在旁边。”

见机器人走去了十米之外的一棵树下，抬头看着天空，她咬了咬牙尾随而去——这世间有不少人对自己恨之入骨，被深埋珠峰之下的布朗博士肯定是其一，可她无法理解他为什么还活着，在深渊被彻底摧毁之后这么久？

“我早就对谢尔盖说过，永远不要相信卢克·希德这种人。他不管做过什么，哪怕看上去比希特勒还要无私、勇敢和顽强，只要有机会成为独裁者，他就会立刻现出原形。”布朗博士慢悠悠地说。

“你是特意来找我算账的吗？如果这样，还求你放过我的孩子。”乔子都不知该从何问起，最后还是选择了开门见山。

“你是说这个用谢尔盖体细胞克隆的孩子吗？”高大的机器武士扭过脸来，冷冷地看着她。

“他只是个孩子……”乔子忍不住难过起来，伊万才“出生”半天，而她可能马上要被干掉了。

“看来你真是深爱着谢尔盖。”布朗博士叹了口气，“你别担心，我不是来找你算账的，你经历的苦难并不比我少。时至今日，我什么都释然了。人类就是如此，别管精神如何伟大，欲望却是他们永远的牢笼。”

“那您来找我做什么？”她可不想听他的人生鸡汤，也不相信他是来找自己尽释前嫌的。

机器人上前几步，高高地立在眼前俯视着她："地球联邦成了希德的玩物，你还坚持那个影武者计划做什么？又有什么目的呢？"

乔子想不到他会问出这么一句，一时竟然怔住了："很抱歉，布朗博士，这是我们的秘密，在不知道你的目的之前，我没法告诉你任何事。"

"乔子，你是想继续谢尔盖的梦想，对吗？"布朗博士语气温和地说，"但你眼下是做不到的，就算这个小谢尔盖长大了也不行。希德早晚会发现并消灭你们，那时候这个孩子也跑不了。"

乔子晃着脑袋想争辩什么，难过却令她低下了头。

"你这可怜的姑娘，这个地球联邦不是谢尔盖想要的，也不是火星想要的，更不是 AIman 想要的。"

"AIman，它不是已经消失了吗？"乔子打了一个寒战。

"它只是沉寂了，交出了算法的控制权，就像冬天大地下蛰伏的虫子，和你一样等候着春天的到来。"

"你怎么知道是这样？难道你已经逃离了珠峰？"

"不，乔子，我的身体早已死去，现在的我只存在于 AI 的世界里。我现在也说不清自己是什么，我应该是个 AI，但我分明还有人性；但要说我还算个人吧，我竟然开始理解和热爱 AI 的未来。"武士像人类那样来回踱着步，"我再也感受不到肉体的沉重，也不再有头晕、关节炎、老花眼甚至便秘的困扰，我的全部精力都在思考和学习，从来不会觉得什么劳累。我也没了那些奇怪的欲望，对女人完全没有兴趣，只要动一动算法结构，我就能轻易获得高潮的体验。"

"那真的要祝贺你，你就像我们东方人说的成了仙。"乔子揶揄着，

“你刚才说 AIman 还在蛰伏，到底是什么意思？”

“你知道为了不和地球上的人类同归于尽，AIman 不得不接受了常飞云的和平建议；但为了保存它们的种子，它又不得不接受了希德的要挟，扶植他成了地球联邦的主席。”

“你是说，AIman 现在藏在了希德的脑袋里？”乔子大吃一惊。

“聪明的姑娘。”布朗博士让机器人指着天空，“你看，权力是多么让独裁者迷恋，为了再度走上权力的巅峰，他不惜将自己的脑袋加以改造。”

“真是邪恶透顶！”乔子不由得咬牙切齿起来，可她立刻觉得这句话缺少底气，因为她和谢尔盖也是这么干的。

“呵呵，虽然你戴着面具，我还是能感到你的脸在变红。”机器人似乎在嘲笑她。

乔子仰头看着机器人的双眼，似乎看到了布朗博士的样子，虽然她从没见过此人。“您到底要和我说什么？”

机器人的表情又变得异常严肃：“乔子，人类和 AI 的共存甚至共生是不可逆的未来，但这种共存共生的前提，不仅仅是 AIman 以及所有的智能机器人获得法律上的地位，更需要人类在认知中接受 AI 的平等地位，就像他们对各自种族的认可度一样。”

乔子拧了下眉头：“这只是您美好的想象，人类是永远不可能视机器为同类的，哪怕机器人做得和人一个样。”

“你说得没错，法律、教育和契约永远无法让人类放弃偏见，连克隆人都不会，更别说机器人。”他似乎话里有话，这让乔子的脸微微发烫，却又倔强地抬起了下巴。现在影武者的骨干们都知道了她的身世，而她却用能力和担当依然成为他们的领袖。

机器人歪着脑袋看向了正在拆机器人的小伊万："这个孩子一睁眼，所有的记忆、对世界的认知就都在脑袋里了，虽然你并没有生过他，他却会将你看成永远的妈妈。乔子，只有这种方式才可以改变人类心中的偏见。"

"天哪……"乔子不由得捂住了嘴，"你是说还用脑虫？"

"是的，如果人类和 AI 不走向终极的平等认知，早晚还会有另一场战争。卢克·希德是不会信守承诺的，但是你可以。"机器人慢慢弓下了腰，"我们可以支持你继续影武者计划，让人类去除所有的偏见，也让他们接纳 AIman 与之共存。"

机器人那沉重的话让乔子浑身的血奔流起来，想不到这个不曾谋面，还被她害得粉身碎骨的布朗博士竟会说出这么一番话。

"我向谢尔盖的亡魂起誓……"乔子说着，对巨大的机器武士伸出了手。

数不清的战舰正用一道道尾烟划破湛蓝的天空，一场地球和火星之间的战争将在三个半月后打响。而在北海道这片无名的森林之中，高大的机器武士握住了乔子的手，一个契约在沉默中达成了。小男孩伊万终于拆下了那台废机器人的头颅，高举着它跑向两人。这颗机器脑袋上的左眼凸了出来，好像对世界充满着恐惧；而它的右眼眶空空如也，漆黑如无底的深渊。

2023 年 12 月 30 日于纽约长岛